Katharina von Pannwitz
Die Macht der magischen Steine

Katharina von Pannwitz

Die Macht der magischen Steine

Roman

BELTZ
& Gelberg

Katharina von Pannwitz,
1964 in München geboren, hat nach einer Ausbildung als Industrie- und Verlagskauffrau Kommunikationswissenschaft und Theaterwissenschaft studiert. Danach schlug sie eine Laufbahn in der Filmindustrie ein und ist zurzeit u.a. als Autorin in der freien Medienarbeit tätig. Sie ist verheiratet und lebt in München. *Die Macht der magischen Steine* ist ihr erster Roman.

www.beltz.de

Dieses Werk wurde vermittelt durch Medienbüro München
Neue Rechtschreibung
Einbandillustration: Thomas Thiemeyer
Einbandgestaltung: Max Bartholl
Gesamtherstellung: Druckhaus Beltz, Hemsbach
ISBN 3-407-80931-X
1 2 3 4 5 08 07 06 05 04

Inhalt

Erstes Buch

Das helle Kind

1. Kapitel Der Ruf 11
2. Kapitel Amarango 22
3. Kapitel Lughnasa 37
4. Kapitel Die Höhle im Wald 49
5. Kapitel Môn, die Schule der Druiden 61
6. Kapitel Die Macht der Stimme 77
7. Kapitel Emain Ablach 89
8. Kapitel Das helle Kind 103

Zweites Buch

Gutuamer, die Herrin der Stimme

1. Kapitel Die Überfahrt 123
2. Kapitel Thierna Og 137
3. Kapitel Der große Sturm beginnt 154
4. Kapitel Die zweite Etappe 168
5. Kapitel Brug-Na-Boinne 189
6. Kapitel Der Fall von Sîl 207
7. Kapitel Die dritte Etappe 218
8. Kapitel Némes 234
9. Kapitel Âtrons Niedergang 248
10. Kapitel Die letzte Etappe 259
11. Kapitel Inis Wytrin 285
12. Kapitel Das Ende der neuen Welt 300
13. Kapitel Die letzte Konferenz der Menschen .. 313
14. Kapitel Der hohe Rat 320

Drittes Buch

Das Königreich Gramarye

1. Kapitel Das Dreigestirn ... 337
2. Kapitel Die dunkle Welt – Wüste und Sumpf ... 342
3. Kapitel Die dunkle Welt – Berge und Eis ... 359
4. Kapitel Der Bund zerbricht ... 372
5. Kapitel Ynis Mâcha ... 393
6. Kapitel Der Königs Wiederkehr ... 415
7. Kapitel Die Entscheidung ... 440
8. Kapitel Das Königreich Gramarye ... 459

Anhang

Die Prophezeiung ... 485
Namens- und Personenregister ... 491
Weiterführende Literatur ... 495

Aus der Prophezeiung:

Das alte Leben untergeht. Es ist der große Krieg.
Der letzte, den das Land erlebt. Den andren ist der Sieg.
Der Untergang ist Sicherheit, leb wohl, mein Heimatland,
denn damit stirbt in Ewigkeit, was ›Neue Welt‹ genannt.

Hab Acht, oh Volk, denn dann beginnt der letzte Menschenkrieg,
drum findet nun das helle Kind, die letzte Chance zum Sieg!
Im Augenblick der höchsten Not, wenn alles liegt in Ketten,
wenn alles schon zu scheitern droht, wird dieses Kind euch retten.

Erstes Buch

Das helle Kind

1. Kapitel

Der Ruf

Silbern lag der junge Mond über dem See. Die Nacht war lau und das Sternenlicht tanzte einen stillen Tanz auf dem Wasser. Eine sprudelnde Quelle speiste den See, leise ihr ewiges Lied murmelnd. Langsam verdichteten sich die Töne, und weiter entfernt entwickelte sich eine Melodie daraus. Aus den Tiefen der Quelle blickte ein Auge empor, riesenhaft und doch vertraut, machtvoll und gütig zugleich. Ruhig beobachtete es die wundersamen Töne, die leise in die aufsteigenden Nebelschwaden entschwebten.

In diese Stille wehte der sehnsüchtige Schrei einer Eule. Laut schallte ihr Ruf über den friedlichen See und sie folgte ihm auf weiten Schwingen. Gemächlich zog sie ihre majestätischen Bahnen über das Wasser. Der Nachhall ihres Schreies verband sich in Harmonie mit der immer noch die Luft erfüllenden Melodie.

Leise sagte eine warme Frauenstimme: »Wenn du des Nachts den Ruf der Eule dreimal hörst …«

Beim zweiten Ruf der Eule erwachte Niam.

Während sie, noch benommen vom tiefen Schlaf, ihre Augen rieb, ertönte der Ruf der Eule ein drittes Mal. Schlagartig war Niam hellwach. Mit schnellen Schritten lief sie zum Fenster. Der Mond hatte seine nächtliche Runde bereits beendet, und ein zartes Rosa am östlichen

Himmel kündigte den neuen Tag an. Über dem kleinen Bach, der am Haus vorbeifloss, flog eine Eule in den aufsteigenden Morgennebel. Leise überquerte sie die Lichtung und verschwand im Schutz des dunklen Waldes.

Niam sah ihr lange nach. Dann schlüpfte sie in ihr Kleid und lief in die Küche, dem wichtigsten Raum des großen Gehöfts, in dem sie mit ihrer Tante lebte. Der Backofen war noch warm vom Vortag, und es duftete nach frischem Brot. Hier saß bereits Auriel, Niams Tante. Sie war eine stattliche Erscheinung, hoch gewachsen und gerade. Das lange Haar war von grauen Strähnen durchzogen. Ihre Augen blitzten hell und einzig die tiefen Lachfalten verrieten ihr Alter. Heute aber sah sie müde aus.

»Guten Morgen, Tante Auriel«, sprudelte es aus Niam heraus. »Stell dir vor, ich habe gerade eine Eule über unseren Wald fliegen sehen.«

Auriel sah sie kurz an, dann schüttelte sie den Kopf. »Du weißt doch, dass es bei uns keine Eulen gibt. Sicher hast du wieder einmal geträumt.«

»Aber es war eine Eule!«, beharrte Niam.

Nachsichtig lächelnd beschwichtigte die alte Dame. »Da hat deine Fantasie dir sicher einen Streich gespielt. Das kennen wir doch, oder?«

»Tante Auriel! Warum glaubst du mir denn nie?« Niam war enttäuscht und äußerte laut ihren Unmut. »Ich bin doch keine Lügnerin!«

»Ich weiß. Es ist nur so, dass wir hier schon lange keine Eulen mehr haben …« Dunkle Erinnerungen verdüsterten ihre Stirn. »Andererseits … diese Nacht war schon merkwürdig genug.«

In diesem Augenblick klopfte es. Auriel zuckte zusammen. Ihr Hof lag tief im Wald verborgen. Noch nie hatte jemand zufällig den Weg hierher gefunden. Vorsichtig öffnete Auriel die Tür. Draußen stand ein Mann. Seine große Gestalt war von einem Umhang umhüllt, und die Kapuze verdunkelte sein Gesicht. Er stützte sich auf einen mächtigen Stab, und der Staub einer langen Reise lag auf seinen Stiefeln. Dann schlug die Kapuze nach hinten und Auriel sah in zwei bernsteinfarbene Augen.

»Gwydón! Gwydón, mein Lieber, was für eine Überraschung.«

»Seid mir gegrüßt, Auriel, Tochter von Anándes.« Der Landessitte gemäß neigte der Fremde das Haupt vor ihr. »Caldur schickt mich.«

Schnell bat Auriel ihren Gast in die Küche, die von der frühen Morgensonne in zartgoldenes Licht getaucht war. »Niam, ich möchte dir einen Freund von mir vorstellen. Das ist Gwydón, Meisterschüler in der Druidenschule Môn und der künftige Oberdruide unserer Heimat Brigant.«

Misstrauisch beäugte Niam den Fremden im Sonnenlicht. Fremde waren ihr meist unheimlich. Aber dieser hier war ihr auf den ersten Blick sympathisch. Er war nicht mehr jung, aber auch noch nicht so alt wie Tante Auriel. Niam schätzte ihn auf mindestens dreißig. Seine Haut war sonnengebräunt, und seine Augen strahlten wie gelber Bernstein. Er hatte lange, helle Haare und ein edles Gesicht. Seine Kleidung war schlicht, aber von erlesenem Stoff. Zum Zeichen seines hohen Ranges zierte das fürstliche Wappen seine Mantelspange.

Niam überwand ihre Zurückhaltung. »Ich grüße Euch, Gwydón.«

»Ich danke dir und entbiete auch dir meinen Gruß, Niam, Alanias Tochter. Ich freue mich, dich so gesund und blühend wiederzusehen.«

Niam sah ihre Tante fragend an.

»Ja, Gwydón ist ein alter Bekannter von dir. Als Baby warst du ganz vernarrt in ihn.«

»Habt Ihr auch meine Eltern gekannt?«

»Deine Mutter schon. Jeder am Hofe des Fürsten Enatos kannte Alania.«

»Könnt Ihr mir etwas von ihr erzählen?«, fragte Niam scheu.

»Später gerne. Aber jetzt muss ich etwas Wichtiges mit deiner Tante besprechen.«

Auriel nickte und erhob sich. Ohne ein weiteres Wort führte sie Gwydón in ihre geheime Kammer.

Niam sah ihnen neugierig hinterher. Die Kammer der Tante war für sie ein verbotener Bezirk. Niam durfte diesen Bereich des Hauses nicht betreten, und Tante Auriel vermied es, ihn in Niams Gegenwart auch nur zu erwähnen. Jedes Mal, wenn Auriel sich in dieses Zimmer verzog, regte sich Niams Fantasie. Viele Geschichten hatte sie sich im Laufe der Jahre um diesen Raum geträumt, magische Erlebnisse und Abenteuer. Doch bevor Niams Gedanken jetzt abschweifen konnten, hörte sie lautes Wiehern. Sie sprang auf und lief hinaus in den warmen Sommertag. Die Julisonne hatte die Morgennebel bereits zerstreut – es war ein herrlicher Tag. Schnell lief Niam zur Scheune. Dort wurde sie bereits von Nimus, dem Hengst der Tante, erwartet.

Niam öffnete seine Box und kraulte sein seidiges Fell. »Guten Morgen, Nimus.«

Das große Pferd hob seinen Kopf und rieb die warmen Nüstern an ihrem Gesicht. Dann wand er sich wieder dem frischen Hafer zu. Niam setzte sich ins Heu und betrachtete ihn liebevoll.

Das war wirklich ein aufregender Morgen. Da war zuerst dieser Fremde, Gwydón, und der kannte auch noch ihre Mutter. Niam wusste nicht viel über ihre Mutter, nur, dass sie kurz nach ihrer Geburt gestorben war. Tante Auriel redete nicht viel über die Vergangenheit. Aber jetzt war Gwydón da. Niam nahm sich vor, ihn später auszufragen. Sie lehnte den Kopf an die Stallwand und schloss die Augen. Durch die Ritzen der Holzwand fielen ein paar Sonnenstrahlen und wärmten ihr Gesicht. Niam seufzte. Diese Jahreszeit liebte sie besonders. Alles stand in Blüte, und die Luft war voller Düfte. Der Sommer des Jahres 234* bewegte sich auf seinen Höhepunkt zu, das große Fest Lugnasa, und außerdem kam Niams Geburtstag. Dieses Mal war es ein ganz besonderer Geburtstag: ihr dreizehnter. Natürlich wusste Niam schon lange, dass sie kein Kind mehr war, aber mit dreizehn würde auch Tante Auriel einsehen, dass sie nun erwachsen war. Dann würde sie Niam endlich ernst nehmen müssen. Tante Auriel verstand sie einfach nicht mehr. Sie wollte nicht akzeptieren, dass Niam lieber ihren eigenen Gedanken nachhing. Alles war anders geworden in den letzten Monaten, nichts war mehr so wie früher. Niams Träume hatten sich verändert, und nicht nur das. Auch ihr Körper hatte neue Formen bekommen. Nichts passte mehr richtig, und ihre Hemden spannten. Vielleicht würde sie ja ein neues Kleid zum Geburtstag bekommen. Immerhin war es ja der dreizehnte! Niam konnte es kaum noch erwarten. Bald, nur noch drei Nächte …

Auriel schloss die Tür ihrer Kammer hinter Gwydón, dann wandte sie sich ernst an ihren Gast:

* Niams Mitmenschen zählten die Jahre, da der erste Vorfahr seinen Fuß in die neue Welt gesetzt hatte. Dies wurde die »neue Zeitrechnung« genannt und war allgemein gültig.

»Gwydón, was machst du hier? Warum bist du nicht in Môn?«

»Caldur ließ mich zu sich rufen.«

»Und was ist mit deiner Ausbildung?«

»Die werde ich später beenden. Jetzt aber schickt mich Caldur mit einer wichtigen Botschaft zu dir. Er bittet dich, nach Amarango zu kommen. Die Wolken verdunkeln sich, eine böse Zeit zieht heran.« Gwydón sah Auriel fest in die Augen. »Doch lass mich am Anfang beginnen: Vor einigen Tagen erhielt ich in Môn eine Nachricht von Caldur. Ich meditierte gerade über meine letzte Prüfung, dem Dwyf-fyddiaeth, und saß in Abgeschiedenheit und innerer Einkehr. Doch Caldur ließ meine Sammlung unterbrechen und rief mich nach Amarango. Dort erwartete er mich schon ungeduldig und sagte mit sorgenvollem Gesicht: ›Der Drache ist erwacht. Im Norden wächst sie wieder, die böse Macht. Ynis Mâcha erhebt sich erneut und sammelt seine schwarzen Gesellen. Noch ist vieles im Dunkeln, aber es gibt zahlreiche Hinweise. Seit Jahren mehren sich die Gerüchte, und meine Sorgen wachsen. Die Zeit der Entscheidung rückt näher. Ich habe eine wichtige Aufgabe für dich. Sie mag dir anfangs klein und unwichtig erscheinen, doch am Ende ist sie deine schwerste und wichtigste Prüfung!‹ Dann begleitete ich ihn auf einer Geistesreise. Unsere Geister verbanden sich, und so sah ich Teile seiner Vision. Dort war ein junges Mädchen. Jetzt weiß ich, dass das Niam war.«

Auriel nickte und murmelte leise: »Das habe ich irgendwie erwartet.«

Gwydón fuhr fort: »Als Caldur aus seinem Traum erwachte, bat er mich, dich und Niam schnellstmöglich nach Amarango zu bringen. Er gab mir folgende Nachricht für dich mit:

Die Würfel rollen, der Drache erwacht,
die Zeiten fordern die ewige Nacht.
Zur Gegenwehr war stets gedacht
ein Sonnenkind mit seiner Macht.

Die Geister rufen, der Sturm beginnt,
nun findet und schützt das helle Kind.
Damit das Warten beendet sei,
das Leben im Dunkeln ist nun vorbei.

Es ist an dir, den wahren Inhalt dieses Textes zum jetzigen Zeitpunkt zu deuten.«

»Leider.« Auriel nickte bekümmert. »Der große Krieg rückt näher. Aber eigentlich bin ich nicht überrascht, dass du gerade jetzt kommst. Hast du heute Nacht ebenfalls den Ruf gehört?«

Gwydón nickte. »Ja, auch ich habe die dunkle Botschaft vernommen.«

Am nächsten Tag brachen sie noch vor Tagesanbruch auf. Tante Auriel hatte Niam nicht viel erklärt, nur, dass sie nach Amarango zum Hof des Fürsten eingeladen seien, um dort Lughnasa zu feiern. Nimus wurde vor die Kutsche gespannt, und es ging los. Durch den hohen Wald folgten sie dem Bach in Richtung Norden. Später würde sich dieser mit dem mächtigen Fluss Coinée verbinden, doch hier war er nur ein kleines Rinnsal, das leise auf die Ebene zufloss. Mühsam folgten sie seiner Spur durch den dichten Wald. Dunkle Moose und hohes Farnkraut bedeckten den schattigen Boden. Aber Gwydón kannte den Weg und lenkte die Kutsche sicher durch das wuchernde Gestrüpp.

Niam saß die ganze Zeit still in ihrer Ecke. Gedankenverloren ließ sie die vertrauten Wälder und Wiesen ihrer Kindheit an sich vorüberziehen. Auch die fremde Umgebung des dichten Waldes vermochte es nicht, sie aus ihren Träumen zu holen. Sie dachte an Shidrén und ihren gestrigen Abschied. Shidrén, die kleine Hausfee, war ihre beste Freundin und lebte mit ihrer Familie unter Auriels Türschwelle. Solange Niam zurückdenken konnte, waren sie und Shidrén unzertrennlich gewesen. Bis gestern. Denn Shidrén wollte Niam nicht begleiten. Ihr als Angehörige des stillen Volkes war Amarango zu laut. Also hatten sich die Freundinnen zum ersten Mal in ihrem Leben getrennt. Niam war traurig. Sie sah es vor sich, das kleine, zarte Wesen, nur ein paar Zoll hoch, mit seiner grünen Jacke und dem roten Wollrock, umgeben von einem hellen Licht. Wenn Shidrén sprach, klang es, als würde ein Tropfen auf einem Stein zerspringen. Niam erinnerte sich all der Dinge, die sie mit Shidrén erlebt hatte, und schon jetzt vermisste sie schmerzlich die Freundin ihrer Kindheit.

Die Sonne stand bereits im Westen, als Auriel, Gwydón und Niam endlich den Waldsaum erreichten. Jäh gaben die Bäume den Blick auf die große Ebene von Ystrâd frei. Hier war das Land lieblich, reich und fruchtbar. Dinkel- und Gerstenfelder standen neben Lein- und Schlafmohnwiesen. Im Westen floss ruhig der Coinée. Vor den Reisenden lagen die Reste einer alten Straße. Vereinzelte Wegstücke zeugten noch von der ehemaligen Pracht. Das Straßenpflaster war immer noch befahrbar. Nun kam die Kutsche schneller voran. Bald sahen sie in der Ferne die Umrisse eines Hauses. Das war ihre Tagesetappe, denn dieses Gehöft war das einzige Gasthaus an der alten Straße.

Der dämmrige Schankraum war von lautem Stimmengewirr erfüllt. Viele Menschen trafen sich hier, Handelsreisende und fahrendes Volk, Abenteurer und düstere Gestalten. Gwydón fand einen freien Tisch und führte seine Begleiterinnen dorthin. Mit müden Gliedern ließen sie sich nieder und aßen die erste Mahlzeit des Tages.

Plötzlich wurde die Tür zur Schankstube mit Schwung geöffnet, und ein Krieger trat ein. Mit lauter Stimme rief er: »Wirt, schnell, ich bekomme eine kräftige Mahlzeit und ein Bier!« Die Stimme ließ erahnen, dass sie keinen Widerspruch gewohnt war.

Bei ihrem Klang blickte Gwydón auf. Wortlos erhob er sich und trat zu dem Fremden.

Die beiden Männer redeten kurz miteinander, dann brachte Gwydón ihn an ihren Tisch. »Erlaubt mir, dass ich euch Conall von Sîón vorstelle, der oberste Heerführer des Königreiches Sîl und der Bote von König Líath. Er ist wie wir auf dem Weg nach Amarango. Ich habe ihm angeboten, mit uns zu reisen.«

Der hoch gewachsene Krieger verbeugte sich. Viele Kämpfe hatten ihre Spuren in seinem vernarbten Gesicht hinterlassen, doch er war gesund und kräftig. Sein Bart schimmerte golden, und freundliche Augen lachten aus dem wettergegerbten Gesicht. An seiner Seite hing das große Schwert des Kriegers. »Ich grüße dich, Auriel aus Anándes' Haus. Es ist mir eine große Freude, dass sich unsere Wege nach so vielen Jahren wieder treffen.«

Auch Auriel freute sich über das Wiedersehen. Für eine kurze Zeit versanken sie in gemeinsamen Erinnerungen, aber die aktuellen Ereignisse holten sie bald zurück. Conall berichtete erschreckende Dinge aus seiner westlichen Heimat. Doch vorher schickte Auriel Niam hinaus. Sie wollte nicht, dass das Kind diese ganzen Geschichten über Krieg und Verwüstung hörte, und so bat sie Niam, nach Nimus zu sehen.

Draußen war mittlerweile die Nacht aufgezogen. Tausende von Sternen blitzten am Firmament, und der Mond war aufgegangen. Noch hatte er seine ganze Fülle nicht erreicht, aber sein Licht war hell und tauchte alles in einen silbrigen Schein. Es war eine laue Sommernacht, und die Grillen zirpten ihr ewiges Lied. Niam setzte sich neben den Stall und schloss die Augen. Tief atmete sie die Düfte der Jahreszeit ein und lauschte verzückt dem Liebeszauber des Sommers.

Plötzlich hörte Niam ein lautes Zischen. Instinktiv folgte sie dem unheimlichen Geräusch in ein nahes Wäldchen. Eng standen hier die Bäume und Niam kämpfte sich durch das dichte Gestrüpp. Immer lauter hörte sie das Zischen. Endlich wurde der Wald weniger dicht, und Niam erreichte eine Lichtung mit einem kleinen See. Dort bot sich ihr ein grausames Bild. Ein schwarzer Rabe lieferte sich einen heftigen Kampf mit einem drachenähnlichen Tier mit schuppiger Haut, einem stacheligen Schwanz und einem Maul voll furchterregender Zähne. Das Untier hatte das Nest des Vogels geplündert. Vergeblich versuchte die Rabenmutter, ihre Nachkommen zu schützen. Die zerrissenen Leiber kleiner Vögel zeigten das deutlich. Nun stürzte sich der Rabe in seinen letzten Todeskampf. Der Vogel hatte gegen die Urkraft seines Gegners keine Chance. Zu scharf waren dessen Zähne und zu kräftig sein Biss.

Im Bruchteil dieses Augenblicks traf Niam eine Entscheidung. »Lass den Raben los, du scheußliches Vieh!« Mit einem Stein vertrieb sie das Reptil und lief zu dem Vogel.

Tiefe Wunden zeigten sich auf dem schwarzen Körper, und ein Flügel hing gebrochen herunter. Schnell schöpfte Niam ein wenig frisches Wasser und versorgte das verletzte Tier. Dabei betrachtete sie den Raben genauer. Sein Gefieder war ebenso pechschwarz wie das eines jeden Raben, doch mit einer Besonderheit. Dieser Vogel hatte einen weißen Stern auf der Stirn und weiße Flügelspitzen an den Schwungfedern.

Später begrub Niam die toten Vogelkinder unter einer alten Eiche. Sie schmückte das Grab mit Blüten und Wiesenblumen und sang ihnen zu Ehren ein letztes Trauerlied.

Inzwischen war es spät geworden. Niam sah noch einmal nach dem verwundeten Vogel, dann lief sie schnell zurück ins Gasthaus.

Am nächsten Morgen sah Niam noch vor Sonnenaufgang nach dem Raben, doch da war nichts außer einer zurückgelassenen Schwungfeder, schwarz mit einer weißen Spitze. Niam steckte sie ein und nahm sie mit auf die Reise als Erinnerung an diese seltsame Begegnung.

2. Kapitel

Amarango

Der Morgen graute erst zaghaft im Osten, als sich Gwydón, Auriel und Niam wieder auf den Weg machten. Conall schloss sich ihnen an. Auf der befestigten Straße kamen sie schnell voran. Ohne Unterbrechung fuhren sie nach Westen durch die Weiten der Ebene von Ystrâd. Am späten Vormittag erreichten sie den Coinée. Gemächlich floss er vom nördlichen Meer zur Meeresbucht von Tremágonia und teilte das Reich Brigant in ein westliches und ein östliches Gebiet. Die Straße folgte dem Fluss nach Norden und führte am Wassersaum entlang nach Amarango – durch dunkle Wälder, fruchtbare Felder und riesige Viehweiden. Brigant war ein reiches Land.

Allmählich spürten die Reisenden die wachsende Nähe einer großen Stadt. Die Straße wurde breiter, und sie trafen immer mehr Menschen auf dem Weg nach Amarango.

Zur Mittagszeit umrundete die Kutsche die letzte Flussbiegung. Im goldenen Licht der Sonne sah Niam das Ziel ihrer Reise: Amarango, die Hauptstadt der Briganten. Die Stadt war von Wällen und starken Steinmauern mit Türmen und Wehrgängen umgeben. Hoch ragten sie in den weiten Himmel über der Ebene. Die nahen Zinn- und Kupferminen hatten die Stadt reich gemacht. In großen Schmelzöfen am nördlichen Stadttor wurde das Erz verhüttet und in den zahlreichen Schmieden der Stadt verarbeitet. Daneben sicherte der Handel auf dem Coinée den Stadtbewohnern ihren Wohlstand. Heute standen die mächtigen Stadttore offen und es herrschte ein reges Treiben. Viele Menschen drängten in die Stadt. Die Reisegruppe reihte sich ein und betrat Amarango durch das südliche Tor.

Beim Eintritt in die Stadt drückte sich Niam zunächst in die dunkelste Ecke der Kutsche. Sie war so viele Menschen nicht gewöhnt und fühlte sich unbehaglich. Nur vorsichtig schaute sie hinaus. Um dem Verkehr auf den Hauptwegen zu entgehen, lenkte Gwydón die Kutsche in die kleinen Gassen durch die eng stehenden Häuser. Die meisten waren aus Holz. Die Zimmermannskunst war hoch geehrt und zeigte sich hier in Perfektion. Glatte Spaltbohlen bildeten die Wände, und die Dächer waren mit Stroh gedeckt. Gefüllte Getreidespeicher standen auf stabilen Holzstelzen. Immer wieder durchfuhren sie Tore, bis sie endlich die Hauptstraße wieder erreichten. Beim Anblick all dieser Pracht verlor Niam für einen Moment ihre Schüchternheit und schaute sich neugierig um. Hier wohnten die edelsten Familien Brigants. Ihre Häuser waren zumeist aus Lehmziegeln erbaut, und Wappen zierten die hohen Eingangstüren. Kunstwerke zierten die breite Straße.

Überall wurde gelacht und getanzt. Das Volk von Amarango feierte bereits seit drei Tagen. Alle Häuser waren festlich geschmückt, und auf den zahlreichen Plätzen waren Tafeln mit feinen Köstlichkeiten und Genüssen aufgestellt. Niam sah Weinamphoren aus dem fernen Süden und exotische Früchte auf edlem Tafelgeschirr aus Keramik und Grafit. Der Gerstensaft floss in Strömen.

Schausteller aus allen Himmelsrichtungen waren gekommen, um ihre Künste dem zahlenden Publikum vorzuführen. Niam betrachtete ihre bunten Trachten und ließ sich berauschen von den Farben, Tönen und Gerüchen.

Da bremste Gwydón die Kutsche, und Niam erblickte Dún Amarango, den Fürstensitz von Brigant. Auf einem Hügel errichtet, blickte das imponierende Gebäude weit ins Land. Es war eine mächtige Steinfestung mit Schieferdächern, zusätzlich geschützt von einer kräftigen Mauer aus Stützbalken und Trockenmauerwerk und einem vorgelagerten Graben. Die Kutsche passierte diese letzte Mauer und kam auf einem kleinen Platz zum Stehen. Hier trat ein Diener auf Gwydón zu und flüsterte ihm leise etwas ins Ohr.

Gwydón nickte und wandte sich an seine Mitreisenden: »Auriel, wir müssen gehen. Fürst Enatos hat den Kriegsrat einberufen. Conall, komm gleich mit.«

»Und ich? Was soll ich tun?« Niam sah ihre Tante erschreckt an.

Diese lächelte: »Bist du denn gar nicht neugierig auf Amarango? Sieh dich etwas um, solange wir weg sind. Wir treffen uns später auf dem Platz vor dem Hauptportal wieder.« Damit verschwanden Auriel, Gwydón und Conall durch eine holzbeschlagene Tür im dunklen Bauch der Festung.

Über viele Treppen erreichten sie den Thronsaal. Es war eine gewaltige Kuppelhalle am höchsten Punkt von Dún Amarango. Kostbare Mosaike schmückten den Boden und bunte Glasfenster tauchten den hohen Raum in tausendfache Farben. In der Mitte des Saales stand ein runder Tisch. Dort tagte der Kriegsrat. Die edelsten Frauen und Männer des Reiches waren versammelt.

Als Gwydón, Auriel und Conall eintraten, sprach gerade Thorolf, der oberste Krieger Brigants: »Mein Fürst, wir müssen etwas tun! Überall werden große Truppenbewegungen gesichtet. Außerdem häufen sich die Berichte von Scharmützeln und kleineren Gefechten, meist in Grenznähe. Der Feind zieht seine Armee zusammen. Wir müssen uns endlich rüsten. Mit einem direkten Rückschlag können wir ja noch warten, aber ich bitte Euch dringend, lasst mich ein Heer aufstellen!«

In diesem Augenblick wurden Gwydón, Conall und Auriel gemeldet und sofort zu Fürst Enatos gebracht. Einst war er ein hoch gewachsener und stattlicher Mann gewesen, doch nun beugte die Last des Alters seinen Rücken. Seit vielen Jahren regierte er gerecht und milde. Noch immer zeigte sein Gesicht die edle Herkunft. Heute aber waren seine Augen trübe und sein Gesicht lag in schweren Sorgenfalten.

Nach der Begrüßung trat Conall vor und beugte das Knie: »Edler Fürst«, stellte er sich selber vor, »ich bin Conall von Sîón, Bote von König Líath aus Sîl. Ich überbringe eine Nachricht meines Herrn.«

»Ich heiße dich in Amarango willkommen, Conall. Erzähle uns die Situation in deiner Heimat, und dann lass mich die Botschaft deines Herrn hören.«

»Es ist etwas Furchtbares geschehen. Ein riesiger Zug der Verwüstung erreichte vor mehreren Wochen unsere Küste. Feindliche Krieger überfielen die Dörfer am Rande des großen Meeres und mordeten Frauen und Kinder. Sie plünderten und brandschatzten alles, was sich ihnen in den Weg stellte. König Líath eilte natürlich sofort mit einer Verteidigungsarmee dorthin. Aber das alles war nur ein grausames Ablenkungsmanöver. Als wir zur Königsburg Camallate zurückkamen, da hatten Lord Balzôrcs

Truppen etwas viel Furchtbareres getan: Der Eámur von Sîl, unser heiliger Krönungsstein, war fort.« Der alte Kämpfer schloss erschauernd die Augen. »Schnell wie der Blitz verschwanden die schwarzen Krieger wieder über das Meer. Deshalb bin ich hier. Mein Herr schickt mich mit der Bitte um Hilfe zu Euch, Fürst Enatos.«

Conalls Nachricht ließ die Anwesenden verstummen, wenn auch nur für kurz. Denn so erschreckend diese Nachrichten aus dem westlichen Königreich auch waren, auch die übrigen Länder der neuen Welt waren betroffen. Die Diskussion wurde wieder hitziger.

»Auch im Norden tut sich etwas.« Thorolf machte sich erneut zum Wortführer. »Mir sind Nachrichten zu Ohren gekommen, dass sich an der Küste von Ynis Mâcha ein riesiges Heer sammelt.«

»Worauf warten sie bloß? Wieso schlagen sie jetzt nicht zu, wo wir noch völlig unvorbereitet sind?«

»Wahrscheinlich sind diese kleinen Überfälle erst der Anfang. Bald wird der Feind zum großen Schlag ausholen.«

»Ich sage, wir müssen sofort ein Heer ausrüsten und im Norden Stellung beziehen!«, rief ein junger Krieger. Krischa, ein Mann in den besten Jahren von strahlender Schönheit und edler Geburt, galt nach Thorolf als der beste Kämpfer der Briganten.

Bekümmert sah Fürst Enatos in die Runde. »Ist euch bewusst, was das bedeutet? Wollen wir denn wirklich einen Krieg?« Er senkte seine Stimme. »In all den Jahren meiner Regentschaft habe ich mich bemüht, den Frieden zu erhalten. Ich war stolz darauf, dass es in Brigant seit dreizehn Jahren keinen Krieg mehr gab.«

»Aber mein Fürst«, warf Krischa ein, »wir müssen uns doch verteidigen.«

»Ich weiß.« Der alte Fürst lächelte seinen jungen Krieger müde an. »Der Frieden ist wohl vorbei.« Er holte tief Luft, dann sagte er mit fester Stimme. »Jawohl, meine getreuen Krieger, ihr habt Recht. Wir werden kämpfen!«

»Gedenkt der Prophezeiung!« Die tiefe Stimme kam aus dem Schatten des hinteren Raumes. Eine Gestalt trat aus der Dunkelheit in den Kegel des Lichts. Caldur, der oberste Druide des Landes und weise Ratgeber des Fürsten, war trotz seines hohen Alters immer noch eine ehrfurchtgebietende Erscheinung. Er trug das schlichte Gewand seines Ordens, und seine Worte strahlten Autorität und Weisheit aus.

Er wandte sich an den Rat der Krieger. »Erinnert euch der Prophezeiung. Ihr wisst doch, was dort steht:

Wenn einst vorbei die Freudentage,
hör zu, oh Menschenkind,
von großem Leid erzählt die Sage,
der große Krieg beginnt.
Kein Stamm, der diesem Fluch entgeht,
kein Landstrich ohne Glut,
und auf den leeren Feldern steht
der letzten Krieger Blut.

Das alte Leben untergeht.
Es ist der große Krieg.
Der letzte, den das Land erlebt.
Den andren ist der Sieg.
Der Untergang ist Sicherheit,
leb wohl, mein Heimatland,
denn damit stirbt in Ewigkeit,
was ›Neue Welt‹ genannt.«

Seine Worte kühlten die Gemüter der Anwesenden schlagartig ab.

Eine Weile schwiegen alle und blickten betroffen zu Boden.

Dann räusperte sich Fürst Enatos und sprach die gefürchtete Frage aus: »Und, Caldur, ist dies der Beginn des großen prophezeiten Krieges?«

»Ich weiß es noch nicht genau. Das Bild ist unvollständig, der Nebel ist noch zu dicht, und zu viele Dinge ruhen noch im Dunkel.«

»Was heißt das?« Thorolf sprach mit der Ungeduld eines Kriegers. »Was sollen wir tun?«

»Seid auf der Hut, bereitet euch vor. Es naht die Zeit der Entscheidung, doch noch ist sie nicht reif.«

»Sollen wir nun unsere Streitkräfte aufstellen oder nicht?« Thorolf ließ sich nicht abschütteln.

»Ich sage lediglich, seid auf der Hut. Es wird geschehen, was geschehen muss.« Damit entzog sich der alte Druide der weiteren Diskussion und trat zu Auriel und Gwydón. Leiser setzte er hinzu: »Außerdem ist es nicht damit getan, dass ihr ein Heer aufstellt. Dieser Krieg wird anderswo entschieden.«

Er machte Auriel ein Zeichen, ihm zu folgen. Gwydón blieb zurück, um Caldur später vom Ausgang der Beratung zu berichten.

Caldur führte Auriel durch geheime Gänge in seine Kammer unter dem Dach von Dún Amarango. Dort schloss er seine Freundin alter Tage in die Arme: »Auriel, es tut gut, dich zu sehen.«

Innig erwiderte Auriel seine Umarmung. »Ja, mein lieber Freund, viele Jahre liegt unser Abschied zurück. Viel ist passiert in dieser Zeit. Allerdings bei mir nur im Kleinen«, fügte sie lächelnd hinzu. »Du weißt, wie klein meine Welt geworden ist.«

»Aber du wusstest doch, was dich erwartete, als du dich damals entschieden hast.«

»Ich beklage mich ja auch nicht. Niam hat mich tausendfach entschädigt.«

»Niam? Wie ist sie? Erzähl mir von ihr.«

»Niam ist ein wundervolles Kind, einfühlsam und begabt. Und sie ähnelt ihrer Mutter sehr. Wenn Niam träumt – und das tut sie oft –, ist ein richtiges Strahlen um sie. Sie wirkt dann wie von einer anderen Welt.«

»Haben wir damals richtig gehandelt? Ist Niam die, die wir erwarten?«

»Möglicherweise. Noch ist sie eher schüchtern und introvertiert, aber das wird sie ablegen. In ihrem Alter ist es normal, dass sie sich lieber ihren Träumen hingibt. Es ist etwas Besonderes an Niam. Ich habe sie all die Jahre beobachtet. In ihr schlummern viele versteckte Fähigkeiten. Gerne hätte ich sie geleitet. Sie hat eindeutig Talente.«

»Genau deshalb durfte sie ihre Lehre nicht früher beginnen«, sagte Caldur eindringlich.

»Ich weiß. Dennoch hätte ich sie gerne ausgebildet.« Auriel hing eine Weile ihren Gedanken nach. Plötzlich hob sie den Kopf. »Da ist noch etwas. Vor ein paar Tagen geschah etwas Merkwürdiges: Niam hat eine Eule gesehen, in unserem Wald.«

»Das Bild verdichtet sich«, murmelte Caldur leise. Laut fragte er: »Wann genau war das?«

»Es war in der Nacht der dunklen Botschaft.«

»Das verwundert mich nicht besonders. Wir sollten Niam so schnell wie möglich nach Môn bringen und später nach Emain Ablach.«

Anfangs konnte Niam es nicht fassen, dass ihre Tante sie tatsächlich alleine zurückgelassen hatte. Entsetzt starrte sie auf die Tür, hinter der Auriel und Gwydón verschwunden waren. Doch sie kamen nicht wieder. Mit einem Kloß im Hals sah Niam sich ängstlich um. Zaghaft drückte sie sich in eine Ecke und überlegte. Zu gerne würde sie ihre Umgebung erkunden, aber sie traute sich nicht. Hier waren so viele fremde Menschen. Außerdem wusste Niam weder, wo sie war, noch wo sie hingehen sollte. Also beschloss sie, sich nicht von der Stelle zu rühren und hier auf Tante Auriel zu warten. Aber bald wurde ihr langweilig. Sie hörte Lachen aus dem Inneren der Burg und sah Menschen ein und aus gehen. Irgendwann siegte Niams Neugier. Sie fasste all ihren Mut und betrat Dún Amarango mit klopfendem Herzen. Schüchtern drückte sie sich an den Wänden entlang und betete, niemand möge sie entdecken. Aber bald bemerkte sie, dass sie gar nicht auffiel. Wenn ein Mensch ihr begegnete, nickte er ihr freundlich zu und ging seiner Wege. Niam atmete durch. Langsam verlor sie ihre Scheu. Immer mutiger werdend erkundete sie das Innere der Burg.

Dún Amarango war riesig, mit eigenen Speichern und sogar einer eigenen Werkstatt. In dem regensicheren, windgeschützten und nicht zu trockenen Raum standen große Webstühle. Hier wurde kostbares Tuch gewebt. In einer anderen Ecke standen gewaltige Ambosse, an denen die Schmiede Eisen verarbeiteten. Auch Töpfer waren vertreten. Staunend ging Niam weiter. Irgendwann gelangte sie in die Küche. Viele Köche liefen mit roten Köpfen in dem riesigen Gewölbe umher und schrien ihren Lehrjungen Befehle zu. In großen Töpfen wurden Bohnen, Linsen und Erbsen gekocht, wohl abgeschmeckt mit den feinsten Kräutern. Zahlreiche Rinder und Schweine wurden über riesigen Feuerstellen gebraten und gesotten. Es duftete wunderbar. Am meisten faszinierte Niam jedoch der große Vorratskeller. Ein zylinderförmiger Schaft war tief in die Erde gegraben worden. In diesem Erdkeller lagerten die Vorräte kühl und feucht. Noch nie hatte Niam eine solche Vielfalt gesehen. Wohlgemut setzte sie ihre Erkundungen fort.

Als Nächstes gelangte Niam in den herrschaftlichen Bereich von Dún Amarango. Sie durchquerte Empfangssäle und Repräsentiergemächer. Hier waren die Räume mit edlen Wandteppichen und erlesenen Vorhängen geschmückt. Reich verzierte Leuchter standen auf den Tischen und Kunstwerke aus allen Teilen der Welt hingen an den Wänden. Einige Zimmer hatten sogar eine Seidentapete. Jeder Raum war in einer anderen Farbe gehalten. Auf einem breiten Flur trafen sie sich in allen Farben des Regenbogens. Überall sah Niam die Insignien des Fürsten von Brigant. Mit staunenden Augen ging Niam weiter.

Wegen seiner Lage auf dem Hügel war Dún Amarango in mehreren Ebenen erbaut. Niam sah, dass diese Ebenen mit mächtigen Pfosten abgestützt waren und jeweils in einer Plattform endeten, die einen wunderbaren Blick über die Ebene von Ystrâd bot. Der warme Sommertag ging langsam zu Ende. Noch zitterte die heiße Luft über dem flachen Land, doch die Sonne begann bereits, sich auf ihren Abschied vorzubereiten. Niam konnte sich kaum satt sehen und genoss die Aussicht.

Ihre Ruhe wurde jäh durch lautes Geschrei gestört. Niam folgte diesem Geräusch nach draußen. Dort sah sie mehrere Jungen im Kreis um ein kleines Mädchen. Hämisch grölend stießen sie das Kind umher. Verschreckt hielt es seine Arme schützend vor das Gesicht. Bei diesem Anblick geschah etwas in Niam. Ohne sich dessen bewusst zu sein, überwand sie ihre Scheu vor Menschen und trat auf den Platz. Ihr Auftauchen genügte und die Jungen nahmen Reißaus.

Sanft legte Niam dem zitternden Mädchen die Hand auf die Schulter. »Du musst keine Angst mehr haben. Sie sind weg.«

Das Kind zuckte heftig unter ihrer Berührung zusammen. Nur langsam zog es seine Arme herunter und Niam sah in zwei riesige, angstvolle, dunkle Augen. Ohne ein Wort drehte sich das Mädchen blitzschnell um und floh.

Seltsam berührt nahm Niam ihren Gang durch Dún Amarango wieder auf. Auf dem Platz vor dem Hauptportal traf sie ihre Tante wieder.

»Da bist du ja, Niam. Hattest du einen schönen Nachmittag?« Mit diesen Worten begrüßte Auriel ihr Ziehkind.

»Tante Auriel, es war wunderbar. Ich habe so viel Interessantes gesehen.« Freudig lief Niam in die Arme ihrer Tante.

»Niam, ich möchte dir einen alten und sehr guten Freund von mir vorstellen. Das ist Caldur, der Oberdruide unseres Landes und vor vielen Jahren mein Lehrmeister.«

Caldur trat vor und sagte: »Sei gegrüßt, Niam. Ich freue mich, Alanias Tochter so strahlend und gesund wiederzusehen. Und ich sehe, du ähnelst deiner Mutter. Sie galt als die schönste Frau ihrer Zeit.«

Niam blickte verlegen zu Boden. Sie war ein wenig verwirrt. So viel hatte sich geändert. Noch vor wenigen Tagen hatte sich ihr Leben in geregelten Bahnen abgespielt, und nun stand sie hier und sprach mit Caldur, dem allseits geehrten Oberdruiden der Briganten. Und dieser kannte nicht nur ihre Mutter, sondern sogar sie selbst und sprach mit ihr wie mit einer Erwachsenen. Zuerst traute sich Niam nicht, Caldur direkt anzusehen. Heimlich betrachtete sie ihn im Licht der sinkenden Sonne. Sie konnte ihn nur schwer einschätzen. Er hatte sanfte Augen, aber gleichzeitig stand harte Strenge auf seiner Stirn. Sein Alter konnte fünfzig oder hundert sein. Er war nur schlicht gekleidet, dennoch war seine erhabene Gestalt beeindruckend. Aber er sah Niam freundlich an, und ihre Scheu legte sich. Sie beschloss, ihn zu mögen, und erwiderte sein Lächeln.

»Niam, wir wollen uns später ein wenig unterhalten. Nun aber folge deiner Tante. Mich müsst ihr entschuldigen.« Mit diesen Worten nickte Caldur und verschwand.

Ohne auf ihre Proteste zu hören, schickte Auriel Niam ins Bett. »Jetzt musst du ein wenig schlafen. Bald beginnen die Feierlichkeiten, und davor solltest du dich ausruhen.«

Niams Zimmer war herrlich. Es erstrahlte in einem leuchtenden Orange. Alles war Ton in Ton abgestimmt, von der Tapete über dem weichen Teppich bis hin zu den Gardinen. Bilder schmückten die Wände, und auf dem Tisch stand eine Schale mit frischem Obst. Gegenüber der großen Fensterfront stand ein riesiges Himmelbett, ebenfalls in sanften Orangetönen gehalten. Es war flauschig und lud zum Niederlegen ein. Mit einem Seufzer ließ sich Niam in die weichen Kissen fallen. Die Strahlen der Nachmittagssonne tauchten das Zimmer in ein goldenes Licht. Durch das geöffnete Fenster trug der laue Sommerwind die Lieder der Vögel herüber. Niam fielen die Augen zu.

Der Abend dämmerte bereits, als Niam von einer leisen Stimme geweckt wurde. »Guten Abend, junge Herrin. Habt Ihr gut geruht?«

Niam schlug die Augen auf und blickte sich um. Es dauerte einige Zeit, bis sie erkannte, wo sie war. Und dann sah sie die Dienerin, die still im Hintergrund stand.

Schnell setzte Niam sich auf und sagte: »Ja, ich fühle mich frisch und erholt.«

Die Dienerin reichte ihr eine kleine Brotzeit. »Die Sonne wird bald untergehen. Dann wird das große Feuer entzündet. Ich werde mich um Euer Wohlergehen kümmern und Euch beim Ankleiden behilflich sein.« Damit deutete die Zofe auf die andere Ecke des Zimmers.

Dort lag ein wunderschönes blaues Kleid. Vorsichtig hob Niam es hoch. Die kühle Seide raschelte unter ihrer Berührung. Bewundernd betrachtete Niam das Bustier, welches mit kunstvollen Mustern und kleinen Edelsteinen bestickt war.

Behutsam legte sie das Kleid wieder zurück. »Ist das wirklich für mich?«

Die Dienerin nickte und führte Niam ins Bad. Dort wurde sie in kostbaren Essenzen gebadet und mit wunderbaren Ölen eingerieben. Danach wurde sie angekleidet. Das prächtige Kleid passte wie angegossen.

Schmeichelnd umhüllte der schimmernde Stoff Niams jungen Körper und betonte anmutig ihre ersten Rundungen. Dann legte die Dienerin Reifen aus Gold, Emaille und Glas um Niams Arme und schmückte ihre Hände mit Ringen. Zuletzt kämmte sie Niams lange Haare und verflocht meisterhaft viele bunte Perlen in die blonden Locken, die in dichten Flechten den Rücken herabflossen.

»Was habt Ihr für schöne Haare, Herrin. Eine solche

Pracht habe ich noch nie gesehen«, sagte die junge Dienerin staunend.

»Die hat sie von ihrer Mutter geerbt.« Unbemerkt war Auriel hinter Niam getreten.

Die Zofe beendete schnell ihr Werk und zog sich still zurück.

Auriel betrachtete Niam liebevoll und schob sie vor einen großen Spiegel: »Sieh dich an, Niam. Du bist schon eine richtige junge Dame. Und eine hübsche noch dazu. Du ähnelst deiner Mutter immer mehr. Sie wäre stolz auf dich, wenn sie dich heute so sehen könnte. Aber etwas fehlt noch.« Damit öffnete Auriel eine Schatulle und entnahm ihr einen prächtigen Torques. Der Halsreif war aus massivem Gold. Kostbare Saphire waren kunstvoll in das edle Metall eingearbeitet und liefen in einer Linie auf beiden Seiten des Halses herunter. Sie endeten jeweils in einer Spirale, in deren Zentrum ein lupenreiner Bernstein saß. Gemeinsam bildeten diese beiden verzierten Enden im Ausschnitt des Kleides eine Doppelspirale.

Liebevoll legte Auriel das wertvolle Schmuckstück um Niams schlanken Hals. »Dieser Torques hat deiner Mutter gehört. Er ist schon lange im Besitz deiner Familie. Deine Mutter wollte, dass du ihn heute bekommst, zur Nacht deines dreizehnten Geburtstages. Seit dem Anbeginn der Zeit tun dies die Frauen ihrer Familie: In dieser einen Nacht wird der Torques von der Mutter an die erstgeborene Tochter weitergegeben. Nun werde ich es an deiner Mutter statt tun. Das habe ich ihr versprochen, einige Tage bevor sie starb.«

»Wusste sie denn, dass sie sterben würde?«, fragte Niam leise.

»Ich vermute es.« Auriel drückte einen Kuss auf Niams Haar. Traurige Erinnerungen zogen über ihre Stirn.

»Drei Tage vor ihrem Tod erzählte sie mir von bösen Vorahnungen. Sie gab mir diesen Torques und bat mich, ihn dir im Falle ihres Todes zu geben. Dann ging sie und ich habe sie nicht wiedergesehen. Sie fiel in der darauf folgenden Schlacht.«

»Ich weiß so wenig von meiner Mutter«, sagte Niam traurig. »Warum hast du mir nie etwas von ihr erzählt?«

»Eines Tages wirst du es verstehen.« Auriel nahm Niams Gesicht in die Hände und gab ihr einen Kuss auf die Stirn. »Und obwohl sie meine Freundin war, weiß ich nicht viel von ihr. Sie hat nur ungern etwas von sich preisgegeben. Außer vielleicht Caldur. Es gibt niemanden, der deine Mutter besser kannte. Frage Caldur, denn keiner wird dir mehr über Alania erzählen können als er.« Um weiteren Fragen zu entgehen, drehte Auriel Niam erneut zum Spiegel und deutete auf ihr Abbild: »Sieh, wie gut das Erbstück deiner Mutter dir steht. Es ist wie für dich gemacht. Wie schön das Blau der Steine deine Augen zur Geltung bringt und der Bernstein das Gold deiner Haare. Sei nicht betrübt in so einem Moment. Schau in den Spiegel. Fühlst du dich gerüstet für dein erstes großes Fest?«

Mit Herzklopfen betrachtete sich Niam. In dem Kleid sah sie wirklich gut aus. Die Korsage war eng um ihre schmale Taille geschnürt und schüchtern wölbte sich ihr erster Busen in dem kunstvoll verzierten Ausschnitt. Staunend drehte sich Niam vor dem Spiegel. Trotz des Herzklopfens fühlte sie sich wunderbar und das erste Mal im Leben wie eine Frau.

3. Kapitel

Lughnasa

Aufgeregt folgte Niam ihrer Tante ins Freie. Dort strömten die Menschen bereits aus der Stadt zu der heiligen Lichtung im nahe gelegenen Wald. Sie war riesig. Im Zentrum der Lichtung stand ein großer Scheiterhaufen. Auriel und Niam trafen Gwydón vor dem Holzstapel. Er brachte sie zu ihren Plätzen in unmittelbarer Nähe des Feuers. Von hier aus konnte Niam alles gut sehen.

Gwydón verabschiedete sich schnell. Bald würde die Sonne untergehen. Gemeinsam mit Caldur und den übrigen Druiden sammelte er sich für das bevorstehende Ritual. Alle waren in tiefe Gebete versunken, bis die Sonne die Berge im Westen berührte. Ein gleißendes Abendrot kündete von ihrem Abschied. Da stimmte Caldur magische Beschwörungsformeln an und die übrigen Druiden fielen ein. Unter immer lauteren Gesängen zogen sie zu dem großen Holzstapel. Mit Fackeln in den Händen umschritten sie es dreimal von links nach rechts und segneten diesen heiligen Platz. Auch der König und seine Krieger waren gekommen. Im Schatten des großen Scheiterhaufens trafen sie auf die Druiden. Da ging die Sonne unter.

Augenblicklich verstummten die Gesänge und der Moment versank in Stille. Caldur hob die Arme zum Himmel. In seiner linken Hand hielt er einen mächtigen Stab, mit dem er von links nach rechts die Götter und Geister der vier Himmelsrichtungen beschwor. Zuerst den Norden für die Erde, dann den Osten für die Luft, den Süden für das Feuer und den Westen für das Wasser. Inzwischen verlosch das letzte Licht des Abendrots. Dies war der Beginn der Dunkelheit.

Caldur sagte mit kräftiger Stimme:

»Es geht der Mittag, der Abend ist da,
es endet bald, das alte Jahr.
Wir löschen nun das alte Licht,
es ist die Nacht, die nun anbricht.«

Da erloschen sämtliche Fackeln und die Nacht senkte sich über die Lichtung. Niam hielt den Atem an. Sie wusste, dass in diesem Moment im ganzen Reich die Feuer gelöscht wurden – es herrschte Dunkelheit über Brigant. Alle warteten gespannt.

Caldur trat vor und sprach: »Volk von Brigant, wieder einmal ist es so weit. Neben den Göttern huldigen wir heute auch dem Regenten und seiner Stärke, denn heute ist seine Kraft rituell am höchsten. Nun wird sich zeigen, ob die Götter den Herrscher akzeptieren.« Damit reichte er Fürst Enatos einen starken Ast und sprach: »Mein Fürst, nun entzünde das heilige Feuer der Reinigung und Erneuerung. Im Namen der Götter, der Ahnen und der Mutter, entzünde das neue Licht des Lebens und zeige uns dadurch das Band zwischen Himmel und Erde.« Dann senkte Caldur seinen Blick und entflammte mit der Macht seines Willens den Ast in der Hand des Fürsten.

Stolz hielt der Regent den einzigen Lichtstrahl seines Landes hoch und sprach die traditionellen Worte:

»Feuer steige, Feuer zeige durch dein helles Licht,
ob der Herrscher, der regiert, gut ist oder nicht!«

Dann hielt er den brennenden Ast an den Holzstoß und entzündete das heilige Festfeuer. Hell loderten die Flammen auf. Ihr feuriger Schein beleuchtete die gesamte Lichtung. Das Volk war begeistert. Wieder einmal war der Bund und die alte Ordnung bestätigt worden. Laut applaudierten sie ihrem Herrscher und ließen ihn hochleben.

Unter ihrem Beifall verließ der Fürst mit seinem Gefolge den Feuerplatz. Auch die Druiden gingen. Caldur blieb alleine vor dem großen Feuer. Seine hohe Gestalt zeigte sich als schwarzer Schatten vor dem gigantischen Feuerszelt. Er hob die Arme und die Menge wurde still.

Dann eröffnete Caldur offiziell die Feierlichkeiten zu Lughnasa: »Sei gegrüßt, Lughnasa, du Höhepunkt des Sommers. Sei gepriesen, du Freudenzeit. Nun ist der Jahres-Mittag beendet und der Jahres-Abend beginnt. Der Sommer ist in voller Blüte. Auf den Feldern reift das Korn und die Beeren laden zur Ernte. Das lang ersehnte Ende der mageren Zeit ist endlich gekommen. Wir grüßen dich, Jahres-Abend. Nun beginnt die reiche Zeit. Lasst uns feiern!«

Die andächtige Stille wich mit einem Schlag der Lust zu feiern. Die Stimmung war angeheizt und kam schnell in Schwung. Musikanten spielten auf und die kühnsten jungen Burschen begannen mit ihren Mädchen den Tanz ums Feuer.

Lughnasa war das Fest der berauschenden Liebe. Niam sah das erste Mal Paare beim Austausch von Zärtlichkeiten und bemerkte ein seltsames Kribbeln im Bauch. Ein Liebespaar tanzte direkt vor ihr. Niam sah die große Hand des Mannes begehrend die Brust der jungen Frau streicheln. Eine starke Erotik lag in dieser Geste und

Niam fühlte die Sinnlichkeit in der Luft. Sie schlug verschämt die Augen nieder und dachte an die ermahnenden Worte ihrer Tante.

Vor dem Tanz hatte Auriel sie zur Seite genommen: »Niam, sei bitte achtsam. Die Männer feiern hier bereits seit drei Tagen. Sie könnten etwas hitzig sein. So ein Abend ist verführerisch. Wenn eine Frau sich das erste Mal einem Mann hingibt, dann ist das etwas ganz Besonderes, ein geheiligter Moment. Sei nicht leichtfertig und überlege genau, mit welchem Mann du diesen kostbaren Augenblick teilen möchtest.«

Die Nacht neigte sich allmählich ihrem Ende zu, als Niam mit Elathan tanzte, einem jungen Krieger aus der Garde des Fürsten. Er war ein gut aussehender Mann Anfang zwanzig. Voller Hingabe drückte er Niam an sich und bewegte sich immer wilder im Rhythmus der Musik. Niam spürte seinen heißen Atem an ihrer Wange und schloss die Augen. Da berührten seine Lippen ihre Schulter. Ein heißer Strahl durchfuhr sie. Sie fühlte seine Küsse ihren Hals entlang bis zu ihrem Ohr. Niam hielt den Atem an. Gefühle unbekannter Art und Intensität überschwemmten sie, und ein wohliger Schauer erfasste ihren Körper. Gespannt erwartete sie das Kommende. Elathan küsste ihre Schläfen, ihre Wangen und schließlich ihren Mund. Seine Lippen schmeckten gut und Niam ließ es geschehen. Elathans Küsse wurden immer wilder. Anfangs war es für Niam noch ein seltsames Gefühl, doch sie wurde mitgerissen im Sog der Sinne und erwiderte seine Küsse. Mit klopfendem Herzen spürte sie seine wachsende Erregung. Zielstrebig drückte Elathan sie an eine Wand, während er sie mit Küssen bedeckte. Besitzergreifend fuhr seine Hand zu ihrem Busen und legte sich fest auf ihn. Geübt erkundeten seine Finger ihre weiblichen Formen und wanderten weiter über ihre Taille bis zu ihren Schenkeln.

Schlagartig erwachte Niam aus ihrem Rauschzustand. Ein kalter Schauer lief über ihren Rücken: »Nein, das will ich nicht. Hör auf!« Energisch drückte sie Elathan von sich.

»Es tut mir Leid, aber ich muss jetzt gehen.« Schnell verließ sie den Platz, ohne sich noch einmal umzudrehen.

In einem Hof fand Niam eine dunkle Ecke. Mit zitternden Knien setzte sie sich und schloss die Augen. Ihr Herz klopfte und es dauerte eine Weile, bis sie sich beruhigte.

In Niams Innerem herrschte eine heillose Aufregung. Es war einfach zu viel passiert. Was für ein Geburtstag! Ihre Gedanken rasten. Seit Jahren hatte sie sich diesen Tag ausgemalt. Immer wieder hatte sie im Geist ihren 13. Geburtstag gefeiert und ihn sich in den schönsten Farben ausgemalt. Und nun war dieser Tag so viel aufregender und spannender. Zum ersten Mal war das wirkliche Leben aufregender als ihre Träume. Niam hätte es nie für möglich gehalten, so viel Spaß unter Menschen zu haben. Ihr erster großer Ball. Jeder hatte sie wie eine Erwachsene behandelt. Der Tanz hatte Niam wirklich gefallen. Und die Männer. Niam wurde sich erstmalig ihrer langen blonden Locken und ihrer wohlgeformten Gestalt bewusst. Heute, bei diesem wundervollen Fest, hatte sie sich das erste Mal ein wenig wie eine richtige Frau gefühlt. Und das erste Mal in ihrem Leben hatte Niam die Macht der körperlichen Anziehung kennen gelernt.

Lautes Geschrei riss sie aus ihren Träumen. Es kam von einem der äußeren Plätze. Dort hatten die Händler der

Gegend ihren Markt errichtet. Viele aufgebrachte Menschen waren hier versammelt und Gewalt lag in der Luft.

Inmitten der anfeuernden, hitzigen Rufe ließ sich die Stimme eines Mannes deutlich vernehmen: »Ich werde dich lehren, mich zu bestehlen!«

Es war ein untersetzter Mann, der rot vor Zorn auf ein kleines Mädchen einschlug. Verängstigt duckte sich das Kind vor seinen Schlägen.

Erneut vergaß Niam schlagartig jegliche Vorsicht und warf sich dazwischen. »Aufhören!« Sie war gekleidet wie eine Dame von Stand, und so hielt der Händler in seiner Rage inne. Das Kind suchte schnell hinter Niam Schutz. »Mit welchem Grund schlägst du ein Kind?«

»Das ist kein Kind, Herrin, sondern Abschaum. Diese dreckige Göre hat mich bestohlen.« Der Händler deutete auf das Mädchen, das mit seiner kleinen Hand eine große Rübe umklammerte. »Sie und ihresgleichen sind gefährlich. Sie waschen sich nicht und betrügen ehrliche Bürger.« Mit diesen Worten blickte er sich Beifall heischend um. Vereinzelte Zurufe wurden laut und die Spannung nahm wieder zu. Das spornte den Mann an: »Man muss dem Übel Einhalt gebieten, je früher, desto besser!« Erneut hob er die Hand. Die umherstehende Menge unterstützte ihn durch lauten Beifall.

Aber Niam stellte sich schützend vor das Kind und sagte entschieden: »Trotzdem ist eine Rübe kein Grund, ein Kind zu schlagen. Lass gut sein, ich werde dir die Rübe bezahlen.« Sie zückte ihren kleinen Beutel und dankte innerlich ihrer Tante, die ihr dieses Geld vor Beginn des Festes zugesteckt hatte. Sie nahm eine Kupfermünze und reichte sie dem Händler. »Das ist wohl mehr als genug. Pack mir die Ware für den Restwert zusammen und dann lass das Kind in Frieden seiner Wege ziehen.«

Die Augen des Händlers blitzten auf. Murrend packte er ein paar Rüben, Wurzeln und Äpfel zusammen und reichte sie Niam. Die drehte sich um und schob das verängstigte Kind ruhig aus dem Kreis der Zuschauer und verschwand um die nächste Ecke. Bald hörte sie die ersten Verfolger. Die erste Tür, die sie erreichte, riss sie auf und stieß das Kind hinein. Schnell schloss Niam die Tür hinter sich und wartete atemlos. Draußen hörte sie die Verfolger vorbeilaufen. Niam atmete erleichtert auf. Ihr Herz klopfte bis zum Hals. Zaghaft sah sie sich um. Sie hatte in einer riesigen Scheune Zuflucht gefunden. Unter dem spitzen Dach türmten sich hohe Heuballen, und viele Werkzeuge waren an der Wand verstaut. Das kleine Mädchen hatte sich sofort in der hintersten Ecke versteckt.

»Komm heraus, Kleine. Du musst keine Angst mehr haben, die Gefahr ist vorüber.«

Doch das Kind drückte sich nur noch tiefer in seine Ecke. Niam drängte nicht weiter und setzte sich ebenfalls. Sie nahm einen Apfel und biss herzhaft hinein.

Nach einer Weile kam das Mädchen zögernd und vorsichtig aus seinem Versteck. Da erkannte Niam sie im Dämmerlicht: Es war das Mädchen vom vorigen Tag, das so plötzlich verschwunden war. Es war etwa neun Jahre, mit zerzaustem Haar und gekleidet in alten Lumpen. Das Gesicht war rußverschmiert und Hunger hatte bereits erste Spuren hinterlassen. Große dunkle Kinderaugen sahen Niam an.

»Ach, du bist das. Komm, setz dich zu mir. Ich bin übrigens Niam. Und wer bist du?«

Doch das Kind antwortete nicht und blickte Niam nur stumm an. Es war ein ernster Blick und eigentlich viel zu alt für so ein junges Mädchen.

Sie schwiegen eine Weile gemeinsam, dann sagte das Mädchen unvermittelt: »Winlogee«.

»Was hast du gesagt?«

»Mein Name ist Winlogee.«

In diesem Augenblick ertönte der laute Ruf eines Horns. »Sie blasen zum Sonnenaufgang.« Niam sprang aufgeregt auf. »Tante Auriel hat mir erzählt, dass hier in Amarango alle zum heiligen Berg pilgern. Komm, lass uns hingehen.« Sie schaute aufmunternd zu Winlogee hin, doch dort, wo die eben noch gestanden hatte, war niemand mehr.

Da ertönte der Ruf des Horns ein zweites Mal. Nachdenklich gab Niam die Suche auf und lief nach draußen.

Dort graute bereits der Tag. Ein feuriges Rot im Osten kündete vom baldigen Sonnenaufgang. Schnell lief Niam zu Auriel. Gemeinsam machten sie sich auf den Weg zum Berg Selôn. Auf seiner Spitze wollten sie gemeinsam mit dem Fürsten die Sonne begrüßen. Mit ihnen pilgerten viele Menschen. Sie hatten die Nacht hindurch gefeiert und bewegten sich nun lachend in Gruppen zum heiligen Berg von Brigant.

Der Selôn war nur etwa 800 Ellen hoch, erhob sich aber deutlich über die Ebene. An der höchsten Stelle befand sich ein altes Heiligtum. Ein Altar stand inmitten eines hohen Ringwalls, und heilige Symbole waren zu den vier Himmelsrichtungen angeordnet. Hier wurde der helle Gott Lugh geehrt und mit ihm die Sonne. Heute war sein Altar mit Roggen- und Weizengarben festlich geschmückt, und die Blumen des Sommers rankten sich kunstvoll darüber. Frisches Brot lag auf dem heiligen Stein und sein Duft erfüllte die Luft.

Kurz vor Sonnenaufgang beendeten die Druiden ihre

Meditation und erhoben sich. Ihre magischen Gesänge stiegen zum Himmel, während sie einen weiteren Kreis um den Altar bildeten. Caldur trat in ihre Mitte. Er hob die Arme und wendete sich nach Osten der aufgehenden Sonne entgegen. Als ihre ersten Strahlen den Horizont überschritten, fielen sie in einer geraden Linie durch die Reihe der hohen Steine auf den Altar. In diesem Moment traf ihr Licht das Symbol in der Mitte des Altars, und Sowilo, die heilige Rune der Sonne, erstrahlte.

Caldur begrüßte den Feiertag mit folgenden Worten: »Wir grüßen dich, Sonne, hohes Himmelsgestirn. Heil dir, Lugh, oberster Gott, Meister aller Künste. Heute feiern wir das Fest des Sonnenkönigs. Seit undenklichen Zeiten feiern wir am ersten August dieses Fest zu seinen Ehren. Er vergeht, wie das niedergehende Jahr stirbt, denn der Kornkönig stirbt, wenn Getreide geschnitten wird. Nun beginnt die Zeit der Erwartung. Der Sommer hat die Felder reifen lassen, nun heißt es, den Lohn der Arbeit zu ernten. Die Schnitterin, die alte Mutter Natur, wird geopfert; sie gibt ihr Leben, damit daraus neues Leben entstehe. Heil dir, große Mutter. Wir beten zu dir und bitten dich: Bewahre die Früchte unserer Arbeit vor Schaden und Vernichtung. Segne die kommende Ernte und bewahre sie vor allem Übel.« Danach verteilte Caldur Gebäck und hielt das letzte Brot in die Höhe: »Seht, dies ist das Korn des Lebens, das ewig stirbt und wieder geboren wird.« Er brach das Brot und warf es unter heiligen Segenswünschen in das Feuer neben dem Altar.

Die übrigen Anwesenden taten es ihm gleich und übergaben ihre Brote ebenfalls den Flammen.

Danach versammelte sich das Volk vor den Toren der Stadt. Hier wurde die eben beschworene Ernte rituell vorweggenommen. Niam beobachtete gespannt Fürst Enatos, der an der Spitze einer langen Prozession ein Kornfeld abschritt. Eigenhändig schnitt er die erste Frucht des Feldes, eine kleine Garbe in voller Reife. Die übergab er Caldur, der sie segnete. Danach ernteten die Bauern des Hofes das Feld schnell ab. Unter Tanz und Gesang wurde dieses Getreide in die Stadt gebracht, wo noch immer die Feuer brannten. Dort hinein warfen die Menschen das Korn. Das Feuer härtete das Getreide, bevor es in steinernen Handmühlen gemahlen wurde. Die Prozedur des Siebens und Mahlens wurde so oft wiederholt, bis aus dem Korn feines Mehl entstand. Aus diesem ersten Mehl des Jahres wurden köstliches Brot und erlesene Backwaren gebacken.

Gegen Mittag riefen die Trompeten zur Volksversammlung. Normalerweise hätte der Fürst nun die Lage des Landes öffentlich erörtert. Doch in diesem Jahr war alles anders. Caldur hatte den Flug eines schwarzen Vogelschwarms gedeutet und riet seinem Herrn zu einer Verschiebung.

So trat der Fürst vor die Menschen und sprach: »Volk der Briganten, getreue Untertanen, ich grüße euch. Ihr wisst, es entspricht der Tradition, dass der Regent zur Mittagszeit die Volksversammlung mit politischen und juristischen Beratungen eröffnet. Doch in diesem Jahr werden wir das Ritual ändern. Caldur hat mir den Willen der Götter mitgeteilt. Wir werden die Versammlung auf den Abend verschieben. Deshalb erkläre ich die Wettspiele schon jetzt für eröffnet!«

Unter seinem Vorsitz wurden die Wettkämpfe abgehalten. Am beliebtesten war das Pferderennen. Die Ebene vor den Stadttoren bot ideale Bedingungen dafür. Mehrere Tiere standen Seite an Seite. Ihr prächtiges Zaumzeug blitzte in der Sonne. Niam sah fremde Banner und viele edle Ritter. Gespannt wartete die Menge auf das Startsignal. Da trat Fürst Enatos vor und hob sein Schwert hoch in den Himmel. Die Spannung stieg und kein Laut war zu hören.

Dann ließ der Fürst das Schwert sinken, und das Rennen begann. Schnell wie der Wind galoppierten die Pferde los und fegten die abgesteckte Strecke hinunter. Unter dem Beifall der begeisterten Zuschauer nahm der Sieger den Siegeskranz aus den Händen des Herrschers von Brigant entgegen.

Vor den Toren der Stadt erwartete die Menschen ein weiteres Spektakel. Im hellen Sonnenschein trieben die Hirten ihre Rinder-, Schaf-, und Ziegenherden über die breite Furt durch die Fluten des Coinée. Denn nicht nur die Ernte galt es rituell zu sichern, auch die Viehherden wurden unter den Schutz der Götter gestellt.

Niam sah dem Treiben gedankenverloren aus der Ferne zu. Erst spät bemerkte sie dann den Mann, der neben ihr aufgetaucht war. Es war Caldur. Sie sah seine scharfe Nase, seine klugen Augen und seine tiefen Falten. Und sie entdeckte die Würde und Weisheit in seinem Gesicht. Da fielen ihr die Worte ihrer Tante ein.

Also fasste sie sich ein Herz und überwand ihre Schüchternheit: »Meister Caldur, darf ich Euch eine Frage stellen?«

»Aber nur, wenn du mich duzt. Schließlich bin ich ein alter Freund. Also, Niam, was willst du wissen?«

»Tante Auriel hat mir gesagt, dass niemand mehr von meiner Mutter weiß als Ihr – ich meine du. Stimmt das? Hast du meine Mutter gut gekannt?«

Caldur nickte. »Ja.« Die Erinnerung zauberte ein kurzes Strahlen auf das alte Gesicht.

»Und wie war sie? Erzählst du mir von ihr?«

»Das will ich gerne tun. Aber jetzt muss ich gehen. Willst du nicht mitkommen?«

»Wohin denn?«

»Zu mir. Dort können wir unsere Unterhaltung fortführen. Deine Tante habe ich bereits um Erlaubnis gefragt. Komm, wir wollen aufbrechen. Es ist zwar nicht weit, aber wir sollten uns jetzt auf den Weg machen. Folge mir, Niam, ich zeige dir mein Reich.«

4. Kapitel

Die Höhle im Wald

Durch einen Seitenausgang verließen Caldur und Niam die lärmende Stadt und betraten den Saum des nahen Waldes. Niam hatte schnell ihr Ballkleid gegen bequemere Wanderkleidung getauscht. Jetzt genoss sie den Spaziergang in der würzigen Luft. Bald hüllte die Ruhe des Waldes sie ein. Caldur führte Niam über einsame Pfade und durch versteckte Schluchten. Die dichten Bäume ließen das Sonnenlicht nur spärlich durch das Blätterdach ihrer hohen Kronen sickern, und seltene Pflanzen säumten den Weg. Niam schloss die Augen und ließ die Mystik des Waldes auf sich wirken.

Caldur sah sie lächelnd an: »Dieser Wald ist alt und machtvoll. Und er ist dein Freund.« Er hob die Arme und blickte in die hohen Baumkronen. Mit dem Sonnenlauf drehte er sich und grüßte die Geister seiner Umgebung. »Ihr Wesen ist in jedem Baum, in jeder Blume und in jedem Strauch. Sie beobachten uns Sterbliche, uns und unser Tun.«

Niam neigte den Kopf. Nach einer Weile sah sie Caldur fragend an. »Hast du schon einmal einen Waldgeist gesehen?«

»Natürlich. Jeder Eingeweihte kennt die guten Geister.«

»Kann ich sie auch kennen lernen?«

»Das wird die Zukunft zeigen. Wenn du bereit bist

und sie es wollen, dann wirst du ihre Bekanntschaft machen. Aber nun tritt ein.«

Sie waren angekommen. Die Bäume wichen jäh zurück und Niam sah eine Felswand, die steil in die Höhe schoss. Am Fuße der Berge stand eine unscheinbare Holzhütte. Caldur öffnete die kleine Tür und bat Niam freundlich hinein. Niam betrat einen dunklen Raum. Er war klein und spärlich eingerichtet, ein Tisch, ein Stuhl und eine kümmerliche Kerze.

»Hier wohnst du, Caldur?«

»Nein.« Der alte Druide ging zu dem mächtigen Vorhang, der die ganze hintere Wand mit seinem dicken Gewebe bedeckte, und warf ihn zurück. »Meistens bin ich hier. Tritt ein in mein Reich.«

Staunend überschritt Niam die Schwelle. Wie von Geisterhand entzündete sich ein geheimnisvolles Leuchten, und Niam sah eine gewaltige Höhle, tief in den Berg gehauen. In einer Ecke hing ein Bronzekessel über der Feuerstelle. Viele Kräuter standen in steinernen Krügen neben geheimnisvollen Mixturen. Verschnürte Pergamentrollen lagen gestapelt in einer anderen Ecke. In der Mitte der Grotte stand ein kräftiger Felssockel. Darauf lag eine dunkle Steinplatte – der Tisch.

Caldur legte seinen Stab auf den Steintisch. Er setzte sich in seinen Sessel und deutete auf den zweiten Stuhl. »Niam, setzt dich und trink einen Tee mit mir.«

»Caldur, bitte, erzähle mir etwas von meiner Mutter.«

»Deine Mutter war eine wundervolle Frau, stark und schön. Jedermann mochte sie. Ihre Taten sind vielfach gerühmt. Aber Alania war stets auch ein unbekanntes Wesen. Es war immer etwas Geheimnisvolles an ihr. Es gab Bereiche, zu denen hatte niemand Zutritt, nicht einmal ich.«

»Erzählst du mir bitte alles von Anfang an?«

»Es war im Jahr 220, also vor vierzehn Jahren, da befand ich mich auf dem Weg vom Süden nach Amarango. Auf der Wanderschaft ließ ich mich eines Nachts am Ryn Têgid nieder. Das ist ein großer See im Norden der Cambrónischen Berge. Der Ryn Têgid ist ein magischer Ort. Plötzlich sah ich ein seltsames Licht im Dunst, ein sanftes, helles Schimmern vom anderen Ufer des Sees. Doch ebenso plötzlich, wie es erschienen war, verschwand das Licht auch wieder. Ich hielt es nicht für wichtig, aber dann hörte ich ein Geräusch in der Stille, wie das Rauschen gewaltiger Flügel oder ein plötzlicher Windhauch. Da verzog sich der Nebel und ich sah deine Mutter. Sie lag am Rande des seichten Wassers, mit nichts als ihren Haaren bekleidet, schön und rein wie die Unschuld. Ihre langen blonden Locken umhüllten sie wie ein goldenes Vlies. Ruhig schaute sie mich an. Ihre Augen hatten das strahlendste Blau, das ich jemals gesehen hatte. Deine sind genauso.« Caldur lächelte Niam an, dann fuhr er fort: »Ich ging vorsichtig auf sie zu. Sie sah mir direkt ins Gesicht und sprach: ›Caldur, ich freue mich, dich zu sehen, und habe dich schon erwartet. Ich bin Alania. Von weit her bin ich gekommen, um mit dir nach Amarango zu gehen.‹ Ich reichte ihr meinen Umhang und nahm sie mit. Doch eigentlich nahm eher sie mich mit. Deine Mutter ging über Wege, die sogar ich nicht kannte. Unterwegs redete sie nur über ihren Auftrag, ihr Schwert in Fürst Enatos' Dienst zu stellen. Alania fand ihren Weg sicher im Dunkel der Nacht und führte mich zu einer Berggrotte. Nur das geübte Auge konnte den kleinen Einstieg zwischen den Felsen erkennen. Ich folgte ihr ins Innere des Berges. Sie führte mich durch enge Felsbrüche, über tiefe Schluchten und unsichtbare Wege immer tiefer ins Erdinnere. So gelangten wir in eine

Höhle. Hier sagte Alania: ›Ich werde dich nun in ein Geheimnis einweihen und dir einen Platz zeigen, den nur wenige Menschen vor dir gesehen haben.‹ Es war eine riesige Waffenschmiede, vor langer Zeit von kunstfertigen Schmieden zurückgelassen. Starke Ambosse standen neben erkalteten Feuerstellen. Viele nützliche und wertvolle Dinge standen noch an den Wänden, prächtige Schilde neben mächtigen Schwertern. Alania trat zielstrebig hinter einen Felsvorsprung und holte ein großes Bündel aus einem Versteck. Sie schlug das Tuch auf, und zum Vorschein kam eine prächtige Kriegsrüstung. Daneben lag ein wertvolles Schwert, aus hartem Stahl, mit kostbaren Edelsteinen verziert.

Dieses Schwert nahm Alania hoch und es erstrahlte in ihrer Hand. ›Das ist Fragarach, der Antwortende. Es ist ein magisches Schwert und schon lange im Besitz meiner Sippe. Nun führe ich Fragarach seiner Bestimmung zu.‹ Dann legte sie die Rüstung an und erleuchtete im Glanz einer Kriegerin.

In Amarango angekommen, erzählte sie mir und Fürst Enatos, warum sie gekommen war: in ihrem Land sei die Kunst der Wahrsagerei hoch entwickelt. Nach einer Vision der obersten Seherin war sie zu Fürst Enatos von Brigant geschickt worden, um sein Leben zu schützen. Als Lohn für ihre Dienste verlangte sie nur eins: die Briganten sollten aufhören, Fische, Seevögel und vor allem Seehunde nur zum Spaß zu jagen. Kurz darauf wurden ihre dunklen Worte wahr. Denn Lord Balzôrc bedrohte unser Land. In heftigen Attacken überfiel er Brigant mit Zügen der Verwüstung. Deine Mutter war eine große Kämpferin. In vielen Schlachten stand sie dem Fürsten zur Seite und rettete ihm oft das Leben. Ein Jahr nach ihrer Ankunft starb sie in der letzten Schlacht.«

Niam hatte aufmerksam zugehört. »Weißt du etwas über ihre Familie?«

»Nein. Alania hat nie etwas über sich erzählt. Nur, dass ihre Heimat sehr weit entfernt im Westen liege. Mehr war nicht von ihr zu erfahren.«

»Aber wenn niemand von ihrer Familie weiß, wer ist dann Tante Auriel? Ich dachte immer, sie wäre meine Tante, also mit mir verwandt.«

»Auriel ist deine Amme. Sie hat dich seit deiner Geburt in ihren Armen gehalten, und du hast ihre Milch getrunken. Ich glaube, dieses Band ist ebenso tief wie eine mögliche Verwandtschaft des Blutes.«

Niam nickte lächelnd. Ja, mit Tante Auriel verband sie eine tiefe und innige Liebe. Ihre Gedanken wanderten weiter. »Meine Mutter und du, was hattet ihr für eine Bindung?«

»Wir waren sehr befreundet.«

Niam blickte den alten Mann fragend an. »Und mein Vater? Bist du es?«

»Nein, leider nicht.« Caldur schüttelte den Kopf. »Niemand weiß, wer dein Vater ist. Eines Nachts, drei Tage vor dem heiligen Fest Samhain im Herbst nach ihrer Ankunft, verschwand Alania plötzlich. Niemand wusste wohin, noch ob sie jemals wiederkehren würde. Doch drei Tage nach dem ersten November tauchte sie wieder auf. Und da trug sie dich unter ihrem Herzen. Nie hat sie darüber gesprochen, was in der Zeit ihrer Abwesenheit geschehen ist. Nicht einmal mir hat sie erzählt, wer dein Vater ist. Die Schwangerschaft veränderte sie. All ihre Sinne verinnerlichten sich und ihre mythische Kraft nahm zu. Sie war damals mächtiger als je zuvor. Bis kurz vor deiner Geburt stand sie auf dem Schlachtfeld, und der Feind fürchtete ihre Stärke. Und direkt nach der

Niederkunft nahm sie ihre Stellung als Führerin des Heeres wieder auf. Damals herrschten Not und Elend, aber die Stärke und Kraft deiner Mutter gab den Menschen Mut. Leider bist du dabei zu kurz gekommen. Darunter hat Alania immer gelitten. Die wenigen Momente mit dir waren die glücklichsten ihres Lebens.«

»Wie genau ist sie eigentlich gestorben?«

»Sie fiel in der entscheidenden Schlacht des letzten Krieges in Brigant. Sie gab ihr Leben hin für Fürst Enatos und rettete ihn. Es war die Erfüllung ihrer Bestimmung. In dem Sommer deiner Geburt führten wir bereits seit einem Jahr Krieg gegen Lord Balzôrc. Eines Nachts stürmten seine Truppen Dún Amarango. Lord Balzôrc hatte einen tiefen Bann über unser Heer gelegt. Niemand stellte sich ihm in den Weg – niemand außer deiner Mutter. Sie war seine erbittertste Feindin und trat ihm entschlossen entgegen. Ihre magische Kraft war seiner ebenbürtig und sie lieferten sich einen furchtbaren Kampf. Doch dann schickte Balzôrc seine Elitetruppen gegen Fürst Enatos. Sie sollten ihn gefangen nehmen oder töten. Um den Fürsten zu retten, verließ deine Mutter ihren Platz im Thronsaal. Dort lagen die Reichsinsignien nun ungeschützt. Balzôrc raubte den Fál, den heiligen Krönungsstein der Briganten, und verschwand im Dunkel der Nacht. Der Fál ist das größte Heiligtum des Landes Brigant. Er heißt auch ›Stein des Schicksals‹ und ist das Pfand zwischen der Erde und der Gesellschaft, die auf ihr lebt. Es ist ein gewaltiger Stein. Betritt ihn der legitime oder zukünftige König, so donnert er. Dies ist das Zeichen, dass die Erde den König als auserwählten Mittler zwischen Mensch und Natur anerkennt. Jeder König von Brigant wurde auf dem Fál gekrönt. Deshalb wird er auch Krönungsstein genannt. Seine Zustimmung ist unumgängliche Voraussetzung für die Königswürde. Deshalb ist er das höchste Gut der Briganten. Kaum wusste deine Mutter den Fürst in Sicherheit, nahm sie die Verfolgung auf, gnadenlos und unerbittlich. In den Höhenzügen des Dâvíyd stellte sie Balzôrc. Aber er richtete seine schrecklichste Waffe gegen sie, den Sùil Bhalair, den bösen Blick. Diesem mächtigen Zauber hatte sie nichts entgegenzusetzen. Versteinert sah sie ihrem Schicksal entgegen. Besiegt fiel sie in den Staub. Balzôrc aber floh in seine Heimat.«

»Wer ist dieser Balzôrc?«

»Lord Balzôrc ist ein mächtiger Zauberer im hohen Norden. Er ist der Vertreter des Bösen auf Erden. Vor langer Zeit hat er sich mit der Dunkelheit verbündet, und seitdem herrscht er in Ynis Mâcha, seiner Felseninsel im schwarzen Meer des Nordens. Von dort sendet er seine Truppen zu ihren Streifzügen auf unseren Kontinent. Lord Balzôrc ist ein mächtiger Gegner und er hat deiner Mutter ewige Feindschaft geschworen. Denn sie war die Einzige, die ihm wirklich die Stirn bot. Er verfluchte sie und ihre Nachkommen. Deshalb hat Auriel dich damals mitgenommen, denn Balzôrc durfte nichts von deiner Existenz erfahren. Du solltest im Verborgenen aufwachsen, weit entfernt von der Gefahr, entdeckt zu werden. Deine Mutter wollte es so. Nach ihrem Tod bist du dann ganz bei Auriel geblieben.«

Es war noch tiefe Nacht, als Caldur Niam weckte. Er wirkte nervös und sehr beunruhigt: »Niam, wach auf! Wir müssen sofort nach Amarango zurück. Großes Unheil zieht herauf. Hoffentlich kommen wir nicht zu spät.«

Schnell machten sie sich auf den Weg. Kurz vor der

Stadt zerriss plötzlich ein lautes Klagen die Stille der Nacht. Niam sah eine einsame weiße Frauengestalt, die klagend die Hände in den Himmel hob. Ihr Gesicht war bleich und sie selbst in ein weißliches Licht getaucht. Sie hatte einen weiten weißen Mantel um und einen weißen Schal über dem Haupt. Dreimal ertönte ihre jammervolle Klage, dann verschwand die unheimliche Gestalt im Dunkel der Nacht.

Caldur zuckte zusammen. »Welch ein Unglück. Die Banshi. Wir sind zu spät gekommen.«

»Banshi?«

»Die Banshi ist die Botin aus dem Totenreich. Ihr Erscheinen kündigt einen baldigen Tod an.« Er packte Niams Hand und eilte in die Stadt.

In Amarango wurden sie bereits erwartet.

Gwydón lief ihnen aufgeregt entgegen: »Caldur, da bist du ja endlich! Alle suchen dich. Du musst sofort mitkommen!«

»Was ist passiert?«

»Die Fürstin ist vergiftet worden.«

»Ich habe es geahnt. Gwydón!« Caldur deutete auf Niam. »Kümmere dich um Niam. Suche Auriel und dann packt Niam ein paar Sachen zusammen. Sie wird dich nach Môn begleiten. Richte Fintan Folgendes von mir aus: ›Der Wind ist mächtig‹, dann wird er verstehen. Ich werde später nach Môn kommen und alles erklären.«

Gwydón brachte Niam zu Auriel. Diese wartete in ihrem Zimmer. Sie eilte zu Niam und nahm sie in den Arm. Währenddessen machte Gwydón ihr ein stummes Zeichen. Auriel nickte und sagte traurig: »Niam, unsere Wege müssen sich jetzt trennen. Morgen wirst du Gwydón nach Môn begleiten.«

»Aber Tante Auriel!« Niam schaute ihre Tante fassungslos an. »Ich kann doch nicht …«

»Doch, Niam, du kannst und du musst!«, unterbrach Auriel energisch. »Ich kann dir im Moment nur so viel sagen: Es wird eine schwere Zeit anbrechen. Du musst schnellstmöglich nach Môn zu den Druiden gebracht werden. Dort bist du in Sicherheit, zumindest eine Zeit lang. Mein Platz ist jetzt hier, deiner aber ist in Môn.«

»Wann werden wir uns wiedersehen?«

»So bald wie möglich. Niam, du musst jetzt tapfer sein. Vertraue deinem Schicksal, dann wird alles gut.«

Am nächsten Morgen brachen Gwydón und Niam schon früh auf. Nach der Überquerung des Coinée hielten sie sich stetig nach Westen, den Bergen entgegen. Bald erreichten sie den Saum des gewaltigen Ômes. Imposant stieg er in die Höhe. Zu Beginn ging es nur leicht bergauf. Gwydón führte Niam immer weiter in den Bergwald. Viele Kräuter und Pflanzen säumten die verschlungenen Pfade, und Gwydón erklärte Niam ihre Namen, Heilwirkung und magische Bedeutung. Als die Sonne schon tief stand, steuerte Gwydón ein Seitental an. Der raue Abendwind verriet die Höhe, in der die Wanderer sich befanden. Schnell entzündete Gwydón ein kleines Lagerfeuer. Niam fühlte sich einsam. Eine Träne lief ihr über das Gesicht.

»Bist du traurig, Niam?«, fragte Gwydón.

Sie nickte. »Ich vermisse Tante Auriel und mein Zuhause. Alles ist so anders geworden.«

»Soll ich dir eine Geschichte erzählen, um deine Gedanken etwas abzulenken?«

Niam nickte traurig. »Bitte erzähle mir etwas von der Vergangenheit.«

»Gut. Ich erzähle dir die Historie der Briganten, die Geschichte der Könige und von der goldenen Zeit. Hör zu: Am Beginn der Neuzeit vor 234 Jahren landeten deine Vorfahren in diesem Teil der Erde. Sie siedelten zuerst östlich von hier auf der Ebene von Craév zu Füßen des Bêrwyn. Das ist eine zweigeteilte Gebirgskette, in deren Mitte der Fluss Déon fließt. Dort, wo der Fluss durch den Berg tritt, lag Dinas Brân, die alte Königsburg, das Zentrum des Reiches. Hier saßen die Könige von Brigant viele Generationen und regierten gütig und weise. Das Land blühte – es waren goldene Zeiten. Der Letzte in der Reihe der Herrscher war König Belír, der Große. Das Volk verehrte ihn. Unter seiner Regentschaft hatte der Wohlstand ein noch nie gekanntes Maß erreicht.

Belírs ganzes Glück war Prinz Emrys, sein Sohn, denn mit diesem war der Fortbestand des Herrschergeschlechts gesichert. Zu Prinz Emrys' sechsten Geburtstag veranstaltete der König ein riesiges Fest der Freude. Dazu lud er die Könige und Fürsten der neuen Welt ein und sie kamen nach Dinas Brân. Alle wollten den Augenblick miterleben, da Prinz Emrys, der zukünftige König von Brigant, der Öffentlichkeit vorgestellt werden sollte. König Belír trug Caliburn, das mächtige Schwert der Könige. Seit Generationen wurde dieses sagenumwobene Schwert weitervererbt, vom König an seinen erstgeborenen Sohn.

Doch dann störte der Feind diesen Frieden. Dunkle Nacht senkte sich über das Land und der furchteinflößende Uthor, der schwarze Kriegsherr aus dem Norden, betrat die heiligen Hallen von Dinas Brân. Die feindlichen Truppen wüteten grausam und schlugen die Briganten vernichtend. König Belír fiel und Dinas Brân wurde zerstört. Das ist jetzt sechsundsechzig Jahre her. Damals verließen deine Vorfahren die Ebene von Craév und zogen nach Westen. Sie siedelten in der Ebene von Ystrâd und Amarango wurde das neue Zentrum. Doch Brigant war nun ohne rechtmäßigen Herrscher, denn der König war tot und der Prinz verschwunden. Fürst Íth, der Bruder des Königs, übernahm die Regentschaft. Seitdem regieren er und seine Nachkommen das Reich als Fürsten von Brigant stellvertretend für den legitimen König.«

Niam hatte der Erzählung aufmerksam gelauscht. »Und was war mit dem Prinzen?«

»Du meinst Prinz Emrys?«

Niam nickte.

»Seit der großen Schlacht gilt er als verschollen. Alles Suchen war vergebens, der Prinz blieb verschwunden. Man nimmt an, dass er ein Opfer der Flammen geworden ist. Für Brigant ist das eine große Katastrophe.«

»Warum?«

»Prinz Emrys war der letzte legitime Thronfolger. Mit ihm ist die königliche Linie deines Stammes ausgestorben.«

Niam sah ihn nachdenklich an. »Wieso sagst du immer mein Stamm? Ist das nicht auch dein Stamm?«

»Nein.« Gwydón schüttelte den Kopf. »Ich weiß nicht, von woher ich stamme und wer meine Eltern sind. Bauern fanden mich als Säugling, ausgesetzt an einer Quelle, und brachten mich zu Caldur. Er nahm mich auf und erzog mich wie seinen Sohn. Seitdem lebe ich in Brigant. Aber nun schlaf. Die Nacht ist nur noch kurz.«

Der nächste Tag brach strahlend an.

Gwydón war schon auf: »Guten Morgen, Niam, hast du gut geschlafen?«

Niam nickte. Sie fühlte sich erholt von den Anstrengungen des letzten Tages.

»Gut, denn jetzt beginnt der anstrengende Teil des Weges. Heute müssen wir den höchsten Pass des Ômes überqueren. Auf der anderen Seite dieses Gebirges liegt der Weg nach Môn.« Gwydón legte Niam einen Umhang um, dann betraten sie die Regionen des Hochgebirges.

Später sah Niam einen Fluss weit unter ihnen, gespeist aus zahlreichen Gebirgsbächen, der sich wie ein silbernes Band durch die Ebene zog.

»Das ist der Ogwên.« Gwydón deutete hinunter zum Fluss. »Dorthin müssen wir. Morgen werden wir ein Boot besteigen und nach Môn segeln.«

Am nächsten Morgen verließen sie das feste Land und segelten die Fluten des Ogwên hinab bis zur Mündung. In rauschenden Wellen mischte sich der Ozean mit dem Süßwasser des Flusses.

»Ist das hier das große Meer?«, fragte Niam staunend.

»Nein. Dies ist nur die Meerenge von Méneái, ein Seitenarm des Meeres. Das Meer beginnt hinter Môn.«

5. Kapitel

Môn, die Schule der Druiden

Kurz vor Mittag erreichten sie die Gestade von Môn. Grün und freundlich hieß die heilige Insel die Reisenden willkommen. Gwydón ankerte das Boot in einer seichten Bucht im Schutz hoher Dünen. Kleine Wellen fielen leise murmelnd auf das sanft aufsteigende Ufer. Niam sah sich neugierig um. Es war menschenleer.

Sie blickte Gwydón verwundert an. »Wo sind denn alle?«

»Sie leben weiter im Inneren der Insel. Komm mit.«

Sie verließen den Strand, und Gwydón führte Niam durch ein blühendes Land.

»Gwydón, wie wird man eigentlich Druide?«

»Man geht hier in Môn in die Schule. Môn ist die oberste, älteste und wichtigste Druidenschule der neuen Welt. Aus allen Himmelsrichtungen kommen die Schüler, um sich hier in der Kunst der Druiden ausbilden zu lassen. Nur hier können die höchsten Weihen und die tiefsten Weisheiten empfangen werden. Môn ist eine Schule des Geistes, hier liegen die Wurzeln der Weisheit. In Môn wird das alte Wissen gehütet und das neue Wissen gebildet. Dafür müssen wir viel lernen. Die Ausbildung kann bis zu zwanzig Jahre dauern. Ich war zehn, als Caldur mich herbrachte. Wir studieren die Wissenschaft der Naturgesetze, die Rechenlehre, die Arithmetik und den Lauf der Gestirne. Wir diskutieren über die Größe der Erde, des Universums und die Natur aller Dinge. Doch am meisten üben wir die Traditionen in Form von Versen und Erzählungen. Die Tradition wird ausschließlich mündlich weitergegeben, denn die Niederschrift religiöser Bestimmungen und Erzählungen ist verboten.«

»Und wie könnt ihr all das lernen, ohne es lesen zu können?«

»Wir lernen es auswendig. Deshalb dauert die Ausbildung ja auch so lange.«

Dann hatten sie die kleine Hügelkette überquert und der Blick war frei auf ein weites Tal. Lieblich schlängelte sich ein Fluss durch die sanfte und grüne Landschaft. Inmitten reifer Kornfelder und blühender Wiesen sah Niam ein Dorf, geschützt durch eine Holzpalisade. In mehreren Gruppen standen strohbedeckte Holzhäuser um einen großen Platz. An seiner Ostflanke befand sich das einzige Haus aus Stein. Ehrfurcht gebietend sah es aus, wie es da so einsam stand. Das war also Môn, die Schule der Druiden.

Gwydón führte sie direkt zu dem einzelnen Steinhaus. Da öffnete sich auch schon das große Tor und ein junger Mann lief ihnen entgegen.

Freudig trat Gwydón auf ihn zu: »Sethor, mein Freund, wie schön, dich zu sehen. Niam, das ist Sethor. Er kommt aus dem fernen südlichen Land Dumnón und entstammt einer der edelsten Familien seines Reiches. Dereinst wird er mit seiner Weisheit die Geschicke dieses Landes leiten. So hat es der Druidenrat von Dumnón bereits vor Jahren entschieden – Sethor ist die Hoffnung seiner Heimat.«

Sethor lachte kurz auf und hieß Niam willkommen.

Er führte Gwydón und Niam über eine breite Treppe in das Innere des großen Hauses. Sie betraten eine riesige Halle. Durch viele Fenster fiel der Sonnenschein herein und tauchte den Raum in ein freundliches Licht. In der Mitte stand eine lange Tafel mit vielen Stühlen. Dort erwartete sie Fintan, der oberste Lehrmeister von Môn. Seine Haupthaare waren ebenso silbern wie sein langer Bart.

Als er Gwydón eintreten sah, huschte ein Lächeln über sein altes Gesicht: »Gwydón. Den Göttern sei Dank! Es ist mir eine Freude, dich in diesem Leben noch einmal zu sehen.«

»Ich grüße dich, Meister Fintan.« Gwydón neigte den Kopf ehrfürchtig vor dem alten Lehrer und erwiderte Fintans herzlichen Händedruck. »Ich komme direkt aus Amarango und überbringe dir Grüße von Caldur.«

»Von Caldur? Wie geht es meinem alten Freund? Lenkt er immer noch die Geschicke von Amarango? Das musst du mir später ausführlicher erzählen. Nun aber sag mir, wen du mitgebracht hast?«

»Das ist Niam aus Brigant. Sie ist die Ziehtochter deiner alten Freundin Auriel und Caldurs Mündel. Caldur bittet dich, sie in diesen dunklen Zeiten aufzunehmen.«

»Sei gegrüßt, Niam. Ich heiße dich in Môn willkommen.«

Damit beugte er sich zu Niam und lächelte sie freundlich an. Fintan war steinalt. Viele Falten zeichneten sein Gesicht und erzählten die Geschichte seines langen Lebens.

Dann wandte er sich wieder an alle: »Ihr werdet erschöpft sein von der Reise. Sethor, bringe Niam zu Baneíce ins Frauenhaus. Gwydón wird noch etwas bleiben. Wir haben etwas zu bereden.«

Nachdem Sethor und Niam gegangen waren, wandte sich Fintan an Gwydón und sah ihn ernst an: »Und jetzt erzählst du mir, was wirklich vorgefallen ist. Warum bist du damals so schnell und unvermittelt aufgebrochen? Schließlich hast du dich doch gerade auf deine letzte Prüfung vorbereitet ... Und wer ist dieses Kind?«

»Das ist eine längere Geschichte. Lass mich bei meiner Abreise beginnen: Ich saß, wie du richtig sagst, in tiefer Meditation und konzentrierte mich auf das Dwyffyddiaeth, als ich eine dringende Nachricht von Caldur bekam. Ich solle unverzüglich zu ihm nach Amarango kommen. Natürlich bin ich sofort aufgebrochen. In Amarango erzählte mir Caldur etwas von einer ganz bestimmten Aufgabe und schickte mich zu Auriel in die Tiefe der Wälder. Mein Auftrag lautete, sie und Niam nach Amarango zu bringen. Es liegt ein Geheimnis auf dem Schicksal dieses jungen Mädchens.«

»Und wer ist sie?«

»Sie ist Alanias Tochter. Du erinnerst dich doch noch an Alania, die Schwanenkriegerin, die strahlendste Heldin der Briganten?«

»Selbstverständlich. Alania war eine bemerkenswerte Frau. Ihr Tod war ein großer Verlust. Niam ist also Alanias Tochter.«

»Ja.« Gwydón nickte. »Nach ihrer Geburt nahm Auriel das Mädchen zu sich und zog mit ihr in die tiefen Wälder hinter der Ebene von Ystrâd. Dort, abgeschirmt vor der Welt, ist Niam aufgewachsen.«

»Und was soll jetzt mit Niam geschehen? Soll sie ausgebildet werden?«

»Ja. Caldur schickt dir folgende Worte: ›Der Wind ist mächtig.‹ Er wird bald persönlich kommen und alles erklären.«

»Der Wind ist mächtig«, wiederholte Fintan leise murmelnd. »Niam soll also Sängerin werden. Hat sie denn eine schöne Stimme?«

»Ich glaube schon. Natürlich hat sie keine Ausbildung und Reife, doch auch so ist sie wohlklingend und klar. Allerdings glaube ich nicht, dass Niam das weiß. Ich habe sie nur singen hören, wenn sie sich unbelauscht fühlte.«

»Ich vertraue den Instinkten meines alten Freundes Caldur. Sage mir, Gwydón, wie alt ist Niam?«

»Sie wurde dreizehn an Lugnasa.«

»Dann ist es höchste Zeit, fast schon ein wenig zu spät. Morgen werden wir beginnen.«

Sethor führte Niam zu einer Gruppe von sechs Häusern, die im Kreis um einen kleinen Brunnen standen. »Das sind die Wohnhäuser der Schüler. Da es mehr Schüler als Schülerinnen sind, bewohnen die Männer fünf der Häuser und die Frauen eins. Hier sind wir.«

Da kam ihnen auch schon Baneíce, die Vorsteherin des Frauenhauses, entgegen. Sie war die Mutter von Môn.

»Sei herzlich willkommen bei uns, Niam.«

Niam folgte Baneíce zaghaft ins Innere des großen Hauses. Helles Lachen tönte vom anderen Ende des langen Ganges. Baneíce öffnete eine Tür und Niam betrat die Küche. Fünf Mädchen unterschiedlichen Alters waren dort mit Kochen beschäftigt. Bei Baneíces Eintritt hielten sie in ihrer Arbeit inne und sahen ihre Lehrerin neugierig an.

»Mädchen, ich bringe euch eine neue Mitbewohnerin. Das ist Niam. Déira, komm doch bitte her.«

Ein älteres Mädchen legte ihre Arbeit hin und trat zu Baneíce.

»Déira, kümmere dich um Niam. Ich entbinde dich dafür vom Küchendienst.«

»Sehr gerne.« Déira lachte fröhlich. »Komm mit.« Vor den neidischen Augen ihrer Mitschülerinnen zog sie Niam aus der Küche.

»Wie viele Menschen leben eigentlich in Môn?«

»Momentan sind es zwanzig Lehrer, hundertfünfzig Schüler und zwanzig Schülerinnen. Hier schlafen derzeit aber nur siebzehn. Drei von uns stehen kurz vor dem Ende ihrer Ausbildung, und die Schüler der höheren Klassen haben ihr eigenes Quartier. Die Älteste von uns ist beinahe dreißig, unsere Jüngste ist zehn. Ich war acht, als ich hierher gekommen bin. Das ist jetzt fast acht Jahre her.«

»Bist du gerne hier?«

»Ja. Ich bin froh, dass meine Eltern entschieden haben, mich nach Môn in die Schule zu schicken. Aber jetzt komm mit zum Brunnen, dort kannst du dich waschen.«

Als zur Mittagszeit die Essensglocke ertönte, folgte Niam Déira in die große Halle des Frauenhauses. Dort stand eine lange gedeckte Tafel. In dampfenden Schüsseln wurde das Essen aufgetragen und die Schülerinnen versammelten sich um den großen Tisch. Nun kam auch Baneíce.

Sie stellte sich an ihren Platz am Kopfende der Tafel und winkte Niam zu sich. »Dies ist Niam aus Brigant. Sie wird jetzt bei uns wohnen. Heißt sie willkommen.«

Die Schülerinnen hoben ihre Becher und begrüßten Niam mit der alten Begrüßungsformel:

»Du gute Niam, tritt bei uns ein,
dies Haus sei nun auch dir ein Heim.
Bringst Glück und Freud' und vieles mehr,
drum freut uns deine Ankunft sehr.«

So wurde Niam in die Gemeinschaft aufgenommen. Nach einem Gebet erklärte Baneíce das Mahl für eröffnet.

Nach dem Essen führte Déira Niam durch die Anlagen von Môn und zeigte ihr die anderen Wohnhäuser und die Schule. Zuletzt brachte sie Niam zum großen Festplatz.

Sie folgten dem Fluss, bis er sich teilte. Im Zentrum der Flussgabelung stand ein steinerner Altar, mit Blütenranken geschmückt. Davor war ein ebener Platz angelegt und mit einer Feuerstelle, auf der an Festtagen das heilige Feuer brannte. Viele Holztische standen in einem weiten Halbkreis auf dem Platz verteilt.

»Hier essen wir jeden Abend alle gemeinsam«, erklärte Déira.

Dann gingen sie durch ein Waldstück zu einem stillen See. Er glitzerte in der Augustsonne und der Himmel spiegelte sich in der tiefgrünen Oberfläche.

»Das ist der Ryn Cerîd, der heilige See von Môn. Er ist das größte Heiligtum auf der Insel. Hier ist man den Göttern am nächsten. Schließ die Augen. Spürst du die Magie?«

Niam schloss die Augen und atmete tief durch. Eine große Ruhe überkam sie. Langsam zog ein Traumbild vor ihr inneres Auge, eine kleine Quelle, die über ein kunstvoll verziertes Becken lief und einen lieblichen See speiste. Und sie hörte eine Melodie, die aus weiter Ferne herüberwehte.

Da holte Déiras Stimme sie zurück: »Niam?«

Das Bild verschwand. Niam schlug die Augen auf und lächelte ihre Freundin an. »Es ist alles in Ordnung.«

»Was war denn? Hattest du eine Vision?«

Niam nickte. »Dieser Platz ist wirklich magisch. Was für ein herrlicher Ort!«

Sie folgten dem Pfad um den See herum bis zu einer riesigen steinernen Plattform, die sich über das tiefe Wasser wölbte.

»Diese Plattform ist das Ziel aller Prozessionen, die zum Ryn Cerîd führen«, erklärte Déira. »Hier übergeben die Priester ihre Opfergaben den Göttern. Das heilige Wasser nimmt diese Geschenke an und zeigt damit das Wohlwollen der Götter.« Zaghaft betrat Niam den glatten Stein und sah hinunter in das tiefe Wasser des Sees. Auf der glatten Oberfläche konnte sie ihr Spiegelbild erkennen. In diesem Moment kam leichter Wind auf und kräuselte das Wasser in tausend kleine Wellen, die in schnellen Kreisen dem Ufer zustrebten. Das Zentrum ihrer Bewegung war Niams Spiegelbild und ihr helles Haar umgab sie wie eine goldene Glorie im Widerschein des Wassers. Da erscholl der Ruf einer Eule.

In der Abenddämmerung erreichten Déira und Niam wieder die Siedlung. Nun war der große Platz am Fuße des Altars belebt und vom Licht vieler Fackeln hell erleuchtet. Viele Schüler liefen geschäftig umher und deckten die langen Steintische. Der Altar war mit frischen Köstlichkeiten geschmückt. Als die Sonne unterging, kam Fintan. Er hob seine Arme und die Gespräche verstummten. Seine Stimme war fest und klar. »Wir preisen Euch, Ihr Götter. Erweist uns Euren Schutz und Segen. Wir begrüßen die neue Nacht und den neuen Tag im ewigen Kreislauf des Lebens. Der Tag kommt durch die Nacht, so wie das Licht dem Dunkel entspringt.«

Er wandte sich nach Westen und beschwor die Kräfte des Wassers, dann nach Norden, um die Erde zu ehren. Gen Osten pries er die Luft und nach Süden die Kräfte des Feuers. Dann eröffnete Fintan das Mahl.

Niam setzte sich neben Déira und ließ ihren Blick über den Platz schweifen. Sie suchte Gwydón, konnte ihn aber nirgends entdecken.

Zögernd wandte sie sich an Déira: »Kennst du eigentlich Gwydón?«

»Gwydón? Natürlich. Jeder in Môn kennt ihn. Schließlich ist er der oberste Meisterschüler und der erste seit vielen Jahren, der zum Ollam ausgebildet wird.« Damit errötete Déira leicht.

Doch Niam fiel es nicht auf: »Hast du ihn gesehen?«

»Kennst du ihn?«

Niam nickte. »Ja, er ist mein Freund.«

Sie dachte an all die Gespräche, die sie geführt hatten, und an die Freundschaft, die sich zwischen ihr und Gwydón entwickelt hatte. Neben Tante Auriel war er der einzige Mensch, dem sie vertraute.

»Ich beneide dich. Mich bemerkt er gar nicht. Er ist zwar immer nett, aber ich glaube, dass er mich nie wirklich wahrnimmt.«

Kurz darauf erschien Gwydón. Er tauschte ein paar kurze Sätze mit Fintan, der ihn mit einem Nicken und einem festen Händedruck entließ. Dann trat Gwydón zu Niam.

»Gwydón, da bist du ja.« Niam sprang auf und umarmte Gwydón herzlich. »Das hier ist übrigens meine Freundin Déira. Sie hat mir Môn gezeigt.« Damit deutete sie auf die junge Frau, die erwartungsvoll neben ihr saß.

Gwydón lächelte Déira freundlich an: »Der Friede der Götter sei mit dir, Déira. Schön, dass Niam eine Freundin hat.« Er reichte Déira die Hand, die sie errötend nahm. Dann wandte sich Gwydón wieder an Niam, führte sie aus dem Kreis und sagte: »Niam, ich will mich verabschieden. Ich werde mich eine Weile zurückziehen, denn ich muss die Ruhe wiederfinden, um meine Ausbildung abzuschließen.«

»Wohin gehst du?«

»In die Tiefe der Wälder. Die Einsamkeit im Schutz der hohen Bäume ist mein Ziel, die Stille mein Gebot. Nach Beendigung meiner Klausur werden wir uns wiedersehen.« Damit umarmte er Niam noch einmal und verschwand im Dunkel der Nacht. Niam ging still zurück an ihren Sitzplatz.

Déira schaute sie neugierig an: »Was hat er gesagt?«

»Er hat sich verabschiedet … Schade, dass er so schnell fortmusste.«

»Wenn du willst«, sagte Déira, »erzähle ich dir noch mehr von Môn und unserm Leben hier.«

Niam nickte.

»Alle Schüler werden nach der Grundausbildung in verschiedene Klassen aufgeteilt. Es gibt sechs grundlegende Lernrichtungen. Das sind die Magie, das Heilwesen, die Rechtsprechung, die Weissagung, die Traditionslehre und die Musik. Nur selten wird ein Schüler in allen Kategorien ausgebildet. Meistens wird seine spezielle Begabung erfasst und gefördert. Ich beispielsweise werde zur Heilerin ausgebildet.«

»Es muss schön sein, wenn man weiß, was einem vorbestimmt ist. Ich frage mich, was ich hier eigentlich soll? Ich habe keine Begabung, die man ausbilden könnte.«

»Das werden die Lehrer entscheiden. Bald werden sie dich prüfen. Und wenn du ein Talent hast, dann werden sie es finden. Sei geduldig und warte bis morgen.«

Am nächsten Tag rief Fintan Niam bereits am frühen Morgen zu sich. »Niam, was würdest du gerne hier lernen?«

»Ich weiß nicht«, antwortete Niam schüchtern. »Es ist alles so neu und fremd für mich.«

»Ich weiß, denn ich kenne das Haus deiner Tante.«

»Ihr kennt Tante Auriel?«, erwiderte Niam staunend.

»Einst war sie meine Schülerin hier in Môn. Ich habe sie und ihren scharfen Verstand sehr zu schätzen gelernt. Nach ihrer Ausbildung trat sie in die Dienste von Fürst Enatos.«

Niam sah Fintan an. Sie fühlte deutlich, dass Fintan zu den guten Menschen gehörte.

»Du solltest die Zeit hier dazu nutzen, etwas zu lernen. Hast du eine besondere Fähigkeit?«

Niam zuckte mit den Schultern: »Nein. Ich habe überhaupt keine große Begabung.«

»Singst du gerne?«

Niam räusperte sich verlegen. »Ja, manchmal.« Dann überlegte sie kurz und nickte entschlossen: »Ja, leidenschaftlich.«

»Da haben wir ja schon dein magisches Talent. Wenn du willst, bilden wir deine Stimme aus.«

»Das wäre einfach wunderbar! Aber ...« Niam stockte in ihrer Begeisterung. »Vielleicht tauge ich nicht zur Sängerin. Tante Auriel fand meine Stimme immerhin so schlecht, dass sie mir das Singen verboten hat.«

»Vertrau mir, Niam. Im Laufe meines Lebens habe ich gelernt, dass Begabung sich dadurch zeigt, dass sie sich nicht unterdrücken lässt. Wir werden folgendermaßen vorgehen: Da du schon etwas zu alt bist, konzentrieren wir uns auf die Musik und deine Stimme. Zuerst erhältst du natürlich eine Grundausbildung in den anderen Teildisziplinen – eine gute Bardin muss schließlich vieles wissen. Unser Hauptgewicht aber liegt in deiner Stimme und der musikalischen Lehre. Du solltest sofort beginnen.« Fintan klatschte in die Hände und Sethor trat ein. »Sethor, führe Niam in die Schule. Dort soll sie einen Intensivlehrgang erhalten. Ihre Grundausbildung darf nicht lange dauern. Danach bringe Niam in das Haus der Musik. Dort soll Aneírin sie prüfen. Auf Wiedersehen, Niam. Glaube an dich und deine Begabung, dann wird sich der magische Funken entzünden.«

Allmählich gewöhnte sich Niam an die vielen Menschen und lebte sich ein. Ihr Geist wurde geschult, und langsam begann sie, die Welt der Druiden in ihren Grundsätzen zu verstehen:

Der Druidismus war eine allumfassende Religion, durchleuchtet von mächtiger Magie und einem Unterweltkult. Es gab keine Trennung zwischen Mythos und Geschichte, zwischen Glaube und wirklichem Leben, zwischen Religion und Staat. Das Druidentum war eine soziale Religion, die alle Lebensbereiche berührte. Es verband ein philosophisches, juristisches, metaphysisches und religiöses System miteinander.

Das oberste Prinzip der Druiden war der Glaube an die Unsterblichkeit der Seele. Diese verschwand nicht nach dem Tod eines Menschen, sondern wanderte in ein anderes, jenseitiges Leben. Die Seele war unzerstörbar und ewig. Der Gedanke des ewigen Werdens war zentral im Glaube der Druiden. Es gab kein Zurück, der Blick zu Verjüngung und Wiedergeburt war nach vorne gerichtet.

Neben der menschlichen Welt existierte die Welt der hohen Götter der Thuata de Dannan. Das waren sehr alte Götter. Früher lenkten sie das Geschick der Menschen von den nördlichen Städten Falias, Gorias, Findais und Murais. Die Thuata de Dannan waren gute Götter, mächtig und weise. Der Oberste von ihnen war Dagda, der Allvater Ollathair, der Herr über Leben und Tod. Er war der oberste Gesetzgeber und der Träger des letzten Willens. Dann war da Ogme, der Bezaubernde, der Dichter und Magier, Gott der allgewaltigen Sprache. Weiterhin gab es Diancecht, den Gott der Heilkunde, und seinen Sohn Miach, dem die Menschen die Heilkräuter verdanken. Die Legende erzählte, dass auf seinem Grab 365 Pflanzen wuchsen, den Sehnen und Gelenken des Toten entsprechend. Das war der Ursprung aller Heilkräuter. Auch Göttinnen gab es bei den Thuata de Dannan. Da war Dana, die große Mutter, oder auch Brigit, die Göttin der Fruchtbarkeit. Daneben stand Ceridwen, die Herrin des magischen Kessels der Inspiration und Herrscherin über die letztendliche Weisheit. Zuletzt war da natürlich Lugh, der Strahlende, der Meister aller Künste. Er war der jugendliche Gott, der strahlend schöne und goldgelockte Mann, der alle Kategorien beherrschte. Als Herr aller Künste war er der perfekte Magier, Beherrscher der Runen und Beschützer der Dichter. Er war der große Organisator, der dafür sorgte, dass die Welt nach dem göttlichen Gesamtplan funktionierte.

Die Mittler zwischen Göttern und Menschen waren die Druiden. Als Eingeweihte, die das Wesen der Götter kannten und ihre Sprache sprachen, wendeten sie die göttlichen Gesetze in konkreten Fällen an. Entscheidungen der Druiden waren unanfechtbar, denn ihr Urteil stand unter dem Schutz der Götter. Niam erkannte, dass die Kontaktaufnahme zu den Göttern und die Entschlüsselung der Mysterien eines immensen Wissens und langer Übung bedurfte. Strenge Rituale mussten präzise eingehalten werden. Jede Geste hatte eine bestimmte Bedeutung, und die magischen Beschwörungsformeln mussten in einem festgelegten Rhythmus und dem exakten Tonfall ausgesprochen werden, um wirken zu können. In jedem Wesen war ein Funke Magie, doch nur die richtige Kombination der Elemente konnte ihn entzünden. Die Magie war in allem und schwebte über den Dingen.

Um den göttlichen Willen zu erfahren, bedienten sich die Druiden der Kunst der Wahrsagerei. Als Seher lasen sie im Buch des Schicksals und sagten die Zukunft voraus. Manchmal beobachteten sie den Vogelflug, wobei der Flug der schwarzen Vögel besonders aussagekräftig war. Sie deuteten den Willen der Götter aus seiner Dichte, seiner Tiefe und der Geschwindigkeit. Auch betrachteten die Druiden den Zug der Wolken und lauschten der Richtung der Winde, sahen die Konstellation der Gestirne und das Zusammenspiel der Elemente. Aber meistens übten die Druiden Traumdeutungen, so genannte Seherreisen, aus. Im visionären Traum überwand ein Druide Raum und Zeit und konnte so die Wege des Schicksals verstehen. Dafür wurde er durch halluzinogene Drogen und berauschende Pflanzen wie den Schlafmohn oder Eisenkraut in heilige Ekstase versetzt. Dieser sakrale Rauschzustand versetzte den Seher auf die Ebene des Unterbewusstseins und befähigte ihn so, die andere Seite zu betreten. Hier gab es keinen Unterschied zwischen Realität und Imagination. Der Schlaf des Sehers war heilig und durfte unter keinen Umständen gestört werden. Sein Traum war später die Basis seiner Weissagung. Bei den Sehersitzungen wurde meist ein Tier geopfert. Beim imbas forosnai, der Reise des Sehers, war dies ein Schwein, beim tarb fais ein Stier. Nur wenige Weissagungen kamen ohne ein Opfer aus, so etwa das dichetal do chenmaid, die Inkantation der Fingerspitzen.

Den tieferen Sinn der Weissagung verstanden nur die Eingeweihten. Die Druiden liebten es, sich mit einem großen Geheimnis zu umgeben. Die Geheimhaltung war typisch für die Klasse der Druiden. Nur im äußersten Notfall gaben sie etwas von ihrem Wissen preis. Untereinander verständigten sie sich durch Geheimschriften, meistens die Ogam-Schrift, benannt nach Ogme, dem Gott der Magie und der Lehre. Ihre magischen Zeichen wurden als Kurznotizen vorwiegend in Holz geschnitzt. Seltener wurde die Baumschrift benutzt, das Boibel-Loth, die älteste Geheimschrift der Druiden. Ähnlich wie die Runenschrift bestand diese aus den Buchstaben Beth für Birke, Luis für Vogelbeere und Ash für Esche. Aus diesen drei Urbuchstaben wurden Vokale und Konsonanten gebildet, die alle bestimmten Bäumen und Eigenschaften zugeordnet waren.

Ansonsten war das Schreiben verboten. Die Schrift hatte die Fähigkeit, die Ewigkeit zu beeinflussen, denn durch den Akt des Niederschreibens wurde sie zu etwas Absoluten. Darum überlieferten die Druiden ihre Lehre mündlich. Als Dichter und Geschichtenerzähler bewahrten sie die Traditionen. Das Remscala erzählte von der Vorgeschichte des Stammes, das Dindsencha lehrte die Historie eines Ortes. Das Filidecht schließlich war die höchste Stufe der Dichtung. Hier überlieferten die Druiden ihr Wissen in Form von Erzählungen, die Tradition, Theologie, Philosophie, Recht und Mythologie miteinander verbanden. Gleichzeitig war die mündliche Überlieferung auch lebendige Geschichte. Die Tradition veränderte sich, während sie von Generation zu Generation weitergegeben wurde. Neue Erfahrungen wurden eingeflochten. So erfuhr die Stammesgeschichte fortwährende Aktualisierung. Die aussagekräftigen Kernstellen der Geschichten wurden in Versform überliefert. Hier ging es um die exakte Form der Überlieferung, denn nur bei der wortgetreuen Erzählung trat das Element der Wahrheit hinzu, und die Magie der Wahrheit war ein mächtiger Zauber. Dementsprechend diente die Dichtung nicht nur der Unterhaltung, sondern auch der Belehrung. Entscheidend waren ihre spirituellen Kräfte, die sich positiv und lehrreich auf die Zuhörer auswirkten.

Zuletzt gab es noch den großen Bereich der Heilslehre. Hier war Déira von unschätzbarer Hilfe. Schließlich wurde sie zur Heilerin ausgebildet. Sie erklärte Niam den göttlichen Charakter der Heilkunde. Die Heiler kannten den Wirkungskreis einer jeden Pflanze, von der Heilkraft über die Erweckung seherischer Kräfte bis hin zur Bannmächtigkeit böser Mächte. Die heiligste aller Pflanzen war die Mistel. Sie war allheilend und konnte Unfruchtbares in Fruchtbares verwandeln. Déira erzählte Niam von der Kastanie, die hilft, Ängste und Sorgen zu vertreiben, und von der Lärche, welche die Physis fördert. Niam lernte, dass die Ulme Existenzängste mindert und die Buche Tugend und Toleranz vermittelt. Die Eiche schließlich war der mächtigste unter den Bäumen. Ihre Kraft beruhigte die Nerven, um bedrohliche Probleme zu bewältigen. Ihre Aura war so groß, dass schon eine Umarmung des Stammes reichte, um die Kräfte zu stärken. Doch meist brühten die Heiler einen Trank aus der Rinde des jeweiligen Baumes, um die Beschwerden der Kranken zu lindern.

6. Kapitel

Die Macht der Stimme

Nach einem Monat endete Niams Grundausbildung und ihre Hauptlehre begann. Endlich wurde das trainiert, was Niam das Wichtigste war: die Macht ihrer Stimme.

Das gesprochene Wort war das wichtigste Zaubermittel der Druiden. Durch die Überzeugungskraft ihrer Worte konnten sie nahezu jedes Hindernis überwinden. Ihre Reden waren aber auch eine Waffe: Pfeile, welche die Seele der Feinde verletzen. Bei der Invokation magischer Zaubersprüche war allein die Aussprache wichtig. Die Kunst der Stimmbeherrschung zeigte sich in der perfekten Variation kleinster Schwingungen und feinster Nuancen. Durch den bewussten Einsatz der geübten Stimme konnte der Eingeweihte seine Umwelt beeinflussen, denn die Macht der Stimme wirkte sowohl auf die Materie als auch auf die Psyche.

Niams wahre Liebe aber war der Gesang. Darin konnte sie versinken und die Welt um sich herum vergessen. Die Stimme war ihre Begabung und ihr magisches Talent. Das erkannte Aneírin, der Musiklehrer von Môn, schnell.

Er nahm eine Leier und schlug einen Dreiklang. Tief schwoll der Ton an, und Niam versank in seinem Klang. Vor ihrem inneren Ohr entstand eine Melodie, die den Dreiklang variierte und weiterentwickelte.

»Was hast du gehört, Niam?«

Niam sah Aneírin zuerst unsicher an, dann antwortete sie wahrheitsgemäß: »Eine kleine Melodie. Das habe ich früher zu Hause auch immer so gemacht: Ich habe einen Ton gesummt und daraus hat sich von ganz alleine eine Melodie entwickelt.«

»Dann singe mir das doch bitte vor.«

Leise schlug Aneírin einen erneuten Dreiklang. Sanft schwebten die Töne durch die Luft. Niam sog diesen Klang auf und er zersprang in tausend Töne. Erneut entwickelte sich eine Melodie in ihrem Kopf und ihre Kehle öffnete sich. Zuerst zaghaft, doch dann immer fester summte sie eine Tonfolge. Schon bald reichte das Summen nicht mehr, so sehr drängten die Töne an die Luft. Da begann Niam zu singen, und ihre Stimme war klar und rein. Zuerst war es ungewohnt für sie, vor jemand anderem zu singen, aber schnell überwand sie ihre Hemmung. Es war wunderbar.

Nachdenklich betrachtete Aneírin Niam, die mit geschlossenen Augen vor ihm stand. »Das war sehr schön, Niam. Deine Begabung ist außergewöhnlich, denn du besitzt schon jetzt etwas, das viele meiner Schüler auch nach vielen Jahren des Studierens nicht erreichen: die Fähigkeit, die Melodie in den Tönen zu finden und ihre Richtung zu spüren. Das ist der göttliche Funke.«

Jetzt begann für Niam die Zeit, ihre Stimme zu entdecken. Aneírin lehrte sie die Kunst, Töne in feinsten Nuancen zu variieren und verschiedene Stimmungen durch unterschiedliche Schwingungen auszudrücken. Bestimmte Klangfamilien waren speziellen magischen Mächten zugeordnet: die helle und freudvolle Musik war den Sonnengöttern gewidmet, während die dunklen Klänge der

Unterwelt gehörten. Auch die Kräfte der Elemente wurden durch den gezielten Einsatz bestimmter Töne gnädig gestimmt. Dabei war der Grundton D dem Feuer, das E der Luft, das F der Erde und der Natur und das G dem Wasser zugehörig. Im Zuge ihrer Bardenausbildung lernte Niam, ihre Stimme gezielt einzusetzen. Sie war eine sehr begabte Schülerin.

Das merkten auch die drei Hohemeister des Gesangs, Suantraige, Gentraige und Gotraige. Diese drei Lehrmeister erkannten schnell ihr magisches Potenzial und beschlossen bereits nach kurzer Zeit, Niam in das Mysterium des Gesangs einzuweihen. Dieses lag tief verwurzelt in den drei magischen Liedern des Sängers, das Meisterstück des Barden. Das Lied des Schlafes, das Lied des Lächelns und das Lied der Trauer.

»Du musst lernen, mit dieser Macht umzugehen. Deine weitere Ausbildung liegt ab nun in unseren Händen. Wir werden folgendermaßen vorgehen: Ich bin Suantraige, der Schlafende, und werde dich das magische Lied des Schlafes lehren, das alle Zuhörer in tiefen Schlaf versetzt. Mein Bruder Gentraige ist der Lachende und zeigt dir das heilige Lied des Lächelns, das die Zuhörer in Freude ausbrechen lässt. Mein Bruder Gotraige ist der Klagende und erklärt dir das Lied des Weinens, bei dem die Zuhörer in tiefe Trauer verfallen.«

Die Bewohner von Môn liebten Niams Stimme, denn ihr Gesang erreichte die Herzen der Menschen. Auftritte vor Publikum waren fester Bestandteil der Bardenausbildung. Schon bald begleitete Niam die offiziellen Zeremonien in Môn mit ihrer Stimme. Sobald sie sang, verlor sie ihre Schüchternheit. Ihre Stimme verlieh ihr ungeahntes Selbstvertrauen und sie bezauberte ihre Zuhörer.

Eines Tages war Niam wieder einmal alleine im Wald unterwegs. Sie summte eine kleine, ihre ganz eigene Melodie. Niam hütete diese Melodie wie ein Geheimnis. Eine innere Stimme mahnte sie zur Verschwiegenheit. Also sang sie ihr Lied nur, wenn sie sich unbelauscht fühlte.

Träumend folgte sie einem kleinen Wildpfad und fand sich am Ufer des heiligen Sees Ryn Cerîd wieder. Sie hörte einen leisen Wind, der mit den Wellen tanzte. Niam lauschte gedankenverloren und da erkannte sie auf einmal eine Melodie im Rauschen der Wellen. Deutlich hörte Niam die Grundsequenz und sang das Lied des Sees. Unwillkürlich erinnerte sie das an ihre eigene Melodie. Vorsichtig fügte Niam diese neue Sequenz hinzu – es war perfekt. Voller Inbrunst sang sie ihr Lied und vergaß die Welt um sich herum.

Eine warme Stimme riss sie aus ihren Träumen. »Das machst du schön.«

Niam schreckte hoch und sah eine einfache Bäuerin, die unbemerkt ans Ufer getreten war. Eigentlich konnte sich Niam stets auf ihre scharfen Ohren verlassen, aber diese Frau war wie aus dem Nichts aufgetaucht. Die Fremde kam langsam auf sie zu und blieb neben ihr stehen. Niam sah in ungewöhnlich dunkle Augen, deren Glanz und Tiefe die Farbe der ganzen Umgebung aufnahm und zurückwarf. Sie fühlte sich seltsam angezogen von dieser geheimnisvollen Frauengestalt. Trotz ihrer groben und einfachen Kleidung hatte sie eine aufrechte Haltung und ein Antlitz von zeitloser Schönheit. Ihre Hände waren klein und zu zart für harte Feldarbeit.

Nach einer Weile begann die Frau zu sprechen: »Du hast ein großes Schicksal vor dir, eine große Laufbahn als Sängerin. Ich lebe schon lange in der Nähe der alten Schule von Môn. In dieser Zeit habe ich viele Schüler kommen und gehen gesehen, habe erlebt, wie Hoffnungen aufkeimen und wieder niedersinken. Doch noch nie bin ich einer solchen Begabung begegnet. Deine Stimme ist außergewöhnlich. Deshalb bin ich heute gekommen, um zu sehen, wer so schön singt an meinem Lieblingsplatz.«

Niam strahlte die Bäuerin an. Sie fühlte sich dieser Frau auf merkwürdige Weise verbunden. Schweigend ging sie neben der Fremden her, bis sie schließlich die erhöhte Plattform erreicht hatten.

An deren Ende drehte sich die Fremde zu Niam und sagte: »Was immer du auch tun wirst und was dir dein Schicksal auch bescheren möge, behalte diesen Ort und diesen Moment im Gedächtnis, mein Kind. Pflege dein Lied. Du bist noch jung, viel wirst du noch erleben im Laufe deines Lebens.«

Niam schloss die Augen. Sie spürte, dass dies ein ganz besonderer Augenblick war. Das letzte Sonnenlicht tanzte vor ihren geschlossenen Lidern und die mystische Stimmung trug sie hinweg. Sie badete in den Geräuschen und Gefühlen, die sie überfielen, und verband sich auf ewig mit diesem heiligen Ort.

Als Samhain, der erste November und oberster Feiertag der Druiden, vor der Tür stand, kehrte Gwydón zurück. Er hatte die vergangenen Monate in der Einsamkeit der Wälder verbracht. Dort, inmitten der heiligen Bäume, war er seinem tiefsten Ich begegnet. Nun war er gereift und bereit, sich dem Dwyffyddialth, dem Buch der Weisheit, und seiner Ollam-Weihe erneut zu stellen.

Zu diesem Anlass kam auch Caldur nach Môn. Natürlich wollte er die Erhebung seines Meisterschülers nicht verpassen. Sein erster Weg führte ihn zu Fintan. Er fand ihn in der großen Halle im Kreis seiner engsten Berater. Die beiden alten Männer sahen sich nur kurz an, dann verabschiedete Fintan seine Gesprächsteilnehmer mit einem Kopfnicken und zog sich ohne ein weiteres Wort mit Caldur in sein Arbeitszimmer zurück.

Dort richtete er das Wort an seinen alten Weggefährten. »Caldur, ich freue mich, dich endlich wiederzusehen und auf dem heiligen Boden von Môn begrüßen zu können. Wie geht es Fürst Enatos und was treiben die Geschicke von Amarango und Brigant?«

»Frag lieber nicht«, antwortete Caldur betrübt. »Es sind schwarze Zeiten über uns hereingebrochen. Vor mehr als einem Jahr wurde ein Attentat auf die Königin verübt. Bald darauf verstarb sie. Das Land liegt in großer Trauer und Fürst Enatos ist ein gebrochener Mann. Seine Macht schwindet und das Reich droht auseinander zu brechen. Und dann schwebt über allem noch die drohende Gefahr durch Balzôrc, der im Norden wieder aktiv geworden ist.«

»Ja, das merken wir sogar hier in Môn. Die Dunkelheit nimmt zu. Das sind wirklich keine guten Nachrichten.«

»Umso erfreulicher sind die Neuigkeiten von Gwydón. Ich bin sehr stolz auf ihn.«

»Er wird dir ein guter Nachfolger sein.«

Caldur nickte. »Nach seiner Erhebung kann ich seine Ernennung endlich offiziell verkünden. Wann wird die Zeremonie stattfinden?«

»Morgen zum höchsten Stand der Sonne. Das Feuer ist schon hergerichtet. Gwydón bereitet sich vor, und morgen Mittag wird er seine letztendliche Initiation erlangen.«

»Gut, denn es gibt einen weiteren Grund, weshalb ich dich heute aufsuche. Fintan, vor einem Jahr habe ich dir ein junges Mädchen mit der Bitte geschickt, sie auszubilden. Niam ist ihr Name.«

Fintan sah Caldur eindringlich an. »Niam ist eine absolute Ausnahmeerscheinung. Und das wusstest du ganz genau. Deshalb schuldest du mir eine Erklärung, alter Freund. Wer ist sie und was hast du mit ihr vor?«

Caldur lächelte seinen alten Lehrmeister an und nickte. »Du bist ein guter Menschenkenner, Fintan. Du hast Recht, Niam ist wirklich etwas ganz Besonderes. Auriel und ich hoffen, dass sie das angekündigte Kind der Prophezeiung ist.«

Fintan nickte. »Auriel. Sie steckt also auch dahinter. So etwas Ähnliches habe ich mir schon gedacht.«

»Warum?«

»Bei unserem ersten Gespräch erzählte mir Niam von ihrer geheimen Leidenschaft zu singen und davon, dass Auriel es ihr stets verboten habe. Das erinnerte mich an eine alte Begebenheit. Es war zur Zeit von Auriels Ausbildung. Du weißt, dass ich ihren klaren Verstand schätzte und sie oft in Diskussionen verwickelte. Eines Tages hatten wir wieder ein Streitgespräch. Es ging um das helle Kind der Prophezeiung. Wie sollte man mit diesem heiligen Geschöpf umgehen? Sollte man seine Anlagen frühestmöglich fördern oder sollte man sich lieber auf seine magischen Instinkte verlassen? Auriel und ich waren verschiedener Meinung. Sie plädierte dafür, das Kind möglichst lange zu schützen und im Verborgenen zu halten, bis es reif genug sei, aus sich selbst heraus seine geheiligte Aufgabe zu erfüllen. Aber sage mir, mein Freund, was lässt euch zu der Ansicht gelangen, Niam sei dieses prophezeite Kind?«

»Ihre Mutter ist Alania, die Schwanenkriegerin. Sie ist die von der Prophezeiung geforderte Stammmutter. Und sie schenkte Niam während eines heftigen Gewitters bei Sonnenaufgang auf der Türschwelle das Leben. Vergleicht man all das mit den wenigen entschlüsselten Teilen der Prophezeiung, so sind das sehr viele Übereinstimmungen. Aus diesem Grund hielten wir Niam seit ihrer Geburt vor Balzôrcs Blick versteckt und haben sie nicht ausgebildet.«

Fintan nickte nachdenklich. »Und was wirst du nun tun?«

»Ich möchte Niam so schnell wie möglich der Herrin Aífe vorstellen. Wenn Gwydóns Initiation beendet ist, werde ich nach Emain Ablach gehen. Dich bitte ich um eines: Weihe Niam noch nicht ein. Sie weiß nichts von ihrem starken Schicksal und ich möchte, dass es so lange wie möglich so bleibt.«

Der nächste Tag erhob sich strahlend über Môn. Gwydón hatte sich bereits beim ersten Sonnenstrahl in das Haus des Feuers begeben.

Dann verließ Gwydón das Haus des Feuers und wurde in das Badehaus geführt. Er befand sich bereits in Trance, herbeigeführt durch tiefe Meditation und die berauschende Wirkung von Hanf und Schlafmohn. Die Druiden wuschen ihn und rieben seinen Körper mit kostbaren Essenzen ein, während sie magische Beschwörungsformeln anstimmten. Immer wieder beschworen sie die Mächte des Überirdischen und geleiteten ihn über die Brücke. Dieses Ritual zog sich über den restlichen Vormittag hin.

Kurz vor dem Mittag wurde Gwydón abgeholt. In einem langen Zug begleitete die gesamte Priesterschaft ihren höchsten Schüler mit heiligen Gesängen den Weg durch den Wald bis zum dritten Heiligtum in Môn. Ein gewaltiger Megalithkreis stand auf einer Lichtung, von alten Eichen umsäumt. Diese Steine standen schon hier, als die Zeit noch jung war. In der Mitte des Heiligtums war ein großer Holzstapel errichtet. Das Holz war mit Hanf versehen und so mit drei Seiten und drei Ecken gestapelt, dass insgesamt sieben Öffnungen entstanden waren. Das Druidenfeuer stand oberhalb einer flaschenförmig angelegten, unterirdischen Höhlung. Dieser Raum unter dem Feuerstoß war mit Kräutern und Pflanzen ausgelegt und mit Nahrungsmitteln versehen. Auch eine Phiole mit einer geheimnisvollen Flüssigkeit befand sich dort. Zu diesem Scheiterhaufen führten die Druiden Gwydón, wo ihn Fintan und Caldur in Empfang nahmen. Gwydón befand sich inzwischen in tiefster Trance. Die beiden alten Druiden geleiteten ihn in den Raum unter dem Feuer, betteten ihn auf den weichen Boden und verschlossen die Öffnung über ihm. Gwydón blieb alleine zurück, bereit, den Mysterien zu begegnen.

Draußen erhob Fintan die Hände und sprach zu der erwartungsvollen Menge: »Liebe Brüder und Schwestern. Wir haben uns heute hier versammelt, um einer Zeremonie beizuwohnen, die wir hier in Môn schon lange nicht mehr gefeiert haben: die Wiedergeburt eines Ollam. Caldur und ich werden Gwydóns Reise begleiten und leiten.«

Beide erhoben ihre Arme und erflehten den Schutz der Götter. Ihre rituellen Invokationen wurden von den übrigen Druiden unterstützt, bis sich die individuellen Energien zu einer einzigen spirituellen Macht gebündelt hatten. In diesem Augenblick erreichte die Sonne ihren höchsten Stand und Fintan und Caldur entzündeten das Feuer über Gwydón. Hell loderte das Holz auf. Die Flammen erfassten den Hanf und die psychedelischen

Kräuter, die Gwydóns Kraft vermehrten und ihm magische Hilfe boten.

Während das Feuer brannte, unterstützten Fintan und Gwydón den spirituellen Vorgang nach der traditionellen Weise:

»Heil den Göttern, der Geister Gewalt,
das Bündnis zwischen uns ist alt;
Heil ihren Kräften, das Licht sind sie,
das große Geschenk der hohen Magie.

Heil dem Feuer, der brennenden Kraft,
heil dem Wasser, der fließenden Macht;
wir segnen das Feuer, der Götterhort,
und lieben die Erde, der Menschen Ort.

Möget ihr alle bei ihm sein,
schenkt Gwydón Erleuchtung, kostbar und rein.«

»Gwydóns mythische Ekstase ist sein symbolischer Tod. Das Verbrennungsritual bezeugt seine Metamorphose, seine Wiedergeburt steht bevor. Das Verlassen des Körpers ermöglicht es ihm, die Brücke zu überschreiten und die göttliche Ebene zu betreten. Der alte Mensch stirbt. Die Feuerreinigung regeneriert seine erstarrten Kräfte. Als großer Wissender wird er auferstehen und als gereinigter Meister mit vielfachen Kräften wieder geboren. Als Eingeweihter wird er der Glut entsteigen und als Ollam vor die Gemeinschaft treten.«

Nachdem das Feuer niedergebrannt war, hoben sie den leblosen Gwydón auf und trugen ihn in einen speziell dafür errichteten Holzverschlag. Dort rieben sie seinen geschundenen Körper mit dem letzten Rest der geheimnisvollen Flüssigkeit aus dem Brandloch ein. Dann betteten sie den Bewusstlosen auf eine geschmückte Liegestatt und bewachten seinen Schlaf.

Nach geraumer Zeit erwachte Gwydón aus seinem Traum. Er schlug die Augen auf und trat hinaus in den Sonnenschein des späten Tages. Dort sah er die betende Gemeinschaft und erhob die Stimme:

»Einst saß ich in des Feuers Brunst,
verwundet von der heißen Gunst.
Blut und Fleisch, den Göttern geweiht,
das Opfer, das die Weisheit verleiht.

Viel alte Freunde hab ich gesehen,
habe gelernt, wie die Dinge geschehen.
Kein Hunger, kein Durst hat mich dort berührt,
ich stieg in den Abgrund, von Geistern geführt.

Ich fiel hinab in die Dunkelheit
und habe mich dort von Vergangnem befreit,
habe Wissen erlangt und bin wieder geboren,
so wie dies vom Schicksal war auserkoren.«

Nach diesen heiligen Worten, dem letzten Beweis seiner vollkommenen Weisheit, schmückten Caldur und Fintan Gwydón mit den Insignien der heiligen Zunft der Ollam. Sie kleideten ihn in das golddurchwirkte, blütenweiße Ehrengewand und übergaben ihm die goldene Sichel, das Instrument des höchsten Priesters.

Dann sprach Caldur und seine feste Stimme füllte den Platz vor dem Holzverschlag: »Freunde, hört mich an und seid meine Zeugen. Nun, da Gwydón zur Zunft der Ollam gehört, kann ich endlich offiziell das verkünden, was die meisten von euch ohnehin schon wissen. Heute bestelle ich Gwydón zu meinem Nachfolger als Oberdruide von Amarango, denn er ist der Würdigste in Brigant. Nach meinem Tod wird er die Geschicke des Reiches leiten. Komm in meine Arme, mein Sohn und Nachfolger!«

7. Kapitel

Emain Ablach

Direkt nach Gwydóns Zeremonie verließ Caldur die Feier. Er bat Niam, ihre baldige Abreise vorzubereiten, dann brach er auf. Schnell hatte er Môn hinter sich gelassen. Bald erreichte er die Sümpfe. Viele Erlen standen hier, schemenhaft im Nebel zu erkennen. Doch trotz der dichten Nebelschwaden entdeckte Caldur das versteckte Boot. Wie von selbst fand es seinen Weg nach Westen. Nach kurzer Zeit erreiche Caldur wieder festen Boden. Der Nebel wich zurück und gab den Blick frei auf ein blühendes Land. In der strahlenden Sonne standen Eichen und vor allem Apfelbäume in voller Blüte. Es war ein reiches Land und seine Schönheit war voller Zauber und Magie. Sanfte Musik drang an Caldurs Ohr, als er die grüne Uferböschung betrat. Der Druide folgte ihren leisen Tönen, die sich allmählich mit hellem Frauenlachen mischten.

Da trat ihm auch schon eine junge, schöne Frau entgegen: »Der Segen der Göttin sei mit dir, Caldur von Brigant. Im Namen der Mutter begrüße ich dich.«

»Der Friede der Götter sei auch mit dir, Ibormeith, Tochter der großen Mutter. Es ist schön, wieder in Emain Ablach zu sein. Bitte melde mich der Mutter. Ich muss dringend mit ihr sprechen.«

»Folge mir, ich werde dich zu ihr bringen.«

Sie fanden die Herrin in einem ihrer blühenden Gärten

in tiefem Zwiegespräch mit der Natur. Ibormeith trat leise zu ihrer Königin und sprach: »Mutter, Caldur ist gekommen und erbittet dein Gehör.«

Aífe, die ehrwürdige Königin von Emain Ablach, war eine außergewöhnliche Erscheinung, groß und von zeitloser Schönheit mit tiefen, dunklen Augen. Sie war in erlesene Gewänder gekleidet, deren Farbe die Blumen der Umgebung aufnahmen und zurückwarfen. Eine königliche Aura umgab sie. Sie war die Verkörperung der blühenden Landschaft.

Freundlich lächelnd sagte sie: »Caldur, ich heiße dich willkommen in Emain Ablach.«

»Mutter, ich bin heute hier, um einen Rat von Euch zu erbitten.«

»Dann lass uns etwas spazieren. In der freien Natur und der frischen Luft lösen sich die Gedanken, und die Seele wird frei wie ein Vogel.«

»Nun, Caldur«, sagte die Herrin nach einer Weile, »erzähle mir, was du auf dem Herzen hast. Ich merke eine tiefe Sorge, eine große Anspannung.«

»Mutter, habt Ihr auch die Veränderungen der Welt wahrgenommen? Bemerkt Ihr nicht auch die wachsende Präsenz des Bösen im Norden?«

Die Herrin Aífe nickte. »Ja, auch hier in meinem versteckten Reich spüren wir die Auswirkungen. Die Dunkelheit nimmt zu. Das Kräfteverhältnis wird sich verschieben. Das bedeutet nichts Gutes, weder für dein Geschlecht noch für das meine.«

»Der große Krieg wird bald beginnen. Ihr wisst, was die Prophezeiung für diesen Fall vorhersagt: die Ankunft des hellen Kindes! Ich bin überzeugt, dass ich das helle Kind wirklich gefunden habe. Alles spricht dafür. Das helle Kind ist ein Mädchen. Ihre Mutter Alania war die strahlende Heldin und der Schwan der Prophezeiung. Niams Geburt fand unter den überlieferten magischen Vorzeichen statt: exakt zum Zeitpunkt der Ewigkeit, während eines heftigen Sommergewitters und auf der Türschwelle. Alle Punkte sind genau so überliefert. Sie stimmen bis ins kleinste Detail mit der Prophezeiung überein.«

»Verzeih einer alten Frau ihren Pessimismus. Es wird einige Kinder geben, die unter ähnlichen Umständen geboren wurden, und dennoch sind sie nicht die, die wir erwarten.«

»Aber da ist auch noch ihre Begabung. Niam wuchs ohne Schulung auf, ihr Geist blieb rein und unberührt. Vor einem Jahr habe ich sie nach Môn in die Schule geschickt. Und dort wurde entdeckt, dass Niam die Stimme hat, den magisch-hellen Ton der Prophezeiung. Fintan ist begeistert. Inzwischen haben sogar Gentraige, Gotraige und Suantraige ihre Ausbildung übernommen. Es heißt, sie sei das größte Talent seit langem. Ihre Stimme ist gewaltig und hat die magische Energie, die gefordert ist. Ihre stärkste Macht jedoch ist ihr gutes und reines Herz. Niam hat ein sonniges Wesen und erreicht die Menschen in ihrem Innersten.«

»Ich bin trotzdem noch nicht überzeugt.«

»Gut, dann werde ich Euch noch etwas erzählen. Erinnert Ihr Euch an die dunkle Botschaft vor über einem Jahr? Nun, neben uns Eingeweihten hat auch Niam den Ruf vernommen, obwohl sie zu diesem Zeitpunkt noch gänzlich ungebildet war.«

Die Herrin Aífe war still geworden. Tief in Gedanken versunken ging sie auf und ab, dann sah sie Caldur ernst an. »Gut, Caldur. Ich werde sie prüfen. Bete zu deinen Göttern, vielleicht sehen wir doch bald ein Licht am Horizont. Eile dich nun, denn wenn wir die Vorzeichen richtig deuten, haben wir keine Zeit zu verlieren.«

So kam es, dass Caldur bereits in derselben Nacht nach Môn zurückkehrte.

Am nächsten Morgen weckte Caldur Niam noch vor Tagesanbruch.

»Ich bringe dich nach Emain Ablach. Dort will ich dich einer alten Freundin vorstellen.« Damit führte er Niam durch das hohe Schilf der Uferböschung zu dem versteckten Boot. Er setzte sich neben sie und stieß das Boot vom Ufer ab.

Währenddessen begann er zu erzählen: »Niam, jetzt beginnt für dich ein neuer Abschnitt deines Lebens. Ich bringe dich zur Herrin Aífe. Sie ist die Königin von Emain Ablach und eine der hochwohlgeborenen Edlen der Welt. Emain Ablach ist das älteste Königreich der neuen Welt. Als unsere Vorfahren diesen Teil der Welt besiedelten, war Emain Ablach schon da. In den alten Sagen wird dieses Reich auch als ›Insel der Wunder‹ bezeichnet. Es ist ein ganz besonderes und verheißungsvolles Land voller himmlischer Musik, ewigem Sonnenschein, Reichtum und Schönheit. Der häufigste Baum in Emain Ablach ist der Apfelbaum. Deshalb wird diese Insel auch ›Ort der Äpfel‹ genannt. Dort lebt die Herrin Aífe mit ihren Frauen. Sie ist die Herrscherin über dieses irdische Kleinod.

Die Herrin ist eine mächtige und außergewöhnliche Frau, weise und gütig zugleich. Sie ist so alt wie der erste Tag und so jung wie der frische Morgentau. Sie verfügt über das alte Wissen, das in ihrem Volk seit dem Anfang der Zeit weitergegeben wird. Die Frauen von Emain Ablach leben nach den Regeln des Mutterrechts, der Ur-Religion. Emain Ablach ist ein Ort der alten Magie, und Herrin Aífe ist die menschliche Verbindung dazu.«

Sie folgten einem geschlängelten Weg, der über eine schmale Brücke zum Zentrum des Königreiches Emain Ablach führte, nach Tír Taingire, dem Schloss der Herrin Aífe.

Der Anblick des hohen Spiralschlosses war beeindruckend. Vor seinem Portal wuchs ein silberner Baum, goldgleich glänzend im Sonnenschein, mit Früchten aus Silber und Gold. Niam war überwältigt und staunte fassungslos. Nicht einmal in ihren Träumen hatte sie je einen so wundervollen Ort gesehen. Ein kleiner Springbrunnen sprudelte lustig im Hintergrund und vereinte sich mit den leisen Tönen der Musik, die von Irgendwo und Überall kam. Ibormeith begrüßte die Ankommenden und führte sie in einen großen Raum. Dieser war zum Wald hin offen und ließ den Blick frei über das fruchtbare Land. In der einen Ecke stand ein großer Kessel über einer Feuerstelle. In der anderen Ecke befand sich im Schatten einer hohen Sykomore ein Bett aus Silber, bedeckt mit einem goldumsäumten Stoff. Dort saß eine Frauengestalt. Das war Aífe, die große Königin von Emain Ablach.

Niam kam die Herrin bekannt vor, aber sie wusste nicht, woher.

Caldur trat vor und verbeugte sich: »Mutter, dies ist Niam.« Dann drehte er sich zu Niam und sagte: »Niam, das ist die Herrin Aífe, die Königin über das Reich Emain Ablach und die Bewahrerin des alten Wissens.«

Tief neigte Niam das Haupt vor der königlichen Gestalt.

Dann hörte sie eine warme Stimme: »Niam aus Brigant, ich freue mich, dich wiederzusehen. Diesmal heiße ich dich in Emain Ablach willkommen.«

Verwundert über diese Begrüßung überwand Niam ihre Schüchternheit und hob die Augen. Sie sah die dunklen Augen und eine Erinnerung regte sich. Und dann erkannte sie sie: Vor ihr stand die Bäuerin aus dem Wald, ihre seltsame Begegnung am Ryn Cerîd!

Eine tiefe Wärme überkam Niam und für einen kurzen Moment vergaß sie die Etikette: »Ich freue mich so sehr, Euch wiederzusehen. Ich habe Euch damals überall gesucht, aber Ihr wart verschwunden ...«

»Niam, was macht dein Sangesstudium?«

»Ich habe viel dazugelernt. Wollt Ihr es hören?«

»Nicht jetzt. Später ist die Zeit der Prüfung, jetzt will ich dir mein Reich zeigen.«

Sie gingen durch die Blumengärten und grünen Wiesen von Emain Ablach. In diesem Augenblick flatterte ein schwarzer Vogel vom nahen Waldrand auf. Er überflog die kleine Gruppe dreimal und ließ sich dann auf Niams Schulter nieder. Es war ein schwarzer Rabe mit weißen Flügelspitzen. Augenblicklich erkannte Niam die Rabenmutter von ihrer Reise nach Amarango.

Liebevoll streichelte sie das weiche Gefieder des Vogels: »Hallo, meine Schöne, dass ich dich wiedersehe. Ich habe so oft an dich gedacht. Deine Feder habe ich immer bei mir. Wie ist es dir ergangen? Und wie geht es deinem Schmerz? Hast du ihn ein wenig überwunden?«

Wie bei ihrer ersten Begegnung schien der Vogel jedes Wort zu verstehen. Als Antwort drückte er sich zärtlich an Niam und pickte vertrauensvoll ihre Hand.

Aífe war bei diesem Anblick erstarrt. Auch Caldur blieb stehen und betrachtete das Geschehen vor sich.

Dann hob die Herrin den Arm. Sofort verließ der Vogel Niams Schulter und ließ sich auf Aífes Hand nieder.

Nun trat die Herrin zu Niam und sagte: »Niam, darf ich vorstellen: das ist Brânwi, Herrin der Raben und große Vogelmutter. Sie lebt seit undenklichen Zeiten hier in Emain Ablach. Normalerweise meidet sie die Gegenwart fremder Menschen. Sie kam immer nur zu mir. Bis heute. Heute kam sie zu dir.«

Niam sah den Vogel liebevoll an: »Wir kennen uns.«

»Seit wann?«

»Seit über einem Jahr.« Und dann erzählte Niam in kurzen Worten die traurige Begegnung mit der Rabenmutter.

Dann drehte sich Aífe zu Caldur. »Ihr gutes Herz erhält nun seinen Lohn: Brânwi wird sie von nun an begleiten, daran hat sie keinen Zweifel gelassen. Niam, geh doch ein Stück mit mir. Ich möchte dir etwas zeigen.«

Der Rabe blieb ruhig auf Niams Schulter sitzen.

Aífe sah es und sagte: »Nein, Brânwi, auch du darfst nicht mit. Ich muss mit Niam alleine sein.«

Lautlos flog der Vogel auf und strebte dem nahen Wald zu.

Die Herrin betrat nun mit Niam den Wald, während sie sich weiter unterhielten. Niam hatte inzwischen alle Scheu vor der edlen Dame verloren. Sie erzählte von ihrer Kindheit und von ihrer Mutter, die sie nie gesehen hatte.

»Ja, deine Mutter Alania. Sie war eine große Kriegerin.«

»Caldur sagt, sie war die strahlendste Kriegerin von Brigant. Leider habe ich sie nie kennen gelernt. Sie starb kurz nach meiner Geburt. Doch manchmal denke ich, sie würde mit mir reden.«

»Wie macht sie das?«

»Es gibt ganz bestimmte Träume, da höre ich die Stimme einer Frau. Wenn ich dann aufwache, denke ich immer, das war meine Mutter. Sie erzählt mir Geschichten oder zeigt mir besonders schöne Plätze.«

»Was sind das für Plätze?«

»Ganz unterschiedliche. Manchmal sind es hohe Gebirge und tiefe Täler, weite Ebenen und grüne Wälder. Aber am liebsten zeigt sie mir Quellen und Gewässer.«

»Quellen?«

»Es ist eine ganz spezielle Quelle, mein geheimer Traumort. Ganz klein und mitten in Wald. Sie speist einen kleinen tiefblauen See. Es ist wunderschön dort. Der Weg dorthin ist mit alten Eichen und Apfelbäumen gesäumt. Wenn ich es recht bedenke, dann erinnert mich meine Quelle ein bisschen an Euer Reich, an Emain Ablach. So herrliche Bäume in so vollkommener Schönheit habe ich bisher nur in meinen Träumen gesehen.«

»Erzähle mir bitte mehr von der Quelle deiner Träume. Wann hast du sie das letzte Mal gesehen?«

»Das weiß ich noch ganz genau. Es war im Sommer des vorletzten Jahres, kurz vor Lughnasa. Es war ein besonders schöner Traum, irgendwie intensiver als sonst. Ich habe ihn noch immer im Herzen. Es ist ein Bild, wie eine Melodie ...« Niam stockte.

»Weiter!«

»Es ist wie eine Melodie in meinem Kopf ...« Eine Erkenntnis entstand in Niams Kopf: »Das ist mein Lied! Die Quelle, mein Traum, mein Lied, das gehört alles zusammen. Jetzt erinnere ich mich: Ich bin wieder bei der Quelle gewesen, und eine Frauenstimme hat zu mir gesprochen. Und dann kam diese Melodie aus dem Nirgendwo. Meine Mutter hat ein Lied für mich gesungen. Es erfüllte meinen ganzen Traum.«

»Ist dann noch etwas geschehen? Überlege.«

»In diesem Traum habe ich eine Eule gehört. Das war vorher noch nie. Und dann ...« Die Erinnerungen manifestierten sich in Niams Kopf und es sprudelte förmlich aus ihr heraus: »... gab es einen lauten Knall. Davon bin ich aufgewacht.«

»Wie oft hast du den Ruf der Eule vernommen?«

»Zweimal. Obwohl, eigentlich war es dreimal.«

»Wieso?«

»Als ich aufgewacht bin, habe ich die Eule aus meinem Traum noch einmal gehört. Und dann habe ich sie tatsächlich gesehen. Sie flog ganz deutlich über unseren kleinen Wald. Aber niemand hat mir das geglaubt.«

»Ich glaube dir.«

»Danke. Ihr seid ganz anders als Tante Auriel. Ihr nehmt mich ernst. Danke ...«

Niam schweifte ab. Etwas anderes forderte ihre Aufmerksamkeit. Nun, da sie endlich den Ursprung ihrer Melodie kannte, sprudelten die Töne in ihrem Kopf wie von selbst. Mächtig drang die Melodie an die Oberfläche, und Niam musste sie singen. Die Herrin ließ sie gewähren. Sie führte Niam still über einsame Pfade durch die Wälder von Emain Ablach, während sie andächtig lauschte. Dann hatten sie ihr Ziel erreicht und die Herrin weckte Niam aus ihren Träumen.

Niam schlug die Augen auf und war sprachlos. Die Herrin hatte sie an einen geheimen Ort geführt. Niam konnte nicht fassen, was sie dort sah: Tief eingebettet in die alten Eichen- und Apfelwälder breitete sich ein azurblauer See vor ihr aus. Von einer kleinen Quelle führte ein kleines, verschlungenes Rinnsal, dessen Wasser den Waldsee speiste. Augenblicklich erkannte Niam ihre Umgebung: Das war ihr geheimer Zauberplatz, die Quelle ihrer Träume.

»Das ist die heilige Quelle von Emain Ablach. Diese Quelle ist eines der ältesten, höchsten und wichtigsten Heiligtümer meines Landes. Niam, willst du nicht hier, am Platz deiner Träume, dein Lied noch einmal singen?«

Erneut konnte Niam der Herrin nicht widerstehen, und sie begann zu singen. Plötzlich begann der See zu leuchten. Ein helles Strahlen kam von seinem Grund, und Aífe blickte in seine Tiefe. Dort sah sie, was sie gehofft und vermutet hatte: die heiligen Kristalle vom Grund des Sees leuchteten endlich wieder. Tief bewegt griff die Herrin an ihren Hals, wo einer der heiligen Kristalle, eingefasst in einen massiven Goldreif, ruhte. Auch dieser Stein leuchtete. Dankbar fühlte Aífe seine Wärme, und Freude zog in ihr Herz. Als Niam endete, erlosch das Leuchten, doch ein neuer Zauber lag nun über dem stillen See.

Die Herrin lächelte und sagte voller Liebe: »Nun werde ich deine Ausbildung weiterführen und beenden.«

Für Niam brach nun ein neuer Lebensabschnitt an. Die Zeit lief anders in Emain Ablach und der Tag folgte neuen Gesetzen. Das Leben war hier leichter und fröhlicher. Musik lag in der Luft und der Tag war angefüllt mit Lachen und Freude. Im Reich der Herrin Aífe lebten nur Frauen. Hier herrschte der Mutterstamm, das alte Recht. Die Erbfolge wurde von den Frauen weitergegeben. Frauen prägten die Religion und den Kult ebenso wie das Ansehen und die gesellschaftliche Stellung. Die Gesellschaftsform des Matriarchats war die älteste der Welt. Die Harmonie war ein hoch geachtetes Gut und das Gesetz der Mutter Erde, welches der Frieden ist, wurde geachtet. Weise und gerecht regierte die Herrin Aífe über ihre Frauen, sie war die Vertreterin der großen Göttin auf Erden. Deshalb nannten sie alle ehrenhalber Mutter.

Allmählich wurde Niam ein Mitglied der Gemeinschaft von Emain Ablach. In vielen Tagen lehrte Aífe sie die Inhalte der alten Religion:

»Preise die Göttin. Sie, die große Mutter, ist in allem und über allem. Sie ist die Schönheit der grünen Erde und der weiße Mond unter den Sternen. Sie ist das Licht und die Dunkelheit, die Herrin über Leben, Liebe und Tod. Als allumfassende Gottheit zeigt sie sich in vielerlei Gestalten. Ihre Manifestation ist die weiße Göttin ebenso wie die dunkle Göttin, die Todesbotin. In dieser schrecklichen Inkarnation ist sie die grausame Kriegsgöttin, die einen hohen Blutzoll fordert. Meist jedoch wählt sie die dreifache Gestalt: Jungfrau, Mutter und Greisin – das Entstehen, die Fülle und das Vergehen; die Geburt, das Werden und der Tod. Ihre mächtigste Ausprägung ist die Fruchtbarkeit. In dieser Funktion ist auch sie ihren ewigen Gesetzen unterworfen. Wenn die Zeit kommt, wählt sie ihren Gatten und vereint sich mit Cernunnos, dem gehörnten Gott. Mit dem Gehörnten zeugt die Göttin ein neues Leben im ewigen Kreislauf der Zeit.«

»Cernunnos?«

»Er ist der Gott der schöpferischen Naturkräfte und des ungebremsten Fortpflanzungstriebes. Er ist der Herr des Waldes, der Gott der Pflanzen und des Reichtums. Cernunnos ist der Gott mit den Hörnern, dem göttlichen Symbol, in dessen Geweih sich das ewige Stirb und Werde offenbart.«

Niam lauschte gebannt den Erzählungen der Herrin. Das war anders als alles, was sie bisher gelernt hatte, tiefer und inniger. Über eines aber wunderte sich Niam: Wenn die große Göttin und der Gehörnte so wichtige und zentrale Gottheiten waren, wieso hatte Niam bisher so wenig von ihnen gehört?

»Das, liebe Niam, ist der Lauf der Geschichte«, erwiderte die Herrin lächelnd. »Komm, setz dich zu mir und ich werde dir die Historie unserer Völker erzählen: Als deine Vorfahren vor 236 Jahren eurer Zeitrechnung diesen Teil der Erde besiedelten, brachten sie ihre Kultur und Gesellschaftsform ebenso mit wie die Götter ihrer Heimat. Sie waren ein wildes Volk, lebten nach den Regeln der Eroberung und des Krieges und repräsentierten die Prinzipien des Mannes, durch den Drang nach dem Sieg geleitet. Entsprechend waren auch ihre Götter männlich. Hier begegneten sich diese beiden unterschiedlichen Gesellschaftsformen. Die alte Muttergöttin traf auf die jungen Götter der Neuankömmlinge. Im Laufe der Jahre siegte das kriegerische Prinzip über das sanfte Wesen der Göttin. Allmählich löste die männliche Gesellschaft mit ihren Göttern die Herrschaft der großen Mutter ab. Doch die alte Göttin ließ es geschehen, denn die Verschmelzung beider Religionen war gut. Eine hohe Spiritualität war das Ergebnis. Das alte Volk wurde in der neuen Sprache und Technik unterwiesen. Gleichzeitig übernahmen deine Vorfahren unsere alten heiligen Landschaften, die Berge, Hügel, Höhlen, Quellen, Seen und Flüsse in ihre Mythologie. Die Mutter aber zog sich zurück, und mit ihr verschwand auch das alte Volk von dieser Welt. Es verließ sein angestammtes Gebiet und zog fort. Bis heute lebt es nach seinen eigenen Regeln und betrachtet die jungen Völker aus dem Geheimen.«

»Und wo lebt es?«

»Es lebt in der Welt, die ihr die Anderswelt nennt, verborgen vor den menschlichen Blicken. Über die Generationen verblassten die Erinnerungen an es, und im Laufe der Zeit hielt das alte Volk in vielerlei Gestalten als Geisteswesen Einzug in die Mythen und Legenden der Menschen. Einige aber blieben in der Menschenwelt. Es sind die, die ihr Hausfeen nennt.«

»Wie Shidrén?«

»Genau. Als der hohe Rat den Auszug des alten Volkes entschied, beschloss Shidréns Stamm, bei euch Menschen zu bleiben. Von allen Stämmen des alten Volkes waren ihre Vorfahren immer diejenigen gewesen, die den meisten Kontakt zu euch hatten. Seitdem teilen sie ihren Lebensraum mit euch. Als Hausgeister leben sie unter euren Türschwellen, Dächern oder Hügeln in nächster Nähe zu euch, so wie deine Shidrén und ihre Sippe. Daneben gibt es bis heute Menschen, die eingeweiht sind in die alten Lehren und diese Weisheiten weitergeben. Sie halten die Verbindung zum alten Volk. Und nicht nur das: besonders fähige Menschen bildeten sie aus und lehren sie die alten Mythen und Regeln der großen Mutter. Deshalb finden sich bis heute bestimmte Plätze und Gemeinden, die immer noch nach der alten Lebensweise leben und die dreifache Göttin ehren. So wie wir hier in Emain Ablach.«

Niam blieb fast ein Jahr in Emain Ablach. In dieser Zeit bildete Aífe sie behutsam in der alten Religion aus. Niam lernte die Basis des alten Sonnenkults, der nicht auf dem Zyklus der Nacht, sondern auf der Sonne basierte. Aífe erklärte Niam die vielen Sonnenheiligtümer, die überall in der neuen Welt zu finden waren und die auch bei den jungen Völkern Kultstatus innehatten. Es waren dies die uralten Megalithsteinkreise, die Alleen von Menhiren und die Hügelfiguren, welche die der Göttin geweihten Plätze markierten. Die jeweilige Anordnung der gigantischen Steinblöcke stand im Zusammenhang mit den Sonnenwenden des Jahres, aber auch mit Sonnenauf- und -untergang.

Doch nicht die Einweihung in die alte Lehre stand im Zentrum von Niams Aufenthalt in Emain Ablach, sondern ihre Stimmbildung. Die Magie der Umgebung verlieh ihr geistige Flügel, und sie erfand neue, vitale musikalische Themen, die sie mit ihrer alten Melodie verband.

So vergingen die Monate, und als das Jahr fast vorüber war, kam Caldur wieder nach Emain Ablach. Er bat die Herrin Aífe um eine dringende Privataudienz.

Dort kam er ohne große Umschweife zum Thema: »Mutter, es ist so weit. In jüngster Zeit sind viele schreckliche Dinge passiert und wir haben den Anschluss verpasst. Nun müssen wir handeln. Es wurde eine große Konferenz in Môn einberufen. Ich glaube, diese Nachricht interessiert auch Euch, denn es wird die letzte Lagebesprechung vor dem großen Krieg sein. Ich denke, der Zeitpunkt der Offenbarung ist gekommen. Ich bitte Euch, folgt mir nach Môn, denn dort wird der Rat der Druiden eröffnet.«

8. Kapitel

Das helle Kind

Aus allen Teilen der neuen Welt eilten die Druiden nach Môn, um an der großen Konferenz teilzunehmen. Zu hunderten waren sie erschienen. Der Ernst der Lage war ihren Gesichtern deutlich abzulesen.

Fintan trat vor die Gemeinschaft und hob die Arme: »Brüder und Schwestern im Geiste, der Friede der Götter sei mit euch. Wir alle kennen den Grund unseres heutigen Treffens: der große Krieg, der bald beginnt. Jetzt müssen wir unsere Energien bündeln, denn nur ein gemeinsames Vorgehen wird uns retten. Wir haben geschlafen, meine Freunde, und Fehler gemacht, die teuer bezahlt wurden. Dies zeigt gerade das jüngste Beispiel aus Dumnón.«

»Richtig!« Fintan wurde von der lauten Stimme eines aufgeregten Mannes unterbrochen. Das war Torna, der oberste Druide von Dumnón, dem südlichsten Reich der neuen Welt. »Es war furchtbar. Wie ein Wirbelwind ist Lord Balzôrc über uns hergefallen und hat unsere Königsburg Dun Abbas im Sturm erobert. Er ist stark geworden. Wir waren ihm nicht gewachsen, so groß ist seine Macht inzwischen. Und dann hat er unseren heiligen Stein Gamier geraubt und verschwand.«

Nun erhob sich lautes Stimmengewirr, denn jeder hatte Besorgnis erregende Neuigkeiten aus seiner Heimat zu berichten.

In diesem Augenblick betrat Caldur mit der Herrin Aífe den Saal.

Schlagartig wurde es still. Alle Augen sahen sprachlos auf die Herrin. Aífe hatte sich viele Jahre nicht mehr in die Welt der Menschen begeben. Die jüngeren der Druiden hatten sie noch nie gesehen, und einige hatten sie bereits in das Land der Sagen und Legenden verbannt. Aber nun stand die Herrin leibhaftig vor ihnen, schön und machtvoll in ihrer Erscheinung, und ehrte die Versammlung durch ihre Anwesenheit.

Fintan trat auf sie zu und beugte sein altes Haupt: »Mutter, es ist mir eine große Ehre. Tretet ein in mein Haus und ehrt es mit Eurem Besuch. Der Segen der Götter sei mit Euch. Es ist lange her, seit wir uns das letzte Mal sahen.«

Einige Druiden hatten Tränen in den Augen. Ein jeder war sich der Besonderheit dieses Augenblicks bewusst.

Fintan bot der hohen Dame einen Stuhl, dann sagte er: »Ich denke, ich brauche Euch nicht nach dem Grund Eures Besuchs zu fragen, Mutter.«

»Nein. Der Anlass ist vorhanden und der Zeitpunkt angemessen. Dieser Krieg wird uns alle angehen, euch ebenso wie uns. Darum bin ich hier. Caldur, du als Oberdruide von Brigant, beginne. Erzähle uns noch einmal die Geschichte deines Stammes.«

Caldur erhob sich und seine feste Stimme erfüllte den großen Raum: »Ihr alle wisst, dass die Königslinie von Brigant vor über sechzig Jahren ausgestorben ist. Damals wurde Dinas Brân, unsere alte Königsburg, zerstört und die Briganten zogen nach Westen in die Ebene von Ystrâd. Fürst Íth, der Bruder des getöteten Königs, gründete die Stadt Amarango und regierte von dort. Er und seine Nachkommen haben sich sehr um Brigant verdient gemacht. Doch uns fehlte immer der rechtmäßige, starke König. Aber eine Hoffnung blieb uns: der Stein von Fál, der heilige Krönungsstein von Brigant. Er alleine hatte nun noch die Macht, den König zu legitimieren. Solange dieser Stein in unserem Besitz war, starb die Hoffnung nicht, dass dereinst wieder ein rechtmäßiger König den Thron von Brigant besteigen würde. Aber vor fünfzehn Jahren überfiel uns das Böse erneut, diesmal in Gestalt von Lord Balzôrc. Wie ein Blitz kam er über Amarango und besiegte uns. Doch das war nicht das Schlimmste, denn wir hatten einen noch schmerzhafteren Verlust zu beklagen: der Krönungsstein Fál. Balzôrc raubte ihn und verschwand mit ihm, der letzten Hoffnung der Briganten.«

Es erhob sich Déroil, der Oberdruide und spirituelle Führer des Königreichs Sîl. »Wir wurden von Lord Balzôrc überlistet. Er teilte sein Heer und überfiel unsere nördliche Küste. Sie wüteten schrecklich. König Líath zog sofort mit unseren Truppen dorthin, um das Land zu verteidigen. In dieser Zeit war die Königsburg von Sîl schutzlos. Diesen Umstand nutzte Balzôrc und überfiel Camallate mit der anderen Hälfte seines Heeres. Der Tag verdunkelte sich und plötzlich war der schwarze Lord da, mächtig und unbesiegbar. Dann verschwand er ebenso schnell, wie er gekommen war. Erst spät merkten wir unseren Verlust: der dunkle Herrscher hatte den Eámur von Sîl, unseren Krönungsstein, geraubt. Somit war auch unser höchstes Stammeszeichen verschwunden. Obwohl wir Silurer unseren König noch haben, dessen Nachfolge durch Söhne gesichert ist, trifft uns dieser Verlust hart, denn nur durch den heiligen Stein kann das Bündnis zwischen Mensch und Erde, zwischen Bewohner und Territorium besiegelt werden.«

»Das war die zweite große Niederlage der Menschen.«

Mide, der weise Oberdruide von Âtron, des Landes im Osten, erhob seine Stimme: »Es ist eine Wiederholung der Ereignisse, was vor nunmehr neun Monaten in meiner Heimat Âtron passierte. Wir wurden bei Nacht und Nebel in einem Blitzstreich von Balzôrcs Truppen überfallen. Dún Ferhíl, die Burg unseres Königs, wurde ebenso überrannt wie unsere Hauptstadt Worcer. Schnell wie ein Spuk war es, und ebenso plötzlich vorbei. Aber auch wir vermissten nach Balzôrcs Abzug unser höchstes Gut: Anjúr, der Krönungsstein der Atrebiten.«

Nun erhob sich Torna und erzählte seinen Bericht erneut: »Auch wir Dumnónii waren zuletzt Opfer des dunklen Herrschers, auch unser Krönungsstein, der heilige Gamier von Dumnón wurde geraubt. Uns alle hat das gleiche Schicksal ereilt.«

»Genau das ist der Grund, weshalb wir heute hier versammelt sind. Denn nun ist Balzôrcs Plan klar: Alle Streifzüge der letzten Jahre dienten einzig und alleine dem Ziel, die vier Krönungssteine in seine Gewalt zu bekommen.«

»Die neue Welt wird künftig keinen legitimen König mehr haben. Das schwächt uns tief im Innersten vor dem letzten großen Krieg.«

»Doch es gibt eine Hoffnung. Daran lässt die Prophezeiung keinerlei Zweifel.«

»Das helle Kind.«

Totenstille legte sich über den großen Saal. Die Druiden trauten ihren Ohren kaum und starrten die Herrin Aífe ungläubig an.

Sie lächelte in die Runde. »Ihr habt richtig gehört. Das helle Kind ist angekommen und bei mir in Emain Ablach. Seid guten Mutes, ihr Menschen, denn das helle Kind ist zur Rettung erschienen.«

Ein Murmeln erhob sich und füllte den Raum. Die Druiden redeten aufgeregt durcheinander. Gwydón aber wurde still. Er wusste, von wem die Rede war. Ein Blick der Herrin traf ihn und er nickte.

Sie trat auf ihn zu und sprach: »Gwydón von Brigant. Nicht nur Niam, auch du spielst eine wichtige Rolle. Sie ist dir sehr verbunden. Euer Schicksal ist verknüpft, junger Ollam. Dies ist die Prüfung deines Lebens.«

Dann wandte sich die Herrin wieder an alle. »Das helle Kind wird eingeweiht. Auriel, Caldur, Gwydón und ich werden uns nach Emain Ablach begeben und dort mit Niam sprechen. Und dann wird sie ihren Schicksalsweg antreten und auf die Reise gehen, so wie dies seit jeher bestimmt ist.«

Sofort brachen sie auf. Schnell durchquerten sie die nebligen Sümpfe und erreichten das feste Ufer von Emain Ablach.

Auriel war unruhig: »Ich bin ein wenig nervös. Zwei Jahre habe ich Niam nicht mehr gesehen. Früher waren wir jeden Tag zusammen und jetzt diese lange Zeit. Ist sie sehr gewachsen?«

Aífe beantwortete diese Frage: »Niam ist eine aufgeweckte junge Frau geworden, mit regem Geist und einem guten Herzen. Deine Liebe hat sie letztlich zu dem gemacht, was sie heute ist. Sie hängt sehr an dir und wird sich freuen, dich wiederzusehen.«

Niam konnte ihr Glück kaum fassen und flog in die Arme ihrer Tante. »Tante Auriel, was für eine Überraschung! Wie schön, dass du hier bist.«

Am nächsten Tag rief die Herrin Aífe Caldur, Auriel und Gwydón schon früh in die große Halle von Tír Taingire.

Dann holten sie Niam. Deutlich spürte sie die Spannung und sah sich unsicher um.

Die Herrin bat Niam, Platz zu nehmen, dann sprach sie: »Niam, wir sind heute zusammengekommen, weil wir dir etwas erzählen wollen. Setze dich und höre aufmerksam zu. Es ist eine lange Geschichte und es ist wichtig, dass du sie verstehst.«

Niam nickte und setzte sich wortlos. Etwas in Aífes Stimme mahnte sie, mit ihren Fragen zu warten. Aufmerksam beobachtete sie die Herrin. Diese gab Caldur ein Zeichen.

Er sah Niam ernst an und begann: »Niam, wir werden dich heute einweihen in das höchste Mysterium der neuen Welt. Es ist eine uralte Prophezeiung, die den Verlauf des großen Krieges und das Schicksal der Menschen beschreibt. Seit dem Anbeginn der neuen Zeit wird diese Überlieferung von Generation zu Generation weitergegeben. Sie ist das heilige Geheimnis der Welt, denn sie offenbart den Weg des Schicksals und die einzige Möglichkeit zur Rettung der Menschen. Diese heilige Schrift verdankt ihre Existenz dem Urkampf der Götter. Du hast in Môn die guten Götter der Thuata de Dannan bereits kennen gelernt. Doch es gibt auch die bösen Mächte, die Fomorer. Sie verkörpern die Mächte der Zerstörung, von Chaos, Leid und Krieg. Ihr oberster Herrscher ist Crom Dubh, der Schwarze. Schon immer herrscht Krieg zwischen den Thuata de Dannan und den Fomorern. In den goldenen Urzeiten, als die Thuata de Dannan noch in den vier nördlichen Städten Falias, Gorias, Findais und Murias lebten, da hausten die Fomorer in Sliab Emer, dem Machtzentrum der schwarzen Magie. Von dort überfielen sie die Thuata. In der entscheidenden Schlacht wurden die vier heiligen Götterstädte in

Schutt und Asche gelegt. Ihrer Heimat beraubt zogen die Thuata an einen anderen Ort und von dort schlugen sie zurück. Es war der ewige Kampf zwischen Gut und Böse, zwischen Licht und Schatten, Kunst und Ignoranz, Ordnung und Chaos. In der letzten großen Götterschlacht siegten schließlich die Götter der Thuata de Dannan. Unter der Führung des strahlenden Lugh wurden die Truppen der Fomorer geschlagen. Und, so paradox es auch ist, mit ihrem Werk der Zerstörung schufen die Fomorer zugleich die Fundamente ihres eigenen Niedergangs. Denn in dem großen Feuer, in dem Falias, Gorias, Findais und Murias untergingen, wurden die heiligen Verse, die nur für den flüchtigen Moment des Lernens in feuchte Tonerde geschrieben waren, in festen Stein verwandelt. Die Erde verbrannte und übrig blieben die alten Weisheiten, nun auf ewig auf harte Steintafeln gebannt. Aber diese Steinplatten wurden zerstört und ihre Einzelstücke verteilten sich in alle Himmelsrichtungen. Deshalb ist die alte Überlieferung noch unvollständig. Immer wieder wird ein weiteres Stück in einem entlegenen Winkel der Erde entdeckt und der alten Weisheit hinzugefügt. Außerdem ist sie verschlüsselt. Ihre Symbole sind so alt, dass sie für uns nicht mehr verständlich sind. Es ist schwer, sie richtig zu deuten. Seit vielen Jahren sitzen die fähigsten Köpfe über ihren Zeichen und bemühen sich, sie zu übersetzen. Bis heute wissen wir also erst einen Teil der alten Überlieferung, und wir sind weit davon entfernt, sie ganz zu verstehen. Aber inzwischen können wir zumindest ihre Richtung erkennen. Lausche Gwydón, denn er wird dich jetzt einweihen in die alte Prophezeiung der Menschen.«

Gwydón erhob sich und begann, die heiligen Verse zu rezitieren:

»Wenn einst vorbei die Freudentage,
hör zu, oh Menschenkind,
von großem Leid erzählt die Sage,
der große Krieg beginnt.
Kein Stamm, der diesem Fluch entgeht,
kein Landstrich ohne Glut,
und auf den leeren Feldern steht
der letzten Krieger Blut.

Das alte Leben untergeht.
Es ist der große Krieg.
Der letzte, den das Land erlebt.
Den andren ist der Sieg.
Der Untergang ist Sicherheit,
leb wohl, mein Heimatland,
denn damit stirbt in Ewigkeit,
was ›Neue Welt‹ genannt.

Hab Acht, oh Volk, denn dann beginnt
der letzte Menschenkrieg,
drum findet nun das helle Kind,
die letzte Chance zum Sieg.
Im Augenblick der höchsten Not,
wenn alles liegt in Ketten,
wenn alles schon zu scheitern droht,
wird dieses Kind euch retten.«

Die Würfel rollen, der Drache erwacht,
die Zeiten fordern die ewige Nacht.
Zur Gegenwehr war stets gedacht
das Sonnenkind mit seiner Macht.
Behütet, leitet und beschützt
dies edle helle Kind,

denn ohne dies kein Zauber nützt,
die Mühen sinnlos sind.

Die Heldin schenkt das Licht geschwind,
kurz vor der großen Schlacht,
gar mächtig, doch, wie jedes Kind,
aus Fleisch und Blut gemacht.
Doch schon der Auftakt dieses Wahn
zerstört der Heldin Macht.
Die Mutter fällt, es stirbt der Schwan,
es folgt die lange Nacht.

Geboren zum Zeitpunkt der Ewigkeit,
kein Sonn- noch Mondenschein,
wohl unterm freien Himmel, so weit,
und ebenso daheim.
Ein heißer Blitz und Donnerknall,
am hellen Tag und Nacht,
erlöst die Welt vom Niederfall,
war nur dafür gedacht.

Der dunkle Bote wird gesandt
von Mutters hellem Sohn,
das reine Herz, das Gütepfand,
erhält nun seinen Lohn.
Geweiht mit magisch-hellem Ton
von göttlich reiner Macht;
seit frühster Kindheit immer schon
als hohes Gut bewacht.

Die Auserwählten hören sie,
dreimal der Mutter Klage,

warnt vor dem Sieg schwarzer Magie;
vorbei die Friedenstage.
Dies sichtbar Zeichen hören nur
all die, die wissend sind:
die Eingeweihten durch den Schwur
und auch das helle Kind.

Erneut gebor'n durch Mutters Ruf,
aus tiefster Zauberwelt,
ein Bild, das einst die Göttin schuf,
und nun das Kind erhellt.
Und sieht's im Leben und im Traum
auf altem totem Grund,
die alte Weisheit steht im Raum
aus guter Mutter Mund.

In diesem Kind verbinden sich
das Alte und das Neue,
beweist damit auf ewiglich
der Mutter Volkes Treue.
Die Prüfung alter Geister Macht,
gestellt zur rechten Zeit,
war stets für dieses Kind gedacht,
der Geist ist nun bereit.

Eine unheimliche Ahnung überkam Niam. Als er geendet hatte, blieb sie stumm sitzen. »Und was können wir dabei tun?«, fragte sie dann ernst.

»Auch darüber gibt die Prophezeiung Auskunft. Sie kündet von der Ankunft des hellen Kindes, der einzigen Rettung der Menschheit. Und sie überliefert die Umstände seiner Geburt. Zuerst einmal der Zeitpunkt der Ewigkeit: das ist der Augenblick, in der die Sonne aufgeht. Dieser Moment umfasst die Ewigkeit, denn er ist Nacht und Tag zugleich. Wir glauben, dass du dieses Kind bist. Du bist genau bei Sonnenaufgang geboren. Außerdem unter freiem Himmel und doch daheim, also weder drinnen noch draußen. Du wurdest auf der Türschwelle geboren. Und bei Blitz und Donner, wie in der Prophezeiung erwähnt. Deine Geburt fand also unter all diesen Umständen statt.«

»Das bedeutet doch noch gar nichts«, protestierte Niam.

»Höre weiter zu, Niam, dann wirst du es erkennen. Lass uns fortfahren. Hast du verstanden, was die Prophezeiung über die Mutter des hellen Kindes sagt? Sie ist die Heldin, die dem Licht das Leben schenkt, und der Schwan, der dann stirbt.«

Niam nickte.

»Deine Mutter ist diese Kriegerin, von der dort erzählt wird. Erinnere dich an die Geschichten von ihr. Alania war die strahlendste Heldin des Reiches Brigant, die Schwanenkriegerin, die ihr Leben im heiligen Krieg für eine höhere Sache gab. Sie ist die Heldin, die dem hellen Kind das Leben schenkt. Als sie dir das Leben schenkte, da erfüllte sie ihren Teil der Prophezeiung ebenso wie mit ihrem Tod.«

Niam schüttelte wortlos den Kopf. »Aber was soll das mit den Auserwählten und der Mutter Klage, die sie hören? Welches Bild erschuf die Göttin? Und was heißt erneut geboren aus der Zauberwelt durch Mutters Ruf?«

»Das war dein Traum.« Die Herrin Aífe beantwortete diese Frage. »Dein letzter Traum von der geheimen Quelle. Diese Quelle ist das Bild, das die Göttin erschuf. Und der Mutter Klage war der Ruf der Eule. Die Eule ist der Vogel der großen Mutter. Schon immer spricht sie durch dieses weise geflügelte Geschöpf. Wir alle haben sie damals vernommen: Auriel, Caldur, Gwydón und ich, weil wir eingeweiht sind, und du, weil du dazu auserwählt bist. Deine Wiedergeburt geschah durch diesen Traum, denn er steht am Anfang der Schulung deines Geistes und vor allem deiner Stimme. Der Ruf der Eule begegnete dir aber nicht nur in deiner Traumwelt, sondern auch in der realen Welt. Du hast nach dem Aufwachen eine Eule über eurem Wald gesehen. Du hast diesen heiligen Vogel dort gesehen, wo es seit langem keine Eulen mehr gab. Dies ist der Mutter Ruf über totem Grund.«

Langsam begriff Niam. Allmählich verdichtete sich das Bild und sie begann, ihr Schicksal zu erkennen.

Aífe bemerkte es und lächelte: »Ja, Niam, nun hast du die Tür geöffnet. Fahren wir fort: Nach diesem Traum kam der dunkle Bote zu dir. Das ist Brânwi. Sie ist der dunkle Bote, denn sie ist nicht nur der Symbolvogel der großen Mutter, sondern auch des hellen Gottes Lugh. In der Zeit ihres größten Schmerzes hast du ihr eine gute Tat erwiesen. Nun wird dein Mitleid von damals belohnt, denn Brânwi wird dich von nun an begleiten. Zuletzt ist da noch deine Stimme, die dich klar auszeichnet. Du hast die Verse der Prophezeiung gehört. Du besitzt den magischen Ton. Und du hast ihn bereits seit deiner Kindheit, denn du bist das prophezeite helle Kind.«

Niam sah sie nachdenklich an.

Ernst fragte sie: »Es scheint mir, das alles ist sehr lange geplant und gut durchdacht. Aber gestattet mir eine letzte Frage: Warum sagt Ihr es mir gerade jetzt? Ich habe doch meine Ausbildung noch gar nicht beendet.«

Diese Frage beantwortete ebenfalls die Herrin Aífe: »Dafür gibt es einen Grund. Denn mittlerweile sind alle vier Krönungssteine der vier Reiche, die das alte Volk den

Menschen als Pfand seiner Verbundenheit hinterlassen hat, geraubt worden. Aber du musst die Geschichte weiter ören, denn sonst wirst du die Dinge nicht verstehen können. Als gute Geisterwesen verabschiedete sich das alte Volk von der Welt der Menschen. Doch sein Blick ruhte auch weiterhin auf euch. Denn es gab eine Sache, welche sie beunruhigte. Deine Vorfahren brachten bei ihrer Einwanderung zwar viel Gutes mit, ihre jungen Götter, ihre Kraft und ihren Mut, aber sie brachten auch Schlechtes. Das alte Böse war ihnen aus der Heimat gefolgt: die Fomorer.«

»Die, welche die vier heiligen Götterstädte der Thuata de Dannan im Norden niedergebrannt haben?«

»Ja.« Caldur beantwortete diese Frage. »Zwar siegten die Thuata und lenken seit damals die Geschicke der Welt. Doch die Fomorer waren nicht vernichtet. Im Untergrund trieb Crom Dubh weiter sein Unwesen und rüstete heimlich seine Kräfte in Rath Dubh, dem schwarzen Schloss in Ynis Mâcha. Geduldig bereitete er den richtigen Zeitpunkt seiner Wiederankunft in der Welt der Menschen. Dieser ist nun gekommen. In Lord Balzôrc fand Crom endlich den richtigen Verbündeten. Balzôrc ist noch unseliger als sein Vorgänger Uthor, und er ist klüger. Auch ohne die Fomorer ist er ein mächtiger schwarzer Zauberer. Nun haben sich diese bösen Kräfte vereinigt. Gemeinsam sind sie stark und werden bald zuschlagen. Die erste Runde ging bereits an den Feind: Balzôrcs Truppen haben die vier Krönungssteine geraubt. Alle Königreiche stehen nun ohne Schutz da. Ihre Schwäche wird für die bösen Mächte das Zeichen sein zuzuschlagen. Dieses Signal wird ihn eröffnen, den großen Krieg der Prophezeiung. Bald. Aber wir sind gerüstet, durch dich und die Hilfe des alten Volkes.«

»Das ist richtig.« Nun übernahm die Herrin Aífe wieder das Wort. »Ihr Menschen werdet in diesem Kampf nicht alleine dastehen. Auch das alte Volk hat die Wiedergeburt des Bösen wahrgenommen. Balzôrc und die Mächte, die er repräsentiert, sind unser aller gemeinsamer Feind. Wir haben erkannt, dass das Böse nur mit den vereinten Kräften des Lichts bekämpft und besiegt werden kann. Aus diesem Grund bin ich heute hier. Das alte Volk öffnet seine Tore und gewährt dem hellen Kind Zugang zu seinem geheimen Wissen.« Dann wandte sie sich an Niam. »Bei der Besiedelung der Anderswelt hat das alte Volk sich geteilt und sich in vier Elemente zurückgezogen: Nixen und Nicker besiedelten das Wasser, die Zwerge das dunkle Element der Erde. Die Elfen verschrieben sich dem Element der Luft im Wald, und die Lichtalben zogen sich in das helle Licht zurück. Dort leben sie bis heute. Die Angehörigen des alten Volkes leben überall verstreut in der Anderswelt. Doch ebenso wie ihr Menschen haben auch sie ihre Königreiche. Dort leben ihre Könige, sie sind das Zentrum ihrer Macht. Als Zeichen ihrer Verbundenheit mit den Menschen schlugen die Stämme des alten Volkes ihre Königreiche jeweils in einem der vier Reiche der neuen Welt auf. Die Nixen wohnen in Thierna Og im Westen des Königreiches Sîl, die Lichtalben besiedelten Inis Wytrin im Süden von Dumnón, die Elfen bewohnen den heiligen Wald Némes im Osten von Âtron und die Zwerge schließlich Brug-Na-Boinne im hohen Norden deiner Heimat Brigant. Und dorthin musst du gehen.«

»Nach Brigant?«

»Nicht nur.« Caldur übernahm das Wort. »Du musst alle vier Stämme der Anderswelt aufsuchen. Das alte Volk wird die Menschenwelt nicht betreten. Deshalb musst du dorthin. Aber der Übertritt in die Anderswelt ist nicht leicht. Ohne Mühen ist die Welt der Geister für Menschen nicht zu betreten. Der Zugang ist nur denen sichtbar, die mit dem inneren Auge danach suchen, die Eingeweihten oder die dafür Bestimmten wie du. Im Namen der Menschen wirst du die Geister aufsuchen und um ihren Beistand bitten. Dies ist die Aufgabe des hellen Kindes. Sehr viel mehr wissen wir leider nicht. Dieser Teil der Prophezeiung ist kaum entschlüsselt. Lediglich die Ziele, die du bereisen musst, sind bekannt, ebenso der Zeitplan. Diesen Zeitplan musst du exakt einhalten. Ihn beschreibt die Prophezeiung eindeutig: Das Tor der Nixen im Westen steht dir am ersten August, Lughnasa, offen. Dann musst du zu den Zwergen nach Norden, wo du am ersten November, Samhain, eingelassen wirst. Die Elfen im Osten erwarten dich am ersten Februar, Imbolc, und die Alben im Süden wirst du am ersten Mai, Beltaine, finden. Diesen Zeitplan musst du unbedingt und unter allen Umständen einhalten, denn sonst wird deine Mission scheitern.«

»Und was genau ist meine Mission?«

»Vermutlich hält Lord Balzôrc alle heiligen Krönungssteine der neuen Welt auf seiner Insel Ynis Mâcha versteckt. Deine Aufgabe ist es letztlich, diese Steine zu finden und den Stämmen der neuen Welt zurückzubringen. Dies wirst du jedoch ohne die Hilfe des alten Volkes nicht schaffen. Vergiss nie: Balzôrc ist ein mächtiger Zauberer, große Kräfte stehen ihm zur Seite, und seine Verbündeten sind zahlreich. Deshalb musst du die guten Geister um Beistand bitten, denn ohne ihre Gaben wirst du Rath Dubh, das schwarze Schloss, weder erreichen noch betreten. Es ist durch viele magische Zauber beschützt, denn dort ist das Zentrum der dunklen Macht und Balzôrcs Sitz.«

Ruhig hob Niam den Kopf und sah direkt und klar in die Runde. »Gut. Ich werde mich also auf die Reise begeben. Wann muss ich los?«

Aífe beantwortete diese Frage: »So bald wie möglich. Der Sommer neigt sich bereits seinem Höhepunkt zu. In sechs Tagen ist Lughnasa. Dann musst du in Thierna Og sein. Ich werde dir eines meiner Boote zur Verfügung stellen, damit du sicher nach Sîl gelangst. Außerdem wird Gwydón dich begleiten. Morgen früh werdet ihr aufbrechen.«

Niam stand unschlüssig am Ufer von Emain Ablach.

Da trat die Herrin Aífe zu ihr: »Nun ist es Zeit, dich zu verabschieden und dir eine erfolgreiche Reise zu wünschen. Aber bevor du gehst, will ich dir etwas geben.«

Damit holte sie etwas hinter ihrem Rücken hervor. Es war ein großer Umhang, ein weiter, kunstvoll aus Rabenfedern angefertigter Kapuzenmantel, warm und flauschig. »Dieser Mantel ist mein Geschenk an dich. Er wird dich beschützen auf deiner Reise. Bei Sonne wird er dich kühlen und im Winter wärmen. Der Segen der Göttin ist in ihm und wird dich begleiten. Ihr Schutz ist über dir, Niam, und meine Gebete ebenso.«

Damit küsste sie Niam und trat zur Seite, um Auriel Platz zu machen.

Der Abschied von ihrer Tante Auriel fiel Niam am schwersten. Lange standen die beiden eng umschlungen und versicherten sich gegenseitig wortlos ihrer Verbundenheit. Dann drehte Niam sich um und bestieg ein Holzboot.

Gwydón hatte bereits die Segel gehisst. Das Boot tanzte erwartungsvoll auf den kleinen Wellen. Die Herrin trat vor und hob die Arme.

Die Elemente hielten still und lauschten ihren Worten: »Nun beginnt sie, eure große Reise ins Ungewisse. Heute ist der sechsundzwanzigste Tag des Juli. Ich gebe euch eines meiner magischen Boote. Es ist schneller als jedes andere, denn es steht im Verbund mit den Elementen. Es wird euch in einer Tages- und Nachtfrist über das Meer bis zur Mündung des Flusses Teíti an der nordwestlichen Küste des Königreiches Sîl bringen, dann wird es zu mir zurückkehren. Den Rest des Weges müsst ihr zu Fuß bewältigen. Gwydón kennt den Weg nach Thierna Og. Ihr habt genügend Zeit für diese Strecke und werdet sicher bis Lughnasa in Thierna Og ankommen. Überbringt dem Meereskönig Attalanius meinen Gruß. Der Friede der alten Mutter segelt mit euch, begleitet vom Schutz der jungen Götter und der Hoffnung der Menschen.«

Ein sanfter Wind erhob sich und füllte die Dreieckssegel des kleinen Bootes. Schnell verließen sie das seichte Uferwasser und fuhren hinaus auf das große Meer. Im Sommer des Jahres 236 begann Niams große Suche und ihre Reise ins Ungewisse …

Zweites Buch

Gutuamer, die Herrin der Stimme

1. Kapitel

Die Überfahrt

Das kleine Boot war schnell. Schon bald hatte es das seichte Uferwasser von Emain Ablach hinter sich gelassen und fuhr hinaus auf das große Meer. So weit das Auge reichte, war nur die unermessliche Weite des Ozeans. Die Wellen veränderten nun ihre Form. Majestätisch rollten sie gegen das Segelschiff und ließen es auf und ab tanzen. Zu Beginn war dieses Schwanken ungewohnt für Niam. Sie machte sich so klein wie möglich und rührte sich nicht. Zusammengekauert saß sie im hinteren Teil des Bootes und klammerte sich an die Reling.

So gewaltig hatte sie sich das Meer nicht vorgestellt. Nun erst verstand sie Gwydóns Worte über die Meerenge von Méneái. Die Grenzenlosigkeit der offenen See war wirklich etwas ganz anderes. Das Boot wirkte wie eine hilflose Nussschale in der Gewalt der Elemente, und Niam war es ziemlich unbehaglich. Insbesondere, als sich eine heftige Windböe in den Segeln fing und das Schiff in eine steile Schieflage legte. Erschreckt hielt Niam den Atem an und zog den Kopf ein in Erwartung ihres baldigen Todes. Doch nichts dergleichen geschah. Im Gegenteil, als Niam nach einer Weile vorsichtig die Augen wieder öffnete, sah sie Gwydón, der entspannt am Ruder saß und leise ein Lied pfiff. Ihm schien das Schaukeln nichts auszumachen. Auch Brânwi saß ruhig auf der Reling und genoss den Fahrtwind. Niam stöhnte hörbar auf.

Gwydón lächelte sie an: »Na, Niam, wie gefällt dir das Meer?«

»Ich weiß nicht so recht.« Niam zuckte mit den Schultern. »Es ist so gewaltig!«

»Ja, das ist es. Das Meer ist die Verkörperung der Urkraft des Wassers, mächtig, grenzenlos und unwiderstehlich.«

»Ich hätte nie gedacht, dass es so viel Wasser auf einem Fleck gibt.«

»Dabei ist das noch lange nicht alles. Dies hier ist das Westmeer, eines der drei großen Weltenmeere. Daneben gibt es das Südmeer an der südlichen Küste von Dumnón, die See von Lýmnía. Und zuletzt das schwarze Meer im Norden. Es ist ein dunkler Ort – man sollte ihn meiden. Aber dieser Ozean ist friedlich. Das Meer ist unser Freund. Sieh, wie sicher uns die Wellen auf ihren Rücken tragen.«

Langsam kamen Niams Gedanken zur Ruhe. Viel war passiert seit gestern. Zuerst diese sonderbare Konferenz in Môn und dann die Offenbarung ihres Schicksals. Es war schon sonderbar. Ausgerechnet sie, die nie gerne unter Menschen gewesen war und die Traumwelt bevorzugte, sollte nun das Geschick der Menschen entscheiden. Niam schloss die Augen. Ja, ihr altes Leben war unwiderruflich vorbei. Diese schaukelnde Fahrt über das Wasser eröffnete das erste Kapitel ihres neuen Lebens, das des hellen Kindes. Diesem Schicksal musste Niam folgen, ob sie nun wollte oder nicht.

Das Boot fuhr stetig nach Süden, der Sonne entgegen. Niam hatte sich inzwischen vollständig an das Schaukeln der Wellen gewöhnt und genoss die schnelle Fahrt. Als die Sonne ihren höchsten Stand erreicht hatte, passierten die Reisenden die Klippen von Aberón, den westlichsten

Punkt des Königreiches Brigant. Wie ein Hauch der Erinnerung und ein letzter Abschiedsgruß erschienen die fernen Uferlinien am Horizont.

Nachdem sie die Klippen umfahren hatten, die wegen ihrer speziellen Strömungen und den wechselnden Winden immer gefährlich waren, stellte Gwydón das Ruder auf den Südkurs zur Mündung des Teíti im Königreich Sîl ein. Dann setzte er sich neben Niam und streckte die Beine aus.

Niam sah ihn nachdenklich an. »Gwydón, erzähle mir noch etwas über die Überlieferung. Was genau ist diese ›Prophezeiung vom hellen Kind‹? Seit wann kennt ihr sie? Hat sich das Leben nach ihrer Entdeckung verändert?«

»Ja, das hat es. Die Vorfahren wussten nichts von der Bedrohung, die das Schicksal ausersehen hatte. Doch kurz nach der Landung in der neuen Welt hatte Talrún, der damalige Oberdruide von Brigant, eine Vision. Während einer Geistesreise weihten ihn die Götter ein und kündeten von drohendem Unheil. Kurz darauf wurde in den Bergen von Aldérion im Norden von Brigant das erste Teilstück der Überlieferung gefunden. Ein Hirte, der seine Schafe und Ziegen in die hohen Berge führte, entdeckte zufällig eine Höhle. Dort kamen sie zum Vorschein, die alten Steintafeln. Doch ihr Zustand war bedenklich. Sie waren beschädigt, einige bröckelten schon. Es hat viel Arbeit, Mühe und Geduld gebraucht, sie zu rekonstruieren. Und noch immer befinden sich viele von uns auf der Suche nach den übrigen Teilen. Denn wir merkten schnell, dass die Tafeln in der Höhle nicht vollständig waren. Es war uns bewusst, dass es noch mehr Teile geben musste. Die Zeichen ergaben keinen Sinn. Oft erhellte erst ein neu gefundenes Anschlussteil den Inhalt der vorherigen Platten. Trotz vieler Rückschläge haben wir bis heute zumindest eine Art Grundgerüst der alten Prophezeiung entschlüsselt. Diesen Teil hast du gehört.«

»Und der Rest?«

»Der Rest ist erst in groben Zügen bekannt, denn hier fehlen noch die meisten Steintafeln.«

»Betrifft dieser Teil meine Reise?«

Gwydón nickte. »Das vermuten wir. Deine Reise ist bis jetzt nur in den Stationen und dem Zeitplan, wann du die vier verschiedenen Geisterwelten betreten musst, bekannt.«

»Was genau sagt die Prophezeiung über meinen Weg?«

»Es beginnt folgendermaßen:

An Alban Elfed zuerst nach West,
nach Thierna Og im Meer.
Den Stellvertreter der Menschheit Rest
erwarten die Nixen sehr.

Der Rest fehlt. Wir nehmen an, dass hier dein Aufenthalt in Thierna Og geschildert wird und die Hilfe, die du dort erhalten wirst.«

»Was ist Alban Elfed?«

»Das ist der rituelle Name für Lughnasa, der Jahres-Abend, den Herbstanfang. Früher war das die gebräuchliche Bezeichnung, doch heute kennt fast niemand mehr diesen alten Namen.«

»Und wie geht es weiter?«

»An Oiche na Spiánna nach Nord,
zum tiefen Reich der Zwerge,
nach Brug-Na-Boinne, dem geheimen Hort,
geschützt durch hohe Berge.

Auch hier ist der Rest noch nicht gefunden. Oiche na Spiánna ist der alte Name von Samhain, der Jahres-Nacht, dem Beginn des Winters.«

Niam nickte und schaute Gwydón weiter aufmerksam an. Gwydón fuhr fort:

»Über deinen nächsten Aufenthalt wissen wir sogar noch weniger, nur das Folgende:

An Óimelc nach Ost, die dritte Station,
nach Némes, versteckt und alt.

Óimelc heißt heute Imbolc, Mitt-Winter oder auch der Jahres-Morgen. Und an Beltaine, in der alten Sprache Cetshamain, dem Jahres-Mittag und Beginn des Sommers, musst du nach Inis Wytrin. Über den Schluss deiner Reise heißt es:

Zuletzt nach Süd an Cetshamain,
dem Sonnenlichte gleich.
Das Ziel soll Inis Wytrin sein,
das helle Albenreich.«

»Wie lange wird meine Reise dauern?«

»In der Welt der Menschen wirst du deine Reise in Jahresfrist beenden. Zwischen den Etappen hast du jeweils drei Monate Zeit, genug für die zu überwindende Entfernung.«

»Und wie lange soll ich das alte Volk jeweils besuchen?«

»Das müsstest du nach deiner Ausbildung eigentlich wissen.«

Niam nickte. Ja, in Môn hatte sie gelernt, dass ein Aufenthalt in der Anderswelt immer eine Nacht und einen

Tag dauerte. Dieser magische Zeitraum umfasste die Ewigkeit und war festes Gesetz im Umgang mit den Überirdischen. Still rechnete sie: Wenn sie jeweils nur einen Tag und eine Nacht die Anderswelt betreten würde und die Etappen durch die neue Welt wirklich jeweils nur drei Monate dauerten, dann könnte sie ihre Reise schon nach einem Jahr beenden. Das würde bedeuten, dass sie bereits im kommenden Jahr nach Emain Ablach und Môn zurückkehren könnte, um ihre Ausbildung als Meistersängerin zu beenden. Denn das war immer noch ihr Ziel. Erfreut teilte sie Gwydón ihre Überlegungen mit.

Dieser aber zuckte nur mit den Schultern und murmelte »Wir werden sehen ...« in seinen Umhang.

Unterdessen war es Abend geworden. Leuchtend versank der himmlische Feuerball im Meer. Seine letzten Strahlen erröteten den westlichen Himmel und spiegelten sich feurig im bewegten Wasser. Dann verschwand das Tageslicht endgültig und tausend Sterne zeigten sich am Firmament. Der Wind ließ nach und das Meer beruhigte sich. Gwydón überprüfte noch einmal das Ruder, dann legte er sich neben Niam. Sicher fand das Boot seinen Weg durch die Dunkelheit. Die frische Seeluft forderte schnell ihren Tribut und bald fiel Niam in einen tiefen Schlaf, begleitet von dem gleichmäßigen Schaukeln der Wellen.

Kurz vor Sonnenaufgang des nächsten Tages erwachte Niam. Sie schlug die Augen auf und blickte in Gwydóns lachendes Gesicht. Während der Nacht hatte das Boot die Reise weiter fortgesetzt. Nun sah Niam bereits die Küste von Sîl am Horizont. Am späten Vormittag erreichte das Boot die Mündung des Flusses Teíti. Das Ende der Seereise war gekommen. Noch leicht schwankend betraten Gwydón und Niam wieder festen Boden.

Schnell entluden sie das Boot. Als das letzte Gepäckstück sicher an Land war, verließ das Boot wie von Geisterhand gezogen das Ufer und steuerte nach Norden über das offene Meer zurück nach Emain Ablach. Niam und Gwydón blickten ihm nach und sandten einen Gruß an die Herrin Aífe und die ferne Heimat.

»Willkommen im Königreich Sîl«, sagte Gwydón. »Das ist die Myriddische Hügelkette. Dorthin müssen wir.« Er deutete auf die Erhebungen. »Diese Hügel markieren die Hälfte unseres Weges nach Thierna Og.«

Im hellen Sonnenlicht flog Brânwi vor ihnen her. Sie zeigte den Reisenden den Weg.

Währenddessen erzählte Gwydón: »Sîl, das westliche Reich der neuen Welt, wird von den Silurern bewohnt. Sie kamen zusammen mit den Briganten hierher. Deine Vorfahren zogen weiter nach Norden, während die Silurer hier blieben und dieses fruchtbare Land besiedelten. Sie sind ein stolzes und mutiges Volk. Ihre starke Königslinie garantiert ihnen bis heute ein friedliches Leben. Der jetzige König von Sîl, König Líath, hat kräftige Söhne und Prinz Brégon, der Thronfolger, sichert die Nachfolge der nächsten Generation. Obwohl auch der Krönungsstein von Sîl geraubt wurde, trifft Sîl dieser Verlust noch nicht so stark, denn Prinz Brégon ist der anerkannte Nachfolger seines Vaters. Viele Silurer leben von der reichen Salzmine in der Hügelkette von Faór unweit des Königsschlosses Camallate. Ihr Salz verkaufen sie in die ganze Welt. Die Silurer gelten als hervorragende Schiffer. Niemand versteht es besser, die Fluten zu reiten.«

Gegen Abend erreichten sie endlich die Hügelkette. Im Dämmerlicht waren ihre Konturen nur verschwommen zu erkennen. Gwydón schlug ein Lager auf und entzündete ein kleines Feuer.

Am nächsten Morgen wurde Niam von Gwydón kurz nach Sonnenaufgang geweckt. Im frühen Morgenlicht sah sie den vor ihr liegenden Bergrücken deutlich. Es waren keine richtigen Berge, eher ein gewaltiges Massiv hügeliger Wellen. Die runden Wipfel wölbten sich mächtig in die Höhe, bewachsen von den Bäumen der Gegend. Neugierig beäugte Niam die Anhöhe.

Gwydón bemerkte es und erklärte: »Der Hügel dort hinten ist der Myrrid, der dieser Hügelkette seinen Namen gab. Er ist ihr höchster Punkt und misst etwa tausend Ellen. Aber diese Hügel sind nur schwer zu besteigen. Sie liegen an keiner der bekannten Handelsrouten und haben also keine befestigten Straßen. Doch Brânwi und ich kennen den Weg.«

Zur Bestätigung flog der schwarze Vogel auf Niams Schulter.

Es war bereits Nachmittag, als sie die Anhöhe endlich erklommen hatten. Vor ihnen breitete sich weites grünes Land aus. Gwydón erzählte Niam weitere Geschichten. Niam erfuhr viel über die restlichen Völker der neuen Welt. Jeder der vier Stämme hatte im Laufe der Jahre eine Spezialität entwickelt, nach dem sich seine Lebensart richtete. Jeder konnte etwas, das die anderen nicht konnten. Zum allseitigen Wohl tauschten sich die Völker der neuen Welt aus. Neben den Silurern im Westen waren da die Briganten im Norden, Niams Stamm. Sie widmeten sich dem Ackerbau und vor allem dem Bergbau. Auf diesem Gebiet hatten sie im Laufe der Zeit eine hohe Perfektion entwickelt. Der Ômes war von vielen Minerallinien durchzogen. Die vereinzelten Goldfunde, aber vor allem die zahlreichen Zinn- und Kupferminen versprachen lohnende Erträge. Die Dumnónii im Süden lebten hauptsächlich vom Moor und dem fruchtbaren Torf. Die Âtrebiten siedelten im Osten. Von diesem Volk hatte Niam schon gehört. Schließlich kam ihre Schulfreundin Déira aus Âtron. Die dortigen Wälder waren tief und ertragreich. Der mächtige Wald von Lyneí im Süden von Âtron gehörte zu den ältesten Wäldern der neuen Welt. Neben der Waldwirtschaft lebten die Âtrebiten vom Ackerbau und der fruchtbaren Erde, die sie ernährte.

Wie vorhergesagt bewältigten Gwydón und Niam den Abstieg bis zum Abend und übernachteten in der lauen Sommernacht am Fuß der Myriddischen Hügel.

Die frühe Morgensonne wärmte und weckte sie. Der Sommer erreichte nun seinen Höhepunkt. Bald war Lughnasa, die Krönung des Sommers 236 und außerdem Niams fünfzehnter Geburtstag.

Gwydón riss sie aus ihren Gedanken: »Jetzt haben wir es bald geschafft. Heute Nachmittag erreichen wir die Klippen von Thierna Og. Und wir sind pünktlich. Nächste Nacht zieht Lughnasa über das Land und öffnet dir die Tür in die Anderswelt.«

Niam schluckte. Der Kloß im Hals wurde dicker und das mulmige Gefühl in der Magengegend nahm zu.

Zaghaft sah sie Gwydón an: »Wie sind die, die ich sehen werde?«

»Wer? Die Nixen?«

»Die und die anderen. Ich meine das alte Volk generell. Kennst du sie?«

»Teilweise«, antwortete Gwydón.

»Und wie sind sie?«

»Ganz unterschiedlich. Als sich die Stämme des alten Volkes zurückzogen, nahmen sie das Wesen ihres Elementes an. Entsprechend unterscheiden sie sich, sowohl im

Aussehen als auch im Temperament. König Attalanius, den du morgen besuchen wirst, ist wie das Meer, weit und weich, aber auch mächtig und grausam. Doch du musst keine Angst haben. Als Herrscher ist er gütig. Und er ist weise, denn er ist so alt wie das Meer. Thierna Og im Westen von Sîl heißt das Reich, wo er und sein Volk seit dem Auszug leben. Thierna Og ist ein herrliches Land. Es liegt im Westmeer am tiefsten Punkt des Meeresgrundes. Tí Sorcha, das Schloss von König Attalanius, ist ein wahres Wunder. Du wirst es ja bald selber sehen.«

»Aber wie soll das gehen? Wenn Thierna Og unter dem Meer liegt, dann ertrinke ich doch!«

»Niam, hast du wirklich so wenig Vertrauen in dich und dein Schicksal? Hast du denn noch nicht begriffen, dass du kein normaler Mensch bist? Du hast nichts zu befürchten. Wenn Attalanius dir Zugang in sein Reich gewährt, dann stehst du unter seinem Schutz. Und vergiss nicht, der Segen der großen Mutter begleitet deine Reise. Niemand wird dir etwas zuleide tun. Auf deinen Schultern liegen die Hoffnungen der guten Seelen, du bist die Auserwählte. Daran solltest du dich langsam gewöhnen.«

Niam nickte beklommen. Um sie abzulenken, erzählte Gwydón weiter von Thierna Og und seinen fabelhaften Bewohnern. Er berichtete von Attalanius und ganz besonders von dessen Frau, der Dame vom See.

»Die Dame vom See ist eine wundervolle Frau, gütig und voller Liebe. Während ihr Mann die Macht des Ozeans und des fließenden Gewässers verkörpert, steht sie für die stillen und tiefen Wasser in Teichen, Seen und Tümpeln. Du wirst sie mögen.«

»Und die anderen Fürsten des alten Volkes? Kannst du mir auch etwas über sie erzählen?«

»Nicht von allen. Ich kenne nicht alle Stämme des alten Volkes persönlich. Da sind zunächst die Zwerge. Sie werden von König Elfric regiert. Sein Reich ist Brug-Na-Boinne in der Bergkette von Aldérion im Norden von Brigant. Brug-Na-Boinne muss gewaltig sein, denn das Volk der Zwerge ist zahlreich. Auch Tâin Beo, die Burg des Erdkönigs, soll beeindruckend sein. Ich selber war allerdings noch nie da. Von den Elfen weiß ich nur, dass sie in ihrem Zauberwald Némes tief im Osten von Âtron hinter den Hardénischen Wäldern leben. Dort herrscht Königin Flûr. Ihr Elfenschloss heißt Tomhân. Mehr kann ich dir über die Elfen leider nicht erzählen.«

»Und die im Süden? Kennst du die auch nicht?«

»Doch. Vor einigen Jahren hatte ich das Privileg, Königin Belisama und ihre Lichtalben in Inis Wytrin besuchen zu dürfen.«

»Wie ist es da?«

»Herrlich. Dort im Süden ist das Licht zu Hause. Inis Wytrin ist ein wundersamer Ort, wie eine Insel aus Glas. Überall funkelt und leuchtet es. Es ist atemberaubend schön.«

»Und die Königin?«

»Belisama? Sie ist eine ausgesprochen imponierende Frau, sehr weise und gerecht, aber auch unnahbar. Manchmal wirkt sie nach menschlichem Verständnis fremd und grausam. Die Lichtalben haben sich am meisten vom irdischen Leben entfernt. Von allen Stämmen des alten Volkes leben sie am längsten in der Anderswelt. Ihr Auszug eröffnete den Abschied des alten Volkes. Sie waren die Ersten, die verschwanden. Doch eines musst du immer bedenken beim Umgang mit dem Übernatürlichen: Das Wesen des alten Volkes ist geheim und darf von uns Sterblichen weder geschaut noch gefragt werden. Jeder gewalttätige Zugriff zerstört das Wunderbare, so wie der Schmelz des Schmetterlingsflügels durch die menschliche Berührung zerstört wird. Deshalb ist ihr Wissen geheim. Also darfst du auf deiner Reise Folgendes nie vergessen: Alles, was du erfahren wirst, ist nur für dich bestimmt. Denn das, was du sehen wirst, wird die menschlichen Grenzen übersteigen.«

Nach drei Tagen Wanderung hatten Niam und Gwydón die Ebene mit ihren Hügeln, Wäldern und Wiesen durchquert. Die Bäume zogen sich zurück und gaben den Blick frei auf das offene Meer.

Hier verabschiedete sich Gwydón. »Den Besuch bei den Nixen musst du alleine machen. Das ist dein Schicksal und dein Lebensweg.«

»Aber die Herrin Aífe hat doch gesagt, dass du mich auf meiner Reise begleiten wirst. Was ist dann mit meiner nächsten Station? Ich finde den Weg zu den Zwergen doch nie alleine.«

»Natürlich bringe ich dich nach Brug-Na-Boinne. Nach deinem Aufenthalt in Thierna Og werden wir uns unter diesem alten Baum wiedertreffen. Dann gehen wir gemeinsam nach Brug-Na-Boinne.«

»Und Brânwi? Darf sie wenigstens mitkommen?« Verzweifelt klammerte Niam sich an diesen letzten Strohhalm.

»Nein, auch Brânwi darf dich nicht begleiten. Versteh doch endlich, Niam: Niemand kann das. Du bist das helle Kind, die Auserwählte, die Hoffnung der Menschen und der guten Geister.«

Wie ein letzter Abschiedsgruß flog Brânwi dreimal um Niams Kopf, dann ließ sie sich auf Gwydóns Schulter nieder, der mit dem Vogel in der Dunkelheit des Waldes verschwand.

Niam blieb allein zurück. Noch lange blickte sie in Gwydóns Richtung. Dann drehte sie sich um. Vor ihr lag nur das offene, schäumende Meer. Zögernd näherte sie sich den Klippen und schaute vorsichtig hinunter.

Dann sank sie auf die Knie und begann zu beten. Die Worte fanden wie von selbst ihren Weg. Sie sprach zu den Göttern ihrer Vorfahren, den Geistern der Welt und der großen, alten Muttergöttin und bat um Beistand und Ratschlag. Inzwischen kündete ein leuchtender Sonnenuntergang vom Tagesende und dem baldigen Anbrechen der heiligen Nacht. Niam drehte sich um und betrachtete ihre Umgebung. Während ihr Blick über das Tal, die Klippen und das weite Meer glitt, begann sich die innere Stimme erneut zu regen. Gwydóns Forderung nach Mut und Urvertrauen ging ihr nicht aus dem Sinn. Plötzlich verstand sie, was er gemeint hatte. Es ging darum, den Glauben zu zeigen. Eine Mutprobe musste sie bestehen, durch die sie ihr Vertrauen in sich und ihr Schicksal beweisen konnte. In diesem Moment spürte sie eine ungewohnte Regung in ihrem Inneren. Es war eine neue Art Selbstvertrauen, die sie zwang, aktiv zu werden.

Da verschwanden die letzten Sonnenstrahlen am Horizont und die hohe Lughnasa-Nacht senkte sich über das Land. Niam trat ganz nah an den Abgrund und schloss die Augen. Unter sich hörte sie das gewaltige, tosende Meer. Sie legte den Kopf in den Nacken und atmete tief durch. Die frische Meeresbrise streichelte sanft ihr Gesicht und ihr Herz beruhigte sich. Entschlossen öffnete Niam ihre Augen wieder und breitete die Arme aus. Der Wind erfasste ihren Umhang und spielte leise damit. Da eroberte ein Bild ihren Kopf. Aus dem Nebel des Unterbewusstseins trat ihre Mutter. Klar und deutlich stand Alania vor Niams innerem Auge und lächelte ihr aufmunternd zu. Beruhigend redete sie mit ihrer Tochter, und Niam spürte, wie ihr Mut wuchs und die Angst bändigte. Dann streckte Alania Niam die Hand entgegen und forderte sie auf, den nächsten Schritt zu tun.

»Mutter, steh mir bei. In deine Hände lege ich mein Schicksal.« Niam sprang und fiel in bodenlose Tiefe.

2. Kapitel

Thierna Og

Niam stürzte tief. So durchbrach sie das Tor zur Anderswelt, zum magischen Reich der Nixen. Eine Muschelkutsche holte sie ab.

Erschrocken hielt Niam die Luft an. Mit Erstaunen merkte sie aber schnell, dass sie in der Kutsche ebenso leicht atmen konnte wie über dem Wasser. Vor ihrem Auge öffnete sich die unbekannte Welt des weiten Meeres, und sie sah sich fasziniert um. Alles um sie herum war fließend, in stetiger Bewegung. In kunstreichen Figuren durchschnitten die Meeresbewohner ihr nasses Element. Lachse in immer größeren Schwärmen schwammen neben dem Muschelgefährt. Ihre silbrigen Leiber blitzten im dunklen Meer auf. Sie hatten während des Tages die Sonnenstrahlen in ihrem perlmuttfarbenen Gewand gespeichert und warfen sie nun bei Nacht tausendfach zurück. Dieses Leuchten tauchte das Meer in ein wundersames Licht, und die Umgebung sah aus wie eine Zauberwelt. Durchscheinende Quallen zogen gemächlich vorbei, lautlos gefolgt von ihren feingliedrigen, langen Armen, kleine Fische in bunten Regenbogenfarben, aber auch Tintenfische und Wale. Sogar der seltene Riesenkrake der Tiefsee gab Niam sein Geleit. Dann waren sie endlich angekommen. Vor Niam auf dem Meeresgrund lag Thierna Og, das Zentrum des Wasserreiches. Durch das Licht seltsamer Leuchtfische hell erleuchtet sah Niam auf grüne Wiesen, die sich über weite Ebenen spannten. Blühende Gärten mit allerlei Früchten und Blumen umsäumten eine große Stadt mit breiten Straßen und prächtigen Palästen. Im Zentrum all dieser Herrlichkeit aber lag die größte Kostbarkeit: Tí Sorcha, das Königsschloss von Attalanius, dem Herren der Meere. Majestätisch erhob sich der gewaltige Korallenstock. Die vielen zackigen Wipfel waren mit den wertvollsten Kleinodien der Meere geschmückt, und den Eingang zierten zinnoberrote Korallenblüten.

Ein großer Salm kam auf sie zugeschwommen. Seine langen, seidigen Barthaare verrieten sein hohes Alter.

Er verneigte sich vor Niam und sprach: »Folge mir, König Attalanius erwartet dich.«

Niam hatte auf der Reise hierher so viele wunderbare Dinge gesehen, dass sie sich nicht wirklich wunderte, dass sie die Sprache des Fisches verstand. Zu Beginn hatte sie allerdings Schwierigkeiten, denn der Fisch sprach sonderbar. Er blubberte bei jedem Wort und es klang, als redete er mit vollem Mund. Der alte Salm schwamm in hohem Tempo vor ihr her, und Niam musste sich beeilen, um mit ihm Schritt zu halten. Sie durcheilten weite Gänge, hohe Hallen und festliche Säle. Überall sah Niam prächtige Symbole des Schwans, die hier an nahezu jeder Ecke angebracht waren. Dann erreichten sie die große Kuppelhalle. Dies war das Herz von Tí Sorcha, das Zentrum der Macht von Thierna Og.

Dort war der gesamte Hofstaat versammelt. Es waren hauptsächlich Fische und Seehunde, aber auch vereinzelt menschliche Geschöpfe. Viele der Gestalten konnte Niam nur als Mischwesen bezeichnen, halb Mensch und halb Fisch. Es waren meist Frauen, die als Nixen mit ihren langen, perlmuttschimmernden Fischschwänzen durch den

Saal tanzten. Die Luft war hier fließend wie Wasser, und so schwebten sie durch die Hallen, als schwämmen sie im Meer. Sie waren geschmückt mit den Blumen der Meere und ihr Lachen war perlend und bezaubernd. Wie ihr Element, das Wasser, waren sie glänzend und durchsichtig, azurblau und silberfarben. Ihre großen Augen schimmerten und ihr Haar war lang und glänzend. Bei Niams Eintritt verstummte die Menge. Alle drehten sich zu ihr und lächelten ihr aufmunternd zu. Dann gaben sie den Blick frei auf das Zentrum der Kuppelhalle, den Thron des Meereskönigs. Dort saß er, Attalanius, der Beherrscher der Meere, und neben ihm seine Gemahlin, die Dame vom See.

Als der Meereskönig Niam sah, erhob er sich. Er war groß, größer als Niam erwartet hatte. In seiner Hand ruhte Tethròn, der mächtige Dreizack. Sein Gewand hatte die undurchdringliche Farbe des tiefen Meeres und schimmerte in den tausend Farbtönen des Perlmutt. Über seinen Bauch floss ein mächtiger, weißer Bart, dessen Enden an die kleinen Wellen erinnerten, die in sanften Berührungen das Uferland küssten. Doch als Erstes fiel Niam die Farbe seiner Augen auf. Sie waren ebenso strahlend blau wie Niams. Auch die Herrin vom See hatte solche Augen. Langsam trat der König der Meere auf sie zu. Der Saum seines Gewandes war von Wasser umsäumt, und wo seine Füße den Boden berührten, zeigte eine Wasserspur seinen Weg. Niam fühlte sich seltsam angezogen. Unwillkürlich ging auch sie dem Meereskönig entgegen. Auf der Hälfte des Weges zwischen dem Thron und dem Eingangsportal trafen sie aufeinander.

Attalanius lächelte sie an: »Niam, ich freue mich sehr, dich endlich zu sehen. Mit glücklichem Herzen begrüße ich dich und heiße dich in Thierna Og willkommen. Sei

Gast in meinem Haus. Lange haben wir auf den Tag deiner Ankunft gewartet.« Auch er blubberte, aber bei ihm klang es anders als bei dem Fisch. Seine Stimme war wie das gewaltige Rauschen der Meeresbrandung, und Niam hatte nur geringe Schwierigkeiten, ihn zu verstehen. Er legte seine Hände auf Niams Schultern und drückte sie fest.

Niam war überrascht. Nie hätte sie eine so herzliche Begrüßung erwartet. Woher der König der Meere wohl ihren Namen kannte? Doch sie kam nicht zum weiteren Nachdenken, denn inzwischen hatte auch die Dame vom See ihren Platz verlassen.

Leise war sie hinzugetreten: »Niam, bist das wirklich du?«, blubberte sie. »Bei der Göttin, du siehst ja aus wie deine Mutter! Komm an mein Herz, geliebtes Kind.« Damit nahm sie die erstaunte Niam in die Arme und drückte sie an ihren weichen Busen. Ein warmes Rauschen umfing Niam und sie versank in einem tief vertrauten Gefühl. Unwillkürlich musste sie an ihre Mutter denken.

Dann lockerte die alte Dame ihre Umarmung und betrachtete Niam aufmerksam. »Lass dich ansehen. Dreh dich und zeige deine Schönheit von allen Seiten. Du machst mich glücklich. All die Jahre seit dem Tag deiner Geburt habe ich auf diesen Tag gewartet. Endlich begegnen wir uns. Mein altes Herz ist sehr froh.« Niam war nun noch erstaunter. »Ihr kanntet meine Mutter?«

»Natürlich. Weißt du das denn nicht …? Aber nein, woher solltest du …«

Niam sah die Dame vom See fragend an, doch diese schüttelte lächelnd den Kopf: »Gedulde dich noch ein wenig. Zuerst stärke dich nach deiner Reise. Wir haben dir zu Ehren ein Festmahl vorbereitet. Dabei musst du uns von dir und den Menschen erzählen.«

Attalanius und die Dame vom See begleiteten Niam den langen Weg zum Thron. Er war überaus prächtig. Sein Sockel war in feinster Handarbeit aus dem Herzen des Korallenstockes, der das Schloss bildete, gemeißelt. Kunstvolle Figuren und Symbole aus Edelstein schmückten seine Lehnen und zwei prachtvolle Karfunkel in Form eines Schwans zierten den Baldachin. Der alte König setzte sich auf die samtenen Kissen und bat Niam, neben ihm Platz zu nehmen. Auch die Dame vom See ließ sich auf ihrem Prunksessel nieder. Dann klatschte Attalanius in die Hände. Wie von Geisterhand zog sich die Wand zurück und gab den Blick frei auf eine reich beladene Tafel. Noch nie hatte Niam solche Köstlichkeiten der Meere gesehen. Sie zögerte. »Könnt Ihr mir helfen, das zu finden, was ich suche?«

»Das kommt darauf an, was du suchst.« Die warme Stimme der Dame vom See erklang, sanft wie das Plätschern eines Regentropfens, der die Seeoberfläche berührt. »Sage uns, liebe Niam, was suchst du?«

»Die Krönungssteine der Menschen.«

»Das meine ich nicht. Ich rede von dir, Niam, nicht dem hellen Kind. Frage deine Seele und dann sage uns, was du suchst.«

Niams Herz schlug bis zum Hals. Ein Bild und ein einziger Gedanke bemächtigten sich ihres Geistes. Sie zögerte, doch dann gab sie sich einen Ruck: »Es gibt schon etwas … Meine Mutter.« Niam seufzte. »Hier in Eurem Reich denke ich so viel an sie wie schon lange nicht mehr.«

»Ja.« Die Dame vom See sah auf einmal betrübt aus. »Deine Mutter war mit dem Reich des Wassers sehr verbunden und das Reich des Wassers mit ihr. Auch wir haben ihren Tod sehr betrauert. Das Reich Thierna Og leidet seit damals unter dem großen Verlust. Schließe die Augen und lausche, dann wirst du verstehen.« Damit hob die Dame vom See die Hand.

Eine Nixe eilte herbei und setzte sich zu Füßen des Thrones. Mit ihrer klaren Stimme sang sie eine alte Weise:

»Im Westen regiert seit Beginn der Zeit
Attalanius über das Nass so weit.
Der hohe Herrscher über das große Meer,
die Wasserbewohner lieben ihn sehr.

Denn er vereinte königlich,
es herrschte Frieden ewiglich;
zwischen Menschen und den Wasserfeen
wuchs Freundschaft an den tiefen Seen.

Doch mit der Zeit vergaß, oh Leid,
die Menschheit ihre Dankbarkeit.
Voll Übermut und ohne Verstand
brach sie das alte Friedenspfand.

Die Menschen jagten dann all die,
die einstmals waren Freunde für sie.
Die Wasserbewohner in hohen Zahlen
mussten dies mit dem Leben bezahlen.

Attalanius brannten die Augen vom Sehen,
er wusste, nun musste etwas geschehen!
Mit schwerem Herzen und Tränen im Blick
erfüllte er dann sein traurig' Geschick.

Und schickte die Beste aus seinem Geschlecht,
zu kämpfen für des Meeres Recht.

Der hellste Stern des Meeres war da,
die hohe Prinzessin Morygana.

Mit dieser Bestimmung war sie geboren,
schon immer vom Schicksal auserkoren,
zu schmieden erneut das heilige Band,
den hohen Weltenfriedenspfand.

Mit großer Macht war sie ab nun,
der Schwan, auf dem die Hoffnung' ruhn.
Die Heldin, ersehnt seit Ewigkeit,
versöhnte das Meer und die Menschenheit.«

»Das ist ja das L'Tue Morygana, das Lied der Wasserfee Morygana!« Niam sah die Dame vom See aufgeregt an. »Das kenne ich. Ich habe diese Ballade in Môn studiert wie jeder angehende Barde. Aber wieso singt ihr mir jetzt diese Legende? Was hat das mit meiner Mutter zu tun?«

»Alles. Denn die, die ihr Alania nanntet, hieß hier im Reich des Meeres Morygana. Die Fee dieser Legende ist Alania, deine Mutter. Es war ihr Schicksal, als Mensch zu sterben. Und es war ihr vorherbestimmt, in der Welt der Menschen eine Tochter zu gebären. Als Morygana – oder Alania – dir das Leben schenkte, da erfüllte sie ihr Schicksal, eng verknüpft mit der Zukunft der Menschen. Morygana erlebte ihre eigene Metamorphose: Sie, die Tochter des Meeres, musste Mensch werden und ihr Leben opfern, um dem Licht das Leben zu geben.« Mit diesen Worten legte die alte Dame Niam liebevoll die Hand auf den Kopf und strich ihr sanft über die blonden Locken. »Deine Mutter war eine Angehörige des alten Volkes. Sie war eine Wasserfee. Und sie war meine älteste Tochter.«

Niam war sprachlos. Es dauerte eine Weile, bis sie die Tragweite des Gehörten begriff.

»Ja, liebe Niam, du bist von meinem Blut. Attalanius und ich sind deine Großeltern. Wie sehr habe ich diesen Tag herbeigesehnt. Würdest du deine Mutter gerne einmal sehen? Sie ist zwar tot, aber die Erinnerungen an sie und ihr leider viel zu kurzes Leben sind immer noch hier. Komm, folge mir, dann werde ich es dir zeigen.«

Die Dame vom See führte Niam in den hinteren Teil der großen Halle bis vor eine hohe Wand aus Wasser. Der feine Wasserfilm floss so gleichmäßig, dass die Wand wie ein Spiegel wirkte. Als die Dame vom See ihn sanft berührte, veränderte sich die glatte Oberfläche und formte ein klares Bild. Niam erkannte Tí Sorcha, das Schloss, in dem sie sich gerade befand. Durch die lichten Hallen der Burg sah sie viele Wasserwesen eilen und eine kleine Nixe. Niam wusste augenblicklich, dass dies ihre Mutter als Kind war. Gebannt verfolgte sie die glücklichen Jahre der Kindheit und Jugend, die Morygana hier im Schloss verbracht hatte. Niam beobachtete die frühen Spiele ihrer Mutter und teilte ihren Spaß. Und sie wurde Zeuge, wie Morygana an ihrem dreizehnten Geburtstag von ihrer Mutter der prächtige goldene Torques mit den leuchtend blauen Steinen als Zeichen ihrer königlichen Abstammung um den Hals gelegt wurde. Unwillkürlich fasste Niam an ihren kleinen Reisebeutel und ertastete das edle Geschmeide. Dann starrte sie wieder auf die Wasserleinwand. Sie erlebte den traurigen Augenblick des Abschieds, als Morygana ihre angestammte Heimat unter der Wasseroberfläche verließ, um als Alania in der Menschenwelt ihre Bestimmung zu erfüllen. Danach verblassten die Bilder und nichts blieb als das fließende Wasser der Wasserwand.

Niam löste ihren Blick und sah zu ihrer Großmutter. Ein warmes Gefühl überkam sie und sie lächelte die alte Dame voller Liebe an. Einem plötzlichen Impuls folgend, holte sie den Torques aus ihrem Beutel und reichte ihn der alten Dame: »Hier ist der Torques meiner Mutter. Ich gebe ihn dir gerne als Erinnerung an sie.«

Doch die Dame vom See winkte ab. »Nein, denn er gehört dir.«

In diesem Augenblick wurde das Portal der großen Kuppelhalle schwungvoll geöffnet. Mit großem Gefolge trat ein junger Mann ein. Er war edel gekleidet und von stattlichem Wuchs. Geschmeidig und von großer Kraft war sein Schritt. Sein Gang erinnerte an die wilde Brandung der hohen See. Er schimmerte silbern wie das Meer, wenn es von der Sonne geküsst wurde. Eine auffallende Ähnlichkeit war zwischen ihm und Attalanius zu erkennen. An seiner Seite hing ein prächtiges Schwert.

Attalanius sah hoch und lächelte den jungen Mann gütig an. »Das, liebe Niam, ist Manâwýddan, Prinz und Thronerbe von Thierna Og und der kleine Bruder deiner Mutter. Und das, lieber Manâwýddan, ist Niam, die Tochter deiner Schwester Morygana.«

Manâwýddan nahm ihre Hände und drückte sie fest. »Du hast Glück, dass du gerade heute angekommen bist. Denn heute ist für uns Wasserwesen ein hoher Feiertag. Bald werden wir aufbrechen zur Wasseroberfläche.«

»Und in diesem Jahr ist Niam unser Ehrengast.« Mit diesen Worten erhob sich der König der Meere. Die Anwesenden verstummten und nur die kräftige Stimme Attalanius' erfüllte den Raum. »Hört, Nihussâ, mein Sohn hat es gesagt. Bald geht die Sonne auf und dann werden wir die Reise ans Licht antreten.« Er hob den mächtigen Dreizack und sprach: »Sammelt euch auf dem

Vorplatz der Burg.« Damit verließ er den Thronsaal, gefolgt von seinem gesamten Hofstaat.

Draußen warteten bereits viele Meeresbewohner. Aus allen Richtungen waren sie herbeigeströmt, um mit ihrem Herrscher dieses Fest zu feiern. Attalanius bestieg seinen kostbar geschmückten Streitwagen. Die weißen Rösser, die vorher Niam abgeholt hatten, waren nun angeschirrt für die festliche Reise und funkelten im Feiertagsschmuck. Sie tänzelten aufgeregt. Für Niam wurde erneut die große Muschelkutsche bereitgestellt. Erwartungsvoll ließ sie sich auf den weichen Kissen nieder und betrachtete neugierig das weitere Geschehen. Die Dame vom See setzte sich neben sie.

Unter allgemeinem Beifall bestieg der Prinz einen prächtigen Apfelschimmel und zog sein mächtiges Schwert aus der Scheide. Dann sprach er zu der Menge: »Das ist Fragarach, der Antwortende, das heilige Königsschwert der Meere. Fragarach ist ein Geschenk der großen Göttin an Nihussâ und beinahe so mächtig wie der Tethròn, der Dreizack des Königs. Einst gab die alte Mutter dieses Schwert dem ersten König der Meere als Zeichen der Verbundenheit. Seitdem wird es vom Herrscher an seinen Nachfolger weitergegeben, denn Fragarach ist einzig dem Erben der Meere vorbehalten. Nach Moryganas Tod kam es zu uns zurück. Nun trage ich dieses geweihte Zeichen, denn ich bin der Thronerbe von Thierna Og. Fragarach sei mein Zeuge.« Damit hob er das Schwert zur Wasseroberfläche.

Ein feiner Lichtstrahl traf seine Spitze und sie funkelte in tausend Strahlen. Dies war die Antwort, die den Thronerben bestätigte. Dann gab Attalanius das Zeichen zum Aufbruch. Mit lauten Gesängen und Tänzen setzte sich der lange Zug in Bewegung, dem Meeresspiegel entgegen.

Niam hatte schon viel vom Gesang der Nixen gehört. Bei den Menschen hieß es, er sei so wunderbar, dass man ihn fürchten müsse. Mit seiner Lieblichkeit zog der Nixengesang jeden auf den Grund des Wassers und mancher Seemann war ihm schon zum Opfer gefallen. In hellen Tönen sangen sie:

»Oh Nihussâ, altes Geschlecht,
Weltengefühl, mächtig und echt.
Das tiefe Nass ist unser Heim,
hier unten sind nur wir allein.

Oh Morgâ, du flüssiges Urelement,
Nihussâ ist es, der deine Macht kennt.
Denn niemand ist wie du so alt,
dein Wesen hat gar manch' Gestalt.

Dein Lebenskuss ist überall
auf dem gesamten Erdenball.
Nihussâ ist dein Sprachenrohr
bringt dein Gebot ans Weltenohr.«

»Großmutter, wen besingen sie? Wer sind diese Nihussâ?«

»Wir.« Die alte Nixe lächelte. »Das Wasservolk ist Nihussâ. Ihr Menschen nennt uns Nixen, aber der alte Name unseres Stammes ist Nihussâ. So hießen wir schon lange vor unserem Auszug in die Anderswelt. Für uns hat dieser geheime Name immer noch Bestand, doch die Menschen haben ihn schon lange vergessen.«

»Und wer ist alles Nihussâ?«

»Fast alle, die du hier siehst. Obwohl auch einige Tiere der Meere unter uns sind, so gehören die meisten der Anwesenden zu unserem Stamm.«

»Auch die Fische und Seehunde?«

»Die ganz besonders. Egal ob Seehund oder Fisch, Nixe oder auch Mensch, wir sind alle Nihussâ. Die Gestalt ist ohne Bedeutung, wir können sie jederzeit wechseln.« Damit verwandelte sich die Dame vom See vor Niams erstaunten Augen zuerst in einen Seehund, dann in einen Fisch und zuletzt in eine Meerjungfrau, bevor sie ihre menschliche Gestalt wieder annahm. »Das ist für uns überhaupt keine Schwierigkeit«, fügte sie lächelnd hinzu, während sie eine silbrig schimmernde Schuppe von ihrem Gewand entfernte.

Bald konnte Niam nicht mehr widerstehen. Unwillkürlich fiel sie in das Lied der Nixen ein. Wie selbstverständlich kam es ihr über die Lippen. Da schwebte sie sanft aus der großen Muschel und gesellte sich zu den tanzenden Nihussâ. Sie nahmen das Menschenkind freudig in ihren Reihen auf. Gemeinsam tanzten sie und sangen das alte Lied des Wassers.

Dann erreichte der Zug die Wasseroberfläche. Dichter Nebel hatte sich über dem Meer zusammengezogen, doch er lichtete sich augenblicklich. In großer Pracht und allen Farben des Regenbogens schimmernd betraten die Nihussâ die Oberfläche des Wassers. Da ging die Sonne auf und schenkte dem festlichen Reigen ihr erstes Morgenlicht. Dies war der magische Moment, der Augenblick, an dem sich Licht und Wasser trafen und zu einem wunderbaren Farbenmeer verschmolzen.

Nach dem wilden Tanz über das Wasser zog sich das Volk der Wasserbewohner wieder in die Tiefe des Meeres zurück. Noch immer sangen sie ihr magisches Lied. Niam hatte sich die Tonfolge inzwischen eingeprägt. Den Text verstand sie zwar immer noch nicht ganz, trotzdem sang sie die Melodie aus vollem Herzen mit. Ihre Großeltern betrachteten dies mit sichtbarer Freude. Niams Stimme erklang hell und rein, und ganz tief in ihrem Innersten hoffte sie, dieser Augenblick möge nie vorbeigehen.

Nach ihrer Ankunft in Tí Sorcha zog sich das Herrscherpaar der Meere mit Niam und Manâwýddan in die Kuppelhalle des Schlosses zurück. Die Wände, die vorher noch licht und durchsichtig gewesen waren, waren nun undurchdringlich wie aus hartem Gestein. Das große Portal fiel hinter ihnen fest ins Schloss.

»Niam, jetzt hast du an einem wichtigen Teil des Lebens unter Wasser teilgenommen. Dieser Tanz der Nihussâ über dem Wasser ist der Höhepunkt unseres Jahreszyklus.« Attalanius ließ sich auf seinem Thron nieder und sah Niam nachdenklich an. »Bald ist deine Zeit bei uns vorbei und du musst zurück in deine Welt. Dann geht deine Reise weiter.«

Damit klatschte der Herr der Meere in die Hände. Zwei Nixen brachten ihm ein Tablett, das mit einem Tuch bedeckt war. Attalanius nahm das Tablett in die Hand und schloss die Augen.

Dann wandte er sich Niam erneut zu und sprach mit ernster Stimme: »Niam, bevor du unser Geschenk erhältst, musst du eines wissen. Bei mir und den anderen Fürsten der Anderswelt wirst du Gegenstände erhalten und Wissen erfahren, die deinen zukünftigen Weg erleichtern werden. Aber sie können deine Aufgabe nur erleichtern. Denn noch wichtiger ist etwas anderes. Das bist du, Niam! Die Dinge, die du erhalten wirst, sind zwar mächtig, aber sie sind nichts ohne deine Energie. Du bist diejenige, die sie einsetzen und steuern muss, du bist die wahrhafte Trägerin ihrer Magie. Wir vom alten

Volk dürfen dich nur helfend unterstützen. Ohne deine eigene Entschlusskraft wirst du scheitern. Das darfst du nie vergessen!«

Mit eindringlichem Blick betrachtete der Meereskönig seine Enkelin. Niam nahm seinen Blick auf, sie sah in seine weisen Augen und nickte ernst.

Attalanius lächelte zufrieden: »Gut, dann wirst du jetzt von mir das erste Zeichen deiner heiligen Mission erhalten. Es ist das Pfand, das Attalanius, der Herrscher über die Meere und alle Gewässer, dem hellen Kind Niam als Beweis der Verbundenheit übergibt.«

Attalanius hob das Tuch. Ein silberner Pokal kam zum Vorschein. Er hatte die Größe eines einfachen Bechers und sah sehr alt aus. Sanft schimmerte er in der Hand des Meereskönigs.

»Dies ist der Cauldron von Morgâ, der heilige Kelch des Meeres. Er ist der, der aus dem Wasser kommt, und das ewige Symbol des nassen Elements. Wenn du auf der Welt dort oben Durst hast, wird er dich zur Quelle führen. Und wenn du zu ertrinken drohst, wird er dich retten. Er ist das Zeichen der Verbundenheit mit dem Wasser und er ist Nihussâs höchstes Gut.« Mit diesen Worten übergab der Herr der Meere Niam das kostbare Gefäß.

Ehrfurchtsvoll betrachtete Niam den Kelch. Eigentlich war er recht unscheinbar. Seine Oberfläche war glatt. In den Rand waren feine Schriftzeichen eingeritzt. Es waren fremdartige Symbole, Zeichen einer Sprache, die sie nicht kannte. Vorsichtig strich Niam über die feinen Linien. Da geschah etwas wunderbares. Die seltsamen Symbole begannen hell zu leuchten. Feurig-rot zeigten sie sich deutlich auf dem silbrigen Untergrund. Die Luft war auf einmal erfüllt von zarten Tönen, die aus den Tiefen des Ozeans stammten. Niam erkannte die Melodie.

Es war das Lied der Nixen. Aber jetzt war es ungleich gewaltiger und beeindruckender. Niam hatte das Gefühl, von einer großen Welle aus Tönen erfasst und weggeschwemmt zu werden.

Währenddessen hörte sie Attalanius' tiefe Stimme: »Das ist das heilige Lied Morgâ, das Lied des Wassers und die Hymne meines Volkes. Morgâ ist das Wasser in seiner magischen, mythischen Bedeutung. Nur wir, die Nihussâ, kennen diesen alten Namen: Morgâ, das heilige Fließen. Das Lied Morgâ ist so alt wie das Wasser selbst und ebenso mächtig. Seine hohe Magie ist heilig. Tauche ein in das Lied des Meeres und erkenne das Wesen des Wassers.«

Niam schloss die Augen und lauschte erneut dem Lied des Wassers.

Der alte König nickte zufrieden. »Jetzt hast du verstanden. Du bist eingeweiht in die Mysterien des Wassers. Dabei hast du Dinge gehört, die kein Mensch vor dir gehört hat. Dieses Wissen ist nur für deine Ohren bestimmt. Das Lied Morgâ ist sehr mächtig. In den falschen Händen kann es großen Schaden anrichten. Sei also behutsam im Umgang mit seiner Kraft. Das ist unser Geschenk an dich und gleichzeitig deine ewige Verbindung mit dem Element des Wassers. Du stehst unter meinem Schutz und Morgâ wird dir gnädig sein.«

Dann erhob sich der König der Meere von seinem Thron. Ehrerbietig sah er aus, aufrecht stehend mit dem mächtigen Dreizack Tethròn in der Hand.

Mit lauter Stimme sprach er: »Nun ist dir übergeben, was seit Urzeiten für dich bestimmt war. Damit ist deine Aufgabe unter dem Meer beendet. Mit unserer Gabe ausgestattet musst du dich nun auf den Weg zu deinem nächsten Reiseziel machen. Schon verabschiedet sich der

Tag. Bei Sonnenuntergang bist du eine Nacht und einen Tag bei uns. Dann musst du zurück in deine Welt.«

Es war ein trauriger Abschied. Manâwýddan trat vor und nahm Niam fest in die Arme. Auch Attalanius verabschiedete seine Enkelin herzlich. Er strich Niam über das blonde Haar und sah sie lange an. Dann entließ er sie mit guten Segenswünschen aus seinem Königreich.

Am schwersten fiel Niam der Abschied von ihrer Großmutter, der Dame vom See. Diese sah auf einmal sehr alt und zerbrechlich aus.

Mit traurigen Augen sah sie Niam an. »Komm an mein Herz.«

Tief versank Niam in der Umarmung. Dann nahm die Dame vom See Niams Gesicht in ihre warmen, weichen Hände und sagte: »Ich habe da noch etwas für dich. Schließlich hast du heute doch Geburtstag.«

Ihren Geburtstag hatte Niam vollkommen vergessen. Die Dame vom See zog eine geheime Lade auf und nahm eine Schatulle heraus. Sie öffnete sie und eine kleine Handharfe kam zum Vorschein. Es war ein kostbares Instrument, kunstvoll gearbeitet mit schimmernden Intarsien. Niam nahm das Instrument. Die Harfe lag ihr leicht in der Hand. Sanft ließ Niam ihre Finger über die Saiten gleiten und entlockte dem edlen Instrument einen zarten, doch eindringlichen Ton. Niam konnte sich nur mit Mühe zurückhalten, gleich ein komplettes Stück zu spielen.

Begeistert sah sie ihre Großmutter an. »Das ist die schönste Harfe, die ich je gesehen habe!«

»Sie ist etwas ganz Besonderes. Alle Melodien sind an sie gebunden, insbesondere die Lieder des Lächelns, des Schlafes und der Klage, drei Lieder des Harfenspielers. Mit keinem Instrument werden diese magischen Lieder mehr Macht entfalten als mit dieser Harfe, denn ihr Klang ist unwiderstehlich. Ihre vier Saiten sind nach den vier Elementen Erde, Luft, Licht und Wasser gestimmt. Du wirst den Unterschied merken, wenn du sie spielst. Nur der rechtmäßige Besitzer kann sie spielen, also nur du. Nie kann diese Harfe dir entwendet werden, denn sie besitzt die Gabe, dir überallhin zu folgen. Sie ist deine. Solltest du sie einmal verlieren, dann wird sie dich wiederfinden.«

»Werde ich euch jemals wiedersehen?«

»Spätestens am Ende deiner Reise. Sei unbesorgt, sondern vertraue. Immerhin bist du doch eine von uns. Wenn du mich vorher brauchst, dann findest du mich in allen Seen, Teichen und Moortümpeln. Trete zur Abenddämmerung von Westen an ein solches stilles Gewässer und du wirst mich sehen. Als Bote werde ich dir die drei magischen Wellen der Weisheit senden, durch sie werde ich zu dir sprechen. Ich beobachte deinen Weg und werde auf dein Wohl achten, Niam. Der Segen der Göttin begleite dich.«

Inzwischen war die Sonne fast untergegangen.

»Schließe die Augen, Kind des Wassers. Schließe die Augen und versinke in unserem ewigen Fluss.«

Unwillkürlich fielen Niam die Augen zu. Sanfte Töne führten sie in ein tiefes Traumland. Währenddessen hoben sie unsichtbare Hände vorsichtig auf und trugen sie fort. In Windeseile brachten die Geister des Wassers sie zur Oberfläche. Sie betteten Niam sanft unter einen großen Baum am Ufer und verschwanden. So verließ das helle Kind die Anderswelt und kehrte zurück in die Welt der Menschen.

3. Kapitel

Der große Sturm beginnt

Gwydón hatte Niams Abreise nach Thierna Og von ferne beobachtet. Nach ihrem geglückten Einlass entspannte er sich. Er entzündete ein kleines Feuer und segnete die heilige Nacht. Zufrieden betrachtete er den sternenklaren Himmel. Er überlegte, was er in der Zeit bis zu Niams Rückkehr machen sollte.

Am nächsten Morgen brach Gwydón früh auf, um alte Freunde zu besuchen. Es war viele Jahre her, seit er zuletzt in Sîl gewesen war. Er entschied sich, König Líath auf seiner Burg Camallate einen Besuch abzustatten. Gwydón freute sich auf die Begegnung mit seinen alten Gefährten. Der Weg dorthin war lang, denn Camallate lag weit im Osten, tief im Landesinneren von Sîl. Doch als Ollam kannte Gwydón einige Möglichkeiten, schneller zu reisen. Er suchte seine Umgebung ab und fand kräftige Binsen. Die stärksten schnitt er mit seiner Sichel ab und band sie mit einem Büschel brauner Blüten auf jeder Seite fest zusammen. Dann stellte er sich darüber und sang dreimal das Zauberwort »Borramm« über das Gräsergebinde. Augenblicklich schwollen die Binsen zu einem prächtigen Pferd heran. Wie ein Sturmwind durchquerte es dichte Wälder, tiefe Flüsse und die gewaltige Ebene auf dem Weg nach Osten. Erst an den Ufern des Uruku kam es zum Stehen. Gwydón stieg vom Rücken des Pferdes und entließ es mit warmen Worten des Dankes. Es hob den Kopf, wieherte noch einmal und verschwand. Nun wollte Gwydón den Uruku hinunterfahren, denn an seinem südöstlichen Lauf lag Camallate. Er fand ein Boot am Ufer, kaufte es seinem Besitzer ab und fuhr den Fluss hinunter.

Zwei Tage später erreichte er Camallate. Im Schein der Sonne spiegelte sich die alte Königsburg von Sîl in den Fluten. Gwydón verließ das Boot und betrat wieder festen Boden. Majestätisch erhob sich Camallate über die fruchtbare Ebene von Ilan. Die Burg war aus festem Stein gebaut. In ihrem Schutz hatten sich viele Menschen angesiedelt. An die starken Steinmauern drückten sich zahlreiche Holzbauten. Ihre strohbedeckten Dächer wirkten wie ein Meer aus Schilf. Hier lebten vornehmlich kleine Bauern und die Handwerker der Stadt. Innerhalb der Mauern wohnten die Kriegsherren, Hofbediensteten und die Sprecher der Handelszünfte, insbesondere die Salzhändler. Die Salzmine in den nahe gelegenen Faórischen Hügeln sicherte ihren Wohlstand. Camallate war ein typischer Königssitz mit Türmen, Wällen und einem Wehrgang. Die Steine zum Bau dieser gewaltigen Festung stammten ebenfalls aus den Faórischen Hügeln. Stolz und mächtig stand sie da, die alte Königsburg von Sîl.

Die Wachen am Tor erkannten Gwydón und ließen ihn passieren. Er betrat das Schloss durch das große Eingangsportal. Dort wurde er schon von König Líath und Déroil, dem Druiden, erwartet. Die Wachposten hatten dem König seine Ankunft bereits gemeldet.

Gwydón betrachtete den König nachdenklich. Líath war ein Mann in der Blüte seines Lebens, stark und mächtig. Aber er hatte sich seit ihrem letzten Treffen verändert. Gwydón stellte erschreckt fest, wie schnell der König von Sîl gealtert war. Erste tiefe Sorgenfalten hatten sich in die hohe Stirn geprägt. Trotz seiner unbestreitbaren Stärke sah der König sorgenvoll in die Zukunft seines Volkes.

Gwydón trat auf ihn zu und sagte mit beruhigender Stimme: »König Líath, eine Hoffnung bleibt immer. Das Schicksal geht oft erstaunliche Wege. Wenn die Zeit am schwärzesten erscheint, dann taucht manchmal von irgendwoher ein Licht am Horizont auf. So wie jetzt. Das helle Kind ist unser Glückspfand. Wenn jemand dieses schwierige Schicksal meistern kann, dann Niam. Hofft und vertraut auf die Kraft des hellen Kindes. Wir können nichts tun als warten. Bis zu ihrer Rückkehr würde ich gerne bei Euch in Camallate bleiben. Mein letzter Besuch in Eurem gastlichen Haus ist schon wieder viel zu lange her.«

»Eine gute Idee, mein Freund.« Der König nickte. »Dein Besuch erinnert an glücklichere Zeiten. Sei heute Abend mein Gast. Ich werde dir zu Ehren ein Festmahl geben. Nun aber entschuldige mich. Ich muss mich wieder den Staatsgeschäften widmen. Déroil wird sich um dein Wohlergehen kümmern.« Mit diesen Worten entließ Líath die beiden Druiden.

Déroil führte Gwydón in seine Kammer im hinteren Teil des Schlosses. Wie schon Caldurs Kammer in Amarango war auch dieses Gemach mit einer festen Steintüre verschlossen.

Hier begann der Ältere: »Gwydón, erzähle mir vom hellen Kind. Wie war ihre Einweihung in Emain Ablach? Wie hat sie ihr Schicksal aufgenommen?«

»Erstaunlich gut. Niam überrascht mich immer wieder. Sie muss nur noch lernen, sich selbst zu vertrauen. Als wir sie mit ihrer Bestimmung konfrontierten, war sie zuerst misstrauisch. Doch schon bald nahm sie ihr

Schicksal an. Instinktiv begriff sie ihre Rolle in diesem Spiel.«

In diesem Augenblick wurden sie durch lautes Klopfen unterbrochen. Die Tür öffnete sich und der Kammerdiener des Königs trat aufgeregt ein. »Der König ruft Euch in den Thronsaal. Es ist dringend! Ein Eilboote aus Brigant ist angekommen. König Líath hat den Kronrat einberufen.«

Gwydón und Déroil eilten die langen Gänge hinunter. Aus dem Thronsaal drang bereits lautes Stimmengewirr. An der Kopfseite der großen Halle saß König Líath auf dem Thron und lauschte den aufgeregten Stimmen. Viele Menschen waren um ihn versammelt. Es herrschte große Aufregung. In der Menge sah Gwydón Krischa aus Brigant.

Er eilte ihm entgegen und rief: »Krischa, was tust du denn hier?«

»Gwydón! Welch ein Glück, dass du hier bist. Caldur hat schon Boten nach dir ausgesandt. Du musst sofort nach Amarango zurückkehren. Lord Balzôrc hat Brigant angegriffen!«

»Wie bitte?«

»Der schwarze Fürst ist mit seinen Truppen in unsere Heimat eingefallen. Er hat sich mit den Caledonen und Votadinern, den wilden Barbaren aus dem Norden, verbündet und landete mit einer riesigen Streitmacht an unserer Küste. Seine Übermacht ist gewaltig. Ein Drittel unseres Landes hat er bereits besetzt. Amarango wird sich nicht mehr lange halten können. Spätestens wenn Balzôrc alle seine Truppen um die Burg zusammenzieht, wird sie fallen. Deshalb schickte mich Fürst Enatos nach Sîl. Er bittet König Líath um Hilfe und Unterstützung bei diesem Kampf.« Damit wandte sich der Bote von Brigant wieder an den König.

Dieser nickte und sprach: »Dies ist der Krieg, der über das endgültige Schicksal der neuen Welt entscheidet. Deshalb lautet meine Entscheidung folgendermaßen: Wir werden ein Heer zusammenstellen. Conall wird es nach Brigant führen. Die andere Hälfte unserer Streitkräfte wird hier bleiben und unsere Grenzen verstärken. Denn ich möchte nicht von einem Blitzangriff des schwarzen Fürsten überrascht werden.«

So schnell wie möglich verließ Gwydón die Ratsversammlung. Außerhalb der Schlossmauern suchte sich Gwydón ein starkes Bündel Binsen und beschwor erneut seinen schnellen Reisegefährten.

In Windeseile überbrückte das magische Ross die weite Strecke bis hin zur westlichen Küste von Sîl. Dort eilte Gwydón zu der alten Eiche, dem vereinbarten Treffpunkt mit Niam. Einsam und allein erhob sich der mächtige Baum über die steinerne Küstenlandschaft. Der Druide brach einen Zweig und ritzte eine Botschaft für Niam hinein. Sollte er nicht rechtzeitig zurückkehren können, müsste sie sich alleine auf den Weg nach Brug-Na-Boinne machen. Gwydón wusste nicht, wie intensiv Niam den Gebrauch der Geheimschriften studiert hatte, doch er hoffte, sie würde seine Nachricht verstehen. Den beschrifteten Zweig steckte Gwydón in ein Loch im Stamm des Baumes. Danach bestieg er das Zauberross erneut und eilte nach Norden.

Der Weg nach Brigant war weit. Es ging schon auf den Abend zu, als Gwydón Amarango erreichte. Ein riesiges Heer lagerte in der Ebene von Ystrâd vor den Toren der Stadt. Viele tausend Krieger waren hier versammelt. Ihre Waffen blitzten im Licht der Sonne. Die Ranghöheren trugen ein Schwert, doch die Mehrzahl benutzte den

Wurfspieß, seit Urzeiten die Waffe des Kriegers. Edle Pferde und strahlende Streitwagen standen dort, gerüstet, in die Schlacht zu ziehen.

Da eilte auch schon Caldur auf ihn zu: »Gwydón, da bist du ja! Den Göttern sei Dank.«

»Ich komme direkt aus Camallate. Nach Niams sicherem Übergang nach Thierna Og habe ich König Líath besucht. Als ich von Krischa hörte, was passiert ist, bin ich sofort hergeeilt.«

»Balzôrcs Heer ist gewaltig. In den Votadinern und Caledonen aus dem Norden hat er mächtige Mitstreiter gefunden. Unsere Gegner sind stark und blutrünstig. Keiner unserer Versuche konnte bis jetzt ihren Vormarsch stoppen. Aber es sind nicht nur Balzôrcs Verbündete. Auch seine eigenen Krieger sind eine Gefahr. Du kennst die schwarzen Pilosi. Diese haarigen Erdgnome sind stärker als die Menschen und mit ihrer Kraft nahezu unbesiegbar. Auch ohne Waffen sind sie gefährlich. Es sind gerissene und grausame Gegner. Auf ihr Konto gehen schon jetzt viele kostbare Leben. Sie sind wie die Ameisen, ebenso schwarz und zahlreich. Tausendfach kommen sie hinter den Büschen und aus ihren Erdlöchern hervor. Über ihren Köpfen fliegen die kupferroten Vögel unter Führung des dreiköpfigen Geiers. Alles, was mit ihrem giftigen Atem in Berührung kommt, verdorrt auf der Stelle. Sie schlagen blutige Schneisen in das Land. Menschen, Tiere und Pflanzen fallen ihnen reihenweise zum Opfer. Gegen sie haben wir kein Mittel. Kein Zauber konnte sie bisher aufhalten. Ich habe schreckliche Bilder seit Kriegsbeginn gesehen. Lange werden sich unsere Truppen nicht halten können. Ich habe große Sorgen um Amarango und den Fürsten.«

»König Líath schickt ein Heer zur Unterstützung. Ich

bin die Vorhut und soll Fürst Enatos die Nachricht von der bevorstehenden Hilfe überbringen.«

Noch vor Sonnenaufgang des nächsten Tages sammelte Thorolf die Krieger von Brigant Im Schutz des dichten Morgennebels überquerten sie den Coinée und verteilten sich im Gebirge. Auch Caldur, Gwydón und die übrigen Druiden von Brigant waren dabei. Ihre magische Kraft war ein wichtiger Bestandteil der Kriegsführung. Die Druiden platzierten sich an strategisch wichtigen Punkten wie Talmulden und Bergpässen. Dann warteten sie. Schon bald sahen sie die erste Vorhut von Balzôrcs Heer. Die Ebene unterhalb des Ômes war schwarz vor Pilosi. Wie Wanderameisen strömten sie in langen Zügen auf das Gebirge zu, die letzte Hürde vor dem Herzen Brigants.

Aber die Briganten hatten vorgesorgt. In vielen kleinen Gefechten stellten sie sich ihren Feinden in den Weg. Sie lösten Steinschläge und Erdrutsche aus und verlangsamten so den Zug des schwarzen Heeres. Doch der Druck der feindlichen Streitmacht ließ nicht nach. Für jeden gefallenen Pilosi schienen zwei weitere nachzufolgen. Die Übermacht wurde immer deutlicher. Letztlich mussten sich die Briganten in den Schutz der hohen Berge zurückziehen. In einer offenen Schlacht konnten sie Balzôrc nicht besiegen. Also versuchten sie, ihm wenigstens so viel Schaden wie möglich zuzufügen. Kleine Stoßtrupps wurden an den Gebirgsübergängen postiert. Es gelang ihnen tatsächlich, die Pilosi so zu verwirren, dass sie ihren Zug für eine kurze Zeit unterbrachen. Diese Zeit nutzten die Kriegsherren von Brigant, um einen neuen Schlachtplan zu entwerfen.

»Mein Fürst«, sagte Thorolf zu seinem obersten Souverän, »wir müssen uns zurückziehen. Der Ômes ist verloren. Es ist sinnlos, hier weiteres Blut zu vergießen. Das wird Lord Balzôrc nicht aufhalten. Wir müssen ihn in Amarango erwarten. Postiert das Heer auf der anderen Seite des Coinée und versteckt es in der Ebene von Ystrâd.«

Caldur erhob sich: »Das ist ein guter Plan. Gwydón und ich werden in der Zwischenzeit den schwarzen Truppen den Übergang über den Fluss so schwer wie möglich machen.«

Als sie alleine waren, drehten die zwei Druiden ihr Antlitz den Fluten entgegen. »Diesen Weg muss Balzôrc gehen, wenn er nach Amarango will«, sagte Caldur. »Wir sollten die Furt mit einem Bannfluch belegen. Du weißt, was ich meine?«

Gwydón nickte. Gemeinsam fanden die beiden Druiden einen gegabelten Ast mit vier Spitzen. Unter Beschwörung magischer Formeln befestigte Gwydón ihn an der Furt. Währenddessen holte Caldur einen kleinen Stein unter seinem Gewand hervor. In diesen ritzte er die Rune Thurse, das magische Zeichen für aktive Verteidigung, Schutz und die Zerstörung des Feindes. Über diesen beschrifteten Stein beschwor Caldur einen hohen Schutzzauber. Dann legte er den verzauberten Stein neben den viergabeligen Ast. Während des gesamten Rituals sangen er und Gwydón magische Gesänge. Nun hoben sie die Arme zum Himmel, stellten sich auf ein Bein und schlossen jeweils ein Auge. So beriefen sie einen hohen Zauber und schufen eine mächtige Druidenhecke. Danach konnte kein Feind die Furt mehr überqueren. Es bedurfte eines mächtigen Gegenzaubers, um diese Schranke außer Kraft zu setzen.

Dieses Hindernis stoppte den Zug des schwarzen Heeres für eine ganze Weile. Viele Pilosi versuchten vergeblich, den magischen Schutzwall zu überwinden, doch sie ertranken in den Fluten des Coinée. Aber dann kam Mac Dathó, der oberste Zauberer des dunklen Herrschers. Große, dunkle Kräfte standen ihm zur Seite. Dunkelheit umgab ihn, und alles Leben um ihn erstarrte. Sogar die Pilosi fürchteten ihn und flohen bei seinem Anblick. Mac Dathó hob die Arme und schickte einen mächtigen Gegenzauber. Mit gewaltiger Stimme sprach er einen Glom Dici, einen zwingenden Schrei. Diese Verfluchung stellte die schwerste Form der Verwünschung dar – der Schutzbann brach. Wie die Heuschrecken strömten die Feinde über den Fluss und umzingelten Amarango von allen Seiten.

Da kam das Heer von Sîl. Unbemerkt vom Feind hatte es die Ebene von Ystrâd betreten und griff die Pilosi von hinten an. Es nutzte die Verwirrung des feindlichen Heeres und durchbrach den Belagerungsring um Amarango. Ohne Verluste erreichten die Kämpfer aus Sîl die Sicherheit der hohen Stadtmauern.

Es dauerte eine ganze Weile, bis sich die Krieger auf eine Verteidigungsstrategie einigten. Der Plan war gut und ausgereift. Schnell wollten sie zuschlagen, denn die Mittagssonne nahte. Als Geschöpfe der Nacht mieden die Pilosi das helle Licht der Sonne. Wenn sie am höchsten stand, zogen sie sich zumeist tief in ihre dunklen Höhlen zurück. Diese Schwäche nutzten die Kriegsherren von Brigant endlich als strategischen Vorteil. Zur hohen Mittagssonne begannen die Pilosi abermals, sich geblendet zurückzuziehen. Da gab Thorolf seinen lauernden Truppen das vereinbarte Zeichen. Mit lautem Gebrüll strömten sie im hellsten Licht der Sonne auf die Ebene und griffen die Feinde an.

Der Anblick der heranbrausenden Streitmacht war ein

Schrecken für die Feinde: eine gewaltige Armee hochgewachsener, hellhäutiger Krieger, an deren kräftigen Körpern goldene Halsspangen und Armreife in der hellen Sonne funkelten. Gegen sie wirkten die gedrungenen Pilosi noch kleiner und dunkler. Der Angriff wurde vom ohrenbetäubenden Lärm vieler tausend Trompeten und Hörner begleitet. Die Krieger aus Brigant schrien dem Feind ihre Kampfeslust laut entgegen.

Wie die Ratten strömten Balzôrcs Erdgnome erschreckt auseinander. In diesem Moment brachen die Truppen von Sîl aus der Stadt aus und bestürmten den Feind von der Flussseite. Balzôrcs Streitmacht wurde nun von zwei Seiten bedrängt. Sie war von dieser Strategie so überrascht, dass sie nicht rechtzeitig reagieren konnte. Die Truppen von Sîl schnitten dem Feind den Nachschub ab und drängten ihn zurück. Allmählich lichteten sich die Reihen der Pilosi.

Als der Tag zu Ende ging, erkannten die Feinde die Hoffnungslosigkeit ihres Kampfes. Sie zogen sich zurück und überließen den Verteidigern von Brigant den Sieg des Tages. Doch der Sieg war teuer erkauft. Obwohl viele tausend Pilosi tot auf dem Schlachtfeld lagen, hatten auch viele Krieger der Briganten und Silurer ihr Leben verloren. Groß war die Trauer.

Das Kriegsglück verweilte nicht lange an ihrer Seite. Am nächsten Tag ging die Schlacht weiter. Und der Feind hatte sich vorbereitet. In der Nacht hatte er seine Verbündeten zu Hilfe gerufen. Zwei Tage später landeten die Votadiner und Caledonen an der nördlichen Küste von Brigant. Von dort stürmten sie in Eilmärschen über die Ebene nach Amarango. Zur Abenddämmerung erreichten sie ihr Ziel. Vor den Toren der Stadt griff ihr mächtiges Heer die Verteidiger von Brigant mit unvermittelter

Härte an. Nun war des Feindes Übermacht wieder hergestellt. Nur der Listenreichtum der Kriegsherren von Brigant verhinderte eine schnelle Niederlage. Der Krieg um Amarango wurde einer der längsten und blutigsten in der Geschichte der neuen Welt.

In diesen Kriegstagen fiel Gwydón ein junger Mann besonders auf. Er schien nicht von hohem Stand, eher ein Bauer als ein Krieger, mit schlichter Kleidung und einfacher Waffe. Doch er stürzte sich mit großem Mut in den Kampf und rettete durch seine Taten mehreren Soldaten das Leben. Außerdem besaß er die Gabe, die Menschen zu begeistern. Viele seiner Kameraden folgten ihm ohne Zögern. Meist tauchte er in unmittelbarer Nähe des Fürsten auf und kämpfte Seite an Seite mit seinem obersten Souverän. Manchen für den Fürsten bestimmten Hieb hielt der junge Mann auf.

Nach einem harten Tag fand Gwydón ihn alleine an einem der zahlreichen Lagerfeuer der Truppen sitzen. Der Druide trat zu ihm und setzte sich neben den erschöpften jungen Mann. »Ich grüße dich, tapferer Krieger.«

Der junge Mann fuhr erschrocken hoch. Mit roten Wangen erhob er sich und neigte seinen Kopf. »Auch ich grüße Euch, Gwydón, Ollam von Brigant.«

»Sage mir deinen Namen, junger Ritter.«

»Ich heiße Loégian. Aber ich bin kein Ritter. Vor dem Krieg war ich Diener in Amarango.«

»Wo hast du gelernt, so zu kämpfen?«

»Ich weiß es nicht. Als die Schlacht um Amarango begann, hat mir ein Mann dieses Schwert gegeben. Da habe ich einfach angefangen zu kämpfen.«

Gwydón lächelte. »Sage mir, Loégian, hast du Krieger unter deinen Vorfahren?«

»Das glaube ich kaum.« Loégian zog sich unmerklich zurück und antwortete ausweichend. »Ich stamme aus einer Bauernfamilie. Meine Mutter war eine einfache Dienerin.«

»Und dein Vater?«

»Ich weiß nichts über meinen Vater«, antwortete der junge Mann ein wenig zu schnell und zu laut.

Gwydón bemerkte es, ging aber nicht darauf ein. »Trotzdem, es ist etwas Besonderes um dich, junger Loégian. Dein Kampfstil ist gut und dein taktisches Gespür ausgeprägt. Das ist nicht nur mir, sondern auch den Kriegsherren von Brigant aufgefallen. Besonders Krischa ist auf dich aufmerksam geworden. Er will dich kennen lernen. Ich werde dich zu ihm bringen.«

Widerstrebend ließ sich Loégian von Gwydón zu den versammelten hohen Herren am großen Feuer führen. Zu seiner Verwunderung waren seine Taten den Kriegsherren tatsächlich aufgefallen. Von allen Seiten wurde Loégian freundlich willkommen geheißen. Krischa selbst machte Loégian zu einem seiner Truppenführer.

So versanken die Monate im blutigen Kriegsgewirr, ohne dass einer der beiden Gegner einen entscheidenden Sieg erringen konnte. Doch langsam setzte sich ein Vorteil zugunsten Balzôrcs Truppen durch. Die Pilosi waren kräftiger als die Menschen. Sie waren zwar kleiner, aber zäh und stark. Ihre Reißzähne schlugen manche Wunde und ihr Prankenhieb war zumeist tödlich. Außerdem verfügten sie über unerschöpflichen Nachschub. Die feindlichen Kämpfer waren stets frisch und ausgeruht, während die Verteidiger von Amarango ihre Verluste immer deutlicher spürten. Sie wurden immer müder und verzweifelter. Die einzige Hoffnung war die Verstärkung, die sie von den anderen Königreichen der neuen Welt erwarteten.

Aber von denen war bisher weder Nachricht noch Hilfe gekommen. Eines Tages wurden die schlimmsten Befürchtungen Gewissheit. Ein Junge fand ein herrenloses Pferd, das durch die heimatlichen Ställe strich. Er brachte es zu Gurien, dem Kammerherren von Fürst Enatos. Dieser erkannte das erschöpfte Tier sofort.

Schnell verständigte er seinen Herren: »Mein Fürst, wir haben Melrands Pferd gefunden. Es hat seinen Weg zurück gefunden, jedoch ohne Reiter.«

»Und Melrand? Ich hatte ihn als Bote nach Âtron gesandt. Habt ihr keine Nachricht von ihm?«

Gurien schüttelte betrübt den Kopf. »Es steht zu befürchten, dass Melrand sein Ziel nie erreicht hat.«

Und dann kam der schwarze Tag. Grau kroch er über die Ebene und brachte dem Reich Brigant den schlimmsten Verlust. Denn an diesem Tag fiel Fürst Enatos auf dem Schlachtfeld. Tödlich getroffen sank er in den Staub.

Mit heißen Tränen bedeckte Loégian seinen sterbenden Leib.

Rau schluchzte er: »Mein Fürst, warum war ich nicht schnell genug? Warum konnte ich den Pfeil nicht ablenken und dein Leben retten? Vater, welch ein großes Unglück!«

Gwydón trat neben ihn und sank auf die Knie. Er sah den jungen Mann fragend an: »Du nennst den Fürsten Vater?«

»Ja! Nun, wo meine Existenz ihm keine Schande mehr machen kann, darf ich es zugeben. Der Fürst war mein Vater. Meine Mutter hat es mir kurz vor ihrem Tod gebeichtet.«

Gwydón sah Loégian still an. Er erkannte die starke Ähnlichkeit, die zwischen dem jungen Mann und dem

Fürsten herrschte, und nickte. »Ich glaube dir. Weiß es noch jemand außer uns?«

»Nein. Meine Mutter verließ Amarango, als sie mit mir schwanger war. Nach meiner Geburt ist sie Bäuerin geworden. Sie hat nie über meinen Vater gesprochen, bis zu ihrem Tod.«

Mit Entaos' Tod war der Krieg um Brigant entschieden. Das Kriegsglück wendete sich nun endgültig Balzôrc zu. Seine Angriffe wurden immer heftiger und die Gegenwehr der Briganten schwächer. Die Schlacht um Amarango dauerte bereits fast ein Jahr. Im Herbst des Jahres 237 waren die Kräfte Brigants aufgebraucht – das Land fiel. Im Namen seines Herren besetzte Ingcél, der Kriegsfürst des schwarzen Herrn, die Festung Amarango und stellte damit das gesamte Königreich unter seine dunkle Herrschaft. Die Überlebenden flohen in die Wälder. Dort planten sie, ihre letzten Reserven zu sammeln, um erneut anzugreifen. Sie alle wollten lieber sterben, als ihre Heimat ohne weiteren Kampf aufzugeben. Doch dann erreichte sie eine schreckliche Nachricht, die ihre letzten Hoffnungen zusammenbrechen ließ:

»Der Feind ist in Sîl gelandet!«

4. Kapitel

Die zweite Etappe

Niam erwachte aus einem tiefen Traum. Sie lag im Schatten eines großen Baumes. Verwundert rieb sie sich den Schlaf aus den Augen. Es dauerte eine Weile, bis sie erkannte, wo sie war. Langsam setzte sie sich auf und rief: »Großmutter? Großvater? Onkel Manâwýddan? Hallo, ist irgendjemand hier?«

Aber niemand antwortete. Sie war alleine an der weiten Küste. Dann sah sie neben sich die kleine Handharfe und ihren Beutel. Zögernd untersuchten ihre Finger den Beutel und ertasteten darin den Cauldron von Morgâ. Da wusste sie, dass die Erlebnisse unter der Meeresoberfläche nicht bloß ein Traum gewesen waren.

Sie wandte sich dem Land zu. Sie befand sich genau an der Stelle, an der Gwydón sich gestern von ihr verabschiedet hatte. Alles war noch an seinem Platz: Da war die Hecke und dort hinten der große Baum, an dem sie Gwydón treffen sollte. Niam betrachtete ihre Umgebung genauer. Alles wirkte ein wenig größer als gestern. Niam konnte kaum glauben, dass seit ihrem Abschied von hier wirklich nur eine Nacht und ein Tag vergangen war. So viel hatte sie erlebt in dieser kurzen Zeit. Aber die Landschaft zeigte dasselbe satte Gesicht des Spätsommers wie bei ihrer Abreise nach Thierna Og.

Manchmal kann eben viel passieren in einer Nacht und einem Tag, dachte Niam.

Aber wo war Gwydón? Niam suchte ihn an dem gesamten Küstenabschnitt und rief laut seinen Namen. Doch es war keine Spur von ihm zu sehen. Sicher würde er noch kommen. Schließlich hatte er es versprochen. Also setzte sich Niam unter den großen Baum und wartete. Da entdeckte sie einen kleinen schwarzen Punkt, der vom Wald her auf sie zuflog. Es war ein Rabe, der sich auf ihrer Schulter niederließ.

»Hallo, Brânwi, meine Schöne. Wenigstens du bist pünktlich. Schön, dich wiederzusehen.«

Der Rabe schmiegte sich vertrauensvoll an Niams Wange. Dann flog Brânwi auf und brachte Niam ein paar Nüsse und Eicheln, die sie in einem Versteck im Wald gehortet hatte. Dankbar nahm Niam sie. Während sie aß, legte der kleine Vogel seinen Kopf zur Seite und sah Niam aus seinen klugen Augen an.

Einem plötzlichen Impuls folgend, fragte Niam den Raben: »Brânwi, weißt du etwas von Gwydón? Er wollte mich hier erwarten.«

Da verließ Brânwi erneut Niams Schulter und flog den Baum hinauf. Sie setzte sich auf eine Astgabel und pickte voller Inbrunst gegen ein dreieckiges Loch im Stamm. Vor Jahren war dies ein Spechtbau gewesen, heute war er verlassen. Neugierig kam Niam näher. Vorsichtig griff sie in das Loch und holte einen Eichenstab hervor. Der Stab war beschriftet. Niam sah senkrechte und diagonale Striche, die an beiden Seiten einer horizontalen Trennungslinie angesetzt waren. Niam war wie elektrisiert. Das war eine Nachricht von Gwydón, geschrieben in Ogham, der Geheimschrift der Druiden. In diesem Moment wünschte Niam brennend, sie hätte in Môn besser aufgepasst. Sie konzentrierte sich auf die Schriftzeichen und mühte sich, sie zu entziffern. Den größten Teil der Nachricht konnte sie trotzdem nicht lesen. So viel aber verstand sie: Gwydón konnte nicht kommen. Sie solle nicht auf ihn warten und alleine nach Brug-Na-Boinne gehen.

Niam seufzte tief.

Ein leichtes Picken am Knie riss sie aus ihren trüben Gedanken. Sie sah Brânwi neben sich auf dem Boden sitzen. Sanft schlug sie mit ihren schwarzen Flügeln und sah Niam herausfordernd an.

»Ach, Brânwi, was soll ich bloß machen? Alle hoffen auf mich und vertrauen auf meinen Erfolg. Und nun? Ich werde nie alleine nach Brug-Na-Boinne finden.«

Doch Brânwi hüpfte aufgeregt vor Niam her, dann flog sie auf und kehrte mit einem grünen Beerenzweig zurück. Diesen legte sie vor Niam hin. Erneut traf Niam der kluge Blick des Vogels. Vorsichtig nahm sie den Zweig auf und betrachtete die prallen Früchte. In diesem Augenblick ertönte der Gesang einer Amsel. Der unscheinbare Vogel hatte sich auf einem Ast über Niams Kopf niedergelassen und sang sein Lied nur für sie. Da spürte Niam einen kleinen Ruck in ihrem Herzen. Eine innere Kraft sprach ihr Mut zu, und langsam fasste Niam Vertrauen.

Sie atmete tief durch und sagte: »Aber ich darf jetzt nicht den Mut verlieren. Zu viel steht auf dem Spiel. Ich muss es eben alleine schaffen! Außerdem bin ich gar nicht allein, denn du, liebe Brânwi, bist ja bei mir.«

Damit öffnete sie ihre Hand und Brânwi hüpfte hinein. Niam nahm den Vogel hoch und streichelte ihn sanft. Sie packte ihre spärliche Habe und den Mantel aus Rabenfedern, das Geschenk der Herrin Aífe. Für einen kurzen Moment überkam sie die Erinnerung an ihre Lehrzeit. Lächelnd packte sie den dunklen Mantel in ihren Beutel. Als sie die Harfe aufhob, entdeckte sie darunter einen Sack mit Lebensmitteln, den die fürsorglichen Wassergeister dort für sie zurückgelassen hatten. Dankbar verstaute Niam diese Gaben ebenfalls in ihrem Beutel. Dann brach sie auf.

Im Geiste ging sie die Wegbeschreibung der Nihussâ nochmals durch. Nach Osten solle sie gehen bis zum Fluss Týo. Der erste Teil des Weges war leicht. Durch die Ebene kam Niam gut voran. Die ersten Nächte alleine im Freien waren zwar ungewohnt und sogar ein wenig unheimlich, aber nach einer Weile gewöhnte sich Niam daran. Nach drei Tagen erreichte sie den Glin Cuch, den alten Wald im Westen von Sîl.

Brânwi führte sie über kleine Wege immer tiefer in den Wald. Niam sang vor sich hin. Schon lange hatte sie nicht mehr an ihre Melodie gedacht. Doch hier im Wald überkam sie urplötzlich die Lust und sie sang mit voller Hingabe. Lieblich klang ihre helle Stimme durch die Stille des Waldes. Alles lauschte. Sogar die Vögel unterbrachen ihren Gesang, um das Lied nicht zu stören. Niam merkte, dass sich etwas geändert hatte. Denn während sie ihre Melodie sang, eroberten die Worte des hohen Liedes Morgâ ihre Gedanken. Niam konnte nicht verhindern, dass die alten Verse alle anderen Sinne blockierten. Die Worte verbanden sich mit den Tönen ihrer Melodie, die in der Tonart G gehalten waren, und schufen ein neues, mächtiges Lied. Noch zögerte Niam, die heilige Hymne von seiner gewohnten Tonfolge zu trennen. Aber je öfter sie diese neue Variante überdachte, desto fester wurde die Verbindung. Es war, als hätten die alten Worte nur darauf gewartet, durch Niams Melodie zum Leben erweckt zu werden, und auch die Tonfolge hatte erst jetzt ihren gebührenden Text gefunden. Niams Gewissheit wuchs, das Richtige zu tun. Ein Schauer lief Niam über den

Rücken. Sie spürte, dass sie den ersten Schritt zu einer großen Entdeckung gemacht hatte.

So verging der Tag. Nur eine kleine Pause gönnte Niam sich. Dann marschierte sie weiter nach Osten mit der Sonne im Rücken. Bald kündete das kräftige Rot des Abendhimmels vom baldigen Ende des Tages. Die erste Nacht im Wald verbrachte Niam unter einem großen Wacholderbusch. Er stand in voller Blüte. Alles hier strahlte eine große Ruhe aus. Niam bereitete ihr Nachtlager unter den blühenden Zweigen, während Brânwi ihren Schlafplatz inmitten der höheren Äste des Busches suchte. Mit einem Gebet an die Geister des Waldes auf den Lippen schloss Niam die Augen. Der würzige Duft des Waldes umhüllte sie sanft. Einmal glaubte sie, ein leises Wispern und Knacken zu vernehmen. Doch sie war schon zu müde, um die Augen noch einmal zu öffnen, und versank in tiefen Schlaf.

Am nächsten Morgen erwachte Niam durch den Gesang der Vögel. Der Schlaf hatte sie erfrischt, und ausgeruht erhob sie sich. Sie dankte dem blühenden Busch für seine Gastfreundschaft. Mit Brânwi auf der Schulter ging sie weiter nach Osten, und am Ende des vierten Tages hatte sie den Glin Cuch durchquert. Niam trat aus dem Schutz seiner letzten Bäume. Vor ihr öffnete sich der Blick auf die Bucht des gewaltigen Flusses Týo mit der großen Stadt Carmár an seinen Ufern. Carmár war eine mächtige Stadt mit Steinhäusern, Bädern und gefüllten Lagerhäusern. Der in Stein gefasste Hafen wies die Stadt als einen der wichtigsten Handelsplätze des Königreiches Sîl aus. Befestigte Straßen führten aus den massiven Stadtmauern hinaus. Der rege Verkehr aus Menschen, Reitern und Fuhrwerken zeigte die Lebendigkeit der wehrhaften Hafenstadt.

Mit hoch erhobenem Haupt und festem Blick betrat Niam Carmár durch eines der mächtigen Stadttore. Die Sonne ging gerade unter, und das Handelsleben begab sich allmählich zur Ruhe. Die Bauern der Umgebung schlossen den Markt und verließen die Stadt. Gegen diesen Strom von Menschen bahnte sich Niam ihren Weg. Aber niemand stieß sie an. Die Menschen wichen ihr aus. Niam bot wahrlich einen sonderbaren Anblick: eine zarte blonde Gestalt im Rabenfedergewand, an der linken Schulter eine Handharfe und auf der rechten ein schwarzer Rabe. Das war eine höchst ungewöhnliche Erscheinung, und die Menschen machten ihr wortlos Platz. Ohne Schwierigkeit fand sie die Herberge der Stadt, ein altes, hohes Haus mit einem großen hölzernen Eingangstor. Niam atmete noch einmal tief durch, machte sich Mut und trat entschlossen ein.

Drinnen war es düster und stickig. Lautes Stimmengewirr erfüllte den Raum. Viele Männer und ein paar Frauen saßen an langen Holztischen und tranken reichlich süßen Met und gegorenen Gerstensaft. Es roch nach Schweiß. Niam fühlte sich sehr unwohl. So eine Umgebung hatte sie noch nie erlebt. Ein plötzlicher Würgereiz überkam sie. Am liebsten hätte sie diesen Ort sofort wieder verlassen. Aber sie nahm sich zusammen. Zielstrebig suchte sie den Wirt und fand ihn am Ausschank. Es war ein feister, untersetzter Mann mit fettigen Haaren und einem unangenehmen Zug um den Mund. Niam trat zu ihm. Anfangs war sie zu leise, um sich Gehör zu verschaffen. Erst als sie ihre Stimme hob, bemerkte er sie:

»Was willst du, Mädchen? Siehst du nicht, was hier los ist?« Damit brüllte er seiner Schankdienerin einen Befehl zu.

Diese lächelte gequält und eilte davon. Der Wirt schob Niam zur Seite und würdigte sie keines Blickes mehr.

»Herr Wirt!«, sagte sie mit lauter Stimme, »ich will für dich und deine Gäste singen!«

»Du willst was?« Der Wirt wirbelte herum und sah sie fassungslos an.

»Ich will singen. Ich bin ausgebildete Bardin und möchte mir ein Nachtmahl und ein Bett für die Nacht verdienen.«

»Was glaubst du, wo du hier bist? Sieht das hier aus wie ein Haus der Musik? Dass ich nicht lache!« Der Wirt drehte seinen Kopf kurz weg, doch dann sah er Niam erneut an. Mit lüsternem Blick musterte er sie. »Allerdings, für ein Essen und ein Bett könntest du auch etwas anderes tun.« Seine Augen glitten gierig über Niams Körper.

Doch sie lächelte nur: »Ich bin sicher, singen wird genügen.« Niam wusste später nicht, woher ihre Selbstsicherheit gekomen war, aber in diesem Moment wusste sie einfach, dass ihre Stimme die Macht hatte, die Menschen zu beruhigen. »Ich werde es dir zeigen, wenn du mich lässt. Lass mich ein Lied singen. Danach sollen deine Gäste entscheiden. Ein jeder soll das geben, was ihm mein Gesang wert war. Dieses Geld ist für dich. Wenn es mehr als ein Bett und ein Mahl ist, lässt du mich weitersingen. Falls nicht, kannst du das Geld trotzdem behalten und ich ziehe meiner Wege. Was sagst du? Glaube mir, es wird dein Schaden nicht sein.«

Der Wirt murrte. Aber das angebotene Geschäft reizte ihn doch. Schließlich hatte er nichts zu verlieren. Also gab er sein Einverständnis.

Niam stellte ihr Bündel ab und ließ den Rabenmantel über ihre Schultern sinken. Nun kamen ihre langen, blonden Locken zum Vorschein. Die Gäste wurden merklich ruhiger. Viele Augen verschlangen Niam, und sie spürte die begehrlichen Blicke über ihren Körper gleiten. Für den

Bruchteil eines Augenblicks empfand sie Angst. Doch dann siegte ihr Geist und sie ignorierte die aufsteigende Unsicherheit. Ohne äußerliche Regung trat sie vor und hob ihr Instrument. Einige Männer waren nicht mehr Herr ihrer Sinne und wurden laut. Aber Niam war nun in ihrem Element. Sie sammelte sich, legte ihre Finger an die Saiten der Harfe und begann sie zu spielen.

Zuerst sang Niam das Lied der Zufriedenheit. Dieses Lied war eine Variation des Lieds des Schlafes. Es zielte auf das Herz der Zuhörer und verlieh ihnen Glückseligkeit. Niams reine Stimme erfüllte den Raum, und die Mienen der Gäste begannen, sich merklich zu entspannen. Alle folgten verzaubert ihrem Gesang und forderten laut weitere Lieder. Während sie den sanften Melodien lauschten, glitt die Last des Tages von ihnen und sie fühlten sich leicht und erholt. Als Niam schließlich endete, waren die Menschen zufrieden. Viele waren milder gestimmt, und so manche alte Fehde fand an diesem Abend ihr Ende. Sie entlohnten Niam reichlich und entließen sie nur gegen das Versprechen, am nächsten Abend wieder zu singen. Auch der Wirt war zufrieden.

Eine dunkle Gestalt in der hinteren Ecke hatte Niams Gesang besonders aufmerksam gelauscht. Nach ihrem Spiel erhob er sich lautlos und eilte aus dem Schankraum. Draußen bestieg er einen Rappen und galoppierte in die Dunkelheit der Nacht.

Niam setzte sich an einen Tisch. Entspannt sorgte sie für Brânwis leibliches Wohl, dann stillte sie ihren eigenen Hunger. Danach wurde sie müde und bat den Wirt um einen Platz für die Nacht.

Vor ihrer Weiterreise ließ sie sich Zeit. Sie strich durch viele kleine Gassen und war fasziniert von der Vielseitigkeit der Stadt. Viele Handwerker lebten hier. In rußigen Werkstätten arbeiteten Schmiede und schufen Gebrauchsgegenstände und Kunstwerke aus Eisen. So wie jede Zunft hatten sie ihr eigenes Gebiet, in dem sie lebten und arbeiteten. In anderen Straßenzügen wohnten Gerber, Färber, Fleischer, Bäcker, Tischler und Zimmerleute. Staunend blieb Niam vor der Auslage eines Instrumentenbauers stehen. Liebevoll hatten seine Hände wahre Meisterstücke geschaffen und Niam bewunderte die Perfektion und Feinheit seiner Instrumente. Niam ließ sich durch die belebten Straßen treiben und gelangte schließlich auf den Hauptmarkt der Stadt im Viertel der Kaufleute. Der große Platz war voller Menschen, die in kleineren Gruppen handelten und sich gegenseitig Preis und Gegenpreis entgegenschrien. Niam bewunderte die prächtigen Seidentücher, die in tausend leuchtenden Farben den Stand des Tuchhändlers schmückten. Köstliche Gerüche lagen in der Luft, und Niam entdeckte fremdartige Lebensmittel, die sie noch nie gesehen hatte. Mit offenen Sinnen sog sie die verschiedenen Farben und Gerüche auf und erfreute sich an den vielfältigen Angeboten.

Niam kaufte sich warme Kleidung für die Reise nach Norden und den bevorstehenden Winter. Außerdem musste sie sich ein neues Leibchen besorgen. Sie konnte es sich zwar nicht erklären, aber seit ihrer Abreise nach Thierna Og war sie gewachsen. Ihr Körper war weiblicher geworden, und die alte Bluse hielt der neuen Fülle ihres Busens kaum noch stand. Also erwarb sie ein weites Hemd aus festem Leinen. Danach besorgte sie ein starkes Seil und einige Fackeln als unentbehrliche Utensilien für ihre Reise ins Ungewisse. Darunter verging der Tag nach der ersten Nacht. Als die Sonne sich auf ihren

Untergang vorbereitete, begab sich Niam langsam zurück zum Gasthof.

Der Saal war heute noch voller als am Vortag. Die Zuhörer von gestern hatten ihren Freunden von Niams Stimme erzählt. Nun waren auch diese gekommen, um ihr zu lauschen.

Der Wirt erwartete sie schon sehnsüchtig. »Sieh, was du vollbracht hast: Das Haus ist voll. Alle wollen dich singen hören. Sie sind schon richtig ungeduldig. Bitte, geh nach vorne und singe für meine Gäste.«

»Erst muss ich mich etwas frisch machen und eine Kleinigkeit essen. Ich war den ganzen Tag unterwegs. Bitte sage deinen Gästen, dass ich später gerne für sie singe.« Damit zog sich Niam in ihre Kammer zurück.

Als sie das kleine Zimmer betrat, bot sich ihr ein Bild der Verwüstung. Während ihrer Abwesenheit hatte jemand ihre Sachen durchwühlt. Alles lag auf dem Boden verstreut. Voller Angst begutachtete Niam den Schaden. Alles war noch da: der Rabenumhang ebenso wie ihr Beutel mit dem Cauldron der Meere. Aber dann entdeckte Niam etwas, das ihr Blut in den Adern gefrieren ließ: die Handharfe, das Geschenk ihrer Großmutter, war gestohlen worden. Niam suchte in allen Ecken, doch das Instrument blieb verschwunden.

Mit zitternden Knien setzte sie sich auf ihr Bett. Ihre Gedanken rasten. Verzweifelt vergrub sie ihr Gesicht in den Händen. Der Verlust traf sie hart. Schließlich war diese Harfe das Einzige, was sie von ihrer Familie hatte und der Beweis für deren tatsächliche Existenz. Niam fühlte Panik in sich aufsteigen, und fast wurde ihr schwarz vor den Augen. Wie sollte sie ohne die Harfe ihr Publikum unterhalten? Immerhin war dieses Instrument magisch und verzauberte seine Zuhörer. Ob die Leute sie ohne Begleitung überhaupt hören wollten? Niam brach in Tränen aus.

In diesem Moment öffnete sich die Zimmertür und der Wirt trat ein: »Das hat gerade jemand für dich abgegeben.« In seiner Hand lag – Niams Harfe!

Niam stockte der Atem: »Aber wie …?«, stotterte sie. Sie nahm das kleine Instrument in die Hand und drückte einen herzhaften Kuss auf das alte Holz. »Wer hat sie gebracht?«

»Ein Krieger. Ich habe ihn vorher noch nie gesehen.«

»Ist er noch da, dass ich ihm danken kann?«

»Nein. Er hat das nur für dich abgegeben und ist sofort wieder gegangen. Und jetzt komm. Meine Gäste werden unruhig.«

Im Schankraum wurde sie schon ungeduldig erwartet. Bei Niams Eintritt sank der Geräuschpegel schnell ab. Alle Augen starrten sie erwartungsvoll an. Erneut sang Niam für die Gäste des Wirtes. Auch heute lauschten sie hingebungsvoll ihren Liedern. Die Leute blieben den ganzen Abend, und der Wirt machte auch an diesem Tag ein gutes Geschäft. Erneut entlohnte das Publikum Niam reichlich. Der kleine Beutel war heute noch voller als gestern.

Der nächste Tag verging geruhsam. Niam gönnte sich eine Pause und bummelte gemütlich über den Markt.

In der letzten Nacht in Carmár hatte Niam einen sonderbaren Traum. Sie träumte von einem Mann. Er war gesichtslos, aber Niam wusste, dass sie ihn kannte. Sie spürte seine Hände auf ihrer Haut und seine Küsse. Niam roch seinen Geruch und schmeckte seine Haut. Leidenschaftlich gab sie sich seinen Umarmungen hin und versank im Sog seiner Liebe.

Niam erwachte mit klopfendem Herzen. Die Intensität dieses Traumes verwirrte sie. Nachdenklich verließ sie ihr Bett und trat ans Fenster. Der Tag zog strahlend über das Land. Nun, am Ende des Sommers, zeigten sich die ersten Anzeichen des Herbstes. Aber noch hatte die Sonne genug Kraft und löste die leichten Frühnebel schnell auf. Sîl war schön im August.

Wohlgelaunt ging Niam zum Hafen und bestieg ein Schiff. Der Wind stand günstig, und das kleine Schiff kam gut voran. Nach elf Tagen hatten sie die Hälfte der Strecke auf dem Fluss hinter sich gelassen. Langsam änderte sich die Umgebung. Niam sah die Anfänge der hohen Cambrónischen Berge an sich vorüberziehen. Der Fluss änderte allmählich seine Richtung und floss nun nach Norden. Bald war er zu beiden Seiten von hohen Bergen umgeben. Und dann kam die Stelle, wo das Boot nicht weiterfahren konnte. In einer kleinen Bucht wurde es verankert – das Ende der Schiffspassage war gekommen.

So betrat Niam wieder festen Boden. Nach fünfundzwanzig Tagen auf schwankendem Untergrund fühlte sich das Land zuerst merkwürdig an. Doch schon bald hatte Niam sich wieder an das feste Gefühl unter ihren Füßen gewöhnt. Um sie herum ragten hohe Felsen in den weiten Himmel. Sie befand sich inmitten der Cambrónischen Berge, die die neue Welt von Nord nach West durchzogen. Einen Teil des Bergmassivs hatte Niam bereits auf dem Wasserwege durchquert. Doch der gefährlichste Teil lag noch vor ihr. Einen unwegsamen Bergkamm musste sie noch überwinden.

»Brânwi, kannst du mir helfen?«, befragte sie den schwarzen Vogel, der auf ihrer Schulter saß. »Du kennst doch diese Gegend. Welchen Weg soll ich nehmen?«

Als Antwort erhob sich Brânwi und flog langsam vor Niam her. Unbeirrt zeigte der Vogel Niam den besten Weg durch das Gebirge. Zuversichtlich folgte Niam ihm. So fand sie einen sicheren Weg durch die Einsamkeit des schwierigen Geländes. Nur der Ruf einer Gebirgskrähe begleitete ihren Marsch. Es war anstrengend. Niam kam nur langsam voran. Die erste Nacht verbrachte sie auf dem harten Felsen. Nur ein kleines Feuer wärmte sie. Niam war froh um den Rabenmantel der Herrin Aífe, der sogar in dieser Höhe wärmte. Die Nacht war stockdunkel. Erschöpft schlief Niam ein.

Mitten in der Nacht schreckte sie hoch. Merkwürdige Geräusche trafen ihr Ohr. Atemlos lauschte sie in die Dunkelheit. Es klang wie Kampfgetümmel in unmittelbarer Nähe. Niam entzündete eine Fackel und sah sich um. Doch der Lichtschein war zu klein, um in der dunklen Nacht etwas erkennen zu können. Inzwischen war der Lärm wieder verstummt und Niam brach die erfolglose Suche ab. Nachdenklich legte sie sich wieder hin. Aber den Rest der Nacht schlief sie schlecht.

Beim ersten Morgenschimmer erhob sich Niam. Ihr nächtliches Erlebnis ließ sie nicht los und so suchte sie ihre Umgebung erneut ab, diesmal bei Tageslicht. Hinter einem nahen Felsvorsprung fand sie zwei tote Körper. Sie waren dunkel, klein und behaart, mit mächtigen Waffen und in eiserne Panzer gehüllt. Doch hatte ihnen dieser Schutz bei diesem Kampf nichts genutzt. Nun lagen sie tot zu Niams Füßen. In der weiteren Umgebung fand sie noch mehr Leichen, alle mit dem Schwert erschlagen.

Niam sah sich ängstlich um und rief: »Hallo! Hallo, ist hier jemand?«

Aber niemand antwortete auf ihr Rufen. Es war nichts

zu hören als das Krächzen der Bergdohlen. Kopfschüttelnd packte Niam ihre Sachen. Da landete Brânwi auf ihrer Schulter.

»Guten Morgen, Brânwi. Hast du gesehen, was gestern Nacht passiert ist?«

Doch der Rabe sah Niam nur mit schiefem Kopf an. Dann erhob sich der Vogel und rief zum Aufbruch. Nachdenklich folgte Niam. Erneut zeigte Brânwi ihr den besten Weg durch die Berge. In vielen mühsamen Tagen überquerten sie die letzten Höhenzüge. Die Lebensmittel, die sie in Carmár besorgt hatte, reichten für sie und Brânwi, und so marschierten sie ohne Unterbrechung. Niam ließ das Erlebnis der ersten Nacht nicht los. Oft hörte sie in der Nacht wieder Kampfgetümmel. Jeden Morgen danach bot sich ihr das gleiche Bild: tote dunkle Trolle in ihrer unmittelbaren Nähe. Niam fühlte sich seltsam berührt. Es war klar, dass jemand sie beobachtete und schützte. Doch dieser Jemand wollte sich nicht zeigen. Sosehr Niam auch nach ihm rief, er zeigte sich nicht. Also gewöhnte sich Niam allmählich an diesen unsichtbaren Schutz. Die Krähe, die ihr folgte, bemerkte sie nicht.

Tagsüber versank Niam wieder in ihren Träumen. In der Stille der Berge wanderten ihre Gedanken erneut zu ihrem Lied. Niam war berauscht von der neuen Sequenz, die sie in Thierna Og gefunden hatte. Brânwi führte sie geduldig und verantwortungsvoll. Der Rest der steinigen Reise verlief ohne Zwischenfälle. Dennoch dauerte es insgesamt zwanzig Tage, bis Niam die Bergkette endlich überquert hatte.

Sanft fiel der letzte Hang zu einer grünen Ebene hin ab. Dies alles war Schwemmland des großen Flusses Weón, der mit seinen jährlichen Überflutungen dem Land seine

Fruchtbarkeit schenkte. Während der warmen Monate waren hier blühende Felder und Wiesen, doch nun, da sich der Herbst bereits dem Ende zuneigte, waren sie fast vollständig abgeerntet und gaben den Blick weithin frei. Am fernen östlichen Horizont konnte Niam sogar den gewaltigen Fluss Weón in der Sonne erkennen.

Auf dem flachen Land kam Niam schneller voran. Unermüdlich strebte sie nach Nordosten, Brug-Na-Boinne entgegen. Am nächsten Abend erreichte sie den Weón. Dies war die Grenze zwischen den Reichen Sîl und Âtron. Sanft floss der mächtige Strom an ihr vorbei. Die Sonne stand schon tief. Also beschloss Niam, den Fluss am nächsten Tag zu überqueren, und suchte sich ein Lager für die Nacht. Sie fand den geeigneten Platz in einem kleinen Hain aus Ebereschen in unmittelbarer Nähe des Weón. Hier legte sie ihr müdes Haupt nieder und schlief bald ein, ermüdet durch den anstrengenden Marsch, der hinter ihr lag. Entgegen ihrer Gewohnheit suchte Brânwi diesmal keinen hohen Ast, sondern schlief am Boden neben Niams Kopf. In dieser Nacht hörte Niam erneut laute Geräusche. Doch inzwischen war sie daran gewöhnt.

Am nächsten Morgen durchwatete Niam den Fluss. Auf der anderen Seite begann die riesige Ebene von Ilan. Hier war Niam nun im Königreich Âtron, der Heimat ihrer Freundin Déira aus längst vergangenen Tagen. Niam seufzte und dachte sehnsüchtig an das Mädchen. In ihren Erinnerungen versunken setzte Niam ihre Wanderung nach Norden immer weiter fort. Nach zwanzig Tagen erreichte sie die Quelle des großen Flusses Severíno – die Grenze zu ihrer Heimat Brigant. Es war nun bereits Mitte Oktober und nachts wurde es immer kälter. Dann wärmten sie die Flammen. Sie kuschelte sich unter den Rabenmantel und ließ müde ihren Blick über die weite

Ebene schweifen. Im Zwielicht des Abends sah sie einen Staubwirbel über dem trockenen Land. Seit frühester Kindheit wusste Niam dieses Zeichen zu deuten. Sie neigte den Kopf und grüßte damit das stille Volk, welches in der Ferne vorüberzog.

Aus dem Kreisel löste sich ein kleines Licht und kam auf sie zu. »Hallo, Niam, wie schön, dich wiederzusehen.« Es klang, als würde ein Tropfen auf einem Stein zerspringen.

»Shidrén? Shidrén! Bist du das wirklich?«

»Natürlich. Wer sollte es denn sonst sein?« Das helle Licht blitzte auf und ein kleines Wesen mit grüner Jacke und rotem Wollrock erschien vor Niams Augen. Es war zart, fast durchsichtig und maß nur ein paar Zoll. Ein heller Schimmer umringte das Feenmädchen wie ein sanftes Leuchten. Feine Flügel trugen sein leichtes Gewicht. Mit leisem Surren umflog Shidrén Niams Kopf und begrüßte ihre Freundin aus Kindertagen. Niam öffnete ihre Hand, und das kleine Feenmädchen ließ sich darauf nieder. Sie war leicht wie eine Feder.

»Liebe Shidrén. Ich freue mich ja so, dich zu sehen. Aber was machst du hier? Wohnst du denn nicht mehr im Haus von Tante Auriel?«

»Doch. Aber seit du weg bist, ist es langweilig. Es macht allein keinen Spaß. Also habe ich um die Erlaubnis gebeten, dich zu suchen. Die Mutter – Herrin Aífe – hat es erlaubt und: Hier bin ich!«

»Die Herrin Aífe ...«, sagte Niam nachdenklich. »Shidrén, warum hast du mir nie vom alten Volk erzählt? Ich dachte immer, es gibt nur dich und deine Sippe.«

»Es war nicht wichtig. Wichtig war nur unsere Freundschaft. Außerdem hast du nie gefragt.«

»Stimmt. Aber erzählst du mir jetzt davon?«

»Später. So spannend ist das Leben von uns Shefro nicht.«

»Shefro?«

»Das sind wir. Ihr nennt uns ›das gute Volk‹ oder auch ›gute Nachbarn‹, wir aber nennen uns Shefro. Aber ich will viel lieber wissen, wie es dir in den letzten Jahren ergangen ist.«

In kurzen Worten berichtete Niam der kleinen Fee ihre Erlebnisse der letzten zwei Jahre.

Doch da unterbrach sie Shidrén: »Wieso zwei Jahre? Es sind doch schon mehr als drei Jahre.«

Niam sah Shidrén fragend an.

Diese lachte hell: »Niam, welches Jahr haben wir jetzt?«

»Das Jahr 236. Zumindest noch einen Monat.«

Doch Shidrén schüttelte den Kopf: »Da bist du leider im Irrtum. Ihr Menschen zählt jetzt schon das Jahr 237.«

»Aber wie kann das sein?« Im Kopf rechnete Niam: ein Jahr Môn, ein Jahr Emain Ablach und die Zeit ihrer Reise. Das ergab nach Niams Zeitrechnung zwei Jahre und drei Monate. Verwirrt sah sie Shidrén an.

Diese beantwortete die unausgesprochene Frage: »Niam, wie lange warst du in Thierna Og?«

»Eine Nacht und einen Tag.«

»Falsch. Das, was für dich eine Nacht und ein Tag war, dauerte in Wirklichkeit ein Jahr und einen Tag.«

»Wie bitte?!«

»Du hast richtig gehört: ein Jahr und ein Tag. Da, wo du warst, herrschen nun einmal andere Zeitgesetze. Jeder, der das alte Volk besucht, weiß, dass der magische Zeitrahmen im Kontakt mit den Geistern ein Jahr und ein Tag ist. Das ist das ewig gültige Gesetz beim Kontakt mit der Anderswelt.«

»Aber …«, stammelte Niam, »… aber wenn ich wirklich so lange weg war, dann bin ich ja viel älter, als ich dachte …«

»Richtig.« Shidrén lachte hell auf. Es klang wie das Geläut von Glockenblumen. »Wir beide sind vor fast drei Monaten 16 geworden. Hast du etwa nicht gemerkt, dass du dich verändert hast?«

»Natürlich. Nach meiner Rückkehr aus Thierna Og haben mir meine Sachen nicht mehr richtig gepasst. Aber ich konnte es mir nicht erklären. Jetzt aber wird einiges klar …«

»Du bist eine sehr hübsche junge Frau geworden. Nun musst du noch besser auf dich aufpassen. Aber deshalb bin ich ja hier. Ich werde dich auf deiner Reise begleiten.«

»Du kommst mit? Das ist die beste Nachricht seit langer Zeit. Aber woher weißt du von meiner Reise?«

»Die Mutter hat mich eingeweiht. Ich musste ihr mein Ehrenwort geben, dieses Geheimnis niemand zu verraten. Bei uns kennt jedes Kind die Prophezeiung der Menschen. Aber ich begleite dich nicht, weil du die Auserwählte bist, sondern weil du meine Freundin bist.«

»Ach Shidrén, es ist so schön, dass wir endlich wieder zusammen sind.« Niam streichelte die kleine Fee in ihrer Hand liebevoll. »Komm, ich will dir jemand vorstellen.«

Damit machte sie Brânwi ein Zeichen. Diese hatte die Begrüßung der beiden Freundinnen von der Krone eines benachbarten Baumes aufmerksam beobachtet. Nun verließ sie diesen Platz und flog auf Niams ausgestreckte Hand. Brânwi und Shidrén verstanden sich auf Anhieb. Nach kurzer Zeit stellte Niam fest, dass Shidrén die Sprache des Raben nicht nur verstand, sondern auch in Niams Sprache übersetzen konnte. Es war wunderbar. Der Rest des Abends verging mit Erzählen und Lachen.

In dieser Nacht schlief Niam tief und fest mit ihren beiden Lieben an der Seite. Sie träumte von ihrer Kindheit in Brigant, von ihrer Tante Auriel und dem Spaß, den sie mit Shidrén gehabt hatte. Außerdem erlebte sie ihre Lehrjahre in Môn und Emain Ablach noch einmal. Ihr gesamtes Leben bis zu diesem Zeitpunkt lief an ihrem geistigen Auge vorüber. Mit diesem Traum verabschiedete sich Niam endgültig von ihrer Kindheit.

Am nächsten Morgen startete die ungewöhnliche Reisegruppe schon kurz nach Sonnenaufgang zu ihrer letzten Etappe auf der weiten Reise nach Brug-Na-Boinne. Zu Beginn gab es eine kurze und heftige Diskussion zwischen Niam und Shidrén.

Niam wollte unbedingt einen Umweg über Amarango machen. So nah war sie ihrer alten Heimat seit Jahren nicht mehr gewesen. Um jeden Preis wollte sie diesen Umstand nutzen, um der Königsburg wenigstens einen kurzen Besuch abzustatten.

Doch Shidrén widersprach diesem Plan heftig. »Nein, Niam, dazu haben wir einfach keine Zeit. Sieh dir den Stand der Sonne an. Das Jahr neigt sich seinem Ende zu. Bis Samhain sind es nur noch zwei Wochen. Hast du etwa vergessen, dass du an Samhain in Brug-Na-Boinne sein musst?«

»Natürlich nicht! Aber können wir nicht wenigstens Tante Auriel kurz besuchen? Das ist doch nicht ganz so weit weg. Bitte!«, bettelte Niam.

Aber Shidrén blieb hart. Denn im Gegensatz zu Niam wusste sie um den Krieg, der im Westen von Brigant wütete. Um nichts in der Welt würde sie zulassen, dass Niam sich in diese Gefahr begeben würde. Deshalb blieb sie unerbittlich: »Nein. Auch dazu reicht die Zeit nicht.

Immerhin müssen wir den Rest der Strecke in den nächsten vierzehn Tagen geschafft haben.«

Niam nickte mürrisch. Natürlich hatte Shidrén Recht. Vierzehn Tage waren wirklich nicht viel Zeit für die verbleibende Distanz. Trotzdem hätte sie den Umweg gerne gemacht und sich später eben mehr beeilt. Aber auch Brânwi gab auf ihre spezielle Art ihr Missfallen zu erkennen. Also gab sich Niam geschlagen.

Zielstrebig wanderten sie auf dem direktesten und schnellsten Weg nach Norden. Sie passierten die Ebene von Craév an ihrem Rand. Im Westen zeichneten sich die hohen Berge des Bêrwy scharf am Horizont ab. Ihre Route brachte die Reisenden immer näher an die Berge heran. Nach fünf Tagen sah Niam etwas Schwarzes, Unheimliches zu ihrer Linken. Groß und bedrohlich ragte es an einer exponierten Stelle über dem Felsbruch, umgeben von einem großen Schwarm dunkler Raben. Jedoch, so unheimlich diese Erscheinung auch war, gleichzeitig faszinierte sie Niam. Sie konnte ihre Augen nicht davon abwenden.

»Shidrén, was ist das da?«

»Das sind die Ruinen von Dinas Brân, der Rabenburg.«

»Das ist Dinas Brân, die alte Königsburg von Brigant?« Niam staunte. Zwar hatte Gwydón ihr von der Größe Dinas Brâns und seiner Zerstörung erzählt, doch mit so einem Anblick hatte Niam nicht gerechnet. Dunkel ragten die hohen Mauern in den Himmel. Vereinzelte Zinnen erzählten von seiner einstigen Pracht. Doch inzwischen hatte der Zahn der Zeit an dem Mauerwerk genagt. Efeu und alter Wein rankten sich um die ehrwürdigen Bauten und vereinzelt sah man Kletterrosenbüsche. In dieser Nacht träumte Niam wieder von einem Mann. Erneut war er gesichtslos, doch seine Konturen waren deutlicher. Wieder nahm er sie an die Hand und führte sie ein in die Freuden der Sinne.

Shidrén und Brânwi führten Niam nun gemeinsam. So vergingen die letzten Tage. Während ihre Landsleute weiter westlich vergeblich gegen Balzôrcs Truppen und die Eroberung Brigants kämpften, durchwanderte Niam mit ihren beiden Begleitern ohne jede Störung die Ebene von Craév. Nach weiteren fünf Tagen hatte sie das weite Land überquert. Vor ihnen lag die gewaltige Bergkette von Aldérion. Dahinter lag das Ziel ihrer Reise, Brug-Na-Boinne, das Reich der Zwerge.

5. Kapitel

Brug-Na-Boinne

Groß und mächtig erhob sich das Massiv der Berge von Aldérion vor Niam. Doch schon bald fand sie einen Einstieg. Bevor sie den Fels betrat, verabschiedete sich Brânwi. Sie bevorzugte den freien Flug über den Bergkamm und würde Niam und Shidrén auf der anderen Seite wiedertreffen. Hoch flog sie in den Himmel und im Steilflug wieder hinab, bevor sie mit lautem Gekrächze auf Niams Schulter landete. Niam streichelte den Raben noch einmal zärtlich zum Abschied. Dann öffnete Brânwi lautlos ihre herrlichen Flügel, spreizte die schwarzen Schwungfedern mit den weißen Spitzen und flog davon. Niam und Shidrén sahen ihr noch nach, bis sie ganz verschwunden war. Dann drehten sie sich um und traten in das dunkle Gestein.

Es dauerte ein wenig, bis sich Niams Augen an die Dunkelheit gewöhnt hatten. Langsam erkannte sie erste Konturen eines sorgfältig ausgebauten Ganges. Er führte über breite Stufen ins Erdinnere. Shidréns heller Lichtschimmer leuchtete Niam den Weg. Sie stiegen immer weiter hinab.

Sie gingen über steile Klippen, vorbei an tiefen Schluchten und durch riesige Höhlen. Unterirdische Wasser hatten vielerlei bizarre Formen in den harten Stein gehöhlt. Im Laufe von Jahrmillionen hatten sich wundersame Tropfsteinhöhlen gebildet. Eiszapfenartige Stalaktiten hingen von der hohen Decke und strebten im Kreislauf des ewigen Wassertropfens zu Boden. Die Welt im Erdinneren war wunderbar und geheimnisvoll. Niemals hätte Niam hier unten so viele Farben und Formen erwartet. Je weiter sie ins Erdinnere stiegen, desto wärmer wurde es. Unter ihnen strömte ein Fluss, erhitzt durch das innere Feuer des Berges.

Sie umrundeten den letzten Felsvorsprung und betraten eine riesige, hell erleuchtete Höhle. Aus tausend Feuerstellen quoll das glühende Innere der Erde und tauchte die Grotte in feuriges Licht. Er herrschte eine nahezu unerträgliche Hitze. Die Luft war erfüllt von kräftigen Hammerschlägen. Unzählige kleine Schmiede standen an ihren Ambossen und bearbeiteten das glühende Metall. Große Wassertröge kühlten ihre Werke. Nebeliger Dunst zog durch die Halle. Hier wurden die magischen Waffen geschmiedet, für welche die Zwerge so berühmt waren: scharfe Schwerter, Lanzen und Jagdspeere. Die Zwerge waren Träger der Geheimnisse der Erde und Meister über Feuer und Metall. Für jedes ihrer Meisterwerke benötigten sie nur drei Hammerschläge. Sie waren so vertieft in ihre Arbeit, dass sie Niam gar nicht beachteten. Diese sah sich fasziniert um. Wundervolle Kunstwerke standen neben Stapeln meisterhaft gefertigter Schwertklingen. Goldene Schilde hingen an den Wänden. Tausendfach warfen sie das feurige Licht zurück. Das Klopfen der vielen kleinen Hämmer hallte durch die Schmiede.

»Das ist Drumnatínne, die große Zwergenschmiede«, erklärte Shidrén. »Seit dem Anbeginn der Zeit werden hier die magischen Waffen der Welt geschmiedet. Aus dieser Werkstatt stammen die berühmten Schwerter der Menschen ebenso wie die Waffen des alten Volkes. Alle sind hier entstanden, geschmiedet in der Urhitze der Erde.«

Niam war sehr beeindruckt. Es war ein überwältigender Anblick. Die Energie, die aus dem Erdkern quoll, war mächtig und urgewaltig. Man konnte ihre Macht überall spüren: Sie zeigte sich in glühenden Lavaströmen und spuckenden Feuern. Niam hätte ewig bleiben können. Shidrén hingegen fühlte sich nicht sonderlich wohl. Es war ihr eindeutig zu heiß und stickig. Also drängte sie bald darauf weiterzugehen. Niam verabschiedete sich von den Urfeuern und folgte Shidrén. Die Wärme der großen Höhle begleitete sie noch eine ganze Weile. So durchquerte sie den Berg.

Doch hier kam sie nicht weiter. So sehr sie auch suchte, sie fand den Eingang nach Brug-Na-Boinne nicht. Also bat sie die Götter um Beistand. Plötzlich kam etwas aus dem Nebel auf sie zu. Es war eine wundersame Gestalt, eine göttliche Reiterin, archaisch und mächtig.

Von der Höhe ihres Geisterrosses sah sie Niam aus dunklen Augen an. »Ich bin die Fylgja.«

Ehrfürchtig senkte Niam den Kopf. »Hohe Göttin Fylgja. Es ist mir eine große Ehre.«

Die Göttin lächelte milde »Es freut mich, dass das Wissen um mich in der Menschenwelt noch nicht ganz verloren ist. Aber du wurdest ja auch von Aífe ausgebildet. Helles Kind, wir alle sind Geschöpfe der großen Mutter. Du stehst unter ihrem Schutz. Höre, was ich dir sage, helles Kind: In wenigen Augenblicken beginnt die Samhain-Nacht. Trete bei Sonnenuntergang vor die Steilwand. Berühre den Stein und zeichne eine Tür mit deinem Finger. Sage dreimal ›Antarr!‹ und dir wird aufgetan.«

Die Fylgja lächelte Niam noch einmal freundlich an und segnete sie. Dann löste sich die Geistergestalt im Nebel auf und die alte Göttin verschwand. Laut rief Niam ihren Dank in den weiten Himmel.

Nun brach sie an, die heilige Samhain-Nacht, und eröffnete das Jahr 238. Dem Rat der Göttin folgend, trat Niam an die steile Felswand. Als die letzten Strahlen der untergehenden Sonne die Bergspitzen trafen, zeichnete sie einen Torbogen in den glatten Granit.

Laut und deutlich betete Niam: »Antarr! Antarr! Antarr!«

Ein lautes Donnern erscholl. Erschreckt sprang Niam zurück. Dort, wo sie mit dem Finger eine unsichtbare Linie auf den harten Stein gemalt hatte, war eine Öffnung entstanden. Ein großes Tor wies ihr den Weg nach Brug-Na-Boinne.

Ein Zwerg in Livree trat ihr entgegen. Er hieß Westralp und war der oberste Kammerherr von König Elfric. Höflich bat er Niam, ihm zu folgen. So betrat Niam das große Reich des Zwergenkönigs. Das mächtige Steinportal fiel lautlos hinter ihr zusammen und verschwand in der Felswand. Niam stockte der Atem, so wunderbar war der Anblick vor ihr. Tief in den harten Stein gehauen lag eine prächtige Stadt mit breiten Straßen, großen Plätzen und reichen Palästen. Da waren blühende Gärten mit Blumen und Pflanzen, die Niam noch nie gesehen hatte. Aus unsichtbaren Quellen fiel helles Licht auf die belebten Straßen. Viele kleine Gestalten eilten hin und her – Brug-Na-Boinne war ein geschäftiger Ort. Niam musste sich eingestehen, dass sie sich vorher noch nie nähere Gedanken über die Zwerge gemacht hatte. Doch hier entdeckte sie das wahre Wesen der Erdbewohner. Natürlich waren sie dunkel, nicht so strahlend und prächtig wie die Nixen. Aber Niam erkannte schnell, dass die gedrungenen Körper der Zwerge eine optimale Anpassung an ihre Lebensbedingungen waren. Die Zwerge waren klein, da auch ihr

Wirkungsbereich klein war. Als Geschöpfe des Erdinneren mieden sie das strahlende Sonnenlicht des Tages und waren eher nachts aktiv. Dann verstärkte sich ihr feines Hämmern, mit dem sie dem Berg seine edelsten Metalle entrissen und bearbeiteten. Tausendfach war es in dem weit verzweigten Höhlensystem unter der Erde zu hören. Niam entdeckte, dass nicht alle Zwerge klein waren. Es gab auch kräftige Gesellen, zumeist Erdkobolde aus den Bergen im Norden. Alle waren hier, Schrate, Erdwichte und Gnome. Niam sah, dass sie sehr lange Arme hatten. Das war wohl ein typisches Merkmal der Zwerge. Ihre Kleidung war ebenfalls in dunklen Farben gehalten, doch sehr festlich und edel geschmückt. Hier, in Brug-Na-Boinne, waren sie versammelt, die edelsten unter den Zwergen. Die Würdenträger des Reiches waren unschwer zu erkennen. Schwere Goldketten bekundeten ihren hohen Rang.

Eine breite Prachtstraße führte zum Zentrum der Stadt: Tâin Beo, das Schloss des Zwergenkönigs. Über dem gewaltigen Eingangsportal prangte eine in Stein gehauene Spirale, das alte Signum der Muttergöttin. Zwei starke Wachen mit schweren Waffen standen am Haupttor. Sie grüßten Westralp ehrerbietig und ließen ihn und Niam passieren.

Im Inneren des Schlosses empfing Niam eine Eskorte uniformierter Hofdiener. Tâin Beo war ein prächtiger Palast. Kostbare Teppiche und Webarbeiten hingen an den Decken und Wänden. Die Gänge waren mit dicken Läufern bedeckt, die jeden Schritt auf dem harten Steinboden abfederten. Das Licht vieler Kerzen spiegelte sich in blanken Kupfertellern, die an den Wänden hingen. Westralp und die Ehrengarde führten Niam immer tiefer in die Burg. Die Gänge wurden immer breiter und prunkvoller, bis sie schließlich einen großen Saal erreichten.

Dies war das Zentrum von Tâin Beo, der Thronsaal von König Elfric. Er war hell erleuchtet und an Pracht kaum zu überbieten. In feinster Handarbeit war Gold zu blumenförmigen Kerzen gegossen worden, die aus allen Ecken die Halle erleuchteten. An den Wänden hingen goldene Gemälde, die das Kerzenlicht zurückwarfen. Ein kostbarer Teppich bedeckte den Boden aus Marmor.

Bis auf wenige Diener im Hintergrund war der große Saal leer. Der König erwartete Niam alleine. Als sie eintrat, hob er den Kopf. Niam sah in ein runzeliges, aber gütiges Gesicht. König Elfric war wie sein Element, dunkel und uralt. Sein weißer Bart war lang und eine mächtige Goldkette lag ihm um die Schultern.

Seine dunkle Stimme erfüllte die große Halle: »Wir haben lange auf dich gewartet, helles Kind. Ich heiße dich in Brug-Na-Boinne und meinem Haus Tâin Beo willkommen.«

Er lächelte, als Niam sich zu ihm setzte. »Du erinnerst mich an jemanden, eine alte Freundin, die leider viel zu früh den Tod fand. Deine Augen … du hast genau ihre Augenfarbe.«

»Sprecht Ihr von Alania, der Schwanenkriegerin, oder besser Morygana, der Meerschaumgeborenen?«

»Ja. Ich bin überrascht, dass du ihre wahre Identität kennst. Seit wann wisst ihr Menschen davon?«

»Außer mir weiß es keiner. Alania war meine Mutter. Ihre wahre Herkunft habe ich erst in Thierna Og erfahren. Dort habe ich meine Familie gefunden, die ich nie zu finden hoffte. Ich überbringe Euch Grüße von meinem Großvater Attalanius. Damit ihr mir glaubt, werde ich Euch etwas zeigen.« Damit wollte sie Moryganas Torques aus ihrem Beutel ziehen.

Doch der Zwergenkönig schüttelte nur den Kopf und

sagte fassungslos: »Das ist wahrlich eine Überraschung! Du bist nicht nur das helle Kind, sondern auch Morygnas Tochter. Du von königlichem Blut des Wassers. Das bindet dieses Element unwiderruflich an dich. Diese Anlagen machen dich stark. Den ersten Teil des Rätsels hast du gelöst, von mir wirst du später den zweiten Teil erfahren. Aber jetzt ist nicht die Zeit des Lehrens, sondern die des Feierns. Heute ist ein hoher Festtag im Reich der Zwerge. Nun beginnen die Raunächte und damit die jährlich wiederkehrende wilde Jagd der Schwarzalben auf den weißen Hirsch. Schon bald beginnt der Ritt des dunklen Heeres.« Er winkte drei dunkel gekleidete Zwerge zu sich. »Folge ihnen. Sie werden dir ein Pferd geben und dir deinen Platz im Festzug zeigen. Wir sehen uns dort.« Damit entließ er sie.

Niam folgte den drei Wichten. Sie führten sie in den hinteren Teil des Schlosses. Dann überquerten sie den zentralen Platz. Hier sammelte sich bereits das Volk der Zwerge. Es herrschte große Aufregung vor dem nächtlichen Zug über das Land – der Höhepunkt des Zwergenjahres. Gerne hätte Niam dem bunten Treiben weiter zugeschaut, doch ihre Begleiter zogen sie weiter.

Sie brachten sie zu den Ställen von Tâin Beo. »Du brauchst ein Pferd für den Ritt. Suche dir eines aus. Der König hat gesagt, du hast freie Wahl.«

Box an Box standen die Pferde des Zwergenkönigs. Zuerst war Niam enttäuscht. Insgeheim hatte sie mit ebenso prächtigen Pferden wie an Attalanius' Hof gerechnet. Aber hier standen ganz andere Geschöpfe. Sie waren klein und stämmig. Ihr dunkles Fell hing zottig herunter. Temperamentvoll stampften sie mit ihren schweren Hufen auf den Stallboden. Sie witterten die Unruhe in der Luft und warteten begierig auf den Beginn des Ritts.

Wild und unheimlich sahen sie aus, die Pferde des Zwergenkönigs. Doch Niam hatte noch nie Angst vor Pferden gehabt. Sie ging die Reihen ab. Unwillkürlich blieb ihr Blick an der hintersten Box hängen. Sie hatte zimmerhohe Verschläge und war die einzige geschlossene Box. Von dort kam ärgerlicher Hufschlag. Niam spähte durch die Bretter der Tür und sah das mit Abstand kräftigste Pferd im Stall. Es war ein dunkler Hengst mit großem Kopf und kräftigen Gliedern. Er sah Furcht erregend aus und legte die Ohren warnend nach hinten.

»Nein!«, sagten die Wichte. »Donn ist gefährlich!«

Aber Niam ließ sich nicht abhalten. Dieses Pferd wollte sie und kein anderes. Seit frühester Kindheit war Niam an den Umgang mit Pferden gewöhnt und so wusste sie genau, was zu tun war. Langsam betrat sie die Box.

Währenddessen redete sie beruhigend auf den dunklen Hengst ein: »Na, mein schöner Schwarzer. Du musst keine Angst haben. Wollen wir nicht Freundschaft schließen?«

Sie nahm einen Apfel in die Hand und streckte sie dem großen Tier vorsichtig entgegen. Der Hengst schien kurz zu überlegen, dann stellte er seine Ohren auf und kam näher. Er nahm den Apfel und zermahlte ihn genüsslich zwischen seinen kräftigen Kiefern. Dann wandte er Niam den Kopf zu und beschnupperte sie ausführlich. Erfreut streichelte sie seine Stirn – sie hatten Frieden geschlossen.

Lächelnd nahm Niam das prächtige Zaumzeug. Es war aus hartem Leder, schwarz vor Alter und mit kostbaren Edelsteinen besetzt. Niam schirrte Donn vorsichtig, danach legte sie ihm sanft den prächtigen Sattel auf. Donn ließ es seelenruhig über sich ergehen und knabberte liebevoll an Niams Kopf. Allmählich begann die allgemeine

Spannung auch Niam anzustecken. Mit klopfendem Herzen führte sie den großen Hengst auf den zentralen Sammelplatz.

Das schwarze Heer der Zwerge machte einen dunklen und wilden Eindruck. Zottige Gesellen, fürchterlich und grimmig anzusehen, saßen auf ihren zerzausten Pferden und warteten auf das Zeichen ihres Königs. Elfric saß hoch zu Ross, angetan mit allen Insignien der Macht. Der prächtige Harnisch des Zwergenkönigs funkelte, und auf dem Kopf trug er die alte Zwergenkrone. Stolz blitzte Labrýa, die heilige Doppelaxt der Zwerge, an seiner Seite. Er lächelte Niam freundlich zu und gratulierte zu ihrer Wahl. Dann bat er sie an seine Seite. Niam bestieg den tänzelnden Donn und stellte sich neben den König. Da hob Elfric seine Hand und augenblicklich verstummte die Menge.

Seine dunkle Stimme klang über den Platz: »Prèachán. Es ist wieder so weit. Seit Urzeiten ist die wilde Jagd auf den weißen Hirsch unser höchstes Fest. Mit dem Erlegen des mythischen Geweihträgers besiegeln wir die Herrschaft des Winters über den Sommer. Nun entzieht die Erde dem sichtbaren Oberen ihre Kraft und sammelt sie tief im Innersten. Bei uns, im Reich der Zwerge, wird sie in den folgenden Wintermonaten ruhen, bevor sie im nächsten Frühling mit aller Macht wieder erwacht. Lasst uns reiten!« Damit hob der Zwergenkönig seine mächtige Doppelaxt in die Höhe. Das war das Zeichen des Aufbruchs.

Nun gab es kein Halten mehr. Mit lautem Gebrüll setzte sich das schwarze Heer in Bewegung. In wilder, schrecklicher Lust eröffneten die Zwerge ihre nächtlichen Umzüge durch das winterliche Land. Laut sangen sie ihr Lied:

»Prèacháns Heer braust durch die Nacht,
zeigt so der Welt Antarrens Macht.
Kein anderer kann lenken sie,
nur Prèachán kennt die Magie.

Der harte Fels und hohe Berg
ergibt sich einzig nur dem Zwerg,
der mit der feinsten Handarbeit
den Stein von seinem Schatz befreit.

In Antarrs Reich, da herrscht die Kraft,
zu edlem Stein wird jeder Saft;
gar viele Formen hat der Stein,
gebündelt' Macht, kostbar und rein.«

Als wütendes Heer brausten sie des Nachts durch Wälder und Einöden. Die Menschen fürchteten sich vor diesem nächtlichen Spuk und mieden seinen Anblick, denn er galt als gefährlich und Unheil bringend.

Die Nacht war stockdunkel, aber das Heer der Zwerge leuchtete in einem seltsamen, inneren Licht. Der wilde Ritt durch die Nacht war wunderbar. Niam schloss die Augen. Tief atmete sie die frische Winterluft. Sie genoss es, schnell wie der Wind über Stock und Stein zu galoppieren. So war sie noch nie geritten. Sie spürte Donns Kraft unter sich und ließ sich treiben im Rausch der Geschwindigkeit. Ein junger Erdwichtel ritt neben ihr. Obwohl auch sein Gesicht von tiefen Furchen durchzogen war, war es doch jung. Er kümmerte sich um Niam, und sie lachten viel miteinander. Wie alle Zwerge sprach auch er mit rollendem ›R‹. Aber inzwischen war Niam daran gewöhnt.

In einem ruhigeren Moment stellte er sich vor: »Ich bin Luachârma. Ich bin Krieger am Hof des Königs.«

Dann kam der Höhepunkt der Jagd. Für den Bruchteil eines Augenblicks schien die Erde zu erstarren. In diesem Moment war der weiße Hirsch erlegt worden. Mit seinem Tod kam das Leben auf der Erde zum Erliegen. Das war das Ende der nächtlichen Jagd. Danach verschwand das dunkle Heer von der Erdoberfläche, schnell wie ein Spuk.

Zurück in Tâin Beo rief König Elfric Niam zu sich. »Helles Kind, es gibt viel zwischen uns zu besprechen. Folge mir in in meinen Lieblingsraum.«

Niam folgte dem König durch die langen Gänge von Tâin Beo. Immer höher hinauf führte er sie, über kleine Treppen und durch niedrige Türen. Dann betraten sie eine andere Schicht des Bergschlosses. Der Stein leuchtete in einem dunkelblauen Eigenlicht, durchsetzt mit helleren Linien, die ein strahlendes Schimmern durchließen. In das kostbare Gestein waren feine Figuren und ganze Bilder gemeißelt. Sie erzählten Szenen aus den alten Legenden des Zwergenvolkes. Vorsichtig berührte Niam die zarten Formen.

»Es ist schön hier, nicht wahr?«, sagte König Elfric mit warmer Stimme. »Hier oben bin ich, so oft es meine Zeit erlaubt. Dieser Teil von Tâin Beo ist ein Edelsteinfeld mit vielen Steinminen. Dies hier ist eine Saphirader. Siehst du, wie herrlich blau der Quarz leuchtet? Und wie durchsichtig er ist. Dieser Anblick erfreut mich jedes Mal. Aber mein Lieblingsplatz ist noch weiter oben. Mein Kristallzimmer in der Diamantmine. Von dort oben kannst du alles sehen.«

Der König übertrieb nicht. Das Kristallzimmer war wahrlich ein Zauberort. Kunstreiche Hände hatten eine Höhle mit Türen und Fenstern, Tischen und Bänken und sogar Lampen in den harten, weißen Diamant geschlagen. Tausendfach fing sich das Licht in dem geschliffenen Edelstein und warf es in allen Regenbogenfarben zurück. Durch den klaren Stein konnte man weit sehen – Brug-Na-Boinne lag zu ihren Füßen.

»Nun stelle deine Fragen, helles Kind.«

Niam überlegte. Sie hatte so viele Fragen. Aber eine brannte ihr besonders auf der Seele: »Was ist mit dem Lied, welches ich auf dem Ritt ständig gehört habe?«

»Das alte Lied der Erde? Erstaunlich, dass du von allen Dingen ausgerechnet dieses Lied erwähnst. Gut. Was willst du wissen?«

»So viel habe ich bereits selber herausbekommen: Prèachán seid ihr, die Zwerge. Auch die vielfache Gestalt, in der die Erde sich zeigt, habe ich gesehen. Aber wer oder was ist Antarr?«

»Antarr ist die Erde selber. Antarrens Reich ist das Erdenreich, mein Reich, das Land der Zwerge. Dieser Name ist sehr alt. Nur wir Prèachán kennen ihn. Es ist ein Wort in der alten Bergsprache. Diese Sprache ist heute auch bei uns fast vergessen. Dieser Name ist überaus mächtig, denn er kann die Kräfte der Erde regenerieren. Nur durch dieses Wissen erhält das alte Lied der Erde seine Macht. Deshalb musst du vorsichtig sein. Sei behutsam im Umgang mit diesem Wissen, denn in falschen Händen kann es großes Unheil bringen.«

Niam nickte. Es war wie bei den Nixen. Auch diese hatten sie davor gewarnt, den Namen Morgâs leichtsinnig preiszugeben.

Der König sprach weiter: »Das heilige Lied der Erde existiert seit dem Anbeginn der Zeit und ist so alt wie die Erde selbst. Eine starke Magie wohnt seinen Worten inne, denn sie speisen ihre Kraft direkt aus der Erde, auf der du stehst. Es ist ein mächtiger Verbündeter und wird dich beschützen auf dem Rest deiner Reise. Höre dir diese alten Worte noch einmal an. Merke sie dir gut, denn dann bist du eingeweiht in die Mysterien der Erde.«

So hörte Niam das alte Lied der Erde noch einmal. Tief prägte sie sich die Worte ein. Sie würde sie sicher nie wieder vergessen. Dann sah sie den König an und bemerkte, dass er noch etwas auf dem Herzen hatte.

Elfric lächelte sie an und sprach: »Niam, da dies nun erledigt ist, erzähl mir von den Sorgen der Menschen.«

Also berichtete Niam von den Geschehnissen jenseits der Berge. Obwohl König Elfric alles bereits zu wissen schien, wollte er alles genau wissen. Schließlich war Niam an dem Punkt angekommen, da Gwydón sie an den Ufern von Thierna Og zurückgelassen hatte.

Hier hakte der Zwergenkönig ein: »Niam, erzähle mir von Gwydón. Ist er dein Freund?«

»Ja. Gwydón ist ein wunderbarer Mensch. Er ist gütig und klug, ja geradezu weise. Auf jede Frage weiß er eine Antwort. Aber er ist auch lustig und hat Humor. Ich bin froh, dass er mein Freund ist.«

»Gut, denn euer Schicksal ist miteinander verbunden. Ebenso wie du spielt auch Gwydón eine wichtige Rolle in dem Spiel, das es zu spielen gilt. Sage mir, Niam, hat dir Gwydón je seine Herkunft verraten?«

»Nein. Er spricht nicht viel über sich. Er ist ein Findelkind und bei Caldur in Brigant aufgewachsen. Aber nicht einmal Caldur weiß, wer ihn als Baby ausgesetzt hat.«

»Das wundert mich nicht. Höre, Niam, denn nun werde ich dir ein weiteres Geheimnis erzählen. Gwydóns Blut ist von höchster Herkunft. Er ist der Erstgeborene von Talassa, der Königin der Nacht, der Kronprinz der Bendriden.«

»Wer sind die Bendriden?«

»Der fünfte Stamm des alten Volkes. So wie wir Prèachán dem Norden zugehörig sind, so sind die Bendriden die Mitte. Sie sind das totale Sein, die hohe Spiritualität. Früher waren die Bendriden die weisesten unter uns. Als der Auszug des alten Volkes begann, verschwanden sie im Nirgendwo. Ihr Wissen ist legendär und ihre Kräfte sind nur zu ahnen. Niemand hat sie seitdem gesehen, weder ein Mensch noch einer des alten Volkes. Denn ihre Welt befindet sich neben unserer, jenseits des Sichtbaren. Sie sind das Volk der Nacht. Sie haben die körperliche Hülle verlassen und leben in der Welt der Seelenhügel. Längst sind sie auch bei uns nur noch Legende. Nur zwei Wesen haben heute noch Kontakt zu den Bendriden, und einer davon bin ich. Mit Gwydón, der ihr Prinz ist, kehrt der Edelste von ihnen in die Welt zurück. Ebenso wie dein Schicksal ist auch sein Schicksal seit Urzeiten vorbestimmt.«

»Ich verstehe nicht ganz, was Ihr meint.«

»Wie du ist auch Gwydón mit der alten Prophezeiung verknüpft. Von Anfang an stand fest, dass er ein Druide werden würde. Denn der Prinz der Bendriden musste ein Wissender unter den Menschen werden. Er ist der Naddred, die Natterschlange, Symbol für den Reifeprozess und die Verwandlungsfähigkeit der Druiden. Du bist die erste Säule der Prophezeiung, Gwydón ist die zweite. Denn er ist das zu Mensch gewordene Sein und vereint Altes und Neues. Der Naddred ist ein wichtiger Bestandteil im weiteren Schicksal der Menschen, genau wie du, das helle Kind.«

Niam nickte. Ihr Herz schlug heftig. Wie würde Gwydón sich freuen, wenn sie ihm seine Herkunft offenbaren würde.

Laut sagte sie: »Ich habe immer gespürt, dass Gwydón

und mich mehr verbindet als unsere Freundschaft. Unsere Beziehung war immer schon etwas Besonderes. Ich freue mich so sehr für ihn. Darf ich ihm diese frohe Nachricht über seine Herkunft sagen?«

»Natürlich. Das helle Kind weiht den Naddred ein. Wichtig ist, dass ihr eure Freundschaft erhaltet. Denn ihr braucht unbedingtes gegenseitiges Vertrauen.« Der Zwergenkönig klatschte in die Hände. Darauf wurde ihm ein dunkles Bündel gereicht. Er nahm es und wandte sich wieder Niam zu. »Neben eurer Freundschaft gibt es aber noch etwas, was euch helfen wird. Dieses hier werdet ihr ebenfalls benötigen, um zum Schloss des dunklen Herrschers zu gelangen.« Damit entfaltete er das Bündel auf seinen Knien.

Es war ein schwarzes Tuch, ein unscheinbarer Kappenumhang, gezeichnet mit der Doppelspirale, alt und ziemlich unansehnlich. Niam sah den König der Zwerge leicht verwundert an, als er das mottenzerfressene Tuch ehrfürchtig in die Höhe hielt.

»Das ist der Mantel von Mananan, der Zauber der Erde. Er ist unser größtes Heiligtum, denn er vereint Antarrs gesamte Energie in sich. Er ist wie die Erde. Jede beliebige Gestalt steht ihm zur Verfügung. In diesem Tuch sind Form- und Farbvielfalt der Erde eingewoben. Wie ein Chamäleon passt er sich jeder Umgebung an. Auf diese Weise verleiht der Mantel von Mananan die Gabe der Unsichtbarkeit. Im Schutz dieses Tarnmantels kann kein Auge dich sehen, und nur der Wind wird dein Schreiten verraten.«

Mit diesen Worten hob König Elfric den dunklen Umhang hoch und hielt ihn vor die Wand der Edelsteinmine. Im Licht des weißen Steins veränderte das schwarze Tuch sowohl seine Form als auch seine Farbe. Je nach

Richtung nahm es einmal das leuchtende Blau des Saphirs, das durchdringende Grün des Smaragds oder auch das durchsichtige weiße Schimmern des Rohdiamanten an. Dann hielt der König den Umhang zu Boden. Sofort verschwanden seine Umrisse vor dem Marmorboden. Niam war fasziniert und wurde nicht müde, dem magischen Schauspiel zu folgen.

Lächelnd hielt König Elfric Niam das dunkle Tuch hin. »Nun empfange dein Geschenk, helles Kind.«

Zögernd streckte Niam ihre Hand aus und berührte den Stoff. Er fühlte sich leicht an, zart und geschmeidig. Langsam nahm sie den Mantel von Mananan aus König Elfrics Händen. Das Tuch schmiegte sich sanft um ihre Finger. Für einen kurzen Augenblick spürte sie seine Macht aufblitzen. So begrüßte der alte Mantel von Mananan das helle Kind. Aber dann war er wieder nur ein schlichtes Tuch. Niam verstand und lächelte. Sorgsam verstaute sie das Geschenk in ihrem Beutel.

Währenddessen sagte der Zwergenkönig mit seiner dunklen, warmen Stimme: »Der Mantel von Mananan ist ein mächtiger Helfer auf deiner Reise zum dunklen Schloss Rath Dubh. Dies ist die Gabe der Prèachán an dich, das helle Kind, der heilige Mantel und das alte Lied von Antarr.«

Zu schnell kam der Zeitpunkt des Abschiedes. Es waren tatsächlich schon wieder eine Nacht und ein Tag vergangen. Schon zog die Nacht herauf und kündete vom Ende des hohen Festtages Samhain. Niams Aufenthalt im Reich der Erde neigte sich unwiderruflich dem Ende entgegen. Nun musste sie zurück in ihre Welt, um die Weiterreise anzutreten.

König Elfric verabschiedete Niam feierlich in der großen Thronhalle von Tâin Beo. Alle Würdenträger von Brug-Na-Boinne waren versammelt. Sie zogen an Niam vorbei und verbeugten sich. Denn die Zwerge waren konservativ. Die Tradition war ihnen wichtig und sie wussten, was sich gehört. So bezeugten sie der Abgeordneten des Menschengeschlechts ihren Respekt.

Besonders schwer fiel Niam der Abschied von Luachârma. In dieser kurzen Zeit waren die beiden Freunde geworden.

Auch der junge Zwerg schluckte schwer. Er nahm ihre Hand und drückte sie fest: »Ich wünsche dir eine gute Weiterreise, Niam. Der Segen der Göttin begleitet dich. Ich hoffe, dass wir uns eines Tages gesund wiedersehen. Du bist der erste Mensch, den ich kennen gelernt habe, und du bist mein Freund. Wenn du jemals meine Hilfe brauchst, rufe mich und ich komme so schnell wie möglich. Lass es dir gut gehen, kleine Freundin. Möge Antarrs Macht bei dir sein, Prèachâns Segen hast du ja bereits.« Dann drehte sich Luachârma schnell um und verließ den Thronsaal.

Niam blieb allein mit König Elfric zurück. Der Zwergenkönig trat zu ihr und entließ sie offiziell aus seinem Land. »Helles Kind, nun hast du den zweiten Teil deiner Reise beendet. Wenn du die Pforten von Brug-Na-Boinne hinter dir gelassen hast, betrittst du die Erde an der Furt des Terent. Folge seinen Fluten auf der westlichen Seite nach Süden, bis er nach Osten biegt. Dort verlasse den Fluss und durchquere die Ebene von Hánbion in südöstlicher Richtung. Am Ende der Ebene beginnen die großen Hardénischen Wälder, die östliche Grenze von Âtron. Durchquere diese Wälder nach Osten bis zu einer Lichtung mit einer kreisförmigen Anrichtung von Fliegenpilzen. In der Mitte dieses Feenringes steht ein großer

Weißdorn in voller Blüte. Dort bete zu den Elementen mit den vier Früchten der heiligen Büsche, welche sind Hasel, Eberesche, Eiche und Holunder. Wenn die hohe Imbolc-Nacht hereinbricht, schlafe in diesem geweihten Kreis unter dem Baum. Dann wirst du Einlass erhalten in den Zauberwald von Némes, das Reich der Königin Flûr. Dies ist das nächste Ziel deiner Reise, deine dritte Station. Gehe wohl. Prèacháns Gedanken begleiten dich, und der Segen der großen Mutter reist mit dir.«

Während Niam seiner dunklen Stimme lauschte, wurde sie immer schläfriger. Wie aus weiter Ferne hörte sie seine Worte.

»Wir werden dich bis an den Rand unserer Welt begleiten. Nimm unser Geschenk an und vertraue auf unsere Stärke. Schlafe … Träume …«

Niam fielen die Augen zu und sie versank in einen tiefen Traum. Sie träumte von der Erde und den Prèachán. Währenddessen trugen sie die Zwerge vorsichtig fort. Das Lied von Antarr, gesungen von tausend vollen Stimmen, geleitete das helle Kind zurück in die Welt der Menschen.

6. Kapitel

Der Fall von Sîl

Die besiegten Truppen von Brigant sammelten sich im Wald südlich von Amarango. Ihre Reihen waren gelichtet. Viele Tote und Verwundete waren zu beklagen. In aller Eile brachten sich die Überlebenden in Sicherheit, aber die Zeit reichte kaum, den gefallenen Kriegern ein würdiges Grab zu bereiten. Denn die Nachrichten aus Sîl waren zu erschreckend. Lord Balzôrcs Heer war noch größer als vermutet. Während seine Truppen Brigant überfielen, hatte er seine Streitmacht geteilt. Der zweite Teil seiner riesigen Armee umschiffte Sîl. Die zerklüftete Küste war lang und nur schwer zu bewachen. Als die Entscheidungsschlacht um Amarango noch tobte, landete der Rest des schwarzen Heeres an der Westküste von Sîl. Sofortige Hilfe war nötig.

Caldur und Gwydón berieten sich mit Krischa und Conall von Sîl. Auch der junge Loégian nahm an dieser Besprechung teil. Seit er in die Führungsriege aufgestiegen war, hatte er sich durch viele mutige Taten ausgezeichnet und war überall beliebt. Obwohl er seine Abstammung nach wie vor verschwieg, war er nach dem Tod von Fürst Enatos der stille Führer der Briganten geworden, bescheiden, aber mit fester Hand.

Die Kriegsherrn waren sich schnell einig. Nur wenige Truppen ließen sie im Hinterland von Brigant zurück. Sie sollten die Verwundeten versorgen und die Toten beerdigen. Außerdem wollten sie Balzôrcs Truppen durch Ausfälle aus dem Wald möglichst lange aufhalten. Der Rest der Armee brach sofort auf. Sie eilten nach Camallate, um König Líath bei seinem Kampf gegen Balzôrc beizustehen. Brigant war bereits verloren – mögen die Götter verhindern, dass dasselbe mit Sîl passiere. Alle brannten darauf, Balzôrc die Niederlage heimzuzahlen. Außerdem war es ein Dank für die Hilfe der Silurer bei der Schlacht um Amarango. Die letzten Fragen wurden geklärt, dann brachen sie auf. Aber mit dem Tross waren sie schwerfällig. Trotz aller Eile würden sie mindestens zwanzig Tage bis nach Camallate benötigen. Deshalb wurden die kräftigsten und gesündesten Krieger auf den letzten verbliebenen Pferden vorausgeschickt. Bei ihnen waren Conall und die Krieger aus Sîl. Sie hatten es ganz besonders eilig. Die Reiter von Brigant führte Loégian an. Mit ihm ritt Gwydón. Caldur und Krischa, nach Torolfs Tod der neue Heerführer von Brigant, blieben beim Tross. Sie würden den großen Rest der Armee sicher nach Sîl führen und dann dem Feind in den Rücken fallen. Die Reiter aber galoppierten sofort los. Ohne die Aussicht auf Wiederkehr verließen die Briganten schweren Herzens ihre zerstörte Heimat. Im Schatten der hohen Cambrónischen Berge überschritten sie die Landesgrenze und betraten Âtron. Trotz der Zeitnot mussten sie vorsichtig sein. Denn würden sie zu früh entdeckt, war alles umsonst. Sie durchritten die Ebene von Ilan ohne Verzögerung und ließen Worcer, die Residenzstadt von Âtron, zu ihrer Linken liegen.

Doch dann stoppte Loégian den Zug. »Wir sollten die Nähe zum Zentrum Âtrons nutzen. Trotz aller Eile müssen wir König Cormac über die Situation in Sîl informieren. Vielleicht hat ihn diese Nachricht noch nicht erreicht. Lasst uns einen Boten zu König Cormac schicken und ihn um Hilfe bitten.«

Der Bote bekam das schnellste Pferd und brach sofort nach Osten auf. Danach setzte sich der Reittrupp wieder in Bewegung. Auf der Ebene kamen sie schnell voran. Sie ritten meist auch nachts. Dennoch dauerte es fünf Tage, bis sie Camallate endlich erreichten. Dort bot sich ihnen ein erschreckender Anblick. Der nahe Krieg war unübersehbar. Zu Füßen der mächtigen Burg lagerte ein riesiges Heer Verwundeter. Die Häuser der Bauern und Handwerker außerhalb der Stadtmauern waren in Lazarette umgewandelt worden. Hier wurden die Verwundeten versorgt. Ihre große Zahl ließ auf schwere Kämpfe schließen. Conall lief durch die Reihen seiner Landsleute. Viele seiner alten Kampfgefährten waren verwundet, andere fand er gar nicht – sie waren auf dem Schlachtfeld gefallen. Schnell machte sich der oberste Heerführer von Sîl ein Bild von der verheerenden Lage.

Auf dem Weg zum König wurden die Gefährten unterrichtet. »Lord Balzôrc ist vor drei Wochen mit einer riesigen Streitmacht an der westlichen Küste gelandet. Ihr wisst, wie breit und zerklüftet unsere Küste ist. Deshalb haben unsere Späher die Feinde zu spät bemerkt. Die schwarzen Truppen sind wie die Ameisen auf das Festland geströmt und haben alles unter sich begraben. Alle Versuche, sie aufzuhalten, sind gescheitert. Wie eine dunkle Woge bewegt sich das schwarze Heer unaufhaltsam auf Camallate zu. Die Cambrónischen Berge werden sie bald überquert haben. Wenn sie die Ebene erreichen, steht ihrem Vormarsch auf die Königsburg nichts mehr im Wege.«

König Líath tagte mit seinen Kriegsherren im Thronsaal. Er war immer noch ein Mann in den besten Jahren, aber tiefe Sorgenfalten zeichneten nun das Gesicht des Königs, und graue Strähnen durchzogen seine Haare und den Bart. Doch man konnte seine Stärke noch immer unschwer erkennen. Als er Conall und seine Begleiter sah, lichtete sich seine düstere Miene für einen kurzen Augenblick.

Freudig begrüßte er seinen Heerführer: »Conall! Endlich. Wir haben schon befürchtet, du wärst in einen Hinterhalt von Balzôrc geraten. Und du hast sogar Verstärkung mitgebracht. Willkommen, werte Freunde aus Brigant. Ich sehe Gwydón, aber auch unbekannte Gesichter. Tretet ein und erzählt, wie es euch ergangen ist. Wart ihr siegreich in Brigant?«

Conall schüttelte stumm den Kopf. Der König sah sich um. Er suchte Thorolf in der Menge der Briganten. Diesen alten Kämpfer kannte er seit Jahren aus unzähligen gemeinsamen Abenteuern. Doch er konnte ihn nicht finden.

»Wo ist Thorolf? Wer spricht für das Heer von Brigant?«

Da trat Loégian vor den König von Sîl. »Ich, mein König.« Damit neigte er sein Haupt. »Wir überbringen keine guten Nachrichten. Brigant fiel vor etwa drei Wochen. Viele tapfere Kämpfer verloren dabei ihr Leben, darunter auch Thorolf.«

»Was ist mit Fürst Enatos? Warum ist er nicht mitgekommen?«

Loégian schüttelte verbittert den Kopf. Seine Stimme versagte.

Da trat Gwydón vor: »König Líath, auch Fürst Enatos fand seinen Tod auf dem Schlachtfeld. Das Reich Brigant existiert nicht mehr.«

Balzôrcs Truppen ließen die Berge schneller als erwartet hinter sich – zu früh für die Verstärkung aus Brigant.

Zahlreiche Pilosi strömten auf die Ebene. Es waren so viele, dass man ihre Anzahl nur schätzen konnte. Es mussten mehrere Hunderttausend sein. In der Verengung der Ebene zwischen den Flüssen Uruku und Weón hatten sich die Verteidigungstruppen verschanzt und erwarteten die dunkle Streitmacht. Immer wieder griffen die Truppen von Sîl aus dem Hinterhalt an. Aber sie vermochten es nicht, den feindlichen Zug zu stoppen. Balzôrcs Nachschub schien unerschöpflich. Darüber flogen die kupferroten Vögel unter Führung des dreiköpfigen Geiers. Ihr giftiger Atem fand erneut viele Opfer. Die feindlichen Truppen wüteten grausam, und das Verteidigungsheer von Sîl wurde stark dezimiert.

In dieser Not ersannen die Druiden eine List. Auf ihr Gebot verwandelten sich die Bäume und Sträucher der Ebene. Sie wurden zu Kriegern aus Fleisch und Blut und griffen die überraschten Feinde an. Zum Schutz der menschlichen Kämpfer beriefen die Druiden einen weiteren Zauber. Sie belegten die Giftpilze am Rande der Ebene mit einem mächtigen Bann. Daraufhin wuchsen die giftigen Gewächse und wurden zu mächtigen Schilden, stark genug, um den tödlichen Atem der roten Vögel abzuwehren. So hielten die Verteidiger von Sîl der feindlichen Übermacht stand, bis die Verstärkung aus Brigant ankam.

Doch auch die restlichen Truppen verschafften nur eine geringe Entlastung. Obwohl sie, wie geplant, die feindlichen Truppen von hinten angriffen, war ihr Erfolg nur von kurzer Dauer. Zu schnell ersetzte Balzôrc seine Verluste. Mit knapper Not schafften es Krischa und seine Krieger hinter die hohen Stadtmauern von Camallate. Die Situation wurde brenzlig.

Da entschlossen sich Déroil, Caldur und Gwydón zu einem gewagten Schritt. Sie entschieden, die Druidenwinde anzurufen. Dies war ein alter Zauber, seit Menschengedenken nicht mehr angewendet. Aber in dieser Notlage benötigten sie die mächtige Magie des Zauberwindes. Déroil informierte seinen König über die Pläne. Die Krieger schöpften dadurch wieder etwas Mut. Schnell wurden die neuen Kriegsvarianten besprochen und strategisch geplant. Währenddessen bereiteten die Druiden das bevorstehende Ritual vor. Es verlangte höchste Konzentration, um wirksam zu werden, und höchste Fertigkeit, um die gerufenen Mächte zu bändigen.

Noch vor Sonnenaufgang brachen die Druiden auf. Währenddessen sammelte sich das Heer von Sîl. Sie schlugen Gehölz und versteckten sich in seinem Schatten. Dann warteten sie. Déroil, Caldur und Gwydón mussten sich beeilen, um ihr Ziel rechtzeitig zu erreichen. Da für das bevorstehende Ritual vier Männer nötig waren, nahmen sie einen weiteren Druiden mit. Zur Mittagssonne erreichten sie einen mächtigen Weißdornbaum. Einsam stand er in der Mitte der Ebene und zeigte die halbe Strecke zwischen dem Weón im Norden und dem Uruku im Süden an. Er war uralt. Seine weißen, zu Trugdolden geordneten Blüten strahlten trotz der kalten Jahreszeit. Tief in seinem dichten Gehölz verborgen trug er seine roten Früchte. Dieser Baum war heilig. In Friedenszeiten kamen die Menschen oft hierher, um zu den Göttern und Geistern zu beten.

Nun begannen die Druiden die heilige Beschwörung. Der Zeitpunkt des Rituals war mit Bedacht gewählt. Die Sonne war unbeliebt bei den Pilosi. Zur Mittagszeit zogen sie sich ja meist in ihre dunklen Erdgänge zurück. Also störte niemand das Ritual. Der Wind blies von Norden, als die vier Druiden den alten Busch dreimal umschritten. Sie waren tief in Gebete und magische Beschwörungsformeln versunken. Zu je einer Himmelsrichtung gewandt blieben die Druiden stehen. Ein jeder schnitt einen Weißdornzweig. Dann stellten sie sich mit dem Rücken gegen den heiligen Baum, den Zweig in der einen und einen magischen Schleuderstein in der anderen Hand. Darüber sangen sie neun Mal Verse der Verfluchung. Der Nordwind legte sich. Für einen kurzen Augenblick herrschte absolute Windstille. Da legten die vier Druiden die verzauberten Steine und Zweige zeitgleich auf die Wurzeln des Weißdorn. Augenblicklich wirkte die Verfluchung.

Der Himmel verdunkelte sich, und die Luft erhob sich mit aller Macht. Die Druiden hatten einen großen Wind entfesselt. Als das schwarze Heer der Pilosi einen erneuten Angriff startete, waren sie dem Zauberwind schutzlos ausgeliefert. Seine heftigen Sturmböen trafen sie mit voller Wucht. Der Wind peitschte den Staub der Ebene auf und legte sich auf Augen und Ohren der Feinde. Die Pilosi konnten nichts mehr sehen und liefen verwirrt umher. In ihrer Blindheit erkannten sie nicht, wen sie bekämpften, und erschlugen ihre eigenen Leute. Gleichzeitig brachen die Verteidigungstruppen von Sîl aus ihren Verstecken. Sie waren durch den eigenen Zauber geschützt und griffen das feindliche Heer an. Rachedurstig wüteten sie in den Reihen der Pilosi und erschlugen zahlreiche Gegner. Der Ansturm war so heftig, dass das schwarze Heer die Flucht ergriff. Panikartig ließen sie ihre Waffen fallen und zogen sich in die Berge zurück. Das Verteidigungsheer von Sîl hatte einen ersten großen Sieg errungen.

In ihrer Euphorie merkten sie erst spät, dass sie trotz des Triumphes ihren größten Verlust erlitten hatten. Denn im Schlachtgewühl war König Líath auf einen Gegner gestoßen, den er nicht besiegen konnte: Ingcél, den dunklen Kriegsfürst. Mit einem mächtigen Schwerthieb vollendete er den blutigen Auftrag seines Herrn Balzôrc. Das Haupt von König Líath fiel in den Staub. Danach verschwand Ingcél mit einem grausamen Lachen und überließ den Verteidigern von Sîl das Schlachtfeld.

Kronprinz Brégon sah in verzweifelte Gesichter. Also trat er vor seine Krieger.

Mit kräftiger Stimme sagte er: »Silurer. Ein großer Verlust hat uns getroffen. Mein Vater Líath, unser geliebter König, ist tot. Er hat sein Leben gelassen im Kampf für unser Land. Allein deshalb dürfen wir nicht zulassen, dass Lord Balzôrc siegt. Wir werden kämpfen und dafür sorgen, dass mein Vater nicht umsonst gestorben ist. Ich werde alles dafür tun. Darauf gebe ich euch mein königliches Wort. Aber zuerst wollen wir dem König die letzte Ehre erweisen. Lasst ihn uns so gebührend zu Grabe tragen, wie es im Moment möglich ist.«

In aller Eile wurde eine Grabstelle im Schatten der Burg bereitet. Viele Hände hoben Tonnen von Erde aus und schufen von Westen nach Osten eine unterirdische doppelte Holzkammer. Dann wurde König Líath zum Fluss Uruku getragen. Das Volk von Sîl versammelte sich am Flussufer und begleitete den verstorbenen König auf seinem letzten Gang. Déroil und seine Druiden wuschen den Leichnam mit dem reinen Wasser des strömenden Flusses. Dann kleideten sie den Verstorbenen in ein weißes Totengewand. Sie schmückten ihn mit dem Geschmeide, das er zeit seines Lebens am liebsten getragen hatte: sein goldener Torques, Gürtelblech und Waffenverkleidungen aus Gold, Armbänder und zuletzt sein Amulett aus Bernsteinperlen. Dann wickelten sie die Leiche in grünes Laubwerk aus Birken- und Haselzweigen. Unter Wehklagen legten sie den Toten rückwärts in den Sarg, ein großer Einbaum, seit Jahren dazu vorgesehen, dereinst dem König letzte Ruhestätte zu sein. Die unterirdische Kammer war inzwischen mit Tüchern und Fellen, Haselzweigen, Kräutern und vielen Blumen ausgekleidet worden. Darauf wurde der Sarg gebettet. Der Kopf des Königs zeigte nach Osten. Zu seinen Füßen wurde sein vierrädriger Streitwagen platziert, mit Joch, Zügeln und dem Zaumzeug der Pferde. Weiterhin wurden dem Toten alltägliche Gegenstände, die ihm etwas bedeutet hatten, als Totenbeigabe beigelegt. Zusätzlich wurde das Grab mit edlem, bronzenem Speisegeschirr, Platten und Tellern für das Festmahl in der Welt der Toten bestückt, auch mit verzierten Trinkhörnern aus Gold. Daneben stellten sie einen löwenverzierten Bronzekessel, gefüllt mit süßem Honigmet, zusammen mit dem goldenen Schöpflöffel, um die Geister zu bewirten. Die Druiden sangen heilige Lieder, während die obersten Krieger dem König ihre Beigaben überbrachten. Die Totenbahre des Königs wurde zerstört und mit beerdigt. Unter Klagegesängen wurde das Grab mit der Erde von Sîl gefüllt und zu einem Hügel aufgeschüttet. Zuoberst wurde der Cairu gelegt, die schwere Steinplatte, die das Grab vor unliebsamem Zugriff schützte. Zuletzt ritzten die Druiden einen magischen Spruch für König Líath in einen Pfahl und schützten damit die Grabstelle. Nun trat ein junger Druide aus Sîl vor und sang das caoim, das rituelle Klagelied auf den Toten.

Doch viel Zeit zu trauern blieb ihnen nicht. Denn bald hatten Balzôrcs Truppen den Schock der Niederlage überwunden und schlugen mit doppelter Härte zurück. Prinz Brégon versuchte sein Bestes, um seinen Vater zu ersetzen. Doch ihm fehlten die Erfahrungen an der Spitze eines Heeres, und die Truppen verloren ihre Stärke. Dies meldeten Balzôrcs Späher Ingcél und er reagierte schnell. Er zog einen Ring um Camallate. Der Kreis wurde immer enger. Mit aller Kraft mühten sich die Silurer und ihre Verbündeten, das schwarze Heer von Camallate fern zu halten. Denn der Verlust des Schlosses würde unweigerlich die Niederlage von Sîl bedeuten. Verzweifelt kämpften die Krieger einen aussichtslosen Kampf.

Einen kleinen Hoffnungsschimmer brachte die Ankunft der heiß ersehnten Unterstützung aus Âtron. Angeführt wurden sie von Turell, dem zweiten Heerführer der Âtrebiten. König Cormac hatte viele tausend Krieger geschickt, die Hälfte der Streitmacht von Âtron. In einem Überraschungsangriff sprengten sie den feindlichen Ring um Camallate und erreichten die schützenden Stadtmauern. Nun verstärkten sie die Verteidigungstruppen von Sîl. Mit neuem Mut nahmen diese den Kampf wieder auf. Für eine Weile schien ihnen das Kriegsglück hold. Mit vereinten Kräften besiegten sie die Pilosi immer wieder. Doch dann verstärkte Ingcél den Druck. Seine frisch verstärkten Truppen schlugen erbarmungslos zurück.

Unwiderruflich zog er herauf, der Untergang von Sîl. Im fahlen Licht der Sonne sahen sie Mac Dathó, Balzôrcs mächtigen Magier, der über die Ebene unter der Burg schritt. Wohin er seinen Fuß setzte, verzauberte er die Erde mit seinem mächtigen Glom Dici, dem zwingenden Schrei. Unter schrecklichen Verwünschungen schleuderte Mac Dathó Salz in alle vier Himmelsrichtungen auf die Erde. Als die kristallinen Körner den Boden berührten, tat sich die verfluchte Erde auf und verschluckte die Verteidiger vor den Toren der Burg. Mac Dathó lachte grausam und gab Ingcél das Zeichen, Camallate zu stürmen. Die

Sonne ging grau unter, als die Pilosi in die Burg eindrangen. Zu spät erkannten die Verteidiger die grausame Wahrheit. Nie hatten alle Pilosi auf dem Schlachtfeld gekämpft. Die meisten der Erdgnome hatten in der Zwischenzeit tiefe Gänge in die Erde und unter die Mauern gegraben. Durch hunderte von Tunneln brachen die Pilosi in das Innere der Burg. Viele untergrabenen Gebäude stürzten ein und begruben Menschen unter sich. Gleichzeitig rammte der Rest des schwarzen Heeres große Löcher in die starken Mauern. Auch diese stürzten ein. In großen Scharen betrat der Feind Camallate. An seiner Spitze schritt Mac Dathó. Wo er ging, sprach er weitere Verwünschungen. Seine Magie war so mächtig, dass sie die Krieger in seiner Nähe augenblicklich in Stein verwandelte. Schon bald zeigte das breite Band der zu Stein erstarrten Menschen den Weg des schwarzen Magiers.

Nun war das Schicksal von Sîl besiegelt. Doch die Verteidiger von Camallate wollten nicht aufgeben. Wütend schlugen sie zurück, bereit, die Burg ihrer Könige mit ihrem Leben zu verteidigen. Das Blut floss reichlich. Die strahlendsten Krieger fanden nun den Tod. Unter diesen war auch Gwydón. Ein vergifteter Pfeil traf ihn, abgeschossen aus dem Hinterhalt. Calatín, der Giftmischer des schwarzen Herrschers, hatte die Pfeilspitze speziell für diesen Zweck präpariert. Als er den kämpfenden Gwydón auf dem Schlachtfeld sah, schoss er das mörderische Geschoss ab. Sein Gift war tödlich. Innerhalb der nächsten neun Tage starb der Ollam von Brigant einen qualvollen Tod. Es war das Ende des Jahres 238.

7. Kapitel

Die dritte Etappe

Niam erwachte aus einem tiefen Traum am Fuße der Berge von Aldérion. Das Erste, was sie sah, waren Shidrén und Brânwi, die geduldig auf ihr Erwachen warteten.

»Shidrén, welcher Tag ist heute?«

»Nach eurer Zeitrechnung der zweite Tag des Jahres 239. Gestern an Samhain war der Jahreswechsel.«

»Ich war also tatsächlich wieder ein Jahr und ein Tag fort?«

»Ja.« Shidrén lachte hell auf. »Wir sind jetzt siebzehn. Du bist richtig erwachsen geworden.«

»Findest du?« Niam sah an sich herab.

Sie hatte sich wirklich verändert. Sie war gewachsen und ihre Figur war weiblich geworden. Erst jetzt bemerkte Niam, dass die Zwerge sie von Kopf bis Fuß neu eingekleidet hatten. Aber nicht nur die Reifung ihres Körpers zeigte Niam, dass Shidrén Recht hatte. Ihr Geist war ebenfalls reifer geworden. Niam merkte, dass sie eine Zielstrebigkeit entwickelt hatte, die ihre Schüchternheit besiegte. Ein neues Selbstbewusstsein machte sich bemerkbar. Niam hatte jetzt schon so viel erreicht, sie würde den Rest auch noch schaffen.

Entschlossen hob sie den Kopf und sah Shidrén und Brânwi an. »Gut, heute ist also der zweite November. In drei Monaten muss ich in Némes sein. Das gibt uns genügend Zeit, zuerst Gwydón zu suchen. Ich muss ihn dringend finden. Wir werden also zunächst nach Amarango gehen. Es ist nicht allzu weit von hier. Falls Gwydón nicht dort ist, wird Fürst Enatos sicher wissen, wo er ist. Wenn ich ihn dann gesprochen habe, machen wir uns auf den Weg nach Némes. Über das flache Land geht es schnell genug, und wenn wir uns beeilen, werden wir es sicher rechtzeitig schaffen. Was meint ihr?«

Shidrén war begeistert, Brânwi nicht. Laut krächzend protestierte sie.

Doch ihre Freundinnen hörten nicht. Zu verlockend war der Gedanke, alle ihre Lieben wiederzusehen. So nah würden sie ihrer Heimat lange Zeit nicht mehr kommen. Außerdem hatte Niam einen triftigen Grund für diesen Umweg. Schließlich musste Gwydón über seine Abstammung und Aufgabe informiert werden. Also brachen sie auf.

Eine breite Furt am Fuße der Berge ermöglichte den einzigen sicheren Übertritt über den Fluss. Gemächlich floss der Terent über die flachen Steinstufen. Dort, wo der Fluss schiffbar war, zeigten große Steine den Weg. Nur der geübte Schiffer konnte diese schwierige Passage bewältigen. Normalerweise war dies ein lieblicher Platz, doch heute bot er einen schaurigen Anblick.

An der Furt saß ein scheußliches, altes Weib und wusch ein blutiges Gewand. Ihr rotes Haar war mit grauen Strähnen versetzt und stand verfilzt wie Gras von ihrem hässlichen Kopf ab. Zahlreiche Beulen und eitrige Pusteln zierten ihre Stirn und ihre Augenbrauen waren dicht und buschig. Unter feuerrot geränderten Lidern lagen triefende Augen, deren Blick trübe und böse war. Ihre bläulich platte Nase stand über leichenblassen Lippen, welche die schwarzen Zahnstummel nur unzureichend verdeckten. Neben der Schreckensgestalt lag ein Berg abgeschlagener Köpfe und blutender Gliedmaßen.

Als Shidrén diese schreckliche Gestalt sah, hauchte sie »Die Badb!« und verschwand.

Auch Brânwi floh. Doch Niam konnte ihr nicht folgen. Etwas hielt sie zurück. Langsam schlich sie näher und beobachtete vorsichtig das unheimliche Spiel am Fluss.

Wann immer die hässliche Gestalt die Hand in die Fluten der Furt tauchte, sammelte sich das Wasser und färbte sich rot vor Blut. Hob sie aber ihre Hände wieder, zog sich das Wasser zurück und gab die Furt frei. Unter grässlichem Geschrei wusch die alte Vettel ein einziges blutiges Gewand. Niam erkannte mit Schrecken, dass es Gwydóns Gewand war. Da überwand sie ihre Angst und trat aus ihrem Versteck. Mit einer scharfen Kopfbewegung drehte sich die Alte ruckartig um und sah Niam mit feurig bösem Blick an. Niam erkannte, dass die Schreckensgestalt nur ein Auge hatte. An der Stelle des zweiten war nur eine dunkle Höhle.

Die Alte zischte: »Was beobachtest du mich, Menschenkind, und störst mein Tun?«

Niam nahm allen Mut zusammen. »Wer bist du?«, fragte sie zaghaft

Die Schaurige ließ von ihrem grausigen Tun ab und erhob sich. Sie war von mächtiger Gestalt, groß und dunkel, obwohl sie nur ein Bein und einen Arm hatte. Als sie sprach, erstarrte die Erde. »Ich bin die Wäscherin von der Furt, die Sorgenbringerin vom Terent.«

»Was tust du hier?«

»Ich wasche die Gewänder der Toten.«

»Und warum wäschst du Gwydóns Kleid?«

»Ich wasche die Gewänder der Toten. Gwydóns Kopf ist gefallen.« Sie lachte schaurig auf. Es klang wie Donnergrollen in weiter Ferne. Dann tauchte sie das blutige Kleid wieder in die Fluten des Terent und setzte ihr grausiges Ritual fort.

Niam war wie betäubt. Etwas in ihr sagte, dass diese unheimliche Gestalt die Wahrheit sprach, aber sie wollte es nicht wahrhaben. Fassungslos stammelte sie: »Aber … Gwydón … das ist doch sicher ein Irrtum.«

Doch die Alte lachte nur.

»Ich bin die Wäscherin von der Furt. Irrtümer sind nicht mein Problem. Ich bin die Todesbotin, ich bin die Badb und ich wasche die Gewänder der Toten. Hier bin ich nun fertig.« Damit erhob sich die Grausige. Sie lachte auf. »Jetzt muss ich gehen, denn es gibt heute noch viel zu waschen für mich.«

Damit verschwand die Schreckensgestalt. Zugleich brach ein plötzlich aufgezogenes Gewitter aus, das mit aller Gewalt auf die Ebene und den Fluss niederging.

Doch Niam bemerkte den heftigen Regen nicht. Sie war innerlich wie gestorben und sank zu Boden. Dort, wo eben noch die unheimliche Gestalt gewesen war, sprudelte der Fluss wieder ruhig über die Steine der Furt. Aber auch das sah Niam nicht. Sie weinte heiße Tränen über den verlorenen Freund.

»Niam«, klang es leise an ihr Ohr, »Niam, was ist geschehen? Was hat die Badb gesagt?«

»Die Badb?!« Niam fuhr hoch und sah Shidrén mit tränennassen Augen an. »Soll das heißen, dass du weißt, wer das gerade war?«

»Natürlich, ja. Das war die Badb, die dunkle Todesbotin aus der Unterwelt. Sie ist eine mächtige Schicksalsgöttin, so alt wie die große Mutter selbst. Ihre Botschaften sind stets wahr, denn der Tod ist ihr Verbündeter. Was die Badb auch verkündet, es ist unumstößliche Tatsache.

Ihr Urteil ist unfehlbar und hat sogar in meiner Welt Gültigkeit. Wer ist gestorben, Niam?«

»Gwydón! Gwydóns Gewand hat sie gewaschen.« Niam sprang auf und sah mit gequältem Gesicht in den weiten Himmel. Das Gewitter hatte sich so schnell verzogen, wie es gekommen war, und eine sternklare Winternacht zog herauf. Doch Niam hatte dafür kein Auge. Sie schüttelte immer noch ungläubig den Kopf und weinte. »Nein, ich will es nicht glauben.« Erschöpft fiel sie auf die Knie. Sie war plötzlich sehr müde und ihre Glieder waren schwer. »Ich hätte es doch gemerkt, wenn Gwydón etwas passiert wäre. Ich weiß, dass ich es gespürt hätte. Außerdem hat König Elfric gesagt, dass Gwydón …« Hier brach Niams Stimme.

Von einem heftigen Tränenkrampf geschüttelt, sank sie an der Furt in sich zusammen und vergrub ihr Gesicht in den Händen. Auch Shidrén weinte. Der Tod des Freundes traf die kleine Fee ebenfalls schwer, und sie ließ die Flügel betrübt hängen. In dieser Nacht weinte sich Niam in einen unruhigen Schlaf. Traumlos wälzte sie sich von einer Seite zur anderen.

Am nächsten Morgen erhob sie sich nur schwer. Sie war wie gerädert, versteinert und taub. Ihr neues Selbstvertrauen schwand. Wenn Gwydón wirklich tot war … Ohne ihn war Niam wirklich allein auf der ganzen Welt. Die eiserne Hand der Trauer zog ihr Herz zusammen, und die letzte Zuversicht verschwand.

Die nächsten Tage blieb Niam in der Nähe der Furt und betrauerte ihren Freund. Shidrén und Brânwi verhielten sich sehr leise. Eine düstere Stille lag über allem. Doch tief in Niams Inneren erhob sich die Stimme der Vernunft. Zuerst zaghaft, aber dann immer bestimmter verschaffte sie sich Gehör und drang in Niams Bewusstsein. Der Verstand gewann die Oberhand über die dunkle Woge der Trauer. Eindringlich forderte er Niam auf, endlich erwachsen zu werden und die Konsequenzen ihres Handelns zu überprüfen, nicht nur für sich selber, sondern auch für die ganze Menschheit. Niams Herz begann zu klopfen. Ihre Aufgabe. Wie sollte sie jetzt, da Gwydón tot war, diese Prüfung bestehen? Nicht nach dem, was sie in Brug-Na-Boinne erfahren hatte. Ohne Gwydón war es unmöglich, denn er war die zweite Säule … Doch die innere Stimme verstummte nicht. Mühsam erhob sich Niam und packte ihre Sachen. Dann ging sie los, Shidrén auf der einen und Brânwi auf der anderen Schulter.

Sie folgte dem Fluss nach Süden. Unterwegs sah Niam einen sterbenden Haselbusch. Bis vor kurzem war er in voller Pracht gestanden. Starke Äste und viele Zweige waren der Beweis. Doch nun war er ohne jegliches Leben. Verdorrt hingen seine Blätter herunter. Dies war der letzte Beweis für Gwydóns Tod. Denn als Ollam von Brigant war Gwydón ein »Sohn des Haselbusches« und hatte eine besondere Beziehung zu diesem Baum. Ohne weitere Verzögerung setzte sie ihren Weg nach Süden fort. Nur kurze Ruhepausen gönnte sie sich, um die verlorene Zeit wieder aufzuholen.

Doch eines Tages stoppte sie Shidréns Hilferuf. Schrill hallte die helle Stimme der Fee über die Ebene.

Schnell lief Niam zu ihrer Freundin. »Shidrén, was ist los? Ist dir etwas passiert?«

»Nein, mir nicht, aber einem Freund von mir. Bitte komm, so schnell du kannst. Er braucht deine Hilfe. Schnell!«

Niam rannte hinter der kleinen Fee her in den nahen

Wald. Shidrén flog tief ins Unterholz bis zu einem alten Baum. Dort sah Niam einen großen schwarzen Wolf. Er war in einer Bärenfalle gefangen. Die eisernen Zangen hatten den Fuß gefasst und blutig zerfetzt. Das gewaltige Tier hatte sich im aussichtslosen Kampf gegen die Eisenfalle aufgerieben und lag in den letzten Zügen. Sofort trat Niam zu ihm, doch dann sah sie seine scharfen Zähne und hielt inne.

Aber Shidrén beruhigte sie. »Hab keine Angst, er tut dir nichts. Das ist Cu. Seit vielen Jahren ist er ein Freund von mir. Er weiß, dass du ein guter Mensch bist. Und er weiß, dass du hier bist, um ihm zu helfen. Also komm und sieh dir seine Verwundung an. Kannst du ihn befreien?«

Vorsichtig näherte sich Niam dem schwarzen Raubtier. Trotz seiner Verwundung sah er gefährlich aus, mächtig und stark. Er hob seinen großen Kopf und sah Niam ruhig aus seinen gelben Augen an. Er winselte leise und seine Rute wedelte schwach. So friedlich wirkte er, dass Niam ihre Angst verlor. Sie setzte sich neben ihn und murmelte beruhigende Worte. Zaghaft streckte sie die Hand aus und streichelte sein dunkles Fell. Unter ihren Berührungen entspannte sich das große Tier. Es hörte auf zu zittern und lag ganz ruhig. Vorsichtig untersuchte Niam sein verletztes Bein. Tief hatten sich die harten Eisenzangen in das Fleisch des Wolfes eingegraben. Leblos hing der verletzte Vorderlauf in der Falle. Zuerst musste das Bein befreit werden. Vorsichtig legte Niam ihre Hände auf die Zange. Ihr Blick traf den Wolf. Da drehte er den Kopf zur Seite und schloss die Augen. Niam wusste, dies war das Zeichen zum Handeln. Mit aller Kraft bog sie die beiden mächtigen Klauen auseinander. Mit letzter Anstrengung konnte der Wolf seinen verletzten Lauf aus der Falle ziehen. Jaulend leckte er seine blutende Wunde. Niam hatte ihre Hände immer noch an den kräftigen Eisenzangen, als Cu sich plötzlich erhob und zu ihr trat. Vor ihrem Gesicht kam er zum Stehen. In Augenhöhe trafen sich sein gelber und ihr blauer Blick. Niam hielt den Atem an. Deutlich blitzten Cus scharfe Reißzähne in dem großen Maul. Dann ließ er schnell seine Zunge über ihr Gesicht gleiten – ein Kuss auf Wolfsart. Das überraschte Niam derart, dass sie kurz die Falle in ihren Händen vergaß. Doch dieser Augenblick genügte. Mit der Wucht ihrer gesamten Spannung schnappte die Falle zusammen. Niam schrie laut auf. Tief fraßen sich die Eisenzähne in ihre linke Hand. Der Schmerz war unerträglich. Ihr Kopf drehte sich und sie drohte, das Bewusstsein zu verlieren. Mit letzter Kraftanstrengung öffnete Niam die Eisenzangen und befreite ihren verwundeten Arm. Dann verließen sie ihre Sinne vor Schmerz. Nebelhaft sah sie, wie Cu ihre blutende Wunde ausgiebig leckte. Aber Niam war zu keiner Gegenwehr fähig und versank wieder in schweren Träumen.

Im Fieberwahn sah sie Gwydón, der zu ihr sprach. Er führte sie durch den Wald und stellte ihr die Dusii vor, kleine Waldgeister, welche die hiesigen Bäume und Pflanzen bewohnten. Sie hießen Âlfar, Mágàlf und Griâlf. Es waren drollige, kleine Gestalten von freundlichem Wesen, scheu und meistens unsichtbar. In ihren wenigen klaren Momenten glaubte Niam sogar, diese kleinen Wesen flüstern zu hören, doch dann versank sie wieder im heilenden Schlaf.

Nach zehn Tagen erwachte Niam wieder, und alles war vorbei. Ein herrlicher Wintertag leuchtete ihr entgegen. Sie blickte sich um. Sie lag auf einem weichen Lager, ausgepolstert mit Gras und Zweigen und den edelsten Kräutern des Waldes. Um ihre Wunde war ein Heilverband gelegt. Die Hand schmerzte kaum noch. Neben ihr lagen, liebevoll hergerichtet, Beeren und viele andere Früchte des Waldes. Niam setzte sich auf. Da kamen auch schon Shidrén und Brânwi angeflogen.

»Niam, endlich bist du aufgewacht. Wie geht es dir?«

Niam nickte lächelnd. Sie fühlte sich gut, ausgeruht, kräftig und – hungrig. Fragend sah sie auf die köstlichen Waldfrüchte.

Shidrén lachte hell auf. »Greif ruhig zu.«

»Hast du das alles für mich gesammelt?«

»Mit meinen Freunden.«

»Deine Freunde? Wen meinst du?«, fragte Niam mit vollem Mund.

»Die Dusii. Hast du sie nicht gesehen?«

»Die gibt es wirklich? Ich dachte, sie seien nur Gestalten aus meinen Träumen. Wo sind sie? Ich möchte mich bedanken.«

»Sie sind schon wieder weg. Den Menschen zeigen sie sich nicht gerne. Sie senden aber ihre Grüße. Aber hier ist noch jemand, der dich begrüßen möchte.«

Damit deutete die kleine Fee zu Niams Füßen. Dort lag Cu und wachte über ihr Wohl. Nun erhob er seinen gewaltigen Kopf und sah sie aufmerksam an. Niam lächelte und streckte ihm ihre Hand entgegen. Schwanzwedelnd kam er näher und leckte ihre Fingerspitzen. Niam strich dem Wolf sanft über den großen Kopf und kraulte sein seidiges Fell. Cu knurrte leise und genüsslich. Er rührte sich nicht, und die Muskelspiele seines kräftigen Körpers zeigten sein Wohlbehagen. Zum Schluss leckte er noch einmal ausgiebig ihre Hände und besiegelte so das Bündnis. Von diesem Tag an hatte Niam in dem großen Wolf einen weiteren treuen Begleiter auf ihrer Reise.

Endlich fand die Musik wieder Einlass in ihre Gedanken. Und da war sie erneut, Niams Melodie. Machtvoll strebte der Teil in der Tonart F in Niams Bewusstsein. Mit den Worten des Liedes Antarr erhielt er nun wie von selbst seine Bedeutung. Es war, als hätten auch diese alten Verse endlich ihre Ergänzung gefunden.

Der Winter war außergewöhnlich mild in diesem Jahr. Dennoch war die Luft kühl. Fröstelnd zog Niam den warmen Rabenmantel enger um ihre Schultern. Drei Tage wanderte sie noch an den Ufern des Terent entlang. Dann änderte der Fluss abrupt seine Richtung und floss nach einer steilen Flussbiegung nach Osten. Hier war die imaginäre Grenze von Brigant. Dahinter begann das Königreich Âtron. Nun verließ Niam mit ihren Begleitern den Flusslauf des Terent und betrat die Ebene von Hánbion, die größte Ebene von Âtron. Im Osten dieser Ebene lag Némes. Dorthin lenkte Niam ihre Schritte. Die Ebene von Hánbion war riesig. So weit das Auge reichte, sah man nur Steppe und Gras, nur selten unterbrochen von einzelnen alten Bäumen. Der östliche Teil von Âtron war nur spärlich besiedelt. Es war eine einsame Gegend. Inzwischen hatte leichter Schneefall eingesetzt. Weiße Flocken fielen auf das weite Land und zeigten Niams Spuren im Schnee. Ein scharfer Wind pfiff. Die Nächte wurden bitterkalt.

Nach vier Tagen sah Niam Häuser am Horizont. Das war die Stadt Númenon, die letzte menschliche Ansiedlung vor den Hardénischen Wäldern.

Númenon war eine richtige Stadt mit einer hohen Steinmauer und mächtigen Stadttoren. Doch trotz der Kälte wollte Niam der Stadt lieber keinen Besuch abstatten. Sie hatte keine Zeit für einen Abstecher. Bis Imbolc waren es nur noch vierzehn Tage. Deshalb wählte Niam den kürzesten Weg nach Osten. Er führte direkt an Númenon vorbei. Sie hatte die Stadt fast schon hinter sich gelassen, als lautes Gezeter sie aufhorchen ließ. Da öffnete sich das östliche Stadttor, und eine wütende Menschenmenge strömte heraus. Die Stimmung war aufgeheizt. Ein kräftiger Mann führte die Meute an. Er führte die Menschen zu einer kleinen Anhöhe.

Dort blieb er stehen und schrie laut: »Hier soll er stehen, der Scheiterhaufen. Und hier soll sie brennen, die alte Hexe. Lasst uns nun das Holz richten und dann holen wir Cailleach aus ihrer Hütte.«

Die Menschen grölten zustimmend. Dann liefen sie auseinander, um Holz zu sammeln.

In der allgemeinen Aufregung trat Niam zu einer Frau: »Was geschieht hier?«

»Wir retten unsere Stadt und befreien uns von der Cailleach.«

»Wer ist Cailleach?«

»Das ist die alte Hexe am Ende der Stadt, wo sie ihr schwarzes Handwerk ausübt.«

»Was für ein schwarzes Handwerk?«

»Sie braut in ihrer kleinen Hütte vergiftete Tränke und sie murmelt ständig magische Sprüche. Sie ist eine üble Zauberin und sie hat viele von uns bereits verhext. Wir alle wissen, dass es ihre Schuld war, als unsere Dorflehrerin die Zwillingstotgeburt hatte, und seit die alte Hexe bei uns ist, sind viel weniger Kälber geboren worden.«

»Aber das kann doch auch ganz andere Gründe haben.«

»Nein, das ist Cailleachs Schuld. Deshalb haben die Götter sie verflucht. Warum sollten sie ihr sonst diese Krankheit geschickt haben?«

»Welche Krankheit?«

»Eine schreckliche Seuche hat sie befallen. Überall hat

Cailleach eitrige Beulen und Pusteln und ihre Lunge spuckt Blut. Damit gefährdet sie uns alle. Deshalb muss sie sterben. Das ist die Strafe für ihr gottloses Tun.«

In diesem Augenblick traf Niam eine Entscheidung. »Wo ist Cailleach jetzt?«

»In ihrer Hütte am äußeren Rand der Stadt.«

Schnell verließ Niam den Scheiterhaufen und betrat die Stadt durch eine kleine Tür. Sie suchte das Haus der Cailleach. Je weiter sie sich vom Zentrum der Stadt entfernte, desto schäbiger wurden die Häuser. Cailleachs Haus war eine baufällige Hütte, klein und ärmlich. Niam klopfte an die Tür und trat ein. Drinnen war es dunkel. Durch zahlreiche Löcher in Wänden und Decke pfiff der Wind. Ein stechender und unangenehmer Geruch lag in der Luft. Vorsichtig sah Niam sich um. Es war eine karge Hütte. Niam sah einen rohen Holztisch mit allerlei Kräutern, Pilzen und Gewürzen. Ein Kessel hing über einer kleinen Feuerstelle.

»Hallo! Cailleach? Wo bist du? Wir müssen sofort weg!«

»Was willst du hier?«, zischte es aus der hinteren Ecke der Hütte. Niam erkannte eine Liege. Eine dunkle Gestalt erhob sich und trat langsam aus der Dunkelheit in das spärliche Licht. Das war die Cailleach. Sie war alt und hässlich wie die Nacht. Alle Kennzeichen eines langen, harten Lebens waren in ihrem runzeligen Gesicht eingegraben. Ihre Augen stachen böse unter den buschigen Augenbrauen hervor. Eitrige Beulen und Geschwüre verschlimmerten ihren abstoßenden Anblick. Ihre ohnehin schon boshaften Augen waren blutunterlaufen und glitzerten gefährlich im Fieberwahn. Sie sah Niam feindselig an. »Wieso störst du meine Ruhe? Bist du die Vorhut des Pöbels?«

»Nein. Ich bin hier, um dich zu warnen. Gleich werden sie kommen, um dich zu holen. Sie wollen dich verbrennen.«

»Das weiß ich bereits. Ist das alles?«

»Außerdem bist du krank. Ich möchte dir helfen.«

»Helfen?« Die Alte lachte gehässig auf. »Wie willst du mir denn helfen?« Sie fuhr mit ihren knochigen Fingern unter Niams Gesicht. »Glaubst du wirklich, ich brauche deine Hilfe, kleines Menschenkind? Weißt du denn nicht, wer ich bin? Ich bin die Cailleach, eine mächtige Zauberin. Haben dich die ängstlichen Menschen nicht vor mir gewarnt?«

»Doch. Aber ich bin trotzdem gekommen. Du bist in Gefahr und jemand muss dir helfen.«

»Die Menschen dieser Stadt fürchten mich. Und das tun sie zu Recht.« Cailleach wuchs zu ungeahnter Größe. »Denn ich bin Cailleach, die Alte. Seit Urzeiten ist der Tod mein mächtiger Verbündeter ...« Ein heftiger Hustenanfall unterbrach diese flammende Rede.

Von heftigen Krämpfen geschüttelt, sank die alte Frau auf die Knie. Niam konnte ihren Sturz gerade noch aufhalten. Cailleach wirkte mit einem Mal sehr zerbrechlich, schwach und krank. Niam wickelte sie in eine Decke. Dann hob sie die alte Frau hoch und schleppte sie aus dem Haus. Mit letzter Kraft erreichte sie den Schutz des Waldes. Hier waren sie erst einmal in Sicherheit. Sorgsam bettete Niam die Kranke unter einen Baum. Unterdessen bezeugte zorniges Geschrei, dass die Menschen von Númenon Cailleachs Flucht bemerkt hatten. Niam duckte sich unter das Astwerk und beugte sich schützend über die kranke Frau. Die Alte stöhnte im Wahn und schien im Feuer des Fiebers zu verbrennen. Niam musste dringend etwas tun, um Cailleachs Leben zu retten. Verzweifelt versuchte sie sich an das zu erinnern, was sie in Môn gelernt hatte. Ein Trank aus Lindenrinde senkte das Fieber und die Tanne erleichterte die Atmung. Außerdem die Eiche zur Beruhigung der Bewegungen und der Nerven. Sofort schickte sie Shidrén und Brânwi auf die Suche. Auch Niam ging. Sie benötigte einen Kessel. Also schlich sie vorsichtig in Cailleachs Hütte zurück. Dort packte sie den Kessel und ein paar Kräuter zusammen und eilte wieder in den Wald. Hier sammelte sie Äste der Esche und entzündete ein Feuer aus ihrem Holz. Darüber stellte sie den Kessel. Aus ihrem Beutel holte Niam ein paar Heilpflanzen und Kräuter und erstellte damit die Basis für den Heiltee aus Linden- und Tannenrinde. Vorsichtig flößte sie der Kranken den heißen Sud ein. Dann bereitete sie einen Umschlag aus Eichenrinde und den Nadeln der Tanne und wickelte ihn um Cailleachs Hals und Brust. Sanft strich sie über das runzelige Gesicht. Aber Cailleachs Zustand verschlechterte sich. In heftigen Krämpfen warf sie sich unruhig hin und her. Da begann Niam leise, das hohe Lied der Heilung für Cailleach zu singen. Während sie sang, entspannte sich die alte Frau.

Cailleachs Genesung dauerte insgesamt zehn Tage. Dann schlug sie die Augen auf. Sie fühlte sich gut, kräftiger und stärker als vorher. Neugierig sah sie sich um und entdeckte die blonde junge Frau, die ihre Hand hielt. Freundlich lächelte sie Niam an. Das war das erste Lächeln dieses Gesichts seit Jahrtausenden. Nun sah Cailleach gar nicht mehr unheimlich und hässlich aus, sondern vielmehr gütig und weise.

Sie drückte Niams Hand und sagte: »Ich freue mich, dich kennen zu lernen, Niam. Deine Behandlung hat Wunder gewirkt. Ich bin wieder gesund. Sogar die Eitergeschwüre sind weg. Ich bin wieder im Vollbesitz meiner Kräfte. Danke, helles Kind.«

Niam zuckte zusammen. »Aber wieso weißt du …? Ich meine, woher …?«

Die Alte lachte. »Dass du das auserwählte Kind bist? Das wusste ich bereits bei deinem Eintritt in meine Hütte. Und ich weiß noch viel mehr. Ich bin die Cailleach, die greise Mutter. Ich bin Trägerin des alten Wissens, und die große Göttin ist meine Verbündete.«

»Gehörst du auch zum Clan der alten Mutter?«

Cailleach schien ein wenig zu überlegen, dann nickte sie lächelnd. »Ja, das könnte man so sagen.«

»Kennst du die Herrin Aífe?«

»Ja. Niemand kennt sie länger als ich. Aber jetzt erzähle mir von dir. Du bist auf dem Weg nach Némes, nicht wahr? An Imbolc musst du da sein.«

Niam nickte.

»Dann musst du dich aber beeilen. In vier Tagen endet der Januar.«

»Ich weiß. Aber zuerst muss ich dich in Sicherheit bringen. Die Menschen wollen dich töten. Warum fürchten sie dich so, Cailleach? Was hast du getan?«

»Die Menschen fürchten immer das, was sie nicht verstehen. Meine Art und mein Wissen sind so alt, dass niemand sich mehr erinnert. Also begreifen sie es nicht. Deshalb hassen sie mich. Aber obwohl mich die Menschen fürchten, so rufen sie mich doch im Augenblick ihres Todes. Denn ich führe sie heim zur großen Mutter. Kein Mensch kann mir schaden, denn ich stehe über ihnen. Also sorge dich nicht weiter um mich. Deine Aufgabe in Númenon ist erledigt. Mache dich nun wieder auf den Weg. Gehe einfach immer nach Osten. Um nach Némes zu kommen, musst du die Hardénischen Wälder durchqueren. Hinter ihnen liegt Königin Flûrs Zauberwald. Zu Imbolc musst du auf die Lichtung mit dem Feenkreis treten, dann wird dir die Pforte nach Némes aufgetan. Ich bete für dich, Niam, und wünsche dir Glück auf all deinen Wegen. Auf ewig stehe ich in deiner Schuld, strahlendes Kind. Der Segen der großen Göttin begleitet dich. Und jetzt gehe. Die Zeit drängt.«

Die Cailleach hatte Recht. Also verabschiedete sich Niam und eilte nach Osten.

8. Kapitel

Némes

Die geheimen Pfade der Cailleach waren tatsächlich die schnellsten. Nach zwei Tagen hatte Niam die Ebene von Hánbion hinter sich gelassen. Vor ihr lagen die sagenumwobenen Hardénischen Wälder. Hier im Wald war Cu in seinem Element. Zielsicher führte er Niam durch das dichte Gehölz. Brânwi flog hoch über ihren Köpfen und sicherte ihren Weg. Shidrén indes saß auf Niams Schulter und ließ sich tragen. Je weiter sie nach Osten gelangten, desto dichter wurde der Wald. Kräftige Schlingpflanzen hatten oft einzelne Bäume miteinander verbunden. Der artenreiche Farn am Boden bezeugte das spärliche Licht, das durch das dichte Walddach fiel. Als der Abend anbrach, führte Cu Niam unter einen letzten tiefhängenden Ast.

Plötzlich befand sich Niam auf einer Lichtung, tief versteckt im Schatten der hohen Bäume. Dort sah sie zwölf große Fliegenpilze im Kreis um einen blühenden Weißdorn stehen. Niam war wie elektrisiert. Schlagartig erkannte sie, dass dies das gesuchte Tor nach Némes war. In der anderen Ecke der Lichtung stand einsam eine mächtige Rotbuche. Noch schlief sie fest ihren Winterschlaf, tief im Zentrum ihrer Wurzeln. Niam trat zu dem ehrwürdigen Baum und berührte voller Liebe seine alte Rinde. Sie legte die Wange an seinen Stamm und schloss die Augen. Ich grüße dich, alter Bewohner der Erde, dich und alle, die mit dir sind. Mögen die große Mutter und die Götter euch alle stets beschützen. Träumt gut und in Frieden, bis die Zeit kommt und ihr wieder in voller, wunderschöner Blüte erwachen werdet, dachte sie still und öffnete die Augen wieder. Nun trat sie zu dem Weißdorn in den Feenkreis und begrüßte auch ihn. Dann schaute sie zum Himmel. Die Sonne neigte sich bereits ihrem Untergang entgegen. Ihr blieb nicht mehr viel Zeit bis zum Anbruch der heiligen Nacht. Also begann Niam sofort, das Ritual vorzubereiten.

Zuerst mussten die notwendigen Pflanzen besorgt werden. Am Waldessaum stand ein Haselbusch. Tief in seinem Astwerk verborgen fand Niam eine letzte Haselnuss. Das war die erste Frucht. Brânwi hatte unterdessen ein paar Beeren der Eberesche besorgt. Glücklich nahm Niam die schwarzroten Vogelbeeren entgegen. Das war die zweite Frucht. Auch Eicheln waren kein Problem, wohl aber Holunderbeeren. Doch Shidrén wusste, wo ein Holunder stand, und verschwand. Während ihrer Abwesenheit begann Niam, sich selbst auf das Ritual vorzubereiten. Sie trat in das Innere des Pilzkreises und ging die vier Himmelsrichtungen ab. Kurz vor Sonnenuntergang kehrte Shidrén zurück. In ihren kleinen Händen hielt sie eine Holunderbeerrispe. Jetzt waren alle geforderten Gaben der Natur zusammengetragen.

Nun verabschiedeten sich Shidrén, Brânwi und Cu. Niam blieb allein zurück. Das feurige Abendrot kündete vom Sonnenuntergang und dem Anbruch von Imbolc, dem Mitt-Winter oder auch Jahres-Morgen, der Übergang zwischen Winter und Frühling.

Niam platzierte die vier Früchte in je einer Himmelsrichtung: die Haselnuss nach Süden, die Holunderbeere nach Westen, die Ebereschenbeere nach Norden und zuletzt die Eichel nach Osten. Dann umschritt sie den Feenring unter Singen magischer Beschwörungsformeln dreimal in Richtung des Sonnenlaufes. Der heilige Kreis mit seinen vier Eckpunkten war Symbol für die vier Jahreszeiten, die vier Himmelsrichtungen und die magischen Elemente und war somit sichtbares Zeichen der kosmischen Ordnung. Danach trat Niam wieder ins Innere des Feenrings. Sie setzte sich unter den Weißdornbaum und schloss die Augen. Sie musste sich sammeln. Alle ihre Konzentration galt der Luft, dem Element der Elfen. Dafür rief Niam sich die Elfenblumen ins Bewusstsein, gelbe Stiefmütterchen und blauweiße Veilchen.

Das ganze Ritual begleitete Niam mit ihrem Gesang. In hellen Tönen sang sie das teimn laegda, die Illumination des Gesangs. Die lieblichen Töne wehten über die dunkle Lichtung, und Niam vergaß die strenge Kälte, die sie umgab. Die Zeit schien stillzustehen, und die in Kälte erstarrte Natur vibrierte in den Schwingungen der Melodien. In der Zwischenzeit ging die Sonne unter und die hohe Imbolc-Nacht zog sternklar über das Land.

Da ertönte eine Stimme: »Was weckt mich da aus meinem Schlaf? Musik im Winter? Welch Genuss.«

Niam hielt erstaunt inne. »Hallo! Wer ist da? Shidrén, bist du das?«

Doch es war nicht Shidréns Stimme, die antwortete: »Hör nicht auf zu singen. Es ist so wunderbar.«

»Ich freue mich, dass es dir gefallen hat. Aber wer bist du? Und wo?«

»Komm zu der Buche, dann wirst du mich sehen.«

Niam trat zu dem alten Baum und sah nach oben. Die Buche schüttelte ihre mächtigen Zweige. Ein seltsames Licht umgab den Baum, und dann erkannte Niam eine Frau, die aus dem breiten Stamm trat. Sie war wunderschön, bekleidet mit einem Gewand aus dichtem Laub, rot und grün wie die Blätter der Buche, reich geschmückt mit reifen Bucheckern, ihren Früchten. Ihre dunklen Haare hingen lose herab und eine dicht gewundene Kette aus Blüten lag um ihren Hals. Ihre Augen waren jung und gleichzeitig so alt wie der Baum, dem sie entstammte. Sie lächelte Niam freundlich an. Als sie sprach, war es, als säuselte der Wind in den zahlreichen Armen der Buche.

Leise wehten ihre Worte an Niams Ohr. »Ich bin die Buchenfrau. Dein Gesang hat mich aus meinem Winterschlaf geweckt.« Sie fröstelte und zog die zarten Schultern enger zusammen.

»Bist du ein Waldgeist?«

»Ja und nein. Ich bin ein Geist des Waldes, weil ich im Wald lebe, aber in erster Linie bin ich ein Baumgeist. Ich bin die Dryade dieser Buche.«

»Du bist eine echte Dryade? Schon immer habe ich mir gewünscht, eine von euch kennen zu lernen. Sind alle Baumgeister so wie du?«

Die Buchenfrau schüttelte lächelnd den Kopf. »Baumgeister sind so unterschiedlich wie ihre Bäume. Je nach Baumgattung haben wir verschiedene Erscheinungsformen und Altersstufen. Jeder von uns hat eine ganz eigene Persönlichkeit. Wir sind Träger des Lebens und ebenso vielseitig. Einige von uns entfalten heilende Kräfte, andere ernähren die Geschöpfe der Erde. Wir sind Wächter, Chronisten und Vermittler der tiefen Weisheit und Erkenntnis. Wer mit den Bäumen reden kann, wer die Kunst beherrscht, unseren Worten zu lauschen, der wird große Weisheit erfahren. Denn wir Bäume lehren das Urgesetz des Lebens. Sage mir, mein Kind, wohin führt dich dein Weg? So tief in die Hardénischen Wälder hat sich schon lange kein Wanderer mehr verirrt.«

»Ich suche den Eingang nach Némes. Ich müsste eigentlich schon da sein.«

»Komm mit mir, ich werde dich begleiten.« Damit reichte die Dryade Niam die Hand und führte sie in den Zauberwald der Elfen.

Némes war ein wunderschönes Reich, noch zauberhafter, als Niam es sich vorgestellt hatte. Hier im Reich der Elfen war es taghell. Ein lichter Frühlingstag lag über der lieblichen Umgebung und die Vögel sangen ihre schönsten Liebeswerbungen in den blauen Himmel.

Niam sah sich neugierig um. Sie hörte glockenhelles Lachen und erkannte mehrere kleine, schmetterlingshafte Lichtwesen, die einen zarten Reigen tanzten. Von allen Seiten flogen kleine Elfen heran, um das Menschenkind zu betrachten. In vielen größeren und kleineren Gruppen winkten sie ihr fröhlich zu. Die Elfen waren ein sehr geselliges Volk. Sie lebten in großen Gruppen, entweder in Grashügeln, auf Waldlichtungen oder bunten Wiesen. Sie waren alle nur einige Zoll hoch und von luftiger, fast durchsichtiger Gestalt. Das Sonnenlicht brach sich tausendfach in den schimmernden Flügeln. Ihre Augen glänzten wie Sterne und ihre Lippen waren zart gerötet. Ihre langen, dunkelbraunen Locken flogen frei im Wind. Die meisten Elfen waren einfach gekleidet. Ihre Gewänder waren in verschiedenen Grüntönen gehalten, wiesengrün und moosfarbig. Andere waren bunt und leuchtend wie eine Blumenwiese. Einige waren ganz in Wollgewänder gekleidet. Die Buchenfrau erklärte Niam, dass es sich bei diesen Elfen um Bewohner des kalten Hochlandes handelte. Die Sumpfelfen hingegen bevorzugten heidebraune Kleidung. Jede Elfenart war entsprechend ihrer Umgebung gekleidet und so lernte Niam, sie zu unterscheiden. Die Wiesen- und Blumenelfen waren häuslich und von geduldiger Wesensart. Sie waren die Diener im Elfenschloss und kümmerten sich um das Wohlergehen ihrer Königin. Die Waldelfen waren für die Nahrungssuche zuständig, hauptsächlich Nektar, Honig, Tau und andere Geschenke des Waldes. Die Erdelfen schließlich, die Kräftigsten des Elfenvolkes, waren die Verteidiger von Schloss und Land.

Die Buchenfrau führte Niam immer weiter in die Tiefen von Némes. Sie folgten einem schmalen Wasserlauf. Noch eine letzte Wegbiegung, dann wurde der Blick frei auf einen verzauberten See. Im Schatten jahrhundertealter Eichen lag er da. Das kleine Rinnsal war zu einem Silberfluss angewachsen und speiste den tiefblauen See über wilde Stromschnellen. Hier starb der Fluss einen tausendfarbigen, wunderschönen Tod und verwandelte sich in den verzauberten Seerosenteich, auf dem graziöse Schwäne schwammen.

In seiner Mitte erhob sich ein runder Grashügel, in kunstvoller Handarbeit aus Erde, Stein und dem Wasser entstanden. Das war Tomhân, das Zentrum von Némes. Meisterhaft waren Türmchen und Fenster in die grüne Erde gearbeitet. Der rote Fingerhut blühte neben spitzblättrigen Glockenblumen und wildem Thymian. Gelbe Schlüsselblumen tanzten einen bunten Reigen mit lieblichen Stiefmütterchen. Auf dem höchsten Punkt der Pflanzenfestung thronte eine weit geöffnete Blüte, eine gigantische Primel, die heilige Blume der Elfen: das Eingangsportal von Tomhân. Während Niam noch überlegte, wie sie den großen See um das Schloss überwinden oder die Blüte in der Höhe erreichen sollte, passierte etwas Wunderbares. Die blühenden Seerosen, die ihre Pracht tausendfach auf dem stillen See entfalteten, zogen sich zusammen. Sie umschlangen und verwebten sich und bildeten eine feste Blumenbrücke vom Ufer des Sees bis zum Gipfel des Schlosses. Die Schlingpflanzen schenkten dem Übergang die notwendige Stabilität, geschmückt mit den Blüten des Waldes. Niam zögerte. Sie scheute sich, die Blüten niederzutreten.

Doch die Buchenfrau nickte. »Das ist der Eingang nach Tomhân. Königin Flûr erwartet dich. Überbringe ihr meine Grüße. Ich werde nun in meinen Baum zurückkehren. Du aber gehe weiter deinen vorbestimmten Weg.« Damit nickte die Dryade Niam noch einmal zu und verschwand.

Niam winkte ihr nach, dann betrat sie die blühende Brücke. So erhielt Niam Einlass nach Tomhân.

Der Boden war üppig mit Blütenstaub bedeckt. Niam hatte das Gefühl, sie ginge über Wolken. Der Gang endete an einem glitzernden Portal aus goldenen Blütenblättern, der Eingang zum Thronsaal. Jetzt stand das Tor offen. Im Mittelpunkt der hinteren Wand stand der Thron. Über ihm war ein blühender Baldachin gespannt, kunstvoll gewebt vom Gras und den Blumen der Wiesen. An seiner Spitze prangte eine Primel, das Zeichen der Elfen. Der Thron selber war aus einem einzigen, mächtigen Blütenpollen geschnitzt. Königin Flûr war eine beeindruckende Erscheinung, wohlgestaltet und von außergewöhnlicher Schönheit. Sie trug ein prachtvolles Blütengewand und um den Kopf einen Kranz aus Primeln.

Flûr lächelte Niam huldvoll an. »Ich grüße dich, helles Kind, und heiße dich im Reich der Elfen willkommen. Lange haben wir auf diesen Tag deiner Ankunft gewartet. Heute feiern wir ein Fest, unseren jährlichen Zug über die Wiesen, den höchsten Feiertag im Jahreszyklus der Elfen. Begleite meine Dienerin, sie wird sich um dich kümmern.«

Eine Elfe betrat den Raum. Sofort fiel Niam auf, dass

auch sie wie die anderen Elfen in Schlangenlinien ging. An ihrem Aussehen erkannte Niam, dass es sich um eine Palastdienerin aus dem Stamm der Wiesenelfen handelte. Sie führte Niam in das für sie hergerichtete Ankleidezimmer. Dort warteten weitere Elfenmädchen. Nach einem erfrischenden Bad in herrlich duftenden Blütenessenzen kleideten sie Niam in ein Kleid, genäht aus luftigen roten Rosenblättern. Bei jedem Schritt verbreitete es den eigenen, wunderbaren Geruch der Rosen. Dann kämmten sie Niams Haare und flochten rote Rosen in die langen blonden Locken. Niam fühlte sich wie eine Prinzessin. Sie gefiel sich in dieser festlichen Kleidung. Unbemerkt betrat Königin Flûr das Zimmer. In ihren Händen trug sie eine schimmernde Rolle.

Leise trat sie zu Niam. »Schön bist du, Niam, schön wie ein Frühlingstag. Du bist wirklich ein strahlendes helles Kind. Ich habe hier etwas für dich. Das wirst du brauchen, wenn du uns auf unserem Flug begleiten willst.« Damit entrollte sie das leuchtende Bündel in ihren Händen.

Zum Vorschein kamen ein Paar zarte Flügel. Als sie sich entfalteten, leuchteten sie auf und warfen das Sonnenlicht in tausend Regenbogenfarben zurück. Niam staunte fassungslos.

Königin Flûr lächelte. »Diese Flügel sind für dich. Nun musst du nur noch fliegen lernen.«

Sie legte Niam die zarten Gebilde sanft um die Schultern. Ganz leicht lagen sie an Niams Rücken und wirkten schon bald mit ihm verwachsen. Zaghaft versuchte Niam, die Schwingen zu bewegen. Nach einer kurzen Weile hatte sie es begriffen. In weiten Kreisbewegungen hob sie die zarten Flügel auf und ab. Doch fliegen konnte sie immer noch nicht.

»Um zu fliegen, bedarf es jedoch mehr als der Flügel«, sagte die Elfenkönigin. Sie öffnete ein goldenes, mit funkelnden Edelsteinen besetztes Kästchen. Es sah sehr alt aus. Neugierig betrachtete Niam seinen Inhalt: ein geheimnisvoll glitzerndes Pulver. Die Elfenkönigin nahm eine Prise und sagte: »Das ist Elfenstaub, die magische Essenz der Luft. Nur hier in Némes wird er gefunden. Mit seiner Hilfe wirst du fliegen können.«

Sie blies in ihre Hand. Der funkelnde Staub umwölkte Niam. Wie leuchtender Regen rieselten Millionen Sternschnuppen auf sie nieder. Der Staub legte sich auf Niams Gesicht, ihre Haare, ihre Hände, ihre Füße und natürlich auf die Flügel. Eine unbekannte Leichtigkeit durchlief Niams Körper. Urplötzlich fühlte sie sich der Schwerkraft entzogen. Nun endlich konnte sie wirklich fliegen. Gemeinsam mit dem übrigen Hofstaat der Königin machte sich Niam nun auf den Weg zum zentralen Platz des Schlosses. Hier war bereits das artenreiche Volk von Némes zahlreich versammelt. Erstaunt stellte Niam fest, dass die Elfen gewachsen waren. Dann aber sah sie Elfen, die sie schon auf ihrem Weg nach Tomhân begleitet hatten. Jetzt waren sie eindeutig größer! Oder sollte Niam etwa selbst …? Fragend sah sie eine Elfe an.

Diese nickte. »Ja, du bist es. Du bist jetzt genauso klein wie wir.«

»Wie das? Ich meine, wann?«

»Bei deinem Eintritt nach Tomhân. Erinnerst du dich an den Blütenpollen, der dich empfing? Dieser hat dich in unsere Welt gebracht.«

Der Vollmond hatte inzwischen beinahe den höchsten Punkt seiner nächtlichen Bahn erreicht. Hell schien er vom sternklaren Himmel und tauchte das ganze Land in sein silbernes Licht. Tausende Glühwürmchen leuchteten und Nachtigallen sangen. Dann kam sie, Flûr, die hohe Königin aller Luftgeister. Ihr Anblick war atemberaubend. Dem Anlass entsprechend war sie in ihr heiliges Festtagsgewand gekleidet, prachtvoll geschmückt und von überirdischer Schönheit. Auf ihrem Kopf saß die Shian, die Krone der Elfenkönigin. Sie trat vor ihr aufgeregtes Volk und lächelte Niam noch einmal kurz zu.

Dann hob sie die Arme und sprach: »Doane Shí, es ist wieder so weit. Der Zyklus hat sich gejährt. Nun werden wir unsere Sphäre verlassen und den Frühling ins Land bringen. Lasst uns aufbrechen. Beginnen wir Doane Shís Reigen. Lasst uns tanzen!«

Niam wurde mitgerissen vom Sog der Musik, gespielt von zahlreichen Flöten, Maultrommeln und vor allem Grashalmen. Es klang wunderbar. Die Elfen sangen:

»Der Erdenschlaf zu Ende geht,
der Frühling durch die Lande weht.
Der Blütenstaub tanzt durch die Luft,
begleitet von der Blumen Duft.

Es trägt den Samen der mächtige Wind,
ist alter Vertrauter, Doane Shís Kind.
In weiter Ferne, im tiefsten Wald,
von altem Wissen und lichter Gestalt.

Das Grün der Wiesen begleitet sie,
die alten Reigen der Doane Shí,
durch die, so wie es immer war,
die Mutter erwacht, auch dieses Jahr.«

Es herrschte Lust und helle Freude. Nach monatelanger Zurückgezogenheit wurde das Leben nun geweckt und kehrte mit der Macht des Frühlings zurück. Die Elfen tanzten die ganze helle Vollmondnacht. Beim ersten Sonnenstrahl verschwanden sie. Nichts blieb zurück als zarte, kreisrunde Spuren, manche gelb und eingetreten, andere dunkelgrün und blühend als Zeichen der bevorzugten Wege der Luftgeister.

In Tomhân bat Flûr Niam in ihre privaten Gemächer. »Schärfe deine Aufmerksamkeit, helles Kind: Du kennst die Bedeutung, die deine Person im Schicksal der Menschen hat. Aber neben dir ist die Ankunft einer weiteren Person vorhergesagt: ein Mensch aus den Tiefen der Vergangenheit, der wieder auf Erden wandeln wird. Ich spreche von der Wiederkehr des legitimem Königs, des rechtmäßigen Hochkönigs der Menschen. Obwohl der dunkle Lord die Krönungssteine gestohlen hat, steht seine Ankunft unwiderruflich bevor. Auch der Zeitpunkt seiner Wiederkehr ist festgeschrieben: Zweiundsiebzig Jahre nach seinem Verschwinden wird er die Erde wieder betreten. Zum Zeitpunkt der höchsten Not wird er wiederkommen und sein Volk zum Sieg führen. Dann wird er seine Bestimmung erfüllen und ein verheißungsvolles Königreich gründen.«

»Ist er ein Mensch oder ein Angehöriger des alten Volkes?«

»Er ist ein Mensch wie du. Er entstammt einem der edelsten Geschlechter der Welt, die ihr die neue Welt nennt. Viele berühmte Könige befinden sich in seiner Ahnenreihe. Seine Ankunft wird sich in der Reaktion der Krönungssteine zeigen. Wenn die vier heiligen Steine gleichzeitig von ihm, dem legitimen König, berührt werden, dann wird ein Wunder geschehen. So wurde es vor Urzeiten von der alten Mutter und den jungen Göttern beschlossen. Und damit ihr Erfolg haben werdet, hast du hier das geheime Lied des Windes gelernt, den Gesang der Doane Shí.«

»Die Doane Shí seid ihr Elfen. Und euer Tanz, begleitet von der Musik des Windes, bringt den Frühling und damit die Vegetation zurück in die Welt«, sinnierte Niam nachdenklich.

»Richtig. Der Wind ist es, dem wir mit unserem Reigen huldigen. Er ist es, der nach dem langen Winter die milde Luft zurückbringt und die Natur wieder erweckt. Mit unserem Lied rufen wir ihn, unseren alten Verbündeten, wenn die Zeit dafür reif ist. Doch sein Lied ist noch viel mehr. Es ist ein sicheres Band, ein kostbares Zeichen der Verbundenheit mit dem Element der Luft. Mit diesem Lied kann man seine Kraft lenken. Nur wir Doane Shí kennen diese Worte, wir und jetzt du. Das Lied des Windes ist ein mächtiger Partner, ein starker Verbündeter an deiner Seite. Wann immer du dieses Lied singst, wird der Wind dir zu Hilfe eilen. Aber nicht nur unser heiliges Lied soll dich begleiten, sondern auch die Gabe der Doane Shí an das helle Kind.«

Damit nahm die Elfenkönigin das Medaillon, welches sie trug, und hängte es um Niams Hals. Es war alt, schlicht und doch von großer Kostbarkeit, gezeichnet mit der heiligen Doppelspirale.

»Öffne es, helles Kind. In seinem Innersten wirst du es finden, das Geschenk der Doane Shí.«

Neugierig betrachtete Niam das Medaillon. Trotz seiner Schlichtheit verwahrte dieses kleine Schmuckstück den höchsten Besitz der Elfen. Ein seltsames Hochgefühl beschlich Niam. Vorsichtig öffnete sie das Medaillon. Drei kleine Samen kamen zum Vorschein.

»Das sind die heiligen Beeren des Trefuilngid. Es sind die letzten Samen aus dem Garten der großen Mutter.

Am Beginn der Zeit, als noch nichts wuchs auf der Erde, da wandelte die alte Göttin über das karge Land. An ihrer Seite ging Trefuilngid, der alte Gott der Schöpfung. Wo sie schritten, da pflanzte er magische Samen, die Beeren der Fruchtbarkeit. Sie sind der Beginn allen Wachstums. Alle Pflanzen, die heute die Erde besiedeln, erwuchsen einst aus diesem heiligen Saatgut, den Perlen des Lebens. Von den Körnern des Trefuilngid sind nur noch diese übrig. Seit Urzeiten hüten die Doane Shí dieses kostbare Gut. Heute sollst du diese heiligen Beeren erhalten, helles Kind. Wo immer diese Samen die Erde berühren, wächst daraus eine mächtige Pflanze. Jedes dieser Saatkörner trägt die gesamte Schöpfungskraft in sich. Gehe sorgsam mit ihnen um, denn diese sind die Letzten ihrer Art. Wenn sie verbraucht sind, dann wird es kein Wachstum mehr auf Erden geben.«

Voller Ehrfurcht betrachtete Niam die kleinen Körner. Sie glitzerten in ihrer Hand. Für einen kurzen Augenblick erkannte Niam ihre Macht. Doch im nächsten Moment waren sie wieder ganz gewöhnliche Samenkörner, klein, braun und unscheinbar. Vorsichtig legte Niam sie zurück in das Medaillon und verschloss das alte Schmuckstück sorgsam. Dann verstaute sie es sicher an ihrem Herzen.

Jetzt hatte Niam drei der vier Kostbarkeiten der Welt in ihrem Besitz. Den größten Teil ihrer Reise hatte sie hinter sich. Auf ihren Stationen hatte sie vieles gelernt und hohes Wissen erfahren. Nun erkannte sie die Zusammenhänge und wusste, dass neben ihr noch andere Schicksale eine entscheidende Rolle in der alten Überlieferung spielten. Da waren der kommende König und – Gwydón. Erneut schmerzte die alte Wunde. Schon öffnete sie den Mund, um der Elfenkönigin von dem furchtbaren Verlust zu erzählen.

Doch die schüttelte den Kopf: »Nein, Niam. Diese Dinge sind nicht für meine Ohren, sondern ausschließlich für dich bestimmt. Wenn du jetzt Fragen hast, dann schiebe sie zur Seite. Du musst geduldig sein. Ihr Menschen wollt immer sofort alles genau wissen. Doch die Dinge, die du erfährst, wirst du in ihrer Gesamtheit erst am Ende deiner Reise erkennen. Warte, und du wirst zur rechten Zeit Erkenntnis erlangen.«

Niam erwiderte ihr Lächeln und merkte, wie die Zuversicht in ihr Herz zurückkehrte.

Dann legte Königin Flûr ihr die Hand auf die Schulter. »Helles Kind, es kommt die Zeit des Abschieds. Der Tag neigt sich bereits seinem Ende entgegen. Dein Aufenthalt in meinem Reich ist nun vorbei. Jetzt musst du nach Süden, nach Inis Wytrin zur Albenkönigin Belisama. Sei zuversichtlich und unerschütterlich auf deinem Weg. Der Segen der großen Mutter ist über dir und Doane Shís gute Wünsche begleiten dich.«

Während die Elfenkönigin das sagte, ertönte liebliche Musik, nahm die Worte auf und verwandelte sie in reine Töne, die den Raum erfüllten. Feiner, silberner Staub rieselte von der Decke und legte sich leise auf Niams Augen. Sanft fiel sie in tiefen Schlaf. Vorsichtig hoben sie tausend kleine Hände auf. Sie legten Niam in eine Sänfte und trugen sie vor die Tore der Burg. Dort bestäubte Königin Flûr Niams Haupt mit einer weiteren Prise des Zauberstaubes, und Niam erhielt ihre ursprüngliche Größe zurück. Liebevoll strich die Königin noch einmal über ihr Gesicht. Dann gab sie ihren Elfen das Zeichen, das helle Kind ins Reich der Menschen zurückzubringen.

9. Kapitel

Âtrons Niedergang

Gwydóns Tod erschütterte Caldur tief. Gwydón war immer mehr als sein Schutzbefohlener gewesen. Er war der Sohn, den Caldur nie gehabt hatte. Alle Hoffnungen hatte er in diesen jungen Mann gesetzt. Nun waren sie zerstört und alles war verloren. Doch viel Zeit zum Trauern blieb nicht. König Cormac von Âtron musste schnellstmöglich gewarnt werden. Denn es war nahe liegend, dass Balzôrcs Truppen als nächstes Dun Ferhíl überfallen würden. Inständig hofften sie, dass es noch nicht zu spät sei. Einmütig schworen die Überlebenden von Sîl, die Âtrebiten mit allen Mitteln in ihrem Kampf zu unterstützen.

Turell, der Führer der Truppen aus Âtron, kannte den schnellsten Weg in seine Heimat. König Cormac war ein sehr alter Mann, am Ende seines Lebens und müde von der Last der Jahre. Obwohl er bereits bettlägerig war, raffte er seine letzten Kräfte zusammen und berief den Kriegsrat.

Sie versammelten sich in der großen Thronhalle von Dun Ferhíl. Die edelsten Krieger waren hier, König Cormac, sein Heerführer Umhall und natürlich Prinz Ségda. Er war ein kränklicher junger Mann. Seit seiner Geburt litt er an einer mysteriösen Krankheit. Nur die Kraft seines jungen Geistes hatte ihn bis jetzt überleben lassen. Es war eben diese innere Kraft, die es ihm trotz seiner körperlichen Beschwerden ermöglichte, aufrecht neben seinem greisen Vater zu stehen. Wie immer bei solchen Anlässen war auch Mide, der Oberdruide des Landes, anwesend. Er stand an der anderen Seite des Thrones neben seinem Herrn. Cormac sah seine Krieger betrübt an.

Nach einer Weile hob er seine Stimme. »Krieger von Âtron. Die wenigsten von euch werden sich an die Schrecken des Krieges erinnern können. Viele Jahre sind seit der letzten Schlacht vergangen. Bis auf den Blitzüberfall vor vier Jahren hatten wir lange Zeit Frieden in unserer Heimat. Ihr wisst, stets war es mein Streben, ihn zu erhalten. Um jeden Preis wollte ich einen Krieg verhindern. Vielleicht zu lange. Umhall und Mide haben mich schon lange gewarnt. Aber ich wollte lieber abwarten. Deshalb habe ich euch, meinen Kriegern, nicht einmal gestattet, den Raub unseres Krönungssteins zu rächen. Wahrscheinlich war das ein Fehler. Jetzt greift Lord Balzôrc unsere geliebte Heimat erneut an. Doch diesmal ist es kein kurzer Überfall, sondern Krieg. Der Norden Âtrons ist bereits gefallen. In zehn Tagen wird das schwarze Heer vor den Toren unserer Hauptstadt stehen. Der Frieden ist vorbei, jetzt müssen wir unser Vaterland verteidigen.«

Schnell entbrannte eine hitzige Diskussion. Laut erwogen die Krieger das Für und Wider von Taktiken und Schlachtplänen. Kriegslisten wurden ersonnen und wieder verworfen. In diesem Augenblick wurden die Kampfverbände aus Sîl gemeldet. Der König hob die Arme zum Himmel und dankte den Göttern. Turells Anblick ließ seine sorgenvollen Augen für einen kurzen Augenblick aufblitzen. Als er auch noch die zusätzlichen Verbündeten entdeckte, fasste er Hoffnung, aber nur kurz. Zu schlecht waren die Nachrichten, welche die Männer aus Sîl und Brigant mitbrachten. Groß war die Trauer über

Fürst Enatos, König Liath und Gwydón. Doch es war nicht die Zeit der Trauer, sondern Krieg. Mit allen Mitteln galt es zu verhindern, dass Lord Balzôrc auch in Âtron erfolgreich wäre. In kurzen Worten wurden die Neuankömmlinge in die Pläne eingeweiht. Die Strategie war klar. Alle Anwesenden wussten, dass sie ihre Kraft auf die Verteidigung der Stadt Worcer und Dun Ferhíl konzentrieren mussten. Im offenen Kampf auf der Ebene hätten sie gegen die gesichtete Übermacht des Feindes keine Chance. Deshalb beschlossen die Kriegsherrn, das schwarze Heer vor den Toren der Stadt zu erwarten. Der Entschluss wurde einstimmig gefasst. Dann entließ der König die Männer.

Als er alleine war, trat ihm ein Krieger aus dem Schatten einer Ecke entgegen. »Vater, was ist mit mir? Ich will auch kämpfen und mein Land verteidigen!«

»Nein, Etaín, du nicht! Und nimm den Helm ab, wenn ich mit dir spreche!«

Der Krieger nahm den Helm ab und eine junge Frau kam zum Vorschein. Zornig schüttelte sie ihre roten Locken. »Aber Vater, ich bin eine gute Kämpferin. Immerhin hast du mich genau wie Ségda ausbilden lassen. Du weißt ganz genau, dass ich besser bin als er. Trotzdem darf er mit und ich nicht.«

»Er ist der Thronerbe von Âtron. Außerdem weißt du ganz genau, dass er jederzeit sterben kann. Mögen die Götter es verhindern, doch wenn es so weit ist, dann musst du hier in Sicherheit sein. Dann musst du seinen Platz als meine Nachfolgerin antreten. Denn es gibt nur Ségda und dich, und du bist stärker und zäher als dein Bruder. Du bist im Falle seines Todes meine letzte Hoffnung und auch die deines Volkes. Deshalb bleibst du hier.«

Etaín rollte mit den Augen. Das kannte sie schon. Mit diesem Argument beendete ihr Vater jede Diskussion über dieses Thema. Seine Entscheidung war gefallen.

Währenddessen begannen die Vorbereitungen. Umhall überwachte die Sicherung der Stadt. Die Mauern der Stadt und der Burg wurden verstärkt. Auf allen Türmen waren Katapulte aufgestellt. Heißes Öl sollte die Erstürmung eine Weile verhindern. Danach sicherten die Âtrebiten die Ebenen rund um die Stadt. Umhall und seine Truppen zogen die Verteidigungslinie in einem breiten Ring um die Burg. Fanggruben wurden ausgehoben und zahlreiche Fallen und Hindernisse aufgestellt, verborgen vor dem feindlichen Blick. Dabei nutzten sie ihre Ortskenntnis. Hinter Erdwällen, in versteckten Talmulden und an strategisch wichtigen Stellen warteten diese Verteidigungsanlagen geduldig auf den Feind. Dann gruben die Männer Höhlen und Verschläge in den Boden und versteckten sich in diesem Hinterhalt.

Auch die Druiden bereiteten sich auf den Feind vor. Sie aktivierten ihre magischen Kräfte. Betend schritten sie die Ufer des Severíno ab und verzauberten ihn.

Lange mussten sie nicht warten. Späher hatten das schwarze Heer in den nördlichen Ebenen gesichtet. Von beiden Seiten des Severíno marschierten die Barbaren aus dem Norden auf die Hauptstadt zu. Sie hatten sich geteilt. Die Caledonen zogen über die Ebene von Hánbion, die Votadiner über die Ebene von Ilan. Sie waren schneller als die Caledonen und würden Worcer als Erste erreichen. Der Überfall auf Dun Ferhíl stand unmittelbar bevor. Das letzte Hindernis war der Fluss. Anfangs klappte ihre Flussüberquerung problemlos. Als die Hälfte der caledonischen Krieger bereits auf der anderen Uferseite auf die Nachrückenden warteten, wurde der Fluch der Druiden aktiv.

Vor den entsetzten Augen der Caledonen verschwand das Wasser. Im Bruchteil eines Augenblicks war das breite Flussbett ausgetrocknet. Staubtrocken lag es vor den Feinden. Gleichzeitig erhob sich ein feiner Wind. Er wirbelte den trockenen Sand auf und legte ihn auf die Angreifer. Der Staub drang ihnen in Nase und Mund und trocknete die Kehlen aus. Brennender Durst überfiel die Caledonen. So stark war der Zauber, dass er bis weit in den Norden reichte. Dort traf er auf die heranrückenden Votadiner und verfluchte auch sie. Von beiden Seiten stürzten sie zum Fluss. Doch da war kein Tropfen mehr, um ihren Durst zu löschen. Die Trockenheit auf der Zunge und der Staub in der Luft benebelten ihre Sinne. Schon bald fielen die ersten großen Krieger auf die Knie und gruben verzweifelt im Flussbett nach Wasser. Aber wo eben noch der mächtige Severíno geflossen war, war nichts als der Staub der trockenen Erde. Schreiend wälzten sich die Barbaren im ausgetrockneten Flussbett. Plötzlich erleuchtete ein helles Blinken das Umland. Da veränderte der Zauber sein Gesicht. Die Energie des Wassers kehrte schlagartig zurück. Mit voller Wucht schlug der Fluss zu. Reißende Wogen schossen das ausgetrocknete Flussbett hinab. In Windeseile eroberte der Severíno sein angestammtes Gebiet zurück. Mit lautem Getöse begrub er alles, was sich ihm in den Weg stellte. Niemand konnte der Vernichtungskraft der Fluten entkommen. Viele Feinde ertranken in der großen Welle. Als die Flut vorbeigerauscht war, war das schwarze Heer auf beiden Ebenen diesseits und jenseits des Flusses um die Hälfte reduziert.

Die Überlebenden zogen sich panikartig zurück. Ihr

Plan war nicht mehr in die Tat umzusetzen. Denn nun konnten sich die beiden Heeresverbände nicht mehr vereinigen. Der verzauberte Fluss machte jede Überquerung unmöglich. Damit hatten die Barbaren nicht gerechnet. Planlos liefen sie umher. Es herrschte Streit über den weiteren Verlauf des Feldzuges. Diese Unordnung nutzten die Verteidiger von Worcer. Sie kamen aus ihren Verstecken und griffen die Feinde in einzelnen schnellen Attacken an. Das gab den Votadinern und Caledonen den Rest. Sie kämpften stets im Schutz der Übermacht und waren es nicht gewohnt, in kleine Scharmützel verwickelt zu werden. Zahlreiche Barbaren überlebten den Tag nicht. Als die Schlacht zu Ende war, hatten die Verteidiger von Âtron einen ersten Sieg errungen.

Doch die Freude darüber währte nicht lange. Denn bald fielen auch die Pilosi aus Sîl in Âtron ein. Nach der Zerstörung und Ausblutung des westlichen Landes waren sie nun nach Osten gekommen, um auch dieses Reich der Menschen ihrem dunklen Herrn untertan zu machen. Über die Ebene von Ilan eilten sie den Caledonen und Votadinern zu Hilfe. Doch der Angriff lief nicht wie geplant. Wie die Caledonen kamen auch die Pilosi nicht über den Fluss. Der Severíno stellte nach wie vor eine unüberwindliche Barriere dar. Kein Gegenzauber konnte die Verfluchung lösen. Das Heer der Pilosi fluchte. Ein Teil begann sofort, tiefe Tunnel unter dem Fluss zu graben. Der überwiegende Rest suchte den Fluss nach Norden und Süden nach einem Übergang ab. Im Umkreis von drei Tagesmärschen duldete der Severíno keine Berührung, doch dahinter ließ der Zauber nach. Sowohl nördlich als auch südlich von Worcer übertraten riesige Pilosiverbände den Fluss und umzingelten die Hauptstadt von allen Seiten. Nun erhielten die geschwächten Barbaren tausendfache Verstärkung. Erneut wuchs die Übermacht des schwarzen Heeres ins Unermessliche. Und dann schlugen die Feinde grausam zurück. Obwohl hier drei Königreiche Seite an Seite gegen den gemeinsamen Feind kämpften, waren die schwarzen Kampfverbände doch bei weitem zahlreicher. Unerlässlich strömten neue Pilosi vor die Tore der Stadt. Trotzdem verlangsamten die ständigen Übergriffe der Kämpfer von Âtron das schwarze Heer und schließlich kam es zum Stehen.

Da entschloss sich Mide zu einem gewagten Schritt. Gemeinsam mit Caldur und Déroil beschwor er den hohen Zauber des feth fiada. Mit magischen Gesängen beriefen sie die Gabe der Unsichtbarkeit. Dieser senkte sich als dichter Nebelschleier über das Land. Schließlich war der Dunst vollkommen undurchlässig. Doch Mide kannte die Gegend und war nicht auf seine Sehkraft angewiesen. Im Schutz des Nebels umschritten die drei Druiden das feindliche Heer dreimal linksherum gegen den Lauf der Sonne. Dieses Ritual des negativen Umschreitens brachte dem Feind Unglück und Verderben. Es war ein starker, wenn auch selten genutzter Zauber. Schaurig hallten die beschwörenden Gesänge der Druiden durch den dichten Nebel. Das verschreckte die Feinde. Der Nebel hüllte sie ein und sie standen ängstlich beieinander. Sie konnten nicht einmal ihren Nachbarn erkennen und liefen orientierungslos umher.

In der Abenddämmerung hatten die Druiden ihr Werk getan und der Zauber wirkte. Wie vom Wahn getroffen rannte das schwarze Heer im Nebel durcheinander und die Krieger erschlugen sich gegenseitig. Das Gemetzel dauerte die ganze Nacht. Im Morgengrauen lichtete sich der Nebel. Im fahlen Licht bot sich ein grausiges Bild. Zahllose feindliche Krieger lagen tot am Boden. Die

Steppe war getränkt von ihrem Blut. Diejenigen, die überlebt hatten, wurden von den erneut angreifenden Stoßtruppen aus Worcer verfolgt und aufgerieben. So ging es bis zum Abend. Als die Nacht aufzog, war das schwarze Heer geschlagen.

Doch Mide warnte vor zu viel Siegesgewissheit: »Mein König, wohl haben wir diese Schlacht gewonnen, doch nicht den Krieg. Die dunklen Wolken am Horizont haben sich noch nicht verzogen. Etwas Schlimmes wird folgen. Lord Balzôrc wird seine Truppen erneut sammeln und mit doppelter Gewalt zurückschlagen.«

Seine Worte bewahrheiteten sich kurze Zeit später. Der dunkle Herrscher berief seine zwei mächtigsten Verbündeten nach Âtron: Mac Dathó, den schwarzen Magier, und Ingcél, seinen grausamen Kriegsherrn. Ingcél war Balzôrcs oberster Leibwächter und grausamer Führer seiner Truppen. Mac Dathó schützte seinen Herren durch seine schwarze Magie. Der dunkle Magier war ein mächtiger Zauberer. Mit einem Handstreich hob er den Wasserfluch über dem Severíno auf. Wie ein gewaltiger Sturmwind kam der Angriff des schwarzen Heeres. Dieser Wucht konnten die Verteidiger von Worcer nicht standhalten. Sie waren gezwungen, sich hinter die schützenden Mauern zurückzuziehen.

Die Belagerung der Stadt dauerte über fünf Monate. In dieser Zeit der Not erwarb sich der kränkelnde Prinz Ségda einen Ruf als fähiger Führer. Für einen kleinen Zeitraum strahlte sein Stern hell, doch dann erlosch er. In seiner letzten Schlacht hatte Ségda einfach keine Kraft mehr und starb an einer unscheinbaren Wunde.

Doch auch hier war keine Zeit zu trauern. Mit unverminderter Stärke prallten die feindlichen Krieger an die

Mauern der Stadt. Sie hatten mächtige Stämme geschlagen, die sie mit vereinten Kräften in die Steinmauern rammten. Das Öl, einst zur Verteidigung in die Stadt gebracht, war längst aufgebraucht. So konnte niemand den Ansturm stoppen. Nach einer Weile gaben die alten Mauern von Worcer nach. Die Feinde brachen große Löcher in die Befestigung. Unterdessen schlugen die Pilosi erneut tiefe Stollen in die Erde. Wie die Maulwürfe gruben sie sich unter der Mauer hindurch in die Stadt. Zu Tausenden versammelten sie sich in diesen Stollen und warteten auf das vereinbarte Zeichen. Als die Kämpfer von außen die Mauern zerbrachen, da verließen die Pilosi ihre unterirdischen Verstecke. Wie schwarze Ameisen strömten sie in die Stadt. Nun mussten die Verteidiger von Dun Ferhíl ihre Feinde auf beiden Seiten der Mauern bekämpfen. Das war der Anfang vom Ende.

Die geschlagenen Truppen von Âtron mussten sich in die Wälder zurückziehen. Die letzten Waffen und die wichtigsten Dinge wurden zusammengepackt und die Verwundeten reisefertig gemacht. Zu Beginn des Jahres 240 gaben die Âtrebiten die Burg ihrer Könige auf.

Den Rückzug in die Wälder sicherten die Druiden erneut durch den Zaubernebel. Doch diesmal verhinderte Mac Dathó ihren Erfolg. Nicht nur, dass er den Zauber der Druiden blockierte, er sendete seine eigene schwarze Magie gegen sie. Mit einem grausamen Fluch versetzte er den fliehenden Âtrebiten eine letzte Niederlage. Dafür benutzte er seinen alten Handstein. Dieser Stein war schon lange in seinem persönlichen Besitz und hatte sich im Laufe der Jahre mit seiner schwarzen Energie aufgeladen. Neun Mal sprach er seine Verfluchung über das graue Gestein.

Als die geschlagenen Verteidiger von Worcer die Ebene betraten und auf offenem Feld nach Süden flohen, ließ Ingcél seine Truppen auf sie los. Er befahl ihnen, den Âtrebiten den Fluchtweg abzuschneiden und keinen mit dem Leben davonkommen zu lassen. Doch viele Âtrebiten überlebten dieses Gemetzel. Da setzte Mac Dathó seinen vorher beschworenen Zauber ein. Er platzierte den besprochenen Handstein in den Fluten des Severíno. In dem Augenblick, da der graue Stein das Wasser berührte, wirkte der Zauber. Vor den Augen der entsetzten Âtrebiten verwandelte sich der schlichte Stein in eine riesenhafte Wasserschlange mit scharfen, giftigen Reißzähnen. Mit erhobenem Kopf und geöffnetem Maul schlängelte das Ungetüm aus den Fluten und griff die Menschen an. Das Monster war hungrig und schon bald hatte das gefräßige Tier einige Lücken in die Reihen der Fliehenden gefressen. Mit lautem Geschrei flohen die Krieger. Nur wenige erreichten den Schutz des Waldes. Hier zählten sie ihre Verluste.

Die Bilanz war verheerend. Nur ein Zehntel der Truppen hatte diesen letzten Angriff überlebt. Aber die größte Sorge galt König Cormac. Die Niederlage und die Anstrengungen der Flucht hatten ihn noch mehr geschwächt. Regungslos lag er auf seiner Bahre. Mide saß neben seinem König. Er wusste, dass der alte Mann bald sterben würde.

Mit letzter Kraft rief Cormac seine Tochter zu sich. »Etaín, geliebtes Kind, ich spüre, dass mein Ende naht. Gerne hätte ich dir ein leichteres Erbe hinterlassen. Trotzdem gehe ich mit beruhigtem Herzen. Denn du bist da. Auf dir ruhen die Hoffnungen von mir und unserem Volk. Sei eine gute Königin, weise und gütig in Friedenszeiten, aber auch mutig und unerschrocken in Zeiten des Krieges. Mein Segen begleitet dich.«

Das waren die letzten Worte von König Cormac. Er küsste seine Tochter noch einmal auf die Stirn, dann brachen seine alten Augen. Er starb in Etaíns Armen.

Die einst so stolze Armee von Âtron bot nur noch einen bedauernswerten Anblick. Auch die Verbündeten aus Brigant und Sîl waren weiter dezimiert. Viele stolze und strahlende Krieger hatten ihr Leben verloren. Alle Anwesenden wussten: Es war unmöglich, mit den verbliebenen Kämpfern Dun Ferhíl zurückzuerobern. Sie mussten fliehen, wenn sie auch nur ein einziges Leben retten wollten.

Also beschlossen sie, nach Dumnón zu gehen, dem letzten freien Königreich der neuen Welt. Inständig hofften sie, dass dort der Krieg noch nicht ausgebrochen war. Sie schworen, König Melwas in seinem Kampf gegen Balzôrc zu unterstützen. Denn jetzt ging es darum, die neue Welt zu retten. Dumnón war das letzte Hindernis auf Balzôrcs Weg, die Welt zu beherrschen. Also verließen die geschlagenen Truppen Âtron. Auf schnellstem Wege schleppten sie sich nach Süden, der Hauptstadt von Dumnón entgegen. Doch sie waren geschwächt. So dauerte die Reise länger als üblich. Immer wieder spornte Etaín ihre Krieger an. Mit letzter Kraft mühten sie sich über die Höhen der Waltíner Berge. Aber dann erfuhren sie mit Schrecken, dass Balzôrcs Truppen bereits in Dumnón einmarschiert waren. Damit war das letzte Kapitel im großen Krieg eröffnet, des letzten Krieges, den die neue Welt erleben sollte.

10. Kapitel

Die letzte Etappe

Niam schlug die Augen auf. Über sich erblickte sie den blühenden Weißdorn. Augenblicklich erkannte sie den Platz. Noch benommen von ihrem tiefen Traum, setzte sie sich auf und blickte sich um. Erleichtert stellte Niam fest, dass sie ihre ursprüngliche Größe wiedererlangt hatte. Still dankte sie der Elfenkönigin. Sie sah die großen roten Pilze, die sie kreisförmig umgaben. Dahinter bemerkte sie die vielen Primeln und Glockenblumen. Sie waren in dieser Nacht erblüht und nickten Niam freundlich zu. Daneben stand die alte Rotbuche. Auch sie hatte zahlreiche Knospen gebildet, die ungeduldig darauf warteten, die ersten Blätter zu entrollen. Schnell erhob sich Niam und trat unter die Äste der Buche. Sie schlang die Arme um den mächtigen Stamm und sandte einen tiefen Dank an die Dryade des Baumes.

In diesem Moment wurde Niam auch schon stürmisch von Shidrén, Brânwi und Cu begrüßt. Cu hob sein mächtiges Haupt und leckte Niams Hände. Dann heulte er kurz auf. Da erschien am Waldrand eine stattliche Wölfin mit drei Jungen, die übermütig im hohen Gras der Waldlichtung tollten. Niam war begeistert und gratulierte Cu zu seiner Familie. Anerkennend streichelte sie seinen großen Kopf. Diese Liebkosung nahm er schwanzwedelnd entgegen. Er würde Niam nun wieder begleiten und mit ihr nach Süden ziehen. Seine Familie übergab er dem

Schutz des hiesigen Wolfsrudels. Nun waren die vier Reisegefährten wieder vereint und traten ihre letzte Etappe nach Inis Wytrin, dem Reich der hohen Lichtalben, an.

Königin Flûr hatte ihr den besten Weg nach Inis Wytrin beschrieben. Also wanderte Niam erneut durch die Hardénischen Wälder, diesmal nach Süden. Erneut eroberte ihr Lied ihren Kopf. Insgeheim hatte Niam schon darauf gewartet. Instinktiv fügte sich eine neue Passage in ihr geheimes Lied. Es waren die alten Worte des Elfenliedes, die sich mit dem Teil ihrer Melodie in der Tonart E zu einer Einheit zusammenschlossen. Abermals erlebte Niam, wie sich die Worte der Melodie anpassten und umgekehrt. Niams Herz klopfte aufgeregt. Das Blut pochte ihr in den Schläfen. Es war wie ein Rätsel, das sich stückweise löste. Drei der vier Passagen waren nun komplett. Nur eine war noch unvollständig, doch Niam spürte schon die große Macht, die in diesem Lied stecken würde. Also entschloss sie sich, es auch weiter geheim zu halten. Sie übte nur, wenn keiner sie hören konnte. Der Wald war einsam genug. Im Schutz der grünen Äste konnte sie singen, so laut sie wollte. Denn hier waren nur die Bäume, der Wind, die Tiere des Waldes und natürlich ihre Reisebegleiter.

Nach mehreren Tagen hatten sie die großen Hardénischen Wälder schließlich durchquert. Die Bäume zogen sich zurück und gaben den Blick frei auf eine Steilwand. Das waren die Waltíner Berge, der mächtige Gebirgszug des Ostens. Majestätisch erhoben sich die silbrig schimmernden Berge und teilten das Land wie eine unüberwindliche Barriere.

Niam atmete erleichtert auf. Ohne die Wegbeschreibung der Elfenkönigin wäre sie angesichts der unnahbaren Felsen bestimmt verzweifelt. So aber betrachtete sie den Gebirgszug unbeschwert. Fünf Tage folgte sie ihm nach Südwesten. Dann fand sie den Einstieg durch die Berge. Wie ein scharfer Schnitt zog sich ein tiefer Graben durch den grauen Felsen. Vor Urzeiten hatte sich hier ein tiefer Fluss durch das harte Gestein gefressen. Im Laufe der Jahrtausende hatten seine Wasser das Felsmassiv geschliffen. Die Zeichnung auf dem Stein zeugte noch von seiner einstigen Macht. Zurückgeblieben war ein ebenerdiges Flussbett zwischen den Bergen. Der alte Fluss floss immer noch in der Mitte des Tales, doch nun war er nur noch ein kleines Rinnsal. Diesen Einschnitt benutzte Niam, um auf die andere Seite der Waltíner Berge zu gelangen.

Niam betrat ein rundes Tal. Es war ein riesiges Areal, kreisrund eingeschnitten in den grauen Fels. In seiner Mitte war ein Teich, trotz der Trockenheit gespeist von dem kleinen Fluss, dem Niam gefolgt war. Von der gegenüberliegenden Seite des Tals wurde der See von einem weiteren kleinen Fluss genährt. Ruhig lag der See, tiefblau sein Wasser. Aus seiner Mitte ragten zwei sonderbar geformte Felsen. Sie sahen aus wie die liebenden Gesichter eines Mannes und einer Frau, erstarrt in der Umarmung des Kusses und im ewigen Schlaf versunken. Und so hieß das Tal auch: das Tal der Liebenden. Niam lächelte. Sie dachte an die Legende, die über die Entstehung dieses Tals erzählt wurde. Es war eine Sage über die ewige Liebe, die stärker war als der Tod. Niam mochte diese Geschichte – sie gehörte zu ihrem Lieblingsrepertoire. Niam beschloss, hier die Nacht zu verbringen. Sie lagerte in einer kleinen Felsgrotte am Ufer des Sees. Tief kuschelte sie sich in den Rabenmantel. Unterdessen wurde es dunkel. Im letzten Schein des Tages sah sie gedankenverloren auf die zwei Felsen. Darüber schlief sie ein.

In dieser Nacht hatte Niam einen sonderbaren Traum. Sie träumte von der Liebe zwischen Mann und Frau. Solche Träume kannte sie schon. Seit drei Jahren hatte sie immer wieder sinnliche Träume gehabt, nicht oft und auch selten wirklich beeindruckend. Aber dieser Traum war anders. Noch nie hatte Niam die Berührung des Mannes so deutlich gespürt und noch nie die Stärke ihres eigenen Verlangens. Leidenschaftlich lag sie in seinen Armen. Er war immer noch gesichtslos, aber Niam vertraute ihm. Gemeinsam mit ihm erreichte sie schwindelerregende Höhen und …

Schweißgebadet erwachte Niam. Ihr Herz klopfte wild. Beruhigend legte sie ihre kühle Hand an die feuchte Stirn und öffnete die Augen. Erschöpft setzte sie sich auf. Im fahlen Mondlicht sah sie die zwei Liebesfelsen in ihrer ewigen Umarmung. Niam schluckte. Nie würde sie selbst sie kennen lernen, die große, ewige Liebe und Leidenschaft. Eine Träne rann ihr Gesicht hinunter. Sie fühlte sich seltsam traurig. Nie würde sie jemand so lieben. Das war nicht Bestandteil ihrer Aufgabe. Ihr Schicksal gab Niam keine Zeit für die Liebe. Beklommen legte sie sich wieder hin. In diesem Augenblick fühlte sie sich so einsam wie noch nie. Da kroch Cu an ihre Füße, Brânwi an ihren Kopf und Shidrén neben sie. Niam lächelte dankbar. Sie wusste, mit diesen Freunden war sie nie wirklich allein. Mit leichterem Herzen wünschte sie allen den Segen der Nacht und schlief erneut ein, diesmal traumlos.

Die nächste Station auf Niams Weg war Vortlach, eine sehr alte Stadt. Stolz ragten die Steinmauern in den Himmel. Es war die letzte Station für Reisende, die das Abenteuer in den unbekannten Gegenden des Ostens suchten. Hier versorgten sich diese Wagemutigen mit Lebensmitteln und Reiseutensilien. Oft gönnten sie sich auch noch eine letzte heiße Nacht mit wilden Gelagen und willigen Frauen vor ihrem Aufbruch ins Ungewisse. Viel unterschiedliches Volk war in der Stadt versammelt.

Auch diesmal blieb Cu vor den Toren der Stadt. Also ging Niam nur mit Brânwi und Shidrén auf den Schultern durch die dunklen Gassen. Sie war eine auffällige Erscheinung mit ihrem dunklen Rabenmantel und den blonden Haaren. Hier in Vortlach war es durchaus ungewöhnlich, eine Frau abends alleine durch die Straßen gehen zu sehen. Niam musste viele anzügliche Bemerkungen über sich ergehen lassen. Immerhin war sie inzwischen eine ausgewachsene junge Frau, schön und in vollster Blüte. Viele der rauen Männer boten Geld für ihre Begleitung. Doch Niam wies alle diese Angebote entschieden zurück. Sie hatte im Laufe ihrer Reise gelernt, mit solchen Angeboten und vor allem berauschten Männern umzugehen. Eine neue Autorität verlieh ihr Sicherheit. Ohne Schwierigkeiten fand sie den Weg zum Gasthaus der Stadt. Wie üblich stand es am Rande des zentralen Marktplatzes. Es war ein sehr großes Haus mit vielen Fenstern und Zimmern, der Anzahl der durchreisenden Gäste angemessen.

Nach den üblichen Anfangsschwierigkeiten wurde Niam auch hier mit dem Wirt handelseinig. Schnell sprach sich die Anwesenheit einer fahrenden Sängerin, die auch noch hübsch war, in der Stadt herum. In Scharen strömten die Menschen in die Gaststube. Sie lebten hier so weit ab vom Geschehen, dass es sie nach Abwechslung jeglicher Art dürstete. So füllte sich der große Saal bereits am ersten Abend bis zum letzten Platz. Niam spielte und sang für die Bewohner von Vortlach.

Aber Niam sang nicht nur, sie erzählte auch Geschichten. Eine ihrer Geschichten war besonders beliebt. Das freute Niam, denn es handelte sich um ihre Lieblingsgeschichte, die Legende vom Tal der Liebenden.

Fast einen Monat blieb Niam in Vortlach. Es gefiel ihr hier. Erstens hatte sie keine Schwierigkeit, ihren Lebensunterhalt zu verdienen. Außerdem erfuhr sie Neuigkeiten über den Krieg. Brigant und Sîl waren bereits gefallen, und im Nordwesten von hier wütete die Schlacht um Dun Ferhíl. Niam sorgte sich um ihre Freunde. Zu gerne hätte sie sich auf die Suche nach ihnen gemacht. Aber das war unmöglich. Zu wichtig war ihre Aufgabe und zu gefährlich der Krieg. Also begnügte sich Niam mit den Nachrichten. Sie genoss es, jeden Tag eine warme Mahlzeit zu essen und nachts in einem weichen Bett zu schlafen. Das Wetter war inzwischen umgeschlagen. Nach dem Regen der ersten Tage leuchtete nun die strahlende Frühlingssonne von einem hellblauen Himmel. Niam genoss ihre Erholungspause. Sie schlenderte umher, feilschte auf dem Markt, lauschte den Gesängen der Vögel und erfreute sich am Nichtstun.

Inzwischen war es schon Mitte März. Für die verbleibende Strecke nach Inis Wytrin waren die verbleibenden eineinhalb Monate zwar nicht knapp, aber auch nicht viel. Ohne größere Probleme auf der Reise würde sie es leicht schaffen, rechtzeitig in Inis Wytrin zu sein. Aber niemand konnte wissen, was noch passieren würde. Also packte Niam ihre Sachen und brach auf.

Wohlgelaunt ließ sie die Stadtmauern hinter sich und durchquerte die Ebene von Naís weiter nach Süden. Als nächstes Ziel peilte sie die Stadt Brádon an den Ufern des Flusses Evó an. Diese Stadt war berühmt für ihre

Münzprägeanstalten. Sie war reich, und Niam würde keine Schwierigkeiten haben, ein paar Münzen für die Weiterreise zu verdienen. Auf dem Gras der Ebene kamen sie gut voran. Überrascht stellte Niam fest, wie weit der Frühling schon fortgeschritten war. Nach drei Tagen Fußmarsch sah Niam Bäume am Horizont. Sie hatte die Ebene von Naís überquert. Vor ihr lag der mächtige Wald von Kirceno. In einem breiten grünen Band zog er sich von Osten nach Westen und trennte die Ebenen von Naís und Salír. In seiner Mitte floss der Taéms, der Grenzfluss zwischen Âtron und Dumnón. Stolz und mächtig erhoben sich die alten Bäume über das flache Land. Niam war zufrieden. Sie lag gut im Zeitplan, und so gab sie sich wieder ihren Musikstudien hin. Erneut versank Niam tief in ihre Gedanken. Deshalb bemerkte sie den dunklen Schatten nicht, der ihnen seit einiger Zeit folgte. Manchmal vermeinte Niam nachts Schritte zu hören. Doch sie hatte sich inzwischen an diese nächtlichen Geräusche gewöhnt und reagierte nicht mehr darauf. Sie vermutete, es sei erneut der sie beschützende Engel, der sie seit ihrer Abreise aus Thierna Og begleitete. Und so ignorierte sie die warnenden Vorzeichen.

Doch das war ein Fehler. Die Nacht war pechschwarz heraufgezogen. Über dem Wald tobte ein wilder Sturm. Plötzlich sprang Cu auf und knurrte drohend. Auch Brânwi krächzte aufgeregt. Das kleine Feuer gegen die nächtliche Kälte erlosch. Zurück blieb nichts als die schwarze stürmische Nacht. Der Lärm weckte Niam. Verschlafen öffnete sie die Augen. Es war so dunkel, dass sie nicht einmal die Hand vor Augen erkennen konnte. Aber ein unheimliches Gefühl beschlich sie. Zuerst sah sie nur Shidréns hellen Lichtschimmer. Doch dann erkannte sie etwas so Schreckliches, dass es ihr den Atem raubte. Vor Niam stand der furchtbarste Riese, den sie je gesehen hatte. Tatsächlich hatte Niam noch nie einen Riesen gesehen. Aber was immer sie sich auch vorgestellt hatte, es war nichts im Vergleich zu diesem Giganten, der hier leibhaftig vor ihr stand. Es war ein schwarzer, einäugiger, einfüßiger Riese, dunkel und unheimlich. Sein Auge blitzte gefährlich. Mit kaltem Blick maß er Niam wie eine gejagte und gestellte Beute. Niam war wie versteinert. Ihr Atem stockte und sie konnte sich nicht rühren vor lauter Schreck. Regungslos verfolgte sie, wie der Zyklop sich vor ihr aufbaute und sie mit gehässigem Unterton ansprach.

Er brüllte laut, und seine laute Stimme ließ Niam das Blut in den Adern gefrieren: »Na, wen haben wir denn da. Ist mir meine Beute letztendlich doch noch ins Netz gegangen.« Er lachte auf. »Ich bin am Ziel meiner Suche. Der dunkle Herrscher wird zufrieden mit mir sein. Es war ein Kinderspiel für mich, denn ich bin ein guter Jäger und du eine leichte Beute. Ich bin der Fer Caile, der Waldmann, und ich bin gekommen, um dich zu töten.«

Er hob seine gigantische Hand und ballte sie zu einer mächtigen Faust. Niam duckte sich und versuchte, sich zu schützen, doch gegen seinen gewaltigen Hieb konnte sie nichts ausrichten. Mit dem ersten Schlag schlug er sie zu Boden. Da kamen ihr ihre Freunde zu Hilfe. Shidréns hellster Blitz erleuchtete die dunkle Nacht. Wie alle Geschöpfe der Dunkelheit konnte auch der Fer Caile die Helligkeit nicht vertragen. Für einen kurzen Moment war er geblendet und musste sein Auge schließen. Diesen Augenblick nutzte Cu. Knurrend sprang er dem Ungetüm an den Arm und verbiss sich an seinem Handgelenk. Der Riese brüllte laut auf. Er riss sein gewaltiges Rundauge auf und schlug wild um sich. Wutentbrannt schleuderte er den großen Wolf gegen den harten Boden. Aber Cus mächtige Zähne hatten sich tief in das übel riechende Fleisch gegraben und gaben den Arm nicht frei. Nun griff auch Brânwi an. Mit schnellem Flügelschlag umflog sie den Kopf des Monsters, zu klein, um von seinen großen Zähnen erfasst zu werden. Mit ihrem harten Schnabel hackte sie dem Riesen manche Wunde. Über allem flog Shidréns heller Lichtstrahl und behinderte Fer Caile noch mehr. Zornig trampelte er alles nieder, was in seiner Nähe war. Mit einem schnellen Hechtsprung brachte Niam sich vor seinen schweren Tritten in Sicherheit. Aber sosehr sich ihre Freunde auch bemühten, sie konnten den Waldmann nur kurz aufhalten. Letztlich siegte er mit seiner übermenschlichen Kraft. Mit einem dicken Seil fesselte der Fer Caile Niam an einen mächtigen Baumstamm. Auch Cu wurde festgebunden. Niam konnte ihre Augen nur mühsam offen halten. Der Schlag des Waldmannes hatte sie verletzt und sie musste sich konzentrieren, um nicht ohnmächtig zu werden. Mit dröhnendem Kopf sah sie den Fer Caile auf sich zukommen. Er brummte ihr etwas Unverständliches zu, dann verschwand er im tiefen Wald. Mit bangem Herzen erwartete Niam seine Rückkehr. Es war zu dunkel, um etwas zu erkennen, aber Niam hörte deutlich Kampfeslärm. Er kam aus unmittelbarer Nähe. Dann gab es einen letzten Aufschrei und der Lärm verstummte. Niam rief laut in die Nacht, aber niemand antwortete. Verzweifelt zerrte Niam an ihren Stricken, doch sie ließen sich nicht lockern. Ungeduldig wartete sie bis zum nächsten Morgen.

Feurig erhob sich die Sonne über dem Wald. Doch auch in ihrem Licht konnte Niam nichts erkennen. Ihr

Blickwinkel war einfach zu klein. Erneut zerrte sie an ihren Fesseln. Doch da kam unerwartete Hilfe. Cu hatte in der Zwischenzeit seine eigenen Fesseln zerbissen. Nun machte er sich eifrig an Niams Strick zu schaffen. Bald hatte er auch diesen durchtrennt. Erleichtert befreite sich Niam. Sofort suchte sie ihre weitere Umgebung ab. Hinter einer nahen Baumgruppe fand sie Überreste des nächtlichen Kampfes. Der Fer Caile lag in einer Lache seines Blutes tot auf dem Waldboden. Jemand hatte ihn des Nachts besiegt. Doch dieser Jemand hatte seinen Sieg teuer bezahlt. Der blutige Kleiderfetzen in der Hand des Waldmanns sprach eine deutliche Sprache. Niam suchte den ganzen Vormittag, aber sie konnte niemanden finden. Wer immer ihr unbekannter Retter auch war, er war verschwunden. Ob dies wohl wieder ihr Schutzengel war? Niam betete für seine Sicherheit und rief ihren Dank in den Himmel. Dann verließ sie diesen Ort des Grauens. Geschwächt schleppte sie sich weiter. Mühsam war nun der Weg. Bei jedem Geräusch zuckte sie ängstlich zusammen. Deshalb dauerte es weitere neun Tage, bis sie den Wald von Kirceno endlich durchquert hatte. Vor ihnen lag die mächtige Ebene von Salír, die größte ebene Fläche der neuen Welt.

Die Ebene von Salír war beeindruckend. Die Vegetation war hier ganz anders als weiter im Norden. Schutzlos dem scharfen Wind ausgeliefert, überlebte hier nur das widerstandsfähige Steppengras und die robuste Heide. In sanften Hügeln erstreckte sich das Land unter der violetten Erika, nur gelegentlich unterbrochen durch vereinzelte Gruppen schlanker Birken. Die Kraft des Frühlings lag in der Luft. Mehrere Tage wanderte Niam durch die aus dem Winterschlaf erwachte Landschaft.

Der Abend graute, als Cu plötzlich die Ohren spitzte. Auch Niam hörte unbekannte Geräusche in der stillen Ebene. Dann sah sie es: Ein riesiger Zug zerlumpter Menschen, die in aller Eile nach Osten strebten. In großer Hast schienen sie ihr letztes Hab und Gut auf Holzkarren geladen zu haben. Diejenigen von ihnen, die das Glück hatten, ein Pferd oder Ochsen zu besitzen, hatten das Tier vor den Karren gespannt. Doch die meisten waren zu Fuß unterwegs und zogen und schoben ihre Habseligkeiten selbst. Niam beobachtete den Flüchtlingszug verwundert. Noch nie waren ihr außerhalb der bewohnten Gebiete so viele Menschen begegnet. Bis Brádon waren es aber mindestens noch vier Tagesmärsche. Etwas musste geschehen sein. War der Krieg tatsächlich schon so nahe? Vorsichtig näherte sie sich den Menschen. Diese betrachteten sie argwöhnisch. Niam sah die Angst in ihren Augen.

»Ich grüße euch. Was ist geschehen? Wohin seid ihr des Weges, so weit entfernt von der Stadt?«

»Und wer bist du, dass du uns hier so einsam begegnest?« Ein kräftiger Mann hatte sich aus der Menge gelöst. Er war wie ein einfacher Handwerker gekleidet. Drohend hielt er seine mächtige Keule in die Höhe. »Niemand geht in diesen Zeiten alleine über die Ebene. Und wie du schon aussiehst, so dunkel und mit einem Wolf in deiner Begleitung.« Damit deutete er auf Cu. »Bist du auch eine von diesen Kreaturen des Bösen?«

»Nein. Ich bereise friedlich das Land. Auch vor meinem Wolf müsst ihr keine Angst haben. Er ist mein Freund und begleitet mich. Schaut her, ich bin eine fahrende Bardin und erfreue die Menschen mit meinem Gesang.«

Als Beweis hielt sie ihre Harfe hoch und schlug einen lieblichen Akkord. Da entspannte sich der Blick des Mannes ein wenig. Er ließ die Waffe sinken, jedoch ohne

Cu aus den Augen zu lassen. Bevor er antworten konnte, ertönte eine helle Stimme aus Richtung seiner Leute: »Niam? Niam! Bist du das wirklich? Ich kann es ja kaum glauben!« Eine junge Frau aus der Gruppe lief ihnen entgegen und fiel Niam um den Hals. Es war Déira, ihre Freundin aus Môn.

»Déira! Dass ich dich tatsächlich wiedersehe. Ich habe so oft an dich gedacht seit damals.« Innig erwiderte Niam die Umarmung ihrer Freundin aus Jugendtagen.

Dann wandte sich Déira an den großen Mann, der dieser Begrüßung stumm beigewohnt hatte. »Rucht, ich verbürge mich für sie. Niam ist eine alte Freundin.«

Rucht nickte und hieß Niam willkommen bei seinen Leuten. Dann erzählte Déira, was passiert war. Vor zwei Wochen hatten die Truppen des schwarzen Herrschers die Stadt Brádon überfallen. Sie waren bei Nacht und Nebel gekommen und überraschten die Bewohner im Schlaf. Die Münzpräger der Stadt waren über die Grenzen von Dumnón hinaus bekannt und so lagerten große Goldmengen innerhalb der Stadtmauern. Die Pilosi und insbesondere die Caledonen und Votadiner waren habgierig. Sie plünderten die Stadt gnadenlos und wüteten grausam unter der Bevölkerung. Wer überlebt hatte, war geflohen, so schnell er konnte.

»Und wohin geht ihr jetzt?«

»Nach Osten. Nur dort können wir noch Frieden finden, denn der Rest der neuen Welt steht im Krieg.«

»Déira, du musst mir unbedingt erzählen, was du in den vergangenen Jahren gemacht hast.«

»Ich bin eine gute Heilerin geworden«, antwortete Déira stolz. »Und dann bin ich meinem Mann nach Brádon gefolgt.«

»Dein Mann? Du bist verheiratet?«

»Ja! Schau, dort hinten steht er.«

Niam sah neugierig in die angedeutete Richtung. Sie sah den großen Mann, der sie angesprochen hatte.

»Rucht?«

»Nein, der doch nicht. Ich meine den, der neben ihm steht. Der mit dem Baby auf dem Arm. Das ist Odran, mein Mann.«

Nun sah Niam den gut aussehenden jungen Mann neben Rucht. Er sah sympathisch aus. »Herzlichen Glückwunsch. Ich freue mich ja so für dich. Und das Kind auf seinem Arm? Ist das deins?«

»Ja. Das ist Ness, meine jüngste Tochter.«

In diesem Moment trat ein etwa drei Jahre alter Junge zu den Männern. Neugierig sah er zu ihnen hinauf. Odrans große Hand streichelte zärtlich seinen blonden Kopf.

»Und der Junge? Ist der auch von dir?«

»Ja.« Déira nickte. »Das ist Aéd, mein ältester Sohn. Vor dem Krieg haben wir auf einem kleinen Hof in der Nähe der Stadt gelebt. Odrans älterer Bruder Rucht war der gewählte Sprecher von Brádon. Nun komm mit. Wir werden hier rasten. Du bleibst heute Nacht bei uns.« Damit zog Déira ihre Freundin hinter sich her.

Déiras Fragen über ihr Leben der letzten vier Jahre beantwortete Niam ausweichend.

Rucht übernahm den Gesprächsfaden. »Bist du eine Zauberin, dass dir die Tiere folgen?« Er deutete auf Cu und Brânwi.

»Nein. Ich bin nur eine Sängerin. Diese Tiere sind meine Freunde, und deshalb begleiten sie mich.« Damit ließ sie es gut sein.

Die Nacht war inzwischen weiter fortgeschritten. Allmählich schliefen auch die Erwachsenen ein. Auch Déira und ihre Familie fielen schon bald in einen tiefen Schlaf.

Also legte Niam sich ebenfalls nieder. Das Feuer war inzwischen heruntergebrannt und die Nacht senkte sich dunkel über die Schlafenden. Doch Niam fand keine Ruhe. Zu schwer waren ihre Gedanken und zu traurig ihr Herz. Langsam ließ sie ihre Augen über Déiras schlafende Familie gleiten. Es war schon erstaunlich. Déira war tatsächlich seit fast vier Jahren verheiratet und hatte bereits zwei Kinder. Ohnehin hatten die meisten Frauen in Niams Alter schon Kinder. Sie schluckte. An Kinder hatte sie noch nie gedacht. Ein richtiges Familienleben hatte Niam nie kennen gelernt. Und auch jetzt, wo sie eigentlich in dem richtigen Alter war, kam eine Familie nicht infrage. Das erste Mal spürte Niam den Wunsch nach Kindern und einem Mann in sich. Sie sehnte sich nach einer eigenen Familie. Gerne wäre sie selber Mutter.

In dieser Nacht fühlte sie schmerzhaft, dass ihre Entwicklung viel zu schnell gegangen war. Trotzdem war sie inzwischen erwachsen geworden. Ihre neue Selbstsicherheit, welche die Zweifel an ihrer eigenen Stärke immer öfter zum Schweigen brachte, zeigte das deutlich. Auch die Art und Weise, wie sie Probleme bewältigte, war ihrem Alter angemessen. Das würde ihr die Erfüllung ihrer Aufgabe erleichtern. Aber dieses Schicksal schloss weder einen Mann noch Kinder ein. Traurig sann Niam ihren Gedanken nach. Unmerklich glitt sie in einen intensiven Traum. Sie sah den gesichtslosen Mann wieder. Doch diesmal war er nicht ihr Liebhaber, sondern der Vater ihrer Kinder.

Aus diesem friedlichen Traum wurde Niam noch vor Morgengrauen unsanft geweckt. Ein lauter Schrei zerriss die Stille. Denn die Feinde hatten die Flüchtlinge aufgespürt. Ein großer Trupp Pilosi griff die Menschen erbarmungslos an. Sie töteten ohne Unterschied – es war ein schrecklicher Anblick. Niam rannte zu Déira, die Ness ängstlich im Arm hielt. Aéd drückte sich an sie. Rucht und Odran versuchten wie die meisten Männer, sich dem Feind entgegenzustellen. Doch das war völlig aussichtslos. Die Frauen und ihre Kinder flohen mit nichts als ihrer Kleidung am Leib. Schließlich gab Rucht auch den Männern das Zeichen zum Rückzug, und sie folgten ihren Familien. Die Pilosi verfolgten sie nicht.

Rucht verteilte die Aufgaben und mühte sich, Ordnung ins Chaos zu bringen. Déira drückte Niam Ness auf den Arm und begann sofort, sich notdürftig um die Verwundeten zu kümmern. Niam wurde vom allgemeinen Sog mitgerissen und floh mit den Übrigen in Richtung Osten. Erst zur Mittagszeit kam der Zug wieder zum Stehen. Die Sonne stand schon hoch, als die Menschen sich eine kurze Rast gönnten. Die Kinder weinten still vor sich hin. Niam versuchte, sie so gut wie möglich zu beruhigen. Doch sie konnte nicht laut singen. Also sang sie nur kleine, leise Lieder. Dennoch beruhigten sie die verwundeten Gemüter der Kinder schnell. Danach unterstützte Niam Déira bei der Verarztung der Verwundeten. Darüber vergaß sie die Zeit. Die Menschen von Brádon waren ihr inzwischen ans Herz gewachsen, und so wollte Niam sie in dieser Notsituation nicht allein lassen. Also zog sie mit den Flüchtlingen weiter und gelangte immer tiefer nach Osten, weg von ihrem Ziel. Die Tage wurden länger, und Niam wusste, dass es so nicht mehr lange weitergehen konnte.

Eines Abends suchte sie Déira und setzte sich neben sie. »Déira, ich werde euch morgen verlassen.«

»Wie bitte?«

»Morgen muss ich wieder aufbrechen. Als wir uns trafen, war ich auf dem Weg nach Süden. Ich muss dringend ins Landesinnere von Dumnón.«

»Du bist ja komplett verrückt, Niam. Glaubst du denn, du allein könntest die feindlichen Reihen durchbrechen?«

»Ich muss es trotzdem versuchen. Unter allen Umständen muss ich nach Süden. Es ist wichtig. Déira, vertraue mir und lass mich gehen.«

Aber Déira ließ sich nicht umstimmen. Im Gegenteil, sie rief Odran, Rucht und seine Frau Damena zur Unterstützung.

Als Rucht von Niams Plänen hörte, sah er Niam ernst an und sagte mit strenger, väterlicher Stimme: »Das kommt gar nicht infrage. Keinesfalls wirst du dich alleine auf den Weg machen. Es ist viel zu gefährlich für eine Frau, egal, wie stark deine tierischen Reisebegleiter auch sind. Schon zu Friedenszeiten ist eine solche Reise gefährlich, nun ist sie unmöglich! Sei vernünftig und bleibe bei uns im Schutz der Gemeinschaft.«

Auch Damena trat vor und redete eindringlich auf Niam ein. »Hör auf Rucht, mein Kind. Bleibe bei uns als unsere Tochter. Du bist uns ans Herz gewachsen. Außerdem erinnerst du mich an Emer.«

»Emer?«

»Das war meine Tochter. Sie war ebenso alt wie du. Sie starb bei dem Überfall auf Brádon.« Damenas Gesicht wurde traurig und ihre Hände zitterten. »Ihr Tod war der letztliche Grund, weshalb Rucht die Evakuierung der Stadt befahl. Er wollte nicht noch mehr Kinderleben gefährden. Zu aussichtslos war der Kampf.« Dann sah sie Niam an und strich ihr liebevoll durchs Haar. »Ja, Niam, ein wenig erinnerst du mich an meine Tochter. Deshalb wäre ich froh, wenn du bei uns bleiben würdest.«

Nun trat auch Déira hinzu und legte Niam die Hand auf die Schulter. »Ja, Niam, bleibe hier. Für mich wäre es die Erfüllung alter Träume und auch für die Kinder bist du unersetzlich. Schau dir meinen Sohn an. Aéd ist normalerweise sehr scheu. Aber zu dir hat er gleich Vertrauen gefasst. Er liebt dich, so wie wir alle. Du bringst uns Glück. Bitte, komme mit uns nach Osten.«

Niam war zutiefst gerührt. Mit so viel Liebe hatte sie nicht gerechnet. Sie schluckte und wusste nicht, was sie erwidern sollte. Wie sollte sie auch ihren wahrlich absurd anmutenden Wunsch rechtfertigen, alleine der Kriegsfront entgegenzugehen. Sie konnte ja den wahren Grund ihrer Reise nicht offenbaren. Und sie war gerne bei Déiras Leuten und fühlte sich sogar ein wenig zu Hause. Zudem hatte Déira zielsicher ihren wunden Punkt angesprochen: Aéd. Niam mochte ihn. Seit der ersten Nacht war er kaum von ihrer Seite gewichen. Liebevoll betrachtete sie den flachsblonden Schopf des Jungen, der schlafend neben seiner Mutter lag. Also beschloss sie, noch ein paar Tage zu bleiben. Ein wenig Zeit hatte sie ja noch. So verschob sie ihren Abschied von Mal zu Mal.

Die Menschen von Brádon flohen stetig nach Osten. Cu und Brânwi waren gute Späher und zeigten den Menschen den sichersten Weg. Shidrén hingegen blieb die ganze Zeit unsichtbar. Seit zwei Tagen wurden nur noch vereinzelt feindliche Verbände gesichtet. Aber sie griffen die Menschen nicht an. Langsam schmolz die Angst vor einer direkten Bedrohung und die Flüchtlinge begannen, sich sicherer zu fühlen. Doch das war ein Fehler. Denn die Pilosi hatten die Zeit genutzt, um den Flüchtlingszug zu überholen. Nun saßen die Menschen in der Falle: vorne die kleinen schwarzen Erdgnome und hinten die Barbaren. Dann starteten die dunklen Krieger einen erbarmungslosen Angriff. Niam nahm Aéd an die Hand und rannte mit ihm davon. Sie versuchte, den Pilosi auszuweichen, doch vergeblich. Schon waren sie von sechs schwarzen Kriegern umzingelt. Der kräftigste von ihnen trat mit blutrünstigem Blick auf Aéd zu. Niam stellte sich schützend vor den zitternden Jungen. Doch dann wurden beide von feindlichen Händen gegriffen. Aéd wurde vor den Truppenführer gezerrt. Genüsslich erhob dieser sein Schwert gegen das Kind.

In diesem Moment löste sich ein Schrei aus Niams Kehle. All ihre Hoffnungen, ihr Sinnen und ihr Streben lagen in diesem Schrei. Auf keinen Fall durfte sie zulassen, dass dem Jungen etwas passierte. Ihr Selbstbewusstsein wuchs, und damit kam die Wut. Wer waren diese Pilosi, dass sie es wagten, Hand an Aéd zu legen? Da schlug ihre Macht gewaltig zu. Aus vollem Herzen schrie sie mit all ihrer Kraft: »Stopp!«

Augenblicklich kam jede Kampfhandlung zum Stehen. Eine Starre legte sich über die schwarzen Truppen. In voller Bewegung verharrten sie erstarrt.

Niam fasste sich als Erste und rief den verschreckten Leuten zu: »Schnell, lauft! Bringt euch in Sicherheit!«

So schnell sie konnten, flohen die angegriffenen Flüchtlinge.

»Niam, wie hast du das gemacht?«, fragte Déira.

»Ich weiß es nicht. Es kam ganz von allein. Ich musste verhindern, dass Aéd ein Leid zustößt.«

Auf diese Weise entdeckte Niam das erste Mal die wahre Macht ihrer Stimme. Nun verstand sie die Warnungen ihrer Lehrer, ihre Stimme stets mit Bedacht einzusetzen. Sie erkannte, dass die wahre Macht nicht aus dem Geist, sondern aus dem Herzen kam. Jetzt hatte sie gesehen, welch starke Energie das Herz steuerte.

Notgedrungen musste sie die Flüchtlinge weiter begleiten, zumindest bis die größte Gefahr vorüber war.

Also zog sie mit den Menschen aus Brádon weiter nach Osten. In den unbekannten Tiefen der Ebene von Salír wollten sich die Flüchtlinge eine neue Heimat aufbauen. Auf dem Weg half Niams Stimme noch oft. Denn die Pilosi ließen von ihrer gnadenlosen Verfolgung nicht ab. Doch je weiter sie nach Osten kamen, desto seltener wurden die Angriffe. Und endlich schien die Gefahr endgültig vorüber. Schon fünf Tage hatte es keinen Überfall mehr gegeben. Auch kein Feind war mehr gesichtet worden. Das Gebiet war friedlich und weit genug vom Kriegsgeschehen entfernt. In sanften Hügeln wellte sich das Land. Hier wollten sie bleiben. Schon begannen die vertriebenen Menschen, erste Pläne für eine neue Zukunft zu schmieden. Jetzt waren Niams Freunde in Sicherheit und ihr Begleitschutz nicht mehr notwendig. Also verabschiedete sie sich endgültig. Déira begleitete sie noch ein Stück.

»Wohin wirst du jetzt gehen, Niam?«

»Nach Südwesten. Mehr darf ich dir leider nicht sagen.«

»Das ist schon in Ordnung. Ich habe sehr wohl bemerkt, wie sehr du dich verändert hast. Nicht, weil du älter geworden bist. Es ist etwas anderes. Du bist innerlich gewachsen und hast eine erstaunliche Stärke entwickelt. Es ist nicht nur deine Stimme, sondern auch deine Art. Die Weise, mit der du die Menschen behandelst und sie an deiner Kraft teilhaben lässt. Irgendwie habe ich es schon immer vermutet. Du bist ein besonderer Mensch mit einem besonderen Schicksal. Schon gut. Du musst mir nicht widersprechen. Umarme mich lieber. Ich bin so froh, dass wir uns wiedergetroffen haben.

Und ich bete, dass wir uns in diesem Leben noch einmal wiedersehen.«

Die Freundinnen sahen sich stumm an. Ohne ein Wort darüber zu verlieren, vertieften beide ihre alte Freundschaft. Dann drehte sich Niam um und ging, ohne sich noch einmal umzusehen.

Die Flucht hatte Niam weit von ihrem Ziel entfernt. Kostbare Zeit war verstrichen, und sie befand sich viel weiter östlich als jemals geplant. Der Frühling war inzwischen fast vorbei. Übermorgen würde sie anbrechen, die heilige Beltaine-Nacht. Beltaine war der Jahres-Mittag und leitete das Sonnenhalbjahr ein. Es war der Anbruch von Licht und Wärme und der Eintritt in den Sommer.

Aber Niam war bedrückt. Nie würde sie rechtzeitig zu Beltaine in Inis Wytrin ankommen. Der Weg nach Süden war viel zu weit, um ihn in zwei Tagen zu schaffen. Aber Niam wollte nicht aufgeben. Also begann sie zu rennen. So schnell sie konnte, lief sie über die Ebene von Salír zurück nach Südwesten. Brânwi und Cu wiesen ihr den Weg.

Die einzelnen Pilosi-Truppen, die ihr begegneten, hielten sie nicht lange auf. Fast schon mechanisch ließ Niam sie erstarren und lief unbeirrt weiter. Kaum gönnte sie sich eine kurze Pause. Auch bei Nacht lief sie weiter, solange ihre Kräfte es zuließen. Sie wollte ihr Scheitern nicht akzeptieren. Das Wissen um die Bedeutung ihrer Aufgabe für die Menschheit mobilisierte ihre letzten Kraftreserven. In schier unmenschlicher Anstrengung durcheilte sie die große Ebene. Doch der Weg nach Inis Wytrin war einfach zu weit. Als die hohe Beltaine-Nacht ins Land zog, war das Reich der Lichtalben noch in weiter Ferne. Niams Hoffnung fiel ins Bodenlose. Sie war verzweifelt.

In der Abenddämmerung der heiligen Nacht entdeckte sie ein hohes Steinmonument. Einsam stand es auf der weiten Ebene. Mit letzter Kraft schleppte sie sich zu den grauen Megalithkreisen, dann brach sie weinend zusammen. In heißen Tränen beklagte sie ihr Scheitern. Was hatte sie den Menschen bloß angetan! Alle hatten ihre Hoffnungen auf Niams Erfolg gesetzt, und nun …? Niam vergrub ihr Gesicht in den Händen. Sie war gescheitert. In diesem Moment hätte sie in Inis Wytrin sein müssen. Aber sie war hier, im Schatten dieser alten Steine. Morgen war das Reich der Lichtalben wieder verschlossen, und nächstes Jahr wäre bestimmt zu spät. Niam weinte bitterlich und vergrub sich tief in ihren Schmerz.

Während sie weinte, umhüllte sie die heilige Nacht. Plötzlich drang ein leichtes Schimmern aus der Mitte des Steinmonuments. Der Mittelpunkt des alten Heiligtums begann zu leuchten. Aus dem Lichtkegel trat ein junger Mann. Er war in Weiß gekleidet wie ein Priester. Still betrachtete er Niam, die zusammengekauert an einer Steinsäule weinte.

Dann trat er zu ihr und legte ihr sanft seine Hand auf die Schulter: »Was weinst du so bitterlich in dieser heiligen Nacht an diesem heiligen Ort?«

Niam schreckte hoch. Sie hatte ihn nicht gehört. Brânwi und Cu waren ebenso verschwunden wie Shidrén. Niam starrte den Fremden an. Er war strahlend, goldgelockt und liebenswürdig. Sein schönes Gesicht schien alterslos, und er war von stattlicher Gestalt. Ein freundlicher Blick lag in seinem Antlitz. Er wirkte ehrlich und vertrauenswürdig. Unwillkürlich erwiderte Niam sein Lächeln, und ihr Herz beruhigte sich.

»Gut, nun lächelst du wieder.« Er reichte ihr seine schlanke Hand und half ihr auf. Während sie sich verlegen den Staub aus dem Gesicht wischte, sah er sie aufmerksam an. »Was ist so schlimm, dass man in dieser wunderschönen Nacht Schmerz und keine Freude empfindet?«

»Ich habe alle Menschen, die mich lieben, enttäuscht. Ich habe einen wichtigen Termin nicht eingehalten. Nun ist alles verloren. Ich habe meine Aufgabe vernachlässigt. Ein paar Leben für das Schicksal vieler – eine schlechte Wahl.« Verzweifelt wandte sie sich ab, denn sie wollte nicht, dass der Fremde ihre Tränen sah.

Doch er lächelte nur und sprach mit milder Stimme: »Verzweifle nicht, mein Kind. Heute Nacht ist alles möglich. Es ist die hohe Beltaine-Nacht. Trockne deine Tränen und folge mir. Ich werde dir etwas zeigen.«

Niam folgte ihm in das Innere des Steinmonuments. Aus dem Zentrum kam strahlendes Licht. Es erleuchtete den Platz des inneren Steinzirkels taghell. Hier offenbarte sich Niam die gesamte Pracht und Herrlichkeit dieses alten Felsenheiligtums.

»Das ist der ›Tanz der Riesen‹. Sieh die Mächtigkeit der Steine und die Schönheit, die sie ausstrahlen. Erkennst du die Erhabenheit dieses Ortes? Schließe deine Augen, Strahlende. Lass die Kraft dieses Ortes in dein Herz, dann wirst du verstehen.«

Die Heiligkeit des Platzes nahm Niam gefangen. Ein großer Friede zog in ihr Herz. Sie schloss die Augen und begriff: Dieses alte Steinmonument, bestehend aus einem äußeren und einem inneren Kreis, war ein Gleichnis für die Ganzheit der Welt. Es repräsentierte die Kraft der Sonne, sei sie nun segensbringend oder zerstörend. Ihr Licht war ein Abglanz der allgewaltigen Energie des Universums. Niam öffnete die Augen wieder und suchte den Fremden. Er begegnete ihrem Blick aufmerksam und sah, dass sie verstanden hatte. Kein weiteres Wort war nötig. Dann zeigte der Fremde Niam das Heiligtum und erklärte ihr die Einzelheiten. Er zeigte ihr zuerst den äußeren Steinkreis, der aus Trilithen gebaut war, riesige Tore mit jeweils zwei aufrecht stehenden Säulen und einem gewaltigen Dachstein. Sie bildeten den Zutritt in das Innere des Heiligtums. Der innere Kreis bestand aus 80 Blausteinen, die geheimnisvolle Schatten warfen.

»Dies ist ein alter heiliger Ort. Schon die Vorfahren des alten Volkes beteten hier zu ihren Göttern. Alles kannst du hier im Ring der Riesen lesen. Egal, welches Anliegen du hast, hier wirst du Antwort erhalten. Denn der Tanz der Riesen trägt in sich die kosmische Zeit. Alle diese Steine und Gruben dienen dazu, die Sonne, den Mond und die übrigen Gestirne zu beobachten und ihren Lauf zu berechnen. Jeder dieser Steine markiert einen Zeitpunkt des Jahres. Sie sind so angelegt, dass die Sonne die zentralen Tage im Weltenjahr deutlich anzeigt. Auch der heutige Sonnenaufgang ist hier seit Urzeiten verzeichnet. Du wirst es erleben, denn dort geht sie auf, die strahlende Sonne.« Er deutete nach Osten.

Feurig erhob sich die Sonne über den Horizont. Ihr erster Lichtstrahl traf den entsprechenden Stein und zeichnete eine exakte Linie mit dem Gebetsstein im zentralen Mittelpunkt des Heiligtums. Hell leuchtete der Opferstein in der Mitte auf. Für den Bruchteil dieses Moments schien die Welt stillzustehen. Es war atemberaubend. Niam war tief berührt. Sie hatte das Gefühl, in diesem besonderen Moment das Wissen des Universums teilen zu dürfen. Alles war licht und strahlend. Nachdenklich sah Niam den Fremden an.

Dann lächelte sie ihn an und sagte: »Danke. Bist du ein Priester?«

»Manchmal.«

»Lebst du in diesem Tempel?«

»Manchmal. Das letzte Mal war ich vor neunzehn Jahren hier. Damals blieb ich ein Jahr, heute jedoch nur diesen einen Tag. Denn ich bin hier, um dir zu helfen. Schließlich bist du ein Kind der Götter.«

Niam zuckte zusammen. Er wusste Bescheid. Aber sie hatte im Laufe ihrer Reise schon so viel Seltsames erlebt, dass sie es nicht mehr hinterfragte. Sie wollte den Zauber des Moments nicht unterbrechen und nickte.

»Vertraue auf dich und die, die deinen Weg begleiten. Deine Reise ist viel zu wichtig, als dass sie starr an Termine festhalten müsste. Beltaine stellt nur den leichtesten Übergang dar. Aber du bist nicht daran gebunden. Du wirst bereits in Inis Wytrin erwartet. Morgen wirst du also Folgendes tun: Gehe weiter nach Südosten. Drei Tagesreisen von hier liegt das Heiligtum des weißen Pferdes. Seit Urzeiten ist dieser heilige Platz verbunden mit den Göttern des hohen Himmels. Dort bist du den Göttern so nah wie nirgends sonst. Dort bitte sie um Hilfe. Stelle dich auf das linke Auge der Statue. Dann drehe dich dreimal mit dem Lauf der Sonne um deine eigene Achse und äußere sieben Wünsche.«

»Aber ich habe doch nur einen einzigen Wunsch.«

»Dann musst du ihn eben siebenmal anders formulieren. Vertraue, dann wird es gelingen.«

Niam nickte. Ein kleiner Hoffnungsschimmer leuchtete in ihrem Herzen. »Danke. Ich weiß zwar nicht, wer du bist, aber ich danke dir.«

»Ich freue mich, dass ich helfen konnte. Besonders einer so strahlenden jungen Frau wie dir. Jetzt muss ich wieder fort. Neunzehn Jahre werden vergehen, bis ich meinen Fuß erneut auf diese heiligen Steine setze. Lebe wohl, mein Kind, mein Segen begleitet dich.«

Er trat vor und gab Niam einen Kuss auf die Stirn. Heiß brannten sich seine Lippen in die Haut. Die Wärme erfüllte Niams ganzen Körper. Als sie die Augen wieder öffnete, war der Fremde verschwunden. Ein Feuermal seines Kusses war auf ihrer Stirn zurückgeblieben. Auch das sanfte Leuchten des Heiligtums war im Tageslicht verschwunden.

Da kehrten Shidrén, Brânwi und Cu zurück.

Zwei Tage später erreichte sie ihr Ziel: das weiße Pferd im Tal des weißen Pferdes. Mächtig erhob sich die große Pferdestatue über das flache Land. Ehrfurchtgebietend blickte das weiße Pferd von seiner gewaltigen Höhe auf die weite Ebene unter sich, für ewig in harten Stein gehauen. Sein Kopf hatte zwei Ausrichtungen und vier Augen. Zwei Augen blickten nach vorne, die anderen beiden nach oben, dem Himmel entgegen. Dorthin musste Niam, wollte sie dem Rat des Fremden folgen. Der Aufstieg war gefährlich. Steil ging es in die Höhe und führte Niam über waghalsige Abgründe. Oft rutschte sie auf dem glatten Stein aus. Mit blutigen Knien und Händen versuchte sie es immer wieder. Sie dachte an das, was der Fremde über Vertrauen gesagt hatte. Da wuchs ihre Zuversicht und sie glaubte fest an ihre Kraft und den Erfolg ihrer Bemühungen. Nach vielen Versuchen betrat sie endlich den Kopf der alten Kultfigur. Er war in schwindelerregender Höhe. Die nach oben gerichteten Augen waren flach in das große Steinhaupt eingelassen. Ein scharfer Wind pfiff hier oben und drohte, Niam hinabzuwehen. Doch Niam schob ihre Angst beiseite. Sie hatte den Aufstieg geschafft, dann würde sie auch ihr Gleichgewicht halten können! Sie hob ihre Arme und konzentrierte sich. Dann stellte sie sich auf das linke Steinauge. Mit geschlossenen Augen drehte sie sich dreimal mit dem Lauf der Sonne. Dabei murmelte sie ihre Wünsche, sieben an der Zahl. Alles, worum sie bat, war der Eintritt nach Inis Wytrin.

11. Kapitel

Inis Wytrin

Da begann die Luft zu flirren und der Boden vibrierte. Vorsichtig schaute Niam sich um. Aus dem Nichts erschien ein riesenhafter Schlangenkörper. In tausend Farben funkelten seine Schuppen in der Sonne. Vor Niam hob das gigantische Tier den Kopf. Sie erkannte, dass es eine gehörnte Schlange war. Angst hatte Niam nicht. Sie war viel zu fasziniert von diesem Tier aus dem Reich der Mythen.

Nun hob die große Schlange den gehörnten Kopf und begann zu sprechen: »Ich grüße das helle Kind. Ich bin Mael Duins, die gehörnte Schlange.« Ihre Stimme war zischend. Während sie sprach, tanzten ihr Kopf und ihre gespaltene Zunge im Rhythmus der gesprochenen Worte. »Ich bin der Bote der Anderswelt und gekommen, um dich zu holen. Königin Belisama schickt mich. Sie gewährt dir Zutritt nach Inis Wytrin. Ich bin deine Brücke und dein Weg. Ich werde dich nach Inis Wytrin bringen, denn ich bin Mael Duins. Die gläserne Brücke weist dem hellen Kind den Weg ins Reich der Lichtalben.« Damit beugte die mächtige Schlange den Kopf vor Niam.

Diese war ein wenig verwirrt. Mael Duins! Dieses Fabelwesen gehörte zu den uralten Geschichten der Druiden und zu Niams Lieblingsgeschöpfen. Und jetzt stand sie leibhaftig vor ihr und wies ihr als leuchtender Regenbogen den Weg ins Reich der Lichtalben.

Inis Wytrin, Insel aus Glas. In einem Meer aus Sümpfen und Nebel schwebte sie über dem Land, durchsichtig und schimmernd. Inis Wytrin, die Wolkenstadt im Nebel, war ein Kristallberg. Mächtig thronte er über einem riesigen Zaubermeer. Auf seiner Spitze stand eine von Flammen umloderte Burg aus Gold. Das war Caer Wydr, das Schloss der Albenkönigin Belisama.

Der funkelnde Regenbogen, Mael Duins, brachte Niam ins Zentrum des gläsernen Schlosses. Der große Kopf der Schlange bildete das Ende des Weges. Niam stieg ab und bedankte sich bei dem Fabeltier für die phantastische Reise. Der alte Mael Duins schenkte ihr ein letztes Nicken des gehörnten Kopfes, dann verschwand er mit tausendfachem Funkeln im Nebel. Niam drehte sich um und betrachtete neugierig ihre Umgebung. Wie die meisten Burgen des alten Volkes war auch Caer Wydr ein mächtiges Spiralschloss. Aus der Nähe sah Niam aber die eigenartige Bauweise, die dieses Schloss von anderen Feenschlössern unterschied. Caer Wydr ähnelte dem Ring der Riesen. Zwei kristalline Steinringe wanden sich spiralförmig zur Spitze. Dabei bildeten sie jeweils einen inneren und einen äußeren Kreis. Der äußere Kreis wurde durch dreißig leuchtende Torbögen gebildet, der innere durch dreißig Glassäulen.

Dann hörte Niam ein leises Räuspern. Vor ihr stand eine Albin. Jetzt verstand Niam die Dichter, welche die Schönheit der hellen Feen in so vielen Liedern gepriesen hatten. Hoch und licht war ihre Gestalt, weiß und leuchtend.

»Willkommen in Caer Wydr, helles Kind.« So schön die Albin war, so eigentümlich war ihre Sprache. Sie zischte jeden Ton und manchmal klang es, als würde ein Holzscheit in den Flammen explodieren. Niam hatte inzwischen gelernt, dass jeder Stamm des alten Volkes eine sonderbare Aussprache hatte. Aber diese hier war noch absonderlicher. Niam musste sehr aufpassen, die Albenfrau zu verstehen. »Folge mir bitte, Königin Belisama erwartet dich.«

Mit einem Kopfnicken folgte Niam der lichten Botin. Hierbei fiel ihr der sonderbare Laufstil auf. Die Albin berührte den Boden kaum mit den Zehenspitzen und sprang bei jedem Schritt von einer Seite auf die andere. Es sah sehr komisch aus. Um nicht zu lachen, konzentrierte sich Niam auf ihre Umgebung.

Der Eingag nach Caer Wydr war für das normale Auge nicht zu erkennen und lag verborgen im hellen Licht der Sonne. Durch ein mächtiges Portal aus weißem Kristall gelangte Niam ins Innere des gläsernen Schlosses. Durch seine durchsichtigen Mauern hatte man einen weiten Blick über das umliegende Land. Undurchdringlicher Nebel bildete die Grenze des ausgedehnten Reiches. Er war in bizarre Formen aufgeworfen, wie eine unüberwindliche Barriere zur Welt der Menschen. In Inis Wytrin herrschte Lachen und Freude. Speis und Trank waren in Hülle und Fülle vorhanden. Überall standen Äpfel und Wein bereit. Hier gab es kein Altern und keine Krankheit, weder Krieg noch Tod. Keine Klage und kein Verrat hatten hier Platz, denn hier war die Insel der Seligen. Da waren grüne Wiesen und blühende Obstgärten, in denen zu jeder Jahreszeit prächtige Früchte wuchsen. In den Gärten des Schlosses aber hingen die goldenen Äpfel der Albenkönigin. Niam war beeindruckt von all dem Licht und der Schönheit.

Dann stand sie vor dem großen Kristallportal des Thronsaals. Lautlos öffnete es sich. Zögernd trat Niam in den hellen Raum. Dort wartete Belisama, die hohe

Königin der Lichtalben. Niam hielt den Atem an. Belisama war die goldene Königin, licht, offen und furchtlos im Ausdruck, voller Lachen und Glück, umgeben von einer leuchtenden Aura. Ihre Präsenz war strahlend, groß und schön, fast durchsichtig, von schimmernder, reiner Farbe. Sterne leuchteten in ihren glänzenden Haaren, die weiß waren wie das reine Sonnenlicht. Ihre Stirn zierte ein kostbarer Diamant, der das weiße Licht der Sonne bündelte. Um den Hals trug sie das Halsband Brisingamen, den sagenumwobenen Halsschmuck der Liebesgöttin.

Sie sprach: »Das letzte Wissen wirst du hier erfahren. Dann schließt sich der Kreis deiner Bestimmung. Nun ist der Zeitpunkt gekommen, dass ich dem hellen Kind das übergebe, das seit dem Anbeginn der Zeit für es bestimmt ist.« Königin Belisama schlug ein Tuch neben sich zur Seite, und ein prachtvoller Stab kam zum Vorschein. Er war geformt wie eine Lanze, silbrig weiß schimmernd und geheimnisvoll. »Das ist der Gae Bolg, die flammende Lanze des Lugh. Er ist der Speer des Gewitters, der große Blitzstrahl. Als Symbol der Sonne und sichtbare Bündelung ihrer Strahlen trägt er Wärme und Heilung, aber auch Tod und Vernichtung. Er ist eine mächtige Waffe in deiner Hand. Er ist Träger des kosmischen Lichts. Im Dunkeln leuchtet er und zeigt dir den richtigen Weg. Doch ist er auch der Blitz. Auf dein Geheiß entfaltet er seine Macht. Feuer und Licht wird er überall entzünden, auch dort, wo sonst nichts brennen kann. Durch ihn begleitet dich die Kraft des Feuers. Er besteht aus einem sehr seltenen, erlesenen Element, genannt Titanium, das Metall der Götter. Keine menschliche Kraft wird es je brechen können. Der Gae Bolg ist der höchste Schatz der Lichtgeister. Er ist unser Geschenk an das helle Kind und soll dich beschützen auf den Wegen, die noch vor dir liegen.«

Damit erhob sich die Königin und übergab Niam den hell schimmernden Stab. Ehrfürchtig wog sie ihn in der Hand. Er war federleicht. Doch Niam spürte seine unbändige Kraft. Unzerbrechlich stand er da, feste Stütze und Halt.

Die Königin sprach weiter: »Wir Alben haben zwei hohe Festtage. Cetshamain hast du leider verpasst. Aber heute feiern wir den höchsten Stand der Sonne.«

Inzwischen herrschte eine ziemliche Unruhe. Die Alben eilten in größeren Gruppen auf den zentralen Platz der Burg. Niam und die Königin traten aus dem Schloss hinaus ins Freie.

Jetzt war der innere Steinkreis um ein Vielfaches größer als bei Niams Ankunft. Er war zu einem riesigen kreisrunden Platz angewachsen, angefüllt mit Pferden, die temperamentvoll auf den Boden stampften. Es waren herrliche Pferde, Geisterrösser, pfeilschnell und prachtvoll, beschlagen mit Silber und angetan mit goldenem Geschirr. Sie schienen nicht aus schwerer Erde gemacht, sondern aus Feuer und Flammen. Fein gebogen waren ihre langen Hälse und edel ihre Köpfe. Mit feurigen Augen und bebenden Nüstern warteten sie ungeduldig auf den Aufbruch. Lachen und Vorfreude flirrten in der Luft. Niam bestieg einen Schimmel mit schlanken Fesseln und kleinem Kopf und wartete ebenfalls auf den Aufbruch.

Feurig erhob sich der leuchtende Zug der Lichtalben. Auf ihren weißen Pferden sitzend, traten sie ihren Zug über die Welt an. Sie verließen ihre himmlischen Behausungen und folgten ihrer Königin. Dem menschlichen Auge zeigten sie sich bei diesem Ritt als schneeweiße

Jungfrauen im Sonnenschein. Den Menschen war diese Erscheinung heilig, denn sie verkündete Wohlstand und brachte Segen für das Land. Wer das Glück hatte, sie zu sehen, dem würde im nächsten Jahr alles gelingen.

Während ihres feierlichen Ritts sangen die Alben ein altes Lied.

»Weit oben, hoch am Himmelszelt,
dort herrscht der Sonnen Feuerwelt.
Der Sonnenrhythmus, ab und auf,
steht für des Lebens ewigen Lauf.

Des Kosmos göttliches Gericht
lehrt Aés Sid, Feuer und Licht.
Das alte Gesetz von werden und sein,
das kennt nur Aés Sid allein.

Des Geistes Kraft und Energie
zeigt Aés Sids helle Magie.
Das Feuer ist das Element,
das alles Böse niederbrennt.«

Nach drei Aufenthalten in der Anderswelt hatte Niam schon darauf gewartet und lauschte aufmerksam. Bereits nach kurzer Zeit konnte sie die Worte auswendig. Aus vollem Herzen fiel sie ein in das Lied der Alben.

Inzwischen hatte Niam gelernt, diese Lieder des alten Volkes zu deuten. Also fiel es ihr nicht schwer, in Aés Sid den geheimen Namen der Alben zu erkennen. Niam sah das Element der Alben, das Feuer. Ihr Zeichen war die Sonne und damit auch die Wärme und das Licht. Das Feuer war sichtbares Zeichen der Transformation, der Metamorphose der Elemente. In seinen Flammen manifestieren sich die Energien von Erde, Luft und Wasser. Durch die Einwirkung des Feuers veränderten sie sich und verbanden sich zu etwas Neuem. Somit war das Feuer der Katalysator für die kosmische Energie auf Erden. Dieselbe Energie zeigte sich auch in der Stärke des Geistes. Die Kraft des Willens konnte den Lauf des Schicksals beeinflussen. Seine Energie konnte das Gute verstärken und das Böse vernichten. Nun verstand Niam. Sie erkannte die Kraft des Feuers, sah die Bündelung der Grundenergien und die damit verbundene Macht, sei sie nun materiell als heiße Flamme oder immateriell als Kraft des Geistes. Niam prägte sich die alten Worte gut ein, denn sie ahnte bereits ihre Macht. Singend schloss sie sich den Feiernden an und tanzte den bunten Reigen bis zum Abend.

Bei Sonnenuntergang verschwand der leuchtende Zug von der Erde. Die Alben des Lichts zogen sich in ihre himmlische Burg zurück. Nun würde es fast ein Jahr dauern, bis die Welt der Menschen sie wieder zu Gesicht bekäme. Zurück in Inis Wytrin, löste sich der Festzug auf.

Nun rief Königin Belisama Niam zu sich in den Thronsaal. Das Glas war hier noch kunstvoller geschliffen. Wunderschöne Kristallblumen schmückten den Saal wie eine Haut aus zarter Spitze. Neben Belisama stand ein junger Mann. Schon während des Zuges war er Niam aufgefallen. Stets hatte er sich an der Seite der Königin aufgehalten. Er war ein stattlicher Mann, Mitte zwanzig, voll jugendlichen Temperaments und Lebensfreude. Aber er war anders als die Alben, nicht so licht und durchsichtig wie die Geschöpfe des Feuers. Vielmehr wirkte er irden und sogar ein wenig menschlich.

Als Niam den Saal betrat, erhob er sich und nickte ihr

höflich zu. Zurückhaltend erwiderte Niam seinen Gruß. Heimlich beobachtete sie den jungen Mann. Errötend gestand sie sich ein, noch nie einen so gut aussehenden Mann gesehen zu haben. Sie spürte ihren Herzschlag bis zum Hals. Energisch schluckte sie ihre Nervosität hinunter. Der junge Mann beobachtete sie ebenfalls. Für einen kurzen Moment trafen sich ihre Blicke. Da sah Niam etwas Unerwartetes in seinen Augen, eine tiefe, ungestillte Sehnsucht. Verwirrt schlug sie die Augen nieder. Er aber verbeugte sich wortlos vor der Königin und verließ das Zimmer. Auch er hatte die sonderbare Art der Alben zu laufen und hüpfte mehr, als dass er ging. Niam sah ihm neugierig nach.

Die Königin sagte sanft: »Das ist Emrys.«

»Ist er Euer Sohn?«

»Nein, er ist ein Mensch wie du. Obwohl er für mich wie ein Sohn ist, denn ich habe ihn großgezogen.«

»Ist er nach Prinz Emrys benannt, von dem bis heute die alten Lieder meiner Heimat Brigant singen?«

»Nein. Emrys heißt nicht wie dieser Prinz, er ist dieser Prinz. Er ist der Sohn von König Belír und der legitime Thronfolger Brigants. Und er ist der Erbe der Menschheit.«

»Aber wie kann das sein? Prinz Emrys ist doch seit der Schlacht um Dinas Brân verschwunden. Das ist jetzt ungefähr siebzig Jahre her.«

»Es sind bald zweiundsiebzig, um genau zu sein. Zu seinem Schutz habe ich ihn damals zu mir genommen und ihn aufgezogen. Denn auch er hat eine wichtige Bestimmung.«

Niam sah Königin Belisama fragend an.

»Niam, was weißt du von der Wiederkehr des legitimen Königs?«

»Königin Flûr hat mir in Némes davon erzählt.«

»Nun, Prinz Emrys ist dieser König. Er ist es, der bald kommen wird und ein neues, strahlendes Königreich auf Erden gründen wird. Seit seiner Geburt war er dazu bestimmt. Das war lange geheimes Wissen. Nur wir kannten das Schicksal, das ihm auferlegt war. Also achtete das alte Volk ganz besonders auf den jungen Prinzen von Brigant. Als der dunkle Herrscher Dinas Brân überfiel, mussten wir um sein junges Leben bangen. Er war in höchster Gefahr. Deshalb habe ich den Jungen in Sicherheit gebracht. Ich nahm ihn mit nach Inis Wytrin. In mein Land des Lichts reicht die Macht des schwarzen Herrschers nicht. Seit damals lebt er bei mir. Ich liebe ihn wie einen Sohn. Aber ich weiß, dass er mich bald verlassen wird. Denn es naht der Zeitpunkt, da er sein Schicksal erfüllen muss.«

»Aber der Kampf um Dinas Brân ist schon lange her. Wieso ist er denn dann noch so jung?«

»Das ist der Unterschied zwischen Erdenjahren und unserer Zeitrechnung. Deine Welt ist dem irdischen Rhythmus unterworfen. Hier im Reich des Lichts herrschen andere Zeitgesetze.«

»Aber wieso altert er nicht? Ich bin doch auch normal gealtert. Für mich war es nur ein Jahr, obwohl in Wirklichkeit vier Jahre vergangen sind. Ich bin erwachsen geworden, egal ob in der Anderswelt oder nicht. Wieso ist das bei Emrys anders? Herrschen in Inis Wytrin andere Zeitgesetze als im Rest der Anderswelt?«

»Nein, überall in der Anderswelt gilt dieselbe Zeit. Die Ursache für deine Frage liegt woanders. Sie liegt in deiner Abstammung und deren tieferer Bedeutung. Niam, was weißt du von deiner Herkunft? Ist dir bekannt, wer dein Vater war?«

»Leider nicht. Meine Mutter hat nie über ihn gesprochen.«

»Dafür hatte sie ihre Gründe. Denn dein Vater ist niemand Geringerer als Grianainech, der helle Gott, den ihr Menschen Lugh nennt.«

»Wie bitte? Mein Vater … der Gott Lugh? Aber wie …?«

»Schließe deine Augen und folge mir, ich werde es dir zeigen.«

Königin Belisama legte Niam ihre zarte Hand auf den Kopf und zeichnete ein altes Symbol auf ihre Stirn. Augenblicklich fiel Niam in einen tiefen Schlaf. Unvermittelt fand sie sich in der geheimnisvollen Traumwelt wieder. Die Albenkönigin nahm sie mit auf eine Geistesreise und führte Niam in die Tiefe der Vergangenheit:

Niam sah, wie ihre Mutter vor neunzehn Jahren einen Tag vor Samhain Amarango verließ. Eine Zauberstute wartete vor den Toren der Stadt. Schnell wie der Wind brachte sie Alania nach Süden. Sie sausten vorbei an Wäldern und Bergen und durchquerten die neue Welt in einer Tagesspanne. Niam hörte die mächtigen Worte, die Alania während des Ritts verzauberten. Die magische Stimme und der Rhythmus nahmen Alania gefangen, und die Zauberworte fanden Einzug in ihr tiefstes Bewusstsein. Als die Stute ihr Ziel erreicht hatte, da befand sich Alania in tiefer Trance.

Das Pferd brachte sie zu einem verzauberten Ort. Es war ein Ring aus blumenbekränzten Steinriesen, die um ein inneres Zentrum tanzten. In seiner Mitte loderte ein Feuer. Nackte Frauen sangen und tanzten um die Flammen. Mit lauten Gesängen hoben sie die träumende Alania vom Pferd und entkleideten sie. Dann badeten sie

Alania in berauschenden Wassern und rieben sie mit kostbaren Essenzen ein. Zuletzt bemalten sie ihren nackten Körper mit den alten Zeichen der Erde und der Muttergöttin. Dann zogen sie Alania hinein in den wilden Tanz. Sie priesen die Kraft der großen Göttin. Alania war sie, die alte Mutter. Magische Zeichen zierten ihren wohlgeformten Körper. Alania war berauscht vom Rhythmus und den Substanzen, welche die Frauen ihr gereicht hatten. Jetzt war sie die göttliche Verführerin, die gekommen war, um ihren König zu erwählen: einen jungen Mann, stellvertretend für Cernunnos, den gehörnten Gott. Aus dem Dunkel der hereinbrechenden Nacht trat er, angetan mit einem Hirschgeweih. Es war Lugh, strahlend, blond gelockt und mit hellen Augen. Wortlos trat er zu ihr und reichte ihr seine starke Hand. Sie aber nahm einen Becher und leerte ihn gemeinsam mit dem Gehörnten. Damit wählte die Göttin ihren Geliebten in der heiligen Samhain-Nacht. Alania und Lugh vollzogen die heilige Hochzeit, die Verbindung der großen Muttergöttin mit der männlichen gehörnten Gottheit. Sie folgten dem uralten Gesetz, in dem die große Göttin jährlich Hochzeit mit dem Gehörnten feiert. Er bestäubte die Frucht des Mutterleibes. Das Ergebnis dieser heiligen Nacht war Niam.

Niam schlug die Augen auf. Noch etwas benommen setzte sie sich auf und erkannte Königin Belisama, die sie aufmerksam betrachtete.

Als sie Niams Blick traf, lächelte die Albenkönigin. »Nun warst du Zeugin deiner Zeugung. Deine Mutter war Teil eines alten, heiligen Rituals, ebenso wie dein göttlicher Vater.«

»Das war also wirklich Lugh?«

Königin Belisama nickte. »Wenn ich richtig vermute, hast du deinen Vater bereits kennen gelernt. Der Ring der Riesen war schon zu Zeiten der großen Mutter ein heiliges Sonnensymbol und wurde nach der Einwanderung deiner Vorfahren eurem hellen Gott Lugh geweiht, der für uns Cernunnos ist. Dort, wo sich deine Eltern vor neunzehn Jahren trafen, ist dein göttlicher Vater auch dir erschienen.«

Niam schloss die Augen. Langsam fügte sich eine Erkenntnis an die andere und sie erkannte die klare Linie ihres Schicksals.

Darüber klang die warme Stimme der Albenkönigin: »Du bist die Frucht der heiligen Hochzeit zwischen Mann und Frau, die zu Fleisch gewordene Verbindung von Licht und Wasser. Du verbindest alt und neu: Deine Mutter war eine Angehörige des alten Volkes, und dein Vater ist der strahlendste der jungen Götter. Durch diese heilige Vereinigung ist aber noch etwas anderes, Mächtiges, entstanden. Denn du bist die Oberhoheit der neuen Welt.«

Niam sah die Albenkönigin fragend an. Sie hatte nur wenig verstanden. Die Königin erklärte: »Dies ist das älteste Stammesgesetz der Welt. Wir vom alten Volk nennen es flaith, ihr nennt es die Oberhoheit. Sie ist die Verkörperung des physischen Grund und Bodens, der Erde und des Territoriums, dessen Pfand und Symbol sie ist. Die Oberhoheit steht für die Verbindung zu der Erde, auf der die Menschen leben. Ohne sie kann kein Gemeinschaftsleben existieren, ohne ihre Einwilligung kann kein König auf Erden regieren. Sie ist diejenige, die den König erwählt. Durch die heilige Hochzeit macht sie ihn zum rechtmäßigen Herrscher. Du, Niam, bist diese Oberhoheit. Dein Machtbereich ist aber nicht nur deine

Heimat Brigant, sondern das gesamte Territorium der neuen Welt. Du repräsentierst die Gunst der Erde. Deshalb bist du an ihre Gesetze gebunden. Egal, wo du dich befindest, du bist den irdenen Zeitperioden unterworfen und alterst wie die Erde. Bald wirst du einen Mann zum Gatten erwählen, so wie es dein Schicksal ist. Durch den neuen König werden die Lebenskraft, die Freude und die Fruchtbarkeit in die Welt der Menschen zurückkehren, so wie es immer schon war.«

Niam nickte. Nachdenklich sah sie die Königin an, dann fragte sie leise: »Der König, den ich wählen muss, wird das Emrys sein?«

»Das weiß ich nicht. Es stimmt, sein Schicksal ist es, der rechtmäßige König zu sein. Aber du bist die Oberhoheit. Es ist deine freie Entscheidung. Du erwählst deinen Geliebten und bestimmst dadurch den König.«

»Was ist, wenn ich mich gegen ihn entscheide? Wessen Schicksal ist stärker, seines oder meines?«

»Es geht nicht darum, wessen Schicksal stärker ist, sondern dass euer beide Lebenswege miteinander verbunden sind. Was aber letztlich geschehen wird, liegt bei euch. Einzig ihr selbst entscheidet die Erfüllung des eigenen Schicksals.«

»Und wenn sich unsere Schicksale nicht miteinander verbinden?«

»Aber sie sind doch bereits ineinander verwoben. Seit du Thierna Og verlassen hast, ist Emrys dir gefolgt und hat dich beschützt. Auf mein Geheiß hat er deine Reise gesichert.« Nun erhob sich die Albenkönigin. »Das reicht für den Moment. Du hast für den Augenblick genug gehört und gelernt. Du solltest jetzt ein wenig ruhen. Wir werden uns später wiedersehen.« Damit entließ Königin Belisama Niam.

Auf dem Weg zu ihren Gemächern traf Niam zufällig Emrys. Anfangs herrschte betretenes Schweigen. Mit klopfendem Herzen erwiderte sie seinen Gruß.

Dann überwand Niam ihre Scheu und sprach ihn an: »Königin Belisama hat mir erzählt, dass du mich beschützt hast während meiner Reise.«

Emrys nickte. »Ich bin dir lange gefolgt«, zischelte er in der sonderbaren Aussprache der Alben.

»Dann warst du also mein Schutzengel. Der mir die Harfe zurückgebracht hat.«

»Ja. Außerdem habe ich den Fer Caile getötet. Da hattest du wirklich Glück, dass ich in der Nähe war. Der Fer Caile ist ein hinterlistiger Verbrecher und einer von Lord Balzôrcs schlimmsten Verbündeten. Normalerweise scheitert Fer Caile bei der Erfüllung seiner Aufträge nicht. Aber ich habe ihn besiegt.« Stolz warf er seinen Kopf in den Nacken.

Seine starke Hand ruhte auf dem Knauf des mächtigen Schwerts an seiner Seite. Es war alt, geschmückt mit magischen Zeichen. Emrys sah unwiderstehlich aus. Niam war beeindruckt.

Leise sagte sie: »Ich danke dir sehr für alles, was du für mich getan hast.«

»Das war für mich eine Kleinigkeit. Allerdings, du hast es mir nicht leicht gemacht. Manchmal hast du dich wirklich dämlich angestellt. Zeitweise hast du dich benommen wie ein kleines Kind.«

Niam schrak zurück. Mit diesen Worten hatte Emrys ihren wunden Punkt getroffen. Nun fand sie ihn gar nicht mehr beeindruckend. Ihr missfiel die blasierte Haltung, mit der er vor ihr stand: stolz aufgebläht und erfüllt von männlicher Überheblichkeit.

Wütend hielt sie ihm vor: »Und wo warst du Held, als

die Menschen von Brádon getötet wurden? Es waren nur Bauern und Händler, die niedergemetzelt wurden. Sie wären froh um einen Kämpfer wie dich gewesen. Also, du großer Krieger, wo warst du da?«

Es behagte Emrys gar nicht, dass Niam eine Situation ansprach, in der er ihr nicht hatte helfen können. Tief getroffen begehrte er auf: »Du bist wirklich eine typische Menschenfrau! Ohne mein Schwert wärst du nie so weit gekommen. Aber dir kommt nichts anderes in den Sinn, als mich zu kritisieren. Frag dich doch selber! Den Krieg um Brádon habe ich viel früher mitbekommen als du. Während ich mich bemühte, möglichst viele Flüchtlinge zu retten, hörte ich deinen Hilferuf. Dann bin ich verwundet worden, als ich deine Haut vor dem Fer Caile rettete.« Damit öffnete er sein Hemd.

Niam sah die tiefe Wunde, die sich über seine linke Schulter zog. Schuldbewusst betrachtete sie die frische Narbe und verfluchte ihre voreilige Zunge. Fieberhaft überlegte sie, wie sie sich aus dieser peinlichen Situation ziehen konnte.

Verlegen stammelte sie: »Das konnte ich ja nicht wissen. Bitte entschuldige, ich wollte nicht …«

Doch der Prinz unterbrach sie. »Wenn das alles ist, helles Kind, dann kann ich wohl jetzt gehen. Königin Belisama hat mich gebeten, für dein Wohlbefinden zu sorgen. Das habe ich getan. Mehr haben wir uns wohl nicht zu sagen.« Damit drehte er sich um und verließ, hüpfend wie die Alben, den Raum.

Niam blieb alleine zurück und erkannte mit schmerzhafter Gewissheit, dass zumindest das erste Kennenlernen zwischen ihr und Emrys gründlich schief gegangen war.

12. Kapitel

Das Ende der neuen Welt

Währenddessen kämpften die Menschen weiter um ihr Überleben. Die Nachricht von Balzôrcs Einmarsch in Dumnón hatte die Überlebenden der vergangenen Kriege schwer erschüttert. In großer Hast eilten sie nach Dun Abbas, der Königsburg von Dumnón. Sie hofften, dass es noch nicht zu spät war. Denn wenn auch Dumnón Lord Balzôrc in die Hände fiel, wären alle Hoffnungen der Menschheit zunichte.

Auf kleinen Pfaden durchquerten sie den Wald von Lyneí nach Süden. Die drei einst mächtigen Armeen waren zu einem kleinen Haufen zusammengeschmolzen. Etaín führte die Reste der stolzen Truppen von Âtron. Neben ihr gingen Loégian mit den letzten Kriegern von Brigant und Brégon mit dem Rest der Silurer. Im Schutz des Waldes marschierten sie bis zur Mündung des Severíno. In einer gewaltigen Bucht, die sich mehrere Tagesreisen ins Landesinnere zog, ging der mächtige Fluss ins Meer über. Die erschöpften Krieger fällten eilig Bäume und bauten große Flöße. Sie wollten sich einschiffen und bis zur Mündung des Párîd fahren – der schnellste Weg nach Dun Abbas. Die Druiden drängten zur Eile. Denn bald würden die Gezeiten des Meeres wechseln, und sie wollten den Sog der Ebbe nutzen. Rechtzeitig lagen zehn Flöße auf dem Wasser. Dann traten Déroil, Caldur und Mide vor und beriefen einen hohen Wasserzauber. Dieser unterstützte den Strom des Meeres. Mit einem mächtigen Schub sog das Meer die Flöße hinaus durch den Mund des Severíno bis in die Brétonische Meerenge. Da erhob sich ein günstiger Wind. Schnell hissten die Krieger provisorische Segel. Im Schutz der hellen Tagessonne konnten sie relativ ungeschützt segeln. Unterwegs sahen sie keine feindlichen Truppen. In schneller Fahrt und ohne entdeckt zu werden, fuhren die Flöße innerhalb eines Tages die Meerenge hinauf bis zur Mündung des Párîd. Nun mussten sie vorsichtiger sein. Zu groß war die Gefahr, von feindlichen Spähern entdeckt zu werden und den Überraschungseffekt durch eine frühzeitige Entdeckung zunichte zu machen. Also segelten sie meist nur zur Mittagszeit, da die Pilosi dann erfahrungsgemäß am blindesten waren. Nur langsam überwanden sie den Fluss nach Süden. Es dauerte viele Tage, bis sie endlich ihr Ziel erreichten: An den Ausläufern des Párîd lag Maidábas, die Hauptstadt der Dumnónii. In ihrem Zentrum stand Dun Abbas. Stolz erhob sich die alte Königsburg von Dumnón über die Ebene von Tonton. Ihre Rückseite war durch die hohen Berge des Dórsen geschützt, an dessen steilen Felsabbruch die Stadt erbaut war.

Vor den Toren der Stadt erwartete sie ein bewaffnetes Heer. König Melwas schickte erfreut einen Boten, um die Verstärkung zu begrüßen. Es war Torna, der ihnen entgegenkam.

»Caldur! Déroil! Ich freue mich, euch zu sehen. Ich heiße euch und eure Begleiter in Dumnón willkommen. Erzählt mir, wie ist es euch ergangen?«

»Leider nicht gut.« Mide trat nun ebenfalls hinzu und legte Torna seine Hand auf die Schulter.

»Mide! Du ebenfalls hier? Heißt das, Âtron ist auch gefallen?«

»Ja. Deshalb sind wir alle so schnell wie möglich hierher gekommen. Denn uns war klar, dass Lord Balzôrc als Nächstes in Dumnón einmarschieren würde. Leider sind wir wohl zu spät. Wie sieht es aus? Wann wird die Kriegsfront die Hauptstadt erreichen?«

»Bald. Folgt mir jetzt. König Melwas erwartet euch in Dun Abbas. Dort wird er alle eure Fragen beantworten.«

Also eilten sie in die Stadt Maidábas. Erhöht auf einem Berg lag Dun Abbas in deren Zentrum.

König Melwas empfing die Führer der Verbündeten im Thronsaal. Er war ein stattlicher Mann am Höhepunkt seiner Macht, mit starken Schultern und von königlicher Haltung. Doch jetzt hatten seine Augen ihren Glanz verloren.

Der König berichtete in kurzen Worten, wie Lord Balzôrc vor einigen Wochen begonnen hatte, Dumnón zu besetzen. Wie ein Schwarm Heuschrecken waren die Pilosi nacheinander an allen Küsten des großen Königreiches gelandet. Zuerst hatten sie das Land jenseits der großen Sumpfgebiete im Westen betreten. Diese Gegend war sogar den Dumnónii unbekannt. Nur selten durchquerte jemand diese unwirtliche Gegend zwischen Himmel und Wasser. Deshalb war die Landung des Feindes erst spät entdeckt worden. Ungehindert konnte er durch die ewigen Sümpfe nach Osten bis zu den Ufern des Darr vorstoßen. Dieser Fluss war eine natürliche Barriere und markierte das Ende des unheimlichen Moores. Jenseits seiner Fluten begann das bewohnte Land. Wann genau die Pilosi den Fluss überquert hatten, wusste niemand, doch vor zwei Monaten standen sie plötzlich vor den Toren der Stadt Exáter. Die Menschen hatten keine Chance. Mit geballter Kraft überfielen Balzôrcs Truppen die schlafende Stadt. Die wenigen Überlebenden berichteten Schreckliches. Die schwarzen Krieger wüteten mit unglaublicher Grausamkeit, als ginge es ihnen lediglich darum, möglichst viel Blut zu vergießen.

»Doch davon soll euch lieber ein Augenzeuge berichten. Sethor, bitte.«

Aus der Menge trat Sethor, der zukünftige Oberdruide von Dumnón. Er hatte vor zwei Jahren seine Ausbildung in Môn beendet und danach den Dienst am Hofe seines Königs angetreten. Die vergangenen Strapazen hatten sein junges Gesicht deutlich gezeichnet.

»Seit vielen Jahren wurden in Exáter keine Kämpfer mehr gebraucht. Also wurden die Krieger Händler und Torfbauern und verlernten ihr Kriegshandwerk. Aus diesem Grund hatten Balzôrcs Truppen auch so leichtes Spiel. Von allen Seiten überfielen sie die Stadt bei Nacht und Nebel. Ein Großteil der schwarzen Armee griff von Norden an. In einem großen Kreis hatten sie die Stadt umstellt. Es war unbegreiflich, wie so viele Pilosi unbemerkt vor und zum Teil sogar in die Stadt selbst gelangen konnten. Später haben wir festgestellt, dass sie überall tiefe Gänge in die Stadt gegraben hatten.«

Die Zuhörer nickten. Die meisten kannten diese Taktik der Pilosi nur zu gut.

»Damit war das Schicksal von Exáter besiegelt. Schweren Herzens beschlossen die Stadtväter, sich zu ergeben. Sie legten ihre Waffen nieder und traten dem dunklen Kriegsfürsten unbewaffnet entgegen, angetan mit den Zeichen der Kapitulation. Die Stadt schickte ihre edelsten Bewohner. Sie trafen die feindliche Armee vor den Toren der Stadt. Aber dann trat Mac Dathó, der schwarze Magier, aus dem Schatten. Grausam betrachtete er die Abgesandten, dann sprach er mit schrecklicher Stimme: ›Was nützt mir euer Gewinsel um Gnade, wenn ich sowieso schon gewonnen habe?‹ Dann gab er seinen Kriegern den Befehl, die Delegierten niederzumetzeln. Es war ein furchtbarer Anblick. Den Menschen der Stadt gefror das Blut in den Adern. Mordend und brandschatzend zogen die Pilosi durch die Straßen und Gassen. Ich selbst bin damals nur mit großer Mühe entkommen ...«

Nun ergriff der König wieder das Wort. »So fiel der westliche Teil von Dumnón dem Feind in die Hände. Mittlerweile ist er weiter vorangekommen. Meine Späher berichteten mir, dass die schwarzen Truppen den Exion überquert haben. Natürlich habe ich ihnen eine Armee entgegengeschickt, doch sie wurde geschlagen. Nun steht dem Feind nichts mehr im Weg. Es ist nur eine Frage der Zeit, bis sie vor den Toren unserer Hauptstadt stehen. Deshalb müssen wir uns nun auf die Verteidigung von Stadt und Burg konzentrieren.«

Während die Krieger ihre Waffen pflegten, beriefen die Druiden ihre geistigen Kräfte. Gemeinsam beschworen sie die hohe Magie. Torna, Sethor, Déroil, Mide und Caldur zogen sich in die Stille zurück und tauchten in tiefe Konzentration. Für die Aufgaben und den magischen Kampf, der vor ihnen lag, benötigten sie ihre letzten Kraftreserven. Zuerst mussten sie die negativen Kräfte blockieren, dann die Kräfte der eigenen Soldaten stärken. Dafür beriefen die Druiden den starken Zauber der Runen in ihrer ganzen Vollendung.

Die Druiden verbanden ihren Geist. Zuerst konzentrierten sie sich auf die mächtige Rune Þuriaz, die allgemeine Schutzrune zur Abwehr negativer Kräfte. Sie stand für aktive Verteidigung und die Zerstörung der Feinde. Die Druiden versenkten sich in die »Þ«-Form des alten Schriftzeichens und visualisierten die Rune vor ihrem inneren Auge. Sie sangen ihren Klang und machten sich ihre Bedeutung bewusst. Das verstärkte ihre Wirkungskraft. Während sie sangen, nahmen sie eine Körperhaltung ein, die der Form der Rune entsprach. Nachdem sie so die Macht der Rune beschworen hatten, ritzten sie ihre Form in mehrere Hasel- und Eichenzweige. Sobald die Rune geschrieben war, wurde sie etwas ewig Bindendes. Indem die Druiden das heilige Zeichen in das Holz zeichneten, vollzogen sie eine schwerwiegende Tat.

Dasselbe Ritual wiederholten sie mit der Rune Nauðiz. Diese Rune symbolisierte die Notwendigkeit des Handelns und weckte den Widerstand. Daneben stärkte sie den Willen, Leid und negative Schicksalskräfte zu überwinden. Bis zum späten Vormittag beschrifteten die Druiden unzählige Zweige. Als genügend Äste gezeichnet waren, platzierten sie die Hälfte dieser Zweige an strategisch wichtigen Stellen der Burg und der Stadtmauer. Nun würden die Verteidiger der Stadt über große Motivation und übermenschliche Kraft verfügen.

Zur hohen Mittagssonne nahmen die Druiden die übrigen Zauberzweige und verließen die Mauern von Maidábas. Die Zeit drängte. Also verteilten sich die Druiden auf der Ebene von Tonton vor der Stadt. Dreimal umschritten sie die Stadt in einem weiten Kreis mit dem Lauf der Sonne, um die positiven Abwehrkräfte zu mobilisieren. So zogen sie einen magischen Schutzwall um Maidábas. Zusätzlich bestückten sie diese Grenze mit den magischen Zweigen.

Dann kehrten sie nach Dun Abbas zurück. Mittlerweile war das schwarze Heer bis auf Sichtnähe an die Stadt herangekommen und sammelte sich. Kurze Zeit später wurde zum Angriff geblasen.

Die Hindernisse der Druiden hielten den Vorstoß der Feinde tatsächlich für eine Weile auf. Anfangs konnte kein Pilosi den Schutzwall sicheren Fußes überqueren. Bei der ersten Feindberührung tat sich die Erde auf und verschluckte die dunklen Erdgnome. Aber allzu lange ließ sich Balzôrcs Armee davon nicht aufhalten. Denn dann kam Mac Dathó.

Mit lautem Lachen erhob er seine Stimme und schickte einen mächtigen Gegenzauber. Mit gewaltiger Stimme sprach er erneut seinen Glom Dici. Die Druiden im Inneren der Burg sahen sich besorgt an. Mac Dathós Kraft hatte sich in den letzten Jahren vervielfacht. Ohne Schwierigkeiten neutralisierte er den Zauberspruch der fünf Druiden. Im Handumdrehen brach er den magischen Schutzwall um Maidábas und machte den mit Haselzweigen abgegrenzten Bezirk für seine Truppen betretbar.

Entsetzt beobachteten die Verteidiger von Dumnón von den Zinnen ihrer Burg, wie der Feind in großen Scharen vor die Tore der Stadt strömte. König Melwas versammelte seine Truppen im Hof von Dun Abbas. Dort hielt er eine flammende Rede, die das Blut seiner Kämpfer in Wallung brachte. Schließlich ging es jetzt um alles. Zusätzlich umgaben die Druiden das Heer mit einem weiteren magischen Schutz. Auf einem Fuß, mit einem geschlossenen Auge und einer Hand gen Himmel gestreckt umschritten sie die Krieger in der segensbringenden Richtung von links nach rechts. Währenddessen intonierten sie magische Zaubersprüche. Dann wurden die Tore der Stadt geöffnet. Mit lautem Geschrei drängten die Verteidiger von Dun Abbas kampfeshungrig ins Freie. Unter der Führung von König Melwas stellten sie sich unerbittlich dem Feind entgegen.

Die folgende Schlacht war lange und blutig.

Torna schloss erschauernd die Augen. Er merkte, dass die Verteidiger von Dun Abbas keine Chance hatten. Doch so unabdingbar diese Tatsache auch war, er wollte alles tun, um seine Heimat zu retten.

Er rief Caldur, Mide, Déroil und Sethor zu sich und sagte: »Alle unsere Zauber sind wirkungslos gegen Mac Dathós Macht. Unsere Truppen werden verlieren. Zur Rettung können wir nur noch eines tun. Es ist eine alte Verteidigungswaffe, welche die Druiden von Dumnón seit ewigen Zeiten von Generation zu Generation überliefern. Wir werden die sengenden Strahlen der Sonne vom Himmel holen. Lasst uns die Macht des Feuers anrufen. Schnell, folgt mir.«

Durch eine geheime Tür in der östlichen Mauer verließen die Druiden im Morgengrauen die Stadt. Vor ihnen lag der Dórsen, der mächtige Gebirgszug des Südens. Auf seine Höhe führte der Oberdruide von Dumnón seine Freunde. Es ging steil bergauf. Wie Caldur war auch Torna ein alter Mann, und so dauerte es den ganzen Vormittag, bis sie die Berggipfel erklommen hatten. Von hier oben bot sich ihnen ein weiter Blick über den Fluss Párîd, die große Stadt Maidábas mit der Königsburg sowie die Ebene von Tonton. Auf dem höchsten Gipfel fanden die Druiden eine alte Kultstätte. Zur Mittagssonne setzten sich die fünf Männer in einen Kreis, je einer zu einer Himmelsrichtung, mit Torna als Oberdruide des Territoriums in ihrer Mitte. Durch die vier symbolischen Himmelsrichtungen und den Mittelpunkt bildeten sie die magische Zahl fünf, die Totalität der Zeit und des Raumes. So beschworen sie die Kräfte des Übernatürlichen. Torna versetzte sich in den heiligen Trancezustand, während seine Brüder den hohen Zauber darüber sangen. Sie beriefen die Elemente und insbesondere die Kraft des

Feuers. Nach Beendigung dieses Rituals hatten sich die Druiden den Geist des Feuers einverleibt. Als Meister des Lichts konnten sie nun dessen Macht einsetzen. Jetzt flochten sie Räder aus Reisig, die sie mit Stroh umwickelt. In diese verwoben sie starke Feuerflüche. Bis zum Abend fertigten sie eine Vielzahl dieser runden Scheiben. Die Sonne verabschiedete sich und schickte ihre letzten feurigen Strahlen über das blutende Land.

Im Augenblick des Sonnenuntergangs ließen die Druiden ihren Feuerzauber wirken. Sie entzündeten die verzauberten Räder und ließen sie brennend die Abhänge des Dórsen hinunter bis auf die Ebene rollen. Hell lodernd fanden die Feuerräder ihren Weg ins Tal. Es war, als würde die Sonne vom Himmel fallen. Wie die Fliegen flohen die Pilosi vor diesen Feuerbällen. Sie, die das helle Sonnenlicht mieden, konnten das gleißende Licht in der Nacht nicht ertragen. Das verschaffte den Menschen einen Vorteil. In heftigen Attacken griffen sie die geblendeten Pilosi an. Das helle Licht stoppte auch den Nachschub der Erdtrolle. Allmählich dezimierten sich die Reihen der schwarzen Truppen. Das Feuer schien zu wissen, wen es zu bekämpfen galt. Viele feindliche Kämpfer zogen sich im Laufe dieser Nacht schwere Verbrennungen zu. Als die Sonne wieder aufging, war die Ebene von Tonton zu Füßen des Dórsen übersät mit verkohlten Feinden.

Doch die Freude über diesen Sieg währte nur kurz, denn Balzôrcs Rache war schrecklich. Inzwischen war auch Ingcél mit seiner Armee angekommen. Mit sich führte er riesige Katapulte. Auf sein Geheiß schleppten seine Kämpfer gewaltige Steine an. Mit diesen schweren Felsbrocken bombardierte er die Mauern der Stadt. Diese konnten dem Druck nicht lange standhalten. Bald machten viele große Löcher die alten Stadtmauern durchlässig. Als Rache für die vergangene Niederlage legten die Pilosi Maidábas in Schutt und Asche. Im Schlachtengewühl fand Ingcél König Melwas. Mit einem einzigen Hieb seines mächtigen Schwertes trennte der schwarze Kriegsfürst des Königs Kopf von seinem Körper. Lautlos fiel Melwas' Haupt in den Staub.

Und dann besiegelte Mac Dathó das endgültige Ende der Welt.

Wie von Zauberhand getragen flog er über das Schlachtfeld. Sein grausames Lachen erfüllte die Luft. In mächtigen Worten legte er ces noiden, die große Schwäche, über die Menschen. Wer ihn sah, den überfiel eine bleierne Schwäche. Kein Mensch konnte sich dagegen wehren. Nicht einmal die geballte Kraft von Torna, Caldur, Mide, Déroil und Sethor konnte den Zauber des schwarzen Magiers brechen.

Mac Dathó sah ihre Bemühungen und sagte mit schrecklicher Stimme: »Ihr Würmer, ihr armseligen Menschen. Glaubt ihr wirklich, ihr könntet mich durch euren erbärmlichen Versuch stoppen? Ihr werdet mich nie besiegen, denn ich bin stärker als ihr.« Er hob seine Hand und zwang die Druiden auf die Knie. Sein kaltes Lachen erscholl, als er sie im Staub sah. »Seht ihr jetzt, dass ihr mir nicht entgehen könnt? Merkt meine unbändige Kraft, die euch vernichten wird. Das Schicksal hat euch einen Streich gespielt. Euren Männern verdanke ich meine neue Stärke. Jede Seele, die ich töte, vermehrt meine Kraft, und ich habe viele eurer Männer getötet.«

Auch die Druiden waren kurzfristig gebannt. Durch gemeinsame Kraftanstrengung des vereinigten Geistes konnte sich zumindest Torna nach einer Weile aus der Erstarrung befreien. So schnell er konnte, begab er sich in seine geheime Kammer und holte den heiligen Schädel des Cernach, das einzige Mittel gegen den magischen Schwächezustand. Cernach war der erste Dumnónii in der neuen Welt gewesen. Seit der Einwanderung wurde sein Schädel als heiliges Relikt unter den Oberdruiden von Dumnón weitergegeben. Dieses Gefäß aus Knochen war der erste und wichtigste Bestandteil des Gegenzaubers. Nun fehlte Milch. Denn nur Milch, getrunken aus dem Schädel des Cernach, konnte den Zauber des ces noiden aufheben. Leider waren auch die Stallungen der Burg niedergebrannt. Außer einer alten Ziege fand Torna nichts. Mit zitternden Händen molk er sie. Aber mehr als eine halbe Schale erhielt er nicht. Schnell eilte er zum Schlachtfeld zurück. Mit einem einzigen Schluck aus dem heiligen Gefäß entzauberte er zuerst die Druiden. Sofort erhielten sie ihre ursprüngliche Kraft und Beweglichkeit zurück. Nun befreiten sie möglichst viele Krieger. Aber es war nicht mehr viel Milch in dem Schädel. Also konnten nicht alle gerettet werden. Schweren Herzens trafen die Druiden eine Auswahl. So befreiten sie diejenigen, welche die Krone ihrer geschlagenen Völker darstellten: Loégian und Krischa von Brigant, Prinz Brégon und Conall von Sîl, Prinzessin Etaín und Umhall von Âtron sowie Prinz Atgnó und Donâr von Dumnón. Danach blieben noch wenige Tropfen übrig. Mit diesen retteten sie die umstehenden Krieger. Mit den paar Überlebenden flohen die Druiden durch geheime Türen in die unwirtlichen Höhen des Dórsen.

Damit war das Schicksal der neuen Welt besiegelt. Selbst die Hoffnung auf eine bessere Zukunft war zerstört, denn alle Könige waren gefallen. Durch den Verlust der Krönungssteine eines jeden Königreiches würde es keine legitimen Nachfolger mehr geben. Eine große

Trostlosigkeit lag über der kleinen Gruppe inmitten der Felsen.

In dieser Situation beschloss Caldur, die Götter durch das Imbas Forosnai, der Reise des Sehers, um Rat zu fragen. Eilig wurde ein Schwein geschlachtet. Ein Stück rotes Fleisch wurde zur Seite gelegt, der Rest den Göttern geopfert. Dann versetzte er sich in einen tranceähnlichen Zustand. Er legte beide Hände an sein Gesicht und fiel in den Zauberschlaf, genannt »die Erleuchtung der Handflächen«. Sein Schlaf war heilig. Keinesfalls durfte Caldur während der Reise des Sehers zu den Göttern gestört werden. Also hielten die Druiden Wache. Die Geistesreise brachte Caldur über die Brücke zu den Göttern. Dort erhielt er Antwort.

Es dauerte bis zum Abend, bis Caldur wieder erwachte.

Er schlug die Augen auf und sprach zu seinen Freunden: »Verzweifelt nicht. Der große Krieg ist zwar verloren und mit ihm die neue Welt, wie wir sie kennen. Aber eine Hoffnung bleibt uns noch: das helle Kind. Die Götter haben mir mitgeteilt, dass wir nach Inis Wytrin gehen sollen. Königin Belisama wird uns sicher Einlass gewähren in ihr Land des Lichts. In ihrem Reich werden wir sicher sein vor Balzôrcs Zugriff. Außerdem werden wir dort etwas über den Erfolg des hellen Kindes erfahren.«

So verließen die Menschen im Jahre 241 ihrer Zeitrechnung die neue Welt.

Als die Schlacht vorbei war, verdunkelte sich das Land. Der Himmel teilte sich. Mit einem Zug aus Tod und Verwesung betrat Lord Balzôrc die neue Welt. Genüsslich betrachtete er das Land durch sein eines Auge. Das andere, welches den Suil Bhalair, seinen bösen Blick, barg, war hinter einer schwarzen Augenklappe verborgen.

Langsam wandte er sich seiner Armee zu, die bei seinem Erscheinen ehrfürchtig verstummt war. »Ihr habt gute Arbeit geleistet. Der Sieg ist mein. Die neue Welt der Menschen ist untergegangen. Jetzt geht.«

Dann hob Balzôrc die Arme und streckte sie zum Himmel. Laut schallte seine dunkle Stimme über das besiegte Land: »Hier bin ich, Lord Balzôrc, der Herrscher der Dunkelheit. Ich bin der Sieger und ich begehre dieses Land. Hiermit nehme ich es in Besitz: das Meer und das Hochland, die Wälder und die Flüsse mit allen Wasserfällen und Seen, die hohen Berge und die tiefen Täler. Ich bin der neue Herrscher der Welt. Nachdem ich ihre Könige tötete, unterwerfe ich die Völker der Briganten, der Silurer, der Âtrebiten und der Dumnónii meinem Gesetz. Nun herrsche ich über alle und alles. Ich bin das Maß der Dinge, und nichts wird mich jemals daran hindern können.«

Durch diese Worte verleibte er sich das Land ein. Er stellte es in eine neue Konstellation und verband es zu einem neuen Ganzen, seinem dunklen Reich. Das war das Ende der neuen Welt der Menschheit.

13. Kapitel

Die letzte Konferenz der Menschen

Niams Aufenthalt in Inis Wytrin neigte sich dem Ende zu. Schön war es hier, ruhig, hell und warm. Wider Erwarten forderte Königin Belisama Niam nicht auf, die gläserne Insel in den Wolken zu verlassen. Also blieb sie im hellen Land des Feuers.

Während Niam die Sonne und das Licht von Inis Wytrin in sich aufnahm, drängte sich ihr ihre Melodie wieder in den Kopf. Inzwischen kannte Niam das schon. Dankbar nahm sie diesen – letzten – Teil auf und erschuf die vierte Strophe ihres Liedes. Erneut passte alles zusammen: die alten Worte des Feuers und der Melodieabschnitt in der Tonart D. Niam benötigte kaum noch Übungen. Schon bald beherrschte sie auch diesen letzten Teil perfekt. In ihrem Inneren schraubte sie ihre Stimme in ungeahnte Höhen. Jetzt waren alle Teile des Liedes komplett in ihrem Kopf. Trotzdem traute sich Niam nicht, es vollständig zu singen. Irgendetwas in ihrem Inneren hinderte sie daran. Wann immer die gesamte Tonreihe vor ihrem inneren Ohr entstand, merkte Niam, dass sich etwas Großes, Magisches vor ihr aufbaute. Noch scheute Niam seine Macht. Zu unbändig erschien sie ihr.

Kurze Zeit später klopften die Überlebenden der neuen Welt an die Pforten von Inis Wytrin und erhielten Einlass. Verdreckt von Blut und dem Staub der Reise betraten sie die große Halle von Caer Wydr. Hier wurden sie von Königin Belisama begrüßt. Erschöpft knieten die letzten Krieger der Menschen vor der hohen Albenkönigin

Doch Belisama schüttelte nur den Kopf: »Nein, ihr Menschen der neuen Welt. Erhebt euch. Ich sehe alte Bekannte unter euch. Caldur, mein lieber Freund, ich hätte mir andere Umstände für unser Wiedersehen gewünscht. Das Leid steht auf euren Gesichtern. Euer Erscheinen sagt mir, dass die große Schlacht geschlagen ist. Caldur, sind das die letzten Überlebenden?«

Caldur nickte. In knappen Worten erzählte er vom Ende der neuen Welt. Dann bat er im Namen der Menschen um Zuflucht in Inis Wytrin. Königin Belisama nickte und öffnete ihr lichtes Reich für die Überlebenden der Erde.

Dann erhob Caldur seine Stimme erneut und fragte nach Niam: »War sie schon hier?«

»Ja. Niam kam vor einem Jahr eurer Zeitrechnung. Seit damals ist sie Gast in Caer Wydr. Bei eurer Ankunft habe ich sie rufen lassen.«

Niam wartete vor dem großen Portal mit der Doppelspirale. Da hörte sie Schritte. Sie drehte sich um und sah Emrys. Beide sahen sich argwöhnisch an. Da öffnete sich das große Portal und sie wurden hereingebeten.

Niam sah sich um, sprachlos vor Glück. Da war wirklich Caldur! Mit einem Aufschrei fiel sie in seine Arme. Für diesen kurzen Augenblick vergaß sie, wer sie war, und fühlte sich zurückversetzt in die glücklicheren Tage der Vergangenheit.

Caldur strich ihr sanft über das Haar. »Niam, mein altes Herz bebt vor Freude, dich so gesund zu sehen. Oft habe ich dafür gebetet in den letzten Jahren. Lass dich ansehen. Groß bist du geworden. Aber es sind ja schon über vier Jahre vergangen. Damals warst du noch ein junges Mädchen, jetzt bist du eine erwachsene Frau. Und eine hübsche dazu. Es erstaunt mich immer wieder, wie sehr du deiner Mutter gleichst.« Damit umarmte er Niam noch einmal liebevoll.

Dann atmete Caldur tief durch und stellte sie den übrigen Anwesenden vor: »Das, meine Freunde, ist Niam. Sie ist das helle Kind der Prophezeiung.«

Der Reihe nach stellte Caldur die neuen Führer der Menschen vor. Auf diese Weise erfuhr Niam vom Ende der neuen Welt.

»Und Tante Auriel?«, fragte Niam besorgt.

»Sie ist wohlauf. Vor Kriegsausbruch rief sie die Herrin Aífe nach Emain Ablach.«

Diese Nachricht beruhigte Niam. Wenigstens dieser geliebte Mensch war in Sicherheit. Im Gegensatz zu Gwydón ... Dunkle Wolken des Schmerzes umwölkten ihr Gesicht. Die heftige Trauer um den verlorenen Freund kehrte wie ein Paukenschlag zurück. Tränen stiegen ihr in die Augen. Caldur bemerkte es und verstand.

Beruhigend legte er ihr die Hand auf die Schulter: »Lass deine Trauer zu, Niam. Es ist ehrenvoll, einen Freund zu betrauern. Solcher Tränen braucht man sich nicht zu schämen. Gwydón ist zwar nicht mehr am Leben, aber sein Geist ist immer noch unter uns. Er war dein Freund und er hat dich geliebt. Deshalb wird er immer bei dir sein. Er wird dich begleiten, wohin du auch gehst, auch über seinen Tod hinaus. Du weißt, dass seine Seele nicht tot ist. Sie dauert fort bis zu eurem Wiedersehen.«

»Oh Caldur, ich vermisse ihn so sehr. Sein Tod ist nicht nur für uns ein großer Verlust. Es ist für alle Menschen eine Katastrophe. Denn er war die zweite Säule.

Durch seinen Tod kann die Prophezeiung nicht mehr erfüllt werden.«

Verzweiflung keimte auf.

Doch dann erklang die warme Stimme von Königin Belisama. »Ihr Menschen seid ungeduldig wie kleine Kinder. Alles hat nur eine Seite für euch. Schnell steht es fest, euer absolutes Urteil. Warum vertraut ihr nicht? Das Weltengeschick hat viele Gesichter. Es berührt Dimensionen, die ihr noch nicht seht. Wartet bis zum Schluss. Es gibt Teile, die zeigen sich erst im Zusammenhang. Seid geduldig und vertraut, denn die Götter sind auf eurer Seite. Darf ich vorstellen: Prinz Emrys von Brigant. Er ist die dritte Säule der Prophezeiung.«

Caldur sprang auf: »Emrys von Brigant? Der Prinz Emrys? Aber wie kann das sein?« Caldur musste sich setzen.

Königin Belisama erhob sich und trat zu dem alten Druiden. »Doch ist es wahr, mein alter Freund. Prinz Emrys ist der Sohn von König Belír und damit der letzte legitime Thronfolger deiner Heimat. Er ist hier in Inis Wytrin aufgewachsen.« Stolz sah sie den jungen Mann an. Man sah in ihrem Blick die Liebe einer Mutter. Dann sprach sie wieder zu Caldur und den anderen. »Er ist der König, der wiederkommen wird. Bald jährt sich der Zeitpunkt seines Verschwindens zum zweiundsiebzigsten Mal und kündet von seiner baldigen Wiederkehr. Dann wird er ein neues Königreich zum Wohle der Menschen gründen.«

Caldur konnte es nicht fassen. Mit zitternden Knien trat er zu Emrys. »Mein Prinz, ich preise die Götter, dass ich Euch gefunden habe. Viele Jahre haben wir Briganten nach Euch gesucht, doch niemand hat je ein Lebenszeichen von Euch entdeckt. Und jetzt steht Ihr leibhaftig vor mir! Es ist ein Wunder. Ich danke den Göttern und preise die geheimen Wege des Schicksals. Gestattet, dass ich mich vorstelle: Ich bin Caldur, Ollam und Oberdruide Eurer Heimat.« Er ergriff Emrys' Hand und drückte einen Kuss darauf, während er auf die Knie sank.

Doch Emrys hielt ihn auf. »Nein, Caldur, ich bitte dich. Ich weiß sehr genau, wer du bist. Königin Belisama hat mir viel über dich und unsere Heimat erzählt. Vielmehr schulde ich dir Dank für das, was du für mein Volk getan hast.«

Caldur hatte inzwischen seinen Schock überwunden und sagte laut: »Mit dem Prinzen an unserer Seite hat die Menschheit wieder ein wenig Hoffnung. Denn er ist der einzig legitime Thronfolger der neuen Welt. Nun sieht die Zukunft wieder etwas besser aus. Emrys' Anspruch wurde bereits vor vielen Jahren bestätigt, in einer besseren Zeit, als es die Krönungssteine noch gab.« Damit beugte er sein Haupt vor seinem zukünftigen König.

In diesem Moment erscholl Lärm. Königin Belisama sah verwundert hoch. Da wurde die Tür des Zimmers aufgestoßen. Mit festem Schwung betrat die Herrin Aífe den Raum. Sie war in feuriges Rot gekleidet, gezeichnet mit der Doppelspirale, der Signatur der großen Göttin.

»Ich habe gehört, dass sie endlich angekommen ist.«

Königin Belisama erhob sich und hauchte: »Große Mutter. Welche Ehre!«

Doch die Herrin Aífe bemerkte das gar nicht. Sie maß die Versammlung mit einem Blick und erspähte Niam. »Niam, ich habe mir große Sorgen gemacht, als du nicht rechtzeitig an Cetshamain in Inis Wytrin ankamst. Lass dich anschauen. Lange ist es her, dass wir uns sahen, und viel ist geschehen in der Zwischenzeit. Vier Jahre sind in deinem Alter eine sehr entscheidende Zeit. Komm an mein Herz.« Damit öffnete sie ihren Umhang und Niam fiel in ihre Arme. Liebevoll umhüllte sie die Herrin Aífe mit ihrem weiten Gewand, und Niam tauchte ein in die Erinnerung an die glücklichen Tage in Emain Ablach. »Ich überbringe dir Grüße von deiner Tante Auriel. Sie ist in meinem Schloss geblieben, denn dort hat sie ihre eigene Aufgabe zu erfüllen. Aber zu gegebener Zeit werdet ihr euch wiedersehen, darauf hast du das Versprechen der großen Mutter.« Voller Liebe strich sie Niam über die blonden Locken. »Ja, du bist erwachsen geworden. Ich sehe deine Entwicklung mit Wohlgefallen. Eine große Macht ist in dir. Bald wird sie zu ihrer vollen Blüte gereift sein. Und ich sehe, du hast deine Reise erfolgreich beendet. Da liegen sie, die kostbarsten Schätze der Anderswelt. Niam, ich bin sehr stolz auf dich.«

Dann riss sie ihren Blick los und trat mit einem Lächeln auf den Lippen auf Königin Belisama zu. »Liebe Belisama, verzeih einer alten Frau. Aber die Wiedersehensfreude ließ mich kurz vergessen, was sich gehört. Ich grüße dich, meine helle Tochter, und erbitte Einlass in dein Haus.«

»Aber Mutter. Eure Anwesenheit ehrt mein Reich und erfüllt mein Herz mit großer Freude. Ich bitte Euch, tretet ein und bringt Euren Segen nach Inis Wytrin.« Belisama beugte ihr schönes Haupt vor der Herrin Aífe.

Diese drehte sich nun zu den Menschen und sprach: »Auch euch erbiete ich meinen Gruß, ihr Edelsten aus dem Geschlecht der Menschen. Der Friede der Göttin sei mit euch, ihr letzten Bewohner der neuen Welt. Ich sehe, alle sind hier versammelt, die diesen furchtbaren Krieg überlebt haben. Das ist gut. Denn was ich euch jetzt sagen werde, geht alle Menschen etwas an. Ganz besonders aber Caldur und Niam. Schaut her, denn ich habe euch jemanden mitgebracht.«

Damit trat eine verschleierte graue Gestalt aus dem Dunkel und schlug die tiefe Kapuze zurück. Es war Gwydón. In voller Blüte und Stärke stand er da, in weiße Leinengewänder gekleidet. Eine große Würde und starke Aura umgab ihn. Um seinen Hals hing das mächtige Pentagramm, das alte Königszeichen der Bendriden.

»Ich bin Gwydón, Prinz der Bendriden, Sohn von Talassa, der Königin der Nacht. Ich bin Gwydón, der Samildánach.«

14. Kapitel

Der hohe Rat

Niams Herzschlag setzte aus. Leise hauchte sie noch »Gwydón!«, dann gaben ihre Knie nach. Gwydón konnte sie gerade noch auffangen. Lächelnd blickte er in ihre verwunderten Augen.

Stotternd sagte sie: »Gwydón. Ich dachte, du wärst tot.«

»Das war ich auch. Doch dann bin ich zurückgekehrt ins Leben. Denn meine Aufgabe auf Erden war noch nicht beendet. Und du bist auch hier, gesund und stärker, als du warst. Ich danke den Göttern und der großen Mutter, dass du wohlbehalten angekommen bist. Als ich starb, galten meine letzten Gedanken dir.«

Nun trat auch Caldur hinzu. Er war wie elektrisiert und seine Stimme zitterte. »Gwydón, mein Sohn ... Aber wie ist das möglich? Ich war doch dabei, als du starbst. Vor unser aller Augen traf dich der tödliche Pfeil.«

»Das ist eine längere Geschichte. Mehrere Personen sind hier im Spiel. Eine ganz entscheidende war Prinz Emrys.«

Niam sah Emrys an. Doch er wich ihrem Blick aus.

Gwydón trat zu dem jungen Prinz und legte ihm freundschaftlich die Hand auf die Schulter: »Ich denke, ihr habt Emrys schon kennen gelernt. Er hat mein Leben gerettet. Emrys, erzähle meinen Freunden, was passiert ist.«

»Zu der Zeit, da die Schlacht um Sîl brannte, war ich in Brigant. Ich hatte den Auftrag, das helle Kind zu beschützen. Und ich hatte reichlich zu tun.« Für einen kurzen Augenblick sah er zu Niam.

Schuldbewusst schlug sie die Augen nieder. Dunkel schwante ihr, was nun folgen würde, und sie schämte sich ihrer unbedachten Worte bei ihrer ersten Begegnung.

Ungeachtet dessen sprach er weiter: »Da erreichte mich plötzlich ein anderer Befehl. Eine mächtige, innere Stimme rief mich nach Camallate. Dort fand ich den sterbenden Gwydón. Die innere Stimme befahl mir, ihn nach Emain Ablach zu bringen. Sofort brachen wir auf zur fernen Insel der Herrin Aífe. Ich musste vorsichtig sein. Schließlich musste ich die Kriegsfront durchqueren, die sich durch Brigant und Sîl zog. Nach fünfzehn Tagen erreichte ich endlich Emain Ablach. Dort erkannte ich, dass es die Mutter selbst gewesen war, die mich in ihr Königreich gerufen hatte. Denn in Emain Ablach war der einzige Platz, an dem Gwydón geheilt werden konnte. Die Herrin und ihre Frauen nahmen Gwydón in Empfang und trugen ihn in den Wald. Ich aber musste zurück, um mich wieder meiner eigentlichen Aufgabe zu widmen. So wusste ich bis heute nicht, ob Gwydón überlebte. Umso mehr freue ich mich, dich so stark und gesund wiederzusehen.«

Gwydón lächelte Emrys voller Freundschaft an, dann fuhr er fort: »Emrys brachte mich also nach Emain Ablach. Dort wurde ich Zeuge eines der höchsten Mysterien der Welt. Denn in Emain Ablach liegt sie, die Quelle der Gesundheit, der See der Pflanzen. Dort erwarteten mich neun Jungfrauen. Sie legten mich auf ein Bett aus Pflanzen und begannen ihre rituelle Heilung. Zuerst sangen sie Zaubersprüche. Dann brachten sie mir einen magischen Trank und legten Heilkräuter und Pflanzen auf meine Wunde. Diese Umschläge linderten meine Schmerzen und stillten den Blutverlust. Dann füllten sie den heiligen See mit ganz speziellen Pflanzen und legten mich in das heilende Wasser. Es war heiß. Die Priesterinnen hatten den See mit ihrem Atem erhitzt. Die heilige Quelle siedete und sprudelte, wild vor unbändiger Schöpfungskraft. Wieder und wieder wurde ich in das Wasser getaucht. Währenddessen sprachen die Jungfrauen magische Formeln und sangen mächtige Gesänge der Genesung. Danach fiel ich in tiefe Umnachtung. Als ich erwachte, war ich neu geboren, gesund, stark und geläutert. Da geschah ein weiteres Wunder. Denn ich war von alten Nussbäumen umgeben. Als ich die Augen öffnete, brachen ihre Schalen. Die Früchte fielen ins Wasser des Sees. In einer purpurnen Welle erhoben sie sich und kamen direkt auf mich zu. Sie boten mir ihre Früchte als Nahrung und Lebenselixier. Da ich sie verspeiste, überkam mich Weisheit und Inspiration. Ich erkannte, dass dies die Nüsse der Weisheit waren und der See in Emain Ablach die verschollene Quelle der Heilung. Nun war ich eingeweiht in die Mysterien und ich verstand, wer ich war. Ich war wieder geboren. Als Samildánach kehre ich zurück ins Leben.«

Alle waren tief bewegt. Der Samildánach. Das war ein Titel, den auch die Druiden schon lange nicht mehr gehört hatten. Dieser hohe Rang wurde nur von den Göttern verliehen. Der Samildánach, der Beherrscher aller Künste. Er war es, der außer und über allen Funktionen steht, weil er sie alle beherrscht und übernimmt.

»Aber ich verstehe es trotzdem nicht«, sprach Caldur. »Gwydón ist vor meinen Augen gestorben. Mutter, wie konnte ihm der See das Leben zurückgeben?«

»Das, mein Freund, ist ebenfalls eine längere Geschichte. Sie hängt mit einer alten Schuld zusammen, die ich den Menschen gegenüber noch einzulösen habe. Es geht um den letzten Test des hellen Kindes, die Prüfung der alten Geister. Nun kann ich euch einweihen. Die Prüfung des hellen Kindes bestand darin, die Quelle der Gesundheit in Emain Ablach mit neuer Kraft sprudeln zu lassen. Die alte Legende beschreibt sie als den heiligen See, der alle Krankheiten heilen und den Tod überwinden kann. Der Grund des Sees beherbergt einen Schatz. Dort unten liegt Miach, der Sohn eures Heilgottes Diancecht. Sein Grab ist der Ursprung aller Heilpflanzen. Im Laufe der Jahre haben sich die magischen Essenzen verdichtet und bildeten die heiligen Kristalle von Emain Ablach. Sie banden die gesamte Heilkraft in sich. Diese Kraft zeigte sich in ihrem Leuchten, welches seit Urzeiten den See der Pflanzen erhellte. Bis zu dem Zeitpunkt, als die vier Götterstädte der Thuata de Dannan untergingen. Mit ihrer Zerstörung verloren die Kristalle ihr Licht und der See seine Heilwirkung. Doch seine Wiederkehr war vorherbestimmt und mit der Ankunft des hellen Kindes verknüpft.

Und die Prophezeiung hat sich erfüllt. Das Land der Äpfel hat seine Macht zurück. Als Niam an den Ufern des heiligen Sees von Emain Ablach sang, kehrte das Licht wieder. Der Klang ihrer Stimme entzündete die heiligen Kristalle und gab dem dunklen See seine alte Bestimmung zurück. Doch nicht nur die Kristalle des Sees leuchteten, auch der Kristall an meinem Herzen. Die heiligen Steine funkelten und strahlten. Dieses Leuchten ist mit dem hellen Kind verbunden und war als Zeichen seiner Ankunft prophezeit. Da wusste ich, dass das helle Kind endlich gefunden war. Das war Niams letzter Test:

die Prüfung der alten Geister an der heiligen Quelle von Emain Ablach.«

Niam verstand das alles nur teilweise. Sie konnte sich an keine Prüfung erinnern. Aber das war ihr auch egal. Was auch immer sie getan hatte, es hatte gereicht, um Gwydóns Leben wiederzuerwecken. Dafür war Niam dankbar. Glücklich sah sie ihn an, und Gwydón erwiderte ihren Blick.

Währenddessen fuhr die Herrin Aífe fort: »Doch dieses Wissen musste gehütet werden. Denn schon damals waren Balzôrcs Spione überall. Wir konnten nicht riskieren, dass der dunkle Fürst zu früh von der Wiedergeburt der heiligen Quelle erfuhr. Damit hätte er sofort gewusst, dass das helle Kind angekommen ist. Außerdem war die Gefahr zu groß, die Quelle könnte in seine Gewalt geraten. Sie wäre ein großes Instrument der Macht in den falschen Händen. Hätten Lord Balzôrc oder die Mächte, die hinter ihm stehen, gewusst, dass die Quelle der Gesundheit wieder lebendig ist, sie hätten Mittel und Wege gefunden, sie in ihren Besitz zu bekommen. Nicht einmal die heilige Grenze von Emain Ablach hätte die Dunkelheit aufgehalten. Nun sind sie endlich vereint, die drei Bestandteile der Zukunft: der Krieger, der Priester und das helle Kind – Samildánach, König, Königin. Dies ist das Dreigespann, die Dreifaltigkeit des Schicksals. Damit erfüllt sich die Prophezeiung. Ihr Menschen habt Reife bewiesen. Ohne meine Hilfe habt ihr nahezu alle Teile der alten Prophezeiung gefunden und übersetzt. Das berechtigt euch, eine neue Stufe der Erkenntnis zu erklimmen. Deshalb bin ich hier. Es fehlt nur noch der alles umschließende Kreis. Bald werdet ihr die Wahrheit erkennen und damit die letztendliche Aussage der Überlieferung. Zu diesem Zweck habe ich den hohen Rat des alten Volkes einberufen. Sie alle werden nach Inis Wytrin kommen. Der hohe Rat wird alle Fragen beantworten und über das weitere Schicksal der neuen Welt entscheiden.« Damit entließ die Herrin Aífe die Menschen.

Niam betrachtete die Herrin nachdenklich. Sie sah eindrucksvoll aus in ihrem roten Gewand und der mächtigen Aura, die sie umgab. Niam wusste zwar, dass Aífe eine hoch geachtete Persönlichkeit war, aber die Selbstverständlichkeit, mit der die Herrin über die Anwesenden verfügte, erstaunte Niam doch. Heimlich nahm sie Gwydón zur Seite und fragte nach.

Dieser sah sie überrascht an: »Soll das heißen, dass du immer noch nicht weißt, wer die Herrin Aífe in Wirklichkeit ist?«

Niam sah ihn stirnrunzelnd an. »Natürlich weiß ich das. Sie ist die Herrscherin über Emain Ablach und eine Hohepriesterin der alten Göttin, hochverehrt von allen Druiden und Menschen der neuen Welt.«

»Aber das ist noch lange nicht alles.« Gwydón lachte. »Sie ist noch viel mehr. Denn sie ist nicht nur eine Priesterin der alten Mutter, sondern die große Göttin selbst. Die Herrin Aífe ist die Inkarnation der alten Mutter, der dreifachen Göttin und allumfassenden Gottheit auf Erden. In vielerlei Gestalt erscheint sie. Ihre mächtigste Gestalt jedoch ist die Herrin Aífe. Dann ist sie die reife Frau und repräsentiert die Zeit der Fülle. Meist wählt die große Mutter diese Erscheinungsform, wenn sie auf Erden wandelt. Doch manchmal zeigt sie sich auch als jungfräuliches Kind und dann wiederum als Greisin. Denn sie ist die dreifaltige Mutter. Du kannst sie alle sehen. Dort stehen sie.« Gwydón deutete auf die hintere Ecke des Saales.

Dort standen drei Gestalten, eine kleine weiße, eine rote und eine gebeugte schwarze. Die rote war die Herrin Aífe. Sie sah Niams Blick und machte ihr ein Zeichen. Neugierig ging Niam zu ihr.

Dort sagte die Herrin: »Niam, ich möchte dir meine Tochter vorstellen.«

Die weiße Gestalt trat vor und lüftete ihren Schleier. Darunter kam das kleine Gesicht von Winlogee zum Vorschein. Ihre großen, dunklen Augen hatten den früheren traurigen Glanz verloren. Ihr langes Haar war gekämmt und leuchtete silbern.

Strahlend lachte sie Niam an. »Hallo, Niam.«

»Winlogee? Du bist die Tochter der Herrin Aífe?«

»Ja.« Übermütig schüttelte das Mädchen sein langes, silbernes Haar. »Ich bin ihr jugendlicher Aspekt. Ich bin die kindliche Jungfrau, die Kraft des Beginns und des Wachstums. In mir zeigt sich das ewige Lebensprinzip vom Werden und Entstehen. Damals in Amarango warst du der einzige Mensch, der Erbarmen zeigte für ein kleines, schmutziges Kind. Du hattest Mitleid. Mit dieser Tat hast du große Würde und Ehre bewiesen.«

Die Herrin Aífe lächelte und strich liebevoll über den Kopf des Mädchens. »Durch Winlogee warst du der großen Mutter schon nahe, bevor du sie kanntest. Aber hier ist noch jemand, der dich begrüßen möchte. Es ist meine Mutter.«

Damit trat die gebeugte schwarze Gestalt vor. Sie schlug den Schleier zur Seite und Niam erkannte die alte Frau aus der Stadt Númenon.

»Cailleach?«

»Ja. Ich bin der alte Aspekt der großen Mutter. Ich bin die alte Greisin, Symbol für die Weisheit am Ende eines langen Lebens. Ich bin aber auch die Kraft des Vergehens, der Tod, der am Anfang aller Dinge steht. Mit deinem Gesang und deinem Mut hast du mein Leben gerettet.«

Zu Winlogee und Cailleach trat die Herrin Aífe und ergriff Niams Hand. »Ich bin dir dreifachen Dank schuldig, Niam: für die Tochter, für die Mutter und auch für mich. Unser Schicksal ist miteinander verbunden. Deshalb stehst du unter meinem besonderen Schutz. Mein Segen begleitet dich. Morgen beginnt dein neues Leben, denn morgen tagt der hohe Rat des alten Volkes.«

Aus allen Himmelsrichtungen kamen sie nach Inis Wytrin, die Fürsten der Anderswelt.

Auch die Menschen waren gerufen worden. Mit Herzklopfen und ehrfurchtsvollem Schweigen betraten sie den Saal mit den gekrönten Häuptern der Anderswelt. Außer den Druiden hatte keiner je einen dieser hohen Geister gesehen. Wohl war das alte Volk aus zahlreichen Sagen und Legenden bekannt, aber hier standen seine Vertreter nun leibhaftig vor ihnen. Besonders die Jüngeren unter den Menschen, Loégian, Etaín und Atgnó, trauten sich kaum, die Augen zu erheben. Ihre Hände fanden sich und gemeinsam standen sie mit klopfenden Herzen in der hintersten Ecke des großen Saales.

Königin Belisama begrüßte sie: »Im Namen der großen Mutter heiße ich euch alle in Inis Wytrin willkommen. Ich grüße die Beherrscher der Elemente und die Vertreter der Menschen. Die große Mutter hat uns zusammengerufen. Dort kommt sie.«

Die Herrin Aífe betrat den Saal in ihrem weiten, feuerroten Gewand. Hinter ihr gingen die schwarze Cailleach, die weiße Winlogee, Emrys, Gwydón und Niam. Als sie eintraten, erhoben sich alle und beugten das Knie vor der großen Mutter. Die Herrin aber gebot allen, sich wieder zu erheben. Dann sprach sie mit ihrer warmen Stimme zu den Fürsten der Anderswelt: »Ich grüße euch, meine Kinder, und danke euch, dass ihr meinem Ruf so zahlreich gefolgt seid. Lange ist es her, dass der große Rat des alten Volkes einberufen wurde. Doch nun verlangt das Schicksal danach. Es geht um das künftige Weltengeschick. Deshalb sind auch die Vertreter des jungen Geschlechts zu diesem Rat geladen. Alle Bewohner der Anderswelt ebenso wie die Menschen sind dem Schicksal ausgeliefert. Unser aller Hoffnungen ruhen auf den Schultern dieser drei Menschen: Gwydón, Emrys und Niam.

Das Ziel ist Ynis Mâcha, die dunkle Insel von Lord Balzôrc im schwarzen Meer, jenseits der neuen Welt. Dort, inmitten von Feuer und Eis, liegt Rath Dubh, das schwarze Schloss. Dieses Schloss ist das Zentrum der schwarzen Macht. Dort wird sie stattfinden, die finale Schlacht und die endgültige Entscheidung. Denn um die neue Welt zu retten, muss er, Lord Balzôrc, der Fürst der Dunkelheit, vernichtet werden. Jedoch, so gerüstet die großen Drei auch sind, sie werden keinen Erfolg haben ohne das letzte Glied in der Kette. Das mächtigste. Es hat nichts zu tun mit Gegenständen oder Überlieferungen, sondern speist seine Kraft direkt aus dem Herzen, in dem es entsteht. Habe ich Recht, Niam? Seit Jahren hütest du dieses Geheimnis in deinem Herzen. Und es wurde immer stärker und mächtiger im Lauf deiner Reise, nicht wahr?«

Natürlich wusste Niam genau, wovon die Herrin sprach. Es ging um ihr Lied. Noch zögerte sie. Zu lange hütete sie dieses Geheimnis schon. Doch dann spürte sie ganz deutlich, dass nun der Augenblick gekommen war, das Geheimnis zu lüften.

Niam atmete tief durch, hob den Kopf und sagte: »Ja.«

»Sie hat es wirklich gelöst?« Königin Flûr sprang auf und trat zu Niam. »Niam, ist das wirklich wahr? Du hast unser altes Lied wiedergefunden?«

Niam zuckte mit den Schultern. »Das alte Lied? Wiedergefunden? Ich verstehe nicht.«

»Das Lied der Elemente.« Die Herrin Aífe beantwortete diese Frage. Während sie sprach, schwoll ihre Stimme gewaltig an und erfüllte den riesigen Saal. »Dies ist die älteste, heiligste Melodie auf Erden. In einer Zeit, lange bevor deine Vorfahren diesen Teil der Erde besiedelten, da gab es ein altes Lied. Es war das größte Heiligtum des alten Volkes. Es wurde das Lied der Elemente genannt. Es war überaus mächtig. Man sagt, es bestand aus der puren Energie der Elemente. Deren reine Kraft war gebündelt in der Kombination von Tönen und Worten, jedes Element für sich und doch alle zusammen. Derjenige, der eingeweiht war in die Mysterien dieses Liedes, war unbesiegbar, denn die Urgewalten standen ihm zur Seite. Doch im Laufe der Jahrhunderte vergaßen wir dieses Lied. Wir vergaßen seine Melodie und den großen Zusammenhang. Als sich das alte Volk in die Anderswelt zurückzog, da nahm jeder Stamm nur das Wissen eines Elementes mit. Seitdem kennt jeder Stamm nur noch die Macht seines eigenen Elements. Sie liegt verborgen in den geheimen Texten des alten Volkes, die du auf deiner Reise erlernt hast. Jedoch, so mächtig diese vier Teile für sich selbst genommen auch sind, es fehlte der Zusammenhang. Dies war die sie verbindende Melodie. Musik ist das Mittel, die höheren Sphären des Bewusstseins zu erreichen. Nicht nur die Mächte des Himmels, auch die Kräfte der Elemente werden durch sie angesprochen. Nur mit der richtigen Musik können die Worte ihre letztendliche Macht entfalten. Das ist deine Melodie, die du schon so lange in dir trägst. Diese Melodie, die du das erste Mal in deinem Traum vor über sieben Jahren gehört hast. Sie ist der Schlüssel, der wichtigste und mächtigste Bestandteil des magischen Liederzyklus. Du hast es wieder vereint, das alte Lied der Elemente.«

Nun ergab alles einen Sinn. Wann immer Niam ihre Melodie gesungen hatte, spürte sie, dass etwas Mächtiges in Gang geriet. Der innere Drang, der sie immer wieder gezwungen hatte, die Melodie weiter zu entwickeln, ebenso wie der Impuls, ihre Tonfolge mit den Worten der alten Gesänge der Elemente zu einem Lied zu verbinden. Sie sah die Herrin Aífe an und nickte.

Laut sagte sie: »Ja, ich habe es gefunden. Das Lied der Elemente ist auf die Erde zurückgekehrt.« Aufrecht stand Niam vor dem hohen Rat und sah in die Runde.

Da trat die Dame vom See auf sie zu. »Niam, liebes Kind, erfülle dem alten Herz deiner Großmutter einen Wunsch und singe es einmal für uns, das Lied der Elemente.«

Niam nickte. Sie schloss die Augen und dann sang sie das erste Mal vor Zuhörern das, was all die Jahre in ihrem Kopf gereift war.

Während Niam sang, beobachtete sie die Herrscher der Anderswelt. Jedes gekrönte Haupt nickte ihr zu, wenn sein Element an der Reihe war. Niam sah manche Tränen aufsteigen. Als sie geendet hatte, waren alle Zuhörer berauscht ob der Schönheit und Vollkommenheit, welcher sie gelauscht hatten.

Nach einer Weile des Schweigens erhob die Herrin Aífe wieder das Wort: »Niam, damit trittst du deiner Bestimmung weiter entgegen. Durch das Finden des alten

Liedes und seine Beherrschung hast du der Welt gezeigt, warum du die bist, auf die wir alle so lange schon warten. Du hast uns die Reife und die Würde für deine letzte Prüfung bewiesen. Nun ist es an der Zeit für das helle Kind, die höchste Stufe zu erreichen.« Damit klatschte sie in die Hände.

Das große Portal des Thronsaals öffnete sich und mehrere Diener trugen einen großen, verhüllten Gegenstand herein. Vorsichtig stellten sie das schwere Gefäß vor die Herrin Aífe und verließen den Saal. Dann lüftete die Herrin das Tuch. Zum Vorschein kam ein großer Kessel. Er war aus Bronze und reich verziert. Phantasievolle Pflanzen- und Tierornamente schmückten ihn ebenso wie geheimnisvolle Masken und Spiralen. Kostbare Korallenintarsien und Blutemaille verliehen dem Kessel eine besondere Mehrfarbigkeit, regelmäßig unterbrochen durch das helle Leuchten reinsten Goldes, welches die Bronze in Form zartgliedriger Blätter umrankte. Dieser Kessel war das Ergebnis einer Kunstfertigkeit, die es so schon lange nicht mehr gab – ein Relikt aus längst vergangenen Tagen und das letzte Überbleibsel einer mächtigen und goldenen Zeit.

Die Herrin stellte sich neben das alte Gefäß und sprach: »Dies hier ist der Kessel der Ceridwen. Er ist das Braugefäß für das, was die Eingeweihten den Trank des Wissens und der Inspiration nennen. Doch er ist auch der Trank des hohen Liedes. Dem dazu Bestimmten wird er die tiefsten Geheimnisse des Lebens und der Zukunft offenbaren. Nur diesem gibt der Trank das mächtigste auf Erden: die Macht der Stimme.« Die Herrin sah zum Himmel. »Seht, bald geht die Sonne unter. Dann beginnt die sechste Nacht des Mondzyklus, und die Sterne stehen in der richtigen astronomischen Konstellation. Das ist eine heilige Nacht, schon immer dafür bestimmt, etwas Großes zu gebären. Bei Mondaufgang wollen wir uns alle wieder hier treffen.«

Als der Mond seinen höchsten Punkt erreicht hatte, erhielten sie Zugang zur Quelle der Magie.

Die Herrin Aífe hob den Kopf und blickte in die Runde. »Es ist vollbracht. Nun werden wir Zeuge eines Rituals, welches seit Jahrhunderten nicht mehr stattgefunden hat. Seit Urzeiten wartete dieser Kessel auf diese Nacht. Denn heute wird sie geboren, die Herrin der Stimme.« Dann winkte sie Niam zu sich: »Niam, dies ist er, der Trank, der die hohe Kunst des Liedes gibt. Doch sei gewarnt. Nur drei Tropfen dieses Trankes sind genießbar, der Rest ist tödliches Gift. Konzentriere dich, denn das ist dein letztes Reifezeugnis.«

Vorsichtig trat Niam neben den großen Kessel. Sie beugte sich über das alte Gefäß und überlegte, wie die drei richtigen Tropfen wohl zu finden seien. In diesem Moment brodelte das Wasser des Kessels lodernd auf und eine kochende Wasserblase zerplatzte. Heiße Tropfen verbrannten Niams Hand. Instinktiv führte die junge Frau die schmerzende Stelle zum Mund.

Da traf sie die Einweihung wie ein Blitz. Benommen sank sie zu Boden. Ihr Geist breitete seine Flügel aus und sie wurde zum Mitwisser der geheimsten Mysterien. Sie verstand, was die Welt im Innersten zusammenhielt, sie sah Vergangenheit, Zukunft und Gegenwart. Sie erkannte die Macht ihrer Stimme, der Musik und des Gesangs. In ihrem Traum bereiste sie die neu entdeckten, unbekannten Regionen des allermächtigsten Wissens und des Geistes. Dies war der rituelle Tod, aus dem alles Neue entsteht. Niemand wagte, ihren Schlaf zu stören.

Beim Morgengrauen schlug Niam die Augen wieder auf. Langsam erhob sie sich und blickte in die Runde. Alles kam ihr anders vor, denn sie hatte das Wesen der Dinge erkannt. An der Herrin Aífe blieb ihr Blick hängen. Die hohe Dame war von einem magischen Leuchten umgeben, und Niam erkannte die ganze Macht der großen Göttin. Sie lächelte, als die Herrin auf sie zutrat.

Mit klarer Stimme verkündete Aífe: »Niam, das helle Kind, ist tot. Sie starb, um wiedergeboren zu werden. Denn wie das Licht aus dem Dunkel kommt, so ist sie wiedergekehrt als Retterin der Welt. Nun ist Niam Gutuamer, die Herrin der Stimme.«

Drittes Buch

Das Königreich Gramarye

1. Kapitel

Das Dreigestirn

Über allem lag die Stimme der Herrin Aífe:

»Der Weg beginnt zur rechten Zeit,
die Richtigen sind nun bereit.
Das Dreigestirn mit vereintem Sinn:
Samildánach, Könige, Königin.«

»Dies ist das Dreigestirn der Prophezeiung. Zuerst Gwydón, der Samildánach der Welt. Ihm stehen die guten, weißen Mächte zur Seite, und er wird über die schwarze Magie siegen. Er ist der göttliche Beistand, den das Dreigestirn braucht, um zu bestehen. Gwydón, du bist der geistige Kopf, der die Reisegefährten durch seine Weisheit führt und leitet. Deine spirituelle Ebene ist höher als die jedes anderen Menschen. Du bist der Mittler zwischen den Göttern und den Menschen, dir offenbart sich der göttliche Plan.«

Als Nächstes wandte sich die Herrin Aífe an Emrys: »Neben dem Samildánach steht Prinz Emrys, der einstige und zukünftige König. Er ist es, dessen Ankunft in der alten Überlieferung prophezeit wird. Auch er verbindet alt und neu: geboren in der Welt der Menschen, doch aufgewachsen im Lande des Lichts. Er ist der Krieger, das Schwert der Zukunft. Er ist der König, der ein neues Königreich gründen wird und die Menschen in eine goldene

Zukunft führt.« Sie lächelte Emrys zu. »Emrys, nun erhebst du dich, strahlend und mächtig. Zum Zeitpunkt der höchsten Not kehrst du zu den Menschen zurück, um dein Volk zu befreien. Du bist der Krieger, der die Welt verändern wird. Mit Caliburn, dem mächtigen Schwert deiner Vorfahren, bist du stark und unbesiegbar. Du wirst deine Reisegefährten beschützen und verteidigen.«

Zuletzt wandte sich die Herrin Aífe an Niam: »Und dort ist Niam, das helle Kind der Götter und die Abgesandte des alten Volkes. Sie stellt die höchste Vereinigung von alt und neu dar. Ihr Blut ist das edelste von altem Wasser und jungem Licht, ihr Gesang ist der Wind der Ewigkeit. Sie ist die irdene Oberhoheit und besitzt flaith, das Recht zu herrschen. Als Königin repräsentiert sie die ganze Welt.« Warm sah die große Mutter Niam an: »Niam, du bist der zentrale Mittelpunkt. Du bist nicht nur die Oberhoheit, sondern auch Gutuamer, die Herrin der Stimme. Dadurch bist du Trägerin der Elementemacht. Deine Macht wird letztlich über die Zukunft entscheiden.«

Dann trat die große Mutter zurück und maß Gwydón, Emrys und Niam mit einem Blick: »Ihr seid das Dreigestirn der Prophezeiung vom hellen Kind. Gemeinsam werdet ihr euch auf den Weg nach Rath Dubh machen. Im Schloss des Fürsten der Finsternis wird die große, alles entscheidende Schlacht stattfinden. Dort müsst ihr euch Lord Balzôrc zum letzten Kampf entgegenstellen.«

Einem plötzlichen Impuls folgend, trat Loégian vor und sank vor Emrys auf die Knie. Inständig bat er darum, seinen König begleiten zu dürfen. Die übrigen Krieger taten es ihm gleich. Alle waren bereit, ihr eigenes Leben für diese drei Menschen zu lassen.

Doch die Herrin Aífe schüttelte den Kopf: »Keinem Menschen ist es gestattet, diese drei zu begleiten. Diesen letzten Weg müssen Gwydón, Emrys und Niam alleine gehen. So ist es überliefert.«

Wie die Herrin Aífe es festgesetzt hatte, traf sich die Versammlung vor Sonnenaufgang erneut. Der Mond war bereits untergegangen. Bald würde die Sonne aufgehen. Niam kam als Letzte. Im Thronsaal wurde sie stürmisch von Shidrén, Brânwi und Cu begrüßt. Voller Freude kraulte Niam Cus weiches Fell und streichelte Brânwis schwarze Federn und nahm Shidrén auf den Arm. Dennoch verbot Niam ihnen strikt, sie zu begleiten. Sosehr Shidrén auch bettelte, Niam ließ sich nicht erweichen. Unerbittlich beharrte sie auf ihrem Wunsch, ihre Freunde mögen im Schutz von Inis Wytrin zurückbleiben. Nur ungern versprachen sie es. Beim Abschied versank Niam in Cus nassen Küssen, Brânwis weichen Flügeln und Shidréns hellem Licht.

Dann eröffnete die Herrin Aífe die Sitzung. »Dieses Treffen ist unsere letzte Zusammenkunft vor der Reise von Niam, Emrys und Gwydón nach Ynis Mâcha.« Die Herrin breitete eine große Landkarte aus und winkte die drei zu sich. »Dies ist die neue Welt, so wie wir sie kannten. Ihr seht hier die vier Königreiche der Menschen sowie die Wohnstätte des alten Volkes. Allerdings wissen wir nicht, was aus der Welt geworden ist, seit Balzôrc sie besetzt hält. Obwohl diese Karte vielleicht schon überholt ist, zeigt sie doch Ynis Mâcha, die schwarze Insel.« Damit deutete sie auf einen dunklen Fleck auf der Landkarte. Er war hoch oben im Norden, tief in den Weiten des schwarzen Meeres gelegen. »Das ist Ynis Mâcha, die Heimat des Bösen. In ihrer Mitte, tief in den Bergen, liegt Rath Dubh, das Zentrum von Lord Balzôrcs Macht. Dort müsst ihr den Fürsten der Finsternis bekämpfen und die geraubten Krönungssteine zurückholen.«

Gwydón, Emrys und Niam beugten ihre Köpfe über die Karte und prägten sich die Landmarken und Hindernisse ein.

Darüber lag die Stimme der großen Mutter: »Für eure Reise stehen euch Hilfsmittel zur Verfügung. Zum einen sind dies eure persönlichen Fähigkeiten: Emrys' Schwert, Gwydóns Geist und Niams Stimme. Daneben gibt es die Gaben des alten Volkes.« Damit deutete die Herrin auf die Geschenke der Anderswelt.

Auf dem großen Tisch lagen sie nebeneinander: der Cauldron von Morgâ, der Mantel von Mananan, das Medaillon mit den Beeren des Trefuilngid sowie der Gae Bolg.

Niam ließ ihre Augen über den Tisch gleiten, dann wandte sie sich an die Herrin Aífe und äußerte eine Bitte: »Ich finde es ungerecht, all diese mächtigen Gaben für mich alleine zu behalten. Gestattet die große Mutter, dass ich die Gaben des alten Volkes teile?«

Die Herrin nickte zufrieden. Es sprach für Niams guten Charakter, dass sie den ihr gewährten Schutz nicht für sich alleine beanspruchte. Insgeheim dankte die Herrin der Vorsehung, dass sie gerade Niam zur Gutuamer ausersehen hatte. Dieses Menschenkind hatte wirklich eine edle Gesinnung und ein gutes Herz. Nur zu gerne gewährte sie Niam ihre Bitte.

»Danke. Dann teile ich zuerst die Beeren des Trefuilngid zwischen uns. Da es drei sind, kann jeder von uns eine bekommen.« Damit übergab sie je eine Beere an Emrys und Gwydón.

Diese nahmen sie sorgsam und verwahrten sie sicher unter ihrem Gewand.

Als Nächstes wandte sich Niam an Gwydón: »Außerdem möchte ich, dass du dieses hier bekommst.« Damit reichte sie ihm den Mantel von Mananan, den Tarnmantel der Erde. »Dieser Umhang ist schon immer für dich bestimmt, denn er soll den Naddred schützen. Deshalb solltest du diesen Mantel auch tragen, Gwydón.«

Gwydón nickte stumm und nahm den Umhang voller Ehrfurcht.

Dann wandte sich Niam an Emrys: »Und diesen hier solltest du bekommen.« Mit diesen Worten übergab sie ihm den Gae Bolg, den Lichtstrahl des Feuers.

Doch Emrys schüttelte den Kopf: »Nein, behalte ihn. Ich danke dir für das Angebot, aber ich brauche den Gae Bolg nicht. Denn ich habe Caliburn. Das ist alles, was ich benötige.« Damit zog er stolz sein Schwert und zeigte es Niam und der Versammlung.

Unwiderruflich nahte die Zeit des Abschieds. Für die Menschen trat Caldur vor. »Die Gebete der Menschen und ihre Segenswünsche begleiten euch. Mögen die Götter euch Erfolg bescheren.«

Gwydón, Emrys und Niam sahen sich kurz an und nickten still. Dann drehten sie sich um und gingen, ohne sich noch einmal umzuschauen. Im Jahr 242 verließ das Dreigestirn das helle Reich Inis Wytrin und trat die letzte Reise an. Das Ziel war Ynis Mâcha, die schwarze Insel im schwarzen Meer des Nordens.

2. Kapitel

Die dunkle Welt – Wüste und Sumpf

Voller Tatendrang betraten Niam, Gwydón und Emrys die Erde. Was sie dort sahen, schockierte sie zutiefst. Die Landschaft hatte sich vollkommen verändert. Bis zum Horizont gab es nichts als Wüste. Das Steppengras, die vereinzelten Baumgruppen, die grünen Hügel und die Flüsse – alles war dem ewigen Sand gewichen.

Gwydón fasste sich als Erster. »Das hat die Herrin Aífe gemeint, als sie von Veränderungen sprach.« Damit deutete er auf die wüste Umgebung. »Was wir hier sehen, ist Lord Balzôrcs Einfluss. Nach dem Scheitern der Menschen hat er das Land in Besitz genommen. Seine schwarze Magie hat alles erstickt. Seht, was er aus dem blühenden Land Dumnón gemacht hat. Ich wage nicht daran zu denken, was uns noch bevorsteht. Sicher wird es noch schlimmer werden. Balzôrcs Macht ist stärker als erwartet. Uns werden noch viele unheimliche Dinge passieren auf der Reise nach Norden.«

»Egal!« Emrys sah seine Begleiter ernst an und sprach mit fester Stimme: »Wir alle wussten, dass es gefährlich werden kann. Diese Wüste verstärkt nur meinen Wunsch, es Balzôrc heimzuzahlen. Lasst uns aufbrechen.«

»Aber wir müssen vorsichtig sein«, bremste Gwydón den Tatendrang des Freundes. »Die Wüste ist gefährlich. Achtet auf eure Schritte. Niam, kommst du? Niam!«

Niam schrak hoch. Sie hatte nicht zugehört. Die Trockenheit überrollte sie schmerzhaft. Benommen sank sie auf die Knie und schloss die Augen. Ihre Hände berührten den heißen Sandboden und gruben sich tief hinein. Da hörte Niam eine beruhigende Stimme. Es war das Wasser in ihrem Inneren, welches zu ihr sprach. Deutlich spürte Niam das Grundwasser, das tief unter dem Sand immer noch floss. Der ewige Fluss machte ihr Mut. Erneut erkannte sie die Verbindung, die zwischen ihr und dem nassen Element herrschte. Unwillkürlich fand Niam den Cauldron von Morgâ, den Kelch der Meere. Warm lag er in ihrer Hand. Da beruhigte sie sich. Denn sie wusste, dass Morgâ sie begleitete. Mit dem Cauldron würde Niam überall das Leben spendende Nass finden.

In diesem Moment trat Gwydón mit besorgter Miene zu ihr: »Niam, bist du in Ordnung?«

Niam öffnete die Augen und nickte: »Ja. Ich musste mich nur kurz setzen.« Sie ergriff seine dargebotene Hand und ließ sich auf die Beine ziehen. Noch etwas abwesend, klopfte sie sich den Wüstenstaub von der Kleidung.

Gwydón lächelte. »Das war die andere Seite. Die Kehrseite der Verbindung.«

Niam sah ihn ernst an und nickte.

»Das war zu erwarten«, fuhr Gwydón leise fort. »Auch das bedeutet es, Gutuamer zu sein. Du bist Trägerin der Elementmagie. Durch deine Verbindung mit den Urmächten hast du die Kraft der Elemente erlangt, aber auch deren Sensibilität. Du leidest ebenso wie dein Element.«

»Ja. Doch bei all dem Schmerz war da auch Zuversicht. Die Elemente sind meine Verbündeten. Ich spüre den alten Fluss, der tief unter uns fließt. Der Cauldron der Meere und ich werden seine Wasserstellen finden.«

Je höher die Sonne stieg, desto heißer wurde es. Bald war die Hitze unerträglich. Die Wanderer kamen nur mühsam voran. Erschöpft schleppten sie sich über den glühenden Boden. Sie bedeckten Nase und Mund gegen den Sand und hüteten das Wasser, welches sie aus Inis Wytrin mitgenommen hatten. Schnell verstummte jegliches Gespräch. Kein Baum oder Strauch bot ihnen Schutz vor der gnadenlosen Sonne. Also suchten sie eine hohe Düne. An ihrer Flanke rammte Niam den Gae Bolg tief in den lockeren Boden. Darüber hängte Gwydón seinen Umhang. Darunter fanden die Freunde zumindest ein wenig Schatten. Ein jeder gönnte sich einen Schluck Wasser. Dann legten sie sich hin. Sie waren müde, doch keiner fand Ruhe. Jeden beschäftigte, was er gesehen hatte.

Besonders Emrys war deprimiert: »Wo sind all die blühenden Wiesen, die Wälder, Äcker und Felder? Nichts ist mehr da. Ich kannte Dumnón sehr gut. Seit meiner Kindheit in Caer Wydr bin ich oft hier gewesen, viele glückliche Momente habe ich hier verbracht. Dieses Vernichtungswerk Balzôrcs zu sehen, stimmt mich sehr traurig.« Er wandte sich ab, um seinen aufkommenden Schmerz zu verbergen, doch für einen kurzen Augenblick traf ihn Niams Blick.

Das war das erste Mal, dass Emrys in Niams Gegenwart etwas Persönliches von sich erzählt hatte. Sie sah ihn an und spürte einen Anflug von Mitleid und Zuneigung für ihn. Sie wollte ihm zeigen, dass sie seine Trauer verstand, und schenkte ihm ein leichtes Lächeln. Doch Emrys erwiderte es mit einem Stirnrunzeln. Er wollte nicht, dass jemand seine Schwäche erkannte, und schon gar nicht Niam.

Als die erbarmungslose Mittagssonne den Zenit überschritten hatte, machten sie sich wieder auf den Weg. Stetig gingen sie nach Norden. Der feine Sand setzte sich in jede Pore und brannte in Augen und Nase. Als die Sonne unterzugehen begann, suchten sie einen geeigneten Platz für die Nacht. Mit Hilfe des Cauldron führte Niam ihre Reisebegleiter zu einer kleinen Oase. Im Schutz zweier hoher Sanddünen hatte das Grundwasser einen Weg an die Oberfläche gefunden, und eine kleine Quelle sprudelte frisch und klar. Wie eine grüne Insel wuchsen hier Dattelpalmen und köstliche Früchte. Die Oase lag so versteckt, dass Niam, Emrys und Gwydón vermutlich die ersten Menschen waren, die sie fanden. Voller Dankbarkeit betraten sie den unberührten Platz und ließen sich erschöpft im Schutz der grünen Blätter nieder. Das frische Quellwasser war kühl und schmeckte wunderbar. Genüsslich wuschen sie sich den Staub aus Kehle und Gesicht.

Bald brach die schwarze Nacht über sie herein. Sie war bitterkalt. Nach dem Sonnenuntergang fielen die Temperaturen rapide. Schnell entzündete Niam mit dem Gae Bolg ein kleines Feuer. Es wärmte nur notdürftig. Eng betteten sich die drei Freunde um die Flammen.

Am nächsten Morgen brachen Gwydón, Emrys und Niam schon früh auf. Sie wollten die Kühle des Morgens nutzen. Die Wasserbeutel waren prall gefüllt und die zahlreichen Datteln würden sie eine Weile ernähren. Fünf Tage durchwanderten sie die unwegsame Gegend ohne Baum und Strauch. Der Cauldron führte sie zu den geheimen Wasserstellen, oft nicht größer als eine Pfütze und unter einer dicken Sandkruste verborgen. Gegen den Wind, der ihnen beständig ins Gesicht wehte, benutzten sie feuchte Tücher gegen den feinen Sand. Während der Wanderschaft versank Niam wieder in ihren Gedanken.

Es waren Stimmen, die zu ihrem Inneren sprachen. Sie wiesen Niam auf die Besonderheit ihrer Umgebung hin, und allmählich lernte sie die Eigenheiten der Wüste kennen. Langsam verinnerlichte Niam das Wesen der Wüste, verstand sie das Wesen dieser sandigen Landschaft. Zum ersten Mal spürte sie, was es hieß, die Verbündete der Elemente zu sein.

Am Abend des sechsten Tages sahen die drei dunkle Ruinen am fernen Horizont in den Himmel ragen. Dies war die einst mächtige Stadt Brádon oder besser das, was nach dem Krieg von ihr übrig geblieben war. Zerstörte Mauern und abgebrannte Häuser zeugten von den furchtbaren Schlachten, die hier stattgefunden hatten. Nun aber deckte feiner Sand, vom Wind beständig in die Ruine geweht, die alten Steine und Wege wie ein helles Tuch ab. Bald würde Brádon von hohen Dünen vollends verschluckt sein. Es war ein trauriger Anblick, den die zerstörte Stadt bot.

Unermüdlich strebten die Gefährten weiter. Während sie durch die eintönige Landschaft gingen, entdeckte Emrys ein merkwürdiges Gebilde im Sand. Es hatte eine feste, blättrig-rosettenartige Form, gebildet aus Millionen von feinen Sandkristallen. Dies war eine Sandrose, selten, edel und kostbar wie seine makellose Form. Neugierig streckte Emrys die Hand aus und hob das zarte Gebilde auf. Es war hart wie Stein. Ohne zu wissen warum, steckte Emrys die Wüstenrose ein und nahm sie mit.

Nach Tagen der Einsamkeit entdeckte Emrys Spuren im Sand. Tiefe Kuhlen lagen im weichen Untergrund vor ihm. Nur ein riesenhaftes Wesen konnte solche Abdrücke hinterlassen. Nun waren die Gefährten gewarnt und bewegten sich noch vorsichtiger. Dennoch liefen sie dem Feind hinter einer hohen Düne direkt in die Arme. Es waren tatsächlich Pilosi, die sie am lichten Tag mitten in der Wüste angriffen. Anders als ihre Artgenossen störten sich diese nicht am hellen Glanz der Sonne. Im Gegenteil, sie waren der trockenen Umgebung perfekt angepasst. Balzôrc hatte seine Diener entsprechend verändert. Nun kämpften sie bevorzugt in der Sonne und mieden die Nacht. Angeführt wurden sie von gewaltigen Wesen aus Sand, Sandriesen, grauenvoll anzusehen und übermenschlich stark. Unbarmherzig zogen sie einen Ring um die Gefährten und verstärkten den Angriff der Pilosi. In dieser Situation waren Gwydón, Emrys und Niam aufeinander angewiesen. Instinktiv vertrauten sie den Fähigkeiten der anderen. Sie ergänzten sich perfekt. Emrys kämpfte heldenhaft. Sein Schwert Caliburn wütete unbarmherzig in den Reihen der Pilosi. Währenddessen sandte Gwydón mächtige Zaubersprüche gegen den Feind. Über dem Kampfgetümmel hallte Niams Stimme. Inzwischen handhabte sie die entscheidenden Töne perfekt. Ihr magischer Gesang raubte den Feinden die Beweglichkeit. Es war ein ungleicher Kampf. Einzig die Sandriesen konnten länger widerstehen. Gegen sie war Emrys' Schwert machtlos. Wann immer das scharfe Eisen den Sand berührte, rieselte dieser nur auseinander und fand sich augenblicklich wieder zusammen. Da besann sich Niam ihrer Rolle als Verbündete der Elemente und rief einen großen Sturm, stark genug, die Sandriesen zu besiegen. Schließlich waren sie aus nichts als Sand. Und was hielt den Sand ständig in Bewegung? Der Wind! Also vertiefte sich Niam in das luftige Element und berief einen mächtigen Wind. Sie sang sein heiliges Lied und beschwor den gefürchteten Sandsturm. Sofort geriet die

Luft in Bewegung und erhob sich zirkulierend. Der Wind bildete Wirbel, Staub- und Windhosen über dem trockenen Boden. Berghoch türmte sich der feine Sand und durchschnitt die Wüste wie eine undurchdringliche Wand. In rasender Geschwindigkeit kam er auf die Riesen zu. Niam, Emrys und Gwydón blieben verschont, doch die Feinde spürten seine ganze Wucht. Durch die Bewegung rieben sich die Sandkörner heftig aneinander. In zahlreichen Explosionen entluden sie ihre elektrische Spannung. Diese erschütterten die Sandriesen in ihrer Struktur. Der Kampf war bitter, aber kurz. Dann siegte der Wind über die Kraft des Bösen, und die Sandriesen lösten sich auf. Der Wüstensturm wehte sie davon, aufgelöst in Milliarden kleine Quarzkörner. Mit den Riesen verschwanden auch die Pilosi. Die Wüste verschluckte sie, und sie waren nie mehr gesehen.

Als der Wind sich legte, hinterließ er die Landschaft glatt gewaschen von jeglichem Sand. Der Sturm hatte ihn davongetragen. Zurück blieben große Becken, zwischen denen Rippen aus härterem Gestein standen. Der Boden war blank poliert und glänzte in der Sonne. Emrys, Gwydón und Niam sahen sich erleichtert an.

Emrys betrachtete Niam. Er sah ihre blonden Locken, ihre vollen Lippen, ihren langen Hals und ihr schönes Gesicht. An ihren Augen blieb er hängen und verlor sich in dem grenzenlosen Blau. Niam erwiderte seinen Blick. Ihr Lächeln traf ihn bis ins Mark. Sein Herz schlug plötzlich bis zum Hals, und er musste heftig schlucken.

Impulsiv griff er unter sein Gewand und holte die Wüstenrose hervor: »Das ist für dich.«

»Wie herrlich.« Niam streckte die Hand nach der steinernen Blume aus. Staunend betrachtete sie die feinen Formen und festen Strukturen. Doch dann stockte sie.

Warum schenkte ihr Emrys etwas? Niams Herz klopfte. Schmerzlich spürte sie ihre Unerfahrenheit im Umgang mit Männern. Sicher bedeutete es etwas Bestimmtes, wenn ein Mann einer Frau eine Rose schenkte, sei sie auch aus Sand. Niam schluckte und sah Emrys unsicher an. »Aber warum schenkst du sie mir?«

»Mir war einfach danach. Damit zeige ich dir meine Achtung. Aber wenn du nicht willst ...«

»Bitte verstehe mich nicht falsch. Ich freue mich sehr über dein Geschenk. Vielen Dank.« Damit lächelte sie Emrys entwaffnend an.

Niam verstaute das rosenartige Gebilde aus Sand sorgsam unter ihrem Gewand und nahm es mit auf den langen Weg nach Norden.

Unermüdlich strebten die Weggefährten weiter. Sie liefen weiterhin nur vormittags und abends, um der glühenden Sonne zu entgehen. Den Rest der Wüste durchquerten sie ohne weitere Zwischenfälle. Der Cauldron der Meere führte sie weiter von Wasserstelle zu Wasserstelle. Nach insgesamt zwanzig Tagen war es endlich so weit. Eine breite Dornensavanne kündete vom Ende des ewigen Sandes. Glücklich, endlich gebraucht zu werden, begann Emrys, das undurchdringliche Dornengestrüpp mit seinem Schwert zu bearbeiten. Schnell zeigte der kleine Spalt im dichten Pflanzengewirr das Ergebnis seiner Bemühungen. Schweißgebadet, aber zufrieden präsentierte er den Ausweg aus der Wüste. Doch das Dornengestrüpp war tief. Bald ging die Sonne unter. In dem unwegsamen Gelände gab es keinen geeigneten Ort für die Nacht. Die einzige Lichtung, die sie fanden, machte keinen vertrauenerweckenden Eindruck. Ein riesiger Holunder stand in ihrer Mitte, fest umklammert von zwei gewaltigen Dornenbüschen. Diese Kombination galt als Unheil bringend. Doch dies war der einzige Platz, der für eine Übernachtung in Frage kam. Also begann Gwydón, die Lichtung zu sichern. Um möglichst wenig Aufmerksamkeit zu erregen, wählte er einen einfachen, aber wirkungsvollen Zauber. Er band einen roten Faden um einen Eichenstab, zusammen mit je einem Ast der zwei Dornenbüsche. Mit diesem Gebinde zog er einen Kreis um das Holundergewächs als Abwehrmittel gegen den bösen Zauber. Zusätzlich platzierte er Jakobs- und Johanniskraut in je einer Himmelsrichtung, vermischt mit einigen Spänen Eisen, die er bei sich trug. Damit war der innere Kreis gesichert. In stockfinsterer Nacht legten sie sich unter den dornenumrankten Holunder und bemühten sich, zumindest ein wenig Ruhe zu finden.

Am nächsten Morgen verließen sie die Wüste endgültig. An ihrem Rande drehte sich Niam noch einmal um. Gedankenverloren betrachtete sie das trockene Land. Unwillkürlich nahm sie einen kleinen Stein und steckte ihn in ihren Beutel als letzte Erinnerung an das, was einst Dumnón war.

Unermüdlich schlug Emrys ihren Weg durch die dichten Dornen. Schließlich erreichten sie den Severíno, die Grenze nach Sîl. Er war kaum wiederzuerkennen. Einst war er reißend gewesen, doch nun floss er nur noch träge. Schwerfällig fand er seinen angestammten Weg. Ein modriger Geruch lag über ihm. Tote Fische schwammen bäuchlings an der Wasseroberfläche. Emrys, Gwydón und Niam sahen sich stumm an. Es ekelte sie vor diesem stinkenden Wasser. Doch sie mussten ihn überqueren. Mit angehaltenem Atem schritten sie durch den toten Fluss und betraten das benachbarte Königreich Sîl.

Was sie dort erwartete, war nicht besser als das Vergangene. Auch Sîl hatte sich verändert. Wo früher blühende Wiesen und Felder gestanden hatten, war nun nichts als träger, graugrüner Sumpf. Die zahlreichen Flüsse Sîls waren zum Stehen gekommen. Die eben noch so sehr vermisste Feuchtigkeit war hier im Übermaß vorhanden. Der Boden war wie ein mit Wasser durchtränkter, gigantischer Schwamm. Er war so weich, dass die drei Wanderer deutliche Fußabdrücke im trägen Untergrund hinterließen. Ein fauliger Geruch durchzog die Luft. Dichter Nebel lag über dem Moor. Kein Lüftchen bewegte sich, ihn zu vertreiben. Über allem war eine Atmosphäre des Bedrohlichen und Unheimlichen. Auch die Vegetation hatte sich verändert. Zahlreiche Sumpfpflanzen waren hier gewachsen und säumten die Moorwiesen. Unter ihnen waren Rohrkolbengewächse und vor allem die gelb leuchtende Sumpfdotterblume. Daneben gab es Torfmoose und das lila Moosheidekraut.

Nach der Eintönigkeit der Wüste war dieses vielfache Grün eine Wohltat für die Augen. Doch es war eine trügerische Schönheit. Die drei Freunde mussten jeden ihrer Schritte mit Bedacht wählen, um nicht in sumpfigen Boden zu versinken. So kamen sie auch hier nur langsam voran. Schon bald kündete das Zwielicht vom bevorstehenden Sonnenuntergang. Also suchten sie einen geeigneten Platz für die Nacht und fanden ihn in einem Wall aus Torf. Der Boden war fest und das Moos weich – ein idealer Schlafplatz.

Je tiefer die Gefährten in das Moor gingen, desto unheimlicher wurde es. Der Nebel machte eine exakte Orientierung schwierig. Emrys, sonst ein fähiger Führer, fand keine Landschaftsmarken, nach denen er sich hätte richten können. Auch Niams Augen waren unbrauchbar angesichts des dichten Nebels. Aber Gwydón konnte helfen. Als Samildánach verfügte er über Sinne, die empfindlicher waren als die anderer Menschen. Wie eine Fledermaus sandte er Schallsignale in die neblige Umgebung und analysierte die zurückgeworfenen Schwingungen. Er wusste, dass alles ein ganz spezielles Echo hatte. Auf diese Weise ortete er Richtung und Weg und führte seine Freunde sicher durch den undurchdringlichen Nebel. Unterwegs trafen sie auf zahlreiche Pilosi-Truppen, die sie aber im Schutz des Nebels umgehen konnten. Sie hofften schon, sie könnten dem Bösen ewig entgehen, da schlug es unerwartet zu.

Im Zwielicht der Dämmerung sahen sie plötzlich kleine Lichter über dem dunklen Moor tanzen. Rhythmisch hüpften sie auf und ab und zeichneten helle Figuren in den nächtlichen Himmel. Mit heller Stimme riefen sie die Wanderer in den Sumpf. Niam hörte deutlich Aéds kleines Stimmchen. Wäre Gwydón nicht gewesen, Niam wäre sicher dem Licht gefolgt.

Doch er hielt sie zurück. »Niam, höre nicht auf die Stimmen. Das ist nur ein Irrlicht.«

»Ein was?«

»Ein Irrlicht. Das ist der Zauber des Sumpfes. Es sind die Geister des Moores. Einige sagen, es seien die Seelen verlorener Kinder. Denjenigen, der ihnen folgt, führen sie stets in die Irre. Sie dringen in dein Herz und suchen deine Schwachstelle. Sei also gewarnt. Denn dein Herz ist oft stärker als dein Verstand.«

Aufmerksam gingen sie weiter. Doch kurze Zeit später trafen sie auf einen Feind, dem sie nicht ausweichen konnten. Aus dem Hinterhalt griff er die Freunde an. Es war ein riesenhafter dunkler Mann von abstoßender Hässlichkeit inmitten tanzender Lichter. Ohne Vorwarnung warf er einen mächtigen Zauber gegen Niam. Sie wollte aufschreien, doch sie merkte die Lähmung, die sie überkam. Getroffen sank sie zu Boden. Gwydón wirbelte herum. Er erkannte sofort, wen er vor sich hatte: Afangdu! Er war eine der alten Plagen der Welt, nach den Götterkriegen von der Erde verbannt. Afangdu war ein Meister der schwarzen Magie. Kein Mensch war ihm gewachsen. Er schleuderte einen mächtigen Fluch in Emrys' Richtung. Doch er hatte nicht mit der Macht des Samildánach gerechnet.

Schnell schützte Gwydón Emrys mit einem Gegenzauber, dann wandte er sich an den Unhold: »Sieh an, Afangdu. Bist du also aus deinem Gefängnis geflohen? Nun, es wird dir nichts nützen!«

Doch Afangdu lachte nur auf: »Du kleiner Mensch. Was glaubst du? Nur, weil du ein Druide bist, ist deine Macht niemals stärker als meine. Kein Mensch kann mich besiegen.« Damit hob Afangdu seine Klaue. Da verwandelten sich die Irrlichter in kleine, dämonenhafte Wesen. »Erkenne, wie stark ich bin. Ich habe meine Sheevras, die Geister des Moores, mitgebracht. Es sind die verlorenen Seelen eurer unschuldigen Kinder, die hier im Moor leben. Ich habe ihnen die Freiheit geschenkt und sie zu Sheevras gemacht. Seitdem folgen sie mir bedingungslos. Denn ich bin der Herr über das Moor und werde dich vernichten.«

Auf sein Kommando griffen die kleinen Gestalten tausendfach an. Ihre Gesichter waren wutverzerrt, und ihre kleinen Arme schlugen hart zu. Sie waren hinterhältig und attackierten gnadenlos. Da zog Emrys sein Schwert. Gwydóns Zauber schützte ihn noch immer vor Afangdus Verfluchungen, und so konnte Emrys die kleinen Dämonen ohne große Mühe in Schach halten.

Währenddessen stellte sich Gwydón Afangdu entgegen: »Ich bin der Samildánach und ich bin stärker als du.«

Afangdu war zwar ein mächtiger Zauberer, doch der Macht des Samildánach hatte er nichts entgegenzusetzen. Gwydón überbot jeden seiner Flüche und verzauberte seinerseits den schwarzen Dämon. Schließlich war er besiegt. Gwydóns Bann traf ihn, und er erstarrte. Emrys' Schwert erledigte den Rest. Kopflos sank Afangdu zu Boden und löste sich auf. Mit ihm verschwanden die Sheevras und flohen als tanzende Irrlichter in die Tiefe des Moors.

Nun eilten Gwydón und Emrys zu Niam. Noch immer war sie ohne Bewusstsein, tief gefangen in Afangdus Verfluchung. Gwydón erkannte den starken Zauber, der auf ihr lag. Es bedurfte eines mächtigen Zaubertrankes, um Niam zu befreien. Die wichtigste Zutat war Selago, die wundersame Heilpflanze des Sumpfes. Das unscheinbare Farngewächs wuchs hier überall. Eine einzelne Selagosprosse legte er direkt auf ihr Herz. Mit Wasser und den übrigen heilenden Sumpfpflanzen, gemischt mit den Kräutern, die er stets bei sich trug, bereitete Gwydón einen Trank, stark genug, das böse Gift aus Niams Körper und Seele auszutreiben. Als die Sonne unterging, war der Fluch gebrochen.

Benommen öffnete Niam die Augen. Ihr Kopf schmerzte und die Augen brannten. »Was ist denn passiert?«

Gwydón lächelte: »Wir hatten unerwarteten Besuch. Aber dank Emrys ist alles vorbei.«

Niams Blick wanderte zu Emrys, der sich besorgt über sie beugte. Überrascht hatte er festgestellt, dass er sich ernsthafte Sorgen um Niam gemacht hatte. Er musste sich eingestehen, dass er tatsächlich Angst bei dem Gedanken verspürt hatte, sie zu verlieren. Schließlich war sie ein entscheidender Bestandteil des prophezeiten Dreigestirns. Und außerdem ... ihr Lachen ... und ihre Augen ... Erleichtert sah er, dass sie wieder ganz gesund war, und lächelte sie freundlich an.

Niam erwiderte seinen Blick und sagte: »Danke, Emrys.«

»Es war nicht mein Verdienst, sondern Gwydóns«, antwortete Emrys mit rauer Stimme. »Sein Zauber hat dich befreit. Gwydón«, wandte er sich an den Freund. »Was in aller Welt war das?«

»Das war Afangdu. Früher war er ein mächtiger Zauberer. Seine Mutter war eine alte Göttin. Wie jede Mutter liebte sie ihren Sohn, obwohl er seit dem Tage seiner Geburt von abgrundtiefer Hässlichkeit und Boshaftigkeit gezeichnet war. Sein Name heißt in der alten Sprache ›Völlige Dunkelheit‹. Zum Ausgleich für seine Hässlichkeit braute ihm seine Mutter einen heiligen Trank. Dieser verlieh ihm Inspiration und großes Wissen. Doch das wendete er gegen die Menschen. Er wurde ein böser Dämon, verließ die Gemeinschaft und zog in die Sümpfe. Seitdem trachtete er dort den Menschen nach dem Leben. Schon damals verzauberte er am liebsten unschuldige Kinder. Unter seinem Einfluss verwandelten sie sich in Sheevras. Sie sind die Irrlichter, die das Moor bewohnen. Viel Böses taten sie, bis die Götter sie verbannten. Doch nun lasst uns gehen. Der Weg nach Ynis Mâcha ist noch weit.«

Gwydón führte sie weiter über das Moor. Als Herr der Tiere konnte er mit den Augen des Adlers sehen und erkannte auch den kleinsten Pfad. Niam war noch ziemlich schwach. Emrys stützte sie und gab ihr Halt. Sie spürte seinen starken Arm um ihre Hüften und bemerkte ein leichtes Kribbeln in der Magengegend. Doch sie war viel zu erschöpft, um diesem Gefühl weiter nachzuforschen. Gwydón trieb sie unermüdlich an. Unterwegs war er sonderbar still. Als es Abend wurde, ruhten die Freunde.

In die dunkle Nacht sagte Gwydón nachdenklich: »Freunde, wir müssen unsere Strategie ändern. Afangdus Erscheinen bestätigt, was ich bereits vermutete. Balzôrc hat die unterirdischen Verließe geöffnet. Das hat Konsequenzen für unsere Weiterreise, denn wir müssen davon ausgehen, dass alle Unholde der Welt aus ihrer Verbannung zurückgekehrt sind.«

»Welche Konsequenzen?«, fragte Emrys.

»Wir wissen nicht, wer uns noch alles verfolgt. Das bedeutet, dass wir möglichst wenig Gebrauch von der Magie machen dürfen. Magie erkennt Magie, egal ob weiß oder schwarz. Wir sollten so wenig Aufmerksamkeit wie möglich erregen. Also müssen wir die Feinde, die uns noch begegnen, auf herkömmliche Weise bekämpfen. Emrys, nun kommt es besonders auf dich an.«

Emrys nickte. Er würde seine Freunde mit allen ihm zur Verfügung stehenden Kräften beschützen, notfalls mit seinem Leben.

So zogen sie weiter über das Moor. Seit Tagen war ihnen kaum jemand begegnet. Die seltenen Male gingen die Wanderer den unheimlichen Gestalten aus dem Weg. Wo das nicht möglich war, machte Emrys' Schwert kurzen Prozess. In dieser Zeit war er der siegreiche Held, froh, seine Kräfte in den Dienst der göttlichen Aufgabe zu stellen. Allmählich wurden die Feindberührungen spärlicher. Die drei Freunde dachten schon, das Schlimmste sei vorüber. Doch urplötzlich gab der Untergrund nach. Ohne Vorwarnung sackte der Boden weg und zog die drei Freunde in die Tiefe. Im Bruchteil eines Moments waren sie im zähen Sumpf gefangen. Sie waren machtlos. Sogar Gwydóns Magie konnte hier nichts ausrichten. Kein Halt war zu finden. Je mehr sie sich bewegten, desto tiefer versanken sie. Gnadenlos verrichtete das Moor sein grausiges Werk. Schon bald waren Emrys und Gwydón bis zum Hals versunken. Wie Blei klebte der modrige Sumpf an ihnen und zog sie immer weiter in seine bodenlose Tiefe. Emrys und Gwydón konnten sich nicht mehr rühren und spürten, dass dies der Abschied war.

Im Gegensatz zu den beiden Männern aber war Niam noch nicht so weit eingesunken. Als der Boden nachgab, wusste sie instinktiv, wie sie sich zu verhalten hatte. Ihr leichtes Gewicht und die sparsamen Bewegungen verhinderten, dass sie tiefer als zur Hüfte gefangen war. Langsam führte Niam die Hände zum Medaillon der Elfen. Vorsichtig entnahm sie dem Schmuckstück ihre Beere aus Némes. Mit letzter Kraft pflanzte Niam das heilige Korn des Trefuilngid in den weichen Boden. Augenblicklich geschah das Wunder: Schneller, als ihre Augen sahen, gebar der Samen einen Sprössling. In atemberaubender Geschwindigkeit wuchs er zu einem mächtigen Baum. Schon bald schickte er seine starken Arme den Versinkenden entgegen und bot ihnen sicheren Halt. Emrys und Gwydón zogen sich an den kräftigen Ästen aus dem klebrigen Sumpf. Dabei waren die Baumarme nicht nur rettender Halt, sondern auch sicherer Weg. Auch Niam befreite sich und strebte ihren Freunden entgegen. Sie trafen sich auf einer breiten Astgabelung. Zuerst herrschte erschöpfte Stille, lediglich unterbrochen durch den stockenden Atem, der sich nur langsam beruhigte.

Wieder fand Gwydón als Erster seine Sprache wieder: »Das war knapp. Ich war sicher, dass das Ende gekommen sei. Danke, Niam. Die Beeren des Trefuilngid! Das war eine gute Idee. Nicht nur, weil du damit unser Leben gerettet hast, sondern auch, weil du uns den rechten Weg weist. Sieh, was für ein wunderbarer Baum deinem Samen entsprungen ist.« Damit deutete er auf das Astgewirr vor ihnen.

Da erkannte Niam, dass dieser Baum wirklich ungewöhnlich war. Im Gegensatz zu seinen Artgenossen war er nicht in die Höhe, sondern in die Breite gewachsen. Der mächtige Stamm sandte seine Zweige nach Norden. Weit reichten seine starken Äste und boten den Wanderern sicheres Geleit über den trügerischen Untergrund. Sie dankten Némes und den Göttern für dieses Wunder. Trockenen Fußes gelangten sie auf die andere Seite des Sumpfes.

Nach zwanzig Tagen Wanderschaft verließen Niam, Emrys und Gwydón endlich das tückische Moor. Bevor sie ihm jedoch endgültig den Rücken zukehrten, beugte sich Niam noch einmal zu Boden und hob einen unscheinbaren Stein auf. Eine innere Stimme befahl ihr, auch aus Sîl einen Stein als Erinnerung mitzunehmen. Also verstaute sie einen zweiten Stein in der Tiefe ihres Beutels.

3. Kapitel

Die dunkle Welt – Berge und Eis

Hoffnungsvoll betraten sie das Land, welches einst Âtron war. Doch auch hier hatte Balzôrcs Herrschaft die Umgebung verändert. Hohe Berge türmten sich dort auf, wo sich früher die weite Ebene von Ilan erstreckte. Drohend sah das Massiv aus, dunkel und unüberwindlich. Doch es half nichts. Sofort suchten Gwydón, Niam und Emrys einen geeigneten Aufstieg und fanden ihn in einem sanften Berghang. Der Bergrücken war flach. Die Gefährten erreichten den Gipfel beim letzten Tageslicht. Dort rasteten sie. Im Zwielicht der Dämmerung betrachteten sie die Landschaft unter sich. Dies war ihre erste Nacht in den Bergen.

Im hellen Licht der Morgensonne erkannten sie, dass der Gebirgszug, in dem sie sich befanden, nicht besonders hoch war. Am nördlichen Horizont warteten hohe Berge mit steilen Hängen und schroffen Gipfeln. Sie waren weiß und ragten weit über die Baumgrenze in die Region des ewigen Schnees. Dieses Hochgebirge mussten sie auf dem Weg nach Norden überqueren.

»Seid auf der Hut!«, warnte Gwydón. »Der hiesige Teil des Gebirges ist tückisch, denn es ist jung. Früher floss hier der Fluss Weón. Sosehr Balzôrcs Macht die Erde auch verändert haben mag, ihre Ursprünge kann er nicht vollständig zerstören. Unter uns fließt der Weón immer noch. Deshalb ist es so gefährlich. Seine beständigen Wasser lockern die Erd- und Gesteinsmassen. Wenn die Erde genügend durchtränkt ist, gleiten die darüber liegenden Felsmassen ab. Außerdem haben die hiesigen Berge ihre endgültige Form noch lange nicht gefunden. Sie entwickeln und verändern sich stetig. Seid also besonders vorsichtig bei den Steilstufen und den Steilhängen der ausgefurchten Täler.«

Sorgsam achteten die Freunde auf jeden ihrer Schritte. Also dauerte es fünf Tage, bis sie das Mittelgebirge mit seinen Nadelwäldern überquert hatten. Gwydón führte sie. Der Weg, den er wählte, war sicher, aber lang. Es dauerte noch weitere zwei Tage, bis sie das Hochgebirge am Horizont endlich erreichten. Groß und mächtig ragte es vor ihnen in den Himmel. Die höchsten Gipfel waren von ewigem Eis bedeckt. Früher waren hier die hohen Berge des Bêrwy gewesen. Durch Balzôrcs Zauberkraft war er zwar gewachsen, doch es war eine ausgereifte Erhebung. Hier waren die alten Bedrohungen keine Gefahr mehr, doch es würden sicherlich neue kommen. Nach einer ruhigen Nacht am Fuße des Gebirges machten sich die drei an den Aufstieg. Niam war aufgeregt. Noch nie hatte sie ein richtiges Hochgebirge bestiegen.

Der Aufstieg war bedeutend mühsamer als der vorherige. Steil ging es in die Höhe. Unermüdlich kletterten sie bergauf, überwanden Stein um Stein. Dieser Marsch verlangte all ihre Kräfte. Erschöpft suchten sie einen geeigneten Platz für ein Nachtlager, noch bevor die Sonne untergegangen war. Sie übernachteten in einer geschützten Talmulde zu Füßen einer alten Tanne. Noch befanden sie sich unterhalb der Baumgrenze. Gwydón, Emrys und Niam genossen ein letztes Mal den Schutz der grünen

Äste und schlugen hier ihr Nachlager auf. Da zerriss ein heller Ton die Stille.

»Was war das?«, flüsterte Niam.

»Pst!« Emrys legte warnend seinen Finger auf den Mund.

Dann machte er Niam stumm ein Zeichen, ihm leise zu folgen. Lautlos schlichen sie hinter einen Felsvorsprung. In der Abenddämmerung hockte ein kleines, altes Männchen im Schutz des Felsbrockens. Er war in altnordischer Tracht gekleidet. An seinem erbsengrünen Rock blitzten silberne Knöpfe und die Stiefelchen an seinen Füßen zierten große Metallschnallen. Auf seinem Kopf trug er einen alten, spitzen Hut. Der Gnom war überaus hässlich. Sein runzeliges Gesicht wirkte wie ein verschrumpelter Apfel mit einem schiefen Maul. Pfeifend hämmerte er mit seinem feinen Werkzeug auf die Erde und hüpfte dabei auf und ab. Beim näheren Hinsehen erkannten Niam und Emrys, dass der Zwerg kleine Schuhe fertigte.

»Der Cluricaum«, flüsterte Emrys leise.

»Wer?«

»Der Cluricaum, der Schuhmacher des schwarzen Heeres. Er ist ein alter Verbündeter des dunklen Herrschers, ein mächtiger, böser Kobold. Er fertigt alle Schuhe für Balzôrcs Streitmacht, die sie so schnell wie der Wind machen. Als Herr der Berge kennt der Cluricaum alle Schätze, die in ihren Tiefen verborgen sind. Damit bezahlt Balzôrc seine Söldnertruppen. Doch die Hauptaufgabe des Cluricaum ist, die Schuhe für das schwarze Heer zu machen. Und er fertig immer noch welche. Das kann doch nur bedeuten, dass er noch weitere Feinde ausrüsten will. Das müssen wir verhindern. Aber wir müssen vorsichtig sein. Denn der Cluricaum ist listenreich. Es gibt nur eine Möglichkeit, ihn gefangen zu nehmen. Unter keinen Umständen dürfen wir ihn aus den Augen lassen. Womit er dich auch abzulenken sucht, wende den Blick nicht von ihm ab. Sonst verschwindet er sofort.«

Vorsichtig schlichen Niam und Emrys aus ihrem Versteck. Der Cluricaum war vollkommen in seine Arbeit vertieft und hörte sie nicht. Deshalb konnten sie den Zwerg überraschen und ihn mit ihren Blicken gefangen nehmen. Er schrie auf und wehrte sich heftig. Doch er merkte schnell, dass hier mit Zorn nichts auszurichten war. Er wusste, er war gefangen. Listig verlegte er sich nun auf die Taktik, die er gegen die Menschen schon so oft erfolgreich angewandt hatte.

Er hörte auf zu toben und zog manierlich seinen Hut: »Ich grüße euch, ihr edlen Wanderer«, sagte er schmeichelnd. »Verzeiht mein Aufbegehren. Ihr habt mich erschreckt, das ist alles.«

Doch weder Emrys noch Niam gingen auf seine Schmeicheleien ein und ließen den Zwerg nicht aus den Augen.

Der Cluricaum lachte schrill und verbeugte sich linkisch. »Nun, womit kann ich euch zu Diensten sein, ihr hohen Herrschaften? Ist es Gold?« Damit klatschte er in die Hände.

Wie von Zauberhand erhoben sich prächtige Goldtruhen aus der Erde, gefüllt mit dem kostbaren Edelmetall. Doch Emrys und Niam widerstanden der Versuchung und ließen den Zwerg immer noch nicht aus den Augen.

»Nein«, sagte der Cluricaum mit nervösem Unterton, »Gold ist wohl nichts für euch. Aber wie wäre es denn hiermit?« Damit griff er einen ledernen Beutel und warf ihn Niam zu.

Als sie den Beutel auffing, öffnete er sich und gab den Blick frei auf ein funkelndes Edelsteingeschmeide. Unwillkürlich ließ Niam den Zwerg aus den Augen und sah auf den Inhalt des Beutels. Darauf hatte der Cluricaum nur gewartet. Augenblicklich verschwand er vor Niams Augen.

Sie hörte nur noch sein gehässiges Lachen: »Ihr Menschen seid ja so einfältig. Jedes Mal fallt ihr auf diesen alten Trick herein. Zu spät, du aufgeblasener Mensch, nun bin ich für dich verloren.«

»Die Frau magst du überlistet haben, nicht aber den Krieger.« Emrys' feste Stimme war lauter als das Hohngelächter des Zwerges. »Meine Augen haben dich nicht losgelassen. Ich kann dich immer noch sehen. Also bist du noch immer mein Gefangener.«

Der Cluricaum wütete, doch er hatte verloren. Er ärgerte sich über seinen Leichtsinn. Normalerweise waren Männer leichter zu überlisten als Frauen. Deshalb hatte er sich nur auf Niam konzentriert. Er konnte nicht wissen, dass Emrys seit frühester Kindheit mit überirdischen Wesen vertraut war. Königin Belisama hatte ihm genug über den Cluricaum erzählt. Also verschloss er sein Inneres gegen jegliche Ablenkung. Sein fester Blick verharrte eisern auf dem Zwerg. Schließlich musste sich der Cluricaum geschlagen geben. Zerknirscht beugte er das Knie vor seinem Bezwinger. Für seine Freilassung verlangte Emrys nichts Geringeres als den Spré na Skillenagh, den Glücksschilling des Cluricaum. Emrys wusste, wie mächtig der Spré na Skillenagh war. Er hatte die Kraft, Böses in Gutes zu verwandeln. Jedes Metall der Erde konnte er vervielfältigen. Wenn ein Mensch ihn rechtmäßig in Händen hielt, brachte der Spré na Skillenagh Glück, wo immer er auch war.

»Aber das kannst du doch nicht …« Der Cluricaum schrie auf. »Nein, den Spré na Skillenagh kann ich dir nicht geben. Ohne ihn kann ich nicht mehr …« Schnell biss der Zwerg sich auf die Zunge.

Emrys vervollständigte seinen Satz: »Ohne ihn kannst du nicht mehr schustern. Ohne deinen Glücksschilling bist du ohne Macht. Ich weiß, dass all deine Kräfte an den Spré na Skillenagh gebunden sind. Und jetzt bringe ihn mir. Er ist der Preis für deine Freiheit. Du weißt, dass du mir gehorchen musst.«

Die Art und Weise, wie Emrys das sagte, ließ den Cluricaum zusammenzucken. Er warf sich auf den Boden und heulte jämmerlich. Doch alles Sträuben half nichts, er musste sich Emrys' Willen beugen. Widerstrebend griff der Cluricaum unter seinen Rock und holte ihn hervor, seinen größten Schatz.

»Hier hast du ihn, du grausamer Mensch.« Damit reichte er Emrys einen unscheinbaren Beutel.

Was in das schlichte Tuch eingewickelt war, konnte Emrys nur fühlen. Insgeheim hoffte der Cluricaum, dass Emrys nun endlich seine Augen abwenden würde. Dann hätte er seinen Glücksschilling schnell entwenden und verschwinden können. Das zumindest war sein Plan. Doch Emrys fiel auch darauf nicht herein. Im Gegenteil, er verschärfte seine Konzentration und deutete Niam an, den Inhalt des Beutels zu untersuchen. Vorsichtig öffnete Niam ihn. Zum Vorschein kam eine alte, silberne Münze. Anhand ihrer Signaturen und Zeichen konnte sie schnell als der Spré na Skillenagh identifiziert werden. Niam gab Emrys den Glücksschilling zurück und bestätigte, dass er echt war.

Noch immer ließ Emrys den zitternden Zwerg nicht aus den Augen. Ein letztes Mal sprach er zu ihm: »Gut, du hast Wort gehalten. Also werde auch ich mein Wort halten und dich freilassen. Doch eines will ich dir mitgeben auf den Weg. Vergiss nicht: Nun bist du nur noch ein gewöhnlicher Zwerg. All deiner schwarzen Macht bist du ohne den Spré na Skillenagh beraubt. Jetzt bist du weder der Herr der Berge noch der magische Schuhmacher. Ich bezweifle, dass das deinem dunklen Herrn gefallen wird. Sollte er gnädig sein und dich nur verstoßen, ist es immer noch fraglich, ob König Elfric bereit ist, dich wieder in die Gemeinschaft der Zwerge aufzunehmen. Wenn ich du wäre, würde ich mich verstecken. In Zukunft wirst du keinen Schaden mehr anrichten können. Und jetzt verschwinde!« Damit schloss Emrys die Augen.

Augenblicklich verschwand der Cluricaum. Sein Wutgeheul lag noch eine Weile in der Luft, dann aber war auch dieser letzte Hinweis auf den einst so gefürchteten Herrn der Berge verschollen. Emrys aber steckte den Schilling unter sein Gewand. Dann bemerkten er und Niam, wie spät es bereits war, und eilten zurück zu Gwydón.

Durch diese Begegnung gewarnt, gingen die Freunde nur noch im Schutz des Mantels von Mananan weiter. So konnten so den zahlreichen Gefahren der Berge entgehen.

Nach zwei Tagen war es endlich so weit. Die letzte Nacht in den Bergen kündigte sich an. Bevor Niam einschlief, fanden ihre Finger einen kleinen Stein. Wie zuvor steckte sie auch dieses Abschiedsgeschenk aus Âtron zu den anderen steinernen Erinnerungen an die alten Königreiche.

Der nächste Tag zeigte die gnadenlose Wahrheit. Was Gwydón, Niam und Emrys am Abend zuvor noch für eine optische Täuschung gehalten hatten, wurde grausam bestätigt: Im hellen Licht des Morgens sahen sie von der letzten Anhöhe hinab auf das Land, welches einst ihrer aller Heimat Brigant gewesen war. Dort war nichts als pures Eis. Riesige Eiszungen bedeckten das Land. Sie schimmerten in einem undefinierbaren Farbton zwischen Blau und Grün. Niam zog fröstelnd ihren Rabenmantel fester um die Schultern. Es war noch kälter als in der Höhe der Berge. Die Temperatur war so eisig, dass der Atem in der Luft gefror. Dort, wo er auf eine trockene Oberfläche fiel, bildeten sich kurzzeitig zarte Eisblumen, feine Eiskristalle, geschaffen für den flüchtigen Moment.

Die Freunde waren erschüttert. Natürlich hatten sie mit Veränderungen gerechnet. Aber nun erkannten sie mit Schrecken, dass in Brigant die wohl schwerwiegendste Veränderung stattgefunden hatte. Waren in den übrigen Königreichen zumindest noch Restspuren der einstigen Vegetation vorhanden, so war hier jegliches Leben zum Erliegen gekommen. Die schneidende Kälte und das ewige Eis machten ein Wachsen unmöglich. Keine Pflanze konnte hier gedeihen. Auch die Tiere starben in dieser lebensfeindlichen Umgebung. Niam war froh um den Gae Bolg und dankte den Lichtalben für ihre wunderbare Gabe. Ohne diesen Feuerstab hätten sie und ihre Begleiter sicher nicht überlebt. So aber konnten sich die Gefährten an seiner heißen Flamme erwärmen.

Unermüdlich bewegten sie sich nach Nordwesten. Die ersten fünf Tage liefen sie vorsichtig über die Gletscherspalten, die tief ins ewige Eis reichten. Sorgsam achteten sie auf ihre Schritte, wenn sie die Spalten überquerten, die ganze Gletscherbrüche mit bizarren Eistürmen und Firnzacken nach sich zogen.

Erneut war es eine Zeit der Stille. Die Gefährten wollten ihre Kräfte sparen, um gegen die harte Kälte zu bestehen. Niam war das recht. Sie war ohnehin mit ihren eigenen Gedanken beschäftigt. Sie tauchte ein in ihre Umgebung und begann, ihre Eigenheiten aufzuspüren. Allmählich begriff sie die Region des ewigen Eises.

Daneben erkannte Niam, dass Gwydón ebenfalls eingeweiht war, und vertraute sich bedenkenlos seiner Führung an. So konnte sie ungestört nachdenken. Erneut war es das Elementelied, welches ihr Denken eroberte. Scheinbar unwillkürlich verbanden sich die verschiedenen Elemente miteinander und schufen etwas Neues, nur um kurz darauf wieder eine andere Vereinigung einzugehen. Mit der Zeit bekam Niam ein Gespür für das sensible Gleichgewicht in diesem Wechselspiel. Deutlich spürte sie, dass es da noch eine verborgene Kraft gab, die alles zusammenhielt und lenkte.

Eines Abends saß sie wieder gedankenverloren am Feuer. Emrys und Gwydón hatten das Nachtlager auf einem breiten Eisfeld aufgeschlagen. Niam war still und starrte regungslos ins Feuer. So beobachtete Emrys sie. Gwydón ließ Niam in ihrer Tagträumerei gewähren, doch Emrys machte sich ernsthafte Sorgen. Es war erstaunlich, wie sich seine Gefühle ihr gegenüber verändert hatten. Seit ihrem Aufbruch hatte er eine ganz andere Seite an Niam kennen gelernt. Für eine Frau war sie klug, dachte er. Außerdem verfügte sie über eine große innere Macht. Dabei war sie jedoch natürlich geblieben. Emrys erinnerte sich an die wenigen intensiven Gespräche, die sie miteinander geführt hatten. Er stellte fest, dass sie ihm gefallen hatten. Heimlich wanderte sein Blick wieder zu Niam. Er sah ihr blondes Haar, in dem der Lichtschein des Feuers golden spielte. Er sah ihre blauen Augen, die gedankenverloren in die Flammen starrten. Hier im Eis hatten ihre Pupillen die helle Farbe der bläulichen Umgebung angenommen und strahlten noch mehr als sonst. Emrys gestand sich ein, dass Niam wirklich eine schöne Frau war. Und er merkte, dass er sich in sie verlieben könnte. Doch diesen Gedanken wies er augenblicklich mit Herzklopfen von sich. Denn er merkte auch, dass Niam Sorgen hatte. Er fühlte das Verlangen, ihr zu helfen, nicht als Mann, sondern als Freund.

Leise trat er zu ihr ans Feuer und setzte sich neben sie. »Niam, hältst du wieder Zwiesprache mit den Stimmen?«

Niam fuhr erschreckt aus ihren Träumen und begegnete seinem klaren Blick. Er war so entwaffnend, dass sie lächeln musste. Erstaunt bemerkte sie, dass sie sich freute, Emrys zu sehen. »Ja. Aber langsam verstehe ich die Stimmen immer besser. Die Zeit ist mein Verbündeter. Längst sind die Stimmen nicht mehr so quälend. Obwohl ich sie immer noch nicht ganz verstehe.«

»Möchtest du mir davon erzählen?«

»Ich weiß nicht …« Niam schüttelte den Kopf. »Die Elemente vereinen sich unwillkürlich in meinem Kopf. Je nach Mischung bilden sie die unterschiedlichsten Stoffe, neue Energien und Kräfte. Es ist wie ein großes, unendliches Spiel …«

»Ich bin sicher, dass du auf dem richtigen Weg bist. Zum notwendigen Zeitpunkt wirst du alles verstehen. Du solltest mehr Vertrauen in dich haben. Ich vertraue dir.«

»So wie ich dir.«

Ihre Blicke trafen sich. Für diesen kurzen Moment vergaßen sie die Welt um sich. Doch dann wurden sie sich ihrer Situation bewusst und wandten sich verlegen ab.

»Gut«, sagte Emrys mit belegter Stimme, »jetzt sollten wir schlafen. Morgen haben wir wieder einen anstrengenden Tag vor uns. Schlafe gut, Niam, die Götter mögen dir sanfte Träume schicken.«

Mit brennenden Wangen erwiderte Niam seinen Gruß und legte sich nieder. Aber es dauerte lange, bis sich ihr heftig schlagendes Herz beruhigte und sie Schlaf fand. Emrys erging es in dieser Nacht ähnlich.

Gwydón hatte es stillschweigend beobachtet. Insgeheim lächelte er. Er hatte die langsame Annäherung zwischen Niam und Emrys mit wachsender Freude beobachtet. Mit der Entwicklung war er mehr als zufrieden. Es schien, als hätten Niam und Emrys inzwischen einen Weg der Verständigung gefunden. Nun erlaubte sich Gwydón, ein wenig von dem zu träumen, was sein könnte. Niam und Emrys wären wahrlich ein schönes Paar. Wenn sie sich doch nur verlieben würden. Dann wäre alles leichter und so, wie es sein sollte ... Doch an diesem Punkt rief Gwydón seine Gedanken zurück. Denn eines wusste er: Die menschliche Liebe war weder zu steuern noch zu erzwingen. Sie kam, wann und wohin sie wollte. Wenn sie da war, war sie die größte Gewalt auf Erden. Wenn Niam und Emrys sich tatsächlich verlieben sollten, dann geschähe dies aus eigenen Stücken. Mit diesem Gedanken schlief auch Gwydón endlich ein. Im Schein des wärmenden Feuers verbrachten die Gefährten eine ruhige Nacht inmitten von Schnee und Eis.

Am zwölften Tag durchwanderten sie ein gewaltiges Eisfeld. Dicke Eisblöcke lagen hier, bizarr ineinander verkeilt. Das Eis hatte sonderliche Formen. Hinter hohen Felsblöcken hatten sich riesige Gletschertische aus reinstem Eis gebildet. Es war eine fantastische Landschaft.

Neugierig betrachtete Niam die kristallinen Formen. Eine erschien ihr besonders interessant. Niam trat ganz nah heran und sah, dass diese Struktur anders war als die anderen. Doch als sie dies bemerkte, da war es auch schon zu spät. Eine undefinierbare Masse löste sich aus dem Eis und nahm Niam gefangen. Laut schrie sie auf, als das Ungetüm sie mit sich riss.

Blitzschnell zog Emrys sein Schwert und erfasste instinktiv die Situation: Er sah einen gewaltigen Riesen aus Eis, der Niam in seinen kalten Armen hielt. Spontan tat der Krieger das einzig Richtige. Mit aller Macht hob er sein Schwert und schlug auf den Arm, der Niam umschloss. Als das Metall auf die kristalline Struktur prallte, zerplatzte das Eis in tausend Stücke – Niam war frei. Der Eisgigant brüllte auf. Sein Schrei wurde vielfach erwidert. Gwydón, Emrys und Niam entdeckten weitere Eisriesen, die bedrohlich auf sie zukamen. Schnell bereiteten sich die Gefährten auf die bevorstehende Attacke vor. Niam ergriff den Gae Bolg und richtete ihn auf die Eisriesen. Rücken an Rücken stand sie mit Emrys und erwartete den Angriff. Er kam zwar heftig, aber die Riesen hatten keine Chance. Caliburn und der Gae Bolg wehrten ihren Angriff ohne große Mühe ab. Der Gae Bolg sandte ihnen seine göttliche Flamme entgegen und ließ sie zu einem kläglichen Haufen zusammenschmelzen. Den Rest erledigte Emrys mit dem Schwert. Gwydón hatte dabei gar nichts zu tun. Schon bald waren die Eisriesen besiegt.

Vier Tage später begann die Umgebung, sich zu verändern. Die Gefährten erreichten nun die Gegend, wo sich einst der gewaltige Ômes, der hohe Gebirgszug Brigants, erhoben hatte. An seiner Ostflanke floss früher der Coinée. Hier hatte Amarango gelegen. Unwillkürlich suchten die Freunde nach Spuren der großen Stadt. Aber außer ein paar Turmspitzen, die aus dem Eis ragten, erinnerte nichts mehr an die vormals prächtige Burg. Das Eis hatte sämtliche Spuren der einstigen Zivilisation zerstört und unter seinem kalten Mantel begraben. Dieser Anblick war einer der traurigsten, den die Freunde auf ihrer langen Reise sahen. Doch sie hatten keine Zeit für eine lange Trauer.

Nach weiteren vier Tagen hatten sie endlich das Ende der Eiswüste erreicht. Vor ihnen lag die Meerenge von Méneái.

Hier trat ein gewaltiger Fluss ans Licht. Es war der alte Ogwên, der unter dem Eis und Gebirge immer noch floss. Im Laufe seines unterirdischen Weges war er zu einem gewaltigen Schmelzfluss herangewachsen. Mit lautem Getöse fand er seinen Weg an die Oberfläche und stürzte aus einem hohen Gletschertor ins Meer. Mit sich führte er Gestein und Schotterfluten, letzte Erinnerungen an die heimatliche Erde.

Ein kleiner grauer Stein wurde nicht ins Meer gezogen, sondern fiel neben dem Wasserfall an Land, direkt vor Niams Füße. Sie bückte sich und hob ihn auf. Es war ein unscheinbarer Stein. Doch war er der Abschiedsgruß ihrer Heimat Brigant. Also steckte sie ihn in ihren Beutel und legte ihn zu den drei anderen Steine aus der neuen Welt.

4. Kapitel

Der Bund zerbricht

Gwydón blickte aufs Meer. Nach Osten und Norden zeigte sich Unerfreuliches. Anstelle der reißenden Brandung, die früher an die felsige Küste rollte, war nur ein dunkles, zäh fließendes Gewässer. Ein beißender Geruch lag in der Luft. Die Fluten des Meeres bestanden nicht mehr aus Wasser, sondern aus einer giftigen Flüssigkeit. Die Säure war so stark, dass das Eis der Gletscher augenblicklich bei der Berührung mit der ätzenden Flüssigkeit schmolz. Auch für jedes Lebewesen war der Kontakt tödlich. Das erklärte die vielen Fischgerippe, die auf der Wasseroberfläche trieben. Lediglich die Meerenge von Méneái schien verschont. Wenngleich auch hier das Meer ein anderes Gesicht zeigte, war doch noch Leben in ihm. Sogar Eisschollen trieben auf dem Wasser. Gwydón blickte weiter nach Westen. Die Luft war klar und so erkannte er Môn, die alte Druidenschule, am fernen Horizont.

Er sah Niam und Emrys fragend an: »Nun müssen wir uns entscheiden, welchen Weg wir gehen wollen. Was haltet ihr von Môn?« Damit deutete er auf die fernen Umrisse der Insel.

Beide nickten. Niam, weil sie sich auf Môn freute, und Emrys, weil es der geeignetste Weg war. Er spähte angestrengt nach Westen und vermeinte sogar Grün am jenseitigen Ufer zu erkennen. Außerdem sah er die Freude in den Gesichtern seiner Begleiter bei dem Gedanken, Môn zu besuchen. Das alles war für ihn Grund genug, diesen Weg zu wählen.

Emrys fand sogar ein Boot in einer kleinen Felsenhöhle. Es war alt, aber seetüchtig. Schnell trugen es die drei ans Wasser und fuhren den Meeresarm hinauf. Niam beschwor die Gunst des Wassers und berief den Wind, das Boot in die richtige Richtung zu treiben. Die Elemente waren freundlich gestimmt und gewährten den Freunden eine sichere und schnelle Überfahrt. Als der Tag zu Ende ging, hatten Gwydón, Emrys und Niam die Meerenge von Méneái überquert und betraten erschöpft, aber glücklich Môn, die Insel der Druiden.

Môn war eine Wohltat für die Augen. Es war nahezu unverändert. Schon immer war Môn ein Ort hoher Magie gewesen. Eine heilige Insel, aufgeladen mit weißer, strahlender Energie. Deshalb hatte Môn so lange der schwarzen Macht widerstehen können. Dennoch waren auch hier erste Anzeichen der Verwandlung erkennbar. Es war nur eine Frage der Zeit, bis auch Môn unterliegen würde. Doch die Eiszeit, die das nördliche Festland so unerbittlich im Griff hatte, war noch nicht bis hierher gekommen. Noch immer erschien Môn als das fruchtbare Zentrum der Welt. Selbst in diesen schwarzen Tagen zeigte sich die Insel im grünen Kleid. Nichtsdestotrotz war der Atem des Bösen auch hier nicht gänzlich unwirksam geblieben. Die einst blühenden Felder und Wiesen waren robusteren Pflanzen gewichen, zahlreichen Beerensträuchern und vor allem dem unempfindlichen Windbuschröschen. Überall wuchsen die Apfelrosen mit ihren beerenartigen Hagebutten. Kirschgroß und üppig boten sie ihr heilbringendes rotes Fleisch dar. Daneben standen geöffnete Rosenblüten und dufteten. Im Hintergrund rauschten die alten Wälder. Môn war immer noch ein besonderer Platz.

Die Insel war verlassen und die alte Schule vollkommen zerstört. Kein Stein stand mehr auf dem anderen. Die vielen Wohnhäuser von einst waren nur noch teilweise an ihren niedergebrannten Grundmauern zu erkennen. Der zentrale Festplatz in der Mitte war verwüstet, der steinerne Zeremonientisch gespalten. Zahlreiche Scheiterhaufen, Schädelaltäre und Gebeine ließen das Leid nur erahnen, welches den Bewohnern von Môn widerfahren war. Besonders Niam und Gwydón waren erschüttert. Gwydón schloss erschauernd die Augen. Er hatte den Großteil seines Lebens in Môn verbracht. Sein Herz blutete angesichts der totalen Zerstörung. Auch Niam und Emrys waren niedergeschlagen. Im Zwielicht der schnell hereinbrechenden Nacht bereiteten sie bedrückt ein Nachtlager. Alle waren schweigsam und legten sich unglücklich nieder.

Am nächsten Morgen erwachte Niam schon vor Sonnenaufgang. Sie hatte unruhig geschlafen. Schlechte Träume hatten sie die ganze Nacht verfolgt. Emrys schlief noch. Aber Gwydón war ebenfalls wach. Als Niam sich erhob, sah er auf. Niam erkannte Schmerz und Trauer in seinen Augen. Sie trat zu ihm und umarmte ihn. Gemeinsam weinten sie um die gefallenen Druiden und ihre Schüler. Im fahlen Morgenlicht sahen sie das ganze Ausmaß des Gemetzels. Traurig beschlossen sie, ihren Freunden die letzte Ehre zu geben. Sie weckten Emrys und baten ihn um Hilfe, die Gräber auszuheben. Dann begruben sie die Überreste der Gefallenen in der heiligen Erde von Môn. Darüber sangen Niam und Gwydón Gebete und gedachten der verstorbenen Freunde. Es waren unzählige Tote, und so dauerte die Beerdigung bis zum Abend. Bei Sonnenuntergang legten sie sich wortlos nebeneinander und schliefen erschöpft und traurig ein.

Noch vor Sonnenaufgang brachen sie auf. Sie wollten schnellstmöglich zur nördlichen Küste von Môn, um von dort den Weg nach Ynis Mâcha anzutreten. Hier gab es für sie nichts mehr zu tun. Emrys schulterte das Holzboot und trug es den weiten Weg bis zum Ufer des schwarzen Nordmeeres. Der Anblick, der sich ihnen bot, übertraf ihre schlimmsten Befürchtungen. Das Meer war hier gänzlich zum Stehen gekommen. Sein Wasser war so ätzend, dass es das Holzboot augenblicklich zerfraß. So stark war Balzôrcs Zauber, dass Gwydón all seine Kräfte aufbringen müsste, um ihn zu brechen. Ein so mächtiger Zauber hätte sie jedoch augenblicklich verraten. Wie sie es auch drehten und wendeten, der Seeweg nach Ynis Mâcha war ihnen versperrt.

Während Gwydón den nächsten Schritt überlegte, hatte Niam einen Einfall. »Wartet hier auf mich«, rief sie ihren Freunden zu. »Ich bin bald zurück.« Damit verschwand sie ohne ein weiteres Wort im Wald.

Niam hatte sich an die letzten Worte der Dame vom See erinnert. Wenn sie jemals in Schwierigkeiten sei, dann solle sie ein stilles Gewässer suchen und die drei Wellen der Weisheit um Rat fragen. Und hier in Môn gab es ein ganz besonders stilles Gewässer, sogar ganz in der Nähe. Niam lief durch den Wald zum Ryn Cerîd, dem heiligen See von Môn. Schon bald erreichte sie seine Ufer. Hier war die Zeit stehen geblieben. Dieselben alten Bäume senkten ihre starken Zweige schützend über das schlafende Wasser, tief und ewig. Dieser Platz strahlte noch immer seine magische Ruhe aus. Kurz ließ Niam ihre Gedanken wandern und tauchte ein in die glücklichen Erinnerungen, die sie mit dem Ryn Cerîd verbanden. Gedankenverloren wandelte sie den schmalen Pfad am Seeufer entlang. Doch dann erinnerte sie sich, weshalb sie gekommen war. Von Westen trat Niam an den ruhenden See und rief ihre Großmutter. Als Niam sich bückte, öffnete sich der dunkle Wasserspiegel und gab den Blick frei auf die Unterwasserwelt. Sie sah prächtige Paläste, lange Straßen und breite Plätze.

Dann rief Niam die drei heiligen Wellen:

»Oh Morgâ, du flüssiges Urelement,
Nihussâ ist's, die dich beim Namen nennt.
Ich folge der Dame vom See Gebot
und rufe dich, denn ich bin in Not.«

Da erhob sich der See. Drei Wellen rollten leise auf Niam zu. Das waren die magischen Wellen der Weisheit. Als sie an das Ufer schlugen klang es, als würden tausend Tautropfen auf einem Stein zerspringen. Sie begrüßten Niam mit einem alten Lied.

Niam bückte sich und berührte zärtlich das seichte Wasser. Zuerst dankte sie den Wellen für ihre Hilfe, dann berichtete sie von ihren Schwierigkeiten. Als sie geendet hatte, zog sich das Wasser kurz zurück, nur um gleich darauf mit einem hellen Gluckern erneut ans Ufer zu schlagen:

»Höre die Worte, Nihussâs Kind,
denn dieses unsere Ratschläge sind:
Der Samildánach muss auf Reisen gehen,
des Nordens Orakel muss er sehen.
Doch nicht in Môn sei der Reisebeginn,
und nicht im Körper, sondern im Sinn.«

Mit diesen rätselhaften Worten zogen sich die Wellen zurück und verschwanden so schnell, wie sie gekommen waren.

Niam schickte ihnen einen Dank hinterher und einen Gruß an die Dame vom See. Dann lief sie zu ihren Freunden zurück.

Emrys verstand kein Wort, doch Gwydón nickte nachdenklich. Er erhob sich und lief grübelnd umher. Er war tief in Gedanken versunken und murmelte leise vor sich hin. Dann blieb er plötzlich stehen und sah seine Freunde an: »Genau so werden wir es tun. Morgen breche ich auf.«

Niam und Emrys sahen ihn verständnislos an.

Gwydón lächelte und erklärte: »Ich richte mich nur nach dem Rat der Wellen. Ich werde das nördliche Orakel besuchen und um Rat fragen. Es ist das weiseste Wesen der Erde und so alt wie die Welt. Seit ewigen Zeiten hat es niemand mehr zu Gesicht bekommen. Seine Taten liegen lange vor unserer Zeit und sind in den alten Legenden überliefert.«

»Und wie willst du es finden?«, fragte Emrys.

»Durch meinen Geist. Ich werde eine Geistesreise antreten, so wie von den magischen Wellen gefordert.«

»Aber die Wellen haben auch gesagt, dass deine Reise nicht in Môn beginnen darf«, warf Niam zaghaft ein.

»Deshalb kehre ich morgen aufs Festland zurück. Dort werde ich meine Suche nach dem Orakel des Nordens starten.«

Bei Sonnenaufgang verließ Gwydón Môn. Niam und Emrys brachten ihn bis ans Ufer. Das kleine Boot war an der Nordküste zerstört worden. Alles Suchen war vergeblich – es gab kein anderes Gefährt. Nach ihrer Ankunft war auch die Meerenge von Ménéai umgekippt. Nun war auch dieses Wasser giftig. Die meisten Tiere und Pflanzen waren bereits gestorben. Nur die resistenten Algen und der Seetang hatten überlebt. Diese Schlingpflanzen ermöglichten Gwydón den Übergang über den dunklen Ozean. Denn als Samildánach war er Herr über die Kräfte der Pflanzenwelt. Also beschwor Gwydón einen hohen Reisezauber. Auf sein Gebot ging eine Bewegung durch die zahlreichen Schlingpflanzen. Seetang und Algen fügten sich zusammen und bildeten ein Schiff, stark genug, um Gwydón über das giftige Meer zu tragen.

Bevor er das Pflanzenschiff betrat, wandte Gwydón sich noch einmal an seine Freunde: »Ich weiß nicht, wie lange ich fort sein werde, aber es sind sicher einige Tage. Bleibt inzwischen hier. Wartet in Môn auf meine Rückkehr. Verweilt an diesem Ort, denn hier seid ihr sicherer als sonst wo auf der Welt. Môn besteht aus vielen geweihten Heiligtümern der Druiden. Die weiße Magie hat diese Plätze im Laufe der Zeit mit all ihrer Macht erfüllt. Diese Magie schützt die guten Seelen. Deshalb möchte ich, dass ihr hier bleibt, solange ich fort bin. Ruht euch aus. Regeneriert eure Kräfte, denn wenn ich zurückkehre, werdet ihr sie brauchen.« Damit drehte sich Gwydón um und fuhr aufs Meer.

Während Gwydón übersetzte, umnebelten ihn Schwefel und die giftigen Dämpfe der braunen Brühe, aus der ab und zu Blasen aufstiegen und platzten. Gwydón atmete so wenig wie möglich. Außerdem mühten sich die Pflanzen, den Gestank bestmöglich zu überbieten. Mit all ihrer Kraft entwickelten sie dort süße Blüten, wo sonst keine waren. Sie dufteten lieblich in ihrem buntesten Kleid. So kam Gwydón heil über das ätzende Gewässer, getragen von einem Boot aus Blumen. Trockenen Fußes gelangte er ans Festland. Dort hob Gwydón die Arme gen Himmel, drehte sich noch einmal zum Meer und dankte den Pflanzen und den Göttern. Mit einem Segen entließ der Samildánach das magische Schiff aus seinen Diensten. Augenblicklich löste es sich in seine Bestandteile auf. Die Algen und der Seetang trennten sich und trieben langsam auseinander, um nun an der hiesigen Küste ihr weiteres Leben zu fristen.

Gwydón sah sich nach einem geeigneten Platz um. Für seine bevorstehende Geistesreise brauchte er einen ruhigen Ort. Zuerst musste er allerdings noch etwas anderes suchen. Denn er konnte nach wie vor keinen großen Zauber anwenden, um die Gunst der Götter zu erbitten. Deshalb besann er sich eines alten Rituals. Es war einfach, aber wirksam. Dazu benötigte er Vogelbeerholz. Da rief Gwydón seinen alten Freund Ogwên zu Hilfe. Und der Fluss folgte seinem Ruf. In einer mächtigen Fontäne spie er einen ganzen Strauch durch das Gletschertor vor Gwydóns Füße. Gwydón dankte dem Ogwên und nahm das Gehölz an sich. Nun suchte er einen abgeschiedenen Ort, um seine Geistesreise vorzubereiten. Erneut war er gehalten, nicht zu zaubern, um sich nicht zu verraten. Da fiel ihm der Mantel von Mananan ein. Dieser war kein aktiver Zauber und der sicherste Schutz, den Gwydón sich vorstellen konnte. Mit dem Tarnmantel der Erde über den Schultern suchte Gwydón in aller Ruhe einen geeigneten Platz. Er fand ihn in einer großen Felsgrotte. Das Eiswasser des Gletschers hatte sie tief in den Stein gehöhlt. Hier ließ sich Gwydón nieder. Zuerst zog er einen Schutzkreis und weihte den Platz als Heiligtum. Dann breitete er das Stierfell aus, auf dem er gewöhnlich schlief. Eigentlich sollte es das Fell eines frisch geschlachteten Tieres sein, doch in Anbetracht der Umstände musste dieses genügen. Auf dem Stierfell stapelte er ein Feuer aus dem Vogelbeerholz, exakt der Überlieferung folgend. An einzelnen Ästen hingen sogar noch ein paar Beeren. Schnell verstreute Gwydón die Beeren über den Feuerstoß. Dann bereitete er einen grünen Trank aus Eisenkraut, Salbei, Eicheln, Misteln und einer Prise Fliegenpilz. Nun stimmte er das dichetal do chenmaid an, die Inkantation der Fingerspitzen. Dieses Mysterium verlangte großes Wissen und Geschick, da die Anrufung der Götter ohne Opfer stattfand. Die magische Energie speiste das dichetal do chenmaid einzig aus der Kraft des Rufenden. Aber Gwydón war der Samildánach und beherrschte das komplizierte Ritual.

Zuletzt entzündete er den Holzstoß und stimmte die große Anrufung über dem Feuer an: »Heil den Göttern. Heil der großen Mutter und allem Leben auf Erden. Ich preise und ehre die Ahnen und die Sippen der Menschen, die Gefährten, die waren, und jene, die dereinst kommen werden. Heil den Geistern in Baum und Blüte, im Gebirge, Wasser, Feuer und in der Luft. Ich grüße die Geister dieses Landes und der Mutter Erde. Euch rufe ich an in dieser schwarzen Zeit. Lasst mir die Antwort zuteil werden, die ich auf meine Frage erbitte.«

Siebenmal sang er diese hohe magische Berufung, siebenmal variierte er die Tonart und -folge. Dann schloss sich der Kreis. Mit letzter Willenskraft führte Gwydón den Becher an den Mund und leerte den magischen Trank in einem Zug. Im Schutz des Mantels von Mananan fiel er in tiefe Trance und trat seine Geistesreise an. Eine solche Reise war auch für den geübten Geist nicht ungefährlich, vor allem ohne Begleiter. Normalerweise schützte ein zweiter Druide den Weg des Reisenden, stets überquerten sie die Brücke in die Welt der Götter gemeinsam. Aber Gwydón war der Samildánach. Für ihn galt diese Einschränkung nicht. So hoch war seine Fähigkeit, die innere Transformation sichtbar zu machen, dass er sich auflöste und verschwand.

Gwydón erwachte an einem unwirtlichen Ort. Dichte Nebelschwaden zogen an ihm vorüber. Im Zwielicht sah er drei rote Reiter auf sich zukommen. Da wusste er, dass er auf dem richtigen Weg war. Denn von jeher waren die drei roten Reiter des Donn Detsorach die Boten der Götter. Wild stürmten sie auf ihren roten Pferden auf Gwydón zu. Sie waren komplett in blutendes Rot gekleidet, mit roten Haaren und roten Zähnen. Direkt vor Gwydón kamen sie zum Stehen und richteten ihre roten Waffen auf ihn. Dann führten sie ihn wortlos einen düsteren Weg durch hohe Berge und tiefe Erde. Gwydón wusste, dass die göttlichen Reiter ihn nach Norden brachten. An dem Eingang zu einem kleinen Tal zügelten sie ihre roten Pferde. Wortlos deuteten die drei roten Lanzen auf den Bergeinschnitt, dann verschwanden die drei Reiter des Donn Detsorach im Nebel. Gwydón sandte ihnen einen Dank hinterher, dann trat er durch den Berg.

Es war ein überaus schöner und friedlicher Platz. Viele große Eichen standen hier, darunter die ältesten, die Gwydón jemals gesehen hatte. Bald hatte er den alten Eichenwald durchquert und erreichte die nördliche Steilwand. Dort erwartete ihn ein gebeugter alter Mann.

»Ich grüße dich, Gwydón, Samildánach der Welt. Das Orakel des Nordens heißt dich willkommen. Nenne mich Olloûdon, denn das ist mein Name seit alters her. Nun folge mir in meine Höhle. Es gibt viel zu besprechen und wir haben nicht viel Zeit.«

Gwydón zuckte zusammen. Olloûdon! Das war der alte Name für den großen Eichengott. Wörtlich übersetzt hieß er »großer Baum«. Das also war das lange gehütete Geheimnis um das Orakel des Nordens.

Gwydón neigte den Kopf vor dem Weisen und sagte schlicht: »Olloûdon. Es ist mir eine Ehre.« Dann erzählte Gwydón Olloûdon, was geschehen war. Zum Schluss fragte er Olloûdon nach dem Schicksal seiner Freunde und den Weg nach Ynis Mâcha.

Dieser hatte aufmerksam zugehört. Nun vergrub Olloûdon grübelnd seine Hände in dem langen Bart. Dann hob er die Arme und stimmte einen magischen Gesang an.

Nach einer Weile kam er wieder zu sich und sagte zu Gwydón: »Nun folge mir und lass uns sehen, was das Schicksal für euch bereithält.« Damit führte er Gwydón vor seine Höhle ins Freie.

Draußen war es dunkel. In der Dunkelheit hörte Gwydón Olloûdons tiefe Stimme: »Denke und du wirst sehen, frage und du wirst Antwort erhalten.«

In diesem Moment veränderte sich der Himmel. Gwydón sah Sonne und Mond, die gleichzeitig aufgingen. Von rechts kam ein einsamer Rabe geflogen. Laut krächzte er »Err, err«. Die hohen Bergwände nahmen seinen Ruf auf und warfen ihn vielfach zurück. Zur selben Zeit kamen aus der anderen Richtung fünf Krähen, die laut »Grog, grog« riefen. Sie flogen über dem Haupt eines roten Königs. In der Mitte des Tales trafen sie aufeinander. Gleichzeitig brannte in einer anderen Ecke des Tales ein blühender Haselbusch. Über allem standen Sonne und Mond. Dann war alles verschwunden.

Gwydón sah Olloûdon fragend an. Dieser nickte und winkte Gwydón in seine Höhle zurück.

Dort sagte Olloûdon: »Nun ergibt alles einen Sinn.

Euer aller Schicksal steht unter einem großen Kampf. Du hast gesehen, dass Mond und Sonne gleichzeitig am Himmel standen. Das ist das Zeichen für den Kampf. Doch ihr kämpft nicht zusammen, sondern zunächst jeder für sich allein. Das Dreigestirn wird zerbrechen. Da ist zuerst das helle Kind, die Königin. Sie wird in die Hände des Bösen geraten und in geistige Umnachtung fallen. Das zeigt der einzelne Rabe und sein Gesang, denn der Rabe ist ihr Begleiter. Um sie zu befreien, muss Emrys in die Unterwelt. Der König muss um die Königin kämpfen. Prinz Emrys muss den Schrecken bekämpfen und Gwyn ap Nudd, den König der Unterwelt, selbst befragen. Die Krähen, die über das Tal flogen, belegen das. Folgende Prüfungen muss Emrys bestehen: Zuerst muss er Jagd auf den Eber Torc Triath machen und ihn erlegen. Die Hauer dieses göttlichen Ebers benötigt Emrys für seine zweite Aufgabe. Denn er muss das Blut der edelsten Stiere der Welt den Göttern opfern. Dies sind Finnbenach Weißhorn von Connacht und Donn Cuailnge Braunrind von Daire. Nur die Hauer des Torc Triath können sie besiegen. Danach muss Emrys das rote Licht des Lugh aus den Händen der Larve befreien und zuletzt den Schrecken der Unterwelt überwinden. Nur dann kann er Gwyn ap Nudd, dem Herrscher des Totenreiches Annwn, gegenübertreten. Ihn muss er besiegen, um die Königin zu befreien. Doch da ist auch der rote König. Du weißt, was das bedeutet?«

»Ja.« Gwydón nickte betrübt. »Er steht für ein kurzes Leben.«

»Richtig«, bestätigte Olloûdon. »Emrys muss ins Reich der Toten. Dort wird der Prinz siegen, aber er wird bei diesem letzten Kampf sterben.«

»Kann ich das irgendwie verhindern?«

»Nein, denn das ist Emrys' Schicksal. Den letzten Kampf müssen König und Königin alleine führen. Du hast deinen eigenen zu bestehen.«

»Ich? Aber ich bin doch kein Krieger.«

»Dennoch liegt auch vor dir der größte Kampf deines Lebens. Eure Wege werden sich trennen. Damit dein Begleiter seine Reise antreten kann, werde ich meinen Hengst Aonbarr zu ihm schicken. Er wird den Prinzen führen auf seinem gefährlichen Weg. Jetzt kehre zurück, Gwydón Samildánach. Die Zeit drängt.« Mit diesen Worten entließ Olloûdon, das Orakel des Nordens, den Samildánach.

Gwydón nickte und verabschiedete sich schnell. Kraft seines Geistes kehrte er in Windeseile an seinen Platz in der Felsgrotte zurück. Benommen schlug er die Augen auf. Sein Herz schlug heftig, als er sich der Worte Olloûdons erinnerte. Niam und Emrys waren in Gefahr! Also brach Gwydón sofort auf und eilte nach Môn, seine Freunde zu warnen.

In der Zwischenzeit erkundeten Niam und Emrys Môn. Niam zeigte Emrys die vertrauten Plätze ihrer Schulzeit. In diesen Tagen der Zweisamkeit lernten sie sich besser kennen.

Eines Morgens sagte Niam: »Emrys, wenn du möchtest, zeige ich dir meinen Lieblingsplatz in Môn.«

Sie wanderte auf den alten Pfaden und erzählte Emrys all die glücklichen Erinnerungen an diesen Wald. Schließlich erreichte sie den Ryn Cerîd, den heiligen See. Selbstvergessen fand Niam den Weg zu der steinernen Plattform, die sich majestätisch über das heilige Wasser erhob. Wie früher erklomm Niam die Erhebung und blickte auf den tiefen See. Klar und deutlich zeigte sich ihr Spiegelbild auf der stillen Wasseroberfläche. Erneut fingen sich die Sonnenstrahlen in ihren blonden Locken und zeichneten eine funkelnde Aura um ihren Kopf. Doch dann änderte sich das Bild. Ein leiser Wind kam auf und warf kleine Wellen auf den See. Niams Antlitz verschwamm und bildete sich neu. Aber diesmal war es nicht mehr nur ihr eigenes Gesicht, welches sie anblickte. Denn nun sah Niam auch Emrys. Deutlich erkannte sie seine markanten Züge und seine hellen Augen. Verlegen stellte Niam ihren erhöhten Pulsschlag fest. Sie sah ihre errötenden Wangen im Wasserspiegel und gestand sich ein, dass ihr dieses Bild gefiel. Emrys lächelte ihr im Spiegelbild zu, dann trat er zurück und verschwand. Niam riss sich aus ihren Träumen und drehte sich zu Emrys.

Seine Stimme hatte einen weichen Klang, als er sagte: »Hier ist es wunderschön.«

»Das ist der Ryn Cerîd, der heilige See von Môn. Hier habe ich die glücklichsten Momente meiner Schulzeit verbracht. Oft saß ich am Ufer oder auf der Plattform und habe das Lied der Elemente geübt, damals, als es noch ein Geheimnis war. Hier traf ich die Herrin Aífe das erste Mal. Am Ryn Cerîd sind die entscheidenden Weichen meines Lebens gestellt worden. Dieser Platz ist etwas ganz Besonderes.«

Niam und Emrys setzten sich ans Ostufer. Von hier aus hatten sie einen klaren Blick auf den leuchtenden Abendhimmel. Schulter an Schulter saßen sie und betrachteten wortlos das ruhige Wasser, in dem sich das feurige Abendrot spiegelte. Die Heiligkeit des Ortes umhüllte sie, und sie versanken in der Besonderheit des Augenblicks. Bei Sonnenuntergang fanden sich unwillkürlich ihre Hände. Weder Emrys noch Niam wussten, wie ihnen geschah. Ohne nachzudenken versanken sie in der Schönheit dieses Augenblicks und hofften, er möge nie vorbeigehen.

Da wurden sie jäh getrennt. Ein harter Schlag riss sie auseinander. Niam wurde mit einer solchen Heftigkeit getroffen, dass sie sofort nahezu bewusstlos zusammenbrach. Emrys war nur für einen kurzen Moment benommen. Schnell fasste er sich wieder. Er zog Caliburn aus der Scheide und stellte sich dem unbekannten Feind entgegen.

Vor ihm stand eine riesenhafte Monsterkatze, wild und gefährlich. Einerseits glich dieses Tier einem Löwen, doch ungleich größer und gewaltiger. Neben seinen mächtigen Tatzen mit den scharfen Krallen und dem riesenhaften Gebiss mit den reißenden Zähnen verfügte diese Riesenkatze über einen wehrhaften Schwanz. Er war eine Verlängerung des Rückrats und bestand aus harten Schuppen. Seine scharfen Kanten hinterließen tiefe Wunden. Das Fell des Untiers war schuppenartig und leuchtete in verschiedenen Farbtönen von Dunkelgrün bis Dunkelbraun. Nach Art der Katzen hatte sich das Monster lautlos an seine Opfer herangeschlichen. Emrys stellte sich schützend vor die reglos im Gras liegende Niam. Er versuchte, die Katze von ihr abzulenken. Geschickt reizte er die Riesenkatze und zog die Aufmerksamkeit auf sich. Er benötigte all seine Konzentration in diesem Kampf. So gut es ging wich Emrys den Angriffen aus. Ihm selber gelang es kaum, dem Monster eine Wunde zuzufügen. Der gewaltige Schwanz schirmte die Raubkatze ab und ihre Krallen und Zähne taten ein Übriges. Emrys rief all seine Erfahrung als Krieger zu Hilfe. Endlich gelang ihm ein gezielter Schlag. Die Raubkatze jault laut auf. Der Schuppenschwanz flog durch die Luft, getrennt vom Rest des Körpers. Nun konnte Emrys das Ungetüm besser bekämpfen. Doch in diesem Moment kam ein Gegner, den Emrys nicht besiegen konnte.

Mit einer Rotte Pilosi betrat Mac Dathó die Lichtung. Bei seinem Erscheinen senkte die Riesenkatze den Kopf und winselte. Emrys hob sein Schwert gegen den schwarzen Magier. Doch da traf ihn Mac Dathós ces noiden und der Prinz erstarrte.

Mac Dathó trat zu Niam und beugte sich über ihre leblose Gestalt: »Endlich habe ich dich, helles Kind. Welche Freude für meinen Herrn.«

Er fuhr mit seinem knochigen Finger über Niams Gesicht. Dann öffnete er ihren Mund. Aus der Tiefe seines dunklen Umhangs holte er eine kleine Phiole, gefüllt mit einer schwarzen Flüssigkeit. Diese flößte er Niam ein. Augenblicklich fiel sie in einen tiefen Zauberschlaf.

Zufrieden erhob sich Mac Dathó und gab seinen Pilosi ein Zeichen: »Bringt meinem Meister Lord Balzôrc dieses Geschenk.«

Die Pilosi hoben Niam auf eine Bahre und transportierten sie fort. Sie trugen Niam durch den Wald an die nördliche Küste von Môn. Dort wartete bereits eine Zaubergaleere, die Niam nach Ynis Mâcha bringen würde.

Als Mac Dathó alleine war, drehte er sich zu Emrys. Dieser lag immer noch bewusstlos am Boden. Er blutete stark aus der tiefen Schulterwunde, die die riesige Katzenpranke gerissen hatte. Doch das hielt Mac Dathó nicht zurück. Denn er hatte mit Emrys etwas ganz eigenes vor. Schließlich war Emrys der prophezeite König. Diese spezielle Kraft wollte sich Mac Dathó einverleiben. Indem er den König tötete und seine Seele fraß, würde dessen Macht seine eigene verstärken. Drohend trat der schwarze Magier über den leblosen Körper. Er hob die Hände, um einen letzten vernichtenden Zauber gegen Emrys zu senden. Doch mitten in der Bewegung erstarrte Mac Dathó plötzlich. Seine Augen weiteten sich vor

Schreck. Denn von der anderen Seite betrat eine weiße Gestalt die Lichtung am Seeufer.

Gwydón war gerade noch rechtzeitig gekommen. Im letzten Augenblick rettete er den Freund. Sofort erfasste er die Situation. Er sah die Spuren des heftigen Kampfes und Mac Dathó über dem bewusstlosen Emrys. Unverzüglich schleuderte er dem schwarzen Magier einen mächtigen Fluch entgegen: »Mac Dathó! Ich unterwerfe dich dem Fluch der Vernichtung, wenn du einen Tropfen von Emrys' Blut vergießt. Wie kannst du es wagen, die Heiligkeit des Ryn Cerîd zu stören?«

Mac Dathó wirbelte herum. Gwydóns Bann hinderte ihn, Emrys zu töten. Deshalb wandte er seine ganze Wut gegen Gwydón. Er funkelte ihn zornig an und sagte geringschätzig: »Gwydón, sieh an. Haben wir dich nicht getötet? Nun, dann wird es mir jetzt eben gelingen.« Damit hob er seine Hand und schleuderte seinen ces noiden gegen Gwydón.

Aber Gwydón hatte sich geschützt und blieb unberührt von der magischen Schwäche. »Wahrlich, einmal bin ich gestorben. Damals war ich Gwydón, heute bin ich der Samildánach.«

Mac Dathó zuckte bei diesem Titel kurz zusammen. Doch dann lachte er grausam auf: »Samildánach oder nicht, du kannst gegen mich nicht gewinnen. Der Sieg der Finsternis ist allumfassend. Deine Welt existiert nicht mehr. Als sichtbares Zeichen habe ich den größten Feind der Menschen mitgebracht.« Damit machte Mac Dathó ein Zeichen, und die Monsterkatze erhob sich fauchend.

»Cath Palug!«, rief Gwydón fassungslos. »Du hast es tatsächlich gewagt, Cath Palug zu befreien? Dafür werden die Thuata de Dannan dich strafen.«

»Deine Götter sind untergegangen. Und nun wird Cath Palug, euer Inbegriff des Bösen, den Samildánach töten.«

Cath Palug brüllte laut und wirbelte mit seinem gefährlichen Schwanz, den Mac Dathó ihm zuvor wieder angesetzt hatte. Mit einem gewaltigen Satz sprang die riesenhafte Raubkatze gegen Gwydón. Doch Gwydón kannte die Tücken Cath Palugs und nutzte dessen Kraft zu seinen Gunsten. Er nahm die Wucht des Sprunges auf und änderte seine Richtung. Mit voller Kraft sprang Cath Palug in die Mitte des Ryn Cerîd und sank tonnenschwer an der tiefsten Stelle auf den Grund des Sees. Mac Dathó gebärdete sich wie wild und versuchte, das Tier zu retten. Aber Gwydóns Zauber war stärker. Und so musste der schwarze Magier tatenlos mit ansehen, wie Cath Palug jämmerlich in den Fluten des heiligen Sees von Môn ertrank.

Rot vor Zorn wandte er sich an Gwydón: »Das wirst du büßen! Ich werde dich vernichten. Ich …«

»Das bezweifle ich.« Gwydón schnitt Mac Dathó scharf das Wort ab. »Denn jetzt sind es nur noch du und ich. Deine Magie ist bei mir wirkungslos, denn ich bin stärker als du. Ich bin Gwydón, der Erste unter dem alten Volk der Bendriden und der Samildánach der Welt.« Er hob die Arme und wie als Bestätigung seiner Worte blitzte das Pentagramm, das königliche Zeichen der Bendriden, an seinem Hals auf. »Hier, am Ufer des heiligen Ryn Cerîd, fordere ich dich zum Sowílansuz, dem großen Kampf der Magier.«

Mac Dathó erstarrte. Der Sowílansuz! Dies war der überlieferte Wettkampf der hohen Magiermeister im alten Spiel um Macht und Gegenmacht. Er folgte dem über allem stehenden metaphysischen Gesetz der Magie. Nur die höchsten magischen Meister beherrschten diesen Kampf, denn er verlangte Weisheit, Inspiration und Spruchmagie. Wer ihn aber meisterte, konnte seine spirituelle Energie stärken und den Sieg der individuellen Willenskraft erringen. Nach dem ehernen Gesetz der Zauberkaste konnte sich kein Magier der Welt dieser Aufforderung entziehen. Das wusste auch Mac Dathó. Widerstrebend akzeptierte er Gwydóns Herausforderung.

»Gut«, nickte Gwydón. »Dann treffen wir uns in drei Tagen wieder. Ich erwarte dich hier. Und jetzt verlasse diese heiligen Gestade.«

Dem war nichts weiter hinzuzufügen. Zornbebend hob Mac Dathó die Hand und verschwand. Als er weg war, trat Gwydón besorgt zu Emrys und untersuchte ihn. Emrys war schwer verwundet. An seiner Schulter klaffte eine gewaltige Wunde, aus der viel Blut floss. Schnell verarztete Gwydón den verwundeten Krieger notdürftig. Dann hob er ihn hoch und trug ihn in den Wald. An einer kleinen Waldlichtung legte er den leblosen Freund auf ein Bett aus Moos. Die Dusii, die freundlichen Geister des Waldes, hatten schon alles für Emrys' Pflege vorbereitet. Aus Selago, Johanniskraut und weiteren magischen Kräutern bereiteten sie einen heilenden Verband und legten ihn auf Emrys' Wunde. Darüber sang Gwydón magische Heilgesänge. Zuletzt hinterließ er den kleinen Waldgeistern letzte Instruktionen und eine Nachricht für Emrys. Dann ließ er den Freund unter der Pflege der Dusii zurück und verschwand.

Gwydón zog noch tiefer in die Wälder. Denn für den Kampf, der ihm bevorstand, bedurfte es geistiger Vorbereitung. An einem kleinen Bach wusch er sich und reinigte Körper und Seele. Dann berief er die tiefsten Kräfte seines Geistes. Er versank in tiefer Konzentration. Drei

Tage fastete er. Dabei meditierte er. Nach drei Tagen hatte er seine Vorbereitungsphase beendet und war bereit.

Von allem Irdischen befreit trat der Samildánach Mac Dathó an den Ufern des Ryn Cerîd entgegen. Dieser erwartete ihn auf der erhöhten Plattform. Doch er versuchte, falsch zu spielen. Denn während er Gwydón mit kalten, aber höflichen Worten willkommen hieß, traten viele hundert Pilosi aus dem Dickicht und griffen Gwydón an. Doch dieser berief den hohen Unsichtbarkeitszauber Dechteltair und verschwand vor den erstaunten Augen der Pilosi.

Seine mächtige Stimme hallte über den See: »Es wird dir nichts nützen, die Regel zu brechen, Mac Dathó. Deine Häscher können dir hier nicht helfen. Denn dies ist ein Kampf zwischen dir und mir. Der Sowílansuz wird zeigen, wer von uns beiden der Stärkere ist.« Damit verscheuchte Gwydón die verängstigten Pilosi.

Mac Dathó war rasend vor Wut. Zornig schnaubte er, dann eröffnete er den magischen Kampf. Gwydón und Mac Dathó kämpften in verschiedenen Gestalten miteinander. Beide besaßen die Fähigkeit, die eigene Erscheinung durch die Kraft des Geistes in Windeseile zu verändern. Vielfach wechselten sie ihre Gestalt. Sie verwandelten sich in Hirsch und Wolf, Lachs und Otter, Adler und Falke, Eber und Bär, immer auf der Flucht vor dem anderen und im Kampf mit dessen jeweiliger Erscheinung. Lange Zeit war nicht erkennbar, wer von beiden siegen würde. Mac Dathó war ein mächtiger Zauberer und Gwydón in vielen Bereichen ebenbürtig. Die Magie der Zaubermeister existierte nicht einseitig, sondern vermittelte sich vielmehr im gegenseitigen Austausch zwischen den Kontrahenten. Aber letztendlich setzte sich Gwydóns Macht gegen die dunkle Kraft Mac Dathós durch.

Nach fünfzehn Tagen war die Zauberkraft Mac Dathós gebrochen. Nun trat Gwydón über den am Boden liegenden schwarzen Magier und hob die Arme. In einem mächtigen Ritual unterwarf er Mac Dathó einem Fluch. Er hob die Arme und konzentrierte seine Kräfte ein letztes Mal. Das alte Pentagramm, das königliche Zeichen der Bendriden, leuchtete auf. Mit den Händen schrieb Gwydón das spiegelbildliche Pentagramm über Mac Dathós Kopf und sang:

»Dragguls uoth,
Tna eht ot og!«

Neun Mal sang er diese alten Worte, dann war der Zauber unauflösbar und Mac Dathó endgültig besiegt.

Mit einem Röcheln sackte er in sich zusammen und löste sich auf. Von dem einst so mächtigen Magier blieb nichts als eine schwarze Teerlache. Gwydón streute weißen Kalk darüber und verwischte damit auch die letzte Erinnerung an den gefürchteten Feind.

5. Kapitel

Ynis Mâcha

Lord Balzôrc in Ynis Mâcha merkte von dieser Erschütterung seiner Macht nichts. Sein Untertan Mac Dathó interessierte ihn kaum. Zu verbissen war er mit seinen eigenen Plänen beschäftigt. Mit der Gefangennahme Niams war er am Ziel seiner Träume. Fieberhaft hatte er ihre Ankunft in Ynis Mâcha erwartet. Zwölf Tage nach ihrer Entführung erreichte die Galeere mit der kostbaren Fracht die Gestade der schwarzen Insel.

Niam war ohne Bewusstsein, als sie in die Burg Rath Dubh gebracht wurde. Die Pilosi trugen sie in ein dunkles Verlies. Dort ketteten sie die Gefangene auf eine harte Holzbank. Dann gingen sie und ließen Niam in der Dunkelheit allein zurück.

Irgendwann erwachte Niam aus ihrer Umnachtung. Ihr Mund war geknebelt und die Hände und Füße waren mit eisernen Ketten gefesselt. Kein Sonnenstrahl fiel in das dunkle Gefängnis. Nur langsam gewöhnten sich Niams Augen an das spärliche Licht. Neben ihr standen schreckliche Folterinstrumente, scharf und furchteinflößend. Schaudernd schloss Niam die Augen wieder. Ihr Kopf schmerzte, und eine Wunde auf der Stirn blutete. Doch Niam konnte sich das getrocknete Blut nicht vom Gesicht wischen. Ihre straffen Ketten verhinderten jede Bewegung. So lag sie in einsamer Dunkelheit. Einmal täglich trat ein hässlicher Kobold an ihre Bank. Er war taub und stumm.

Also konnte Niam ihre Stimme nicht gegen ihn verwenden. In seinen Händen hielt er ein dunkles, scheußlich riechendes Getränk. Wortlos löste der Wächter Niams Knebel und zwang sie, das üble Gebräu zu trinken. Alles Wehren half nichts. Der Wächter war stärker und zögerte nicht, Niam den Trank mit Gewalt einzuflößen. Er bestand aus starken Drogen. Augenblicklich drohte seine lähmende Wirkung Niam zu verschlucken. Dann wurde sie von ihrem Peiniger wieder geknebelt und die schwere Tür zu ihrem Verließ fiel hinter ihm ins Schloss. Bevor sie vollends versank, wanderten Niams Gedanken zu ihren Freunden. Entsetzt erinnerte sie sich an den letzten Kampf. Ihre Sorge galt Emrys. Hatte er den Angriff überlebt? Innig betete Niam zu den Göttern, es möge ihm gut gehen. Dann überwältigten sie die Bilder in ihrem Kopf. Ihr letzter Gedanke galt wieder Emrys. Dann versank sie im Nebelmeer der Dunkelheit und wurde ziellos mitgerissen von den schwarzen Träumen.

Sie wusste nicht, wie lange sie in dem Verlies gefangen war. Da geschah etwas. Schritte kamen den Gang herunter. Dann wurde die Zellentür laut aufgestoßen. Herein trat ein Trupp Pilosi. Angeführt wurden sie von einem höhergestellten Pilosi-Lakai. »Mein Herr wünscht dich zu sehen.« Damit packte er Niam mit starker Hand und schleppte sie aus dem Verlies.

Niam hatte keine Kraft, sich zu wehren. Nur langsam strömte das Blut in ihre tauben Glieder. Schmerzhaft meldeten sie sich zurück. Oft knickten ihre Knie weg, und Niam musste sich darauf konzentrieren, nicht zu fallen. Die Pilosi brachten sie vor ein großes Tor. Es war aus dem dunklen Holz uralter Mooreichen und wirkte düster und unheimlich. Niam fühlte, wie Angst in ihr hochstieg. Wie von Geisterhand öffnete sich das Tor und gab den Blick frei auf ein schwarzdüsteres Nichts. Wortlos stieß der Diener Niam hinein. Laut fiel das Portal hinter ihr ins Schloss.

Niam stand allein in einem nahezu finsteren Saal. Ein seltsames Zwielicht herrschte hier. Es war ein schwarzes Licht, anders als jedes Licht, das Niam kannte. Ungleich der Helligkeit beleuchtete dieses Licht das Dunkle und gab der Umgebung etwas Seltsames. Doch Niams Augen waren mittlerweile an die Dunkelheit gewöhnt. So dauerte es nicht lange, bis sie erkannte, wo sie war. Es war ein riesiger Raum. Seine Wände waren schwarz, Vulkanwände, geschwärzt durch die ewige Asche der Erde. In dem fremdartigen Licht warfen sie unheimliche Schatten. Niam sah sich um. Ein kalter Schauer lief ihr über den Rücken. Dann sah sie den Thron. Groß stand er in der Mitte des riesenhaften Saales. Er war aus einem einzigen Obsidian geschnitzt, übersät mit den alten Zeichen des Bösen. Auf dem Thron saß regungslos ein dunkler, großer Mann. Das war Lord Balzôrc, der Fürst der Finsternis.

Er war auf eine seltsame Art beeindruckend. Sein Gesicht war scharf geschnitten und eine ausgeprägte Nase stand unter der hohen Stirn. Niam sah, dass er nur ein Auge hatte. Es blitzte besitzergreifend auf, kalt und unnahbar. Sein anderes Auge war hinter einer kostbar verzierten Augenklappe versteckt. Niam zuckte zusammen, als er auf sie zukam.

Fest nahm er ihr Gesicht in seine großen Hände und zwang sie, ihn anzusehen. »Nein, du entkommst mir nicht. Jetzt nicht mehr. Zu lange habe ich auf diesen Tag gewartet. Seit vielen Jahren freue ich mich auf diesen Moment unseres Kennenlernens. Schon lange bin ich auf deiner Spur. Das erste Mal wurde ich vor einundzwanzig Jahren auf dich aufmerksam. Es war dieses seltsame

Sommergewitter, welches zu Sonnenaufgang urplötzlich über Amarango tobte. Damals schenkte ich diesem Ereignis allerdings nicht allzu viel Aufmerksamkeit. Ich war seinerzeit mit anderen Dingen beschäftigt. Doch dann, vor sechs Jahren, berichtete mir ein Spion aus Carmár von einer fahrenden Sängerin mit einer großen Stimme. Seit dieser Zeit ließ ich dich beschatten. Über jeden deiner Schritte war ich informiert. Meine Krähe hat dich ständig verfolgt. Sie war mein Auge. Vergeblich habe ich versucht, deine Reise zu stören. Sogar dem Fer Caile bist du entkommen. Ich weiß bis heute nicht, wer dir damals zu Hilfe gekommen ist. Aber das spielt jetzt ohnehin keine Rolle mehr. Denn jetzt bist du mein.«

Niam schüttelte entsetzt den Kopf. Sie dachte an Gwydón und Emrys. Nein, noch war sie nicht verloren. Ihre Freunde würden kommen und sie befreien. Niam fasste allen Mut zusammen und blickte Balzôrc herausfordernd an.

Der dunkle Fürst sah ihren Blick und lachte: »Denkst du etwa an eure kleine Revolte?« Seine Stimme war grausam. »Ich weiß, ihr Menschen habt viel Hoffnung in sie gesetzt. Nun siehst du, wie es endet. Dies ist der Schluss, den ihr nicht erwartet habt. Der Sieg der Finsternis ist unumstößlich. Eure lächerliche Verschwörung ist gescheitert. Obwohl«, Balzôrc hielt kurz inne, »ein wenig geärgert habt ihr mich schon. Seit eurem Aufbruch ist es meinen Untertanen nicht gelungen, euch aufzuhalten. Wie dem auch sei, ihr seid dennoch gescheitert. Auf deinem Marsch durch die Welt konntest du dich von meiner Macht überzeugen. An deiner alten Welt hast du gesehen, wie endgültig mein Sieg ist. Das helle Kind ist in den Händen der Finsternis – ein köstlicher Gedanke! Wir beide, schönes Kind, wir gehören zusammen. So ist es vom Schicksal bestimmt.« Mit diesen Worten trat er hinter sie. Mit begehrendem Griff berührten seine Hände ihre Brüste, ihre Taille und ihr Becken.

Niam erschauerte. Sie war entrüstet. Wie konnte er es wagen! Sie und dieser – Unmensch? Niemals! Wut stieg in ihr hoch und pochte heiß in ihren Schläfen. Ihre innere Kraft wuchs. Immer deutlicher spürte Niam ihre Macht. Bald würde auch der Knebel sie nicht mehr aufhalten können. Dann würde sie dem dunklen Fürsten einen erbitterten Kampf liefern.

Doch Balzôrc las ihre Gedanken. Er war ein großer Magier und erkannte Niams Macht. Ganz nah trat er vor sie und zwang sie, ihn erneut anzusehen. Gierig sog er ihren Atem ein. »Ja, ich spüre die Kraft, die in dir steckt. Darum wollte ich dich haben. Du bist etwas Besonderes. Aber deine Stimme kann dir nicht helfen. Über mich hat sie keine Macht. Denn ich bin stärker als du. Das werde ich dir jetzt beweisen.« Damit kam Balzôrc noch näher und nahm Niam gefangen.

Sosehr sie sich auch bemühte, Niam konnte den Blick nicht lösen. Etwas Undefinierbares zwang sie, in sein Auge zu sehen. Die Luft vibrierte vor Spannung, und die Zeit stand still. Dann öffnete der Fürst der Dunkelheit die Klappe seines zweiten Auges. Augenblicklich traf Niam die furchtbare Macht des Súil Bhalair mit all seiner schrecklichen Kraft.

Der Súil Bhalair, der böse Blick, war Balzôrcs größte Waffe. Wen er traf, der erstarrte. Kein Wesen war diesem mächtigen Zauber gewachsen. Zahlreiche Menschen hatten durch ihn bereits ihr Leben verloren. Sie säumten als Stein- oder Eissäulen die Wege von Ynis Mâcha. Kein Gegenmittel gab es gegen den bösen Blick. Auch Niam konnte ihm nichts entgegensetzen. Balzôrcs Macht war sie nicht gewachsen. Ihr Blut gefror in den Adern und sie erstarrte. Doch Balzôrc wollte sie nicht töten. Also setzte er seinen Zauber ganz gezielt ein. Er verschonte ihre Lebensfunktionen und konzentrierte ihn auf ihre Stimme. Unerbittlich vereiste sein böser Blick Niams Stimmbänder. Balzôrc ging mit großer Sorgfalt vor. Viel Zeit nahm er sich für die schmerzhafte Prozedur. Niam wehrte sich vergeblich. Tiefer und tiefer bohrte sich sein kalter Stachel in ihr Inneres und stahl Stimme und Seele. Als der dunkle Fürst endlich von ihr abließ, hatte Niam ihre Stimme verloren.

Erschöpft sank sie zu Boden. Balzôrc verbarg sein böses Auge wieder hinter der schwarzen Augenklappe. Dann sah er Niam spöttisch an. Da mobilisierte Niam ihre letzten Kräfte. Obwohl sie fast alle Kraftreserven aufgebraucht hatte, nahm Niam sich zusammen und stellte sich aufrecht dem Feind entgegen. Hoch erhobenen Hauptes begegnete sie seinem Blick.

Balzôrc lächelte amüsiert: »Hast du immer noch nicht genug? Nun, wir haben noch sehr viel Zeit. Jetzt sind unsere Positionen zumindest klar. Dieses brauchst du jetzt nicht mehr.« Mit einem Fingerzeig der linken Hand öffnete er ihre Fesseln und den Knebel.

Niam schluckte heftig und rieb sich die wunden Glieder. Dann fuhr sie herum und blitzte Balzôrc an. In ihren Augen stand blanke Wut. Sie öffnete den Mund, um Balzôrc all ihre Macht entgegenzuschleudern. Doch ihre Stimme versagte. Die Stimmbänder waren vereist und ihrer Kontrolle entzogen. Auch ihr Geist hatte die Fähigkeit zur Artikulation verloren. Die Erinnerung an jedes gesprochene Wort war gelöscht. Lord Balzôrc hatte auf ganzer Linie gesiegt: Der Fürst der Finsternis hatte Niam Gutuamer ihre Stimme geraubt.

Er sah ihr Entsetzen und lachte auf: »Ich sagte dir doch, dass du gegen mich keine Chance hast. Meiner Macht bist du unterlegen. Von Anfang an stand das fest. Jetzt wirst du mir zum endgültigen Sieg verhelfen. Denn du gehörst mir unwiderruflich. Auch das stand immer schon fest. Mit dir an meiner Seite werde ich ein neues Kapitel der Weltgeschichte aufschlagen. Gemeinsam werden wir über das ewige Reich der Dunkelheit regieren. Nun komm und iss. Du solltest dich stärken. Schließlich begegnet man nicht jeden Tag seinem Schicksal.« Damit schleppte er Niam in eine hintere Ecke des Thronsaales.

Dort war ein Lustmahl aufgedeckt. Zwischen samtenen Kissen und Polstern aus Damast wurden Köstlichkeiten aus aller Welt gereicht, begleitet von lieblicher Musik im Hintergrund.

Doch Niam schüttelte nur stumm den Kopf. Obwohl sie vor Hunger und Durst fast verging, widerstrebte es ihr zutiefst, mit dem Feind an einem Tisch zu sitzen. Angewidert verzog sie das Gesicht und sah Balzôrc mit tiefer Verachtung an.

Balzôrc zuckte nur mit den Schultern und ließ sich auf die Polster sinken. »Glaubst du, ich hätte mir so viel Mühe gegeben, wenn ich dich jetzt vergiften wollte? Aber es ist deine Entscheidung. Ich zwinge dich nicht.« Damit sah er sie eindringlich an. Die Kälte seines Blicks traf sie bis ins Mark.

Dann ließ Balzôrc es sich schmecken. Er schmatzte lauthals und soff. Währenddessen schmolz Niams Widerstandskraft. Ihre wunde Kehle brannte und ihr Magen zog sich zusammen vor Hunger. Sie seufzte verzweifelt. Ihre Augen suchten den Ausgang. Aber das Portal aus Mooreichen war verschwunden. Die Wände waren nichts als glatter, schwarzer Stein. Allmählich sank Niams Mut.

Ihr war kalt und sie war so hungrig. Irgendwann brach ihr Widerstand. Zu groß waren Hunger und Durst. Zögernd griff Niam einen mit Wasser gefüllten Becher und leerte ihn in einem Zug.

Balzôrc sah sie aufdringlich an: »Du hast aber lange gewartet. Nun, da du getrunken hast, solltest du auch etwas essen.«

Niam senkte traurig den Kopf. Sie verfluchte ihren wankelmütigen Geist für ihre Schwachheit. Aber sie war so hungrig. Der Schluck Wasser hatte ihr so gut getan ... Und das Essen roch so gut ... Niam wusste, dass sie geschlagen war. Doch ein wenig Selbstachtung wollte sie angesichts ihrer Niederlage noch wahren. Also nahm sie nur ein trockenes Brot von der Tafel des Feindes. Es roch köstlich. Hungrig biss Niam zu und kaute gierig.

Balzôrc beobachtete sie dabei amüsiert. Befriedigt nahm er wahr, dass sie seine Speisen annahm, wenn auch widerstrebend. Balzôrc war dennoch zufrieden. Denn die erste Hürde war genommen. Aufmerksam betrachtete er die junge Frau. Er hatte noch viel vor mit seiner schönen Gefangenen. Niam gefiel ihm. Schon lange hatte ihn keine Frau mehr so gereizt. Sie war von erstaunlicher Willensstärke. Bei ihr war seine Gabe, die Gedanken der Menschen zu beeinflussen, bisher ergebnislos geblieben. Wie Eis, das sich wie eine alles erstickende Haut über Bäume und Pflanzen legte, überlagerte sein Wille stets den des Gegenübers. Normalerweise unterlag ihm ein Mensch sofort. Doch Niam war anders. Noch spürte Balzôrc ihren Widerstand. Ihre innere Standfestigkeit und Stärke reizten ihn. Mit Niam würde das Spiel der Kräfte eine neue, höhere Dimension erreichen. Je länger Balzôrc darüber nachdachte, desto besser gefiel ihm dieser Gedanke. Denn neben ihrem starken Geist war Niam eine schöne Frau, stolz und aufrecht. Mit ihr würde er viel Spaß haben. Er würde sie besiegen. Dafür würde er sich sogar Zeit nehmen. Denn er wollte, dass Niam sich ihm freiwillig unterwarf. Ganz wollte er sie besitzen, nicht nur ihren Körper, sondern ebenso ihr Herz. Doch zuerst musste er wissen, ob Niam die war, die er erhoffte. Dann stand der Erfüllung seiner Pläne nichts mehr im Wege. Wachsam beobachtete er sie. Niam erwiderte seinen Blick zornig. All ihre Wut und Verachtung für ihn lagen in diesem Blick. Noch hatte er nicht gewonnen.

Doch Balzôrc lachte nur kalt. »Rebelliere nur. Das ist das Vorrecht der Jugend. Je mehr du kämpfst, desto leidenschaftlicher wirst du später sein.«

Niam reagierte kaum. So unauffällig wie möglich nahm sie ein Messer in die Hand. Vielleicht ergab sich später die Gelegenheit, ihn zu töten.

Doch Balzôrc durchschaute ihren Plan. Mit einem milden Lächeln auf dem strengen Gesicht entwendete er ihr das Messer ohne große Schwierigkeiten. Dann packte er sie hart am Arm: »Bevor du dich noch verletzt, sollten wir lieber gehen, schönes Kind. Es gibt zwischen uns noch eine Sache zu klären.«

Mit Niam im Schlepptau durchquerte Balzôrc die Tiefen seines Schlosses. Nach endlosen Gängen waren sie endlich angekommen. Am höchsten Punkt der schwarzen Burg betraten sie eine riesenhafte Höhle. Der hohe Kuppeldom war mit magischen Zeichen übersät, vor ewigen Zeiten von Bildhauern mit großer Kunstfertigkeit in den harten Stein gehauen. Dies war der schwarze Tempel, das Zentrum der Magie von Rath Dubh. In seiner Mitte stand ein großer Opfertisch aus Obsidian. An der nördlichen Wand war ein Schrein. Balzôrc trat vor den schwarzen Altar. Er legte seine Hand auf den glatten

Stein und begann, mit geschlossenen Augen die Macht des Bösen zu beschwören. Da stieg ein feuriger Strahl von dem Opfertisch auf und fuhr über seine Hände in seinen Körper. Balzôrc fing an zu glühen. Es war, als fülle dieses Feuer Balzôrcs Inneres mit der schwarzen Macht der Dunkelheit.

»Endlich, oh Crom Dubh, mein Gebieter, endlich ist der Zeitpunkt gekommen. Nun werden wir sehen, ob wir Recht hatten. Die Nacht kommt. Bald werde ich in deinem Namen über die Welt herrschen.« Nun drehte sich Balzôrc zu Niam und sah sie mit einem Blick an, der noch kälter war als zuvor. Er trat auf sie zu und zerrte sie brutal zur rückwärtigen Wand. Vor dem Schrein hielt er an. »Niam, nun habe ich noch eine Aufgabe für dich.« Mit diesen Worten deutete Balzôrc auf den Schrein.

Niam betrachtete die schwarze Wand. Sie sah vier Nischen, ringförmig um ein zentrales Loch in den Stein gehauen. Die Mitte war leer. Die übrigen vier Löcher waren mit grauen Steinen besetzt. Instinktiv erkannte Niam, dass dies die geraubten Krönungssteine der neuen Welt waren. Kurz zuckte sie zusammen.

Balzôrc drehte sich lächelnd zu ihr: »Ein schöner Anblick, nicht wahr. Da stehen sie, die Krönungssteine der Menschen. Sie alle sind in meinem Besitz, denn ich bin der Sieger. Schon bald werde ich über all das herrschen, was ihr die neue Welt nennt. Und du wirst mir dabei helfen.«

Niam schüttelte entschlossen den Kopf und wich zurück. Doch Balzôrc ignorierte ihren stummen Protest und stieß sie nur näher an die Wand. Nun stand Niam so nah, dass ihre Nase die Krönungssteine fast berührte. Sie wusste, was er wollte: Sie sollte die Steine berühren. Doch noch wehrte sie sich. Sie verschränkte ihre Hände hinter dem Rücken und sah Balzôrc herausfordernd an.

Doch Balzôrc packte ihre Hände und riss sie auseinander. Niam kämpfte, doch er war stärker. Mit Gewalt legte er ihre Hand auf den oberen der vier Steine.

Als Niam den heiligen Stein berührte, geschah etwas Wunderbares. Der unscheinbare Stein fing an zu leuchten. Dann erhob er seine Stimme. Laut und deutlich sang er den Ton F, die Tonart des Nordens. Da erkannte Niam, dass dies der Fál war, der heilige Krönungsstein ihrer Heimat Brigant.

Balzôrc ließ ihre Hand los und hob die Arme im Triumph: »Es ist tatsächlich wahr. All die Jahre hatte ich Recht und habe nicht umsonst gewartet. Du bist wirklich die Oberhoheit von Brigant.« Danach ließ Balzôrc Niam auch die anderen Steine berühren. Alle drei reagierten wie der Krönungsstein von Brigant. Nun wusste Balzôrc, dass Niam die Oberhoheit der ganzen neuen Welt der Menschen war. »Nun folge meinem Diener, er wird dich in dein Zimmer bringen. Doch beleidige nicht meine Intelligenz, indem du versuchst zu fliehen. Vergiss nicht, dass du meine Gefangene bist. Dein Überleben liegt einzig in meiner Hand. Ruhe dich aus und bereite dich auf morgen vor. Morgen ist ein großer Tag für dich, denn morgen werde ich dich heiraten.«

Höflich, aber unerbittlich geleitete Ingcél, der vor dem Eingang gewartet hatte, Niam aus dem schwarzen Tempel. Balzôrc blieb alleine zurück.

Triumphierend trat er zu dem schwarzen Altar und legte seine Hände schwer auf den kalten Stein. Er atmete tief durch. Endlich war er am Ziel seiner Wünsche. Das Ergebnis übertraf seine kühnsten Erwartungen. Mit Niam in seiner Gewalt würde er endlich König werden.

König werden musste er, das wusste Balzôrc. Dann

würden die vier Krönungssteine bei seiner Berührung endlich donnern. Wenn das geschah, dann würde etwas Großes, Mächtiges passieren. Donnerten die vier heiligen Steine vereint an einem Ort, dann würde der Höchste unter ihnen wieder gefunden. Dieser eine Stein besaß die Urkraft und würde seinen Träger unbesiegbar machen. Mit ihm würde Balzôrc Ynis Mâcha wieder zu dem machen, was es einst war: das Zentrum der alten dunklen Macht seines Gottes Crom Dubh. Deshalb hatte Balzôrc vor vielen Jahren begonnen, die Krönungssteine der Menschen zu rauben. Nach vielen Mühen war es ihm schließlich gelungen, alle vier im schwarzen Tempel von Rath Dubh zu versammeln.

Doch sie donnerten nicht. Denn Balzôrc fehlte die Legitimation. Wieder und wieder hatte er die Krönungssteine berührt, hatte seine Hände mit heißen Beschwörungsformeln auf die Steine gelegt, doch nichts geschah. Außer sich vor Wut hatte der schwarze Fürst erkennen müssen, dass mehr notwendig war als der bloße physische Besitz der heiligen Steine. Es war die wahre Königswürde, die ihm fehlte.

Da erinnerte sich Balzôrc an das alte Gesetz des flaith. Noch mächtiger als das Zeichen der Krönungssteine war das Votum der Oberhoheit. Balzôrc wusste um Niams Macht und Bedeutung. Sie, die Königin, war es, die den legitimen Herrscher krönte. Nur durch Niam konnte er König werden.

Ingcél geleitete Niam in eine an den Prachtgang angrenzende Kammer. Sie war luxuriös ausgestattet. Respektvoll gebot Ingcél Niam eine erholsame Ruhe und ließ sie alleine.

Mit heißen Tränen sank sie am Fuße des Bettes zu Boden. Noch nie in ihrem Leben hatte sie sich so einsam und verlassen gefühlt, noch nie war sie so verwundbar gewesen. Niam dachte an die Freunde, die sie zurückgelassen hatte. Beim Gedanken an Emrys zuckte ein heftiger Impuls durch ihren Geist und ihr wurde warm ums Herz. Emrys! Je mehr Niam an ihn dachte, desto heftiger schlug ihr Puls.

Da erkannte Niam, dass sie sich in Emrys verliebt hatte. Langsam, aber beständig hatte die Zuneigung für ihn von ihr Besitz genommen. Sie liebte den Prinzen von Brigant. Allein Emrys war ihr Herz zugetan.

Direkt danach kehrten die schrecklichen, schemenhaften Erinnerungen an den letzten Kampf zurück. Das letzte Bild, das Niam halb bewusstlos aufgenommen hatte, war der Angriff der Raubkatze. War Emrys dabei verletzt oder gar getötet worden? Niams Herz zuckte schmerzhaft bei diesem furchtbaren Gedanken und der Sorge um den Geliebten. Da spürte sie einen sanften Druck an der linken Brust. Es war die kleine Sandrose, jenes seltene Gebilde, welches Emrys ihr einst geschenkt hatte. Seit damals trug Niam das Kunstwerk aus Sand an ihrem Herzen. Als sie die Wüstenrose betrachtete, spürte sie ganz deutlich, dass ihr Geliebter noch lebte. Zärtlich strichen ihre Finger über die feinen Blätter, während sie einen Gruß an den Liebsten in der Ferne sandte.

Niam saß noch lange am Fußende ihres Bettes und dachte an Emrys und ihre Liebe zu ihm. Um Mitternacht überwältigte sie die Erschöpfung, und sie fiel in einen schweren Schlaf.

So fanden sie die Dienerinnen des Schlosses am nächsten Morgen. Es waren keine Pilosi, sondern versklavte Menschen, willenlos und der eigenen Persönlichkeit beraubt.

Niam hatte gerade noch Zeit, die Sandrose in der Hand verschwinden zu lassen. Ohne ein überflüssiges Wort führten die Frauen Niam in einen angrenzenden Raum. Hier wartete bereits ein heißes Bad. Sie wurde gewaschen, gebadet und mit edlen Essenzen eingerieben. Sie rochen ungewohnt, schwer und süß wie Moschus. Die Dienerinnen des schwarzen Fürsten behandelten Niam mit großer Hochachtung, ließen jedoch keinen Zweifel daran aufkommen, dass ihre Loyalität Balzôrc gehörte. Niam ließ sich ohne Gegenwehr baden. Sie hatte genügend damit zu tun, die Sandrose vor den Augen der dienstbeflissenen Sklaven Balzôrcs zu verstecken. Während des Bades sah kein Feind das heimliche Zeichen ihrer Liebe. Niam war erstaunlich ruhig. Ihre Liebe zu Emrys gab ihr neue Zuversicht. Mit verstärkter Kraft erwartete sie regungslos die Ereignisse, die nun kommen würden.

Nachdem die Frauen Niam gebadet und gepflegt hatten, kleideten sie sie an. Das Gewand, das für Niam bereitlag, war königlich, wenn auch nicht nach Niams Geschmack. Silberdurchwirkte Schleier umgaben ein schwarzes Kleid aus rauschender Seide. In einem unbeaufsichtigten Moment holte sie die versteckte Sandrose hervor und legte sie heimlich wieder an ihr Herz. Geschickt verbarg sie das Pfand ihrer Liebe hinter einem der silbernen Schleier. Dann verbeugten sich die Frauen voller Ehrfurcht vor Niam und verließen den Raum.

Niam blieb alleine zurück. Lange Zeit passierte gar nichts.

Da wurde die Tür zu ihrem Gemach schwungvoll geöffnet. Eine Prozession trat ein. Goll, nach Mac Dathó der zweite Magier von Ynis Mâcha, war gekommen, um die Königin zu holen. In seinen Händen trug er die schwarze Fackel, das mächtige Feuer der Dunkelheit.

Während seine Priester weiter ihre magischen Gesänge sangen, trat Goll zu Niam. Mit scharfer Stimme sagte er: »Heute ist ein großer Tag für die Welt, denn heute entscheidet sich das Schicksal der Erde. Folge mir, denn mein Herr, der König, erwartet dich.«

Die Priester nahmen Niam in ihre Mitte und geleiteten sie aus ihrem Gemach. Mit Gesängen führte Goll die Prozession auf den großen Prachtgang bis zum Thronsaal. Das große Eichentor öffnete sich lautlos. Niam betrat erneut das Machtzentrum von Rath Dubh.

Der Thronsaal war dem Anlass entsprechend festlich geschmückt. Überall standen dunkle Kerzen. Ihr Schein wurde von den schwarzen Wänden zurückgeworfen und tauchte den gesamten Raum in unheimliches Licht. Alle hohen Würdenträger des Bösen waren hier versammelt, die Führer der Caledonen und Votadiner aus dem Norden ebenso wie die Oberschicht der Pilosi und die mächtigsten Geister von Ynis Mâcha. Alle waren nach Rath Dubh gekommen, um diesen Festtag zusammen mit ihrem Fürsten zu begehen. Als Goll mit dem Geleitzug der Königin den Raum betrat, verstummte jedes Gespräch und wandelte sich in ein leises Zischeln. Ehrfurchtsvoll öffneten die Versammelten ihre Reihen und bildeten ein Spalier auf dem langen Weg zum Thron.

Dort saß Lord Balzôrc. Auch er war prachtvoll gekleidet. Sein weiter Umhang war aus erlesenem Brokat, bestickt mit feinen Fäden aus Gold und Silber in allen magischen Farben der Dunkelheit. Zusammengehalten wurde der schwere Stoff von einer schwarzen Brosche. Auf Balzôrcs Kopf saß eine gewaltige Krone. Sie war aus purem Gold. 24 Goldblättchen hingen von der Krone herunter und verbargen Balzôrcs böses Auge. Im Zentrum der Krone prangte ein großer Obsidian, der heilige Stein der Dunkelheit. Niam hatte noch nie einen so klaren und ausdrucksstarken Stein gesehen, geflammtes vulkanisches Gesteinsglas in seiner höchsten Vollendung.

Als der schwarze Herrscher Niam sah, lächelte er wohlgelaunt. Sein Blick wanderte langsam und anzüglich über seine schöne Braut. Feierlich erhob sich der Fürst der Finsternis von seinem Thron. Angespannte Ruhe lag über der Kuppelhalle.

»Da bist du ja endlich, meine Königin. Ich sehe, meine Geschenke gefallen dir. Preise Crom Dubh, deinen hohen Meister. Nun ist der Moment gekommen, auf den wir schon so lange warten. Heute werde ich dich, die Oberhoheit der neuen Welt, zur Frau nehmen. Damit schenke ich meinen Untertanen Glück und Überfluss. Freue dich, helles Kind. Heute beenden wir beide den Kampf zwischen unseren Welten, den ewigen Krieg zwischen Hell und Dunkel. Komm zu mir, meine Königin, auf dass wir mit der heiligen Zeremonie beginnen können.«

Doch Niam blieb angewidert stehen. Alles in ihr schrie: Nein! Niemals werde ich mich dem Bösen beugen!

Balzôrc las diese Gedanken wie ein offenes Buch. »Das Böse!«, brach er ungehalten hervor. »Was heißt das schon, gut und böse? Ihr Menschen seht das viel zu oberflächlich. Die dunkle Macht ist ganz anders. Sie ist die andere Seite der Medaille. Die Finsternis ist betörend, einschmeichelnd und geheimnisvoll. Sie repräsentiert die berauschende Kraft der Nacht, abgewandt vom grellen Licht des Tages, schwarz und voller Mysterien.«

Doch noch immer weigerte sich Niam, zu ihm zu gehen. Da gab Balzôrc seinen Untertanen ein Zeichen. Auf seinen Handwink trat Goll an Niams linke Seite und Ingcél an ihre rechte. Auch er war in Staatstracht gekleidet. Der Prachtharnisch des obersten Kriegers von Ynis

Mâcha leuchtete. Gemeinsam nötigten diese beiden obersten Vertreter Rath Dubs Niam, vor den Thron zu treten. Niam merkte schnell, dass sie gegen ihren festen und unnachgiebigen Druck keine Möglichkeit zur Gegenwehr hatte. Also ließ sie sich zu Balzôrc bringen.

Er empfing sie mit einem kalten Lächeln: »Nun erfüllt sich dein Schicksal. Seit Urzeiten sind wir füreinander bestimmt, du als Königin und ich als König.«

Doch Niam drehte den Kopf weg. Sie war fest entschlossen, sich von den Worten des schwarzen Fürsten nicht entmutigen zu lassen, und bot ihm weiter Widerstand.

Balzôrc spürte ihn. »Du magst meinen Worten ja misstrauen, aber sicher nicht eurer alten Prophezeiung. Glaubst du, du kannst deiner Bestimmung entgehen?«

Niam sah ihn entgeistert an. Was wusste er von der Prophezeiung, was sie nicht wusste?

Mit süffisantem Unterton fragte Balzôrc: »Haben dir das deine schlauen Freunde etwa nicht eröffnet?« Er sah ihren fragenden Blick und lachte spöttisch: »So war es schon immer. Die Dunkelheit weiß Dinge, die der hellen Seite noch unbekannt sind. Nicht umsonst sind wir die Sieger in diesem Streit. Ich kenne die Zukunft. Du wirst diese Zukunft mit mir teilen. Das ist vom Schicksal bereits vor Ewigkeiten so beschlossen. Dieses Wissen stammt aus der Zeit, als Crom Dubh, der dunkle Gott, die vier Götterstädte der Thuata de Dannan, nämlich Falias, Findais, Gorias und Murias, zerstörte. Aillén, der oberste Magier der Dunkelheit, überraschte vier eurer Göttermeister. Sie schrieben etwas in feuchte Tonerde. Geistesgegenwärtig lernte Aillén diese Worte auswendig, bevor alles verbrannte. Seit damals wird dieses Wissen unter den Mächtigen der Dunkelheit weitergegeben. Also höre, Königin, denn dies sind die letzten Worte eurer heiligen Prophezeiung:

Das Herrscherpaar der ganzen Welt
alleinig vor die Wahl gestellt.
Aus Tod kommt Leben, dem Chaos folgt Glück,
entscheidend für das Weltengeschick.

Es donnern vereint der Steine vier
zu finden den Allerhöchsten hier.
Das Zentrum alter, heiliger Macht
wird durch diesen letzten wiedergebracht.

Das Herrscherpaar der neuen Welt, das sind wir beide: du, die Oberhoheit, und ich, der rechtmäßige König. Wir entscheiden über das endgültige Schicksal der Welt. Du hast es ja gehört.«

Niam zuckte zusammen. Hatte Balzôrc tatsächlich die entscheidende Stelle gefunden? Sie erschauerte. Ihr schwante, was das bedeuten würde. Doch Niam wollte ihrem Feind nicht zeigen, wie sehr diese Nachricht sie erschüttert hatte. So aufrecht und fest wie möglich sah sie ihn an.

Da packte Balzôrc Niam am Arm und zerrte sie unter den Augen seines Hofstaates an eine festlich gedeckte Tafel. Dort schleuderte er sie auf einen gewaltigen Prunksessel. Niam wollte sich sofort wieder erheben, doch Ingcél drückte sie zurück. Dann beugte er ihren Kopf nach hinten. Balzôrc trat über sie und zwang sie, zu trinken. Es war erneut ein berauschendes Getränk, doch stärker als das vorherige. Die Wirkung war gnadenlos. Niam hatte alle Mühe, nicht unterzugehen. Ihre Widerstandskraft schmolz zusehends.

Währenddessen bereiteten Balzôrcs Untertanen die heilige Hochzeit vor. Beständig sangen sie ein bestimmtes Lied. Der Rhythmus nahm Niam gefangen. Die Drogen drohten sie zu verschlingen. Langsam versank sie. Da kamen tanzende Frauen auf sie zu. Sie waren nackt und sangen sich in einen wilden Rausch. Sie priesen die Kraft der Königin, die gekommen war, um sich ihren König zu erwählen.

Während die dunklen Priester erneut ihre magischen Gesänge anstimmten, reichte Balzôrc Niam den Kelch. Doch Niam schreckte zurück. Sie drehte den Kopf und weigerte sich, dieses unheimliche und übel riechende Gebräu zu trinken. Doch Balzôrc zögerte erneut nicht, ihr Gewalt anzutun. Mit all seinen Kräften zwang er Niam, die rote Flüssigkeit zu schlucken und den Kelch gemeinsam mit ihm zu leeren. Es war ein starker Liebestrank und wirkte sofort. Niam schloss ertrinkend die Augen. Alles, woran sie dachte, war Emrys. Als der Inhalt des Kelches vollständig getrunken war, galt die heilige Hochzeit offiziell als vollzogen. Voller Triumph präsentierte Balzôrc den geleerten Pokal der Versammlung.

Goll trat vor und sprach mit kräftiger Stimme: »Es ist vollbracht. Die Oberhoheit hat ihren Gatten erwählt und ihn zum legitimen Anwärter auf den Thron gemacht. Nun werden wir Balzôrc zum König krönen.«

Unter Beschwörung magischer Formeln wurde eine weiße Stute hereingeführt. Dann beschwor Balzôrc seinen Gott Crom Dubh. Danach wurde der dunkle Fürst von seinen Priestern in helle Raserei versetzt. Unter dem Beifall seiner Untertanen trat er hinter die Stute und kopulierte mit dem weißen Tier. Später kroch Balzôrc auf allen vieren unter die Stute, so als ob er ihr Fohlen wäre. Dann wurde das weiße Pferd geschlachtet. Das Fleisch, die Innereien und die Knochen wurden in einem großen Kessel gekocht. In diesem Kessel badete Balzôrc, um mit den Teilen des weißen Tieres eins zu werden und mit verstärkter Macht zurückzukehren. Als er dem magischen Trank entstieg, galt er als wieder geboren. So zelebrierte der schwarze Fürst seine symbolische Geburt als neuer König. Als König bestieg Balzôrc seinen Thron erneut. Zu Ehren seines Gottes Crom Dubh wendete er sich dreimal von links nach rechts. Damit galt seine Inthronisation als vollzogen.

Da sprach der König zu der andachtsvoll lauschenden Versammlung: »Nun, mit mir als rechtmäßigem König auf dem Thron, kehrt die Dunkelheit in all ihrer Herrlichkeit zurück. Wohlan, bringt mir die Steine.«

Vier hohe Gestalten lösten sich aus der Gruppe der Priester und traten zu ihrem Herrscher. Ein jeder trug einen heiligen Stein der Menschen in Händen. Ehrfürchtig reichten sie sie ihrem König. Balzôrc hob die Arme. In vollen Zügen kostete er diesen besonderen Moment aus. Er war sich seines Triumphes absolut sicher. Nun, da die Hochzeit vollzogen war, war er der rechtmäßige König. Jetzt würde sich auszahlen, was er vor so vielen Jahren mit dem Raub des Fál von Brigant begonnen hatte. Heute würde er endlich seinen Lohn kassieren. In seinem Hochmut beschloss Balzôrc, alle heiligen Steine gleichzeitig zu berühren, um das Wunder schnellstmöglich wahr werden zu lassen. Voller Gier streckte er seine großen Hände aus und legte sie auf die vier Steine. Doch – nichts geschah.

Balzôrc schrie zornig auf. Seine Wut traf die vier schwarzen Priester in seiner Nähe und Goll, der neben dem Thron stand. Tot sanken sie zu Boden. Wieder und wieder berührte Balzôrc die Krönungssteine der Menschen. Doch sosehr er sich bemühte, nichts rührte sich. Kein Laut war zu vernehmen, nicht der Hauch eines Donners. Balzôrcs Wut stieg ins Unermessliche.

Plötzlich wirbelte er zu Niam: »Du warst das!«

Niam hatte der ganzen Zeremonie teilnahmslos beigewohnt. Noch immer war sie gefangen im Rausch. Nur langsam drang in ihr Bewusstsein, was geschehen war. Balzôrc griff Niam brutal unters Kinn und sah ihr in die Augen. Sein Blick entdeckte einen letzten Hauch ihrer selbst.

Voller Zorn riss er sie hoch: »Das war das letzte Mal, dass du dich mir in den Weg stellst. Ich werde dich lehren, dich mit mir anzulegen.«

Er hob die Faust und schlug Niam zu Boden. Ihre Lippe blutete, und der Kopf dröhnte nach dem harten Schlag.

Ohne Gnade zerrte Balzôrc sie wieder hoch: »Doch zuerst sollst du Zeuge des endgültigen Niedergangs deiner Welt sein.« Damit ergriff er den Fál von Brigant und hielt ihn Niam vor Augen. »Ich benötige eure Krönungssteine nicht mehr. Ich bin der rechtmäßige König, ob diese Steine nun donnern oder nicht. Nichts kann meinen allumfassenden Sieg mehr aufhalten. Also brauche ich auch keinen dieser Steine.«

Vor Niams entsetztem Blick zerstörte Balzôrc den Fál und nach ihm auch die anderen Krönungssteine der neuen Welt. Niam schloss verzweifelt die Augen. Das war das schlimmste Unglück. Alle Krönungssteine vernichtet. Jetzt war tatsächlich alles aus. Die Menschheit hatte endgültig verloren. In diesem Augenblick schwand die letzte Hoffnung. Niam versank in tiefer Mutlosigkeit. Ihre Augen hatten keine Tränen mehr, aber ihre Seele weinte bitterlich.

Balzôrc spürte ihre Verzweiflung: »So ist es, wenn man auf der falschen Seite steht. Ich aber bin siegreich, und du bist meine Geisel. Nun wirst du lernen, was es heißt, mich, Balzôrc, den Fürsten der Finsternis und deinen Herrn und Gebieter, betrügen zu wollen. Jetzt wirst du spüren, wie es ist, mich zum Feind zu haben. Ich werde dich schon noch bekehren, doch nun wird es bedeutend schmerzhafter sein.«

Damit maß der dunkle Herrscher die junge Frau mit seinem bösen Blick. Erneut traf Niam der Súil Bhalair, doch diesmal ungleich stärker. Auf der Stelle gefror ihr Blut in den Adern. Sie erstarrte zur Eissäule. Während die letzten Worte des dunklen Dämonen in ihrem Kopf widerhallten, versank Niam in der tiefen Umnachtung des schwarzen Zauberschlafes.

6. Kapitel

Des Königs Wiederkehr

Emrys lag im Fieberwahn. Er träumte von Niam. Er sah ihre blonden Locken, ihre blauen Augen, die hohe Stirn und ihr schönes Gesicht. Im Traum hörte er ihre weiche Stimme und ihr helles Lachen. Gleichzeitig erinnerte er sich an die Gespräche, die sie geführt hatten. Er dachte an die wenigen intensiven Momente, da sich die ersten zarten Bande zwischen ihm und Niam geknüpft hatten. Sehnsuchtsvoll umarmte er ihre zarte Gestalt. Eine tiefe Erregung erfasste ihn. Innig drückte er Niam an sich. Doch dann war alles vorbei. Das liebliche Bild verschwand im Dunkeln und hinterließ nichts als kalte, seelenlose Leere.

Unter den pflegenden Händen der Dusii genas Emrys allmählich. Doch es dauerte sieben Tage, bis er wieder zu Kräften kam. In den letzten Tagen seiner Genesung setzte sich Âlfar, der Dusii-Arzt, oft zu ihm. Âlfar war zufrieden mit dem Heilprozess seines Patienten. Nun war er bereit, Emrys' Fragen zu beantworten.

Als Erstes klärte Âlfar Emrys über die Monsterkatze auf: »Cath Palug ist die älteste Bedrohung, welche die Erde kennt. Seit seiner Erschaffung ist Cath Palug der Urfeind allen Lebens. Als die Welt noch jung war und die Zeit gerade begann, beschlossen die Götter, alle dunklen Mächte, derer sie habhaft werden konnten, zu bündeln.

Sie bannten sie in ein einziges Wesen, um es auf ewig zu bewachen. Dieses Wesen ist Cath Palug. Er vereint all die zerstörerische, lebensfeindliche Macht der damaligen Zeit in sich. Deshalb ist er so gefährlich. Einen stärkeren Feind als Cath Palug gibt es nicht. Aber sorge dich nicht, denn Gwydón hat ihn getötet.«

»Gwydón? Also ist er zurückgekehrt. Wo ist er?«

»Er kämpft den großen Kampf der Magier. Du hattest großes Glück, dass er dich gerettet hat.«

»Ich schon, aber Niam nicht.« Emrys stöhnte verzweifelt auf. »Es war meine Aufgabe und Pflicht, sie zu beschützen. Ich habe versagt.«

»Das war nicht deine Schuld. Niemand außer dem Samildánach hätte Cath Palug besiegen können. Sogar die Götter fürchteten dieses unberechenbare Geschöpf des Bösen. Du hattest von Anfang an keine Chance.«

Dennoch fiel es Emrys schwer, sein Versagen zu entschuldigen. Er fühlte sich verantwortlich für Niams Not und brannte darauf, sie zu befreien. Immer wieder wanderten seine Gedanken zu ihr.

Ja, er hatte sich tatsächlich in Niam verliebt. Nein, mehr noch: Er liebte sie. Unbemerkt hatte sie sein Herz erobert. Alles liebte er an ihr, jede Pore ihres Körpers und jede Geste ihres Wesens. Mit dieser Frau wollte er den Rest seines Lebens verbringen. Er liebte Niam mit aller Fülle seiner Seele und der Tiefe seines Herzens. Der Gedanke, sie zu verlieren, raubte ihm den Atem. Jetzt sah Emrys es klar und deutlich: Niam war die Liebe seines Lebens, sie war seine Königin.

Nach weiteren drei Tagen war Emrys schließlich gesund. Voller Tatendrang wollte er aufbrechen. Âlfar war es zufrieden. Nun überbrachte er Emrys Gwydóns Botschaft und informierte ihn über die Aufgaben, die er zu erfüllen hatte. Zuletzt führte er den Prinzen zu einer kleinen Waldlichtung. Dort stand ein prächtiges Ross. Temperamentvoll warf es den Kopf in die Höhe und tänzelte aufgeregt. Es war geschirrt für den Ritt. Ein kostbarer Ledersattel lag auf seinem Rücken und sein Zaumzeug blitzte im Schein der Sonne. Emrys trat zu ihm und tätschelte liebevoll seinen Hals.

»Das ist Aonbarr, das schnellste und edelste Pferd der Welt«, stellte Âlfar vor. »Kein Pferd ist schneller als er, denn er reitet auf den Schwingen des Windes und kann über Land und Wasser gleichermaßen gehen. Das nördliche Orakel hat ihn dir für deine Reise geschickt. Wenn du Aonbarrs Dienste nicht mehr benötigst, dann schick ihn zu Olloûdon zurück, denn dort ist sein Zuhause.«

Aonbarr beschnupperte Emrys neugierig. Schon bald knabberte er zärtlich an der dargebotenen Hand als Zeichen seines Einverständnisses. Dankbar stieg Emrys auf. Dann verabschiedete er sich von den Dusii und galoppierte davon.

In Windeseile brachte Aonbarr Emrys über das Wasser des trüben Giftmeeres und weiter über das verfluchte Land. Einen Wimpernschlag später befanden sie sich am Rand eines dichten Waldes. In den Tiefen dieses undurchdringlichen Waldes lebte der mächtige Torc Triath, der König der Eber. Ihn zu erlegen, war Emrys' erste Aufgabe.

Am Waldesrand wartete schon jemand auf Emrys: ein großer, schwarzer Wolf. Cu war gekommen, um Emrys bei der gefährlichen Eberjagd zur Seite zu stehen. Keine andere Jagd verlangte so viel Mut wie die auf den Eber, besonders wenn er blindwütig war. Gemeinsam mit dem Wolf betrat Emrys den dichten Wald und machte sich auf die Suche nach dem mächtigen Schwein. Es dauerte nicht lang, da bekamen sie ihn zu Gesicht, den Torc Triath, den gewaltigsten Eber seiner Zeit.

Ohren, Schwanz und die Testikel fehlten. Aber dafür hatte der Eber riesenhafte, weit über seine Schnauze hinausragende, scharfe Hauer. Diese Hauer musste Emrys erbeuten, um seine erste Prüfung zu bestehen.

Bedrohlich senkte der Torc Triath die gefährlichen Hauer und scharrte aufgeregt mit dem Vorderlauf auf dem sandigen Boden. Doch bevor die Bestie auf den Prinzen lospreschen konnte, erhielt Emrys Hilfe. Cu griff den Eber von hinten an. Der große Wolf attackierte den Torc Triath und trieb ihn in die Mitte der Lichtung. Der Torc Triath war ein mächtiger Gegner und wehrte sich heftig gegen Cus Angriff. Der schwarze Leib des Wolfes zeigte schon bald blutige Spuren des wilden Kampfes. Mit gezogenem Schwert kam Emrys Cu zu Hilfe. Er trennte die beiden Tiere und setzte nun seinerseits dem Eber zu. Dieser Kampf dauerte lange, doch letztlich hatte der Torc Triath keine Chance. Emrys wich seinen Angriffen geschickt aus und versetzte ihm gewaltige Schwerthiebe. Cus scharfe Zähne schlugen tiefe Wunden und schwächten den großen Keiler zusätzlich. Schließlich versetzte Emrys dem Eber den Todesstoß. In einer Lache seines Blutes brach der Torc Triath, der König der Eber, röchelnd zusammen und starb. Emrys schnitt ihm die Hauer heraus, dann opferte er sein Fleisch den Göttern. Damit hatte der Prinz seine erste Aufgabe erfüllt.

Die Hauer des Torc Triath benötigte Emrys für seine nächste Prüfung. Denn mit den Hauern musste er den weißen Finnbenach von Connacht und den schwarzen Donn Cuailnge von Daire, die berühmtesten Stiere der Welt, erlegen. Ihrer beider Blut musste Emrys habhaft werden, um die zweite Aufgabe zu bestehen.

Bevor Emrys zu seinem neuen Ziel aufbrach, verabschiedete er Cu. Dann bestieg der Prinz Aonbarrs Rücken. Das Pferd hatte am Waldesrand gewartet. Nun wendete Aonbarr auf den Hinterbeinen und galoppierte davon. An einer steilen Klippe kam er zum Stehen. Es war eine düstere Gegend. Jäh fiel das Land ab ins tosende Meer. Dieser Landstrich gehörte zu den Lieblingsplätzen beider Stiere. Emrys verließ Aonbarrs Rücken und entließ ihn. Dann entzündete er ein kleines Feuer und wartete. Die Nacht begann allmählich, dem Tag zu weichen, als ein lautes Brüllen die Ankunft der Stiere verkündete.

Zeitgleich erreichten sie die Felsenküste: ein weißes Ungetüm von rechts und ein schwarzes von links. Es waren prachtvolle Tiere. Ihr Fell glänzte und ihre Muskeln waren ebenso hart wie ihre Hörner mächtig. Ehrfürchtig betrachtete Emrys die gewaltige Stärke dieser massigen, unberechenbaren Stiere. Ihr lautes Brüllen erinnerte eher an Donnergrollen als an Stiergebrüll. Das waren sie also: Finnbenach Weißhorn und Donn Cuailnge Braunrind.

Während Emrys sich noch überlegte, wie er sie wohl beide erledigen könnte, geschah etwas Unerwartetes. Denn die mächtigen Stiere würdigten den Prinzen keines Blickes, sondern maßen sich nur gegenseitig. Einen Moment später griffen sie sich gegenseitig mit voller Wucht an. Wieder und wieder prallten die beiden großen Tiere aufeinander. Ihre Hörner schlugen blutige Wunden. Doch die Stiere waren sich an Kraft und Stärke ebenbürtig. Emrys trat zwischen die kämpfenden Tiere, einen Eberhauer in der linken und den anderen in der rechten

Hand. Als die Stiere wieder gegeneinander prallten, erlegte er sie. In dem Augenblick, da Emrys Finnbenach den scharfen Hauer ins Herz stieß, tat er bei Donn Cuailnge dasselbe. Beide Stiere brüllten ein letztes Mal laut auf, dann brachen sie nebeneinander tot zu Boden. Ihr Blut floss zusammen und mischte sich. Im Tode vereinten sich die, die sich ihr Leben lang bekämpft hatten. Emrys opferte ihr Fleisch den Göttern. Ihr Blut aber sammelte er, denn das war seine zweite Aufgabe.

Da begann die Luft zu rauschen. In der heraufziehenden Abenddämmerung sah Emrys vier Kraniche, die über das weite Meer auf ihn zugeflogen kamen. Graziös ließen sie sich in der Nähe des Prinzen nieder und schritten anmutig auf ihn zu. Emrys wusste nicht so recht, wie ihm geschah. Doch er folgte dem Drang einer inneren Stimme und stellte das Gefäß mit dem gesammelten Blut vor die edlen Vögel. Sie neigten ihre würdevollen Köpfe und tranken den Lebenssaft der beiden Stiere. Und als die Sonne den Horizont berührte, geschah ein Wunder. Mit einer einzigen Bewegung entledigten sich die Kraniche ihres Federkleides. Zum Vorschein kamen vier alte Männer.

Sie richteten sich auf und umringten Emrys: »Wir danken dir, edler Ritter, denn du hast uns von einem lange andauernden Fluch befreit.«

Emrys war sprachlos. Er machte nur eine stumme Geste zur Begrüßung und lud die Männer ein, an seinem Feuer Platz zu nehmen. Er setzte sich ebenfalls und betrachtete neugierig seine Gäste.

Da erhob sich einer von ihnen und sprach mit tiefer Stimme: »Gestatte, dass wir uns vorstellen. Ich bin Morfessa und dies hier sind Uscias, Esras und Semias. Wir stammen aus dem hohen Norden, nördlicher, als du es dir vorstellen kannst. Einst waren wir mächtige Magier, doch dann traf uns ein dunkler Fluch.«

»Was ist geschehen?«

»Ein übermächtiger, grausamer Feind überfiel unsere Heimatstädte. In einem großen Kampf brannte er sie bis auf die Grundmauern nieder. Uns aber, die wir ihn bis zum letzten Augenblick bekämpften, nahm er die menschliche Gestalt. Er verfluchte uns, als Vögel durch die Welt zu fliegen bis zu jenem Tag, da ein großer Krieger uns das vermischte Blut des weißen Finnbenach und des schwarzen Donn Cuailnge zu trinken gebe. Seit damals sind wir auf der Suche nach diesem Krieger. Durch die ganze Welt sind wir geflogen, um dich zu finden. Du bist es, der das Gesicht der Erde ändern wird, denn du bist der künftige König.« Damit beugte der alte Mann das Haupt vor Emrys.

Doch dieser erwiderte kopfschüttelnd: »Nein. Noch bin ich kein König. Zuerst muss ich meine Königin befreien und mein Volk aus der Knechtschaft des Bösen führen. Vorher muss ich allerdings noch drei Aufgaben bestehen und einen mächtigen Feind besiegen.«

»Das wissen wir. Und wir kennen deinen Gegner.«

»Ihr kennt Lord Balzôrc, den Fürsten der Finsternis?«

»Wir kennen seinen obersten Herrn Crom Dubh, den schwarzen Gott. Und wir wissen um die Gefährlichkeit seines finsteren Regenten Balzôrc. Schon viel zu lange treibt er sein Unwesen auf der irdischen Welt. Seit vielen Jahren beobachten wir beunruhigt sein Tun. Nun werden wir dir helfen, dein Ziel zu erreichen, junger Prinz von Brigant.«

»Wenn das bloß so einfach wäre.« Emrys hob die Schultern. »Das Problem ist, dass ich nicht weiß, wie es jetzt weitergeht. Meine nächste Aufgabe verlangt von mir, das rote Licht der Sonne von der Larve zu befreien. Wer oder was ist die Larve? Und was ist das rote Licht der Sonne? Ein Schwert? Ein Speer? Und dann soll ich den Schrecken der Unterwelt bekämpfen. Was für ein Schrecken?« Emrys seufzte verzweifelt.

Doch zu seiner Verwunderung lächelten die vier alten Männer. Esras ergriff wieder das Wort. »Der Gegenstand, den du suchst, ist der heilige Speer von Assal. Viele nennen ihn auch den Dolch des Lugh, denn von diesem erhält er seine göttliche Macht. Er ist auf Larvas Insel. Vor diesem Zwerg mußt du dich in Acht nehmen. Larva ist der geschickteste Händler der Erde. Wenn du nicht auf der Hut bist, wird er dich ohne Skrupel betrügen. Das Handeln ist seine Stärke und seine Profession. In seinem Besitz befindet sich der heilige Dolch. Dieser Speer ist keine gewöhnliche Waffe. Er ist von hoher Magie und unfehlbar. Sagst du ›Ibar‹, so wird er auf sein Ziel schießen, sagst du aber ›Athibar‹, so kommt er augenblicklich zu dir zurück. Mit dieser mächtigen Waffe in der Hand bist du unschlagbar. Nur dieser Speer kann dir helfen, Elén zu besiegen.«

»Elén?«

»Das Unterweltmonster am Ende der Höhle von Cruachan. Elén bewacht den Eingang nach Annwn, der Unterwelt. Dort beginnt das Reich des Gwyn ap Nudd. Zu diesem musst du letztendlich, denn das ist deine letzte Aufgabe.«

Emrys sah die alten Männer erstaunt an. »Woher wisst ihr das alles?«

Sie lächelten milde: »In unserem Alter weiß man vieles. Jetzt solltest du aufbrechen. Sieh, dort hinten erhebt sich die Sonne. Es ist höchste Zeit. Geh und finde den roten Speer von Assal, den Strahl der Sonne. Dein treues Pferd

Aonbarr, der Stolz aller Rösser, wird dich sicher zu Larvas Insel bringen. Wir treffen dich am Eingang der Höhle von Cruachan am Ende der Welt wieder. Nun geh, der Segen der Thuata de Dannan begleite dich.«

Aonbarr trug Emrys über das offene Meer bis hin zu einer kleinen, gischtumtosten Insel. Sie war nicht größer als die obere Spitze eines hohen Berges, ein Felsplateau inmitten der sturmgepeitschten See. Doch es bot ausreichend Halt für Pferd und Reiter. Emrys versorgte Aonbarr, dann untersuchte er die graue Umgebung näher. Schon bald entdeckte Emrys einen großen Höhleneingang. Er war reich verziert – es war offensichtlich, dass hier jemand wohnte. Mit lauten Rufen machte der Prinz auf sich aufmerksam. Da trat ihm auch schon der Hausherr entgegen: ein kleiner Zwerg, gekleidet wie ein Händler.

Geschäftstüchtig rieb er sich die Hände: »Welch Freude, ein Kunde! Ich grüße dich, edler Herr. Ich bin Larva, der Inhaber dieses bescheidenen Anwesens. Ich bitte dich, Fremder, tritt ein und schau dich in Ruhe um. Ich bin sicher, du wirst etwas deinem Geschmack entsprechend finden. Und wenn nicht, dann sage mir, was dein Begehr ist und womit ich dir helfen kann.«

Staunend betrat Emrys die große Höhle. In diesem abgelegenen Winkel der Erde befand sich eine wahre Schatztruhe. Seit Urzeiten sammelte Larva die Schätze der Welt und hortete sie auf seiner Insel. Hier bot er sie den Meistbietenden zum Kauf an. Emrys sah prächtige Schilde und Schwerter aus dem tiefen Süden neben kostbaren Rüstungen und Streitwagen aus dem Norden. In einer Ecke der Höhle war der Schmuck aufbewahrt. Da lagen rankenverzierte goldene Arm- und Handreifen,

Gemmen aus Karfunkel und Amulette aus Stein, Knochen, Horn, Glas und vor allem Bernstein. Ein Kollier aus blauen und gelben Edelsteinen war besonders schön, erinnert es Emrys doch instinktiv an Niam. Emrys verschränkte die Hände hinter dem Rücken und ging weiter durch den riesigen Raum. Sein prüfender Blick wanderte von einer Ecke in die andere.

Larva lief aufgeregt hinter ihm her: »Was genau sucht Ihr, mein Herr? Ich kann Euch sicher weiterhelfen.«

»Es ist eine Waffe. Doch ich rede nicht von den gewöhnlichen Schwertern und Schilden, die hier so zahlreich stehen. Es ist eher so etwas wie – das da!«

Endlich war Emrys fündig geworden. In der hintersten, dunkelsten Ecke stand ein unscheinbarer Schrein. In diesem war ein einzelner Speer aufbewahrt. Obwohl er unzureichend beleuchtet und schwer zu erkennen war, wusste Emrys sofort, dass dies der Speer von Assal war. Er deutete auf ihn und vollendete seinen Satz: »Genau diesen suche ich.«

Der Zwerg fuhr herum: »Der Speer dort hinten? Das tut mir Leid, mein Herr, aber dieser steht nicht zum Verkauf.«

»Dennoch ist er es, den ich will. Deshalb bin ich gekommen.« Emrys trat in die Ecke und legte seine Hand besitzergreifend auf die Waffe. Der Speer leuchtete kurz auf. »Nur diesen und nichts anderes.«

»Das ist bedauerlich für dich. Denn wie ich schon sagte, dieser Speer ist unverkäuflich. Er ist das kostbarste Stück meiner Sammlung und mein persönliches Kleinod.«

»Du musst ihn mir geben. Denn dein Speer ist notwendig, um die Menschen zu befreien und den Krieg zu beenden.«

»Was interessiert mich das Schicksal der Menschen? Und euer dummer Krieg ebenso wenig. Gut und böse, das ist mir einerlei, solange nur das Geschäft stimmt. Ich bin weder Krieger noch Politiker, sondern Kaufmann. Als solcher sage ich dir, dass dieser Speer unverkäuflich ist.«

»Dann muss ich dich zwingen, ihn mir zu geben.« Emrys trat bedrohlich auf Larva zu und wollte sein Schwert ziehen.

Doch Caliburn bewegte sich nicht aus der Scheide. Sosehr Emrys sich auch mühte, er konnte sich nicht bewaffnen.

Larva lachte nur: »Du dummer Mensch. Weißt du denn nicht, dass in Larvas Höhle Waffen wirkungslos sind? Hier ist die Welt der Handelsleute, nicht der Krieger. Gewalt hat hier keinen Platz, ein gutes Geschäft allerdings jederzeit.«

»Gut, dann werde ich dir diesen Speer abkaufen. Ich gebe dir mein Schwert dafür. Es ist Caliburn, das alte Schwert der Könige von Brigant und die mächtigste Waffe der Menschen.«

»Was soll ich mit einem Schwert? Sieh dich um. Schwerter habe ich genug. Obwohl ich dir Recht geben muss. Caliburn ist etwas Besonderes und wäre ein Prunkstück meiner Sammlung. Unter anderen Umständen würden wir sicher handelseinig werden. Hier jedoch reicht es nicht.«

»Dann geb ich dir meine goldene Rüstung dazu. Diese Rüstung stammt aus Inis Wytrin. Sie ist ein Geschenk der Albenkönigin Belisama selbst. Sieh, wie kunstvoll sie gearbeitet ist. Selbst du wirst noch nie eine bessere Arbeit gesehen haben.«

Larvas Augen blitzten gierig auf. Dieser Mensch hatte

tatsächlich viel zu bieten. Prüfend betrachtete der Zwerg die goldene Rüstung des Prinzen und bewunderte ihre Pracht. »Wahrlich ein bemerkenswertes Stück. Auch für diese Rüstung würde ich dir einen guten Preis zahlen. Dennoch, so verführerisch dein Angebot auch ist, es ist nicht genug für den heiligen Speer von Assal, den unfehlbaren Dolch des Sonnengottes. Seit vielen Jahren ist er schon in meinem Besitz. Ich gebe ihn nicht her, denn er ist mein wertvollster Schatz.«

In diesem Moment hatte Emrys den rettenden Einfall. Er sah Larva geringschätzig an und spielte seinen größten und letzten Trumpf aus: »Dann bist du sicher auch nicht an einem weiteren Angebot interessiert.«

»Was sollte das sein?« Larva kam näher. Er war viel zu sehr Händler, als dass solch eine Ankündigung ihn nicht neugierig machen würde. »Was könnte mich deines Erachtens denn noch reizen?«

»Der Spré na Skillenagh.«

Larva schnappte nach Luft. Der Spré na Skillenagh, der magische Glücksschilling des Cluricaum, der unerschöpflichen Reichtum schenkte. Dem Zwerg glühten bereits die Augen und er schluckte heftig. Vorsichtig fragte er: »Du hast ihn?«

Emrys lachte: »Ja.«

»Du hast den Spré na Skillenagh ... Aber dann bist du ja der, der den Cluricaum überlistet hat.«

Emrys nickte. Als Beweis holte Emrys den kleinen Beutel hervor und zeigte Larva die alte Münze. Der Zwerg konnte sich kaum zurückhalten. Mit stoßendem Atem und Verlangen in den Augen betrachtete er den Traum eines jeden Händlers. Larva erkannte sofort, dass dies wirklich der Spré na Skillenagh war. Zu genau war diese Münze in den Liedern seiner Zunft beschrieben.

Jeder Kaufmann der Welt würde den Spré na Skillenagh erkennen. Doch Larva war schon viel zu lange Händler, um seinem Kunden die eigene Gier allzu deutlich zu zeigen. Außerdem wollte er den Handel so gut wie möglich abschließen. Also beäugte er den Schilling lange misstrauisch.

Dann wandte er sich an Emrys und fragte unwirsch: »Wieso sollte ich dir glauben? Wer sagt mir, dass dies tatsächlich der Spré na Skillenagh ist?«

»Sehe ich etwa aus wie ein Lügner?« Emrys durchschaute den Zwerg und lachte. »Du willst also einen Beweis? Schlaues Kerlchen. Nun, es soll mir recht sein. Du weißt ja, was passiert, wenn der rechtmäßige Besitzer diese Münze in den Händen hält. Also reiche mir eine Schüssel und überlege, welchen deiner Schätze ich vervielfältigen soll.«

Emrys legte seinen Glücksschilling in die Schüssel und eine von Larvas Goldmünzen daneben. Vor den Augen des atemlosen Larva füllte sich die Schüssel augenblicklich mit Gold. Den Zwerg traf fast der Schlag vor Begeisterung. Leidenschaftlich streckte er seine gierigen Finger nach dem Spré na Skillenagh aus.

Aber Emrys hielt ihn zurück: »Halt! Noch bin ich sein Besitzer.«

»Gut, gut«, antwortete Larva abwehrend, »nimm den Speer von Assal. Für den Spré na Skillenagh, dein Schwert Caliburn und die goldene Rüstung gebe ich ihn dir.«

»Du weißt, dass der Spré na Skillenagh mehr wert ist. Ich tausche ihn gegen den Speer. Feilsche nicht mit mir, sonst werden wir nicht handelseinig.«

Larva zögerte nicht lange. Mit dem Glücksschilling würde Larva endlich sein Ziel erreichen, der Mächtigste und Reichste unter den Händlern zu werden. Also schlug er zu. Mit einem Händedruck besiegelten er und Emrys das Tauschgeschäft. Der junge Prinz ergriff den Speer von Assal, dann übergab er den Spré na Skillenagh an Larva. Larva riss den Glücksschilling an sich und verschwand ohne ein weiteres Wort in den Tiefen seiner Schatzkammer. Emrys aber nahm den Speer und verließ die Grotte.

Draußen erwartete ihn ein erfreuter Aonbarr. Als die Sonnenstrahlen den Speer von Assal trafen, blitzte er hell auf in seinem rötlichen Licht. Erst jetzt erkannte Emrys, wie edel und schön gearbeitet dieser Speer war. Er war aus rotem Gold geschmiedet und so filigran, dass er wie aus Kristall wirkte. Zufrieden stieg Emrys auf und verließ Larvas Insel.

Aonbarr trug Emrys über das Meer zurück aufs Festland und immer weiter bis ans Ende der Welt. Eine steile Felswand ragte bis in den Himmel. Hier warteten Uscias, Semias, Esras und Morfessa auf ihn. Die alten Männer kamen Emrys erfreut entgegen.

Esras war tief bewegt und sagte mit belegter Stimme: »Der Speer von Assal! Dass ich das noch erleben darf. So lange habe ich auf diesen Tag gewartet. Bitte, lass ihn mich einmal berühren.«

Ehrfürchtig nahm der alte Weise den heiligen Speer entgegen. In seinen Händen intensivierte sich das Farbspiel des Dolches und funkelte noch heller. Es war, als grüße der heilige Speer des Sonnengottes einen Freund vergangener Tage. Liebevoll betrachtete Esras das kostbare Kleinod, dann gab er es zurück.

»Danke. Ich gratuliere dir, Prinz Emrys. Damit hast du deine dritte Prüfung bestanden. Nun hast du den Schlusspunkt deiner Wanderung erreicht, denn hier ist das Ende der Welt. Hinter dieser Felswand beginnt Annwn, das Reich von Gwyn ap Nudd. Dorthin musst du gehen. Auf dem Weg musst du Elén überwinden. Diesen Drachen wirst du nur mit dem Speer von Assal und dem Mut des Kriegers besiegen können. Beherrsche ihn mit der Macht deines Geistes und lenke ihn mit der Kraft deines Befehls. Aber so mächtig der Strahl des Sonnengottes auch ist, letztlich bist es du alleine, der Elén besiegen muss. Siehst du die Höhle dort? Das ist die Höhle von Cruachan, der Übergang in das Totenreich Annwn. Wir werden dich jetzt verlassen. Denn nach Annwn kann ein Mensch nur alleine gehen.«

Emrys nickte.

Bevor er ging, hielt Morfessa ihn noch kurz auf: »Eines solltest du jedoch noch wissen, junger Freund. Zwar wirst du siegen, doch der Prinz von Brigant wird diesen Kampf nicht überleben.«

Emrys zuckte nur kurz, dann nickte er entschlossen. »Wenn mein Tod hilft, Niam zu befreien, dann will ich mit Freuden sterben. Wichtig sind alleine Niam und der Sieg.«

Emrys durchquerte die gewaltige Höhle ohne Schwierigkeiten und betrat ein kleines Tal. In seiner Mitte stand eine riesige Eberesche. Ihre mächtigen Wurzeln zogen sich durch den gesamten Talboden. Vorsichtig stieg Emrys über sie bis ins Zentrum der Eberesche. Dort saß Elén, der Schrecken der Unterwelt. Er war ein riesenhafter Lindwurm. Drei gefährliche Köpfe ragten aus seinem unförmigen Leib und machten furchterregende Geräusche. Seit Urzeiten saß dieser Drache hier und bewachte den Eingang in die Unterwelt. Er verschlang alles und jeden. Drohend stellte er sich Emrys in den Weg. Eitriger Geifer tropfte aus seinen drei großen Mäulern. Der junge Mann wagte kaum, sich zu rühren, und hob seine Arme vor das Gesicht, um dem Gestank zu entgehen.

Dann sprach das Ungetüm mit zischender Stimme: »Ich bin Elén, der Schrecken der Unterwelt. Ich bin das Tor nach Annwn. An mir vorbei muss jeder, der zu Gwyn ap Nudd möchte. Bis heute hat das noch kein Mensch geschafft. Alle habe ich gefressen. Auch du wirst jetzt sterben.« Damit spukte Elén einen heißen Feuerstrahl gegen den Eindringling.

Emrys schloss die Augen kurz und dachte an Niam. Die Erinnerung an seine Liebste gab ihm Kraft, und er stürzte sich todesmutig in die Schlacht. Nun entbrannte ein heftiger Kampf. Elén kämpfte wie eine Furie. Seine drei Köpfe bissen blutrünstig um sich. Jeder Kopf für sich war schon tödlich, doch der mittlere war der schlimmste. Seine schrecklichen Zähne blitzten gefährlich auf. Zuerst versuchte sich Emrys an den zwei äußeren Köpfen. Caliburn sauste auf und ab. Doch sobald ein Haupt vom Drachenleib getrennt wurde, wuchs augenblicklich ein neues. Der Prinz hatte alle Mühe, den scharfen Zähnen des Lindwurms auszuweichen. Doch auch er bereitete Elén schwere Pein. Emrys kämpfte mit dem Speer von Assal. Mit »Ibar« schickte der junge Prinz den Dolch des Sonnengottes fort, um Elén zu verletzen, und mit »Athibar« rief er ihn wieder zurück. So fügte er dem Drachen tiefe Wunden zu. Jedoch, den entscheidenden Schlag konnte er nicht anbringen. In der Hitze des Gefechts besann sich Emrys seiner eigenen Stärke. Er hatte inzwischen die einzig verwundbare Stelle im Schuppenpanzer des Monsters entdeckt: Eléns Herz. Zwischen den mächtigen Vorderpranken lag es, sicher in einer tiefen Hautspalte versteckt. Dorthin kämpfte sich Emrys vor.

Dann vergaß er die Magie des heiligen Speeres und nahm die rot schimmernde Waffe fest in die eigene Hand. Mit der Kraft des auserwählten Helden schleuderte Emrys den Speer von Assal machtvoll gegen das Unterweltmonster. Spielend durchschlug das scharfe Metall Eléns Panzer und grub sich tief in das zuckende Gewebe. Das war der Todesstoß. Mit einem grässlichen Aufschrei hielt der Drache mitten im Kampf inne, dann fiel der riesenhafte Lindwurm. Tödlich ins Herzen getroffen brach er zu Emrys' Füßen zusammen und starb in einer großen Lache seines schwarzen Drachenblutes.

Dieses Blut hatte eine magische Anziehungskraft auf Emrys. Dunkel und geheimnisvoll floss es aus der Wunde. Es war eine säurehaltige, giftige Brühe, die alles verätzte. Doch Emrys fühlte sich sonderbar angezogen von dem Drachenblut. Einem inneren Zwang folgend, kniete der Prinz nieder und schöpfte das schwarze Blut mit bloßen Händen. Dann hob er seine Hände zum Mund und nahm einen kräftigen Schluck von der schwarzen Flüssigkeit. Das Gift verzehrte augenblicklich seinen Körper. Von heftigen Krämpfen geschüttelt fiel Emrys zu Boden und starb. Das war der Tod des Prinzen von Brigant.

Doch Emrys war der Auserwählte, er war der Drachentöter. Einzig er war in der Lage, das Gift des Drachenblutes zu vertragen. Er bezwang die tödliche Flüssigkeit und verwandelte sie in heilendes Wasser. In seiner Vision sah er einen kräftigen Bären mit einem silbernen Streifen auf dem Rücken, der mit großem Drang und verstärkter Macht aus dem Winterschlaf erwachte und sein Territorium jährlich neu in Besitz nahm. Als Emrys die Augen wieder öffnete, war er als der legitime König wiedergeboren.

Nun verstand Emrys die Zusammenhänge der Welt

und begriff, was es hieß, König zu sein. Endlich war er bereit, als Mensch König der Menschen zu werden. In diesem Moment erkannte Emrys das erste Mal die wahre Bedeutung seiner Bestimmung: Er war der alte und künftige König. Der Prinz von Brigant war gestorben, doch er war als König wiedergekehrt. Nun war er bereit, die Welt zu befreien. Zum Zeitpunkt der höchsten Bedrängnis kam er aus den Tiefen der Vergangenheit, um die Königin und sein Volk aus der Knechtschaft in die Freiheit zu führen. Als rechtmäßiger König der neuen Welt betrat Emrys erhobenen Hauptes Annwn, das Totenreich des Gwyn ap Nudd.

Nur undeutlich erkannte Emrys am fernen Horizont die Umrisse einer alten Burg. Sie wirkte düster und unheilschwanger. Das war Tylwyth Teg, die Festung des Königs der Unterwelt.

Der einzige Übergang war eine lange, schmale Brücke. Vorsichtig betrat Emrys den gefährlichen Pfad. Alle seine Sinne waren geschärft. Doch die Brücke wehrte sich. Sie schaukelte wild hin und her, dann verrenkte sie sich in nur jede erdenkliche Richtung. Emrys hatte alle Mühe, nicht in den Abgrund zu stürzen. Der Fluss unter ihm brodelte gierig auf und warf ihm seine Gischt entgegen. Doch Emrys ließ sich nicht abschütteln. Geschickt passte er sich den Bewegungen der tückischen Brücke an und sicherte seinen Halt. Besonnen ging er weiter. Da veränderte sich die Brücke und verwandelte sich in eine Schwertbrücke. Der Boden war messerscharf. Doch Emrys schleifte den Boden. Denn er war der König, dazu bestimmt, die Brücke zur Unterwelt zu passieren. Aktiv forderte er sein Recht zum Wohle der Menschen. Nun fühlte er sich als einer von ihnen und war bereit, sein Leben zu ihren Gunsten und besonders für Niam zu opfern. Das veranlasste ihn, nicht regungslos zu verharren, sondern aktiv Verantwortung zu übernehmen. Und gerade die Fähigkeit zur aktiven Tat verlieh ihm die letzte Legitimation. So musste sich die Brücke dem König beugen, und Emrys konnte sie überqueren.

Auf der anderen Seite erwartete ihn die abweisende Burg des dunklen Königs. Kalt und ungastlich wirkte diese Behausung. Eine hohe Bronzemauer umgab sie. Keine Kerbe war in der blanken Oberfläche zu erkennen. Doch Emrys wusste, was er tun musste, um den König der Unterwelt zu finden. Nun zahlten sich die vielen Tage aus, die er in Inis Wytrin damit verbracht hatte, die Mysterien Annwns zu studieren. Königin Belisama hatte ihn gelehrt, dass der König der Unterwelt mit Liedern in Moll beschworen wurde. Also stimmte Emrys ein altes Lied in dieser melancholischen Tonart an. Für einen Krieger hatte er eine erstaunlich schöne Stimme. So berief er die Hilfsbereitschaft des dunklen Königs. Neunmal sang Emrys das Eintrittslied, dann gewährte ihm Gwyn ap Nudd Einlass in sein Reich.

Gwyn ap Nudd, der Wächter des Totenreiches. Er war der Herrscher der Unterwelt Annwn, Penn Annwn, der Kopf von Annwn. Er war der Jäger der Nacht, der seine Beute vor Anbruch der Morgendämmerung mit seiner weißen, rotohrigen Meute Bluthunde zur Strecke brachte. Überall sah Emrys große Herden von Schweinen und Hunden. Gwyn ap Nudd empfing Emrys im Thronsaal. Hier waren die Geister der Edlen von einst versammelt. Sie nickten Emrys freundlich zu, als er vor den Thron des Königs trat. Gwyn ap Nudd saß dunkel und bedrohlich auf seinem Königsstuhl. Er war riesenhaft, doch menschlich in seiner Gestalt mit scharfen Zügen und einem stolzen Blick. Gekleidet war er in weite Tücher. Ein feiner Goldreif zierte seinen mächtigen Kopf. Eindringlich musterte er Emrys mit seinen schwarzen Augen.

Dann endlich richtete er das Wort an seinen Gast. Seine Stimme war tief und wohltönend: »Ich grüße dich, Emrys aus der Oberwelt. Ich bin Gwyn ap Nudd, Penn Annwn, Herrscher über das Totenreich. Ich heiße dich in Annwn willkommen. Tritt ein, junger König der Menschen.«

Emrys war überrascht. Damit hatte er nicht gerechnet. In der Oberwelt war Gwyn ap Nudd ein gefürchteter Name. Er stand im Ruf, ein böser und gefährlicher Geist zu sein. Schon den Kindern wurde gepredigt, niemals seinen Zorn zu erregen. Zahlreiche Schauergeschichten waren über den König der Unterwelt und seine Untertanen in Umlauf. Doch Gwyn ap Nudd war ganz anders, ebenso wie seine dunkle Burg Tylwyth Teg. Hier war es weder schaurig noch blutig, sondern friedlich und gemächlich. In Annwn herrschte eine andere Zeit, weit entfernt von den irdischen Geschicken. Emrys entspannte sich und begegnete dem dunklen Blick des Unterweltkönigs aufrecht und klar.

Dann beugte er das Knie und senkte das Haupt ehrerbietig. »Auch ich erbiete Euch meinen Gruß, weiser Gwyn ap Nudd, hoher König der Toten. Ich danke für Euren freundlichen Empfang. Obwohl er mich ein wenig überrascht. Woher kennt Ihr meinen Namen?«

»Du bist der auserwählte König, auf den die Menschen schon so lange warten. Ich weiß, weshalb du hier bist. Denn deine vorbestimmte Königsweihe führt nur über mich. Ich bin der Herrscher der Unterwelt. Der Weg zu mir zeigt dir die Notwendigkeit, die Mächte des Schattenreiches zu überwinden, bevor du dein Schicksal erfüllen und dich dem Ort des Lichts nähern kannst. Durch deinen Weg zu mir hast du bewiesen, dass du würdig bist. Nun aber wollen wir spielen.«

»Und wann werdet Ihr mir meine Fragen beantworten?«

»Zu gegebener Zeit. Zuerst musst du mich besiegen.«

Gwyn ap Nudd hob die Hand. Daraufhin brachten unsichtbare Hände ein kostbares Fidchell-Brett. Es hatte silberne Figuren und ein Brett aus Gold. Die Figuren waren von so hoher Magie, dass sie sich wie von selber bewegten, angetrieben durch nichts als die Gedankenkraft des Spielers.

Seit Urzeiten war Fidchell das Spiel der Könige. Der König der Spielfiguren besaß die zentrale Rolle und lenkte das Spiel, ohne selbst aktiv in das Geschehen einzugreifen. Es verlangte höchste Qualifikation, strategisches Denken und die Beherrschung des Ablaufs. Sein Sieg war von hoher politischer Bedeutung, zeigte er doch die letztendliche Eignung für das Amt des Königs.

Emrys und Gwyn ap Nudd spielten eine halbe Ewigkeit. Ihre Züge wurden immer schneller und komplizierter. Der Herrscher von Annwn war ein erfahrener Spieler und daran gewöhnt zu siegen. Doch Emrys war ein Naturtalent. So geschickt sein Gegenüber die Figuren auch zog, Emrys war schneller. Wieder und wieder durchkreuzte er Gwyns Taktik und besiegte ihn Mal um Mal.

Nach jeder Partie fragte Gwyn ap Nudd: »Wer bist du, Emrys: Albe oder Mensch, Mann oder König?«

Und Emrys antwortete: »Ich bin Emrys, Mann und Liebender, Mensch und König.«

Nach zweiundsiebzig Partien gab sich Gwyn ap Nudd geschlagen. Er köpfte seinen eignen König und beendete damit das Spiel.

Voll Anerkennung nickte er Emrys zu und sagte: »Wahrlich, du bist ein würdiger König. Noch nie hat ein Mensch mich in Fidchell besiegen können. Du aber bist der Auserwählte, der einstige und künftige König, dazu bestimmt, über die Welt der Menschen zu herrschen. Dereinst wirst du ein großer König sein. Damit das geschieht, bist du hier. Eine große Zukunft steht vor dir, junger Emrys. Als du die Gefilde meines Reiches betratest, da kam jemand mit dir. Wie ein Schatten folgte er dir in die Höhle, der große Bär.«

»Ein Bär?«, fragte Emrys. »War er schwarz mit einem silbernen Rückenstreifen?«

Der König der Unterwelt nickte. »Dieser Bär ist mit dir verbunden. Er ist stark und verteidigt sein Territorium ebenso wie seine Nachkommen bis aufs Blut. Diese Attribute zeichnen einen guten König aus. Deshalb ist der Bär das Emblem des Königs. Emrys, was ist dein Wappen?«

»Solange ich mein Reich nicht befreit habe, ist der Anker, das Symbol der Vertriebenen, mein Emblem.«

»Dann erhebe den Bär zu deinem Wappen, sobald dein Schicksal erfüllt ist. Emrys, König der Oberwelt, jetzt kann ich dir helfen, von König zu König. Es geht um die Königin. Sie ist der zentrale Mittelpunkt. Liebst du sie?«

»Ja, aus der Tiefe meines Herzens. Nichts erfüllt mich mit mehr Kraft als das Wissen um Niam und meine Liebe zu ihr. Sie ist die Königin meines Herzens und das Zentrum meiner Gedanken.«

»Die Liebe ist die größte Kraft der Menschen. Die Macht des menschlichen Herzens ist unüberwindbar, mächtiger als jeder böse Zauber und sogar als der Tod. Liebe und Tod sind miteinander verwoben. Über den Tod siegt nur die Liebe. Der König muss um die Hand der Königin kämpfen. Der Heros muss um die Gunst der Göttin buhlen. Sie wird sich dir aber nur zuwenden, wenn du den Vorgängerkönig besiegst. Dann aber wird die Oberhoheit dem von ihr Erwählten den roten Trank der Souveränität als Zeichen ihrer eigenen Sexualität reichen und sich mit dem König vereinen. Dann wird die Fruchtbarkeit auf die Erde zurückkehren.«

Emrys nickte entschieden. »Ich werde nach Ynis Mâcha gehen und um Niam kämpfen. Ich werde sie befreien und Lord Balzôrc töten für das, was er ihr und dem Rest der Welt angetan hat. König von Annwn, bevor ich gehe, sage mir bitte: Wie geht es Niam?«

Gwyn hob einen silbernen Zweig. Er hatte weiße Apfelblüten und eine einzige rote Rose. Die Blüten ließen ihre Köpfchen hängen. »Noch lebt sie. Aber ihr Lebensfaden ist nur noch dünn.«

Emrys sprang auf: »Ich muss sofort aufbrechen.«

»Ich werde dich nach Ynis Mâcha bringen. Mein unterirdisches Reich erstreckt sich weit. Ein Gang führt auch zur schwarzen Insel. Suche Rath Dubh, das schwarze Schloss. Dort hält Lord Balzôrc die Königin gefangen. Rath Dubh liegt im Zentrum der Insel auf dem höchsten der Berge inmitten lodernden Feuers. In Rath Dubh musst du den letzten großen Kampf gegen Lord Balzôrc kämpfen. Auf dem Weg dorthin erwarten dich viele dunkle Gefahren. Ynis Mâcha ist seit Urzeiten Sammelpunkt alles Bösen und Schlechten. Da ich dich in der kurzen Zeit schätzen gelernt habe, werde ich dir einen Schutz gegen Balzôrcs Magie mitgeben.« Mit diesen Worten reichte der König der Unterwelt Emrys einen kleinen Tontopf, gefüllt mit einer dunklen Kräutersalbe. »Diese Salbe ist ein wirksamer Schutz gegen den Súil Bhalair, Balzôrcs bösem Blick, wenn auch nur für eine kurze Weile. Zusätzlich hab ich noch dieses hier für dich.« Damit reichte Gwyn Emrys einen kleinen Flakon, gefüllt mit einer grünlich gelben Flüssigkeit. Es war ein magischer Trank, gebraut aus Primeln und anderen Zauberessenzen. »Auch das hier wird dir auf deinem Weg nach Rath Dubh helfen. Dieser Trank besitzt die Gabe, das Sichtbare unsichtbar und das Unsichtbare sichtbar zu machen. So wirst du sicher bis an die Mauern des schwarzen Schlosses gelangen. Dort wirst du sie finden, deine Liebe. Doch um die Königin zu befreien, benötigst du noch etwas. Also folge mir.«

Der König führte Emrys in eine Höhle. Dort stellte Gwyn ap Nudd einen Kessel auf die Feuerstelle, füllte ihn mit Wein und erhitzte ihn. In den warmen Wein mischte er Misteln, zerriebene Myrrhe und weißen Weihrauch. Die wichtigste Komponente war Achat. Aus einer unscheinbaren Kiste nahm der Unterweltskönig einen prächtigen Achat, einen der größten der Welt. Mit magischen Beschwörungsformeln schabte er mit einem scharfen Messer etwas von dem Halbedelstein in den Wein und verrieb die Steinsplitter mit dem Sud aus Weihrauch, Misteln und Myrrhe.

Das alles füllte er in eine Flasche und gab sie Emrys. »Dieser Zaubertrank wird Niam aus der Umklammerung der Dunkelheit befreien. Gemeinsam mit der Königin wirst du dann die letzte Schlacht schlagen.«

Emrys dankte dem Herrn von Annwn und erhob sich.

Doch bevor er ging, hielt Gwyn ap Nudd ihn noch einmal auf. »Eines noch, bevor du gehst, tapferer König der Oberwelt. Vergiss nicht, wem du entgegentrittst. Lord Balzôrc ist ein mächtiger Herrscher. Er ist der Fürst der Finsternis und seine Magie ist groß. Unterschätze ihn niemals, sonst wird er dich vernichten. Dreifach muss er sterben, denn seine Macht reicht über den einfachen Tod hinaus. Die tödlichste Waffe gegen den dunklen Fürsten trägst du am Herzen, junger Freund. Es ist die Beere des Trefuilngid, die du am Herzen trägst.«

»Eine Beere als Waffe? Du meinst wohl Caliburn.«

»So mächtig dein Schwert auch ist, stolzer König, die letzte Waffe im Kampf gegen das Böse ist der heilige Samen. Denn erst wenn aus den Tiefen der Dunkelheit Leben entsteht, ist der schwarze Bann gebrochen. Und nun geh. Das Schicksal erwartet dich.«

7. Kapitel

Die Entscheidung

Ynis Mâcha, die schwarze Insel im hohen Norden, der Inbegriff des Bösen. Hier war es, das Zentrum von Balzôrcs Macht und das Ziel von Emrys' Weg. Der unterirdische Gang aus Annwn führte bis an die Gestade von Ynis Mâcha. Emrys erreichte die schwarze Insel durch ein Erdloch am Rande der felsigen Küste. Weiter im Norden sah Emrys ein feuriges Leuchten. Dort, im Ring des Feuers, lag Rath Dubh, die schwarze Festung.

Dank des magischen Tranks konnte Emrys die Feinde unbemerkt umgehen. Die Primeln machten ihn nicht nur unsichtbar, sondern verstärkten auch sein Sehvermögen. Sie machten das Unsichtbare für seine Augen sichtbar. Deshalb entdeckte Emrys die versteckten Fallen, die zahlreich den Weg begleiteten. Spiegelbilder und Lichtreflexe gaukelten dem Wanderer flüchtige Trugbilder vor und führten ihn in die Irre. Zielsicher ging Emrys nach Norden. Die Nordlichter am Himmel waren seine Wegweiser. Nach fünf Tagen hatte er den Eiswald durchquert. Vor ihm öffnete sich die Wand aus zarten Eisgebilden, und Emrys erblickte einen Ring aus Feuer.

Flammende Vulkane spukten rot glühende Lava in die Luft. Daneben stiegen brennend heiße Geysire mit lautem Getöse auf. Drohend standen ihre gewaltigen Dampfsäulen über den riesigen Kratern der Vulkane. Hier war das Reich des Feuers mit all seiner zerstörerischen Kraft. Zahlreiche Feuerriesen, die Geister der wilden Lava, tanzten über den glühenden Boden. Nochmals dankte Emrys für die Gaben seines unterirdischen Gönners. Unerschrocken bestieg er den Ring aus Feuer. Es war ein gefährlicher Weg. Emrys schützte sich mit dem Primeltrank, so gut es ging. Er dosierte die Tropfen sparsam, doch unerbittlich ging der magische Trank zur Neige. Aber dann hatte er es endlich geschafft. Nach einem schier unendlichen Marsch ließ Emrys den Feuerring hinter sich. Auf dem höchsten Punkt der Insel lag Rath Dubh, das Zentrum von Ynis Mâcha.

Geschützt von dem letzten Tropfen des Primeltranks, überquerte Emrys die Brücke und betrat ungesehen Rath Dubh, das schwarze Schloss.

Niam lag unterdessen in ihrem steinernen Verlies. Starke Ketten fesselten sie an den harten Untergrund. Sie war erstarrt in eisigem Schlaf. So tief war sie gefangen, dass sie die leisen Töne und Bewegungen nicht bemerkte, die sich plötzlich in ihrer Zelle rührten. In einer Ecke lockerte sich ein Stein und fiel aus der Wand. Aus dem kleinen Loch betraten mehrere Mäuse vorsichtig die Gefangenenzelle. Angeführt wurden sie von einem stattlichen Mäuserich. Er war gekleidet in den Harnisch eines Kriegers und schien eine Maus von hohem Rang zu sein. Sorgfältig schnupperte er in die Luft und sicherte das Gebiet. Als er die Bahre mit der leblosen Niam entdeckte, piepste er seinen Kameraden einen Befehl zu und eilte zu der Gefangenen.

Er trat an ihren Kopf und wisperte: »Königliche Hoheit. Hoheit! Hört Ihr mich?« Aufgeregt sprang er auf Niams Kopf. »Herrin Niam! Was ist mit Euch?«

Doch dann fühlte der Mäuserich, wie kalt Niam war,

und schrak zurück: »Oje. Es ist zu spät. Sie liegt bereits im Zauberschlaf. Welch ein Unglück!«

Mit hoch erhobenem Schwanz sprang das kleine Tier von Niams Kopf und lief in die Ecke zurück. Sein Mäusetrupp wartete immer noch am Locheingang. Sie beratschlagten kurz, dann gab der Anführer das Kommando zum Aufbruch. Bevor er ebenfalls die Zelle verließ, verbeugte sich der Mäuserich noch einmal respektvoll vor Niam. Dabei zitterten seine Schnurrhaare aufgeregt. Dann lief auch er in das dunkle Loch und verschwand im weit verzweigten System von Gängen hinter der Wand.

Hunderte dieser Gänge hatten die fleißigen Tiere in den vergangenen Jahren in mühseliger Arbeit gegraben. Alle Tunnel bauenden Lebewesen waren daran beteiligt gewesen, Mäuse und Maulwürfe, Füchse und Dachse, Grabwespen und Regenwürmer. Sie alle waren dem Ruf der Bendridenkönigin gefolgt und hatten sich unermüdlich vom Festland unter dem Meer bis hierher gearbeitet. Inzwischen war ganz Rath Dubh unterhöhlt. Im gesamten Schloss gab es keinen Ort, den sie mit ihren Tunneln nicht erreichen konnten. Nichts blieb ihren Augen verborgen. Also dauerte es nicht lang, bis die Meisterspäher fündig wurden. Geschickt fingen sie Emrys an einer dunklen Wegkreuzung ab.

Dieser hatte inzwischen den Schutz des Primeltrankes verloren. Die Wirkung des letzten Tropfens war längst verflogen. Nun war Emrys wieder sichtbar für die Augen der Feinde. So unauffällig wie möglich drückte er sich an den dunklen Wänden entlang. Plötzlich hörte er ein helles Piepsen. Es kam von seinen Füßen. Erstaunt sah Emrys hinunter und entdeckte eine geharnischte Maus, die aufgeregt hin und her sprang.

Emrys beugte sich hinunter und sagte: »Wer bist denn du?«

»Ich bin Ritter Mausenitz aus dem Heer Talassas, der Königin der Nacht. Meine Herrin hat mich geschickt, um dem König und der Königin beizustehen.«

»Die Königin? Niam! Wo ist sie?«

»Folge mir, ich werde dich zu ihr bringen.«

Die Mäuse führten Emrys auf leisen Wegen durch das dunkle Schloss. Sie hatten ihre Augen überall und sicherten ihn nach allen Seiten. Wann immer ein Feind ins Blickfeld kam, war Emrys früh genug gewarnt und konnte sich rechtzeitig verstecken. So durchquerte er ungesehen das schwarze Schloss bis zu den Verliesen. Mit klopfendem Herzen öffnete Emrys die Tür zu Niams Zelle.

Sofort entdeckte er ihre leblose Gestalt: »Niam. Geliebte. Was haben sie dir angetan?«

Er zerschnitt ihre Fesseln und hob sie hoch. Ihren Kopf bettete er sanft an seine Schulter. Zärtlich streichelte er ihr Gesicht. Doch Niam rührte sich nicht. Da holte Emrys den Entzauberungstrank des Unterweltkönigs und flößte ihn Niam ein. Als der magische Trank auf den schwarzen Bann traf, begann ein gewaltiger Kampf in Niams Innerem. Sie wurde hin und her geschüttelt und krampfte stark. Emrys schlang schützend seine Arme um sie. Er spürte, wie heftig der Kampf tobte. Nach einer schier endlosen Zeit war es vorbei. Niam zuckte ein letztes Mal, dann sackte sie in sich zusammen. Leblos lag sie in Emrys' Armen. Besorgt untersuchte er sie. Atem und Puls gingen regelmäßig, aber Niam reagierte nicht. Laut rief Emrys sie an und schüttelte sie. Doch Niam blieb fort. Sie war wie tot. Emrys hob sie hoch und trug sie durch die Zelle. Er rieb ihre Arme und Beine und stellte sie auf die Füße, um das Leben zurückzuholen. Doch er fand den Weg zu ihr nicht. Verzweifelt bedeckte Emrys ihr Gesicht mit Küssen, doch Niam blieb gefangen im ewigen Eis. Also bettete Emrys Niams leblosen Körper sanft auf die Steinbahre und kniete neben ihr. Zärtlich strich sein Blick über ihr erstarrtes Gesicht. Wie schön sie doch war. Sein Herz zog sich zusammen. Noch einmal versuchte er, Niam ins Leben zurückzurufen. Mit flammenden Worten berief er seine Liebe. Sein Herz war schwer. Erneut spürte er die Macht der menschlichen Liebe, doch diesmal mit all ihrem Schmerz. Das erste Mal in seinem Leben weinte Emrys. Aber er schämte sich seiner Tränen nicht. Sie benetzten Niams Gesicht und perlten über ihren Kopf, ihre Haare und ihren Oberkörper. Als eine seiner Tränen Niams Herz traf, geschah ein Wunder.

Denn dort trug Niam noch immer Emrys' Geschenk, die Wüstenrose. Als die Träne das feine Gebilde aus Sand berührte, verwandelte sich der zu Stein gewordene Sand in heilende Erde. Wärmend legte sich der Schlammverband über Niams Herz und brachte das Leben zurück. Emrys hielt den Atem an vor Freude. Mit klopfendem Herzen beobachtete er Niams Versuche, aus der Erstarrung zu erwachen. Doch noch immer fand sie den Weg zurück nicht. Zu tief saß der Stachel des schwarzen Herrn. Emrys sah, wie Niam kämpfte. Er spürte ihre Schmerzen. Laut flehte er sie an, zu ihm zurückzukehren. Eng schloss er Niam in seine Arme. Er nahm ihr Gesicht in die Hände und betrachtete sie liebevoll. Dann beugte er sich über sie und küsste ihre zu Eis erstarrten Lippen.

Dies war ihr erster Kuss und damit war der Fluch endgültig gebrochen. Der Trank des Unterweltkönigs hatte den Zauber bekämpft und die Heilerde der Wüstenrose Niams Herz wiederbelebt. Doch erst der Kuss des Geliebten erweckte ihre Seele. Denn stärker als der Tod war die Liebe. Emrys' Kuss brachte das Eis in ihrem Inneren zum Schmelzen. Es war die Liebe, die den Súil Bhalair überwand. Das Eis verlor seine Macht und musste Niam freigeben.

Als Niam die Augen aufschlug, begegnete ihr Emrys' liebevoller Blick. »Emrys …?« Noch benommen hob sie die Arme und schlang sie um ihn: »Emrys, du bist hier! Ich habe so sehr an dich gedacht und von dir geträumt.«

»Niam! Meine Geliebte. Endlich habe ich dich wieder. Nun lasse ich dich nie mehr allein.«

Innig umarmte er sie. Seine Arme umfassten Niams schlanke Taille und zogen sie an sich. Leidenschaftlich erwiderte Niam seine Umarmung. Ganz fest drückte sie sich an ihn. Berauscht fühlte sie seine starken Schultern und roch seinen Geruch. Wie von selber fanden sich ihre Lippen. Für diesen Moment vergaßen die Liebenden die Welt um sich und versanken im leidenschaftlichen Kuss. Nun gab es keine Fragen mehr. Ihre Gefühle überwältigten sie fast. Sie wurden nicht müde, sich zu betrachten und zu liebkosen. In heißen Schwüren gestanden sie sich ihre innige Liebe und gelobten sich ewige Treue. Dann sank Emrys vor Niam auf die Knie und bat sie, seine Frau zu werden.

»Ja, Emrys. Nichts wünsche ich mir mehr, als den Rest meines Lebens mit dir zu verbringen. Denn du hast mein Herz gewonnen und mir meine Kraft zurückgegeben. Und …« Schlagartig kehrten die schrecklichen Bilder der Vergangenheit zurück. Erschrocken griff sich Niam an die Kehle: »Meine Stimme! … Meine Stimme ist wieder da! Emrys«, wandte sie sich an den Geliebten, »Balzôrc ist wirklich ein mächtiger Zauberer. Mit einem Handstreich hat er mich besiegt. Der Súil Bhalair, sein böser Blick, ist eine furchtbare Waffe. Er vereist alles und tötet jeden. So raubte Balzôrc mir meine Stimme. Wie Eis legte sich sein Zauber über meine Kehle und lähmte meine Stimme. Ich hatte keine Möglichkeit, mich zu wehren. Erst du hast das geschafft.« Damit lächelte sie Emrys voller Liebe an.

Emrys aber nahm sie in den Arm und küsste sie.

Doch nicht nur Niams Stimmbänder waren befreit. Auch ihr Artikulationsvermögen war zurückgekehrt, kräftiger und mächtiger als zuvor. Niam bemerkte eine neue Wut, die sie so noch nicht kannte. Diese Wut nährte ihr Selbstvertrauen. Niam fühlte sich stark wie noch nie.

Still beobachtete Niam Emrys. Ihre Gedanken verloren sich, während ihr Blick auf ihm verharrte. Ja, Emrys war wirklich die Liebe ihres Lebens. Mit ihm an ihrer Seite fühlte sie sich unbesiegbar. Nein, sie fühlte sich nicht unbesiegbar, sie war es! Sie war die Oberhoheit, die Königin der neuen Welt. Ihr Schicksal war untrennbar verknüpft mit dem ihres Territoriums und dem Mann, den sie liebte. In diesem Moment spürte Niam das erste Mal die Bedeutung des Rituals, da die Oberhoheit ihren Gatten wählt. Die Königin hatte ihren Begleiter gefunden: Emrys! Alles an ihm zeigte, dass er der große, erwartete König war: seine natürliche Autorität, sein würdevolles Auftreten, sein Gebaren und vor allem sein schneller Verstand. Voll inniger Liebe wanderte ihr Blick über sein Gesicht. Sie entdeckte zärtlich all die Linien, die sein geliebtes Antlitz einzigartig machten. Niams Herz schien vor Glück zu zerspringen bei dem Gedanken, die Zukunft mit diesem wunderbaren Mann zu teilen. Es war die Gewissheit um ihre Liebe, die Niams Selbstbewusstsein wachsen ließ. Dieses neue Selbstvertrauen gewann an Intensität und erfüllte Niam mit einer noch nie da gewesenen Kraft.

Doch daneben spürte Niam noch eine weitere Veränderung an sich. Denn auch ihre Stimme hatte sich verändert. Emrys' Kuss hatte sie wiedererweckt und sie war mit verstärkter Macht zurückgekehrt. Nun begriff sie ihre eigene Rolle in diesem Spiel. Sie war Gutuamer, die Herrin der Stimme und Beherrscherin der Elemente! Jetzt verstand sie die Stimmen. Und Niam erkannte, dass sie selber der Schlüssel war. Bis jetzt hatte sie die ihr zur Verfügung stehende Kraft eher zufällig benutzt. Doch nun begriff Niam die Bedeutung ihrer eigenen Aktion. Es war ihre bewusste Tat, die bis zu diesem Zeitpunkt gefehlt hatte. Endlich erkannte Niam die ganze Tragweite dessen, was es hieß, die Herrin der Stimme zu sein. Das war etwas Großes, Bedeutendes und es war mächtig. Da verlor Niam ihre Unsicherheit. Sie atmete tief durch und strahlte Emrys an. Er sah ihren Blick und nickte. Er erkannte ihre neue Aura und ihr Selbstvertrauen. Und er sah, dass sie zum Kampf bereit war.

Lächelnd reichte er ihr die Hand: »Heute fällt die Entscheidung, meine Königin. Zuerst müssen wir die Krönungssteine holen, dann werden wir Balzôrc besiegen.«

Während Emrys das sagte, zuckte Niam zusammen. Schreckliche Bilder tauchten vor ihrem inneren Auge auf. »Die Krönungssteine … Emrys! Es ist etwas Schreckliches passiert. Balzôrc hat die Krönungssteine zerstört. Vor meinen Augen hat er sie explodieren lassen. Es war ein furchtbarer Anblick. Ich konnte nichts tun, um die heiligen Steine zu retten.« Sie vergrub ihr Gesicht in den Händen.

Tröstend trat Emrys zu ihr: »Niam, es ist nicht deine Schuld, sondern meine. Ich hätte nie zulassen dürfen, dass Balzôrc dich entführt und dir etwas antut. Aber wir dürfen jetzt nicht verzagen und die Hoffnung verlieren. Wir müssen unsere Aufgabe dennoch erfüllen. Wir werden trotzdem kämpfen und Balzôrc besiegen. Komm, Geliebte, das Schicksal ruft uns. Bevor wir gehen, sollten wir uns aber vorbereiten.« Mit diesen Worten reichte Emrys Niam das Gefäß mit der Kräutersalbe des Königs der Unterwelt. »Diese Salbe wird dich vor dem Súil Bhalair schützen, wenn auch nur kurz. Befeuchte deine Augen damit. Achte darauf, dass deine Augen nicht austrocknen. Denn diese Salbe ist ein wirksames Mittel gegen den Zauber des schwarzen Fürsten. Dieses Mittel habe ich von Gwyn ap Nudd bekommen, als ich in Annwn war.«

»Du warst im Totenreich? Aber wieso?«

»Um das Recht zu erlangen, als König um dich, die Königin, zu kämpfen.« Er küsste sie zärtlich auf die Stirn. Dann nahm er ihre Hand und führte sie zur Tür.

Dort erwartete sie der Mäusetrupp. Schnell stellte Emrys Niam den Ritter Mausenitz und seine Gefährten vor. Niam kniete nieder und bedankte sich bei dem stattlichen Mäuserich. Vorsichtig streckte sie die Hand aus und kraulte den Mäuserich liebevoll. Ritter Mausenitz sah verlegen zu Boden. Seine kleinen Ohren wurden rot und seine Barthaare zitterten. Aber dann gemahnte Emrys zum Aufbruch und öffnete vorsichtig die Zellentür.

Hand in Hand betraten Niam und Emrys den dunklen Gang des Gefangenentraktes. Draußen war alles verlassen und still. Die Mäuse zeigten ihnen den besten Weg. So lange wie möglich bewegten sich Emrys und Niam im Verborgenen. Doch je näher sie dem Zentrum von Rath Dubh kamen, desto schwieriger wurde das. Immer mehr

Feinde begegneten ihnen. Irgendwann war das erste Aufeinandertreffen nicht mehr zu verhindern. Einem schwer bewaffneten Pilosi-Wachtrupp konnten sie nicht ausweichen. Bevor die schwarzen Gnome jedoch Alarm geben konnten, schlug Emrys zu. Caliburn blitzte wütend auf. Ehe die Pilosi reagieren konnten, fiel einer nach dem anderen zu Boden. Doch es waren zu viele Feinde, als dass Emrys sie alle gleichzeitig bekämpfen konnte. Einer versuchte, im Kampfgewühl zu fliehen. Doch Niam verhinderte das.

Denn jetzt setzte sie ihre neu gewonnene Erkenntnis in die Tat um. Sie beherrschte die Elemente nicht nur, sie war die Elemente. Sie bündelte ihre Gedankenkraft zu einem mächtigen Ton und schleuderte ihn mit aller Macht gegen den Pilosi. Intuitiv wusste sie, in welcher Kombination die Elemente zu berufen waren. Sofort gehorchten die Urkräfte ihrem Befehl. Unerbittlich trafen sie den fliehenden Pilosi und seine übrigen Kameraden und zerrissen ihre schwarzen Körper.

Das war das erste Mal, dass Niam ihre Kraft aktiv einsetzte. Erstaunt betrachtete sie die Wirkung. Emrys nickte anerkennend. Er lächelte sie an und reichte ihr die Hand erneut. Gemeinsam gingen sie weiter. Dass die Wachen keinen Alarm hatten schlagen können, verschaffte ihnen einen kleinen Vorteil. Unbemerkt erreichten sie den Prachtgang von Rath Dubh, die zentrale Achse des schwarzen Schlosses. Hier wurden Niam und Emrys entdeckt. Unerbittlich stellten sich die Wachen von Rath Dubh den beiden in den Weg, allen voran die großen Eisriesen. Doch auch sie konnten Emrys und Niam nicht lange aufhalten. Zu groß war ihr Siegeswille. In seiner goldenen Rüstung wirkte Emrys wie der strahlende Rachegott. Die Geschöpfe der Dunkelheit wichen vor seinem Anblick zurück. Das mächtige Schwert Caliburn schlug tiefe Schneisen in die Reihen seiner Feinde. Dort, wo Emrys nicht sein konnte, kämpfte Niam auf ihre Weise.

Dank ihrer neu gefundenen Fähigkeit schirmte sie Emrys ab. Gleichzeitig fügte sie dem Feind schweren Schaden zu. Sie wurde immer stärker. Ihr magischer Gesang war mächtig, und die Feinde wichen erschrocken zurück. Die Kolosse aus Reif und Eis machten Niam keine Angst mehr. Ein kurzer Gedanke und ein scharfen Ton genügten, und die Eisriesen zersplitterten.

Dann wandte sich Niam ihren nächsten Gegnern zu. Jetzt waren die Feuerriesen an der Reihe. Sie waren gefährlicher als die dümmlichen Eisriesen, denn sie waren heimtückisch. Ebenso wie die zerstörerische Kraft des Feuers, welches sie verkörperten, waren sie schwer zu greifen. Geschickt sprangen sie umher und griffen Niam aus dem Hinterhalt an. Doch auch sie waren keine Gefahr für die Gutuamer. Laut sang Niam und befahl dem Feuer, zu erkalten. Augenblicklich erlosch die Lava und die Feuerriesen erstarrten.

Unterdessen kämpfte Emrys seinen eigenen Kampf. Er musste nicht nur die Pilosi, sondern auch die Caledonen und Votadiner bekämpfen, die ihren Verbündeten zu Hilfe eilten. Wild wütete er im Dienste seiner Bestimmung. Je länger der Kampf dauerte, desto stärker wurde er. Denn er war der legitime König, einzig dazu geboren, seine versklavte Heimat zu befreien. Zahlreiche Feinde fielen seiner rasenden Wut zum Opfer. Der Rest floh in wilder Panik. Doch ein letzter Krieger stellte sich ihm in den Weg. Er war stark und furchteinflößend. Emrys erkannte ihn augenblicklich.

Mit erhobenem Schwert trat er auf ihn zu und sagte

grimmig: »Ingcél! Ich habe dich schon gesucht. Nun wirst du für all deine Verbrechen bezahlen.«

Ingcél lachte auf. »Wer bist du, dass du es wagst, mich zum Kampf herauszufordern. Weißt du denn nicht, wer ich bin?«

»Das weiß ich sehr genau. Du bist der Meuchelmörder im Dienst des Bösen und Balzôrcs oberster Handlanger. Aber du scheinst nicht zu wissen, wer ich bin. Ich bin Emrys, der einstige und künftige König.«

Mit wildem Gebrüll eröffnete Ingcél den Kampf. Er war ein gefährlicher Gegner, geübt durch tausend Schlachten, ohne Skrupel oder Gnade. Emrys hatte anfangs Mühe, seine Attacken zu parieren. Doch so heftig der schwarze Kriegsherr auch kämpfte, letztendlich hatte er keinen Erfolg gegen den König. Emrys' Schläge wurden immer stärker. Zuletzt musste sich Ingcél seiner Übermacht unterwerfen. Caliburns scharfes Metall trennte seinen Kopf vom Leib. Lautlos sank Ingcél, der oberste Kriegsherr von Rath Dubh, zu Füßen seines Bezwingers tot zu Boden.

Nun stand Niam und Emrys niemand mehr im Weg. Kein Hindernis trennte das Herrscherpaar mehr von Lord Balzôrc. Laut öffneten sie das Mooreichenportal zum Thronsaal. Doch der Saal war leer. Balzôrc hatte sich vor ihnen in Sicherheit gebracht und sich in den Tiefen des Schlosses versteckt.

Da fiel Niam ihre erste Begegnung mit dem schwarzen Fürsten ein. »Folge mir«, sagte sie zu Emrys. »Ich weiß, wo er ist.«

Sie führte Emrys den breiten Gang hinauf bis zum schwarzen Tempel, dem Heiligtum von Rath Dubh. Hier fanden sie den schwarzen Herrscher. Balzôrc erwartete sie in seinem Allerheiligsten, dem Zentrum seiner Macht. Kraft seiner Magie verstärkte der Fürst der Finsternis die Mauern des Tempels und machte sie zu einem unüberwindlichen Hindernis. Doch Niam sprengte den Granit mit reiner Willenskraft. Gemeinsam mit Emrys betrat sie den schwarzen Tempel.

In Inneren herrschte eisige Dunkelheit. Heute brannte hier keine Kerze. Aus dem Dunkeln trat der Herr der Finsternis Niam und Emrys mit geöffneter Augenklappe entgegen. Eisig und mächtig umfing der Súil Bhalair seine Opfer. Doch dank der magischen Salbe hatte der böse Blick keine Gewalt über Niam und Emrys. Balzôrc schäumte vor Wut. Noch nie hatte ein Wesen – welcher Art auch immer – seinen Súil Bhalair überstehen können. Balzôrc war verwirrt. Und diesen kurzen Moment nutzte Emrys.

Er sprang auf Balzôrc zu und sprach: »Ich bin Emrys, der rechtmäßige König. Ich bin gekommen, um dich zu töten.«

Noch bevor Balzôrc reagieren konnte, köpfte Emrys den Fürst der Finsternis mit dem alten Schwert der Könige von Brigant. Triumphierend hielt der König den Kopf des Feindes in die Höhe. Er hatte gesiegt. Das war Balzôrcs erster Tod.

Doch ein Tod reichte nicht. Denn Lord Balzôrc war viel zu mächtig, als dass er auf diese Art hätte besiegt werden können. Auch ohne Kopf verfügte er über genügend schwarze Magie. So erhob er sich erneut.

Seine kalte Stimme füllte den ganzen Tempel, als er aufschrie: »Ist das alles, was du zu bieten hast, du kleiner König? Nun mach dich auf dein Ende gefasst, du erbärmlicher Menschenwurm.« Mit unvermittelter Stärke schlug der Fürst der Dunkelheit zurück.

Die Kraft, mit der Balzôrc Emrys packte, war übermenschlich. Mit voller Wucht schleuderte ihn der schwarze Fürst an die steinerne Wand. Bewusstlos fiel Emrys zu Boden.

Balzôrc lachte höhnisch auf. »So viel im Moment zu dir, kleiner Menschenkönig. Mit dir werde ich später abrechnen. Nun aber erst einmal zu dir.« Damit wandte er sich an Niam und blitzte sie zornig an. »Du bist also aus dem Schlaf erwacht. Willst du tatsächlich noch einmal gegen mich verlieren? Die vergangene Lektion hat wohl nicht gereicht? Gut, dann sollst du meine Macht noch ein letztes Mal spüren. Diesmal aber wird sie dich töten.«

Doch es war nicht mehr die verängstigte junge Frau, die vor ihm stand. Niam hatte keine Angst mehr. Entsetzt hatte sie beobachtet, wie Emrys niedergeschlagen wurde. Dieser Anblick ließ ihren Zorn wachsen. Heiß spürte sie die brennenden Zungen der Wut und diese Hitze verdoppelte ihre Kraft. Nun war Niam die lebende Inkarnation der Elemente.

Ihre Stimme war mächtig und schmetterte Balzôrc nieder: »Wie kannst du es wagen, Hand an den König zu legen! Weißt du denn immer noch nicht, wen du vor dir hast?«

Balzôrc lachte schrill auf: »Das weiß ich sehr genau. Er ist der lächerliche König eurer kleinen Prophezeiung. Und du bist nur eine dumme, kleine Frau.«

»Nichts weißt du!« Niams Stimme schwoll an und sie befahl ihm, zu schweigen. »Ich bin Niam, die königliche Oberhoheit der neuen Welt. Als ihr Souverän werde ich dich bestrafen für all das Leid, das du verbreitet hast. Denn ich bin Niam Gutuamer, die Herrin der Stimme, und die heiligen Elemente sind mit mir.« Damit hob Niam die Arme und begann zu singen.

Ihr Lied beschwor eine überwältigende Symphonie von Farben herauf. Niam war nun nicht mehr von dieser Welt. Ihre Stimme wurde immer mächtiger und erweckte Ildathach, den Regenbogengesang, schillernd und vielfarbig. Dieser Zaubergesang war einzigartig und riss alles mit in seinen magischen Bann:

»Ich bin Niam, die Erwählte, das helle Kind,
Nihussâs und Grianainechs Blut in mir sind.
Ich eine in mir, was eins sein muss,
in mir sind der Welten Anfang und Schluss.

Ich bin Niam Gutuamer, vergiss das nie!
Ich bin Trägerin der Element-Magie.
Und mit der Urgewalten Macht
besiege ich dich in dieser Nacht!«

Dann verwob Niam die großen Töne der Elemente D, G, E und F kunstvoll und zielsicher miteinander und berief so der Urgewalten Zorn gegen Balzôrc.

Zuerst sang sie in G:

»Oh Morgâ, du flüssiges Urelement,
Nihussâ ist es, der deine Macht kennt.
Denn niemand ist wie du so alt,
dein Wesen hat gar manch' Gestalt.«

Dann sang sie in F:

»Prèachàns Heer braust durch die Nacht,
zeigt so der Welt Antarrens Macht.
Kein anderer kann lenken sie,
nur Prèachàn kennt die Magie.«

Nun sang sie in E:

»Es trägt den Samen der mächtige Wind,
ist alter Vertrauter, Doane Shís Kind.
In weiter Ferne, im tiefsten Wald,
von altem Wissen und lichter Gestalt.«

Und zuletzt sang sie in D:

»Des Geistes Kraft und Energie
zeigt Aés Sids helle Magie.
Das Feuer ist das Element,
das alles Böse niederbrennt.«

Auf diese Weise entfesselte Niam die Kräfte der Natur. Mit voller Wucht traf die Wut der Elemente auf Balzôrc. So verzweifelt sich der dunkle Dämon auch wehrte, gegen diesen Ansturm hatte er keine Möglichkeit zur Gegenwehr.

Während die tobenden Urgewalten den schwarzen Fürsten vernichteten, sprach Niam einen letzten Fluch über ihn:

»Ich bin Niam, die Oberhoheit der Welt,
die Eine, die alles zusammenhält.
Ich trage das flaith, *die Herrschergewalt,*
die königliche Macht, wie die Erde so alt.

Als Herrin über das Menschengeschlecht
entziehe ich dir für immer das Recht,
den Fuß zu setzen auf irdenes Land.
Mein heiliger Fluch dich auf ewig verbannt!«

In einer letzten Steigerung hob Niam ihre Stimme ins Unermessliche. Auf dem Höhepunkt stoppte sie abrupt. Für den Bruchteil dieses Moments blieb die Zeit stehen, dann nickte die Königin. Da stürzte die Kuppel in sich zusammen und begrub Balzôrc unter ihren Trümmern. Das war sein zweiter Tod.

Emrys bekam nur den Schluss ihres Kampfes mit. Als er aus seiner Bewusstlosigkeit erwachte, sah er seine künftige Frau inmitten eines strahlenden Regenbogens über den rauchenden Trümmern der Kuppel. Sie wirkte entrückt und überirdisch mächtig. Dann löste sich ihre Trance und Niam kam langsam wieder zu sich. Sie zitterte am ganzen Körper und Emrys erreichte sie gerade noch, bevor sie zusammenbrach. Seine starken Arme fingen ihren Sturz auf. Der Zauber, den sie beschworen hatte, war anstrengend und kräfteraubend gewesen. Erschöpft, aber glücklich sah sie in die Augen des Geliebten.

Dieser küsste sie voller Stolz: »Niam, du hast Balzôrc tatsächlich besiegt. Du bist die hohe Königin, und die Götter stehen dir wahrlich zur Seite. Noch nie habe ich einen so mächtigen Zauber erlebt.«

Niam lächelte ihn müde an. »Ist es jetzt vorbei?«

»Ich hoffe. Aber wir sollten trotzdem von hier verschwinden. Kannst du aufstehen?«

Niam nickte. Doch hinter Emrys' Rücken sah sie etwas, das sie erstarren ließ. Denn Balzôrc erhob sich erneut. Auch sein zweiter Tod hatte den Fürsten der Finsternis nicht endgültig besiegt. Zwar war sein Körper zerstört, nicht aber sein schwarzes Wesen. Noch schlug Balzôrcs Herz, das Zentrum seiner schwarzen Seele. Aus den Tiefen der Steintrümmer zog dunkler Rauch und vereinte sich. Es war eine formlose Gestalt, aber mächtig genug für einen Gegenangriff. Zornig raste die dunkle

Wolke auf Emrys zu. In diesem Moment der Bedrohung fielen Emrys die Worte des Königs der Unterwelt ein. Schnell griff er unter sein Hemd und holte die heilige Beere der Elfen hervor. In Windeseile steckte er das Korn des Trefuilngid auf die scharfe Spitze seines Schwertes und stieß es zielsicher in Balzôrcs Herz. Augenblicklich entstand dort Leben, wo sonst nur Tod und Verderben war. Der heilige Same pflanzte sich tief in das böse Herz und setzte einen Trieb. Mit einem furchtbaren Schrei erkannte Balzôrc, dass er endgültig besiegt war. Er griff an sein Herz und fiel sterbend zu Boden. Dies war der dritte Tod des dunklen Fürsten und sein letzter.

An der Stelle, wo sein schwarzes Herz die Erde berührte, wuchs eine stattliche Eiche. In ihrer Krone thronte eine Mistel. Emrys schnitt den Mistelkranz und legte die heilige Pflanze auf die Wurzel der Eiche, die aus dem besiegten Herz des Feindes gewachsen war. Mit dieser Geste unterstrich er die Entmannung des Vorgängerkönigs durch ihn, seinen Nachfolgekönig.

In dem Augenblick, da Lord Balzôrc endgültig starb, brach die dunkle Herrschaft. Mit ihm versank die Welt. Ein großer Wirbelsturm erhob sich. Emrys und Niam umarmten sich gerade noch, da erfasste sie der mächtige Wind und trug sie fort. Unter ihnen verbrannte die Welt, die sie gekannt hatten, in einem alles verzehrenden Feuersturm. Niam und Emrys hielten sich fest und beteten miteinander. Um sie herum war nichts als Feuer. Sie wussten nicht, wo der Sturm sie schließlich entließ. Sanft setzte er sie auf die verbrannte Erde und beruhigte sich. Auch das Feuer verlosch. Zurück blieb nichts als Stille und tiefe Dunkelheit. Kein Stern war am Himmel. Selbst den Mond hatte die dunkle Nacht verschluckt.

Niam zitterte am ganzen Körper. Emrys spürte es. Er schlang seine Arme enger um sie und drückte sie zärtlich an seine Schulter. Er küsste sie leidenschaftlich, und seine Erregung wuchs. Aber er hielt sich zurück. Denn so schwer es ihm auch fiel, er wartete, bis Niam ihn rief. Gemeinsam mit ihr wollte er den Höhepunkt der Lust erreichen. Da öffnete sich Niam und zog ihren Liebsten zu sich. Immer tiefer versank Niam im Strudel der Liebe, und ihr Körper verlangte brennend, sich mit dem seinen zu vereinen. Dann brachte Emrys Niam zum Höhepunkt. In einem gewaltigen Ausbruch explodierten die Gefühle und rissen sie fort im Strudel der Leidenschaft in den Armen des Geliebten. In dieser Nacht feierten die Königin und der König die heilige Hochzeit. Das Blut ihrer Jungfräulichkeit aber war der rote Trunk der Souveränität, den die Oberhoheit dem von ihr erwählten Gatten reicht.

Damit machte sie Emrys zum König.

Niam und Emrys liebten sich noch oft in dieser einsamen Nacht, wild und voller Leidenschaft. Als sie endlich erschöpft und eng umschlungen einschliefen, da wusste Niam, dass sie ein Kind empfangen hatte. In dieser Nacht hatte der König ein neues Leben gezeugt.

8. Kapitel

Das Königreich Gramarye

Strahlend brach ein neuer Morgen an. Das Feuer der Vergangenheit hatte alles Böse und Schlechte verbrannt. Die Erde war reingewaschen von den alten Sünden und erwartete die Zukunft. Mit lautem Krähen begrüßte ein Hahn die junge Sonne.

Niam und Emrys erwachten Hand in Hand. Verwundert sahen sie sich um. Grüne Wiesen lachten ihnen entgegen, fruchtbare Felder und alte Wälder.

»Emrys, was ist geschehen? Ich dachte, die Welt sei untergegangen.«

»Vielleicht wurde nur das Vergangene zerstört und wir Menschen erhalten nun die Chance zum Neuanfang. Komm, Niam, lass uns sehen, wohin der große Wind uns getragen hat.«

Gemeinsam betrachteten sie ihre Umgebung. Sie befanden sich am Rande eines gewaltigen Gebirgszuges, der sich majestätisch in einer sanften Kurve durch eine fruchtbare Ebene zog. In seiner Mitte floss ein gewaltiger Fluss. An einer exponierten Stelle entdeckten Niam und Emrys eine Ruine. Neben einem breiten Gebirgspass erhob sich das alte Bauwerk wie eine Krone auf dem höchsten Bergkegel gegenüber eines Felsbruchs, der sich weithin sichtbar als Kalksteinband durch die Berge zog. Die Reste starker Mauern kündeten noch von der einstigen Pracht. Früher hatten hier viele Menschen gewohnt, doch heute war die alte Burg nur noch von zahlreichen Raben besiedelt. Mit ihrem eigentümlichen, lauten Geschrei umflogen die schwarzen Vögel die baufälligen Türme, in deren Löchern sie brüteten. Sanft strich der ewige Wind durch die Lücken der brüchigen Wände.

»Niam«, sagte Emrys leise, »ich kenne diesen Ort. Es ist wie ein Bild aus der Tiefe meiner Erinnerung. Warte …«

Prüfend ging Emrys die Umgebung unterhalb der alten Burg ab. Er suchte Spuren der Vergangenheit. Schlagartig erinnerte er sich.

»Niam, ich bin wirklich schon einmal hier gewesen. Damals war ich ein Kind.« Er hob die Arme und deutete auf die Ruine. »Das ist Dinas Brân, die Burg meiner Väter!«

Voller Tatendrang zog Emrys seine Braut hinter sich her und zeigte ihr freudestrahlend die Stätten seiner Kindheit. »Auf diesem Fluss bin ich gefahren, als ich ein Knabe war. Ich hatte ein kleines Boot. Mein Vater schenkte es mir zu meinem Geburtstag. Mit diesem Boot bin ich den Fluss hinauf gerudert. In dem Wald dort hinten bin ich immer auf die Bäume geklettert. Sehr zum Leidwesen meiner Mutter.« Er lächelte. »Damals war ich vier oder fünf. Ich erinnere mich, dass sie zuerst mit mir schimpfte, weil ich ihr Verbot übertrat, und mich dann tröstete, weil ich mir das Knie aufgeschlagen hatte. Sie war eine sehr liebevolle Frau … Komm mit, Niam. Wir wollen uns das Schloss meiner Väter ansehen.«

Hand in Hand schritten sie hinauf zur Burg. Die Turmraben begrüßten sie mit einem lauten Krächzen. Ihr Ruf hallte über die Berge. Es war das weithin hörbare Zeichen, dass der König heimgekehrt ist. Ein gewaltiger schwarzer Schwarm erhob sich und hieß das Herrscherpaar willkommen.

Mit Herzklopfen betraten Niam und Emrys die zerstörte Burg. Die äußere Mauer war deutlich beschädigt. Doch im Inneren wirkte die Ruine bei weitem nicht so verfallen. Der zentrale Gebäudekomplex stand sogar noch. Zwar waren auch seine Mauern von zahlreichen Löchern gezeichnet, doch das steinerne Dach hatte all die Jahre der rauen Witterung getrotzt und war standhaft geblieben. Drinnen war es nahezu trocken. Ausgelassen zeigte Emrys Niam, wo er als Kind am liebsten war: sein Zimmer, die Gemächer seiner Eltern und natürlich die Küche. Es war überraschend, wie gut alles erhalten war. Nach zweiundsiebzig Jahren erkannte Niam noch immer deutliche Spuren des einstigen Lebens. Geschirr, Tische und Stühle, aber auch Kleider und sogar Kinderspielzeug lagen verstreut. Eine dicke Staubschicht bedeckte alles und machte den langen Schlaf deutlich. Zuletzt führte Emrys Niam in den Thronsaal. Ergriffen betrat Emrys die Halle seiner Ahnen. Dies war das Zentrum des alten Brigants gewesen, als sein Vater Belír noch auf dem Thron saß.

Hier waren die Spuren des Kampfes noch deutlich zu erkennen. Der Thronsaal war vollkommen zerstört. Die Kuppeldecke war verschwunden. Was der Feind begonnen hatte, hatten Wind und Wetter weitergeführt. Im Laufe der Jahrzehnte vollendeten sie das Werk des Bösen. Der alte Thron lag verbrannt in einer Ecke. Der große bronzene Rundtisch, an dem früher über das Schicksal des Reiches entschieden wurde, war zertrümmert und in mehrere Teile zerbrochen. Es war ein trostloser Anblick, den das einstige Machtzentrum von Brigant bot.

Doch Emrys lief glücklich von einer Ecke in die andere. Er sprach: »Endlich bin ich zu Hause.« Dann trat er zu Niam und nahm sie in die Arme: »Niam, meine Königin, hier wollen wir unsere neue Heimat gründen. Lass uns auf diesen alten Mauern unserer Vorfahren unser neues Reich aufbauen.«

Niam nickte und küsste ihn. »Ja, denn hier gehören wir hin.«

Mit hellem Lachen liefen die zwei durch die Räume und schmiedeten erste Pläne für die Zukunft. Voll Übermut traten sie hinaus auf die Plattform vor der Burg. Von hier oben hatte man einen weiten Blick über das gesamte Umland. Zu ihren Füßen lag die gewaltige Ebene von Craév. Zur rechten und zur linken Seite umschlossen die hohen Berge des Bêrwy die alte Königsburg. In seiner Mitte floss der mächtige Déon. Gemächlich zog er seine alte Bahn durch die Berge.

Da fiel Emrys etwas ein. »Niam«, sagte er, »komm mit. Es gibt da noch etwas, das ich dir zeigen möchte. Hoffentlich steht er noch.« Damit zog er Niam mit sich.

Er führte sie tief in die Berge. Weit unter ihnen floss der Déon. Gegen Mittag erblickten sie auf einem hohen Berggipfel die Ruinen eines alten Tempels. Seine Mauern waren von einem undurchdringlichen Gestrüpp aus Efeu und Kletterrosen bewachsen. Unerbittlich rankten sich die Schlingpflanzen um die alten Wände. Niam und Emrys traten vor den Tempel und legten ihre Hände auf das dichte Gebüsch. Da veränderte sich der Dornenteppich und gab einen torförmigen Eintritt frei. An seinen Seiten öffneten sich die Rosen und schmückten den Eingang mit ihrer Schönheit. Durch dieses rosenbekränzte Tor betraten Niam und Emrys den äußeren Kreis des alten Tempels. Innerhalb der Mauern wirkte er nicht mehr wie eine Ruine. Die Jahre waren spurlos an den alten Mauern vorübergegangen. Der Tempel war aus hohen Megalithen gebildet, überdacht von einem gewaltigen, mit Kragsteintechnik geformten Dom. Er hatte eine faszinierende Anziehungskraft.

»Das ist der alte heilige Tempel von Brigant. In früheren Zeiten war er der heiligste Platz des Königreiches.« Mit diesen Worten betrat Emrys den inneren Steinkreis und verschwand im Schatten der hohen Megalithen.

Niam folgte ihm. Er führte sie in eine hohe Kammer. Drinnen bot sich ihr ein unerwarteter Anblick. Das, was von außen wie eine verlassene Ruine ausgesehen hatte, zeigte sich in seinem Inneren als intakter Zeremonienplatz. In seinen acht Ecken standen große Kerzen. Die hohe Kuppeldecke verzierten Zeichen in einer Sprache, die so alt war, dass niemand sie mehr verstand. Der gigantische Raum war vollkommen leer bis auf einen großen Stein in seiner Mitte. Der Staub der Jahrzehnte lag wie eine Decke über ihm und überzog die Schätze, die auf ihm lagen, mit ewiger Ruhe. Das waren die heiligen Reichsinsignien von Brigant. Als Emrys' Hände den Schatz berührten, geschah etwas Wunderbares. Durch den Mauerschlitz über dem Eingang fiel ein Sonnenstrahl und erhellte den Raum mit seinem goldenen Licht. Der Strahl lief durch den großen Saal bis zu einer Steinplatte an der rückwärtigen Wand. Dort erleuchtete er eine große Trippelspirale, das heilige Symbol der Muttergöttin, das mächtige Signum für die Unzerstörbarkeit des Lebens. Im Lichtschein dieser Spirale nahm Emrys die schimmernden Kleinodien der Macht von der Mitte des steinernen Tisches. Da war der heilige Helm von Brigant in Gestalt einer Eule. Daneben lag ein alter Ring. Feierlich setzte der König den goldenen Helm auf. Zuletzt nahm er den magischen Ring seiner Vorfahren. Dieser Ring war ein Geschenk der Götter an die Herrscher von Brigant. Er verlieh Wissen und deckte jeden Zauber auf. Die Macht der Ahnen war in seinem Edelstein gebündelt. Seit seiner Erschaffung war er mit der weißen Magie der Götter verbunden.

Als Emrys den alten Ring überstreifte, warf die Trippelspirale der hinteren Steinplatte das gespeicherte Licht des Sonnenstrahls auf den Ring. Dieser erwiderte das Leuchten und erhellte den König. Er erstrahlte im Licht, angetan mit den königlichen Zeichen seiner Heimat.

Da veränderte der alte Tempel seine Erscheinung. In diesem Augenblick öffneten die Kletterrosen ihre Knospen. Unzählige Blüten tauchten den Tempel in tausendfaches Rot. Die dreifache Spirale im Hintergrund erstrahlte erneut im hellen Licht, so wie sie es seit Urzeiten getan hatte.

Emrys hob die Arme und sprach mit fester, lauter Stimme: »Nun ist er wiedergeboren, der alte Tempel, das Heiligtum meiner Ahnen. Mit ihm erwacht auch meine Heimat zu neuem Leben. Nie wieder wird das Böse Zugang haben zu diesen heiligen Mauern. Von diesem Tage an wird ein neues Zeitalter anbrechen, ein gutes, blühendes und reiches Zeitalter im Zeichen der hellen Macht.«

Glücklich liefen Niam und Emrys hinaus in den Sonnenschein. Vor den Toren des Tempels erwartete sie eine verhüllte Gestalt. Der Unbekannte trat wortlos auf sie zu. Dann schlug er die tiefe Kapuze zurück. Es war Gwydón.

»Ich grüße euch, liebe Freunde. Gesegnet sei euer ruhmreicher Sieg und eure erfolgreiche Rückkehr.«

Herzlich umarmten sich die drei Freunde und feierten ihr Wiedersehen. Endlich waren sie wieder zu dritt vereint.

»Gwydón, wo warst du so lange?«

»Ich hatte andere Dinge zu erledigen. Doch nun folgt

mir zurück nach Dinas Brân. Denn ich habe jemand mitgebracht.«

Schnell liefen sie zurück zur Burg. Dort wurden Niam und Emrys freudig begrüßt. Zuerst von Brânwi, Shidrén und Cu. Zahlreiche Menschen umringten sie. Niam und Emrys sahen mit Freude, wie viele den großen Krieg überlebt hatten. Da waren all ihre Weggefährten vergangener Tage. Zuerst begrüßte sie Loégian von Brigant. An seiner Seite stand Etaín von Âtron. Sie waren inzwischen ein Paar und hatten sich des elternlosen Atgnó von Dumnón angenommen. Daneben stand Brégon von Sîl.

Unter den übrigen Menschen waren auch Déira und die Flüchtlinge aus Brádon. Freudig begrüßte Niam sie. Déira wusste anfangs nicht, wie sie reagieren sollte. Immerhin war Niam jetzt die Königin.

Doch Niam nahm ihr schnell die Scheu. »Déira, ich bin so froh, dass wir uns wiedersehen. Jetzt kannst du auch an meinem Glück teilhaben.«

In langen Märschen zogen immer mehr Menschen in die Ebene von Craév. Nach und nach versammelten sich alle Überlebenden der neuen Welt vor den Toren von Dinas Brân. Erwartungsvoll blickten sie auf Emrys. War er tatsächlich der prophezeite Retter? Würde er sie in eine hoffnungsvolle und blühende Zukunft führen? Ihre fragenden Blicke wanderten von Emrys über Niam zu Gwydón. Da trat Gwydón vor. Schlagartig verstummte die Menge.

Dann sprach der Samildánach zu den gespannt lauschenden Menschen: »Bewohner der neuen Welt. Heute bricht für euch und die Welt eine neue Zeit an. Denn heute ist der König zurückgekommen. Ihr alle wisst auch, wer es ist: Emrys, der Sohn von Belír aus dem alten Geschlecht der Könige von Brigant.«

Die Menschen bejubelten ihren König mit lauten Chören der Freude.

Dann wandte sich Gwydón an Niam: »Dem König zur Seite steht Niam, die Königin.«

Das Volk hieß das Königspaar laut willkommen.

Dann hob Gwydón erneut die Hand. »Niam und Emrys, sagt mir: Habt ihr die Krönungssteine von eurer Reise mitgebracht?«

Doch die Befragten schüttelten nur traurig den Kopf. Die Menschen erstarrten.

Da holte Gwydón etwas hinter seinem Rücken hervor: »Sieh, was ich auf meinem Weg gefunden habe.« Damit gab er Niam ihren Lederbeutel, den schwarzen Rabenmantel und den Gae Bolg zurück.

Atemlos vor Freude streichelten Niams Hände über das edle Metall des Lichtstabes, dann kuschelte sie sich tief in das weiche Gefieder des Rabenmantels. Zuletzt durchsuchte Niam den Inhalt ihres Beutels. Alles war noch da. Brânwis Feder lag noch immer neben dem Cauldron der Meere. Außerdem waren da die vier grauen Steine, die Niam von ihrer Reise durch die untergegangenen Königreiche der neuen Welt mitgebracht hatte. In diesem Moment wusste sie, was zu tun war. Sie erhob sich und trat vor die erwartungsvolle Menschenmenge.

Als sie zu sprechen begann, erstrahlte sie in einem übernatürlichen Leuchten und eine königliche Aura umgab sie. »Ihr Menschen der Welt, liebe Freunde, verzagt nicht. Ich bin Niam, das helle Kind und Gutuamer, die Herrin der Stimme und Trägerin der Elementmagie. Ich bin eine Tochter des Meeres und von Lughs hellem Blut. Ich vereine in mir Alt und Jung. Das macht mich zur Oberhoheit, der Verkörperung der Erde und ihr Souverän.«

Ehrfürchtig beugten die Menschen das Knie vor der Königin.

Doch Niam hieß sie, sich wieder zu erheben: »Nein, ich bin es nicht, der es zu huldigen gilt. Das ist nur der König. Ernannt wird der König durch die heilige Hochzeit, doch meine Wahl bestätigen werden die neuen Krönungssteine der alten Königreiche.« Damit leerte sie ihren Beutel vor den Augen der gespannten Menge. Zum Vorschein kamen die vier unscheinbaren Steine. Niam zeigte auf den ersten. »Das ist Fál, der heilige Stein von Brigant.«

Als sie den grauen Stein in die Hand nahm, da begann dieser zu singen. Doch dieses Mal summte er nicht nur einen Ton, sondern die alte Landeshymne von Brigant. Das war der unzweifelhafte Beweis und zeigte die Würde des neuen Krönungssteines laut und deutlich. Loégian und die übrigen Briganten stimmten jubelnd in das Lied ihrer Heimat ein. Somit wurde der unscheinbare Stein als neuer Krönungsstein von Brigant anerkannt. Dasselbe geschah mit den drei weiteren Steinen. Auch sie bewiesen ihre Würde. In Niams Hand sangen nacheinander der Anjúr von Âtron, der Eámur von Sîl und der Gamier von Dumnón ihre nationalen Hymnen. Ungläubig staunend folgten die Menschen diesem Wunder. Nach so vielen Jahren des Leids waren die vier Krönungssteine endlich wieder auf Erden.

In drei Tagen war Samhain. An diesem Tag wollte der König die Königin freien. Mit Feuereifer begannen die Menschen mit den Vorbereitungen. Sie würden ihrem Herrscherpaar eine würdige Feier ausrichten. Die Mauern von Dinas Brân wurden geschmückt. Auf dem zentralen Platz vor der Burg wurde eine Tafel aufgestellt und alles für die Feier vorbereitet. Voller Vorfreude erwarteten die Menschen den Anbruch der Samhain-Nacht.

Zu dem großen Festtag versammelten sich alle vor den Toren Dinas Brâns. Auch die Fürsten der Anderswelt waren gekommen. Es war ein freudiges Wiedersehen. Besonders Niam war glücklich. Tränen der Freude schossen in ihre Augen, als sie ihre Familie umarmte.

Warm umfingen sie die liebevollen Arme ihrer Großmutter: »Niam, geliebtes Kind. Endlich sehen wir uns wieder an diesem glückseligen Tag. Ich erkenne mit Freuden, dass du dein Schicksal erfüllt hast. Denn ich sehe den König an deiner Seite. Eine gute Wahl. Bist du glücklich, Niam?«

»Ja, Großmutter, überglücklich. Endlich habe ich meinen Platz gefunden. Hier gehöre ich hin, mit Emrys an meiner Seite.« Sie sah zu Emrys hinüber. »Ja. Emrys ist es, den ich liebe. Mit ihm will ich den Rest meines Lebens verbringen. Hier werden wir unsere gemeinsame Zukunft aufbauen und unser Heim gründen.«

»Das freut mich zu hören, zumal ihr bereits eine kleine Familie seid. Du trägst ein Kind unter dem Herzen, nicht wahr?«

Niam nickte. »Es ist die Frucht der Liebe zwischen Emrys und mir.«

Inmitten all der königlichen Andersweltbewohner fiel die Ankunft eines weiteren Gastes nicht weiter auf. Ohne großes Gefolge tauchte eine verhüllte Gestalt aus dem Nichts auf.

Leise trat sie hinter Gwydón: »Gwydón. Gwydón, mein Sohn.«

Gwydón wirbelte herum und blickte in zwei bernsteinfarbene Augen. »Königin Talassa? … Mutter?«

Sie war es: Talassa, Königin der Nacht und Herrscherin

über das verschollene Volk der Bendriden. Sie war angetan mit kostbaren Schleiern, geheimnisvoll leuchtend wie die Nacht. Für Talassa war es ein besonderer Moment. Denn für sie wurde nicht nur das Herrscherpaar der Menschen vereint und gekrönt, sondern sie durfte endlich ihren Sohn in die Arme schließen. Nur für Gwydón hatte sie ihren Platz im Verborgenen verlassen. Über dreißig Erdenjahre war es ihr nicht gestattet gewesen, ihren Sohn zu sehen. Das war das Opfer, welches das Schicksal von ihr verlangte. Samildánach hatte Gwydón alleine werden müssen, nicht geleitet und beschützt von einer königlichen Mutterhand. Voller Stolz betrachtete Talassa ihren Sohn. Strahlend stand er da, mächtiger als ein Mutterherz es je zu hoffen gewagt hätte. Ihr altes Herz jubilierte.

Gwydón war tief bewegt. Mit gemischten Gefühlen betrachtete er seine leibliche Mutter. Zum einen war da die Wut darüber, dass sie ihn verlassen hatte. Aber gleichzeitig war da auch das starke Gefühl, welches den Sohn mit der Mutter verband. Zwiegespalten stand er vor ihr. Sie aber lächelte ihn an und bat um Verzeihung. Da überwand Gwydón seinen Groll. Er vergaß die Vergangenheit und versöhnte sich mit seiner Mutter.

Kurz vor Sonnenuntergang kam endlich die, auf die alle gewartet hatten. Mit großem Gefolge betrat die Herrin Aífe, die große Mutter, den Platz vor der Burgruine, angetan mit den Zeichen ihrer Macht: bekleidet mit der Sonne, den Mond zu ihren Füßen und einer Krone von 12 Sternen auf ihrem Haupt. Mit ihr kamen Winlogee und Cailleach. Freudig begrüßte die große Mutter das Brautpaar. Dann deutete sie auf den nahen Sonnenuntergang. Es war höchste Zeit, Niam und Emrys auf das bevorstehende Ritual vorzubereiten. Die Herrin nickte Gwydón zu und hieß ihn, Emrys mitzunehmen. Sie selbst aber kümmerte sich um Niam. Aífe führte Niam in ein stilles Tal.

Dort wandte sie sich an die Braut: »Niam, nun stehst du an der Schwelle deines neuen Lebens. Ist dir bewusst, was heute Nacht geschieht?«

Niam nickte. »Ich werde Emrys heiraten.«

»Das stimmt. Aber es ist noch viel mehr. Denn heute Nacht wählt die Oberhoheit ihren Gatten und macht ihn damit zum König. Denn der König benötigt die königliche Frau an seiner Seite nicht nur als Ergänzung, sondern auch als Überhöhung. Diese Hochzeit ist nicht nur die fleischliche Vereinigung zweier menschlicher Wesen, sondern vielmehr die Verbindung der Göttin mit der männlichen Gottheit. Es ist die heilige Hochzeit, welche die große Muttergöttin mit dem Gehörnten feiert. Gemeinsam leeren sie den Trunk der Souveränität. Durch diese Verbindung entsteht etwas Drittes: die legitime Königswürde. Das ist der rechtmäßige Anspruch des Königs auf den Thron.«

»Mutter«, sagte Niam nachdenklich, »bitte beantwortet mir eine Frage. Wieso ist nichts passiert, als Balzôrc mich heiratete? Gemeinsam leerten wir den Becher, doch kein Krönungsstein akzeptierte ihn als König.«

»Weil die Göttin nicht erpressbar ist. Die große Mutter ist stets frei in der Wahl ihrer Liebe. Gegen ihren Willen kann sie nicht gezwungen werden, ihr Herz zu vergeben. Das Ritual der Heiligen Hochzeit ist so alt und mächtig, dass nicht einmal Balzôrcs Macht es brechen konnte. Deine Liebe galt stets Emrys. Er war es, den du im Sinn hattest, als du den Kelch mit Balzôrc leertest. Deshalb war deine Verbindung mit Balzôrc ungültig. Die Liebe der Menschen ist unbestechlich. Das ist eure stärkste Kraft. Ihr beide, du und Emrys, seid füreinander bestimmt. Und nun bereite dich auf deine Hochzeit vor.«

Bei Sonnenuntergang begannen die Hochzeitsfeierlichkeiten. Die heilige Samhain-Nacht brach herein und legte sich über das Land.

Aufrecht stand Emrys und nahm Niam mit seinem Blick gefangen. Das goldene Licht des Feuers fiel auf seinen glatten Körper. Seine kräftigen Schultern strahlten Stärke und Geborgenheit aus. Niam sah ihn an. Dann reichte sie ihm einen Becher, gefüllt mit einer roten, geheimnisvollen Flüssigkeit. Gemeinsam leerten sie das magische Gefäß. Damit wählte die große Mutter ihren König in der heiligen Hochzeit.

Hand in Hand schritten Niam und Emrys um die Mauern des alten Tempels. Frauen sangen und tanzten um sie herum, immer lauter und wilder. Doch Niam und Emrys bemerkten es kaum. Die feiernde Prozession geleitete das Paar zu einem stillen Tal. Dort beschrieben sie mit einem Zweig einen Kreis um die Liebenden. Wie durch Zauberhand wuchs eine blühende Weißdornhecke dort, wo der Kreis gezogen war, und verbarg das Brautpaar vor den Augen der Feiernden. Die Musik schwoll an, die Blumen und Kräuter dufteten stärker, und der wilde Tanz steigerte sich zur Ekstase. Und dann wirkte er, der hohe Zauber der Liebe.

Währenddessen beriefen die Druiden Heirats-Omen, um die gemeinsame Zukunft des königlichen Paares zu erfahren. Zwei Haselnüsse wurden mit je einem ihrer Namen versehen und Seite an Seite ins Feuer gesetzt. Sollte eine der beiden vorzeitig herausspringen, würden sich die Eheleute früher oder später trennen. Doch die zwei Nüsse brannten gemeinsam lange und beständig. Sie zeigten, dass Niam und Emrys sehr glücklich miteinander werden würden. Ein weiteres Omen bestand darin, zwei auf einem Stein erhitzte Erbsen in kaltes Wasser zu werfen. Trieben beide auf der Oberfläche, so würde die Ehe unglücklich werden, ginge jedoch nur eine von beiden unter, dann würde die Ehe scheitern. Doch die Erbsen sanken gemeinsam langsam in die Tiefe hinab und bezeugten eine lange Verbindung voller Glück und Liebe.

Der Samhain-Morgen erhob sich strahlend über Dinas Brân. Seit Sonnenaufgang pilgerten die Menschen und das alte Volk wieder vor die Tore der Ruine. Nun begannen die Krönungsfeierlichkeiten. Denn die Oberhoheit hatte ihren Gatten gewählt und ihn zum König gemacht. Gwydón holte sie ab und führte sie vor die Versammlung: Emrys, den König, zu seiner Rechten und Niam, die Königin, zu seiner Linken.

Doch wessen König würde Emrys sein? Schließlich hatte jeder Stamm während des großen Krieges seine Heimat und den Regenten verloren. Welches der vier Königreiche würde Emrys wieder aufbauen? Diese und andere Fragen standen den Menschen auf den Gesichtern. Gwydón trat vor das Königspaar: »Niam. Emrys. Nun, da ihr verheiratet seid, gibt es noch eines zu klären. Deshalb frage ich euch im Angesicht eurer Untertanen: Wo wird sie sein, eure neue Heimat und das Zentrum der Zukunft?«

»Das soll hier sein.« Emrys deutete auf die Ruine hinter sich. »Dinas Brân, die alte Burg meiner Vorfahren, soll unser neues Heim sein.«

»Das ist eine weise Entscheidung, der erste Grundstein der Zukunft. Den zweiten werde ich nun legen.« Damit schlug Gwydón seinen Umhang zurück und holte die letzte der drei heiligen Beeren des Trefuilngid hervor. »Diesen heiligen Samen lege ich in die altehrwürdige Erde als Zeichen der Hoffnung.«

Dann pflanzte der Samildánach das geweihte Korn zum Wohle der Zukunft. Sobald der Same die Erde berührte, trieb er. Aus dem kleinen Korn wuchsen in Windeseile die zehn Urbäume der Welt: Apfel und Eibe, Birke und Buche, Eiche und Ulme, Eberesche und Holunder, Schlehe und zuletzt der Haselbusch. Diese Bäume bildeten das Fundament der neuen Heimat.

In dem Moment, da die zehn Bäume aus der Ruine von Dinas Brân erwuchsen, geschah ein weiteres Wunder. Unter dem Wurzelwerk der Eiche brach die alte Mauer auseinander. Zum Vorschein kamen ein flacher Stein und eine beschriftete Steintafel. Aufgeregt scharten sich die Menschen darum und staunten. Gwydón betrachtete zuerst die Steintafel. Sie war kreisrund und ihre Schrift leuchtete in mystischen Zeichen. Der Samildánach erkannte, was sie da vor sich hatten.

»Ihr Götter«, rief er freudig aus, »das ist der letzte Teil der alten Prophezeiung, der alles ergänzende, zentrale Mittelpunkt.«

Ein Raunen ging durch die Menge. Fasziniert starrten die Menschen auf die Tafel. Doch sie konnten sie nicht lesen. Einer trat aus der Menge und legte Gwydón die Hand auf den Arm. Es war Sethor. Nach Tornas Tod war Sethor nun der Oberdruide der Dumnónii.

»Gwydón, kannst du es lesen?«

Ehrfürchtig betrachtete Gwydón den runden Stein. Vorsichtig glitten seine Finger über die eingravierten Zeichen. Diese Platte war anders als die übrigen Teile der Prophezeiung. Sie bestand aus drei Strophen und war wesentlich kleiner beschrieben. Das letzte Drittel war noch flüchtiger verfasst, so als wäre es in großer Eile geprägt worden. Es war unsauber und fast unleserlich.

Doch Gwydón war der Samildánach und verfügte über genügend Wissen, um die Worte zu entschlüsseln. »Ja, das kann ich.« Laut las er:

»Das Herrscherpaar der ganzen Welt
alleinig vor die Wahl gestellt.
Aus Tod kommt Leben, dem Chaos folgt Glück,
entscheidend für das Weltengeschick.

Es donnern vereint der Steine vier
zu finden den Allerhöchsten hier.
Das Zentrum alter, heiliger Macht
wird durch diesen letzten wiedergebracht.

Der rechte König nur allein
kann Träger der Hoffnungskrone sein.
Und dann bricht an für lange Zeit
Gramaryens Zukunft in Herrlichkeit.«

Die Menschen lauschten ergriffen. Ein jeder fühlte Frieden und Zuversicht in sein Herz einziehen. Doch niemand verstand die Worte.

Erneut war es Sethor, der fragte: »Die Hoffnungskrone? Gramarye? Gwydón, was bedeutet das?«

»Unsere Zukunft …« Gwydón wirkte abgelenkt. Denn sein Blick ruhte auf dem flachen Stein, der neben der Schrifttafel in dem Mauerloch gelegen hatte. Er beugte sich vor und betrachtete ihn genauer. »Sieh dir diesen Stein an, Sethor. Es ist kein Zufall, dass er gemeinsam mit dem letzten Teil der Prophezeiung in diesem Loch war. Er wirkt sehr alt und ehrwürdig.«

»Das ist er auch. Denn das ist der Foaíl, der Stein unter dem König der Könige.«

Eine fremde Stimme sagte das. Laut und mächtig erfüllte sie die gesamte Umgebung. Von rechts traten vier Gestalten auf den Platz zu Füßen Dinas Brâns. Sie schritten durch die Reihen der Menschen und kamen vor Niam, Emrys und Gwydón zum Stehen. Es waren Semias, Esras, Uscias und Morfessa.

Erfreut hieß Emrys sie willkommen. Zuerst begrüßten die vier Weisen Aífe. Diese lächelte geheimnisvoll und neigte das Haupt vor den alten Männern. Dann wollte Emrys seine Helfer vorstellen.

Doch Gwydón kannte sie bereits: »Ihr hohen Meister. Welche Ehre für uns Menschen.« Tief verneigte er sich vor den vier alten Männern.

Doch diese schüttelten ihre Köpfe: »Nein, Gwydón Samildánach. Du sollst nicht vor uns knien, denn du bist uns gleichgestellt. Dir verdankt die Welt ihre Rettung, dir und deinen beiden Freunden.« Damit nickten sie Emrys und Niam freundlich zu.

Emrys war zutiefst erstaunt. Obwohl auch er bei ihrer ersten Begegnung gemerkt hatte, dass diese vier alten Männer von großer Weisheit waren, erstaunte ihn doch der hohe Respekt, den Gwydón und sogar die große Mutter ihnen zollte. Die vier bemerkten seinen fragenden Blick und lachten.

Dann trat Morfessa vor und sprach zu seinem jungen Freund: »So sehen wir uns wieder, Emrys, junger Freund. Nun bist du kein Prinz mehr. Jetzt bist du der König. Als Prinz zogst du in die letzte Schlacht, als König kehrtest du zurück. Nur der König durfte um die Königin kämpfen und den Vorgängerkönig töten. Du hast Lord Balzôrc den dreifachen Todesstoß gegeben und dein Volk aus seiner Knechtschaft geführt. Du hast die Oberhoheit befreit und deinem Reich die Fruchtbarkeit zurückgegeben. Ist sie das neben dir, die Liebe deines Herzens?«

»Ja.« Emrys nickte stolz. »Das ist Niam, die Königin meines Lebens.«

Die vier alten Männer nickten wohlwollend. Sie traten vor Niam und grüßten sie: »Wir freuen uns, dich kennen zu lernen. Du bist Lughs Tochter, das helle Kind, Gutuamer und die Oberhoheit. Emrys ist der prophezeite König und du bist seine Königin. Nun tretet ihr eure Bestimmung an.«

Nun sprachen sie laut zur Versammlung: »Das Schicksal hat sich erfüllt. Das Dreigestirn der Prophezeiung ist wieder vereint: Samildánach, König, Königin. Jetzt beginnt die neue Zukunft der Menschen. Heute wird es geboren, das verheißene Königreich Gramarye. Die Thuata de Dannan haben uns zu euch gesandt. Wir sind hier, um das neue Herrscherpaar der Welt zu begrüßen und der Geburt der Zukunft beizuwohnen.«

»Wer seid ihr in Wirklichkeit?«, fragte Emrys leise.

Die vier alten Männer lächelten milde.

Dann erhob Morfessa das Wort und sprach: »Ich bin Morfessa, der Herr der Weisheit aus Falias.«

»Ich bin Uscias, der Herr der Weisheit aus Findais.«

»Ich bin Esras, der Herr der Weisheit aus Gorias.«

»Ich bin Semias, der Herr der Weisheit aus Murias.«

Emrys starrte die alten Männer ungläubig an. Dann wandte er sich fragend an Gwydón.

Dieser nickte: »Ja, du hast richtig gehört. Diese vier Weisen sind die ehrwürdigen Meister der Thuata de Dannan.«

Emrys sah die vier Alten mit großen Augen an: »Eure niedergebrannte Heimat, das waren die vier nördlichen Götterstädte Falias, Findais, Gorias und Murias?«

Die alten Männer nickten: »Der Samildánach spricht die Wahrheit. Die Thuata de Dannan sind unser Geschlecht. Unsere Heimat brannte nieder, als wir die Prophezeiung schrieben. Sie war unser Vermächtnis an euch. Nur mit Mühe gelang es uns, während Crom Dubhs Überfall den Schluss fertig zu stellen. Dann waren wir zum Rückzug gezwungen. Nach der Flucht kamen wir noch einmal zurück und suchten diesen wichtigsten Teil in der Asche. Gemeinsam mit dem Foaíl versteckten wir das Zentralstück unter diesen Mauern.«

»Der Foaíl? Meint ihr diesen Stein hier?«

»Ja. Er ist der höchste aller Steine auf Erden, denn er ist der Stein unter dem König der Könige. Folgendes erzählt die Legende über diesen Stein: Zu der Zeit, da eure Vorfahren diesen Teil der Welt besiedelten und das alte Volk der großen Göttin sich in die Abgeschiedenheit der Anderswelt zurückzog, da trafen die Götter der Thuata de Dannan und die Mutter ein Abkommen. Gemeinsam schufen sie einen Krönungsstein, höher und mächtiger als die übrigen vier. Diesen nannten sie den Foaíl, den Stein unter dem König der Könige. Er repräsentierte die höchste königliche Würde der Erde und war dazu bestimmt, den Hochkönig anzuzeigen. Aber die Stämme der Menschen gerieten in Streit über ihn. Jeder König begehrte diesen hohen Rang für sich, jeder wollte den Foaíl besitzen. So begannen die Völker der neuen Welt, sich gegenseitig zu bekämpfen. Als die Götter das sahen, beschlossen sie, den Foaíl wieder zu sich zu nehmen. Sie versteckten ihn dort, wo niemand ihn finden würde. Doch sie prophezeiten, dass dereinst ein König kommen würde, der dieses heiligen Steines würdig sei. Dieser eine sollte die Stämme der Menschen einen und in eine glückliche Zukunft führen. Er wird das verheißene Königreich

Gramarye gründen. Nun ist es endlich so weit. Der Foaíl wurde gefunden und liegt zu euren Füßen. Jetzt muss nur noch der Richtige auf ihn treten und ein Wunder wird geschehen. Dann werdet ihr ein hohes Gut zum Wohle der Menschen erhalten. Aber dies geschieht nur, wenn der wahre König seinen Fuß auf den Foaíl legt.«

»›Der wahre Träger nur allein kann Träger der Hoffnungskrone sein‹«, flüsterte Gwydón gedankenverloren. Laut sagte er: »Ihr weisen Meister der Götter, sagt uns: Ist Emrys dieser König?«

»Das wird sich zeigen. Emrys muss die Donnerprobe bestehen. Jeder, der den Foaíl berühren will, muss vorher durch die übrigen Krönungssteine anerkannt werden. Bedenkt, der Foaíl weiht den Hochkönig. Deshalb müssen ihn auch die übrigen vier Krönungssteine bestätigen.«

Aufgeregtes Flüstern erfüllte die Luft. Natürlich! Die heiligen Steine! Sie würden den richtigen König zeigen.

Im Namen aller Anwesenden bat Gwydón Emrys, die Steine zu testen. Zuerst wandte sich Emrys an den Fál von Brigant. Immerhin war er vom königlichen Blut der Briganten. Emrys holte tief Luft, dann trat er fest auf den heiligen Stein. Als sein Fuß den Fál berührte, begann dieser zu schreien. Sein mächtiges Donnergrollen war weithin vernehmbar. Die Menschen jubelten, allen voran die Briganten. Loégian trat vor Emrys und begrüßte im Namen seiner Landsleute seinen König. Danach forderte Gwydón Emrys auf, auch die andren drei Krönungssteine zu testen. Nacheinander donnerten der Anjúr von Âtron, der Eámur von Sîl und zuletzt der Gamier von Dumnón. Dies war das letzte Zeichen und der eindeutige Beweis: Emrys war der rechtmäßige König der neuen Welt, der prophezeite Hochkönig.

Nun gab es nur noch ein Letztes zu tun. Mit dem Einverständnis aller Anwesenden bat Gwydón Emrys, nun auch den Foaíl zu berühren. Emrys zögerte nur kurz, dann trat er fest auf den unscheinbaren Stein. In diesem Moment geschah das vorhergesagte Wunder. Mit lautem Donnern brach der harte Stein auseinander. Gleißendes Licht kam aus dem Inneren. In seiner Mitte lag eine grüne Krone, geschnitzt aus einem einzigen lupenreinen Smaragd.

Gwydón zuckte zusammen. Ehrfürchtig ließ er seine Finger über das edle Stück gleiten. Dann sah er auf die Meister der Thuata de Dannan und fragte: »Ist sie das, was ich vermute?«

Die vier Weisen nickten. Gwydón hob die Krone jubelnd in die Höhe. Emrys jedoch verstand die Aufregung des Freundes nicht.

Gwydón klärte ihn auf: »Emrys, mein König, was du hier siehst, war einst eines der Wunder der Welt. Das ist die heilige Smaragdkrone. Als die Welt noch jung war, da war sie das Symbol der Hoffnung. In ihrem grünen Stein ist das Vertrauen auf die Zukunft und all die Zuversicht der vergangenen Tage gespeichert. Wenn der Richtige sie trägt, dann gibt sie ihm diese Energie zurück. Sie ist die grüne Hoffnungskrone. Seit vielen Zeitaltern galt sie als verschollen. Endlich ist die grüne Krone wieder aufgetaucht, zum Wohle der Menschen und ihres Trägers, dem neuen Hochkönig.«

Unter dem Jubel der Menschen nahm Gwydón die grüne Krone in die Hände und setzte sie Emrys aufs Haupt. Nun war die alte Prophezeiung wirklich endgültig erfüllt.

In einer feierlichen Zeremonie krönten die Menschen der neuen Welt Emrys zu ihrem Hochkönig. Als Oberdruide der neuen Welt war es Gwydóns Aufgabe, die Götter zu befragen. Als sich die Sonne dem westlichen Horizont näherte, begab er sich auf eine Geistesreise. Ein weißer Stier wurde geschlachtet. Gwydón aß ein rotes Stück Fleisch und trank die Brühe, die daraus gefertigt worden war. Danach fiel er in tiefen Schlaf, der von den übrigen Druiden bewacht wurde. In seinem Traum sah Gwydón Emrys. Ein großer Bär mit einem silbernen Rückenstreifen folgte dem König. Kurz vor Sonnenuntergang kehrte der Samildánach von seiner Geistesreise zurück. Der Abend kündigte sich durch ein leuchtendes Rot an, da schlug Gwydón die Augen auf und erhob sich. Er erzählte den Menschen von seiner Vision und prophezeite eine glückliche Zukunft unter der Regentschaft des legitimen Königs.

Das alte Volk bereitete die bevorstehende Krönung auf seine Weise vor. Zur einbrechenden Nacht trafen sich die kundigsten Feen der Anderswelt und knüpften das purpurne Krönungsgewand des Königs. Hinein legten sie viele mächtige Gaben. Eine webte die Musik hinein, die Harfe und das Saitenspiel. Eine andere arbeitete Kenntnisse der Astronomie in das festliche Gewand. Die Sterne würden den künftigen König ein guter Berater sein.

Bei Sonnenuntergang erschien Emrys. Er war angetan mit den Insignien des Königs. In der linken Hand trug er den goldenen Eulenhelm von Brigant. Seine rechte Hand zierte der magische Ring. Fest ruhte sie auf dem Knauf des Schwertes Caliburn. Die goldene Rüstung war poliert und glitzerte hell. Eine edelsteinbesetzte Goldbrosche prangte an seiner Brust. Ein kostbarer Torques, besetzt mit Symbolen und Spiralen, schmückte Emrys' Hals als religiöses und weltliches Zeichen der Macht.

Aufrecht stand Emrys vor der jubelnden Menge. Die Herrin Aífe trat zu ihm und legte ihm als Zeichen der Verbundenheit des alten Volkes den Purpurmantel um. Sie küsste ihn auf die Stirn und versicherte ihn ihres unbegrenzten Wohlwollens. Dann trat Gwydón hinzu. Der Samildánach hob die Hand und unterbrach die Jubelschreie.

Mit lauter Stimme sagte er: »Nun ist es meine erfreuliche Pflicht, den König zu krönen. Dazu gehören die Worte des Druiden an seinen Souverän als Weisung und Hinweis dessen, was es bedeutet, König zu sein. Der König ist derjenige, der die Verbindung zwischen der menschlichen Gesellschaft und dem Territorium herstellt. Er bindet die Erde durch einen Vertrag an uns, sein Volk. Diesen Vertrag überwachen die Krönungssteine. Ihr Donnern zeigt, dass die Erde den würdigen König als Mittler zwischen sich und der Gemeinschaft akzeptiert. Er ist das Bindeglied zwischen dem Menschen und dem Boden, den dieser für eine bestimmte Zeit in Besitz nimmt. Deshalb hängen Wohl und Bestand der Gesellschaft vom Weitblick und der Tüchtigkeit des Königs ab. Dafür muss der König stark sein. Nie kann der König ein durchschnittlicher Mensch sein, sondern muss über außergewöhnliche Eigenschaften und Fähigkeiten verfügen. Er ist der Mittelpunkt seines Volkes, er ist der Nährvater seiner Untertanen. Als König hat er die Aufgabe, die Güter seines Reiches unter seinen Mitmenschen zu verteilen. Seine Herrschaft wird durch die Wahl der Menschen, die Anerkennung der Priester und die Bestätigung der Krönungssteine akzeptiert und legitimiert. Emrys ist dieser König. Noch nie war eine Wahl so leicht wie die heutige. Darin stimmen Menschen und das alte Volk überein. Emrys ist der eine, der nach zweiundsiebzig Jahren wiedergekommen ist, um sein Volk in eine glückliche Zukunft zu führen. Emrys, komm zu mir. Lass mich dir als sichtbares Zeichen deiner Würde die Hoffnungskrone aufs Haupt setzen.«

Unter den Beifallsbekundungen aller Anwesenden krönte der Samildánach Emrys mit der Smaragdkrone zum neuen König der Welt.

Dann wandte Gwydón sich wieder der Versammlung zu und sprach: »Wenn es jemanden gibt, der Emrys' Krönung widerspricht, dann soll er jetzt sprechen oder für immer schweigen.«

»Ich habe einen Einwand!« Es war Emrys, der seine Stimme erhoben hatte.

Die Menge verstummte schlagartig. Entsetzt beobachteten die Menschen, wie Emrys sich die Krone vom Haupt nahm.

Dann hob er beschwichtigend die Hand und sprach zu Gwydón und der betroffenen Versammlung: »Ich danke euch für das Vertrauen. Feierlich verspreche ich, mein Bestes zu tun, um eure Erwartungen zu erfüllen. Doch alleine kann ich die Königswürde nicht annehmen. Denn eines habe ich gelernt auf meinem Weg bis hin zu diesem Moment: Der König mag wohl geeignet sein, doch er ist nichts ohne die Königin. Deshalb bitte ich euch und Gwydón, den Samildánach: Lass Niam an meine Seite treten und kröne sie gemeinsam mit mir.«

Gwydón nickte erfreut. Emrys trat zu Niam und holte sie in die Mitte des Platzes. Sie hatte abseits gestanden und war dem Krönungsritual ihres Liebsten mit Herzklopfen gefolgt. Nur ungern folgte sie ihm in den Mittelpunkt des Geschehens. Doch sie hörte, wie das Volk diese unerwartete Wendung mit lautem Beifall begrüßte. Also ließ sich Niam von Emrys vor die Versammlung führen. Dieser nahm die grüne Krone der Hoffnung und krönte Niam damit zu seiner Königin.

Es war eine segensreiche Nacht. Als erste Amtshandlung krönte Emrys die bewährten Führer der Menschenstämme zu den Königen der Provinzen. Gemeinsam schworen sie dem Hochkönig von Gramarye die Treue. Danach bat Emrys alle zum Festmahl. Trotz der provisorischen Umstände herrschte Überfluss an Essen und Trinken. Es gab Schweinefleisch und Wein, Gesang, Tanz und Rauschmittel jeglicher Art. Die Menschen tranken aus großen Trinkhörnern auf das Wohl ihres Königs. Als oberster Krieger und königlicher Führer erhielt Emrys das beste Stück des Festbratens, Curad-mir, die Heldenportion. Während des Mahls saßen er und Niam in der Mitte, umringt von ihren Stellvertretern in je einer Himmelsrichtung.

Auch das alte Volk kam bei diesem Fest nicht zu kurz. Für die Andersweltbewohner hatten die Menschen Tautropfen gesammelt und servierten süße Milch sowie speziell bereitetes Brot. Alle feierten zusammen, Menschen und Andersweltbewohner. Der gemeinsame Kampf hatte sie wieder näher zusammengebracht. Nun verbrüderten sie sich erneut, Menschen- und Anderswelt, alte und neue Religion, und bildeten gemeinsam die Zukunft. Zusammen begrüßten sie die neue Zeit.

Drei Tage dauerte das Krönungsfest, dann neigten sich die Feierlichkeiten allmählich ihrem Ende entgegen.

Nun nahte die Zeit des Abschieds. Der Zyklus war geschlossen und das Schicksal der Erde hatte sich erfüllt. Die Menschen waren erwachsen geworden. Nun hielten sie ihr Geschick in den eigenen Händen. Also beschlossen die Götter und das alte Volk, sich wieder in ihre geheimen Gefilde zurückzuziehen.

Zuerst traten die vier Abgesandten der Götter vor das Herrscherpaar: »Nun ist unsere Aufgabe im Hier erfüllt. Die lange Nacht liegt hinter euch. Aus ihr entsteht ein neuer, strahlender Tag. Gemeinsam werden der König und die Königin auf diesem alten ehrwürdigen Boden ein neues Königreich gründen. Gramarye soll es heißen. Der mächtige Bär sei eure königliche Signatur. Das ist der Wille der Thuata de Dannan.«

Emrys nickte. Er wusste schon lange, wie sehr er mit diesem starken Waldtier verbunden war. Auch Gwydón als sakrales Oberhaupt der Gemeinde stimmte zu. Der Bär war das würdige Emblem des Königs und das zukünftige Wappen von Gramarye.

Brânwi, Shidrén und Cu entschieden sich, bei Niam in Dinas Brân zu bleiben. Gemeinsam mit den Menschen lebten sie von nun ab in Gramayre und bauten eine neue Zukunft auf.

Nun brach ein neues Zeitalter an. Die Menschen lebten in Frieden, Glück und Reichtum.

Niam und Emrys regierten über dreißig Jahre weise und gerecht. Als sie schließlich starben, hinterließen sie ihren Kindern ein blühendes Land. Ihre Nachfahren herrschten noch viele Generationen über das Königreich Gramarye und erfüllten die Prophezeiung des goldenen Zeitalters der Menschen.

Die Prophezeiung

Westen

Wenn einst vorbei die Freudentage,
hör zu, oh Menschenkind,
von großem Leid erzählt die Sage,
der große Krieg beginnt.
Kein Stamm, der diesem Fluch entgeht,
kein Landstrich ohne Glut,
und auf den leeren Feldern steht
der letzten Krieger Blut.

Das alte Leben untergeht.
Es ist der große Krieg.
Der letzte, den das Land erlebt.
Den andren ist der Sieg.
Der Untergang ist Sicherheit,
leb wohl, mein Heimatland,
denn damit stirbt in Ewigkeit,
was ›Neue Welt‹ genannt.

Hab Acht, oh Volk, denn dann beginnt
der letzte Menschenkrieg,
drum findet nun das helle Kind,
die letzte Chance zum Sieg!
Im Augenblick der höchsten Not,
wenn alles liegt in Ketten,
wenn alles schon zu scheitern droht,
wird dieses Kind euch retten.

Die Würfel rollen, der Drache erwacht,
die Zeiten fordern die ewige Nacht.
Zur Gegenwehr war stets gedacht
das Sonnenkind mit seiner Macht.
Behütet, leitet und beschützt
dies edle helle Kind,
denn ohne dies kein Zauber nützt,
die Mühen sinnlos sind.

Norden

Die Heldin schenkt das Licht geschwind,
kurz vor der großen Schlacht,
gar mächtig, doch, wie jedes Kind,
aus Fleisch und Blut gemacht.
Doch schon der Auftakt dieses Wahn
zerstört der Heldin Macht.
Die Mutter fällt, es stirbt der Schwan,
es folgt die lange Nacht.

Geboren zum Zeitpunkt der Ewigkeit,
kein Sonn- noch Mondenschein,
wohl unterm freien Himmel, so weit,
und ebenso daheim.
Ein heißer Blitz und Donnerknall,
am hellen Tag und Nacht,
erlöst die Welt vom Niederfall,
war nur dafür gedacht.

Der dunkle Bote wird gesandt
von Mutters hellem Sohn,
das reine Herz, der Gütepfand,
erhält nun seinen Lohn.

Geweiht mit magisch-hellem Ton
von göttlich reiner Macht;
seit frühster Kindheit immer schon
als hohes Gut bewacht.

Osten

Die Auserwählten hören sie,
dreimal der Mutter Klage,
warnt vor dem Sieg schwarzer Magie;
vorbei die Friedenstage.
Dies sichtbar Zeichen hören nur
all die, die wissend sind:
die Eingeweihten durch den Schwur
und auch das helle Kind.

Erneut gebor'n durch Mutters Ruf,
aus tiefster Zauberwelt,
ein Bild, das einst die Göttin schuf,
und nun das Kind erhellt.
Und sieht's im Leben und im Traum
auf altem totem Grund,
die alte Weisheit steht im Raum
aus guter Mutter Mund.

In diesem Kind verbinden sich
das Alte und das Neue,
beweist damit auf ewiglich
der Mutter Volkes Treue.
Die Prüfung alter Geister Macht,
gestellt zur rechten Zeit,
war stets für dieses Kind gedacht,
der Geist ist nun bereit.

Das Land der Äpfel liegt wie tot,
verronnen seine Macht.
Die Rettung wird in höchster Not
vom hellen Kind gebracht.
Gar lange sind die Steine kalt,
erloschen ist ihr Licht.
Des hellen Kindes Stimmgewalt
den Zauber schließlich bricht.

Süden

An Alban Elfed zuerst nach West,
nach Thierna Og im Meer.
Den Stellvertreter der Menschheit Rest
erwarten die Nixen sehr.
Aus Morgâs Schoß, Nibussâs Kind,
den Cauldron in der Hand,
mit dem die Mächte verbunden sind,
auf immer Morgâs Pfand.

An Oiche na Spiánna nach Nord,
zum tiefen Reich der Zwerge,
nach Brug-Na-Boinne, dem geheimen Hort,
geschützt durch hohe Berge.
Verbunden mit dem Blut der Nacht,
der Mantel von Mananan,
zum Schutz von Naddreds Glut gemacht,
Antarrs Macht gibt Prèachán.

An Óimelc nach Ost, die dritte Station,
nach Némes, versteckt und alt.
Doane Shís grüner Reigen der Lohn,
der Tanz durch den Zauberwald.

Mit den heiligen Beeren des Trefuilngid,
oh Menschenkinder, hört her:
Nach 72 Jahren das letzte Glied,
des Königs Wiederkehr.

Zuletzt nach Süd an Cetshamain,
dem Sonnenlichte gleich.
Das Ziel soll Inis Wytrin sein,
das helle Albenreich.
Die Einigkeit von neu und alt
und Aés Sids Gae Bolg,
bewacht die Oberhoheitengewalt
aus Grianainechs Volk.

Ring

Der Weg beginnt zur rechten Zeit,
die Richtigen sind nun bereit.
Das Dreigestirn mit vereintem Sinn:
Samildánach, König, Königin.

Aus Wasser wird irdene Oberhoheit,
aus Licht der Wind der Ewigkeit.
Wasser und Licht geben bestes Blut,
der reine Ton ist höchstes Gut.

Die magische Reise bringt manch Geschenke,
vereinigt die heiligen vier Elemente.
Das Lied der Element-Magie,
die Macht erweckt alleine sie.

Das Dreigestirn muss also gehen,
muss viele schwere Gefahren bestehen.

Damit das Gute dann gewinne
singt »Gutuamer«, die Herrin der Stimme.

Mitte

Das Herrscherpaar der ganzen Welt
alleinig vor die Wahl gestellt.
Aus Tod kommt Leben, dem Chaos folgt Glück,
entscheidend für das Weltengeschick.

Es donnern vereint der Steine vier
zu finden den Allerhöchsten hier.
Das Zentrum alter, heiliger Macht
wird durch diesen letzten wiedergebracht.

Der rechte König nur allein
kann Träger der Hoffnungskrone sein.
Und dann bricht an für lange Zeit
Gramaryens Zukunft in Herrlichkeit.

Namens- und Personenregister

Niam das helle Kind, die Oberhoheit und Gutuamer
Gwydón Prinz der Bendriden, Druide und der Samildánach
Emrys Prinz von Brigant, der zukünftige König und Gründer von Gramarye

Aéd Flüchtling aus der Stadt Brádon, Déiras Sohn
Aés Sid Lichtalben in Inis Wytrin
Afangdu Riese, Meister der Sheevras
Aífe die große Mutter, Herrin über Emain Ablach
Aillén Crom Dubhs oberster Magier zur Zeit der Götterkrieger
Alania Schwanenkriegerin von Brigant, Niams Menschenmutter
Âlfar kleiner Waldgeist, Dusii-Arzt
Aneírin Leiter der Musikschule in Môn
Aonbarr das magische Zauberpferd
Atgnó knabenhafter Kronprinz von Dumnón
Attalanius König der Meere
Auriel Niams Tante
Balzôrc der schwarze Herr der Finsternis
Baneíce Oberin des Frauenhauses in Môn
Belír Stammkönig der Briganten
Belisama Königin der Alben
Brânwi Niams Rabe
Brégon Kronprinz von Sîl
Cailleach die Alte, Mutter der Herrin Aífe
Calatín der Giftmischer in Balzôrcs Heer

Caldur Oberdruide von Brigant

Conall erster Krieger von Sîl

Cormac König von Âtron

Crom Dubh das »Schwarze«, die böse Macht, der dunkle Gott

Cu Niams Wolf

Dame vom See Königin der Meere, Attalanius' Frau

Damena Flüchtling aus der Stadt Brádon, Ruchts Frau

Déira Freundin von Niam in Môn

Déroil Oberdruide von Sîl

Doane Shí Elfen in Némes

Donâr Heerführer von Dumnón

Elathan Krieger in Amarango, Niams erster Tänzer

Elfric König der Zwerge

Emer Ruchts verstorbene Tochter

Enatos Regent von Brigant

Esras Herr der Weisheit aus Gorias

Etaín Prinzessin von Âtron

Fer Caile »der Waldmann«, ein Riese

Fintan Schulleiter von Môn

Flûr Königin der Elfen

Fürst Ìth ehemaliger Regent von Brigant, König Belírs Bruder

Gentraige Meister des magischen Liedes in Môn

Goll zweiter Magier von Ynis Mâcha

Gotraige Meister des magischen Liedes in Môn

Griâlf kleiner Waldgeist, Angehöriger der Dusii

Gurien oberster Kammerherr von Amarango

Gwyn ap Nudd Herrscher von Annwn, Wächter der Unterwelt

Ibormeith Dienerin in Emain Ablach

Ingcél oberster Krieger Balzôrcs, sein mächtiger Leibwächter

Krischa Thorolfs Nachfolger als Heerführer von Brigant
Larva gnomenhafter Händler, Wächter des Speeres von Assal
Líath König von Sîl
Loégian Sohn von Fürst Enatos, neuer Fürst von Brigant
Luachârma Zwerg in Brug-Na-Boinne, Niams Freund
Mac Dathó der schwarze Magier
Mágàlf kleiner Waldgeist, Angehöriger der Dusii
Manâwýddan Prinz der Meere, Bruder von Morygána
Melwas König von Dumnón
Mide Oberdruide von Âtron
Morfessa Herr der Weisheit aus Falias
Morygana Prinzessin der Meere, Niams Nixenmutter
Ness Déiras Tochter
Nihussâ Nixen in Thierna Og
Nimus Niams Hengst in Auriels Hof
Odran Flüchtling aus der Stadt Brádon, Déiras Ehemann
Olloûdon »großer Baum«, das nördliche Orakel
Pilosi kleine schwarze Gnome, Balzôrcs Krieger
Prèachán Zwerge in Brug-Na-Boinne
Rucht Bürgermeister und Führer der Flüchtlinge aus Brádon
Ségda Kronprinz von Âtron
Semias Herr der Weisheit aus Murias
Sethor zukünftiger Oberdruide von Dumnón, Tornas Nachfolger
Sheevras kleine böse Dämonen
Shidrén Niams Hauselfe
Suantraige Meister des magischen Liedes in Môn
Talassa Königin der Nacht, des verschollenen alten Volkes der Bendriden
Talrún ehemaliger Oberdruide
Thorolf erster Krieger Brigants, oberster Heerführer

Torc Triath »König der Eber«

Torna Oberdruide von Dumnón

Turell zweiter Krieger von Âtron, Nachfolger von Umhall

Umhall Heerführer von Âtron, erster Krieger

Uscias Herr der Weisheit aus Findais

Uthor »der Furchteinflößende«, Vorgänger von Balzôrc, überfiel Dinas Brân

Westralp Kammerherr von König Elfric in Brug-Na-Boinne

Winlogee Tochter der Herrin Aífe

Weiterführende Literatur

Im Folgenden möchte ich auf einige Bücher hinweisen, die mir beim Verfassen meiner Geschichte sehr geholfen haben. Damit möchte ich den Autoren meinen Dank für ihre hervorragende Arbeit aussprechen.

– Franz Baumer: »König Arthur und sein Zauberreich – eine Reise zu den Ursprüngen«, Langen Müller 1991

– Sylvia und Paul F. Botheroyd: »Lexikon der keltischen Mythologie«, Eugen Diederich Verlag 1992

– Murry Hope: »Magie und Mythologie der Kelten – Das rätselhafte Erbe einer Kultur«, Wilhelm Heyne Verlag 1990

– Jean Markale: »Die Druiden – Gesellschaft und Götter der Kelten«, Wilhelm Goldmann Verlag 1989

– Starhawk: »Der Hexenkult als Ur-Religion der großen Göttin – Magische Übungen, Rituale und Anrufungen«, Wilhelm Goldmann Verlag 1992